T0030486

La red de Alice

Kate Quinn

La red de Alice

Traducción de
Jesús de la Torre

SUMA
de letras

Papel certificado por el Forest Stewardship Council®

Título original: *The Alice Network*

Primera edición: febrero de 2020

Printed in Spain – Impreso en España

ISBN: 978-84-9129-291-3
Depósito legal: B-324-2020

Impreso en Rodesa, Villatuerta (Navarra)

SL 9 2 9 1 3

Penguin
Random House
Grupo Editorial

A mi madre.
La primera lectora, la primera crítica,
la primera admiradora.
Esto es para ti.

Mar del Norte
GRAN
BRETAÑA
Ámsterdam
PAÍSES
BAJOS
Londres
Folkestone
Southampton
Calais
Roubaix
Bruselas
Colonia
Sieburg
Lille
Tournai
Canal de la Mancha
BÉLGICA
ALEMANIA
LUXEMBURGO
El Havre
Ruan
París
SUIZA
FRANCIA
Ginebra
Océano
Atlántico
Oradour-sur-Glane
Limoges
Grenoble
ITALIA
Grasse
Niza
Marsella
ANDORRA
ESPAÑA
Mar Mediterráneo

Primera parte

1

CHARLIE

Mayo de 1947
Southampton

La primera persona con la que me encontré en Inglaterra fue una alucinación. Venía conmigo a bordo del tranquilo transatlántico que había traído a mi entumecida y afligida persona desde Nueva York hasta Southampton.

Yo estaba sentada enfrente de mi madre en una mesa de mimbre entre tiestos de palmeras del hotel Dolphin tratando de no hacer caso a lo que mis ojos me decían. La muchacha rubia que estaba junto al mostrador de la recepción no era quien yo creía que era. Es más, sabía a ciencia cierta que no era quien yo creía que era. Se trataba tan solo de una chica inglesa que esperaba junto al equipaje de su familia, una persona a la que nunca antes había visto, pero eso no impidió que mi mente insistiera en que se trataba de otra persona. Aparté la vista para mirar a los tres chicos ingleses de la mesa de al lado, que trataban por todos los medios de librarse de dejar una propina a la camarera.

—¿El cinco o el diez por ciento? —decía un muchacho con corbata de una universidad a la vez que movía en el aire la cuenta y sus amigos se reían—. Yo solo dejo propinas si son guapas. Esta tenía las piernas delgaduchas...

Yo los fulminé con la mirada, pero mi madre estaba distraída.

—¡Qué frío y lluvioso para estar en mayo, *mon Dieu!* —Desdobló su servilleta: una femenina oleada de faldones con olor a lavanda entre nuestro montón de maletas. Todo un contraste conmigo, tan desaliñada y enfadada—. Echa los hombros hacia atrás, *chérie.* —Ella había vivido en Nueva York desde que se casó con mi padre, pero aún salpicaba sus frases con algo de francés—. No te encorves.

—No me puedo encorvar con esta ropa. —Estaba embutida en una faja como si fuese de metal. No es que necesitara llevarla, pues tenía la constitución de una ramita, pero mis faldas no se sostenían bien sin ella, así que tenía que llevar esa faja de metal. Ese Dior, que él y su *New Look* se pudrieran en el infierno. Mi madre siempre vestía con lo último de cada moda nueva y su constitución era ideal para los estilos más modernos: alta, cintura diminuta, curvas voluptuosas, una auténtica maniquí con su vestido largo de viaje. Yo también llevaba un vestido de viaje con volantes, pero me ahogaba con toda esa tela. El año 1947 era un infierno para las muchachas pequeñas y escuálidas como yo que no podían adoptar el *New Look.* Además, 1947 era el infierno para cualquier chica que prefiriera dedicarse a resolver problemas de cálculo antes que leer el *Vogue*, cualquier muchacha que prefiriera escuchar a Edith Piaf antes que a Artie Shaw o cualquier otra que tuviera un dedo anular desnudo pero un vientre redondeado.

Yo, Charlie St. Claire, cumplía oficialmente las tres condiciones. Ese era el otro motivo por el que mi madre quería que llevara una faja. Solo estaba de tres meses, pero ella no iba a permitir de ningún modo que mi figura anunciara que había traído al mundo a una zorra.

Miré de reojo a la entrada del hotel. La chica rubia seguía allí y mi mente intentaba aún decirme que se trataba de otra persona que no era ella. Aparté la vista de nuevo con un fuerte pestañeo mientras nuestra camarera se acercaba sonriente.

—¿Se van a quedar a merendar, señora? —Sí que tenía las piernas delgaduchas y, mientras se alejaba rápidamente con nuestro pedido, los muchachos de la mesa de al lado seguían quejándose por tener que dejarle propina. «Cinco chelines cada uno por la merienda. Deja solo dos peniques...».

Nuestro té llegó enseguida con un traqueteo de porcelana floreada. Mi madre le dio las gracias con una sonrisa.

—Más leche, por favor. *C'est bon!* —Aunque, en realidad, no era tan *bon.* Bollitos duros, sándwiches secos y nada de azúcar; aún había racionamiento en Inglaterra pese a que el Día de la Victoria había tenido lugar dos años antes y hasta el menú de un hotel de lujo seguía mostrando el precio de racionamiento de no más de cinco chelines por comensal. La resaca de la guerra seguía notándose aquí de una forma que no se veía en Nueva York. Seguía habiendo soldados con uniforme que pasaban por la recepción del hotel flirteando con las camareras y una hora antes, al desembarcar del transatlántico, me había fijado en el aspecto descascarillado de las casas del muelle, como una bonita sonrisa a la que le faltasen dientes. Mi primera imprcsión de Inglaterra, y, desde el embarcadero hasta la entrada del hotel, todo tenía un aspecto gris y diezmado por la guerra, todavía profundamente conmocionado. Igual que yo.

Metí la mano en el bolsillo de mi chaqueta gris y toqué el trozo de papel que llevaba allí desde hacía un mes, ya fuese vestida con un traje de viaje o con un pijama, pues no sabía qué hacer con él. ¿Qué podía hacer? No lo sabía, pero me parecía aún más pesado que el bebé que llevaba dentro de mí. No podía sentirlo, ni tener una sola emoción clara al respecto. No vomitaba por las mañanas ni tenía antojos de puré de guisantes con crema de cacahuetes, ni tampoco sentía esas otras cosas que se supone que una debe sentir cuando está embarazada. Simplemente estaba adormecida. No podía creer en ese bebé porque no había cambiado nada. Solo mi vida entera.

Los muchachos de la mesa de al lado se levantaron a la vez que lanzaban unos cuantos peniques sobre ella. Vi que la camarera volvía con la leche, caminando como si le dolieran los pies, y levanté la vista hacia los tres chicos ingleses cuando se dieron la vuelta.

—Perdonad —dije, y esperé a que se giraran—. Cinco chelines cada uno por la merienda. Una cuenta de quince chelines implica, en una propina del cinco por ciento, un total de nueve peniques. Una propina del diez por ciento sería un chelín con seis peniques.

Me miraron sorprendidos. Yo estaba acostumbrada a esa mirada. Nadie creía que las chicas pudiesen hacer cálculos, y mucho menos mentales, incluso tratándose de cifras tan fáciles como esas. Pero había estudiado matemáticas como asignatura principal en Bennington. Para mí, los números tenían sentido. Eran metódicos, racionales y fáciles de calcular, al contrario que las personas. Y no había cuenta en el mundo que yo no pudiese hacer más rápido que una máquina de sumar.

—Nueve peniques o uno con seis —repetí con tono cansado a los muchachos que me miraban—. Sed unos caballeros. Dejad uno con seis.

—Charlotte —me reprendió mi madre mientras los muchachos se marchaban con gesto avinagrado—. Eso no ha sido muy educado.

—¿Por qué? He dicho «Perdonad».

—No todo el mundo deja propinas. Y tú no deberías inmiscuirte así. A nadie le gustan las chicas prepotentes.

«Ni las chicas que se especializan en matemáticas ni las que se quedan embarazadas ni...». Pero dejé aquellas palabras sin pronunciar. Demasiado cansada como para discutir. Habíamos pasado seis días atravesando el Atlántico en un mismo camarote, más tiempo del esperado debido a que el mar estaba agitado, y esos seis días habían pasado entre una serie de tensas riñas que terminaban en un civismo aún más incómodo. Todo sustentado por mis silencios llenos de remordimientos y su silenciosa rabia incandescente. Por eso habíamos aprovechado la oportunidad de bajar del barco una noche. Si no salíamos de aquel claustrofóbico camarote íbamos a terminar lanzándonos la una sobre la otra.

«Tu madre está siempre dispuesta a lanzarse contra alguien», había dicho Rose, mi prima francesa, unos años antes cuando *maman* nos había sometido a una diatriba de diez minutos por escuchar a Edith Piaf. «¡No es música para niñas! ¡Es indecente!».

Bueno, yo había hecho algo mucho más indecente que escuchar jazz francés. Lo único que podía hacer era ocultar mis emociones hasta dejar de sentirlas, esquivar a la gente levantando el mentón con un ángulo que expresara: «No me importa». Eso me funcionó bastante bien con los muchachos maleducados que no habían dejado propina a su camarera, pero mi madre sabía asomarse a lo que había detrás de esa máscara siempre que quería. Se alejó parloteando, quejándose de nuestra travesía.

—... sabía que teníamos que haber tomado el último barco. Nos habría llevado directas a Calais sin esta estúpida parada en Inglaterra.

Yo permanecí en silencio. Una noche en Southampton y, después, al día siguiente, seguir hacia Calais, donde un tren nos llevaría hasta Suiza. Había una clínica en Vevey donde mi madre me había concertado una cita discreta. «Sé agradecida, Charlie», me decía a mí misma por enésima vez. «Ella no tenía por qué venir contigo». Podrían haberme empaquetado rumbo a Suiza con la secretaria de mi padre o cualquier otro encargado asalariado e indiferente. Mi madre no tenía por qué perderse sus habituales vacaciones en Palm Beach para traerme en persona a mi cita. «Ha venido contigo. Se está esforzando». Yo sabía apreciar aquello incluso en medio de la niebla y la rabia de mi vergüenza. No es que ella se equivocara al estar furiosa conmigo y pensar que yo no era más que una furcia problemática. Es lo que eran las chicas que se encontraban en el aprieto en el que yo estaba metida. Más me valía acostumbrarme a esa etiqueta.

Maman siguió hablando, con un decidido tono alegre.

—He pensado que podríamos ir a París tras tu Cita. —Cada vez que decía esa palabra, yo podía oír la inicial mayúscula—. Comprar unos buenos vestidos, *ma p'tite.* Hacerte algo en el pelo.

Lo que en realidad estaba diciendo era: «Vas a volver al instituto en otoño con un nuevo aspecto chic, y nadie se enterará de tu Pequeño Problema».

—La verdad es que no me cuadra esa ecuación, *maman.*

—¿A qué demonios te refieres?

Suspiré.

—Una estudiante de segundo año menos un pequeño obstáculo, dividido por un periodo de tiempo de seis meses, multiplicado por diez vestidos parisinos y un nuevo corte de pelo no da por arte de magia una reputación recobrada.

—La vida no es un problema matemático, Charlotte.

Si lo fuese, me habría ido mucho mejor. A menudo, deseaba poder interpretar a las personas con la misma facilidad con que lo hacía con la aritmética: simplemente reducirlas a su denominador común y buscar la solución. Los números no mentían. Siempre había una respuesta y esa respuesta era correcta o incorrecta. Sencillo. Pero en la vida, nada era sencillo y aquí no había ninguna respuesta que resolver. Solo estaba el problema de Charlie St. Clair, sentada en una mesa con su madre, con la que no tenía ningún denominador común.

Maman dio un sorbo a su té poco cargado con una amplia sonrisa y odiándome.

—Voy a preguntar si nuestras habitaciones están listas. ¡No te encorves! Y mantén cerca tu maleta. Llevas las perlas de tu abuela ahí dentro.

Se fue volando hacia el largo mostrador de mármol y los atareados recepcionistas, y yo extendí la mano hacia mi pequeña maleta, cuadrada y estropeada. No habíamos tenido tiempo de comprar maletas elegantes y nuevas. Tenía medio paquete de Gauloises escondido bajo la caja plana de mis perlas (solo mi madre podría insistir en que llevara perlas a una clínica suiza). De buena gana habría dejado que me robaran el equipaje y las perlas solo para poder salir a fumar. Mi prima Rose y yo probamos nuestro primer cigarrillo a las respectivas edades de trece y once años, tras quitarle un paquete a mi hermano mayor y desaparecer sobre la copa de un árbol para probar un vicio de adultos. «¿Parezco Bette Davis?», había preguntado Rose mientras trataba de expulsar el humo por la nariz. Yo estuve a punto de caerme del árbol de la risa y la tos tras dar una única calada y ella me sacó la lengua. «¡Estúpida Charlie!». Rose era la única que me llamaba Charlie en lugar de Charlotte y lo hacía con un suave tono francés, «Sharlii», acentuando las dos sílabas.

Por supuesto, era a Rose a la que veía ahora mirándome desde el otro lado del vestíbulo del hotel. Y no era Rose. No era más que una muchacha inglesa que se encorvaba junto a un montón de maletas, pero mi mente se empeñaba en decirme que estaba viendo a mi prima: trece años, rubia, bonita. Esa era la edad que tenía el último verano que la vi, sentada en aquel árbol con su primer cigarrillo.

Ahora sería mayor, veintiún años frente a mis diecinueve...

Si siguiera estando viva.

—Rose —susurré consciente de que debía apartar la mirada, pero sin hacerlo—. Oh, Rose.

En mi imaginación, ella miraba con una sonrisa pícara y moviendo el mentón hacia la calle. «Vamos».

—¿Adónde? —pregunté en voz alta. Pero ya lo sabía. Me metí la mano en el bolsillo y noté el trozo de papel que había llevado encima desde hacía un mes. Había sido un papel rígido y arrugado, pero el tiempo lo había desgastado volviéndolo suave y maleable. Ese trozo de papel tenía una dirección. Yo podría...

«No seas tonta». Mi conciencia tenía una voz brusca y condenatoria que cortaba como un filo de papel. «Sabes que no vas a ir a ningún otro sitio más que arriba». Había una habitación de hotel esperándome con sábanas limpias, una habitación que no tendría que compartir con la furia y la irritación de mi madre. Un balcón donde podría fumar tranquila. Otro barco en el que embarcar mañana y, después, la Cita, el eufemismo con el que mis padres se referían a ello. La Cita, que se ocuparía de mi Pequeño Problema y, después, todo estaría Bien.

O podría admitir que nada estaba Bien y que nada iba a estar Bien. Y simplemente podría marcharme, ahora mismo, a recorrer un camino que empezaba aquí, en Inglaterra.

«Tú has planeado esto», susurró Rose. «Sabes que es así». Y era así. Incluso en mi tristeza pasiva y franca de las últimas semanas, yo había insistido en ir en el barco que nos desviaría a mi madre y a mí por Inglaterra, no en el que nos llevaría directas a Francia. Yo había insistido en ello sin permitirme pensar en la razón por la que lo hacía: porque tenía una dirección inglesa en mi bolsillo y, ahora, sin un océano de por medio, lo único que me faltaban eran las agallas para ir hasta allí.

La muchacha inglesa desconocida que no era Rose se había marchado ya, en dirección a las escaleras del hotel detrás de un botones cargado de maletas. Miré el lugar vacío donde había estado Rose. Toqué el trozo de papel de mi bolsillo. Un atisbo de sensaciones dentadas se abrió paso a través de mi entumecimiento. ¿Miedo? ¿Esperanza? ¿Determinación?

Una dirección escrita más una pizca de determinación elevado a diez. Resuelve la ecuación, Charlie.

Redúcela.

Despeja la *X*.

Ahora o nunca.

Respiré hondo. Saqué el trozo de papel y, con él, salió un billete arrugado de una libra. Sin pensar, lo dejé de golpe en la mesa que había junto a la mía, donde los rebuznantes muchachos habían dejado su mísera propina, y salí del vestíbulo del hotel agarrando mi maleta y mi paquete de cigarrillos franceses. Nada más atravesar las anchas puertas del hotel, pregunté al portero:

—Perdone, ¿puede indicarme cómo ir a la estación de trenes?

No era la mejor idea que había tenido nunca: una ciudad extraña, una muchacha sola. Había pasado las últimas semanas en medio de tal aturdimiento causado por mi infinita mala suerte —el Pequeño Problema, los gritos en francés de mi madre, el silencio helador de mi padre— que había estado dispuesta a ir a cualquier sitio que me llevaran. Me habría tirado por un precipicio al que habría subido confundida y obediente y sin preguntarme ni importarme el motivo por el que me despeñaba hasta estar en mitad de la caída. Había descendido por el agujero en que se había convertido mi vida, dando infinitas vueltas en el aire. Pero, ahora, me había sujetado a un asidero.

Sin duda, se trataba de un asidero en forma de alucinación, una visión que llevaba teniendo de forma intermitente durante varios meses mientras mi mente insistía en dibujar el rostro de Rose sobre cada chica rubia que pasara por mi lado. La primera vez, me había asustado. No porque pensara que Rose era un fantasma, sino porque creí que me estaba volviendo loca. Puede que sí estuviera loca, pero no estaba viendo fantasmas. Porque, por mucho que mis padres dijeran, yo no me creía del todo que Rose estuviese muerta.

Me agarré a esa esperanza mientras corría calle abajo en dirección a la estación de trenes subida en las altas suelas de corcho de mis poco prácticos zapatos («siempre tacón alto para muchachas bajitas como tú, *ma chère,* o nunca parecerás más que una niña»). Me abrí paso entre la multitud, los bruscos y arrogantes trabajadores que se dirigían a los muelles, las dependientas elegantemente vestidas, los soldados que se paraban en las esquinas de la calle. Corrí hasta que me quedé sin aire y dejé que aquella esperanza floreciera y me atravesara con un dolor que hizo que los ojos me escocieran.

«Vuelve», me reprendió la voz severa de mi conciencia. «Todavía puedes volver». Regresar a una habitación de hotel, a mi madre tomando todas las decisiones, a mi suave nebulosa de aislamiento. Pero seguí corriendo. Oí el silbato de un tren, aspiré el olor de la carbonilla y el vapor. Terminal de Southampton. Hordas de pasajeros que desembarcaban, hombres con sombreros fedora, niños de caras enrojecidas y llorosas, mujeres que levantaban periódicos arrugados sobre sus cabellos ondulados para protegerlos de la suave llovizna. ¿Cuándo había empezado a caer esa llovizna? Noté cómo mi pelo negro se aplastaba bajo la visera del sombrero verde que mi madre había elegido para mí, el que me hacía parecer un duende. Seguí avanzando, corriendo al interior de la estación.

Un revisor de tren gritaba algo. Una salida dentro de diez minutos en dirección a Londres.

Volví a mirar el trozo de papel que apretaba en mi mano. «Hampson Street 10, Pimlico, Londres. Evelyn Gardiner».

Quienquiera que fuera.

Mi madre estaría ya buscándome en el Dolphin, soltando arrogantes monólogos a los recepcionistas del hotel. Pero la verdad era que no me importaba. Estaba a tan solo ciento veinte kilómetros del número 10 de Hampson Street, Pimlico, Londres, y había un tren justo delante de mí.

—¡Cinco minutos! —gritó el revisor. Los pasajeros subían apresurados cargando sus equipajes.

«Si no te vas ahora, nunca lo harás», pensé.

Así que compré un billete y subí al tren. Y, sin más, me marché entre la humareda.

A medida que la tarde daba paso a la noche, empezó a hacer frío en el vagón de tren. Yo me encogí dentro de mi viejo impermeable negro en busca de calor. Me acompañaban en el compartimento una mujer de pelo gris y sus tres nietos, que no paraban de sorberse la nariz. La abuela lanzó hacia mi mano sin anillo ni guante una mirada reprobadora, como queriendo saber qué tipo de muchacha viajaba a Londres sola. Por supuesto, había chicas continuamente viajando en tren, dadas las necesidades de esos tiempos de guerra, pero estaba claro que ella no aprobaba que yo lo hiciera.

—Estoy embarazada —le dije la tercera vez que chasqueó la lengua mirándome—. ¿Quiere cambiarse de asiento ahora? —Ella se puso rígida y se bajó en la siguiente parada, arrastrando a sus nietos a pesar de sus quejidos: «Abuelita, se supone que no tenemos que bajarnos hasta...». Alcé mi mentón hasta el ángulo de «No me importa» y la miré cuando ella me lanzaba su última ojeada de reprobación; a continuación, volví a hundirme en mi asiento mientras la puerta se cerraba de golpe y me quedaba sola. Apreté las manos contra mis mejillas enrojecidas, aturdida y confusa, esperanzada y avergonzada. Tantas emociones que estaba a punto de ahogarme tras salir de mi caparazón de insensibilidad. ¿Qué demonios me pasaba?

«Salir corriendo hacia el interior de Inglaterra con una dirección y un nombre», dijo mi severa voz interior. «¿Qué crees que vas a hacer? Eres un desastre y una inútil. ¿Cómo se supone que vas a servir de ayuda para nadie?».

Puse una mueca de dolor. «No soy una inútil».

«Sí que lo eres. La última vez que intentaste ayudar a alguien mira lo que pasó».

—Y ahora lo voy a intentar de nuevo —dije en voz alta en el compartimento vacío. Inútil o no, estaba aquí.

La noche había caído cuando me bajé tambaleante, agotada y hambrienta del tren en Londres. Salí fatigosamente a las calles y la ciudad se desplegó ante mí en una enorme masa oscura envuelta en humo. En la distancia, vi la silueta de la gran torre del reloj sobre Westminster. Me quedé allí un momento mientras los coches pasaban entre salpicaduras, preguntándome cuál habría sido el aspecto de Londres apenas unos años antes, cuando esta neblina era atravesada por cazas Spitfire y Messerschmitt, y, a continuación, salí de mi ensoñación. No tenía ni idea de dónde podía estar el número 10 de Hampson Street y solo me quedaban unas cuantas monedas en la cartera. Mientras paraba un taxi, recé por que fueran suficientes. Realmente no me agradaba la idea de tener que arrancar una perla del collar de mi abuela para pagar un trayecto en taxi. «Quizá no debí dejarle una libra a aquella camarera...». Pero no lo lamentaba.

El conductor me llevó a lo que decía que era Pimlico y me dejó en una acera de altas casas adosadas. Había empezado a llover de verdad. Miré a mi alrededor en busca de mi alucinación, pero no vi ningún destello de pelo rubio. Solo una calle oscura, la lluvia que caía y los desgastados escalones del número 10 que conducían a una puerta deslucida y desconchada. Cogí mi maleta, subí y golpeé la aldaba antes de que mi coraje me abandonara.

No hubo respuesta. Volví a llamar. La lluvia caía con más fuerza y la desesperación se levantó dentro de mí como una ola. Llamé y llamé hasta que me dolió el puño, hasta que vi una ínfima sacudida de la cortina que había junto a la puerta.

—¡Sé que hay alguien ahí! —Tiré del pomo de la puerta, cegada por la lluvia—. ¡Déjeme entrar!

Para mi sorpresa, el pomo se giró y yo entré rápidamente, cayendo de mis poco prácticos zapatos y golpeándome las rodillas contra el suelo del oscuro vestíbulo a la vez que me desgarraba las medias. A continuación, la puerta se cerró de golpe y oí el chasquido de una pistola al ser amartillada.

Su voz sonó grave, áspera, pastosa, enfurecida.

—¿Quién eres y qué cojones haces en mi casa?

Las farolas de la calle lanzaban una luz borrosa a través de las cortinas, iluminando apenas el oscuro vestíbulo. Pude ver una figura alta y delgada, un cabello lacio y suelto y el extremo encendido de un cigarrillo. El resplandor de luz del cañón de una pistola apuntaba directamente hacia mí.

Debería haberme sentido aterrada, deseando huir de aquel sobresalto, de la pistola y del lenguaje. Pero la furia había apartado lo poco que quedaba de mi aturdimiento insensible y doblé las piernas para ponerme de pie, rasgando aún más las medias.

—Busco a Evelyn Gardiner.

—No me importa a quién estés buscando. Si no me dices por qué ha entrado en mi casa una maldita yanqui, te pego un tiro. Soy una vieja y una borracha, pero esta Luger P08 de nueve milímetros se encuentra en perfecto estado. Borracha o sobria puedo saltarte la tapa de los sesos desde esta distancia.

—Soy Charlie St. Clair. —Me aparté el pelo mojado de los ojos—. Mi prima Rose Fournier desapareció en Francia durante la guerra y es posible que usted sepa cómo encontrarla.

De repente, el aplique eléctrico de la pared se encendió. Yo entrecerré los ojos bajo la avalancha de penetrante luz. Delante de mí había una mujer alta y delgada con un vestido estampado descolorido, su cabello grisáceo cayendo alrededor de un rostro marchitado por el tiempo. Podría tener cincuenta o setenta años. Tenía la Luger en una mano y un cigarrillo encendido en la otra; seguía apuntando la pistola directamente contra mi frente mientras se llevaba el pitillo a los labios y daba una larga calada. Sentí que la bilis me subía a la garganta cuando vi sus manos. Dios mío, ¿qué le había pasado en las manos?

—Yo soy Eve Gardiner —declaró por fin—. Y no sé nada de esa prima tuya.

—Tal vez sí... —dije con desesperación—. Es posible que sí si me deja hablar con usted.

—¿Es esa tu idea, pequeña yanqui? —Sus grises ojos entrecerrados me estudiaban como si fuese una desdeñosa ave de presa—. ¿Presentarte en mi casa de noche, sin ningún plan y apuesto a que sin dinero, para ver si por casualidad sé algo de tu amiga d-desaparecida?

—Sí. —Mirando su pistola y su desprecio, no podía explicar por qué, por qué razón la posibilidad de encontrar a Rose se había convertido, de repente, en algo tan acuciante en mi desastrosa vida. No sabía explicar el motivo de aquella extraña y brutal desesperación ni por qué había permitido que me llevara hasta allí. Solo podía decir la verdad—: Tenía que venir.

—Bueno. —Eve Gardiner bajó la pistola—. Supongo que querrás t-té.

—Sí, un té sería...

—No tengo. —Se dio la vuelta y avanzó por el oscuro vestíbulo con pasos largos y despreocupados. Sus pies descalzos parecían las garras de un águila. Zigzagueaba un poco al andar y la Luger se balanceaba a su lado. Vi que aún tenía un dedo en el gatillo. «Loca», pensé. «Esta vieja está loca».

Y sus manos..., llenas de monstruosas protuberancias, cada nudillo con una grotesca deformidad. Más que manos, parecían las pinzas de una langosta.

—Sígueme —dijo sin girarse y yo me apresuré a ir tras ella. Abrió una puerta, encendió una luz y vi una sala de estar fría. Un lugar desordenado, una chimenea apagada, cortinas corridas para que no pudiera entrar ni un rayo de luz de la calle, periódicos viejos y tazas de té sucias por todas partes.

—Señora Gardiner...

—Señorita. —Se dejó caer en un sillón harapiento que presidía todo aquel desorden, lanzando la pistola sobre la mesa que tenía a su lado. Me estremecí, pero el cacharro no se disparó—. Y puedes llamarme Eve. Has invadido mi c-casa, así que ese nivel de intimidad hace que sienta desagrado por ti. ¿A quién le importa un nombre?

—No pretendía invadir...

—Pues lo has hecho. Quieres algo y lo quieres ya. ¿Qué es?

Me quité el abrigo y me senté en un escabel, sin saber de repente por dónde empezar. Me había concentrado tanto en llegar hasta allí que no había pensado exactamente por dónde debía empezar. «Dos chicas multiplicado por once veranos, dividido por un océano y una guerra...».

—Ha-habla de una vez. —Eve parecía tener un leve tartamudeo, pero yo no estaba segura de si era por el alcohol o por algún otro impedimento. Extendió la mano hacia un decantador de cristal que había junto a la pistola, le quitó el tapón con un torpe movimiento de sus destrozados dedos y pude oler el whisky—. Me quedan pocas horas de sobriedad, así que te aconsejo que no las desperdicies.

Suspiré. No era una bruja loca, sino una bruja borracha. Con un nombre como el de Evelyn Gardiner, me había imaginado a alguien con setos en la entrada y un moño en la cabeza, no un decantador de whisky y una pistola cargada.

—¿Le importa si fumo?

Encogió su huesudo hombro y, mientras yo sacaba mis Gauloises, ella buscó un vaso. No había ninguno al alcance de su mano, así que vertió un poco de líquido ámbar en una taza de té floreada. «Dios mío», pensé a la vez que encendía mi cigarrillo, entre fascinada y horrorizada. «¿Quién eres?».

—Es de mala educación quedarse mirando fijamente —dijo devolviéndome una mirada igual de indiscreta—. Por Dios, todo ese encaje que llevas puesto..., ¿es eso lo que las mujeres se ponen ahora?

—¿Usted no sale nunca? —pregunté antes de poder evitarlo.

—No mucho.

—Es el *New Look.* Diseñado según las últimas tendencias de París.

—Parece de lo m-más incómodo.

—Lo es. —Di una fuerte calada a mi cigarrillo—. Muy bien. Soy Charlie St. Clair, bueno, Charlotte. Acabo de llegar de Nueva York... —Mi madre, ¿qué pensaría ahora mismo? Estaría furiosa y desesperada, dispuesta a arrancarme el cabello. Pero dejé ese pensamiento a un lado—. Mi padre es norteamericano, pero mi madre es francesa. Antes de la guerra, pasábamos los veranos en Francia, con mis primos franceses. Vivían en París y tenían una casa de verano a las afueras de Ruan.

—Tu infancia parece como una merienda de Degas. —Eve dio un trago a su whisky—. Haz esto m-más interesante o voy a tener que beber mucho más rápido.

Sí que era como un cuadro de Degas. Podía cerrar los ojos y aquellos veranos se convertían en una larga temporada borrosa: las calles estrechas y serpenteantes, los viejos ejemplares de *Le Figaro* tirados por aquella gran casa de verano llena de recovecos con sus desvanes repletos de cosas y sus sofás raídos, el sol filtrándose por el follaje e iluminando todas las motas de polvo.

—Mi prima Rose Fournier... —Sentí que los ojos me escocían por las lágrimas—. Es mi prima hermana, pero es más como una hermana mayor. Tiene dos años más que yo, pero nunca me dejó de lado. Lo compartíamos todo, nos lo contábamos todo.

Dos niñas ataviadas con vestidos de verano manchados por la hierba, jugando al pilla-pilla, subiéndose a los árboles y librando violentas batallas contra nuestros hermanos. Luego, dos niñas mayores, Rose con los pechos empezando a crecer y yo aún con arañazos en las rodillas y cuerpo larguirucho, las dos cantando con nuestros discos de jazz y compartiendo entre risas nuestro amor por Errol Flynn. Rose, la atrevida con un estrafalario plan tras otro, yo la sombra devota a la que ella protegía como una leona cuando sus argucias nos llevaban a meternos en problemas. Su voz apareció en mi mente, tan repentina que fue como si estuviese en aquella habitación: «Charlie, escóndete en mi habitación y yo te coseré el vestido antes de que tu madre vea el roto. No debería haberte dejado subir por esas rocas...».

—Por favor, no llores —dijo Evelyn Gardiner—. No soporto a las mujeres lloricas.

—Yo tampoco. —Llevaba semanas sin derramar una lágrima. Había estado demasiado aturdida, pero ahora los ojos me ardían. Pestañeé con fuerza—. La última vez que vi a Rose fue en el verano del 39. Todos estaban preocupados por Alemania... Bueno, excepto nosotras. Rose tenía trece años y yo once. Solo queríamos escaparnos al cine por las tardes y eso nos parecía mucho más importante que nada de lo que pasara en Alemania. Polonia fue invadida justo después de que yo regresara a Estados Unidos. Mis padres querían que la familia de Rose fuera a América, pero ellos no acababan de decidirse... —La madre de Rose estaba convencida de que estaba demasiado delicada como para viajar—. Antes de que pudieran prepararlo todo, Francia cayó.

Eve dio otro sorbo al whisky. Sus ojos caídos no pestañeaban. Yo di otra fuerte calada a mi cigarrillo.

—Recibí cartas —continué—. El padre de Rose era importante, un empresario industrial. Tenía contactos, así que la familia recibía noticias de vez en cuando. Rose parecía contenta. No paraba de hablar de cuando nos volviéramos a ver. Pero nos llegaban noticias. Todos sabían lo que estaba pasando allí. Esvásticas invadiendo París, personas evacuadas en camiones y a las que no se volvía a ver. Yo le escribía y le suplicaba que me dijera si estaba bien de verdad y ella siempre decía que sí, pero... —En la primavera del 43 nos intercambiamos fotografías, pues llevábamos mucho tiempo sin vernos. Rose tenía diecisiete años y estaba preciosa, con una pose de chica de revista y sonriendo a la cámara. Yo llevaba ahora esa fotografía en mi cartera, desgastada y con los bordes estropeados—. En la última carta de Rose hablaba de un chico con el que se había estado viendo a escondidas. Decía que había «mucha agitación». —Respiré temblorosa—. Eso fue a comienzos del 43. Después de eso, no he tenido ninguna noticia de Rose, ni de ningún otro miembro de su familia.

Eve me miraba. Su rostro marchito era como una máscara. No estaba segura de si sentía compasión por mí, desprecio o si no le importaba nada en absoluto.

Mi cigarrillo casi se había consumido. Di una última calada profunda y lo apagué en un platillo de té que ya estaba rebosante de ceniza.

—Yo sabía que el hecho de que Rose no escribiera no quería decir nada. El correo durante la guerra es terrible. Solo teníamos que esperar a que la guerra terminara y, después, las cartas empezarían a llegar. Pero la guerra terminó y... nada.

Más silencio. Aquello resultaba más difícil de lo que yo había creído, contar todo eso.

—Hicimos averiguaciones. Tardamos una eternidad, pero conseguimos algunas respuestas. Mi tío francés había muerto en el 44, por un disparo cuando trataba de conseguir medicinas en el mercado negro para mi tía. Los dos hermanos de Rose murieron a finales del 43. Una bomba. Mi tía sigue viva. Mi madre quería que se viniera a vivir con nosotros, pero ella no quiso. Se encerró en su casa de las afueras de Ruan. Y Rose...

Tragué saliva. Rose paseándose delante de mí a través de la verde bruma de los árboles. Rose soltando maldiciones en francés, mientras tiraba de un cepillo entre sus rebeldes rizos. Rose en aquel café de la Provenza, el día más feliz de toda mi vida...

—Rose desapareció. Dejó a su familia en el 43. Ni siquiera sé el motivo. Mi padre hizo averiguaciones, pero el rastro de Rose llegó a un callejón sin salida tras la primavera del 44. Nada.

—Muchos callejones sin salida en esa guerra —dijo Eve y me sorprendí de oír su voz áspera después de haber estado hablando yo durante tanto rato—. Desaparecieron montones de personas. ¿Estás segura de que sigue viva? Han pasado dos años desde que esa maldita guerra terminó.

Apreté los dientes. Mis padres habían llegado a la conclusión hacía mucho tiempo de que Rose debía de estar muerta, perdida en el caos de la guerra, y probablemente fuera así, pero...

—No lo sabemos con seguridad.

Eve puso los ojos en blanco.

—No me irás a decir que lo habrías s-sabido si ella estuviese muerta.

—No tiene por qué creerme. Solo ayúdeme.

—¿Por qué? ¿Qué demonios tiene que ver todo esto c-conmigo?

—Porque la última investigación de mi padre le llevó hasta Londres, para ver si Rose había emigrado aquí desde Francia. Había una agencia que ayudaba a localizar refugiados. —Respiré hondo—. Usted trabajaba allí.

—En el 45 y 46. —Eve se sirvió más whisky en su taza de flores—. Me despidieron las Navidades pasadas.

—¿Por qué?

—Quizá porque me presentaba en el trabajo con una buena curda. Quizá porque le dije a mi supervisora que era una vieja puta.

No pude evitar espantarme. Nunca en mi vida había oído a nadie soltar palabrotas como Eve Gardiner, y mucho menos a una mujer.

—En fin... —Agitó su whisky—. ¿Debo suponer que el expediente de tu prima pasó por mi mesa? No lo r-recuerdo. Como te he dicho, muchas veces iba borracha a trabajar.

Tampoco había visto nunca a una mujer que bebiera así. La bebida de mi madre era el jerez, dos copas diminutas como mucho. Eve estaba acabándose ese whisky como si fuera agua y empezaba a arrastrar las palabras. Quizá aquel leve tartamudeo no fuese más que por la bebida.

—Recibí una copia del informe de Rose —dije con desesperación antes de perderla para siempre, bien por desinterés o bien por el whisky—. Tenía su firma. Es así como conseguí saber su nombre. Llamé por teléfono fingiendo que era su sobrina de América. Me dieron su dirección. Iba a escribirla, pero... —En fin, mi Pequeño Problema había germinado en mi vientre justo en esa época—. ¿Está segura de que no recuerda si hubo alguna otra averiguación con respecto a Rose? Podría ser...

—Mira, niña. Yo no puedo ayudarte.

—¡... cualquier cosa! Salió de París en el 43 y la siguiente primavera estuvo en Limoges. Eso es lo único que nos pudo contar su madre...

—Te he dicho que no te puedo ayudar.

—¡Tiene que hacerlo! —Estaba de pie, pero no recordaba haberme levantado. La desesperación iba aumentando en mi interior como una bola sólida mucho más densa que la sombra frágil que era mi bebé—. ¡Tiene que ayudarme! ¡No me iré si no me ayuda! —Jamás en mi vida le había gritado a un adulto, pero ahora lo estaba haciendo—. Rose Fournier. Estaba en Limoges. Diecisiete años...

Eve se puso también de pie, mucho más alta que yo, y clavaba uno de sus indescriptibles dedos en mi esternón, su voz de lo más tranquila.

—No me grites en mi propia casa.

—... ahora tendría veintiún años, es rubia y guapa y divertida...

—No me importa si era santa Juana de Arco. ¡No es de mi incumbencia y tampoco lo eres tú!

—... trabajaba en un restaurante que se llamaba Le Lethe y cuyo dueño era monsieur René y, después de eso, nadie sabe.

Entonces, algo pasó en el rostro de Eve. Nada en él se alteró, pero, aun así, algo pasó. Fue como si alguna cosa se moviese en el fondo de un lago profundo y enviara a la superficie un levísimo oleaje. Ni siquiera era una onda, pero sabías que algo se estaba moviendo ahí abajo. Me miró y sus ojos brillaron.

—¿Qué? —Mi pecho se inflaba y desinflaba como si hubiese corrido más de un kilómetro, mis mejillas se calentaron por la emoción y mis costillas chocaban contra el broche metálico de la faja—. Le Lethe —dijo en voz baja—. Conozco ese nombre. ¿Quién has d-dicho que era el dueño del restaurante?

Corrí hacia mi maleta, aparté la ropa y busqué el bolsillo del interior. Dos hojas de papel dobladas. Se las di.

Eve miró el breve informe que había en la primera con su propio nombre en la parte de abajo.

—Aquí no dice nada del restaurante.

—Eso lo descubrí después. Mire la segunda página, mis notas. Llamé a la agencia con la esperanza de hablar con usted, pero, para entonces, usted ya se había ido. Hablé con la recepcionista para que buscara en sus registros el documento original. Aparecía el nombre de Le Lethe, propiedad de un tal monsieur René. Sin apellido. Estaba escrito con letra incomprensible, así que quizá por eso no lo reflejaron en el informe. Pero supuse que, si usted firmó ese informe, habría visto el documento original.

—No lo vi. Si lo hubiese hecho, no lo habría firmado. —Eve miraba la segunda página sin apartar la vista de ella—. Le Lethe..., conozco ese nombre.

La esperanza resultaba dolorosa, mucho más dolorosa que la rabia.

—¿De qué?

Eve se giró y buscó de nuevo la botella de whisky. Vertió más en su taza de té y se lo bebió de un trago. Volvió a llenar la taza. Y, después, se quedó allí con la mirada perdida.

—Vete de mi casa.

—Pero...

—Duerme aquí si no tienes d-d-d-donde ir. Pero más vale que te vayas por la mañana, yanqui.

—Pero..., pero usted sabe algo. —Cogió su pistola y pasó por mi lado. Yo la agarré de su brazo huesudo—. Por favor...

La mano deforme de Eve se alzó tan rápido que no pude ni seguirla con la vista y, por segunda vez esa noche, había una pistola apuntando hacia mí. Me eché hacia atrás, pero ella avanzó medio paso y apretó el cañón entre mis ojos. El frío círculo hizo que sintiera un escalofrío en la piel.

—Vieja loca —susurré.

—Sí —contestó con voz áspera—. Y te meteré un tiro si no te has ido cuando despierte.

Se apartó tambaleante, salió de la sala de estar y se fue por el pasillo sin moqueta.

2

Eve

Mayo de 1915
Londres

La oportunidad se presentó en la vida de Eve Gardiner vestida de *tweed.*

Esa mañana llegaba tarde al trabajo, pero su jefe no la vio cuando entró a escondidas por la puerta del bufete de abogados diez minutos después de las nueve. Sir Francis Galborough rara vez se daba cuenta de nada que ocurriera más allá de las páginas de las carreras y Eve lo sabía.

—Aquí tienes tus expedientes, querida —dijo cuando ella entró.

Cogió el montón con sus finas e impecables manos: una muchacha alta de pelo castaño, piel suave y engañosa mirada de corderito.

—Sí, s-s-señor. —La *S* resultaba difícil de pronunciar. Solo dos bloqueos ya era algo bueno.

—Y el capitán Cameron quiere que le escribas a máquina una carta en francés. Deberías verla defenderse en franchute —dijo sir Francis dirigiéndose al soldado desgarbado que estaba sentado al otro lado de su escritorio—. Es una joya la señorita Gardiner. ¡Medio francesa! Yo no sé hablar ni una palabra en franchute.

—Ni yo —sonrió el capitán toqueteando su pipa—. Ni una sola palabra. Gracias por prestarme a tu chica, Francis.

—¡Ningún problema!

Nadie le preguntó a Eve si le suponía algún problema. ¿Por qué iban a hacerlo? Al fin y al cabo, las chicas encargadas de los expedientes eran una especie de mueble de oficina, más móviles que un helecho, pero igual de sordas y mudas.

«Tienes suerte de contar con este trabajo», se recordaba Eve. De no ser por la guerra, un puesto en un bufete de abogados como este habría ido a parar a algún joven con mejores cartas de recomendación y pelo engominado. «Tienes suerte». Mucha suerte, de hecho. Eve tenía un trabajo fácil, poniendo direcciones en sobres, rellenando papeles y escribiendo a máquina alguna que otra carta en francés. Se mantenía con una relativa comodidad. Y si la escasez de azúcar, nata y fruta fresca durante la guerra empezaba a cansar, bueno, la seguridad que obtenía a cambio le parecía justa. Fácilmente podría haberse quedado retenida en el norte de Francia muriendo de hambre bajo la ocupación alemana. En Londres había miedo y ahora se caminaba por la ciudad con los ojos fijos en el cielo en busca de zepelines, pero Lorena, donde Eve se había criado, era un mar de barro y huesos, según las noticias que veía en los periódicos que devoraba. Era afortunada de estar aquí, a salvo y alejada de aquello.

Muy afortunada.

Eve cogió en silencio la carta de las manos del capitán Cameron, que últimamente había visitado el bufete con bastante regularidad. Vestía con *tweed* arrugado en lugar de con un uniforme caqui, pero la espalda recta y sus andares de soldado indicaban su rango más que cualquier galón. El capitán Cameron, de unos treinta y cinco años, con cierto acento escocés en su voz, pero, por lo demás, completamente inglés, tan absolutamente desgarbado, entrecano y arrugado que podría haber aparecido en una novela por entregas de Conan Doyle como la quintaesencia del caballero británico. Eve sintió deseos de preguntarle: «¿Tiene que fumar en pipa? ¿Tiene que vestir de *tweed*? ¿Es necesario ser tan cliché?».

El capitán apoyó la espalda en su silla y asintió con la cabeza mientras ella se dirigía hacia la puerta.

—Me quedaré esperando la carta, señorita Gardiner.

—Sí, s-señor —volvió a murmurar Eve mientras salía de espaldas.

—Llegas tarde —la saludó la señorita Gregson en la sala de archivos a la vez que se sorbía la nariz.

Era la mayor de las encargadas de los archivos, propensa a dar órdenes al resto, y Eve se giró de inmediato con una sorprendida mirada de incomprensión. Detestaba sus miradas —el tierno y delicado rostro que veía en su espejo tenía una especie de belleza virgen e inmadura, sin nada digno de ser recordado salvo una impresión general de juventud que hacía que los demás pensaran que aún tenía dieciséis o diecisiete años—, pero su apariencia le venía muy bien cuando se encontraba en apuros. Toda su vida, Eve había podido abrir sus ojos separados y pestañear formando una perfecta brisa de inocente confusión que le permitía eludir las consecuencias. La señorita Gregson respondió con un pequeño suspiro de exasperación y se alejó y, a continuación, Eve oyó cómo le susurraba a la otra chica de los archivos:

—A veces, me pregunto si esa muchacha medio francesa será un poco simplona.

—Bueno —contestó la chica con otro susurro encogiéndose de hombros—, la has oído hablar, ¿no?

Eve unió sus manos y dio dos fuertes y precisos apretones para evitar cerrarlas en un puño, y, a continuación, dirigió su atención a la carta del capitán Cameron para traducirla a un impecable francés. Por eso la habían contratado, por su excelente francés y su excelente inglés. Nativa de ambos países, sin tener su hogar en ninguno.

Aquel día tuvo algo de intenso aburrimiento, al menos así lo recordaría Eve después. Escribir a máquina, archivar, comer a mediodía su sándwich envuelto. Recorrer las calles al atardecer, mancharse la falda por culpa de un taxi que pasó por su lado. La pensión de Pimlico, que olía a jabón Lifebuoy y correoso hígado frito. Sonreír diligentemente a una de las otras inquilinas, una joven enfermera que acababa de comprometerse con un teniente y que se sentó mostrando su diminuto diamante por encima de la mesa de la cena. «Deberías venir a trabajar a mi hospital, Eve. ¡Ahí es donde se encuentran maridos, no en un archivo!».

—No estoy m-muy interesada en buscar marido. —Eso provocó las miradas vacías de la enfermera, de la patrona y de las otras dos inquilinas. «¿Por qué se sorprenden tanto?», pensó Eve. «Yo no quiero un marido, no quiero hijos, no quiero una alfombra en el salón ni un anillo de bodas. Quiero...».

—No serás una de esas sufragistas, ¿verdad? —preguntó la patrona de Eve con la cuchara detenida en el aire.

—No. —Eve no quería participar en ninguna votación. Estaban en guerra; quería luchar. Demostrar que la tartamuda Eve Gardiner podía servir a su país igual de bien que cualquiera de las miles de personas no tartamudas que la habían considerado una idiota durante toda su vida. Pero ningún ladrillo lanzado por las sufragistas a los escaparates conseguiría llevar nunca a Eve al frente, ni siquiera como apoyo en calidad de voluntaria en el destacamento de ayuda ni como conductora de ambulancia, pues la habían rechazado en ambos puestos debido a su tartamudez. Apartó su plato, se disculpó y subió a su habitación individual y ordenada con su tambaleante escritorio y su cama estrecha.

Se estaba soltando el pelo cuando sonó un maullido en la puerta y Eve sonrió mientras dejaba pasar al gato de la patrona.

—Te he g-guardado un poco de hígado —dijo, mientras sacaba el trozo que había cogido de su plato y había envuelto en una servilleta. El gato ronroneó y se arqueó. Lo mantenían solamente para cazar ratones y subsistía a base de una escasa dieta de migajas de la cocina y lo que fuera que conseguía matar, pero había visto que Eve era un alma caritativa y había engordado gracias a las sobras de su cena—. Ojalá fuese yo un gato —añadió Eve subiéndose al gato a su regazo—. Los gatos no tienen q-q..., no tienen que hablar, salvo en los cuentos de hadas. O quizá sería mejor ser un hombre. —Porque si fuera un hombre, al menos, podría darle un puñetazo a cualquiera que mencionara su tartamudez en lugar de sonreírle con educada paciencia.

El gato ronroneó. Eve lo acarició.

—También desearía tener la l-l-luna.

Una hora después, llamaron a su puerta. La patrona de Eve, con los labios tan apretados que casi le había desaparecido la boca.

—Tienes una visita —dijo con tono acusatorio—. Una visita de un caballero.

Eve apartó a un lado al gato, que se quejó.

—¿A estas horas?

—No me mires con esos ojos inocentes, señorita. No se permiten las visitas de los admiradores por la noche, esa es la norma. Sobre todo, de soldados. Así le he informado al caballero, pero él insiste en que es urgente. Le he llevado al salón y podéis tomar un té, pero espero que dejes la puerta entreabierta.

—¿Un soldado? —La confusión de Eve fue en aumento.

—Un tal capitán Cameron. ¡Me parece de lo más inadecuado que un capitán del ejército venga a buscarte, a casa y a estas horas!

Eve dijo que estaba de acuerdo a la vez que se volvía a recoger el pelo castaño y se ponía de nuevo una chaqueta sobre su blusa de cuello alto, como si fuese al despacho. Cierto tipo de caballeros veían a una dependienta o a una archivera —a cualquier mujer que trabajara— y la consideraban del todo disponible. «Si ha venido a insinuarse, le daré una bofetada. No me importa que se lo diga a sir Francis y me despida».

—Buenas noches. —Eve abrió la puerta del salón decidiendo mostrarse formal—. Me sorprende mucho verle, c-c-c... —Apretó la mano derecha en un puño y consiguió soltarlo—. C-capitán. ¿Puedo a-ayudarle en algo? —Mantenía la cabeza en alto a la vez que se negaba a que la vergüenza le coloreara las mejillas.

Para su sorpresa, el capitán Cameron respondió en francés.

—¿Quiere que cambiemos de idioma? La he oído hablar francés con las otras chicas y tartamudea mucho menos.

Eve se quedó mirando a aquel inglés genuino, recostado en la rígida silla del salón con sus piernas cruzadas holgadamente y mostrando una leve sonrisa bajo su pequeño bigote recortado. Él no hablaba francés. Le había oído decirlo esa misma mañana.

—*Bien sûr* —contestó ella—. *Continuez en français, s'il vous plait.*

Él continuó en francés.

—La cotilla de su patrona que está en el pasillo se va a enfadar.

Eve se sentó, se alisó su falda de sarga azul y se inclinó sobre la tetera de flores.

—¿Cómo toma el té?

—Leche, dos terrones. Dígame, señorita Gardiner, ¿habla bien alemán?

Eve levantó la mirada de inmediato. No había incluido esos conocimientos en su lista de habilidades cuando buscaba trabajo. 1915 no era un buen año para admitir que se hablaba el idioma del enemigo.

—Yo n-no hablo alemán —contestó a la vez que le pasaba la taza.

—Ajá. —La miró por encima de la taza de té. Eve cruzó las manos sobre su regazo y le devolvió la mirada con expresión dulce y vacía—. Tiene un rostro interesante —continuó el capitán—. No hay nada detrás, nada que enseñar, al menos. Y a mí se me dan bien las caras, señorita Gardiner. Sobre todo, es en los diminutos músculos que rodean los ojos donde la gente se delata. Usted tiene los suyos bajo control.

Eve volvió a mirarle con los ojos muy abiertos, moviendo las pestañas con inocente perplejidad.

—Me temo que no sé a qué se refiere.

—¿Me permite hacerle unas preguntas, señorita Gardiner? Nada que le vaya a resultar indecoroso, se lo garantizo.

Al menos, todavía no se había inclinado hacia delante para tratar de acariciarle la rodilla.

—Por supuesto, c-c-capitán.

Él se apoyó en el respaldo.

—Sé que es usted huérfana. Sir Francis me lo dijo. Pero ¿me puede contar algo de sus padres?

—Mi padre era inglés. Fue a Lorena a trabajar en un banco francés. Allí conoció a mi madre.

—¿Era francesa? Sin duda, eso explica su acento natural.

—Sí. —«¿Y cómo sabe que mi acento es natural?».

—Es fácil pensar que una muchacha de Lorena podría hablar también alemán. No está lejos de la frontera.

Eva bajó la mirada.

—Yo no lo aprendí.

—La verdad es que se le da bien mentir, señorita Gardiner. No me gustaría jugar a las cartas con usted.

—Las señoras no juegan a las c-cartas. —Tenía todos los nervios de punta, pero Eve se mostraba bastante relajada. Siempre se relajaba cuando sentía el peligro. Ese momento entre los juncos, cazando patos, antes de lanzar un disparo: el dedo en el gatillo, el ave que se queda inmóvil, una bala a punto de salir volando. Su corazón siempre reducía la velocidad en ese momento hasta alcanzar una absoluta quietud. Ahora lo había hecho mientras ella miraba al capitán con la cabeza inclinada—. Me estaba preguntando por mis padres. Mi padre vivió y trabajó en Nancy. Mi madre se ocupaba de la casa.

—¿Y usted?

—Yo iba al colegio. Llegaba a casa todas las tardes para merendar. Mi madre me enseñó francés y costura y mi padre me enseñó inglés y a cazar patos.

—Qué civilizados.

Eve le sonrió dulcemente, recordando los bramidos tras las cortinas de encaje, los groseros insultos y las fuertes discusiones. Quizá hubiese aprendido a fingir elegancia, pero su pasado era mucho menos refinado: los constantes chillidos y el lanzarse platos, su padre gritando a su madre por despilfarrar el dinero, su madre criticando a su padre porque lo habían visto otra vez con otra tabernera. El tipo de hogar donde un niño aprendía rápidamente a esconderse en los rincones de las habitaciones, a desaparecer como una sombra en medio de una noche oscura ante la primera pelea en el horizonte doméstico. A escucharlo todo, a sopesarlo todo mientras seguía sin ser visto.

—Sí, fue una infancia muy instructiva.

—Perdone que se lo pregunte... Su tartamudez, ¿siempre la ha tenido?

—De niña era más p-p-p..., más pronunciada. —La lengua siempre se le trababa y trastabillaba. Lo único en ella que no era tierno y discreto.

—Debió de tener buenos profesores que la ayudaran a superarlo.

¿Profesores? La veían atascarse tanto en las palabras que se ponía colorada y casi se echaba a llorar, pero se limitaban a pasar a otro para que respondiera más rápido a la pregunta. La mayoría de ellos la consideraban una simplona aparte de tartamuda. Apenas se molestaban en apartar a los demás niños cuando la rodeaban para burlarse. «Di tu apellido. ¡Dilo! G-G-G-G-Gardiner». A veces, los profesores se reían también.

No. Eve había vencido su tartamudez con una voluntad salvaje, leyendo poesía en voz alta vacilando, verso a verso, en su dormitorio, golpeando las consonantes que se le atascaban hasta que se desatascaban y salían. Recordó haber tardado diez minutos en abrirse paso a trompicones por la introducción de *Las flores del mal* de Baudelaire. Y el francés era el idioma que más fácil le resultaba. Baudelaire había dicho que había escrito *Las flores del mal* con rabia y paciencia. Eve lo comprendía a la perfección.

—Sus padres —continuó el capitán Cameron—. ¿Dónde están ahora?

—Mi padre murió en 1912 de una obstrucción en el c-corazón. —Sí que fue una especie de obstrucción, pues le había clavado en el corazón un cuchillo de carnicero un marido cornudo—. A mi madre no le gustaban las noticias que venían de Alemania y decidió traerme a Londres. —Para huir del escándalo, no de los alemanes—. Murió de gripe el año pasado, que Dios la tenga en su gloria. —Amargada, vulgar y lanzando arengas hasta el final, arrojando tazas de té a Eve y maldiciendo.

—Que Dios la tenga en su gloria —repitió el capitán con un tono piadoso que Eve no creyó en ningún momento que fuera auténtico—. Y ahora la tenemos aquí, Evelyn Gardiner, huérfana, con su perfecto francés y su perfecto inglés. ¿Está segura en lo del alemán? Trabajando en un despacho para mi amigo sir Francis Galborough, supuestamente pasando el tiempo hasta que se case. Una muchacha bonita pero que tiende a pasar desapercibida. ¿Timidez, quizá?

El gato entró por la puerta abierta con un maullido de curiosidad. Eve lo llamó para que se subiera a su regazo.

—Capitán Cameron —dijo ella con la sonrisa que le hacía parecer de dieciséis años, a la vez que le hacía cosquillas al gato bajo el mentón—. ¿Está tratando de seducirme?

Había conseguido sorprenderle. Él apoyó la espalda en el respaldo y se puso colorado por la vergüenza.

—Señorita Gardiner... Yo no me atrevería a...

—Entonces, ¿a qué ha venido? —preguntó directamente.

—He venido a examinarla. —Cruzó los tobillos a la vez que recuperaba su aplomo—. Me llevo fijando en usted desde hace unas semanas, desde la primera vez que entré en el despacho de mi amigo fingiendo que no hablaba francés. ¿Puedo hablarle con franqueza?

—¿Es que no lo estamos haciendo ya?

—No creo que hable usted nunca con franqueza, señorita Gardiner. La he oído murmurar evasivas a sus compañeras de trabajo para escapar de una tarea que considera aburrida. La he oído mentir descaradamente cuando le han preguntado por qué ha llegado tarde esta mañana. Algo sobre un taxista que la ha retrasado con sus indeseables atenciones. Nunca se pone nerviosa, nada la perturba, pero sí sabe fingir bien que se confunde. Usted no ha llegado tarde por culpa de un taxista amoroso. Ha pasado más de diez minutos mirando un cartel de reclutamiento que había en la puerta de la oficina. Lo he cronometrado, mirando desde la ventana.

Ahora era Eve la que se apoyaba en el respaldo sonrojada. Sí que había estado mirando aquel cartel. Mostraba una fila de soldados leales, con actitud marcial e idénticos, con un hueco en el centro. «¡Aún hay un sitio en la fila para ti!», decía el encabezado de arriba. «¿Vas a ocuparlo?». Y Eve se había quedado allí, pensando amargamente: «No». Porque las palabras que había dentro de ese hueco en la fila de soldados decían con letras más pequeñas: «¡Este espacio está reservado para un hombre fuerte!». Así que no, Eve jamás podría ocuparlo, aunque tenía veintidós años y encajaba por completo allí.

El gato protestó en su regazo, al sentir que sus dedos se tensaban a través de su pelaje.

—Y bien, señorita Gardiner —dijo el capitán Cameron—. ¿Me responderá con sinceridad si le hago una pregunta?

«No cuente con ello», pensó Eve. Mentía y lanzaba evasivas con la misma facilidad con que respiraba. Era lo que había hecho toda su vida. Mentir, mentir, mentir. Con un rostro dulce. Eve no podía recordar la última vez que había sido completamente sincera con nadie. La mentira era más fácil que la dura y turbulenta verdad.

—Tengo treinta y dos años —dijo el capitán. Parecía mayor, con su cara llena de arrugas y marchita—. Demasiado mayor como para luchar en esta guerra. Tengo una tarea distinta. Nuestros cielos sufren el ataque de los zepelines alemanes, señorita Gardiner. Y nuestros mares, el de los submarinos alemanes. Sufrimos ataques todos los días.

Eve asintió con fiereza. Dos semanas atrás, el *Lusitania* había sido hundido. Durante varios días, sus compañeras de la pensión se habían estado enjugando los ojos. Eve había devorado las noticias de los periódicos con los ojos secos y llenos de rabia.

—Para prevenir más ataques así, necesitamos gente —continuó el capitán Cameron—. Yo me dedico a buscar a personas con ciertas aptitudes. La de hablar alemán, por ejemplo. La capacidad de saber mentir. Inocencia por fuera. Valentía por dentro. Buscarlas y darles un trabajo, averiguando qué es lo que tienen planeado para nosotros los alemanes. Creo que usted demuestra potencial, señorita Gardiner. Así que deje que le pregunte: ¿desea defender a Inglaterra?

La pregunta golpeó a Eve con la fuerza de un martillo. Soltó el aire con agitación, apartó al gato y respondió sin pensar: «Sí». Lo que fuera que quisiera decir «defender a Inglaterra», la respuesta era sí.

—¿Por qué?

Empezó a pensar en una respuesta fácil y lógica sobre la maldad de los alemanes, sobre hacer algo por los muchachos que estaban en las trincheras. Dejó la mentira a un lado, despacio.

—Quiero demostrar que soy capaz, a todos los que siempre han pensado que soy una tonta o una débil porque no puedo hablar bien. Quiero lu-lu-lu... Quiero lu-lu-lu...

Se había quedado tan atascada en aquella palabra que las mejillas le ardían, pero él no se apresuró a terminar la frase como hacía la mayoría de la gente de esa forma que tanto la enfurecía. Se limitó a quedarse sentado en silencio hasta que ella se golpeó con un puño la rodilla y la palabra salió. La soltó a través de los dientes apretados, con suficiente vehemencia como para sobresaltar al gato, que salió de la habitación.

—Quiero luchar.

—¿De verdad?

—Sí. —Tres respuestas sinceras seguidas. Para Eve, aquello era un récord. Se quedó sentada bajo la mirada pensativa de él, temblorosa, a punto de llorar.

—Entonces, se lo pregunto por cuarta vez y no habrá una quinta. ¿Habla alemán?

—*Wie ein Einheimischer.* —Como una nativa.

—Estupendo. —El capitán Cecil Aylmer Cameron se puso de pie—. Evelyn Gardiner, ¿estaría interesada en ponerse al servicio de la Corona como espía?

3

Charlie

Mayo de 1947

Tuve confusas pesadillas con disparos que estallaban en vasos de whisky, muchachas rubias que desaparecían tras unos vagones de tren, una voz que susurraba: «Le Lethe». Y luego, una voz de hombre que decía: «¿Quién es usted, muchacha?».

Abrí mis pegajosos párpados con un gruñido. Me había quedado dormida en un sofá viejo y roto de la sala de estar, sin atreverme a recorrer la casa en busca de una cama con esa loca suelta con una Luger. Me había desabrochado mi mullido traje de viaje y me había acurrucado bajo una colcha raída, quedándome dormida vestida con mis enaguas. Y, al parecer, ahora era de día. Un rayo de luz del sol entraba por una rendija de las pesadas cortinas y alguien me miraba desde la puerta: un hombre de cabello oscuro vestido con una vieja chaqueta y con el codo levantado apoyado en el marco.

—¿Quién es usted? —pregunté aún medio atontada por el sueño.

—Yo he preguntado antes. —Su voz era grave, con un atisbo de acento escocés en las vocales—. Nunca he visto que Gardiner tuviera visitas.

—No se habrá levantado, ¿verdad? —Lancé una mirada frenética por detrás de él—. Ha amenazado con meterme un tiro si seguía aquí cuando ella se levantara.

—Típico de ella —comentó el escocés.

Yo quería empezar a recoger mi ropa, pero no iba a ponerme de pie con mis enaguas delante de un desconocido.

—Tengo que irme de aquí...

«¿Para ir adónde?», susurró Rose, y aquel pensamiento hizo que la cabeza me palpitara. No sabía adónde ir. Todo lo que tenía era un trozo de papel con el nombre de Eve. ¿Qué me quedaba? Los ojos me ardían.

—No se moleste en salir corriendo —dijo el escocés—. Si Gardiner se emborrachó anoche, es probable que no recuerde nada. —Se dio la vuelta y empezó a quitarse la chaqueta—. Voy a preparar el té.

—¿Quién es usted? —empecé a decir, pero la puerta se cerró. Tras un momento de vacilación, me aparté la manta y mis brazos desnudos sintieron el hormigueo del frío. Miré el montón que formaba mi vestido de viaje arrugado y fruncí la nariz. Tenía un vestido más en mi maleta, pero era igual de almidonado, ajustado e incómodo. Así que me puse un viejo jersey y un pantalón de peto desgastado que mi madre odiaba y salí descalza en busca de la cocina. No había comido desde hacía veinticuatro horas y el ruido de mi estómago casi superaba a todo lo demás, incluso a mi temor a la pistola de Eve.

Sorprendentemente, la cocina estaba limpia y reluciente. La tetera estaba puesta y la mesa preparada. El escocés había dejado su vieja chaqueta sobre una silla y estaba en mangas de una camisa igual de vieja.

—¿Quién es usted? —pregunté, incapaz de contener mi curiosidad.

—Finn Kilgore. —Cogió una sartén—. El hombre que le hace todas las tareas a Gardiner. Sírvase té.

Resultaba curioso que él la llamara simplemente «Gardiner», como si se tratara de un hombre. «¿Todas las tareas?», me pregunté a la vez que cogía una taza desportillada de al lado del fregadero. Aparte de la cocina, no parecía que se hubiesen hecho muchas más tareas en la casa.

Buscó en la nevera y sacó huevos, panceta, champiñones y media hogaza de pan.

—¿Le ha visto bien las manos?

—... Sí. —El té estaba bien cargado y oscuro, tal y como a mí me gustaba.

—¿Qué cree que puede hacer ella con esas manos?

Solté una pequeña carcajada.

—Por lo que vi anoche, puede cargar una pistola y abrir una botella de whisky bastante bien.

—Se maneja con esas dos cosas. Para el resto, me tiene como empleado. Yo le hago los recados. Recojo su correo. La llevo cuando sale. Cocino un poco. Aunque no me deja que limpie nada aparte de la cocina. —Fue metiendo lonchas de beicon en la sartén de una en una. Era alto, delgaducho, se movía con una elegancia despreocupada y con flexibilidad. Quizá de unos veintinueve o treinta años, con un lustre de barba incipiente que necesitaba un afeitado y un pelo oscuro y revuelto que le llegaba al cuello y que necesitaba un corte con urgencia—. ¿Qué hace aquí, señorita?

Vacilé. Mi madre habría dicho que era de lo más indecoroso que un hombre que se encargaba de las tareas hiciese preguntas a una invitada. Pero yo no era exactamente una invitada, y él tenía más derecho a estar en aquella cocina que yo.

—Charlie St. Clair —dije, antes de dar un sorbo al té y ofrecerle una versión corregida de por qué había terminado en la puerta de Eve (y en su sofá). Sin cosas como los gritos y la pistola presionada entre mis ojos. No era la primera vez que me preguntaba cómo mi vida se había vuelto del revés en apenas veinticuatro horas.

«Porque has seguido a un fantasma desde Southampton», susurró Rose. «Porque estás un poco loca».

«Loca no», respondí. «Quiero salvarte. Eso no me convierte en una loca».

«Quieres salvar a todo el mundo, mi querida Charlie. A mí, a James, a todos los perros callejeros que veías en la calle cuando éramos niñas...».

James. Me estremecí y la molesta voz interior de mi conciencia susurró: «No se te dio muy bien salvarle a él, ¿verdad?».

Aparté aquel pensamiento antes de que me invadiera la inevitable oleada de culpa y esperé a que el hombre de Eve me hiciera más preguntas, pues mi historia, sinceramente, resultaba extraña. Pero se quedó en silencio junto a la sartén y le añadió los champiñones y una lata de judías. Nunca antes había visto a un hombre cocinar. Como mucho a mi padre extendiendo mantequilla en una tostada. Esas tareas eran cosa de mi madre y mías. Pero el escocés estaba allí dando vueltas a las judías y dorando el beicon con absoluta destreza sin que aparentemente le importara cuando la grasa saltaba y le quemaba los antebrazos.

—¿Cuánto tiempo lleva trabajando para Eve, señor Kilgore?

—Cuatro meses. —Empezó a cortar la media hogaza de pan.

—¿Y antes de eso?

El cuchillo vaciló.

—Artillería Real, 63 Regimiento Antitanques.

—Y, después, trabajar para Eve. Menudo cambio. —Me pregunté por qué se habría detenido. Quizá sintiera vergüenza por haber pasado de ser un soldado contra los nazis a hacer las tareas del hogar para una loca con una pistola—. ¿Cómo es...?

Me detuve, sin saber adónde me llevaba mi pregunta. ¿Cómo era trabajar para ella? ¿Cómo había terminado así?

—¿Qué le ha pasado en las manos? —pregunté por fin.

—Nunca me lo ha contado. —Rompió unos huevos en la sartén de uno en uno. Mi estómago soltó un rugido—. Pero puedo imaginármelo.

—¿Qué se imagina?

—Que sufrió la rotura de cada una de las articulaciones de todos los dedos.

Me estremecí.

—¿Qué tipo de accidente podría provocar algo así?

Finn Kilgore me miró a los ojos por primera vez. Tenía unos ojos oscuros bajo sus rectas cejas negras, tan atentos como distantes.

—¿Quién dice que fuera un accidente?

Envolví la taza con mis dedos (enteros y sin romper). De repente, el té parecía frío.

—Desayuno inglés. —Apartó la sartén caliente del fuego y la colocó junto al pan cortado—. Yo tengo que encargarme de una tubería que gotea pero sírvase usted misma. Solo deje bastante para Gardiner. Bajará con un fuerte dolor de cabeza y un buen desayuno en la misma sartén es la mejor cura para la resaca en toda Gran Bretaña. Cómaselo todo y ella le meterá un tiro de verdad.

Salió sin volverse a mirarme. Yo cogí un plato y me acerqué a la sartén chisporroteante con la boca hecha agua. Pero al contemplar la deliciosa mezcla de huevos y beicon, judías y champiñones, de repente el estómago se me revolvió. Me puse una mano sobre la boca y me aparté de la cocina antes de vomitar encima de la mejor cura para las resacas de toda Gran Bretaña.

Supe lo que era aquello, aunque nunca antes lo había sufrido. Seguía muerta de hambre, pero el estómago me daba vueltas y tenía unas arcadas tan fuertes que no podría haber dado un bocado aunque hubiese tenido de nuevo la Luger de Eve apuntando a mi cabeza. Eran náuseas matutinas. Por primera vez, mi Pequeño Problema había decidido darse a conocer.

Me sentía enferma por más razones aparte del estómago revuelto. La respiración se me entrecortaba y las manos me empezaron a sudar. El Pequeño Problema tenía tres meses, pero nunca había parecido más que una idea vaga. No podía sentirlo, no podía imaginarlo ni ver ninguna señal de él. Solo era algo que había atravesado el centro de mi vida como un tren. Después de que mis padres se involucraran, se convirtió simplemente en un problema que había que tachar como si se tratara de una ecuación mal hecha. Un Pequeño Problema más un viaje a Suiza daba igual a cero, cero, cero. Muy sencillo.

Pero ahora me parecía mucho más que un Pequeño Problema y de sencillo no tenía nada en absoluto.

—¿Qué voy a hacer? —pregunté en voz baja. Era la primera vez que me hacía esa pregunta desde hacía mucho tiempo. No se trataba de qué iba a hacer con respecto a Rose, a mis padres o a mi regreso a los estudios, sino de qué iba a hacer con respecto a mí.

No sé cuánto tiempo me quedé allí de pie antes de que una voz áspera pusiera fin a mi pose de estatua.

—Ya veo que la invasión americana sigue por aquí.

Me di la vuelta. Eve estaba en la puerta con el mismo vestido estampado de estar por casa que llevaba la noche anterior, el pelo gris suelto y despeinado y los ojos inyectados en sangre. Me puse en tensión pero quizá el señor Kilgore tenía razón en cuanto a que ella olvidaría sus amenazas de la noche anterior, pues parecía menos interesada en mí que en masajearse las sienes.

—Tengo a los cuatro jinetes del Apocalipsis martilleándome el cráneo —dijo—. Y la boca me sabe a un orinal de Chepstow. Dime que ese maldito escocés me ha preparado el desayuno.

Moví la mano en el aire con el estómago aún revolviéndose sin parar.

—Un remedio milagroso en una sola sartén.

—Que Dios le bendiga. —Eve sacó un tenedor de un cajón y empezó a comer directamente de la sartén—. Así que ya has conocido a Finn. Es un bombón, ¿verdad? Si no fuese más vieja que la tos y más fea que el demonio, me agarraría a él y no le soltaría.

Me aparté de los fogones.

—No debería haber venido. Siento haber entrado a la fuerza. Me iré... —¿Qué? ¿Volver arrastrándome con mi madre, enfrentarme a su furia y montarme en el barco hacia mi Cita? ¿Qué otra cosa podía hacer? Sentí la oleada de aturdimiento que volvía a inundarme. Quería apoyar la cabeza en el hombro de Rose y cerrar los ojos. Quería agacharme sobre un retrete y vomitarlo todo. Me sentía muy enferma y desesperada.

Eve mojó un trozo de pan en una yema de huevo.

—S-siéntate, yanqui.

La voz áspera tenía autoridad, con tartamudeo o sin él. Me senté.

Ella se limpió los dedos en un trapo de cocina, metió la mano en el bolsillo de su vestido y sacó un cigarrillo. Lo encendió con una larga y lenta calada.

—El primer pitillo del día —dijo soltando el aire—. Siempre es el que mejor sabe. Casi me quita la maldita resaca. Repíteme cuál era el nombre de tu p-p-prima.

—Rose. —El corazón empezó a latirme con fuerza—. Rose Fournier. Ella...

—Dime una cosa —me interrumpió Eve—. Las muchachas como tú tienen mamás y papás ricos. ¿Por qué no están tus padres removiendo cielo y tierra para buscar a la corderita perdida de su sobrina?

—Lo intentaron. Hicieron averiguaciones. —Pese a estar furiosa con mis padres, sabía que habían hecho lo que habían podido—. Tras no conseguir nada después de dos años, mi padre dijo que seguramente Rose habría muerto.

—Tu padre me parece un hombre inteligente.

Lo era. Y como abogado especializado en derecho internacional, conocía los canales y recovecos a través de los cuales realizar sus investigaciones en el extranjero. Había hecho lo que había podido, pero como nadie había recibido siquiera un telegrama de Rose —ni siquiera yo, la persona a la que más quería de toda la familia—, mi padre había llegado a la conclusión lógica: que estaba muerta. Yo había tratado de hacerme a la idea, había intentado convencerme. Al menos, hasta hacía seis meses.

—Mi hermano mayor volvió a casa tras la batalla de Tarawa solo con media pierna y hace seis meses se pegó un tiro. —Oí cómo la voz se me resquebrajaba. James y yo no habíamos estado muy unidos de pequeños. Yo solo era la hermana pequeña de la que él podía burlarse. Pero cuando terminó la etapa de tirarme de los pelos, las burlas se suavizaron. Bromeaba con que ahuyentaría a cualquier chico que quisiera salir conmigo y yo me burlaba de él por su feísimo corte de pelo cuando entró en los marines. Era mi hermano. Yo le quería y mis padres creían que era el no va más. Y después murió y, más o menos sobre esa época, Rose empezó a salir de mis recuerdos y a aparecer en mi campo de visión. Cada niña que pasaba por mi lado se convertía en Rose a los seis, los ocho o los once años; cualquier rubia que caminaba por delante de mí por los jardines de la universidad se convertía en la Rose más adulta, alta y con curvas incipientes... Una docena de veces al día el corazón me daba un brinco y, a continuación, se me hundía cuando la memoria me gastaba bromas despiadadas—. Sé que probablemente no sirva de nada. —Miré a Eve a los ojos, deseando que me comprendiera—. Sé que es posible que mi prima esté... Sé cuáles son las probabilidades. Créame, podría calcularlas hasta el último decimal. Pero tengo que intentarlo. Tengo que seguir cualquier rastro hasta el final, por muy insignificante que sea. Si existe tan solo la más mínima posibilidad de que ella siga por ahí...

Volví a quedarme sin habla antes de poder terminar de decirlo. Había perdido a mi hermano por esta guerra. Si había tan solo la más pequeña de las posibilidades de hacer regresar a Rose del olvido, tenía que intentarlo.

—Ayúdeme —le repetí a Eve—. Por favor, si no la busco yo, nadie más lo hará.

Eve soltó el aire despacio.

—Y trabajó en un restaurante llamado Le Lethe... ¿Dónde?

—En Limoges.

—Ajá. ¿Quién es el propietario?

—Un tal monsieur René no sé qué. Hice algunas llamadas más, pero nadie pudo averiguar el apellido.

Apretó los labios. Y, por unos momentos, se quedó mirando a la nada, con aquellos espantosos dedos curvándose y doblándose, curvándose y doblándose a su lado. Por fin me miró, su mirada tan impenetrable como un vidrio liso.

—Quizá pueda ayudarte después de todo.

La llamada telefónica de Eve parecía no ir muy bien. Yo solo podía oír la mitad de la conversación mientras ella gritaba en el auricular, paseándose de un lado a otro del pasillo vacío con el cigarrillo moviéndose adelante y atrás como la cola de un gato rabioso, pero la mitad de la conversación era suficiente como para captar lo esencial.

—No me importa cuánto cuesta hacer una llamada a Francia, maldita vaca oficinista, pásemela.

—¿Con quién está intentando contactar? —pregunté por tercera vez, pero ella me ignoró lo mismo que había hecho las dos primeras veces y siguió arengando a la operadora.

—Deje ya de llamarme señora, que se va a atragantar, y haga la llamada al comandante...

Aún podía oírla a través de los paneles de la puerta de la casa cuando salí. La humedad gris del día anterior había desaparecido. Londres se había vestido hoy con cielos azules, nubes que se movían rápidamente y un sol luminoso. Me protegí los ojos del sol en busca de una figura que me parecía haber visto en la esquina a través de la ventanilla del taxi la noche anterior. Allí. Una de esas cabinas telefónicas rojas tan típicamente inglesas que casi resultaba ridículo. Me dirigí a ella con el estómago de nuevo revuelto. Me había obligado a comer un poco de tostada seca después de que Eve diera comienzo a su llamada telefónica con ese misterioso comandante y aquello había calmado los calambres y las náuseas de mi Pequeño Problema, pero esto era un tipo de malestar distinto. Tenía que hacer mi propia llamada de teléfono y no creía que fuera a resultar más fácil que la de Eve.

Una discusión con la operadora y, después, otra con el recepcionista del hotel Dolphin de Southampton a la vez que le decía mi nombre. Y, a continuación:

—¿Charlotte? *'Allo, 'allo?*

Me aparté el auricular de la oreja y me quedé mirándolo con una repentina irritación. Mi madre jamás respondía al teléfono de esa forma a menos que hubiese alguien cerca oyéndola. Sería lógico pensar que, con su hija embarazada fugada por la noche a Londres, ella estaría preocupada por otra cosa que no fuera impresionar al recepcionista del Dolphin.

El auricular seguía parloteando. Me lo acerqué de nuevo a la oreja.

—Hola, *maman* —dije con brusquedad—. No me han secuestrado y está claro que no estoy muerta. Estoy en Londres, perfectamente a salvo.

—*Ma petite,* ¿te has vuelto loca? Desaparecer así. ¡Qué susto me has dado! —Un pequeño sorber de nariz y, a continuación, el murmullo de un *merci.* Claramente, el recepcionista le había ofrecido un pañuelo para que se secara los ojos. Dudé mucho que el maquillaje de los ojos se le hubiese corrido. Una maldad por mi parte, pero no pude evitarlo—. Dime dónde estás en Londres, Charlotte. Inmediatamente.

—No —respondí. Y algo en mi estómago se expandió aparte de las náuseas—. Lo siento, pero no.

—No seas absurda. Tienes que volver a casa.

—Lo haré —dije—. Cuando averigüe de una vez por todas qué le pasó a Rose.

—¿A Rose? ¿Qué demonios...?

—Volveré a llamar pronto, lo prometo. —Y volví a dejar el auricular en su sitio.

Finn Kilgore se giró para mirarme cuando volví a entrar por la puerta de la casa de Eve y, después, a la cocina.

—¿Me da un paño, señorita? —Señaló con el mentón mientras frotaba con todas sus fuerzas la sartén del desayuno. Aquello hizo que me quedara contemplándolo de nuevo. Mi padre pensaba que las tazas de café sucias se limpiaban milagrosamente solas—. Está con otra llamada —dijo Finn señalando con la cabeza hacia el pasillo mientras cogía el paño—. Ha intentado ponerse en contacto con un oficial inglés en Francia, pero está de vacaciones. Ahora le está gritando por teléfono a una mujer. No sé quién es.

Yo vacilé.

—Señor Kilgore, usted ha dicho que era el chófer de Eve. ¿Podría...? ¿Sería posible que me llevara a un sitio? No conozco Londres lo suficientemente bien como para ir andando y no tengo dinero para un taxi.

Pensé que se opondría, teniendo en cuenta que no me conocía de nada, pero se encogió de hombros a la vez que se secaba las manos.

—Voy a traer el coche a la puerta.

Bajé la mirada a mi viejo pantalón de peto y mi jersey.

—Tendré que cambiarme.

Cuando estuve lista, Finn se encontraba junto a la puerta abierta golpeteando el suelo con su bota mientras miraba a la calle.

Miró por encima de uno de sus delgados hombros al oír el sonido de mis tacones y no solo una, sino sus dos cejas negras y rectas se levantaron. No lo tomé como una señal de admiración. Aquel conjunto era la única ropa limpia que tenía en la maleta y me hacía parecer como una pastora de porcelana: una falda blanca y mullida sobre más y más capas de crinolina, sombrero rosa con medio velo, guantes impolutos y una chaqueta ajustada y rosa que se habría amoldado a cada curva de haber tenido alguna a la que amoldarse. Levanté el mentón y me bajé el estúpido velo sobre los ojos.

—Es uno de los bancos internacionales —dije al pasarle una dirección—. Gracias.

—Las muchachitas que visten con tantas enaguas no suelen molestarse en dar las gracias al chófer —apuntó Finn a la vez que mantenía la puerta abierta para que yo pasara bajo su brazo al salir. Incluso con tacones, pasé bajo su codo sin necesidad de agacharme.

La voz de Eve se oyó desde el otro lado del pasillo cuando extendí el brazo para cerrar la puerta.

—Maldita vaca ciega francesa, no se atreva a colgarme...

Vacilé, pues quería preguntarle por qué me estaba ayudando. La noche anterior se había mostrado absolutamente reacia. Pero preferí no insistir todavía en saber los detalles, porque sobre todo lo que deseaba era sacudir sus hombros huesudos hasta que desembuchara lo que sabía. No me atrevía a enfadarla ni a distraerla, porque sabía algo. Estaba segura.

Así que la dejé y seguí a Finn a la calle. El coche me sorprendió: un descapotable azul oscuro con la capota levantada. Viejo, pero tan lustroso como una moneda nueva.

—Bonitas ruedas. ¿Es de Eve?

—Mío. —El coche no se correspondía con su barba incipiente y sus coderas remendadas.

—¿Qué es? ¿Un Bentley? —Mi padre tenía un Ford, pero le gustaban los coches ingleses y siempre los señalaba cuando veníamos a Europa.

—Un Lagonda LG6. —Finn me abrió la puerta—. Suba, señorita.

Sonreí cuando él ocupó su asiento tras el volante y agarró con la mano la palanca de cambios que estaba medio enterrada entre mis anchos faldones. Resultaba bastante agradable estar entre extraños que no conocían mi reciente historial mancillado. Me gustaba mirar a alguien a los ojos y verme reflejada como una persona que merecía ser tratada como una señorita respetable. Lo único que había visto al mirar a mis padres a los ojos durante las últimas semanas había sido: «furcia», «decepción», «fracaso».

«Sí que eres un fracaso», susurró mi molesta voz interior, pero la aparté con una patada.

Londres pasaba por mi lado desdibujada: gris, adoquinada, aún mostrando los escombros y tejados caídos y los huecos de muros enteros que, al parecer, habían desaparecido. Todo desde la guerra y ya estábamos en 1947. Recuerdo que mi padre soltó un resoplido de felicidad al ver los periódicos tras el Día de la Victoria y dijo: «Estupendo. Ahora todo puede volver a ser como antes», como si los tejados, los edificios y las ventanas hechas añicos volvieran a levantarse de un salto al día siguiente de que se declarara la paz.

Finn condujo el Lagonda por una calle tan llena de agujeros que parecía un trozo de queso suizo y una idea me hizo mirarle con curiosidad.

—¿Para qué necesita Eve un coche? Con la escasez de gasolina que hay, ¿no resultaría más fácil moverse en tranvía?

—No se le dan bien los tranvías.

—¿Por qué?

—No sé. Los tranvías, los espacios cerrados, las multitudes... la hacen estallar. Casi explota como una granada la última vez que montó en tranvía. Gritando, dando codazos a todas las amas de casa que iban de compras.

Meneé la cabeza incrédula y, con un ruido sordo, el Lagonda se detuvo ante el imponente banco de fachada de mármol que era mi destino. Mi cara debió de delatar mi nerviosismo, porque Finn me habló con bastante dulzura:

—¿Quiere que la acompañe, señorita?

Sí que quería, pero la compañía de un escocés que necesitaba un afeitado no iba a hacerme parecer más respetable, así que negué con la cabeza a la vez que salía del coche.

—Gracias.

Traté de imitar los andares naturales de mi madre cuando atravesaba el pulido suelo de mármol hacia el interior del banco. Dije mi nombre y qué deseaba y enseguida me acompañaron al despacho de un tipo de aspecto afable con un traje de cuadros. Levantó los ojos de una tabla sobre la que estaba escribiendo cifras.

—¿Puedo ayudarla en algo, señorita?

—Eso espero, señor. —Sonreí y, señalando su tabla y su columna de números, pregunté para romper el hielo—: ¿Qué está haciendo?

—Porcentajes, cifras. Bastante aburrido. —Se levantó y señaló una silla—. Siéntese.

—Gracias. —Me senté y respiré hondo bajo mi medio velo—. Quiero retirar algo de dinero, por favor.

Mi abuela americana había dejado un fondo fiduciario para mí cuando murió. No mucho, pero bastante. Y yo había seguido ingresando más desde que a los catorce años tuve mi primer trabajo de verano en el despacho de mi padre. Nunca había tocado esa cuenta. Tenía una asignación para los estudios y eso era lo único que necesitaba. Normalmente guardaba la cartilla en un cajón de mi vestidor debajo de mi ropa interior, pero la había metido en la maleta en el último minuto cuando preparaba el equipaje para el transatlántico. Lo había hecho esa misma parte de mí que había guardado la dirección de Eve y el informe sobre los últimos paraderos de Rose. No tenía ningún plan establecido, pero había escuchado a la pequeña voz que susurraba: «Quizá necesites estas cosas si reúnes el coraje para hacer lo que de verdad quieres hacer...».

Me alegraba de haber hecho caso a aquella voz y de haber incluido la cartilla, porque me había quedado sin efectivo. No tenía ni idea de por qué Eve había decidido ayudarme, pero no creía que fuera por un acto de bondad. Le pagaría si era necesario. A ella y a cualquier otro que pudiera conducirme hasta Rose. Pero, para ello, necesitaba dinero. Así que le entregué mi cartilla y mi identificación al banquero con una sonrisa.

Al cabo de diez minutos, seguía manteniendo la sonrisa por pura fuerza de voluntad.

—No lo entiendo —dije, por lo menos, por cuarta vez—. Tiene ahí las pruebas de mi nombre y mi edad y está claro que la cuenta tiene suficientes fondos. Entonces, ¿por qué...?

—Señorita, normalmente no se saca tanta cantidad de dinero. Ese tipo de cuentas se mantienen como garantía para el futuro.

—Pero no se trata solo de un fideicomiso para mi futuro. Ahí tengo mis propios ahorros...

—Quizá si pudiésemos hablar con su padre...

—Está en Nueva York. Y no es tanto dinero.

El banquero volvió a interrumpirme.

—Un número de teléfono del despacho de su padre será suficiente. Si pudiéramos hablar con él y me diera su consentimiento...

Esta vez fui yo la que le interrumpí.

—No necesita el consentimiento de mi padre. La cuenta está a mi nombre. Se dispuso que yo tendría acceso a ella cuando cumpliera los dieciocho años y tengo diecinueve. —Volví a empujar mi documentación hacia él—. No necesita el consentimiento de nadie más que el mío.

El banquero se removió un poco en su sillón de piel, pero su expresión afable no desapareció.

—Le aseguro que podremos arreglarlo si simplemente hablamos con su padre.

Apreté los dientes como si se hubiesen fundido.

—Quiero hacer una retirada de...

—Lo siento, señorita.

Me quedé mirando su reloj de pulsera y sus manos rollizas. La luz se filtraba por su escaso pelo. Ya ni siquiera me miraba. Había vuelto a su tabla y estaba escribiendo más cifras en ella y las volvía a tachar.

Fue mezquino por mi parte, pero extendí la mano hacia el otro lado de la mesa, le quité la tabla y eché un vistazo a las columnas de números. Antes de que él pudiese protestar, cogí un lápiz del borde de la mesa, taché sus números y escribí los correctos.

—Le faltaba una cuarta parte de un porcentaje —dije deslizando la tabla para devolvérsela—. Por eso le salía mal el balance. Pero repáselo con una máquina de sumar para asegurarse. Pues está claro que no se puede confiar en mí en cuestiones de dinero.

Su sonrisa desapareció. Me puse de pie y levanté el mentón con la máxima expresión de «Qué más da» y salí a la calle. Mi propio dinero. No solo el que había heredado, sino el que yo había ganado. Y no podía retirar ni cinco centavos a menos que mi padre me acompañara. Era de tal injusticia que seguía apretando los dientes, pero no podía decir que me sorprendiera del todo.

Por eso tenía un plan B.

Finn levantó los ojos cuando volví al asiento delantero y cerré la puerta sobre, al menos, la mitad de mi falda.

—Parece un poco desaliñado, permítame que se lo diga —comenté a la vez que volvía a abrir la puerta y tiraba del resto de la falda para meterla dentro—. ¿Es usted de verdad una persona de mala reputación, señor Kilgore, o es que simplemente no le gusta afeitarse?

Cerró el libro maltrecho que había estado leyendo.

—Un poco de las dos cosas.

—Bien. Necesito una casa de empeños. Algún lugar donde no hagan muchas preguntas si una chica va con algo para vender.

Se quedó mirándome un momento y, a continuación, volvió a conducir el Lagonda entre el ruidoso tráfico londinense.

Mi abuela americana me había dejado algo de dinero en un fideicomiso. Mi abuela francesa había tenido un espectacular collar de perlas de doble vuelta y antes de morir lo había dividido en dos collares de una sola vuelta: «Uno para cada una, para *petite Charlotte* y *la belle Rose.* Debería dárselo a mis hijas pero, *mon Dieu,* qué protestonas han resultado ser las dos», había dicho con su habitual franqueza francesa haciendo que las dos nos riéramos con sentimiento de culpa. «Así que ponéoslo cuando os caséis, *mes fleurs,* y acordaos de mí».

Pensé en ella mientras metía la mano en mi bolso y toqueteaba el exquisito collar de perlas. Mi abuelita francesa, gracias a Dios muerta mucho antes de que pudiera ver ninguna esvástica ondeando sobre su querida París. «*Pardonnez-moi, grandmère*», pensé. «No tengo otra opción». No podía acceder a ninguno de mis ahorros, pero sí podía acceder a mis perlas. Porque mi madre se había mostrado inflexible en lo de arrastrarme a París después de mi Cita para comprarme vestidos nuevos y hacer visitas a sus viejas amistades para dejar claro que estábamos en Europa por «razones de sociedad», nada escandaloso. De ahí que llevara las perlas. Me permití echarles un vistazo más a los grandes abalorios lechosos con la única esmeralda tallada que servía de broche y, después, entré en la tienda de empeños en la que Finn se había detenido, coloqué las perlas sobre el mostrador con un repiqueteo y dije:

—¿Qué me ofrece?

Los ojos del prestamista pestañearon, pero respondió con tranquilidad:

—Tendrá que esperar, señorita. Estoy terminando unos pedidos importantes.

—El truco de siempre —murmuró Finn, que esta vez me había seguido inesperadamente—. Impacientarla para que usted se conforme con lo que él le ofrezca. Va a pasar un rato aquí.

Levanté el mentón.

—Me quedaré aquí sentada todo el día.

—Puede que yo vaya a ver cómo está Gardiner. La casa no queda lejos de aquí. No se irá, ¿verdad, señorita?

—No tiene por qué llamarme señorita, ¿sabe? —Aunque me gustaba bastante, aquella formalidad me parecía estúpida—. No me está acompañando por el palacio de Buckingham precisamente.

Inclinó un hombro y se fue dando grandes zancadas.

—Sí, señorita —dijo justo mientras cerraba la puerta.

Meneé la cabeza y, a continuación, me senté en una incómoda silla con las perlas de mi abuela entrelazadas en mis dedos. Pasaron más de treinta minutos antes de que el prestamista dirigiera su atención y su anteojo de joyero hacia mí.

—Me temo que la han engañado, señorita —dijo con un suspiro—. Perlas de cristal. Un buen cristal, pero solo eso. Podría darle unas cuantas libras. Supongo que...

—Pruebe de nuevo. —Yo sabía hasta el último centavo lo que costaba mi collar. Convertí mentalmente los dólares en libras y añadí el diez por ciento antes de pronunciar el resultado de mi suma.

—¿Tiene la procedencia? ¿Quizá alguna factura de la compra? —Dirigió su anteojo hacia mí y pude ver que sus dedos se retorcían en dirección al broche de esmeralda. Tiré del collar hacia atrás y seguimos regateando. Pasó otra media hora espantosa y él no cedía. No pude evitar levantar la voz.

—Me iré a otro sitio —dije por fin con un gruñido, pero él se limitó a sonreír afablemente.

—No va a conseguir una oferta mejor, señorita. No sin algo que demuestre su origen. Ahora bien, si viniese con usted su padre o su marido, alguien que dé garantías de que tiene usted permiso para deshacerse de ellas...

Otra vez. Había atravesado todo el Atlántico y seguía bajo las riendas de mi padre. Giré la cabeza hacia el escaparate para ocultar mi rabia y vi el destello de la cabeza rubia de Rose entre la muchedumbre que pasaba por la calle. Un momento después, vi que no era más que una colegiala que corría. «Ay, Rosie», pensé con tristeza mientras me quedaba mirando a la niña. «Dejaste a tu familia y te fuiste a Limoges. Por el amor de Dios, ¿cómo lo hiciste? Nadie deja que las chicas hagan nada». Ni gastarnos nuestro propio dinero, ni vender nuestras cosas ni planear nuestras propias vidas.

Me estaba preparando para una discusión desesperada cuando la puerta de la tienda se abrió de golpe y la voz de una mujer canturreó:

—Charlotte, ¿qué demonios...? Dios mío, chica, te dije que me esperaras. Supongo que sabías que me rompería el corazón separarme de mis baratijas y querías evitármelo.

Me quedé mirándola fijamente. Eve Gardiner atravesó la tienda sonriendo como si yo fuese la niña de sus ojos. Llevaba el mismo vestido estampado de estar por casa que tenía puesto por la mañana, arrugado y deshilachado, pero llevaba medias y un par de respetables zapatos de vestir. Sus manos retorcidas iban ocultas en unos guantes de cabritilla y había escondido su desordenado pelo bajo un enorme sombrero que alguna vez debió de ser elegante con media águila enganchada a la coronilla. Para mi asombro absoluto, tenía el aspecto de una dama. Una dama excéntrica, quizá, pero una dama.

Inclinado discretamente en la puerta y con los brazos cruzados sobre el pecho, Finn miraba con una sonrisa casi invisible.

—Lamentaría mucho desprenderme de esto —suspiró Eve a la vez que acariciaba las perlas como si fuesen un perro y dirigía una sonrisa fría al prestamista—. Perlas del mar del Sur, ¿sabe?

De mi q-querido y difunto esposo. —Se daba golpecitos con un pañuelo en un ojo mientras yo hacía todo lo posible por evitar que se me abriera la boca de asombro—. ¡Y la esmeralda es de la India! Vino de Cawnpore, de mis antepasados, de mi querido abuelo, en la época en que la r-re..., en la época en que la reina Victoria hizo saltar por los aires a los cipayos y se libró de esos diablillos morenos. —Su voz tenía la elegancia del barrio de Mayfair—. Examine de nuevo con su anteojo ese brillo y díganos su precio real, buen hombre.

Los ojos de él pasaban de sus guantes meticulosamente remendados a la tambaleante águila. La imagen de la elegancia raída; una señora inglesa que pasa por una mala racha y viene a empeñar sus joyas.

—¿Tiene algún certificado de su procedencia, señora? ¿Alguna prueba de...?

—Sí, sí. Lo tengo por aquí. —Eve apoyó de golpe un enorme bolso sobre el mostrador haciendo que el anteojo del joyero saliera rodando—. Aquí... No, no es esto. Mis gafas, Charlotte...

—En tu bolso, abuela —intervine, consiguiendo por fin pronunciar alguna palabra tras mi asombro.

—Creía que las traías tú. Mira en tu bolso. No, coge esto. ¿Es esto? No, esto es el recibo del mantón chino, deja que mire... El certificado debe de estar aquí...

Varios papeles cayeron en cascada sobre el mostrador del prestamista. Eve fue cogiendo cada uno como una urraca, parloteando con ese acento inmaculado como si acabara de venir de tomar el té con la reina, rebuscando unas gafas inexistentes y acercando cuidadosamente cada trozo de papel hacia la luz.

—Charlotte, vuelve a mirar en tu bolso. Estoy segura de que tienes mis gafas...

—Señora... —dijo el prestamista tras aclararse la garganta al ver que entraban otros clientes. Eve no le hizo caso y siguió cacareando como una viuda de una novela de Austen.

—Señor mío, no proteste. Aquí está, sí... No, en fin, debe de estar por aquí... —El águila se tambaleaba peligrosamente, lanzando una pequeña lluvia de plumas que olían a naftalina. El prestamista trató de ponerse a atender al otro grupo de clientes, pero ella le dio un golpe en los nudillos con el anteojo de él—. ¡No se vaya, buen hombre, no hemos terminado nuestra negociación! Charlotte, querida, léeme esto. Mis ancianos ojos... —Los clientes que habían entrado se quedaron un rato más y, finalmente, se marcharon.

Yo seguía allí como la actriz de reparto de una película cuando el prestamista hizo por fin una pequeña mueca de impaciencia.

—No se preocupe, señora. No es necesario el certificado. No soy tan poco caballero como para no creer la palabra de toda una señora.

—Bien —contestó ella—. Oigamos el precio.

Discutieron durante un rato, pero yo sabía quién iba a ganar. Un poco después, el derrotado prestamista contaba una gran cantidad de billetes sobre mi mano y mis perlas desaparecieron tras su mostrador. Nos giramos y vimos que Finn sujetaba la puerta con una sonrisa que solo se mostraba alrededor de sus ojos.

—Señora —dijo con seriedad, y Eve pasó por su lado como una anciana duquesa a la vez que el águila se balanceaba.

—Ah —exclamó mientras la puerta de la tienda se cerraba detrás de nosotros, el acento de Mayfair desaparecido por completo de su voz—. Cómo lo he disfrutado.

Parecía una persona absolutamente distinta a la vieja borracha de la noche anterior, con su taza de whisky y su Luger. De hecho, parecía del todo distinta a la vieja bruja resacosa de esa mañana. Parecía sobria, fresca, de lo más divertida, con sus ojos grises relucientes y sus hombros huesudos despojándose de la edad y el aura de una dama harapienta como si se tratara de un chal inapropiado.

—¿Cómo lo ha hecho? —le pregunté con mi mano agarrando aún el puñado de billetes.

Eve Gardiner se quitó un guante y volvió a dejar a la luz aquella mano monstruosa para sacar sus siempre presentes cigarrillos del bolso.

—La gente es estúpida. Cuenta una b-buena historia y ponles un trozo de papel cualquiera bajo las narices con la suficiente entereza, y siempre podrás salirte con la tuya.

Parecía como si estuviese citando a alguien.

—¿Siempre? —respondí.

—No. —El brillo desapareció de su mirada—. No siempre. Pero esto no era d-demasiado arriesgado. Ese idiota pretencioso sabía que se estaba llevando una g-ganga. Yo solo he hecho que deseara que me fuera de su tienda un poco más rápido.

Me pregunté cómo su tartamudeo aparecía y desaparecía de esa manera. Había interpretado su farsa en la tienda con total fluidez y tranquilidad. Y, para empezar, ¿por qué lo había hecho? Me quedé mirándola mientras apuntaba su cigarrillo hacia Finn y este le acercaba una cerilla.

—Yo no le gusto a usted —dije por fin.

—No —respondió, mirándome de nuevo con ojos entrecerrados, como un águila que divisara a su presa. Una mirada de diversión, pero no vi agrado en absoluto, ni tampoco ternura.

No me importó. Puede que yo no le gustara, pero me hablaba de igual a igual, no como a una niña o a una furcia.

—Entonces, ¿por qué me ha ayudado ahí dentro? —le pregunté con igual franqueza—. ¿Por qué me está ayudando?

—¿Qué te parece si te digo que es por dinero? —Miró mi puñado de billetes y pronunció una cifra que hizo que yo ahogara un grito—. P-puedo llevarte con una persona que quizá sepa algo de esa prima tuya, pero no lo hago gratis.

Entrecerré los ojos y deseé no sentirme tan pequeña, rodeada como estaba por el alto escocés y la alta mujer inglesa.

—No le daré un penique hasta que me diga a quién ha llamado esta mañana.

—A un oficial inglés que ahora está destinado en Burdeos —respondió sin vacilar—. Nos conocemos desde hace treinta años, pero está de vacaciones. Así que he probado con otra vieja conocida, una mujer que sabe de todo. Le he preguntado por un restaurante llamado Le Lethe y por el hombre que lo gestionaba y me ha colgado. —Un resoplido—. Esa zorra sabe algo. Si vamos a hablar con ella en persona, se lo s-sacaré. Y si no podemos sacárselo a ella, sí que podré sacárselo a mi oficial inglés cuando vuelva de cazar patos en Las Marcas. Así que ¿no te parece que eso vale unas cuantas libras?

Me estaba pidiendo mucho más que unas cuantas libras, pero lo dejé pasar.

—¿Por qué su interés aumentó cuando mencioné a monsieur René? —contesté con brusquedad—. ¿Cómo puede conocerlo si ni siquiera sabemos su apellido? ¿O ha sido el nombre del restaurante lo que ha llamado su atención?

Eve sonrió entre una nube de humo.

—Que te jodan, yanqui —dijo con voz dulce.

Ningún tartamudeo al decir aquello. Nunca había oído a una mujer pronunciar esas palabras antes que a Eve Gardiner. Finn miró al cielo, con cuidado de que su cara permaneciera inexpresiva.

—De acuerdo —repuse. Y conté billetes de uno en uno sobre su mano.

—Esto es solo la mitad de lo que he pedido.

—Tendrá el resto cuando hablemos con sus amigos —respondí con la misma dulzura—. De lo contrario, es probable que usted se coja una buena borrachera y me deje tirada.

—Es probable —confirmó Eve. Pero, a pesar de lo que yo misma había dicho, me quedé pensando. Ella quería algo más que mi dinero. Estaba segura de ello.

—¿Y dónde vamos a buscar a esa vieja amiga suya? —le pregunté mientras todos nos metíamos en el Lagonda descapotable con Finn al volante, Eve en el centro con el brazo echado despreocupadamente alrededor del hombro de él y yo apretujada contra la puerta tratando de meter el resto de los billetes en mi bolso—. ¿Adónde vamos?

—A Folkestone. —Eve extendió la mano para apagar su cigarrillo en el salpicadero, pero Finn se lo quitó de la mano y lo tiró por la ventanilla con una mirada fulminante—. Y después de Folkestone... a Francia.

4

Eve

Mayo de 1915

Francia. Allí era donde Eve iría a trabajar como espía. «Espía», pensó vacilante, tanteando esa idea del mismo modo que un niño explora el hueco que le ha dejado un diente que se le ha caído. Sintió mariposas en el estómago, en parte por los nervios y, en parte, por la emoción. «Voy a ser espía en Francia».

Pero antes de Francia, Folkestone.

—¿Cree que puedo sacarla de una sala de archivos y dejarla directamente en territorio enemigo? —preguntó el capitán Cameron en el tren arrastrando la maleta de Eve. Solo había pasado un día desde que la había reclutado ante una tetera en aquel salón de la pensión. Ella se habría ido con él esa misma noche con la ropa que llevaba puesta, sin importarle el decoro, pero el capitán insistió en recogerla con total corrección a la tarde siguiente para llevarla del brazo a la estación como si fuesen a salir de vacaciones. El único que vio que Eve se iba fue el gato, al que besó en el morro y le susurró: «Ve con la señora Fitz de la casa de al lado. Me ha prometido que te dará más sobras mientras yo no estoy».

—En caso de que alguien pregunte —dijo el capitán Cameron mientras se acomodaban en su compartimento vacío—, yo soy un tío complaciente que lleva a su sobrina preferida a Folkestone para que tome el sol. —Cerró la puerta con firmeza para asegurarse de que tenían el compartimento para ellos solos y volvió a mirar por si había algún fisgón.

Eve inclinó la cabeza y estudió su rostro delgado y su traje de *tweed* arrugado.

—Bastante joven como para ser mi tío, ¿no?

—Usted tiene veintidós años y aparenta dieciséis. Yo tengo treinta y dos y aparento cuarenta y cinco. Soy su tío Edward. Esa será nuestra identidad, ahora y en el futuro.

Su verdadero nombre, por lo que ella había sabido, era Cecil Aylmer Cameron. Colegios privados, Real Academia Militar, un tiempo de servicio en Edimburgo que debió de darle ese leve acento escocés a su voz inglesa. Eve conocía ahora las credenciales públicas del capitán después de que se las enumerara tras aceptar la oferta. Las credenciales privadas se las daría solamente en caso de que fuese necesario en su muy privada tarea... Y ahora tenía la primera de ellas: un alias.

—Pues será tío Edward. —Otra mariposa revoloteó en el estómago de Eve—. ¿C-cuál será mi alias? —Había leído a Kipling, a Childers y a Conan Doyle; incluso en libros tontos como *La pimpinela escarlata* los espías tenían alias y disfraces.

—Ya lo sabrá.

—¿A qué sitio de F-Francia voy a ir? —Ya no le importaba tartamudear delante de él.

—Espere y lo sabrá. Primero la formación. —Sonrió y las arrugas que rodeaban sus ojos se acentuaron—. Cuidado, señorita Gardiner, se le nota la emoción.

Eve suavizó su expresión hasta convertirla en inocencia de porcelana.

—Mejor.

Folkestone. Una tranquila ciudad de la costa antes de la guerra. Ahora, un puerto bullicioso con ferris llenos de refugiados que llegaban todos los días. En sus dársenas se oía a más franceses y belgas que a ingleses. El capitán Cameron no habló hasta que salieron de la concurrida estación y caminaban por la pasarela como medida de seguridad.

—Folkestone es la primera parada desde Flesinga, en los Países Bajos —dijo igualando el paso de los dos para que no los oyeran el resto de parejas que los acompañaban—. Una parte de mi trabajo consiste en asegurarme de que se interroga a los refugiados antes de permitirles seguir viaje en Gran Bretaña.

—¿Buscando a personas como yo?

—Y a otros como usted que trabajan para el otro bando.

—¿A c-cuántos ha encontrado de cada uno?

—A seis de uno y a media docena del otro.

—¿Hay muchas mujeres? —quiso saber Eve—. ¿Entre los..., los reclutados? —¿Cómo había que llamarlos? ¿Aprendices de espías? ¿Espías en formación? Todo le parecía absurdo. Una parte de Eve seguía sin creerse que aquello estuviese sucediendo—. Nunca se me había ocurrido que pudiera tenerse en cuenta a las mujeres para una tarea así —dijo con franqueza. El capitán Cameron (tío Edward) parecía saber sonsacarle la verdad de una forma extraña. Debía de ser un fenómeno en los interrogatorios, pensó ella. Te sacaba información con tanta suavidad que apenas eras consciente de que salía de tus labios.

—Al contrario —respondió el capitán—. A mí me gusta reclutar mujeres. Normalmente tienen la capacidad de pasar desapercibidas en lugares donde un hombre podría resultar sospechoso o podría ser detenido. Recluté a una mujer francesa hace unos meses. —Puso una repentina sonrisa de cariño como si se tratase de un recuerdo especialmente bueno—. Ahora dirige una red que se encarga de más de cien fuentes, pero consigue que parezca sencillo. Sus informes sobre puestos de artillería llegan con tanta rapidez y precisión que vemos cómo son bombardeados en cuestión de días. Es de lo más increíble. La mejor que tenemos, ya sean hombres o mujeres.

Eve sintió una fuerte ansia por competir. «Yo seré la mejor».

El capitán detuvo un taxi.

—Al número 8 del Parade.

Un lugar pequeño y desaliñado, no muy diferente de la pensión donde Eve había vivido y, probablemente, este lugar pasaría por una pensión en caso de que los vecinos resultaran ser unos curiosos. Pero cuando el capitán acompañó a Eve al interior y ella se vio de pie sobre la desgastada alfombra de la recepción, no fue una estirada anciana con boca apretada quien la recibió, sino un comandante alto vestido de uniforme.

Lanzó a Eve una mirada suspicaz mientras se acariciaba las puntas enceradas de un impresionante bigote.

—Muy joven —dijo con desaprobación y mirándola de arriba abajo.

—Dale una oportunidad —contestó el capitán Cameron con tono suave—. Señorita Evelyn Gardiner, este es el comandante George Allenton. La dejo en sus manos.

Eve tuvo un momento de temor al ver que la espalda de *tweed* de Cameron desaparecía, pero lo apartó a un lado. «No debo tener miedo de nada», se recordó. «O fracasaré».

El comandante parecía poco entusiasta. Eve supuso que no compartía las preferencias del capitán Cameron por las reclutas femeninas.

—La primera habitación de la segunda planta es la suya. Vuelva aquí en quince minutos. —Y sin más, aquel mundo secreto se abrió ante ella.

El curso de Folkestone duró dos semanas. Dos semanas en habitaciones cargadas y de techos bajos con ventanas cerradas contra el calor del mes de mayo. Habitaciones llenas de alumnos que no parecían espías y que aprendían cosas extrañas y siniestras de hombres que no parecían soldados.

A pesar de las preferencias del capitán Cameron a la hora de reclutar, Eve descubrió que era la única mujer. Los instructores la pasaban por alto y sus ojos se dirigían a los hombres de la sala antes de dejar que Eve respondiera nada, pero eso no la molestaba, pues así tenía tiempo de evaluar a sus compañeros de clase. Solo cuatro y muy distintos entre sí. Eso fue lo que sorprendió más a Eve. Todos los carteles de reclutamiento para las tropas mostraban una fila de soldados idénticos, fuertes y robustos, con la misma expresión. Así eran los soldados ideales: una fila, un regimiento, un batallón de hombres fuertes, todos ellos iguales. Pero un cartel de reclutamiento de espías, según se dio cuenta, mostraría simplemente una fila de personas, todas diferentes, que no parecían espías.

Había un belga corpulento con barba gris; dos franceses, uno con acento de Lyon y el otro con cojera, y un muchacho inglés y delgado que tenía un odio tan ardiente por los alemanes que casi resplandecía. «No será bueno», pensó Eve. «No tiene autocontrol». Y no estaba segura tampoco del cojo francés, pues apretaba los puños cada vez que sentía la menor frustración. Todo el curso fue un ejercicio de frustración, con complicadas destrezas que había que aprender con una paciencia infinita: forzar cerraduras, escribir códigos y memorizar cifras. Los distintos tipos de tinta invisible, cómo se podían fabricar y cómo se podían leer. Cómo leer y confeccionar mapas, cómo ocultar mensajes... La lista seguía y seguía. El belga maldijo en voz baja cuando aprendieron a recopilar informes en trozos de papel de arroz lo más pequeños posibles, porque sus enormes manos eran como jamones. Pero Eve dominó rápidamente el sistema de las letras diminutas, cada una no más grande que la coma de una máquina de escribir. Y su instructor, un flaco *cockney* que apenas la había mirado desde su llegada, sonrió al ver su trabajo y empezó a observarla con más atención.

Solo habían pasado quince días y Eve se preguntó cómo era posible cambiar tanto en dos semanas. ¿O quizá no estaba cambiando sino convirtiéndose en lo que ya era? Sentía como si la estuviesen abrasando, liberándola de todas las capas externas, todo resto de lastre que hubiese en su mente o su cuerpo que pudiese hacer que se hundiera. Cada mañana se despertaba con entusiasmo, se apartaba las mantas y saltaba de la cama, su mente un largo y ansioso grito por lo que ese día tenía que ofrecerle. Manipulaba los dedos sobre esos diminutos trozos de papel, esas hábiles maniobras que harían que cualquier cerradura dejara ver sus secretos, y la primera vez que notó que los cilindros de una cerradura chasqueaban sintió un placer más auténtico y mayor que el que había sentido cuando un hombre trató de besarla.

«Estoy hecha para esto», pensó. «Soy Evelyn Gardiner y este es mi sitio».

El capitán Cameron fue a verla al final de la primera semana.

—¿Cómo está mi pupila? —preguntó entrando sin anunciarse en la cargada e improvisada clase.

—Muy bien, tío Edward —contestó Eve con recato.

Él la miró con una sonrisa en los ojos.

—¿Qué es lo que está practicando ahora?

—Ocultar mensajes. —Rajar una costura de su puño, meter un diminuto mensaje enrollado y sacarlo rápidamente. Eran necesarios unos dedos rápidos y hábiles y los de Eve eran las dos cosas.

El capitán se apoyó en el borde de la mesa. Ese día iba vestido de uniforme, la primera vez que ella le veía vestido de caqui, y le sentaba bien.

—¿En cuántos sitios de lo que lleva ahora puesto puede esconder un mensaje?

—Puños, dobladillos, puntas de los guantes —recitó Eve—. Sujeto en el pelo, claro. Enrollado en el interior de un anillo o dentro del tacón de un z-zapato...

—Eh..., mejor que se olvide de eso último. Tengo entendido que los alemanes conocen el truco de los tacones.

Eve asintió a la vez que archivaba esa información. Desenrolló su diminuto mensaje en blanco y empezó a hilvanarlo en el borde de su pañuelo.

—Sus compañeros de clase están practicando tiro al blanco —observó el capitán—. ¿Por qué usted no?

—El comandante Allenton no lo ha creído necesario. —«No considero que una mujer pueda verse en situación de tener que disparar una pistola», habían sido sus palabras, por lo que había dejado allí a Eve mientras sus compañeros tiraban al blanco con los revólveres Webley que les habían prestado. Ya solo quedaban tres compañeros. El inglés delgado había sido considerado no apto y lo habían dejado atrás, llorando y maldiciendo. «Si quieres combatir contra los alemanes, únete a los soldados», pensó Eve no sin compasión.

—Yo sí creo que debería aprender a disparar, señorita Gardiner.

—¿No c-contradice eso las órdenes del comandante? —Cameron y Allenton no se gustaban. Eve se había dado cuenta el primer día.

—Venga conmigo —se limitó a decir Cameron.

No llevó a Eve al campo, sino a una playa desierta, lejos del bullicio de los muelles. Se dirigió hacia el agua, con una mochila colgada al hombro que tintineaba a cada paso, y Eve le seguía, sus botas hundiéndose en la arena mientras el viento le tiraba de su cabello cuidadosamente recogido. La mañana era calurosa y Eve deseaba poder quitarse la chaqueta, pero aquella excursión sola a una playa vacía con un hombre que, desde luego, no era su tío ya resultaba bastante inapropiada. «La señorita

Gregson y el resto de las chicas del archivo no pensarían nada bueno de mí». A continuación, Eve apartó aquel pensamiento y se quitó todo hasta quedarse solo con la blusa, razonando que no llegaría muy lejos como espía si pensaba demasiado en lo que era apropiado.

El capitán encontró un madero que había arrastrado la corriente, sacó varias botellas vacías de su tintineante mochila y las puso en fila encima del tronco.

—Esto servirá. Dé diez pasos hacia atrás.

—¿No debería disparar desde más lejos? —objetó Eve tras dejar su chaqueta en una zona de hierba.

—Si va a apuntar a un hombre, lo más probable es que sea desde cerca. —El capitán recorrió la distancia y, a continuación, sacó su pistola de la funda—. Esto es una Luger P08 de nueve milímetros.

Eve arrugó la nariz.

—¿Una p-pistola alemana?

—No le haga ascos, señorita Gardiner. Es mucho más precisa y fiable que nuestras pistolas inglesas. Nuestros muchachos usan la Webley Mk IV. Con esa es con la que están practicando sus compañeros de clase y más les valdría que no se molestaran en hacerlo porque se necesitan varias semanas para dominar una Webley tal y como ellos disparan. Con una Luger, se da en el blanco solo con unas horas de práctica.

Rápidamente, el capitán Cameron abrió la pistola, pronunció el nombre de cada parte y permitió que Eve la montara y desmontara hasta que dejó de hacerlo con torpeza. Cuando le cogió el truco y vio que sus manos se movían con destreza y rapidez, sintió la misma excitación líquida que había notado desde que llegó, cada vez que conseguía descifrar un mapa o un mensaje. «Más», pensó. «Deme más».

Cameron la hizo cargar y descargar repetidas veces y Eve estuvo segura de que él estaba esperando a ver si ella le suplicaba disparar y no solamente trastear con las partes de la pistola. «Quiere ver si tengo paciencia». Volvió a colocarse un mechón de pelo que le había movido el viento detrás de la oreja y obedeció las instrucciones en silencio. «Puedo esperar todo el día, capitán».

—Allí. —Por fin, él señaló hacia las primeras botellas que estaban alineadas sobre el madero que había arrastrado la corriente—. Tiene siete disparos. Mire por el cañón, así. No te golpea con la culata como una Webley, pero no deja de tener retroceso. —Tocó con un dedo el hombro de ella, su mentón y sus nudillos para corregirle la postura. No hizo intento alguno de convertir aquello en algo íntimo. Eve se acordó de los muchachos franceses de Nancy cuando ella aparecía en alguna cacería de patos. «¡Deja que te enseñe cómo apuntar!». Y, a continuación, empezaban a rodearla con sus brazos.

El capitán asintió y dio un paso atrás. La fuerte brisa salada le echaba su pelo corto hacia atrás y ondulaba el color azul pizarra del agua del Canal que tenía detrás.

—Dispare.

Ella realizó sus siete disparos, el ruido reverberó en toda la playa vacía pero no alcanzó a ni una sola de las botellas. Sintió la puñalada de la decepción, pero sabía muy bien que no debía demostrarlo. Se limitó a cargar de nuevo.

—¿Por qué quiere hacer esto, señorita Gardiner? —preguntó el capitán antes de hacerle una señal con la cabeza para que disparara de nuevo.

—Quiero contribuir. —No tartamudeó en absoluto—. ¿Tan extraño resulta? El verano pasado, cuando empezó la guerra, todos los jóvenes de Inglaterra estaban ansiosos por entrar en combate, hacer algo por sí mismos. ¿Alguien les preguntó por qué? —Levantó la Luger y lanzó otros siete disparos bien espaciados. Esta vez, le dio a una de las botellas, haciendo saltar una esquirla de cristal, pero no la hizo añicos. Otra puñalada de decepción.

«Pero algún día seré la mejor», juró. «Mejor incluso que su apreciada recluta de Lille, quienquiera que sea».

—¿Odia a los alemanes? —continuó la voz del capitán.

—No estaban lejos de Nancy, donde me crie. —Eve empezó a cargar de nuevo—. En aquel entonces, no los odiaba. Pero invadieron Francia y la destrozaron, se llevaron todo lo b-b-bueno. —Introdujo la última bala—. ¿Qué derecho tenían a hacerlo?

—Ninguno. —Se quedó observándola—. Pero creo que lo suyo no es tanto una cuestión de patriotismo como el deseo de demostrarse algo a sí misma.

—Sí —admitió. Y eso la hizo sentir bien. Era lo que quería por encima de todo. Lo deseaba tanto que dolía.

—Relaje un poco los dedos. Está tirando del gatillo más que apretándolo y eso hace que se desvíe a la derecha.

En el segundo disparo explotó una botella. Eve sonrió.

—No piense que se trata de un juego. —El capitán la miró—. Veo a muchos jóvenes deseosos de vencer a los canallas alemanes. Eso está bien para las tropas. Perderán esa ilusión tras la primera semana en las trincheras y lo único que saldrá dañado será su inocencia. Pero los espías no pueden mostrarse deseosos de nada. Los espías que consideran esto un juego terminan muertos y, probablemente, también sus compañeros. Los alemanes son listos e implacables, por mucho que se diga que son unos asnos estúpidos, y, desde el momento en que usted ponga un pie en Francia, estarán decididos a atraparla. Como es mujer, puede que no la pongan contra un paredón para fusilarla, como le ocurrió a un muchacho de diecinueve años al que envié a Roubaix el mes pasado. Pero pueden encerrarla hasta que se pudra en una prisión alemana, muriendo de hambre lentamente entre ratas sin que nadie consiga ayudarla, ni siquiera yo. ¿Lo comprende, Evelyn Gardiner?

«Otra prueba», pensó Eve con el corazón latiéndole con fuerza. Un fallo y no llegaría a Francia. Un fallo y volvería a una habitación alquilada y a archivar cartas. «No».

Pero ¿cuál era la respuesta correcta?

El capitán Cameron esperó con la mirada fija en ella.

—Nunca he pensado que esto sea un juego —contestó Eve por fin—. No me gustan los j-juegos. Los juegos son para los niños, y quizá yo aparente dieciséis años, pero nunca he sido una niña. —Empezó a cargar la pistola de nuevo—. No puedo prometer que no voy a fallar, pero no será por que crea que todo esto es una broma.

Ella le devolvió la mirada con dureza, el corazón aún golpeándole el pecho. «¿Ha sido la respuesta correcta?». No tenía ni idea. Pero era la única que tenía.

—La enviaremos a Lille, que está ocupada por los alemanes —dijo tras un instante el capitán Cameron, y las piernas de Eve casi se doblaron por el alivio—. Pero antes irá a El Havre para reunirse con su contacto. Su nombre será Marguerite Le François. Aprenda a responder a ese nombre como si fuese el suyo.

«Marguerite Le François». Podía traducirse como «Margarita francesa» y Eve sonrió. Un nombre perfecto para una chica inocente, una muchacha a la que ignorar o interrumpir cuando hablara. Tan inofensiva como una joven margarita que acecha entre la hierba.

El capitán Cameron la miró sonriendo.

—Me parece que le va bien el nombre. —Apuntó a la fila de botellas, solo quedaban seis. Tenía manos delgadas y bronceadas y Eve vio el destello dorado de un anillo de bodas en la izquierda—. Otra vez.

—*Bien sûr, oncle* Édouard.

Al terminar la tarde todas las botellas estaban destrozadas. Con unos cuantos días más de práctica bajo su tutela, podría derribar siete botellas con siete disparos.

—Cameron está dedicándole mucho tiempo —comentó el comandante Allenton una tarde cuando Eve volvió a clase tras sus prácticas. No se había molestado en hablar a Eve desde que ella había llegado, pero ahora la miraba pensativo—. Tenga cuidado, querida.

—No sé a qué se refiere. —Eve se acomodó en su escritorio. Era la primera en llegar a una clase práctica sobre el descifrado de códigos—. El capitán es un perfecto caballero.

—Bueno, quizá no tan perfecto. Hubo un asunto feo por el que estuvo tres años en prisión.

Eve casi se cayó del asiento. Cameron, con su voz tan caballerosa, su leve acento escocés y su impecable gramática de colegio privado, su dulce mirada y su espigada elegancia. «¿En prisión?».

El comandante se acarició con los dedos su bigote encerado, claramente esperando a que ella preguntara por los jugosos detalles. Eve se alisó la falda y guardó silencio.

—Fraude —dijo él por fin con evidente satisfacción por estar contándole chismes sobre un subordinado—. Por si se lo está preguntando. Su esposa trató de denunciar que le habían robado su collar de perlas, lo cual constituía un fraude al seguro y una situación peliaguda. Él asumió las culpas por ella, pero ¿quién sabe lo que ocurrió de verdad? —El comandante parecía bastante encantado de ver la expresión de Eve—. Supongo que no le ha hablado de la sentencia que le llevó a la cárcel, ¿eh? —Guiñó un ojo—. Ni de la esposa.

—De ninguna de las dos cosas —respondió Eve con frialdad—. No son asunto m-mío. Y como ha sido reincorporado al ejército de Su Majestad en un puesto de confianza, no me c-corresponde c-cuestionar su autoridad.

—Yo no lo consideraría un puesto de confianza, querida. En la guerra surgen extraños compañeros de cama. Necesitamos que todos se pongan manos a la obra, incluso los que las tienen sucias. Cameron fue perdonado y restituido, pero eso no quiere decir que yo desee que ninguna de mis chicas pasee sola por la playa con él. Una vez que un hombre ha estado tras los barrotes, en fin...

Eve pensó en las largas manos de Cameron cargándole la pistola. No podía imaginarse esas manos robando nada.

—¿Eso es t-t-todo, señor? —Estaba ansiosa por saber más detalles, por supuesto, pero prefería que la ahorcaran antes que pedir a aquella morsa despreciable con su ridículo bigote que le contara más.

El comandante se fue, claramente decepcionado, y Eve vio a Cameron a escondidas al día siguiente. Pero no le preguntó nada, porque en Folkestone todos tenían secretos. Y el día en que terminó el curso de formación, él le guardó cuidadosamente la Luger en el bolso de viaje como regalo.

—Partirá hacia Francia por la mañana —dijo.

Segunda parte

5

Charlie

Mayo de 1947

No sé cuánto tardamos en cruzar el Canal. El tiempo parece alargarse hasta el infinito cuando lo pasas vomitando.

—No cierre los ojos. —El acento escocés de Finn Kilgore sonaba detrás de mí mientras yo me agarraba con fuerza a la barandilla—. Se marea más si no ve desde qué dirección vienen las olas.

Yo apreté más los ojos.

—Por favor, no pronuncie esa palabra.

—¿Qué palabra?

—Olas.

—Mire al horizonte y...

—Demasiado tarde —gruñí antes de inclinarme sobre la barandilla. No me quedaba nada más que echar pero, aun así, el estómago se me había vuelto del revés. Por el rabillo del ojo pude ver a una pareja de franceses vestidos con elegantes trajes que arrugaban la nariz y se alejaban por la cubierta. Una fuerte ráfaga de viento barrió la cubierta y mi sombrero verde oscuro con su horrible ala curvada salió rodando—. Déjelo —dije entre arcadas mientras Finn se deslizaba por la barandilla—. ¡Odio ese sombrero!

Sonrió y extendió la mano para recogerme el pelo revuelto y apartármelo de la cara mientras yo daba una última arcada. La primera vez que vomité delante de él sentí una vergüenza espantosa, pero ahora me encontraba demasiado mal como para sentirme humillada.

—Para ser una yanqui, tiene un estómago delicado —comentó—. A juzgar por sus perritos calientes y su café, creía que a los americanos no les sentaba mal nada.

Yo me incorporé, probablemente con la cara tan verde como una lata de guisantes.

—Por favor, no diga perritos calientes.

Me soltó el pelo.

—Como desee.

Estábamos en el extremo opuesto del barco de donde se encontraba Eve, porque a ella le había parecido mi lamentable estado enormemente divertido y yo había tenido que alejarme para no matarla. Al final, Finn había venido conmigo. Debía de haberse cansado de sus maldiciones y sus descargas de humo, aunque resultaba difícil imaginar que fueran peores que mis interminables náuseas.

Volvió a apoyarse de espaldas con los codos en la barandilla e inclinó la cabeza hacia atrás para mirar la pequeña cubierta superior del barco.

—¿Adónde iremos cuando lleguemos a El Havre, señorita?

—Eve dice que la mujer con la que tenemos que hablar está en Roubaix, así que es posible que vayamos allí antes que a Limoges. Pero estaba pensando... —Me detuve.

—¿Qué pensaba?

—¿Primero a Ruan? —Lo pronuncié como una pregunta y me maldije por ello. No tenía que pedir permiso sobre adónde ir a continuación. Aquella era mi cruzada, aunque resultara una palabra demasiado pomposa. ¿Mi misión? ¿Mi obsesión? En fin, comoquiera que se llamara, mi dinero lo financiaba todo, así que era yo la que estaba al mando. Finn y Eve parecían darlo por sentado, cosa que no pude evitar disfrutar después de tantas semanas de sentirme como una hoja sobre la superficie de un remolino—. Vamos a Ruan —dije con determinación—. Mi tía se fue de París y se mudó a la casa de verano de forma permanente después de la guerra. La madre de Rose. No se mostró muy comunicativa en sus cartas, pero, si me presento en su puerta, seguro que me habla.

Pensé en mi tía francesa con su infinito bolso repiqueteante lleno de frascos de pastillas para todas las enfermedades que estaba convencida de que la estaban matando. Lo que quería era agarrarla de sus huesudos brazos y sacudirla hasta que soltara las respuestas que deseaba oír. «¿Por qué se fue Rose de casa en el 43? ¿Qué le pasó a tu hija?».

Miré por la cubierta y vi a la Rose de ocho años, enjuta y llena de pecas, dando brincos junto a la barandilla. Me sonrió y, después, vi que no se trataba de Rose. Ni siquiera tenía el cabello rubio de Rose. Vi que la niña volvía corriendo con su madre en la proa y, aun así, mi imaginación trataba de decirme que aquellas eran las trenzas rubias de Rose rebotando contra su espalda estrecha, no las trenzas castañas de una desconocida.

—Ruan —repetí—. Pasaremos la noche en El Havre y saldremos con el coche por la mañana. Podríamos llegar allí esta noche si fuésemos en el tren... —Eve se había negado en redondo a pensar en otro medio de transporte que no fuese el coche, así que tuve que desembolsar un buen dinero para que subieran el pesado Lagonda de Finn al barco con una grúa. Como si fuésemos lores británicos que parten de excursión en coche con un pícnic de champán. Por lo que costaba llevar el coche, y para llevarlo tuvimos que subir al barco más lento hacia El Havre en lugar de a Boulogne, podría haber comprado pasajes de ida y vuelta hasta Francia para seis personas—. ¿No podría esa bruja haber tolerado que viajásemos en tren? —refunfuñé.

—No creo que hubiera podido —respondió Finn.

Miré a mi caprichosa aliada, que estaba al otro lado de la cubierta. Durante el trayecto por carretera, ella había estado bien lanzando insultos o bien en silencio, negándose a salir del coche cuando llegamos a Folkestone, y Finn tuvo que acompañarme a comprar los pasajes para la travesía por el Canal. Cuando volvimos al Lagonda, ella había desaparecido y, tras ir de un lado a otro con el coche, la encontramos en la puerta de una desvencijada casa adosada que ocupaba el número 8 del Parade, simplemente allí, con el ceño fruncido.

—Aún me preguntó adónde fue aquel muchacho inglés tan delgaducho —dijo de repente—. El que echaron del c-curso. ¿Fue con los soldados de las trincheras y acabó saltando por los aires? Un cabrón con suerte.

—¿Qué curso? —le pregunté exasperada, pero ella se limitó a soltar una fuerte carcajada.

—¿No tenemos que subir a un barco? —señaló.

Y ahora estaba sentada en el otro extremo de la cubierta vestida con un abrigo andrajoso, sin sombrero, fumándose una infinita cadena de cigarrillos y con un aspecto inesperadamente frágil.

—Mi hermano se sentaba siempre así —comenté—. Con la espalda en un rincón. Cuando volvió de Tarawa. Se emborrachó una noche y me dijo que ya no se sentía cómodo si no podía ver las líneas de fuego. —Se me formó un nudo en la garganta al recordar el hermoso y ancho rostro de James, que ya no resultaba realmente atractivo bajo el contorno borroso del alcohol y la sonrisa fija, pues sus ojos estaban vacíos...

—Muchos soldados lo hacen —contestó Finn con tono neutral.

—Lo sé. —Deshice el nudo de mi garganta—. No era solo mi hermano. Lo veía cuando los soldados entraban en la cafetería en la que yo trabajaba. —Vi la mirada de sorpresa de Finn—. ¿Qué? ¿Creía que esta rica americanita nunca había trabajado?

Claramente, eso era justo lo que creía.

—Mi padre pensaba que sus hijos debían conocer el valor del dinero. Empecé a trabajar en su despacho a los catorce años. —Un bufete de abogados especializado en derecho internacional, donde se oía hablar en francés y alemán por teléfono tanto como en inglés. Yo había empezado regando las plantas y preparando el café, pero enseguida estuve archivando documentos, organizando las notas de mi padre e incluso haciendo el balance de sus libros de contabilidad una vez que quedó claro que yo podía hacerlo con más rapidez y orden que su secretaria. Continué—: Y luego, cuando fui a Bennington y mi madre ya no estaba conmigo para prohibírmelo, busqué un trabajo en una cafetería. Allí era donde veía llegar a los soldados.

Finn parecía perplejo.

—¿Por qué trabajaba si no lo necesitaba?

—Me gusta ser de utilidad. Lo que sea con tal de librarme de los guantes blancos y el cotillón. Se puede observar a la gente en las cafeterías, inventar historias sobre ellos. Aquel de allí es un espía nazi, aquella es una actriz que va a una audición en Broadway. Además, se me dan bien los números, así que soy útil en las tiendas, calculando el cambio mentalmente y ocupándome de la caja registradora. Me especialicé en matemáticas cuando estudié.

Cómo había fruncido el ceño mi madre cuando se enteró de que me había matriculado en cálculo y álgebra en Bennington.

«Sé que te gustan ese tipo de cosas, *ma chère.* ¡No sé cómo voy a hacer el balance de mi talonario cuando te vayas a Vermont! Pero no hables mucho de ello en las citas. No hagas esas cosas que sueles hacer, cuando sumas todos los precios del menú mentalmente para ver si puedes hacerlo más rápido que el camarero. A los chicos no les gustan esas cosas».

Puede que esa fuera la razón por la que había entrado a trabajar en una cafetería al llegar a Bennington. Mi pequeña rebelión contra la letanía que había estado oyendo toda mi vida sobre lo que era adecuado, lo que era apropiado, lo que les gustaba a los chicos. Mi madre me envió a la universidad para que encontrara un marido, pero yo buscaba otra cosa. Otro camino que no fuese el que habían escogido para mí. Viajar, trabajar, ¿quién sabía? Aún no lo había averiguado, pero entonces surgió el Pequeño Problema y los planes de mi madre y los míos quedaron hechos pedazos.

—Calcular el cambio de las tazas de café. —Finn sonrió—. Es una bonita forma de pasar una guerra.

—No es culpa mía que fuera demasiado joven para ser enfermera. —Vacilé, pero terminé preguntándolo. Seguía teniendo el estómago revuelto y la conversación mantenía a mi mente distraída—. ¿Qué tal su guerra? —Pues la guerra de cada uno había sido distinta. La mía fue de deberes de álgebra, tener de vez en cuando alguna cita y esperar cada día las cartas de Rose y James. La guerra de mis padres transcurrió en Victory Gardens y caminos de chatarra y mi madre preocupándose por tener que ponerse maquillaje en las piernas en lugar de medias. Y la guerra de mi pobre hermano... En fin, él no contó cómo fue, pero hizo que se tragara una escopeta—. ¿Cómo fue su guerra? —volví a preguntarle al chófer de Eve apartando de mi mente el rostro de James antes de que la garganta se me cerrara—. Dijo que estuvo en el Regimiento Antitanques.

—No resulté herido. Lo pasé bien, absolutamente genial. —Finn se estaba burlando de algo, pero no creí que fuera de mí. Quise preguntarle, pero su expresión se había vuelto seria y no me atreví a seguir fisgoneando. Al fin y al cabo, apenas le conocía.

Era el hombre para todo de Eve, el escocés que preparaba el desayuno. Yo no sabía si le gustaba o si simplemente estaba siendo educado.

Quería gustarle. No solo a él. También a Eve, por mucho que ella me desconcertara y me fastidiara. En compañía de ellos dos, yo empezaba de cero. Para ellos yo era Charlie St. Clair, punta de lanza del equipo de búsqueda más inverosímil del mundo. No Charlie St. Clair, la absoluta desgracia y la gran zorra.

Finalmente, Finn se apartó y mi estómago volvió a revolverse de nuevo. Pasé el resto del viaje mirando al horizonte y tragando saliva. Por fin se oyó el grito: «¡El Havre!», y fui la primera en bajar a los muelles, arrastrando mi maleta y tan contenta de estar en tierra firme que podría haber besado el suelo. Tardé un momento en darme cuenta de cuál era el escenario que me rodeaba.

El Havre mostraba aún más señales de la guerra que Londres. El puerto había sido completamente bombardeado. Recordé que lo habían llamado «tormenta de hierro y fuego». Aún quedaban muchos escombros y faltaban muchos edificios. Y, lo que era peor, se respiraba una desolación gris y generalizada, un cansancio entre la muchedumbre que me rodeaba. Los londinenses que yo había visto parecían seguir adelante con cierto humor sombrío, como si dijeran: «Aún no se puede encontrar bizcochos con crema, pero no nos invadieron, ¿eh?».

Francia, a pesar de todo lo que había leído en los periódicos —que el general De Gaulle había desfilado triunfante por los bulevares de París entre los gritos de una delirante muchedumbre—, parecía exhausta.

Cuando Eve y Finn llegaron hasta mí, yo ya había apartado de mi mente mi repentina melancolía y toqueteaba el fajo de francos que había adquirido en Folkestone. («Querida, ¿sabe su padre que está cambiando todo este dinero?»). Finn dejó a Eve y su ruinoso equipaje y, después, se alejó rápidamente por el muelle para asegurarse de que la grúa no abollaba su valioso Lagonda al desembarcarlo.

—Vamos a necesitar un hotel —dije distraída, volviendo a contar los francos y no haciendo caso a una repentina oleada de fatiga—. ¿Conoce alguno barato?

—No escasean las cosas baratas en las ciudades costeras. —Eve me miró divertida—. ¿Quieres dormir con Finn? Dos habitaciones son más baratas que tres.

—No, gracias —contesté con frialdad.

—Qué mojigatas son las americanas —se rio. Nos quedamos en silencio hasta que el Lagonda azul oscuro rodeó por fin la esquina con su zumbido.

—¿Cómo consiguió comprarse un coche así? —me pregunté mientras pensaba en la camisa andrajosa de Finn.

—Probablemente haría algo ilegal —respondió Eve con despreocupación.

Pestañeé.

—¿Es una broma?

—No. ¿Crees que trabaja para una bruja malhumorada como yo por diversión? Nadie estaba dispuesto a darle un trabajo. Quizá yo tampoco debería haberlo hecho, pero siento debilidad por los hombres atractivos con acento escocés y un pasado en prisión.

Casi me caí de mis tacones.

—¿Qué?

—¿No lo sabías? —Me miró levantando una ceja—. Finn es un exconvicto.

6

Eve

Junio de 1915

Marguerite Le François entró dejando atrás la lluvia y se sentó en una mesa vacía en el rincón de un café de El Havre: una muchacha respetable, con sombrero y guantes, que pedía tímidamente al camarero una limonada con su acento del norte de Francia. Si alguien hubiera mirado en la cartera de Marguerite habría encontrado toda su documentación en inmaculado orden: nacida en Roubaix, tenía permiso de trabajo y diecisiete años. De lo que Eve no estaba segura aún era de qué otras cosas era Marguerite. Su identidad era poca cosa, pues aún no estaba completa con los detalles que la harían real. Cuando el capitán Cameron —tío Edward— había dejado a Eve en el barco que salía de Folkestone, lo único que le había dado era un paquete impecable lleno de documentos falsos; un respetable aunque deshilachado traje de viaje y una maleta maltrecha llena de más vestidos respetables y deshilachados. Y un destino.

«En El Havre se reunirá con su contacto —le había indicado en el muelle—. Ella le dirá lo que necesite saber en lo sucesivo».

«¿Se trata de su chica estrella? —no había podido evitar preguntar Eve—. ¿Su mejor agente?».

«Sí. —Cameron había sonreído y sus ojos se habían arrugado por los extremos. Había dejado su inmaculado uniforme caqui y había vuelto a ponerse su traje de *tweed* de persona anónima—. No se me ocurre nadie mejor para prepararla a usted».

«Seré igual de buena. —Eve le había mirado a los ojos con intensidad—. Le haré s-sentirse orgulloso».

«Todos me hacen sentirme orgulloso —había respondido Cameron—. Desde el momento en que un recluta acepta una misión, me siento orgulloso. Porque no se trata solo de una tarea peligrosa, sino también sucia y desagradable. La verdad es que no es muy limpio escuchar detrás de las puertas y abrir los correos de otra persona, aunque sea un enemigo. En realidad, nadie piensa que los caballeros deberían hacer cosas así, incluso en tiempos de guerra. Y mucho menos las señoras».

«Tonterías», había dicho Eve con brusquedad. Cameron se había reído.

«Verdaderas tonterías. Aun así, el tipo de trabajo que hacemos no es muy respetado, ni siquiera entre los que dependen de nuestros informes. No recibimos ninguna alabanza, ni fama ni elogios. Solo peligro. —Se había retocado su pequeño sombrero gris para que adquiriera un mejor ángulo sobre su bien peinado cabello—. Así que nunca tema no haberme hecho sentirme orgulloso, señorita Gardiner».

«Mademoiselle Le François», le había recordado Eve.

«Cierto. —A continuación, su sonrisa había desaparecido—. Tenga cuidado».

«*Bien sûr.* ¿Cómo se llama la mujer de El Havre? Su gran estrella a la que voy a sustituir».

«Alice —había respondido el capitán divertido—. Alice Dubois. Por supuesto, no es su verdadero nombre. Y si usted consigue ser mejor que ella, terminará con la guerra en seis meses».

Se había quedado un largo rato en el muelle viendo cómo el barco de Eve se adentraba en el agitado oleaje. Ella no apartó la mirada de él hasta que la figura del traje de *tweed* hubo desaparecido. Había sentido una punzada al dejar de verlo. La primera persona que había tenido fe en ella, que había creído que podía hacer algo más, por no mencionar que era su último contacto con todo lo que dejaba atrás. Pero enseguida la emoción se había impuesto a la soledad. De Inglaterra había salido Eve Gardiner. A El Havre había llegado Marguerite Le Françoise. Y esperó, dando sorbos a una limonada y ocultando una curiosidad que bien podría calificarse de voraz por conocer a la misteriosa Alice.

La cafetería estaba abarrotada. Camareros de expresión avinagrada se abrían paso con platos sucios y botellas de vino, entraban clientes de la calle sacudiendo sus paraguas de la lluvia. Eve examinaba a todas las mujeres que veía. Una señora corpulenta con andares enérgicos tenía el pesado anonimato y el aire competente de una experta coordinadora de espías... O quizá la joven escuálida que dejaba su bicicleta en la puerta y, después, tenía que detenerse en la puerta para limpiarse las gafas. Podría ocultar unos ojos de águila que hubiesen leído docenas de planes alemanes...

—*Ma chère Marguerite!* —exclamó una voz de mujer y Eve giró la cabeza al oír el nombre al que se había acostumbrado a responder como si fuese un cachorro. Vio un sombrero que se inclinaba sobre ella. No un sombrero cualquiera, sino un sombrero del tamaño de la rueda de un carro cubierto de organdí rosa y flores de seda. Y, entonces, la dueña del sombrero la envolvió con una nube de aroma a lirio del valle y la besó en ambas mejillas sonoramente.

—¡*Chérie*, qué guapa estás! ¿Cómo está nuestro querido *oncle* Édouard?

Era la frase que le habían dicho que escucharía primero, pero lo único que Eve pudo hacer fue quedarse mirando. «¿Esta es la coordinadora de la red de Lille?».

Aquella pequeña francesa tenía unos treinta y cinco años, era delgada y casi no le llegaba a Eve al mentón. Vestía con un traje elegante con un fuerte color lila sobre el que llevaba el enorme sombrero rosa. A su alrededor se amontonaban bolsas de tiendas y se acomodó al otro lado de la mesa sin parar de parlotear, cambiando de un fluido francés a un inglés igual de rápido. En esta parte de Francia, era común oír hablar en inglés gracias a los soldados y enfermeras del frente que estaban de permiso.

—¡*Mon Dieu*, esta lluvia! Seguro que se me ha estropeado el sombrero. Quizá sería lo mejor. No era capaz de decidir si es absolutamente espantoso o completamente divino, así que, por supuesto, no pude hacer otra cosa que comprarlo. —Se sacó unos cuantos alfileres de sombrero perlados y posó el sombrero en la silla que estaba libre, dejando a la vista un cabello rubio recogido en un peinado pompadour—. Siempre me compro algún sombrero moralmente cuestionable cuando vengo por esta zona. No puedo llevármelos al norte, claro. Ponte un bonito sombrero y un guardia alemán te lo confiscará para dárselo a su última puta. Así que en Lille visto con sarga del año pasado y un pequeño y deprimente canotier y todo lo elegante se queda abandonado en cuanto regreso. Debo de haber dejado sombreros de dudosa moral por toda Francia. Brandy —dijo al camarero que apareció a su lado y mostró una sonrisa arrebatadora cuando se retiraba—. He tenido un día desastroso —añadió con franqueza—. Así que, que sea un brandy doble, monsieur, y deje esa cara amargada. Y bien... —Volvió a mirar a Eve, que había estado sentada en silencio y con los ojos muy abiertos durante todo aquel monólogo de presentación. La escrutó de arriba abajo y, de repente, pasó a un tono más profesional—. *Merde.* ¿Ahora el tío Edward siempre me va a mandar bebés recién nacidos?

—Tengo veintidós años —replicó Eva con cierto tono frío. Ninguna parisina pomposa que conjuntaba el rosa con el morado iba a hacerla sentir como una niña—. Mademoiselle Dubois...

—Para ahora mismo.

Eve se quedó inmóvil y lanzó una mirada por la ruidosa cafetería.

—¿Nos está oyendo alguien?

—No, no. Estamos a salvo. Si alguien entiende nuestro idioma, cosa que dudo, estamos en un rincón de una sala demasiado llena de ruido para que nadie pueda oír una palabra. No, lo que quería decir es que dejes de llamarme con ese espantoso nombre. —Se estremeció con un exagerado escalofrío—. Alice Dubois. ¿Qué pecado he cometido para ganarme un nombre así? Tendré que preguntarle a mi confesor. Alice Dubois suena a una delgaducha maestra de escuela con cara de cubo de la basura. Llámame Lili. Tampoco es mi nombre real, pero, al menos, tiene chispa. No dejé en paz al tío Edward hasta que empezó a usarlo también. Creo que le gustó porque empezó a ponerles nombres de flor al resto de sus «sobrinas», como Violette, a la que pronto conocerás, aunque ella te odiará, porque odia a todo el mundo..., y ahora tú: Marguerite, la pequeña margarita. Nosotras somos su jardín y él nos mima como una ancianita con su regadera. —Alice/Lili había estado hablando con la cabeza junto a la de Eve para que su conversación no pudiese oírse, pero, aun así, se interrumpió cuando el camarero se acercó con su brandy.

—*Merci!* —exclamó sonriendo sin hacer caso a la mirada reprobatoria del camarero.

Eve no había visto jamás en su vida a una mujer distinguida bebiendo alcohol, salvo quizá por cuestiones médicas, pero guardó silencio mientras daba vueltas a su vaso de limonada. El capitán Cameron le había advertido de que no considerara ese trabajo como un juego, pero su agente favorita parecía tomárselo todo a broma. «¿O no?». Bajo su parloteo alegre, Lili mostraba una cautela instintiva: sus palabras se interrumpían en el momento en que alguien pasaba aunque no fuese muy cerca de su mesa y a pesar de que su voz ya era tan baja que Eve tenía que inclinarse para oír todas las palabras. Parecían dos mujeres que estuviesen compartiendo un secreto íntimo, cosa que, por supuesto, estaban haciendo.

A Lili no parecía importarle el escrutinio de Eve. Ella también lo hacía, con sus ojos profundos y casi líquidos de tanto moverse.

—¿Veintidós años? —repitió—. Jamás lo habría pensado.

—Por eso en mis documentos dice que tengo diecisiete. —Eve abrió los ojos de par en par y pestañeó con expresión de dulce confusión y Lili soltó una carcajada de absoluta diversión a la vez que aplaudía.

—Puede que al final nuestro tío sí sea un genio. Menuda pieza estás hecha, *chérie.* ¡Yo juraría que acabas de salir de la escuela y que eres tan indefensa como una florecilla!

Eve bajó los ojos con recato.

—Q-Q-Qué amable.

—Sí. El tío Edward me ha comentado que se te engancha la lengua —dijo Lili con franqueza—. Imagino que en la vida normal será un infierno, pero ahora te vendrá bien. La gente habla cuando está rodeada de mujeres y, aún más, cuando son muy jóvenes. Y parlotearán como gansos cuando estén con una muchacha que parece medio tonta. Te aconsejo que lo exageres. ¡Vamos a pedir unas *baguettes!* En Lille no es fácil encontrar buen pan. La harina blanca buena va para los alemanes, así que cuando vengo al sur me atiborro de pan bueno y de sombreros modernos. ¡Me encanta esta ciudad!

Y mientras Lili se bebía de un trago el resto de su brandy y pedía *baguettes* y mermelada, Eve empezó a sonreír.

—El tío Edward me ha dicho que tienes información para darme. —Estaba más hambrienta de información que de pan.

—Eres de las que van directas al grano, ¿no? —Lili partió un trozo de la primera *baguette* y se lo comió con rápidos bocados como un pajarito—. Vas a ir a un restaurante de Lille, muy de moda. El tipo de lugar donde nunca servirían un brandy doble a una señora con un sombrero de moral dudosa. —Lili hizo sonar su vaso vacío—. ¿Tomo otro, *oui* o *non*? *Oui*, claro. Si una puede darse el lujo de dormir a salvo por la noche, siempre debe tomar más brandy. —Levantó un dedo al camarero que estaba tres mesas más allá y apuntó a su copa y él la miró con expresión demacrada—. El restaurante se llama Le Lethe —continuó, bajando aún más la voz—. El *Kommandant* alemán come allí al menos dos veces a la semana y la mitad de los oficiales de la zona le acompañan en tropel, pues saben que la cocina de Le Lethe recibe la mitad de la comida del mercado negro de Lille. Había un camarero que trabajaba allí, un tipo listo, que me pasaba información. ¡*Mon Dieu*, las cosas de las que se enteraba cuando esos oficiales empezaban con sus *schnapps*! Cuando lo cogieron, quise que pusieran a alguien en su lugar y *voilà:* el tío Edward me dice que ha reclutado a una perfecta margarita para mí.

—¿Le cogieron? —preguntó Eve.

—Robando comida. —Lili negó con la cabeza—. Tenía un buen oído, pero nada de sensatez. Robar pollos, azúcar y harina a la gente a la que espías..., *merde*, qué idiota. Por supuesto, le llevaron al callejón más cercano y le mataron.

Eve sintió una punzada en el estómago y dejó su *baguette* sobre la mesa. «Le mataron». Qué real empezaba a volverse todo. Mucho más real en esta pequeña y ajetreada cafetería que en la playa soleada de Folkestone.

Lili le sonrió a medias.

—Te estás sintiendo mal, lo sé. Es bastante normal. Me comeré yo tu *baguette*. De todos modos, lo cierto es que deberías tratar de adelgazar un poco antes de mandarte a tu entrevista. Pareces demasiado saludable como para haber llegado de Roubaix.

En el norte todos tienen el aspecto del palo de un rastrillo. Mírame a mí. Un saco de huesos con piel de cenicero.

Eve ya había notado las marcas de agotamiento bajo los ojos de Lili y ahora veía la palidez de esa cara delgada a pesar de sus sonrisas. «¿Tendré el mismo aspecto en unos meses?», se preguntó Eve a la vez que empujaba su *baguette* hacia el plato de Lili.

—¿Entrevista? —preguntó.

—Para trabajar en Le Lethe. El dueño ha dejado claro que va a considerar contratar a camareras en lugar de camareros. Normalmente, se habría muerto antes de permitir que una mujer sirviera en su establecimiento, pero los camareros son un producto que no puede comprarse en el mercado negro. La guerra hace que sea más difícil encontrar hombres que harina blanca, incluso para un maldito especulador como René Bordelon. Y te advierto que es una bestia. Entregaría a su propia madre a los alemanes con tal de sacar provecho. No es que él tenga madre. Probablemente lo cagó el diablo tras una noche de borrachera con Judas. —Lili apartó las últimas migas de la *baguette* de Eve—. Vas a tener que convencer a monsieur Bordelon de que te contrate. Es listo, así que no creas que va a resultar sencillo.

Eve asintió mientras la identidad de Marguerite Le François tomaba más forma. Una muchachita de campo, de ojos grandes, no muy alegre, con poca formación, pero lo suficientemente hábil, callada y elegante como para servir *boeuf en daube* y ostras *en brochette* sin llamar la atención.

—Cuando te contraten, si es que lo hacen, me pasarás todo lo que oigas. —Lili cogió su bolso y sacó una pitillera de plata—. Yo decidiré si se lo reenvío al tío Edward.

—¿Cómo? —preguntó Eve tratando de no quedarse mirando fijamente la manera en que Lili encendía una cerilla. «Solo las mujeres vulgares fuman», había declarado siempre la madre de Eve, pero Lili no podía ser considerada vulgar a pesar del llamativo sombrero rosa y su brandy.

—Eso es cosa del mensajero —contestó Lili sin más detalles—. Mi trabajo. Yo puedo ser muchas personas e ir a muchos sitios, mientras que esa lengua tuya que se traba haría que te reconocieran. Así que sé consciente de cuáles son tus puntos fuertes.

Eve no se molestó en sentirse ofendida. Al fin y al cabo, era verdad. Se imaginó a Lili atravesando puestos de control armados parloteando en voz alta y sonrió.

—Yo creo que tu trabajo es más p-p-peligroso que el mío.

—Bah. Me las arreglo. Con cualquier papel que les pongas bajo las narices y algo de entereza, se puede pasar al otro lado. Sobre todo si eres mujer. A veces, llevo un montón de paquetes y bolsas y voy dejando que se me caigan todos mientras trato de buscar mi documentación, sin parar de hablar todo el rato, y ellos me dejan pasar por pura irritación. —Lili exhaló una larga bocanada de humo—. Si te digo la verdad, esta misión especial que hacemos es bastante aburrida. Creo que por eso se nos da tan bien a las mujeres. Nuestras vidas son ya aburridas. Damos un brinco ante la oferta del tío Edward porque no soportamos la idea de seguir trabajando en una sala de archivos ni enseñando las letras a una clase llena de niños mocosos. Entonces, descubrimos que este trabajo es igual de soso, pero, al menos, nos anima la idea de que alguien nos puede poner una Luger en la nuca. Sigue siendo mejor que pegarnos un tiro nosotras mismas, cosa que sabemos que terminaremos haciendo si tenemos que escribir una carta más a máquina o meter un verbo más en latín en el cráneo de marfil de un niño.

Eve se preguntó si Lili habría sido maestra de escuela antes de la guerra. Se preguntó cómo habría reclutado el capitán Cameron a Lili, pero sabía que nadie se lo contaría. Ni nombres verdaderos, ni pasado, a menos que fuera necesario.

—El tío Edward dice que eres su mejor agente —dijo Eve.

Lili soltó otra carcajada.

—¡Qué romántico es ese hombre! San Jorge con un traje de *tweed.* Le adoro. Demasiado honrado para este trabajo.

Eve estuvo de acuerdo, hubiese o no una sentencia de cárcel. Seguía regresando a ese misterio en momentos de ocio —¿Cameron en la cárcel por fraude?—, pero lo cierto era que no cambiaba nada. Cualquiera que fuese su pasado, ella confiaba en él. Y estaba claro que Lili también.

—Ahora ven conmigo. —Lili apagó su cigarrillo—. Tienes que conocer a Violette Lameron. Se llama a sí misma mi teniente, aunque, si de verdad tuviéramos rangos, yo podría reprenderla en lugar de aguantar que ella lo haga conmigo constantemente. Creo que es porque antes era enfermera, cosa que debes saber, por cierto, en caso de que tengas que curarte alguna herida. Quizá decidió que prefería que le pegaran un tiro antes que poner otra venda más en la Cruz Roja, pero, de todos modos, sabe qué hacer si ve unos huesos rotos o unas heridas sangrantes y se ocupará de ti de inmediato si alguna vez te hacen daño. Aunque no te gustará el procedimiento. ¡Dios mío, qué incordio es esa mujer! —exclamó con tono cariñoso—. Te garantizo que esa costumbre de incordiar es propia de una enfermera, sea lo que sea lo que esté haciendo.

Lili se colocó el enorme sombrero rosa sobre su cabello rubio, recogió sus paquetes y condujo a Eve a las calles de El Havre. Hacía calor a pesar de la lluvia y unas madres de rostros rosados llevaban a sus hijos de vuelta a casa mientras los caballos que arrastraban los coches salpicaban en los charcos. Eve observó que allí nadie tenía la delgadez de Lili ni su gris aspecto de agotada y puede que Lili estuviese pensando lo mismo, pues abrió su paraguas con un fuerte golpe a la vez que decía:

—Odio esta ciudad.

—Habías dicho que t-te encantaba.

—Me encanta y la odio. El Havre, París. Me encantan sus *baguettes* y sus sombreros, pero, *merde,* la gente no tiene ni idea de lo que está pasando en el norte. Ni idea. —Ese rostro expresivo se quedó inmóvil por un momento—. Lille está infestado de bestias y aquí se ofenden si pides un brandy y fumas un cigarrillo para soportar un día terrible.

—Lili, ¿alguna vez tienes miedo? —preguntó Eve de manera impulsiva.

Lili se giró; la lluvia caía por el borde de su paraguas como una cortina plateada entre ella y Eve.

—Sí, igual que todos. Pero solo después de que el peligro ha pasado. Antes de eso, el miedo es un lujo. —Deslizó la mano por el brazo de Eve—. Bienvenida a la red de Alice.

7

Charlie

Mayo de 1947

Verano, casi exactamente hace diez años. Yo tenía nueve y Rose once cuando nuestras familias fueron de viaje por la Provenza... y terminaron dejándonos solas en una cafetería de carretera durante casi seis horas.

Un accidente, claro. Dos coches, uno con los adultos y otro detrás con los niños y la niñera. Una parada en un café que daba a un viñedo de uvas incipientes y nuestros padres yendo en busca de los lavabos y postales, Rose y yo siguiendo el olor del pan recién hecho hasta la cocina y nuestros hermanos provocando alboroto... y, de algún modo, cuando todos volvieron a montarse en los coches, la niñera pensó que nos habíamos subido al coche de nuestros padres y estos creyeron que íbamos con la niñera, y todos se marcharon sin nosotras.

Fue la única vez que vi a Rose asustada y no lo entendí. No corríamos ningún peligro. La rolliza y maternal cocinera de la

Provenza armó un buen jaleo cuando descubrió lo que había pasado. «¡No os preocupéis, mademoiselles! En menos de veinte minutos vuestras madres volverán». Enseguida estuvimos acomodadas en una mesa para nosotras solas bajo un toldo de rayas que daba al viñedo, con vasos de limonada fría y grandes bocadillos de queso de cabra con jamón.

—Estarán de vuelta enseguida —dije masticando. Por lo que a mí se refería, aquello era mucho mejor que ir sentada en el estrecho y caluroso asiento trasero del Renault con las regañinas de la niñera y el incordio de nuestros hermanos.

Pero Rose se limitaba a mirar la carretera sin sonreír.

—Puede que no vuelvan —contestó—. No le gusto a mi madre.

—Sí que le gustas.

—No ahora que me estoy volviendo..., ya sabes. Mayor. —Rose se miró. Pese a tener once años, empezaba a salirle el pecho—. A *maman* no le gusta. Se siente vieja.

—Porque cuando crezcas serás aún más guapa que ella. Para la mía, yo no voy a ser lo suficientemente guapa —dije con un suspiro, pero la tristeza no me duró mucho. Hacía un día demasiado bonito y la sonriente cocinera acababa de dejarnos un plato de *madeleines* recién hechas.

—¿Por qué siempre todo tiene que ver con que seamos guapas? —protestó Rose, mirando aún con furia la imponente vista de los viñedos y el cielo.

—¿No te gusta ser guapa? Ojalá yo lo fuera.

—Bueno, claro que me gusta. Pero cuando la gente conoce a nuestros hermanos no se limitan a comentar su aspecto. Preguntan: «¿Cómo te va en el colegio?», o: «¿Juegas al fútbol?». Nadie hace eso con nosotras.

—Las niñas no juegan al fútbol.

—Ya sabes a qué me refiero. —Rose parecía atormentada—. Nuestros padres no habrían dejado nunca atrás a los chicos. Los chicos siempre son lo primero.

—¿Y qué? —Así eran las cosas, no había por qué molestarse ni tampoco pensar en ello demasiado. Mis padres se reían indulgentes cuando James me tiraba del pelo o me mojaba en el río hasta que yo lloraba. Los chicos podían hacer lo que querían y las chicas tenían que quedarse sentadas y ser bonitas. Yo no era muy bonita, pero, aun así, parecía que mis padres tenían grandes planes para mí: guantes blancos, un buen colegio y convertirme algún día en una encantadora novia. *Maman* ya me había dicho que, si tenía suerte, estaría prometida cuando tuviera veinte años, igual que ella.

Rose estaba sentada retorciéndose el extremo de su trenza rubia.

—Yo no quiero ser simplemente guapa cuando crezca. Quiero hacer algo distinto. Escribir un libro. Atravesar el Canal a nado. Ir de safari y matar un león...

—O quedarte siempre aquí. —El olor a lavanda y romero silvestres de la brisa de verano, el calor del sol sobre nosotras, el sonido del feliz parloteo en francés de los demás comensales, el queso de cabra y el delicioso pan crujiente en mi boca. Aquel pequeño café me parecía el paraíso.

—¡No vamos a quedarnos siempre aquí! —Rose parecía preocupada otra vez—. No digas eso.

—Solo era una broma. No te creerás de verdad que nos han abandonado aquí, ¿no?

—No. —Vi que ella trataba de mostrarse racional, como la niña grande de once años que sabía muchas más cosas que yo. Pero entonces susurró, como si no pudiera evitarlo—: ¿Y si no vuelven?

Creo que entonces me di cuenta de que Rose era para mí una gran amiga. Era dos años mayor, podría haberme ignorado como si fuese la peste, pero siempre le parecía bien que me pegara a ella. Sentada en aquella paradisiaca cafetería, lo vi: sus hermanos tenían sus juegos, su madre se sentía un poco molesta con ella, su padre estaba siempre trabajando. Salvo esos veranos en los que yo iba a visitarla y me convertía en su sombra fiel, estaba sola.

Yo no tenía más que nueve años. No sabía expresar aquello con palabras, ni tan siquiera comprenderlo como lo comprendí más tarde. Pero me hice un poco a la idea al ver cómo se enfrentaba al miedo de que sus padres no se fueran a molestar en volver a por ella y le apreté la mano.

—Aunque ellos no vuelvan, yo estoy aquí —dije—. No te dejaré.

—¿Señorita?

Pestañeé a la vez que regresaba de aquel verano del 37 al mes de mayo del 47. Me había dejado llevar tanto por aquel recuerdo que me sorprendí al levantar la mirada y ver los ojos oscuros de Finn y su pelo despeinado en lugar de la trenza rubia de Rose y sus ojos azules.

—Hemos llegado —anunció—. Esta es la dirección que usted me ha dado.

Me estremecí. El coche se había detenido. Miré hacia el camino de gravilla que llevaba a la casa llena de recovecos donde yo había pasado todos los veranos de mi vida hasta que Alemania invadió Francia: la casa de mis tíos a las afueras de Ruan. Pero, de algún modo, seguía viendo aquel café de la Provenza donde dos niñas habían pasado casi seis horas antes de que sus padres se dieran cuenta del error en la siguiente parada tres horas después, dieran la vuelta y volvieran a toda velocidad. Esas seis horas fueron mágicas: Rose y yo nos atiborramos de queso de cabra y *madeleines*, jugamos al pilla-pilla entre los viñedos, nos atamos unos mandiles para ayudar a la amable cocinera a lavar las tazas, sintiéndonos muy adultas cuando ella nos dejó tomar un pequeño vaso de *rosé* aguado a cada una. Viendo adormiladas cómo el sol se ponía sobre el viñedo, la cabeza de cada una apoyada en el hombro de la otra. Sintiendo cierta decepción por tener que marcharnos cuando nuestros preocupados padres llegaron con jadeantes abrazos y disculpas. El mejor día que Rose y yo habíamos pasado nunca. El mejor día de mi vida, sin duda, debido a la ecuación más sencilla del mundo: Rose más yo igual a felicidad.

«No te dejaré», le había prometido. Pero sí lo había hecho y ahora ella no estaba.

—¿Se encuentra bien? —preguntó Finn. Aquellos ojos oscuros suyos no se perdían nada.

—Bien —respondí a la vez que salía del coche—. Quédese aquí con Eve. —Ella estaba durmiendo en el asiento de atrás y el sonido de sus ronquidos se oía por encima del zumbido de las cigarras del verano. Había sido un largo trayecto tras haber pasado la noche en un hotel barato de El Havre. Primero, el viaje había empezado tarde debido, claro está, a la resaca de Eve, y, después, las horas de sacudidas por las carreteras francesas llenas de baches nos habían obligado a detenernos a cada hora o así para que yo saliera a vomitar. Puse la excusa de que me mareaba por el movimiento, pero lo cierto era que se trataba del Pequeño Problema. O puede que fuera simplemente porque la idea de lo que me esperaba me daba náuseas. Miré a la casa de nuevo y las contraventanas cerradas me parecieron ojos muertos.

—Entonces, adelante. —Finn sacó un ejemplar destrozado de una revista de coches de debajo de su asiento mientras apoyaba un codo en la ventanilla para leer—. Cuando vuelva entraremos en Ruan y buscaremos un hotel.

—Gracias. —Le di la espalda al reluciente Lagonda azul y empecé a recorrer el camino de entrada.

Nadie respondió cuando llamé a la puerta. Volví a llamar. Pasó tanto rato que estaba lista para asomarme por las ventanas. Pero, por fin, oí unos pasos arrastrándose en el interior y la puerta se abrió con un chirrido.

—*Tante* Jeanne —empecé a decir antes de que su visión me dejara helada. Mi tía francesa había sido siempre esbelta, perfumada, rubia como Rose. Una enferma, pero con aspecto de Greta Garbo, siempre con preciosas mañanitas de encaje y una tos delicada. La mujer que estaba ante mí estaba terriblemente delgada, tenía el pelo gris y llevaba puesto un jersey sucio y una falda de color apagado. De haberme cruzado con ella por la calle, no la habría reconocido. Y, por su mirada inexpresiva, ella tampoco a mí.

Tragué saliva.

—*Tante,* soy Charlotte..., tu sobrina. He venido a preguntarte por Rose.

No me ofreció té ni galletas. Se limitó a hundirse en un viejo diván y a mirarme sin comprender. Yo me apoyé en el borde de un sillón desgastado que había enfrente. «Lo ha perdido todo», pensé mientras miraba a aquel rostro prematuramente avejentado que tenía delante. «Viuda..., dos hijos muertos... Rose desaparecida». No sabía siquiera cómo *tante* Jeanne se mantenía en pie. Yo sabía que había querido a mi prima, por muchas dudas infantiles que tuviera Rose.

—Lo siento mucho, *tante* —empecé a decir—. Por..., por todo.

Pasó la yema de un dedo por la mesa de centro y dejó una marca en el polvo. El polvo lo cubría todo como un manto en aquella habitación oscura. «Guerra».

Una palabra tan corta y desesperada para dar nombre a tanta pérdida. Aparecieron lágrimas en mis ojos y entrelacé mis dedos envueltos en guantes.

—*Tante,* ya no se puede hacer nada por el *oncle* ni por Jules ni Pierre... Pero está Rose. Sé que es poco probable, pero puede que ella esté...

Viva. Eve se había burlado de mí por tener esperanza, pero debía tenerla. Quizá yo fuese un fracaso en muchas otras cosas, pero se me daba bien tener esperanza.

—¿Qué piensas que sé yo? Se encontraba en Limoges la última vez que tuve noticias de ella —dijo mi tía como si aquello fuese el final—. Dejó de escribir al menos hace tres años. A mediados del 44, supongo.

—¿Por qué se fue de aquí? —pregunté tratando de ver un destello, un resplandor, lo que fuera, en los ojos de mi tía—. ¿Por qué?

La voz de mi tía sonó grave y amarga.

—Porque era una pequeña alborotadora sin moral. Sin moral ninguna.

Se me encogió el estómago.

—¿Q-qué?

Tante Jeanne se encogió de hombros.

—No —repliqué, negando con la cabeza—. No. No puedes decir eso sin más y, después, encogerte de hombros.

—Esa muchacha se volvió incontrolable. Nazis por todo París y ella no agachaba la cabeza. Primero, se escapaba para ir a escuchar Dios sabe qué tipo de discursos a esos clubes donde unos locos hablaban de violencia, y volvía a casa a altas horas de la noche. Las discusiones que tenía con su padre. Los alemanes querían listas de todos los socialistas y judíos que trabajaban para su compañía. ¿Qué se suponía que iba a hacer él? ¿Negarse? Las cosas que Rose le gritaba...

Me quedé mirando a mi tía con la sangre zumbándome en los oídos.

Ella continuó con su tono de voz monocorde.

—Al principio empezó a colocar panfletos en los coches, luego a romper ventanas. Probablemente hubiese terminado volando cosas por los aires y con un disparo en la cabeza de no haber sido por ese muchacho.

Recordé la última carta que Rose me envió. Estaba cautivada por un chico al que estaba viendo a escondidas...

—¿Qué muchacho?

—Étienne no sé qué. De diecinueve años tan solo. Dependiente de una librería. Un don nadie. Lo trajo una vez para que lo conociéramos. Resplandecían cuando se miraban, podías ver claramente que estaban... —Un resoplido de desaprobación—. En fin, eso supuso otra discusión.

Negué con la cabeza, completamente aturdida.

—¿Por qué no nos contaste nada de eso cuando mi padre estaba buscándola?

—Sí que se lo conté. Supongo que pensó que no era apropiado para tus oídos.

Tragué saliva.

—¿Qué pasó después?

—A ese muchacho de Rose lo cogieron con los de la Resistencia. Lo mandaron lejos, Dios sabe adónde. La mitad de París estaba desapareciendo de la noche a la mañana. Probablemente Rose lo habría hecho también. Ya habían estado a punto de arrestarla por darle una patada a un camisa parda en la rue de Rivoli, así que nos la trajimos de vuelta a Ruan. Pero...

—¿Qué? —casi grité—. ¿Qué?

—¿Qué crees? —Mi tía apretó los labios como si hubiese mordido un limón—. Rose estaba embarazada.

No recuerdo cómo llegué al haya que había fuera de la casa. Simplemente me descubrí allí, apoyada contra la áspera corteza con la respiración entrecortada. Me aterraba levantar la vista hacia la rama que tenía encima de mi cabeza por temor a imaginarme a dos niñas sentadas una al lado de la otra. Aquel había sido nuestro árbol, nuestro refugio ante el acoso de nuestros hermanos en la época anterior a que James creciera y se volviera más amable. Rose y yo, sentadas en aquella rama que tenía ahora sobre mi cabeza, balanceando los pies, igual que nos habíamos sentado en aquella cafetería de la Provenza. Nunca solas, siempre que nos tuviéramos la una a la otra.

Rose. Oh, Rose...

«Quiero hacer algo diferente». Lo llevaba dentro. Por supuesto que había pasado las noches en París rompiendo escaparates y dando patadas a camisas pardas. Debería haber sabido que Rose había terminado metida en la Resistencia. Pero la había atrapado la más antigua de las trampas, igual que a mí. Rose no iba a escribir ningún libro ni atravesar a nado el Canal ni hacer nada diferente porque, una vez que te quedas embarazada, estás acabada.

Yo había querido salvar a mi prima, pero nadie podría salvarla de esto. Yo estaba atrapada en la misma trampa. Indefensa.

Dejé escapar un fuerte sollozo, tan fuerte que me sobresalté. ¿Había estado ella sentada allí afuera sobre nuestra rama la noche en que se lo contó a sus padres? ¿Después de que su madre la aconsejara que se diera un baño caliente, que se tomara una ginebra cargada y, luego, viera si podía deshacerse de él? ¿Después de que su padre gritara y gritara diciendo que había llevado la vergüenza a la familia para siempre? *Tante* Jeanne me había contado todo eso mientras yo me quedaba sentada mirándola.

Mi padre no me gritó cuando se lo conté. Mi madre fue la que gritó. Él se limitó a quedarse sentado mirándome fijamente. Cuando salí de la habitación, giró la cabeza y simplemente dijo incrédulo: «Zorra».

Me había olvidado de eso.

Me pregunté si ellos habrían llamado zorra también a Rose.

Golpeé el árbol con los puños deseando poder llorar, deseando poder envolverme en mi anterior insensibilidad y aislamiento. Pero las lágrimas estaban atrapadas con fuerza en mi interior, en un enorme y espantoso nudo, y las punzadas de furia y dolor se me clavaban demasiado dentro como para mantenerme insensible. Así que me limité a golpear el árbol hasta que los nudillos me empezaron a escocer dentro de los guantes.

Tenía los ojos encendidos cuando por fin me di la vuelta. Mi tía me miraba desde la puerta de atrás, frágil y encorvada.

—Cuéntame el resto —le dije. Y lo hizo, con voz apagada. Mi tío había enviado a Rose a un pueblo a las afueras de Limoges para que diera a luz alejada de todos sus conocidos. No escribió cuando nació el bebé, no les dijo nada y ellos no preguntaron. Cuatro meses después, Rose envió una breve nota diciendo que iba a trabajar en Limoges y que devolvería a sus padres cada franco que se habían gastado en su confinamiento. El dinero había llegado y habían intercambiado dos cartas más: el anuncio de la muerte, primero de su padre y, después, la de sus hermanos. Y las incómodas condolencias de Rose manchadas de lágrimas. No, *tante* Jeanne no recordaba la dirección de Rose. No había guardado las cartas ni los sobres. Y después de mediados del 44, no habían llegado más.

—No sé si sigue en Limoges —dijo mi tía y, después, hizo una pausa—. Le pedí que volviera, ¿sabes? El padre de Rose nunca lo habría permitido mientras estuvo vivo, pero después de que él..., en fin, se lo pedí. Nunca me respondió.

No pregunté si el bebé de Rose estaba incluido en ese ofrecimiento de hospitalidad. Estaba teniendo temblores muy fuertes.

—¿Te vas a quedar a pasar la noche? —La voz de *tante* Jeanne sonaba triste—. Aquí me siento muy sola.

«¿Quién tiene la culpa de eso?», quise protestar. «Eres tú la que echó a Rose a la calle como si fuera basura. Deberías haberla dejado en aquella cafetería de la Provenza». Las palabras me quemaban en los labios, deseando salir, pero me las guardé. Mi tía estaba tan delgada que una brisa habría podido llevársela volando, por fin con el aspecto de la inválida que siempre había dicho que era. Un marido y dos hijos muertos. Había perdido demasiado.

«Sé buena».

Yo no quería ser buena pero, al menos, conseguí no decir las cosas que pensaba.

—No, *tante,* no me puedo quedar —me limité a decir con frialdad—. Tengo que ir a Roubaix.

Tante Jeanne suspiró.

—Muy bien.

No pude obligarme a abrazarla. No habría podido soportarlo. Solté una fría despedida y atravesé con paso vacilante el jardín lleno de malas hierbas para volver a la silueta azul oscura del Lagonda.

Finn levantó la vista de las páginas estropeadas de la revista de coches. No sé qué expresión vio en mi cara, pero salió del coche de un salto.

—¿Señorita?

—¿Por qué fue usted a la cárcel? —me oí decir a mí misma.

—Robé un sombrero de piel de oso a un guardia del palacio de Buckingham —contestó inexpresivo—. ¿Se encuentra bien?

—Lo del sombrero es mentira.

—Sí. Suba al coche.

Me acerqué al vehículo pero tropecé en el camino de gravilla. Finn me agarró de la cintura antes de que me cayera, me levantó y me ayudó a subir al asiento delantero.

Eve estaba despierta, mirándome con aquellos ojos de águila entrecerrados.

—¿Y bien?

Me froté la caliente mejilla con una mano fría mientras Finn se colocaba tras el volante.

—He averiguado por qué se fue Rose. Porque..., porque estaba embarazada.

El silencio fue ensordecedor.

—Bueno —dijo por fin Eve lanzando una mirada elocuente a mi vientre—. A menos que me equivoque, tú también lo estás.

8

Eve

Junio de 1915

Eve no se quedó asombrada ante ninguno de los variados horrores de Lille —y sin duda que los había— salvo por un cartel. Estaba clavado en la puerta de una iglesia, aleteando con la brisa, y decía tanto en francés como en alemán:

> CUALQUIER CIVIL, INCLUIDO EL PERSONAL CIVIL DEL GOBIERNO FRANCÉS, QUE AYUDE A LAS TROPAS QUE SON ENEMIGAS DE ALEMANIA O QUE ACTÚE DE FORMA PERNICIOSA CONTRA ALEMANIA Y SUS ALIADOS SERÁ CASTIGADO CON LA PENA DE MUERTE.

—Ah, eso —dijo Lili como si tal cosa—. Los pusieron a finales del año pasado. Al principio, no creo que nadie los creyera de verdad. Luego, en enero, fusilaron a una mujer por dar cobijo a dos soldados franceses y eso lo dejó todo claro.

Eve se acordó del cartel de reclutamiento delante del cual se había parado en Londres mientras la observaba el capitán Cameron. Los leales soldados ingleses, el espacio en blanco en el centro: «¡Aún hay un sitio en la fila para ti! ¿Vas a ocuparlo?».

Bueno, lo había ocupado. Y ahora estaba delante de un cartel que prometía matarla si la atrapaban, y todo aquello se había vuelto de lo más real. Más real que la afirmación del capitán Cameron en una ventosa playa de Folkestone de que los alemanes no fusilaban mujeres.

Eve miró los ojos hundidos de Lili en su rostro expresivo y sonriente.

—Ahora estamos en la b-b-boca del lobo, ¿verdad?

—Sí. —Lili entrelazó su brazo con el de Eve para apartarla del aleteante cartel. Ahora tenía un aspecto muy distinto al que había lucido en El Havre: sin sombrero extravagante ni elaborado peinado pompadour. Tenía un aspecto pulcro con su sencillo traje de sarga, sus guantes remendados y el bolso colgado del brazo. Sus documentos, que le proporcionaban otra identidad falsa, decían que era costurera, y en su bolso llevaba bobinas de hilo y agujas. También llevaba unos mapas cosidos en el interior del forro. Mapas marcados con objetivos. Por suerte, Eve no lo supo hasta después de que entraran en Lille por los puestos de control. Casi se desmayó cuando Lili se lo contó entre risas—: ¡Los alemanes habrían estado encantados de encontrarlos! He marcado todos sus nuevos puestos de artillería para bombardearlos.

—Estabas de broma con los centinelas alemanes mientras r-revisaban tus documentos, ¿y durante todo ese tiempo has tenido eso en tu bolso?

—*Oui* —contestó Lili con voz serena. Eve se quedó mirándola con una mezcla de admiración y horror. Supo en ese mismo momento que su alardeo ante el capitán Cameron de que ella sería mejor que su agente estrella estaba destinado a no hacerse realidad, porque nadie, jamás, vencería a Lili en lo que se refería a su absoluto descaro. Eve se preguntaba si su superior no estaría un poco loca, al tiempo que la admiraba intensamente.

Sin lugar a dudas, también la admiraba Violette Lameron, quien las recibió en una deprimente habitación alquilada en algún lugar cercano a la Grand Place. Violette era robusta y de mirada amenazante, con su cabello bien sujeto y sus feas gafas redondas. Abrazó a Lili con visible alivio mientras la reprendía:

—Deberías haber dejado que fuese yo a por la chica nueva. Cruzas demasiadas veces. ¡Vas a hacerte notar!

—*Tais-toi,* agonías. —Lili cambió de idioma, tal y como le dijo a Eve que harían cuando estuviesen a solas. Le explicó que era mucho mejor inventarse una historia de por qué hablaban en inglés si alguien las oía que exponerse a que las sorprendieran hablando de cosas como mensajes secretos y códigos británicos en francés. El inglés de Lili era fluido, pero lo adornaba con ocasionales palabrotas en francés—. Ahora tenemos que poner a Marguerite al día antes de que tú y yo vayamos a la frontera para enviar los informes. —Le sonrió a Violette—. Nuestra nueva amiga tiene una estupenda cara de tonta y va a estar magnífica, pero tiene que trabajar.

En Folkestone, la formación de Eve había sido formal: los instructores, la fila de pupitres, los uniformes y las banderas. Esta formación de ahora era diferente. Tenía lugar en una habitación pequeña y húmeda con una cama estrecha y un solo lavabo, con una grieta que atravesaba el techo y donde todo olía a moho por la interminable y fina lluvia que caía en la calle. Una habitación elegida no por su comodidad, sino porque era a prueba de escuchas a escondidas, pues un lateral del edificio estaba aislado por el grueso muro de piedra de una capilla, al otro lado había un edificio de apartamentos abandonado y en ruinas y, por encima, un desván vacío. Una habitación donde tres mujeres se sentaban con tazas de una poco apetecible bebida hecha de hojas de nogal hervidas con regaliz, pues los alemanes habían confiscado todo el café, y hablaban tranquilamente de cosas innombrables.

—Un oficial alemán se te acerca por la calle —empezó a decir Violette después de comprobar que la puerta y la ventana estaban cerradas. Su expresión era seria comparada con la alegría de Lili. Si su superior se negaba a estar seria, estaba claro que ella lo estaba por las dos—. ¿Qué haces?

—Dejar que pase sin mirarle...

—Mal. Haz el saludo. Si no, te arriesgas a que te multen y a tres días de arresto. —Violette miró a Lili—. ¿No les enseñan nada en Folkestone?

Eve se enfureció.

—Nos enseñan muchas...

—La prepararemos nosotras —tranquilizó Lili a su teniente—. Un alemán te pide que le enseñes tu documentación y, después, empieza a meterte mano. ¿Qué haces?

—¿Nada? —aventuró Eve.

—No. Sonríe, porque si no puedes fingir un poquito de disposición, probablemente te abofeteará y es posible que te registre. Un alemán te pregunta que por qué llevas las manos en los bolsillos. ¿Qué haces?

—S-sacarlas todo lo rápido que...

—No. Jamás te metas las manos en los bolsillos porque los alemanes pensarán que estás agarrando un cuchillo y te clavarán una bayoneta.

Eve sonrió incómoda.

—Seguro que no...

Violette le estampó la mano en la mejilla, haciendo que sonara como un disparo de rifle.

—¿Crees que exageramos? ¡La semana pasada le sucedió eso a un muchacho de catorce años!

Eve se llevó la mano a la cara para calmar el escozor. Miró a Lili, que estaba sentada con sus manitas alrededor de su taza.

—¿Qué? —preguntó Lili—. ¿Crees que hemos venido aquí para hacernos amigas? Estamos aquí para formarte, pequeña margarita.

La rabia invadió a Eve. Más que rabia, la sensación de traición. Lili se había mostrado muy cálida y cordial en El Havre. Ahora todo era al revés.

—Ya me han formado.

Violette puso los ojos en blanco.

—Opino que debemos devolverla. Esta es una inútil.

Eve abrió la boca para protestar, pero Lili le colocó un dedo en los labios.

—Marguerite —dijo con voz tranquila—, no tienes ni idea de cómo es esto. Tampoco el tío Edward. Él te ha dado la formación que te traería hasta aquí, pero Violette y yo tenemos que darte la que te convertirá en alguien útil aquí... y que te mantendrá con vida. Solo tenemos unos días para hacerlo. Si no aprendes, no serás más que un lastre.

Mantenía la mirada firme y sin remordimientos. Podría haberse tratado de un capataz de una fábrica que alecciona con rapidez a un trabajador nuevo, y las mejillas de Eve le ardieron por la vergüenza. Dejó escapar la respiración lentamente, relajó el mentón y consiguió asentir.

—Hacer el saludo a todos los soldados alemanes. No poner objeción si me meten mano. Mantener las m-m-manos fuera de los bolsillos. ¿Qué más?

La adiestraron una y otra vez. Ejercicios de encuentros: «¿Qué haces si...?». Ejercicios de ocultación rápida: «Si te salen al paso antes de que hayas escondido un informe, ¿qué haces para distraerles y retrasarles?». Y le enseñaron las nuevas normas de la vida en Lille.

—No te fíes en absoluto de los periódicos ni de los boletines. Si está impreso, es mentira —sentenció Lili.

—Lleva encima en todo momento tu documentación, pero esconde la pistola. —Violette tenía una Luger propia que manejaba con despreocupada maestría—. Se supone que los civiles no deben llevar armas.

—Evita a los oficiales alemanes. Creen que pueden estar con cualquier mujer que deseen, con su consentimiento o sin él...

—... y, si eso ocurre, mucha gente de Lille te despreciará por colaboracionista y dirán que te abriste de piernas para conseguir favores.

—Vivirás aquí, en esta habitación. Antes la usábamos como escondite para una noche, pero ahora vas a vivir tú aquí, así que en la puerta de la calle tendrá que haber un cartel con tu nombre y tu edad por si pasan lista...

—... no se permiten reuniones de más de diez personas...

—¿Cómo puede nadie v-vivir así? —preguntó Eve el segundo día, cuando por fin consiguió la reticente aprobación para hacer alguna pregunta.

—La vida aquí es una mierda —contestó Lili—. Probablemente seguirá siendo una mierda hasta que echemos a los alemanes.

—¿Cuándo os informaré si me entero de algo?

—Nos pondremos en contacto contigo con regularidad, Violette y yo. —Lili sonrió a su teniente—. Seguiremos durmiendo aquí contigo cuando necesitemos pasar la noche en la ciudad. Pero nos movemos tanto entre todos mis escondites que pasarás más tiempo sola que acompañada.

Violette miró a Eve con absoluta falta de entusiasmo.

—Espero que estés a la altura.

—*Salope!* —Lili tiró a Violette de su tirante moño—. ¡No seas tan bruja!

La Lille invadida por los alemanes era un lugar terrible y Eve lo vio enseguida. Antes de la guerra debía de haber sido una ciudad elegante, luminosa y animada, con chapiteles de iglesias que se elevaban en el cielo, palomas que aleteaban por la Grand Place, farolas que proyectaban círculos de cálida luz amarilla al anochecer... Ahora la ciudad tenía un aspecto apagado y miserable con todos sus rostros mirando al suelo y con expresión hambrienta. No estaban lejos de las trincheras, los soldados y la verdadera guerra. El estruendo de fusiles a lo lejos llegaba como un pequeño trueno y, ocasionalmente, un bimotor pasaba por encima como una avispa venenosa. Los alemanes tenían el control de Lille desde el otoño anterior y lo tenían firmemente afianzado: los bulevares mostraban nuevos nombres de calles con palabras alemanas, las botas alemanas golpeaban confiadas los adoquines y el parloteo en alemán resonaba con fuerza en todos los lugares públicos. Las únicas caras rosadas y bien alimentadas eran las alemanas y eso solo fue suficiente para que muy rápidamente Eve pasara de un desagrado bastante impersonal hacia el enemigo a un absoluto y acuciante odio.

—No muestres demasiada pasión en los ojos —le aconsejó Lili mientras ayudaba a Eve a vestirse para su entrevista. Una pulcra falda gris y una blusa, pero había algo más que la ropa. Lili estaba apagando la piel de Eve con toques estratégicos de tiza y hollín para rebajar el saludable color de sus mejillas—. Tienes que parecer alicaída y triste, pequeña margarita. Eso es lo que los alemanes quieren ver. El fuego en la mirada hará que se fijen en ti.

—Alic-caída —repitió Eve con seriedad—. *Oui.*

Violette la supervisó, sus gafas redondas centelleando.

—Le brilla el pelo.

Lo apagaron con un poco de suciedad. Eve se puso de pie mientras se colocaba sus malditos guantes.

—Soy una c-campesina recién llegada de Roubaix —recitó—. Desesperada por trabajar y con poca educación. Limpia, hábil y un poco t-t-tonta.

—Pareces tonta —observó Violette con despreocupación. Eve la fulminó con la mirada. No le gustaba mucho Violette, pero no cabía duda de que era estupenda en su trabajo. Evelyn Gardiner se había ido; el único y mal pulido espejo de la habitación reflejaba a una Marguerite Le François de piel apagada y aspecto de hambrienta.

Eve miró a Marguerite y la ansiedad de la interpretación la invadió como si fuese una actriz que se estuviese preparando para salir al escenario.

—¿Y s-s-si..., y si no lo consigo? ¿Y si el dueño de Le Lethe no me contrata?

—Entonces, te enviaremos a casa. —Lili no estaba siendo desagradable, simplemente franca—. Porque no podremos utilizarte en ningún otro sitio, pequeña margarita. Así que miente como nunca, intenta que te contraten y trata de conseguir que no te disparen.

Si René Bordelon era una bestia, tenía una madriguera muy elegante. Eso fue lo primero que pensó Eve mientras esperaba en Le Lethe.

Seis chicas, Eve incluida, se habían reunido entre las mesas cubiertas de manteles y los revestimientos oscuros de las paredes, a la espera de ser entrevistadas. Había habido otras dos, pero, cuando admitieron que hablaban alemán al ser preguntadas por el *maître,* fueron rechazadas de inmediato.

—Nadie que trabaje aquí puede hablar con fluidez el idioma de nuestros clientes, que exigen una absoluta privacidad en los lugares donde conversan con libertad. —Eve se preguntó cómo podría la gente de Lille no aprender alemán si la ocupación enemiga continuaba mucho tiempo, pero no planteó la pregunta y se limitó a mantener su mentira de que no, que no entendía una sola palabra de alemán aparte de *nein* y *ja,* y le hicieron una señal para que esperara sentada.

Le Lethe era un oasis de elegancia en la gris y oprimida Lille: las lámparas de cristal proyectaban un brillo apagado, la moqueta de color vino tinto se tragaba todas las pisadas, y los manteles de las mesas, perfectamente espaciadas para proporcionar intimidad, estaban impolutos como la nieve. El escaparate de la fachada tenía una característica forma arqueada con volutas doradas y daba al río Deûle. Eve entendió por qué los alemanes iban allí a cenar. Se trataba de un lugar civilizado donde descansar tras un largo día de pisotear a la población conquistada.

Sin embargo, en ese momento el ambiente no era civilizado. Era tenso y violento mientras las seis chicas se miraban unas a otras preguntándose qué dos serían elegidas y qué cuatro se marcharían a casa. Trabajar allí implicaba la diferencia entre comer y no comer. Eve llevaba en Lille solamente unos días, pero ya sabía que era como vivir en el filo de una navaja. Tras un mes, tendría la piel cenicienta como la de Violette. Tras dos meses, sus mejillas se le marcarían como las de Lili.

«Bueno», pensó. «El hambre hará que seas más perspicaz».

Una a una, las chicas fueron subiendo. Eve esperó, agarrada a su cartera, permitiéndose aparentar nerviosismo y sin permitirse estar preocupada por si no la contrataban. Sí que la contratarían. No había más que decir. No iban a mandarla a casa tras fracasar antes de que le dieran la oportunidad de demostrar que lo haría bien.

—Mademoiselle Le François, monsieur Bordelon la verá ahora.

Le dijeron que subiera por unas escaleras alfombradas hasta una robusta puerta de roble pulido. Al parecer, René Bordelon vivía en un espacioso apartamento encima de su restaurante. La puerta se abrió para dar paso a un estudio privado que resultaba obsceno.

Aquella fue la palabra que a Eve se le ocurrió cuando vio el interior. Obsceno pero también bonito, con un reloj dorado sobre una repisa de chimenea de ébano, una alfombra Aubusson y sillones de piel caoba oscuro. Unas librerías de madera satinada estaban llenas de libros con encuadernación de piel, cristales decorativos de Tiffany y un pequeño busto de mármol de la cabeza inclinada de un hombre. Aquella sala con sus paredes de seda verde jade hablaba de dinero y buen gusto, lujo y excesos. Y con el terrible mundo conquistado que era Lille visible a través de las impolutas cortinas de muselina, tal opulencia resultaba obscena.

—Mademoiselle Le François —dijo René Bordelon—. Siéntese, por favor.

Señaló al segundo de los hondos sillones. Él se reclinó en el suyo con cierta elegancia, sus pantalones con la raya finamente planchada, una camisa resplandecientemente blanca y un chaleco ajustado inmaculado que se le ceñía con precisión parisina. Tendría unos cuarenta años, de piernas delgadas y alto, el cabello grisáceo por las sienes y peinado hacia atrás desde un rostro fino e impenetrable. Si el capitán Cameron le había parecido a Eve el prototipo del inglés, René Bordelon era, desde luego, el prototipo del francés.

Y sin embargo, abajo y todas las noches, hacía al parecer de gentil anfitrión de los alemanes.

—Parece muy joven. —Monsieur Bordelon la estudió mientras ella se sentaba en el borde de su asiento—. ¿Es de Roubaix?

—Sí, monsieur. —Violette, que se había criado en aquella diminuta ciudad, le había dado a Eve detalles pertinentes por si era necesario.

—¿Por qué no se ha quedado allí? Lille es una ciudad grande para una huérfana de... —echó un vistazo a los papeles— diecisiete años.

—No hay trabajo. Pensé que podría encontrar uno en L-L-Lille. —Eve apretó las piernas y se agarró a su cartera para parecer abrumada y perdida en medio de todo aquel lujo. Marguerite Le François nunca había visto un reloj dorado ni una colección de diez libros con cubierta de piel de Rousseau y Diderot, así que se mantuvo con la boca y los ojos muy abiertos.

—Quizá le parezca que trabajar en un restaurante es sencillo. Colocar cubiertos, recoger platos. No lo es. —Su entonación no se elevaba y bajaba como las voces normales. Era una voz hecha de metal, ligeramente escalofriante—. Yo exijo perfección, mademoiselle. En la comida que sale de mis cocinas, en los camareros que la llevan a la mesa y en el ambiente donde se come. Aquí he desarrollado civilización. Paz en tiempos de guerra. Un lugar donde, por un momento, olvidarse de que hay guerra. De ahí el nombre de Le Lethe.

Eve abrió los ojos al máximo con expresión de cervatilla.

—Monsieur, no sé qué s-s-significa eso.

Esperaba una sonrisa, una mirada de condescendencia, incluso irritación, pero él se limitó a observarla.

—He trabajado antes en una cafetería, monsieur —se apresuró a decir Eve como si estuviese nerviosa—. Soy m-muy hábil y v-v-veloz. Aprendo r-r-rápido. Trabajo duro. Solo q-q-q-q...

Se quedó trabada en aquella palabra. Durante las últimas semanas no había notado mucho su tartamudez, quizá porque la mayor parte del tiempo solo había hablado con el capitán Cameron y con Lili, que tenían el don de no notárselo tampoco, pero ahora cualquier sílaba se le quedaba atascada tras los dientes sin salir y René Bordelon se quedó observando cómo se esforzaba. Como el capitán Cameron, no se apresuró a terminar la frase por ella. Al contrario que con el capitán Cameron, Eve no pensó que fuera por cortesía.

Eve Gardiner habría apretado el puño y se habría golpeado el muslo con verdadera furia hasta que la palabra hubiera salido. Marguerite Le François se limitó a tartamudear un ruborizado silencio, con aspecto de estar tan avergonzada que podría haberse escondido bajo el suelo tan suntuosamente enmoquetado.

—Es usted tartamuda —señaló monsieur Bordelon—. Pero dudo que sea estúpida, mademoiselle. Una lengua que se traba no quiere decir necesariamente que el cerebro también lo haga.

La vida de Eve habría sido considerablemente más fácil si todo el mundo hubiera pensado de esa forma, pero no ahora, por el amor de Dios. «Sería mucho mejor que él supusiera que soy una tonta», pensó, y por primera vez sintió nervios. Él debía creer que era estúpida. No era solo por el tartamudeo. Ella había estado mostrándole a Marguerite con toques precisos desde que había entrado por la puerta. Si no se creía el fácil camuflaje que su tartamudez le proporcionaba, iba a necesitar un escudo distinto. Se protegió los ojos con las pestañas y extendió un halo de confusión a su alrededor como si fuese una manta.

—¿Monsieur?

—Míreme.

Ella tragó saliva y levantó los ojos para mirarle. Aquel hombre no tenía los ojos de ningún color en particular y parecía no tener necesidad de pestañear.

—¿Me considera un colaboracionista?

«Sí».

—Estamos en guerra, monsieur —contestó Eve—. Todos cumplimos con nuestro deber.

—Sí, así es. ¿Cumplirá usted con su deber y servirá a los alemanes? ¿A nuestros invasores? ¿A nuestros conquistadores?

Le estaba echando un anzuelo y Eve se quedó inmóvil. No le cabía ninguna duda de que, si él veía pasión en sus ojos, tal y como Lili había dicho, se quedaría sin su oportunidad. Él no iba a contratar a una muchacha a la que viera capaz de escupir en el *boeuf bourguignon* de los alemanes. Pero ¿cuál era la respuesta correcta?

—No me mienta —añadió él—. Se me da muy bien descubrir las mentiras, mademoiselle. ¿Le resultaría difícil servir a mis clientes alemanes y hacerlo con una sonrisa?

Decir que no era una mentira demasiado absurda como para intentarlo siquiera. Decir que sí, una respuesta honesta que no podía permitirse.

—Me resulta d-d-difícil no comer —contestó por fin exagerando un poco la tartamudez—. No tengo t-t-tiempo para otro tipo de dificultades, monsieur. Solo para esa. Porque, si no me contrata usted, no encontraré t-trabajo en ningún otro sitio. Nadie va a contratar a una chica que t-t-t-tartamudea. —Eso sí que era cierto. Eve recordó su época en Londres y lo complicado que le había sido encontrar aquel estúpido trabajo en el archivo, porque los empleos que no requerían facilidad de habla eran escasos. Recordó la frustración durante aquella búsqueda de trabajo y dejó que monsieur Bordelon captara su amargura—. No puedo responder al teléfono ni dar instrucciones en una tienda, no t-t-tartamudeando. Pero puedo llevar platos y colocar los cubiertos en s-s-silencio, monsieur. Y eso lo puedo hacer a la perfección.

Volvió a mirarle con expresión de cervatilla, toda desesperada, hambrienta, humillada. Él juntó las manos por la punta de los dedos —unos dedos extraordinariamente largos y sin anillo de boda— y la miró.

—Qué descuidado he sido —dijo por fin—. Si tiene hambre, yo le daré de comer.

Hablaba con despreocupación, como si hablara de ponerle algo de leche a un gato de la calle. ¿Seguro que no le había ofrecido ningún refrigerio a todas las chicas? «No es bueno que me dé un trato especial», pensó Eve, pero él ya había hecho sonar el timbre y hablaba ahora con un camarero que llegó del restaurante de abajo. Murmuró unas palabras; el camarero se fue y, después, volvió con un plato. Una tostada bien caliente. Y Eve pudo ver que se trataba de un buen pan blanco, de los que resultaban casi imposibles de encontrar ahora en Lille, con una gruesa capa de mantequilla extendida —mantequilla de verdad—. Eve no tenía todavía tanta hambre como para quedarse hipnotizada al ver la tostada, pero Marguerite sí, y Eve dejó que la mano le temblara mientras se llevaba a los labios el triángulo de pan. Él se quedó sentado esperando a ver si lo engullía y ella le dio un pequeño bocado a una esquina.

Marguerite no podía ser tan campesina como Eve había planeado: claramente, René Bordelon quería algo más refinado entre sus camareras. Eve masticó su tostada, tragó y dio otro bocado. Estaba claro que la mermelada de fresa estaba hecha con azúcar de verdad y pensó en la remolacha hervida que Lili usaba como endulzante.

—Trabajar para mí tiene ventajas —dijo monsieur Bordelon por fin—. Las sobras de la cocina se dividen cada noche entre el personal. A todos mis trabajadores les conceden exenciones para el toque de queda. Nunca ha habido ninguna mujer sirviendo en mi establecimiento, pero es inevitable. Le aseguro que no se esperará que usted... «entretenga» a la clientela. Ese tipo de cosas rebaja la elegancia de un restaurante. —El desagrado en su voz era obvio—. Soy un hombre civilizado, mademoiselle Le François, y se supone que los oficiales que comen bajo mi techo se deben comportar como hombres civilizados.

—Sí —murmuró Eve.

—Sin embargo, si me roba... comida, cubiertos o algún trago de vino, la entregaré a los alemanes —añadió con desinterés—. Y verá que no siempre son civilizados.

—Comprendo, monsieur.

—Bien. Comienza mañana. La formará mi segundo y empezará a las ocho.

No sacó el tema del sueldo. Sabía que ella aceptaría cualquiera que él le ofreciera, igual que harían todas. Eve tragó el último bocado de tostada, con recato pero con prisas, pues nadie en esa ciudad dejaría una tostada con mantequilla en el plato. Se despidió con una pequeña reverencia y salió del estudio.

—¿Y bien? —Violette levantó la vista del diminuto mensaje en papel de arroz que estaba escribiendo cuando Eve entró de nuevo en la húmeda habitación.

Eve estuvo a punto de soltar un grito de triunfo, pero no quería parecer una niña atolondrada, así que asintió con gesto impasible.

—Me han contratado. ¿Dónde está Lili?

—Ha salido a por un informe de sus contactos del ferrocarril. Después, irá a la frontera. —Violette negó con la cabeza—. No sé cómo se las apaña para que no le disparen. Esos focos reflectores de la frontera delatarían a una pulga que se estuviese escondiendo en el suelo del infierno, pero ella siempre se escabulle.

«Hasta el día en que no lo consiga», no pudo evitar pensar Eve mientras se desataba las botas. Pero no era bueno obsesionarse con las formas en que podrían descubrirlas a todas. «Haz lo que dice Lili: ten miedo, pero solo después. Antes de eso, el miedo es un lujo».

Y ahora que estaba fuera de la vista de René Bordelon y de sus manos elegantemente arregladas y sus ojos que no pestañeaban, Eve sí que sintió miedo, rozándole la piel como una brisa venenosa. Soltó un largo suspiro.

—¿Ya te pones a temblar? —Violette levantó las cejas y la luz se reflejó en sus gafas redondas. Ese tipo de gafas debían de resultar útiles, pensó Eve. Lo único que tenía que hacer era inclinar la cabeza hacia la luz y los ojos le quedaban ocultos—. Espera a cruzar un puesto de control o a tener que hablar con un centinela para que te deje pasar.

—René Bordelon. —Eve se echó de espaldas sobre el camastro con los brazos doblados bajo la cabeza—. ¿Qué sabes de él?

—Es un colaboracionista asqueroso. —Violette volvió a inclinar la cabeza sobre lo que estaba haciendo—. ¿Qué más hay que saber?

«No me mienta», susurró su voz metálica. «Se me da muy bien descubrir las mentiras, mademoiselle».

Eve habló despacio y el miedo aumentó una muesca más.

—Creo que va a ser muy difícil espiar en sus propias narices.

9

Charlie

Mayo de 1947

No —dijo Eve—. Odio Lille y no vamos a quedarnos una maldita noche entre sus murallas.

—No tenemos mucha elección —repuso Finn con suavidad incorporándose delante del motor del Lagonda—. Cuando lo ponga en marcha de nuevo ya será hora de parar.

—No en el puto Lille. Podemos seguir camino hacia Roubaix por la noche.

En las últimas veinticuatro horas Eve había acabado con mi paciencia.

—Paramos en Lille.

Ella me fulminó con la mirada.

—¿Y eso por qué? ¿Porque el bollito que llevas en tu horno está otra vez pataleando?

Yo la miré también con furia.

—No, porque yo soy la que paga el hotel.

Eve me llamó algo aún más irrepetible que sus habituales obscenidades y empezó a caminar arriba y abajo por la carretera. «Menudo día», pensé mientras Finn se ponía a manipular el interior del Lagonda. Una miserable noche casi sin dormir en un hotel barato de Ruan, llena de confusos y desagradables sueños con Rose desapareciendo por pasillos interminables mientras su madre la llamaba «zorra». Un largo e incómodo viaje esta mañana con comentarios mordaces por parte de Eve cada vez que yo tenía que vomitar y sin ningún comentario en absoluto por parte de Finn, lo cual había sido en cierto modo peor.

«Zorra», susurraba mi tía en mis pesadillas y yo no podía evitar estremecerme. Había disfrutado mucho del comienzo de este viaje, saboreando el hecho de que nadie en ese coche sabía lo que yo era ni el tipo de nube que me acompañaba. Pues bien, aquel borrón y cuenta nueva había sido una ilusión. Charlie St. Clair era una zorra y, ahora, todo el mundo aquí lo sabía gracias a esa vieja insensible de Eve y su indiscreta boca.

A las afueras de Lille, el Lagonda había empezado a echar humo de debajo de su resplandeciente capó y Finn se había detenido y había cogido una caja de herramientas de la parte de atrás.

—¿Puede hacer que vuelva a andar? —pregunté después de que anunciara que teníamos grasa en las válvulas o agua en el motor o crías de jirafa en la palanca de cambios hasta donde yo sabía—. ¿Lo suficiente al menos para llegar hasta Lille?

Se estaba secando las manos en un trapo ennegrecido mientras Eve seguía maldiciendo.

—Si vamos lentos, sí.

Asentí sin mirarle a los ojos. Apenas había podido mirarle directamente desde que se había desvelado mi Pequeño Problema. Podía enfrentarme mejor a Eve. Si era grosera, yo podía volver a protegerme con mi caparazón de cinismo y ser más grosera. Pero Finn no decía nada y yo no podía ganarle en el juego de ver quién decía menos. Lo único que podía hacer era fingir que no me importaba.

Volvimos a meternos en el Lagonda y emprendimos trayecto a paso de tortuga. Lille tenía aspecto de ciudad grande, con sus casas adosadas, los toques de ladrillo flamenco sobre la piedra francesa que hablaban de la cercanía de la ciudad a Bélgica, y la elegante extensión de la Grand Place. Había sido sitiada en la guerra, pero estaba claro que las bombas no la habían reducido a escombros. Había allí más alegría que la que había visto en El Havre, más energía en el caminar de la gente a la que veía pasar afanosa con sus compras o sus pequeños perros terrier. Pero el rostro de Eve se iba volviendo más gris cuanto más nos adentrábamos en la ciudad.

—Cualquier civil —dijo, claramente citando algo—, incluido el personal civil del gobierno francés, que ayude a las tropas que son enemigas de Alemania o que actúe de forma perniciosa contra Alemania y sus aliados, será castigado con la pena de muerte.

Meneé la cabeza.

—Nazis...

—Eso no lo dijeron los nazis. —Eve miró de nuevo por la ventanilla, su expresión como una máscara glacial. El Lagonda pasó junto a una cafetería con un toldo de rayas y mesas en la calle colocadas para que dieran al Deûle y yo miré melancólica al recordar el café de la Provenza donde Rose y yo habíamos pasado nuestra mágica tarde. Me pregunté si había algún lugar en el mundo que me hubiese hecho más feliz. Había una camarera de, más o menos, mi edad trabajando en esta cafetería, llevando *baguettes* y garrafas de vino, y yo la envidié. No había en ella ningún Pequeño Problema, solo las pecas de su nariz y un mandil de cuadros rojos y el olor a buen pan recién hecho.

La voz de Eve, fría y furiosa, me sacó de mis pensamientos.

—Deberían haber quemado todo el edificio hasta dejarlo en ruinas después de que él se fuera y haber cubierto la tierra de sal. Deberían haber dejado correr las aguas del verdadero río Leteo por todo esto para que todos pudieran olvidar. —Tenía la mirada fija en la misma cafetería, tan pequeña y bonita, con su característico escaparate en arco con volutas doradas.

—¿Gardiner? —Finn miró hacia atrás. Puede que la voz de Eve sonara furiosa, pero se la veía encogida y frágil, con sus dedos torcidos entrelazados como para impedir que temblaran. Intercambié miradas de desconcierto con Finn, demasiado perpleja como para recordar que antes había evitado mirarle a los ojos—. Tenemos que buscar un hotel —susurró—. Ya.

Se detuvo ante el primer *auberge* que encontramos y alquilamos tres habitaciones. El recepcionista hizo mal la cuenta de los precios y, después, cuando yo le hice notar su error, de repente no podía entender mi francés americanizado. Por fin, Eve se inclinó sobre el mostrador y tuvo un estallido con fluido acento del norte que me sorprendió y que hizo que el recepcionista se apresurara a reajustar los precios.

—No sabía que hablara tan bien el francés —dije, y ella se limitó a encogerse de hombros y a entregarnos con un golpe en la palma de la mano una llave de habitación a cada uno.

—Mejor que tú, yanqui. Buenas noches.

Miré al cielo de la calle. Empezaba a anochecer y ninguno de nosotros había comido.

—¿No quieren cenar?

—Yo cenaré líquido. —Eve se tocó el bolso y oí el tintineo de la petaca que llevaba dentro—. Voy a ponerme hasta las cejas, pero, si esperas que duerma la mona mañana por la mañana, vas lista. Más vale que estemos levantados y en el coche cuando amanezca, porque quiero salir de esta maldita ciudad y, si es necesario, iré andando.

Desapareció en el interior de su habitación alquilada y yo desaparecí en la mía con igual rapidez. No deseaba quedarme a solas en el pasillo con Finn.

La cena consistió en un paquete de sándwiches baratos que comí en mi estrecha cama. Lavé la ropa interior y la blusa en el pequeño lavabo mientras pensaba que pronto necesitaría más ropa y, por fin, me dispuse a bajar para hacer uso del teléfono del hotel. No tenía intención de decirle a mi madre adónde iba, por si acaso ella aparecía acompañada de la policía —yo era menor de edad—, pero no quería que se preocupara por mi estado. Sin embargo, el recepcionista del Dolphin me dijo que ella había dejado el hotel. Aun así, dejé un mensaje, colgué el teléfono intranquila y subí, luchando contra un repentino agotamiento. Lo único que había hecho en todo el día había sido estar sentada en un coche, pero estaba más cansada de lo que lo había estado en toda mi vida. Llevaba ya varias semanas sufriendo aquellos extraños ataques de fatiga, seguramente otro síntoma de mi Pequeño Problema.

Aparté cualquier pensamiento del P. P. cuando volví a mi habitación. Al día siguiente Roubaix. Una parte de mí ni siquiera quería ir. Eve seguía insistiendo en que tenía que hablar con una persona allí, una mujer que podría saber algo. Yo sabía que a Rose la habían enviado a una pequeña ciudad más al sur para que tuviera a su bebé y que, después, se había marchado para buscar un trabajo cerca de Limoges. Era a Limoges adonde yo quería ir, no a Roubaix ni a cualquiera que fuese el dudoso contacto que Eve creía tener.

Me senté en el borde de la cama y dejé que apareciera en mi pecho: la esperanza. Por muy terrible que hubiese sido la hora que había pasado con *tante* Jeanne, me había dado esa esperanza. Porque por mucho que yo tratara de convencerme de que existía alguna posibilidad de que Rose estuviese viva, una parte de mí había llegado a pensar que mis padres tenían razón, que debía de estar muerta. Pues aquella muchacha a la que yo quería como una hermana, la que tenía miedo a la soledad, habría encontrado ya el modo de volver con nosotros.

Pero si toda su familia la había rechazado y la habían enviado fuera para que tuviera a su bastardo y, después, limpiarse las manos... Bueno, yo conocía a Rose. Era orgullosa y apasionada. Jamás habría vuelto a la casa de Ruan después de los modos con que sus padres la habían expulsado de ella.

Incluso podía entender que no me escribiera a mí para hablarme sobre su dilema. ¿Por qué iba a hacerlo? Yo no era más que una niña la última vez que nos vimos, alguien a quien había que proteger, no una persona a la que confiar cosas feas. Y la vergüenza podía llegar a convertirse en hábito. Yo no estaba segura de haber podido soportar escribirle para hablarle de mi Pequeño Problema, ni aun teniendo una dirección adonde hacerlo. Cara a cara, habría llorado sobre su hombro, pero poner esas cosas sobre el papel habría significado tener que revelar mi propia desgracia en un desagradable negro sobre blanco.

Si estaba viva, podría estar viviendo ahora en Limoges. Quizá tuviera con ella a su hijo. ¿Un niño o una niña? Aquel pensamiento me hizo soltar una carcajada temblorosa. Rose con un bebé. Bajé los ojos a mi vientre, plano e inocuo, que me hacía sentir cansada o tener náuseas, y los ojos se me nublaron. «Ay, Rosie», susurré. «¿Cómo hemos llegado a complicarnos tanto las cosas?».

Bueno, yo me las había complicado. Rose había encontrado el amor en forma de un francés dependiente de una librería que había entrado en la Resistencia. Era el tipo de chico que podría gustarle a Rose. Me pregunté si su Étienne habría sido moreno o rubio, si le habría dado su color de pelo al bebé. Me pregunté adónde lo habrían llevado tras arrestarle, si seguía vivo. Probablemente no. Tanta gente desaparecida o muerta, apenas empezábamos a asimilar las terroríficas dimensiones de aquellas pérdidas. El chico de Rose probablemente habría muerto. Si ella seguía viva, estaría sola. Abandonada, igual que lo había estado en la cafetería de la Provenza.

«No por mucho tiempo, Rose. Voy a encontrarte. Te lo juro». No había podido salvar a mi hermano, pero aún podía salvarla a ella.

—Y quizá sepa después qué hacer contigo —le dije a mi vientre. No lo quería, no tenía ni idea de qué hacer al respecto. Pero las náuseas de los últimos días me habían llevado a la dolorosa conclusión de que no hacerle caso sin más ya no era una opción.

La noche francesa cayó por completo, suave y cálida al otro lado de mi ventana. Me metí en la cama y dejé caer los párpados. Ni siquiera fui consciente de que me había quedado dormida hasta que un grito atravesó la noche.

Aquel chillido hizo que me incorporara y saliera de la cama. Estaba de pie, con el corazón latiendo a toda velocidad y la boca seca, y aquel terrible aullido siguió sin parar. Un grito de mujer, lleno de terror y angustia, y salí de mi habitación.

Finn salió al pasillo a la misma vez, descalzo y con los brazos desnudos.

—¿Qué es? —pregunté con voz entrecortada mientras otras puertas del pasillo se abrían. Finn no contestó. Se limitó a ir directamente a la puerta que había entre los dos, la que dejaba salir una línea de luz amarilla por debajo. El grito procedía del interior.

—¡Gardiner! —exclamó agitando el pomo. El grito se cortó como si un cuchillo hubiese rebanado una tensa garganta. Oí el inconfundible chasquido de la Luger al amartillarse—. Gardiner, voy a entrar. —Finn colocó el hombro contra la puerta y empujó con fuerza. El cerrojo barato saltó de la pared con un sonido de tornillos que crujían y la luz se filtró al pasillo. Eve estaba de pie, con su pelo grisáceo suelto, sus ojos dos hoyos angustiados y ciegos. Y cuando vio a Finn en la puerta conmigo detrás, levantó la Luger y disparó.

Yo grité a la vez que me tiraba al suelo, pero el percutor dio en una recámara sin bala. Finn arrancó a Eve el arma de la mano y ella soltó una obscenidad y se dispuso a arañarle los ojos. Él lanzó la pistola a la cama y le agarró las flacas muñecas con las manos. Me miró a los ojos y vi asombrada que estaba tranquilo.

—Busque al recepcionista y dígale que no pasa nada antes de que llame a la policía —me ordenó mientras agarraba a Eve con fuerza. Ella soltaba palabrotas tanto en francés como en alemán—. No queremos tener que buscar otro hotel en mitad de la noche.

—Pero... —Aparté los ojos de la pistola que estaba en la cama. «Nos ha disparado». Me di cuenta de que tenía los brazos apretados con fuerza alrededor de mi Pequeño Problema.

—Dígale que ha tenido una pesadilla. —Finn miró a Eve. Había dejado de maldecir y la respiración le salía con ráfagas fuertes y superficiales. Los ojos miraban ciegos hacia la pared. Dondequiera que estuviese, no era allí.

Oí una protesta malhumorada en francés a mi espalda. Me di la vuelta y vi al dueño del *auberge*, gritando algo medio dormido.

—*Pardonnez-moi* —dije a la vez que me apresuraba a cerrar la puerta para ocultar la extraña escena—. *Ma grandmère, elle a des cauchemars...*

Endulcé mi francés americano hasta que desapareció toda indignación, con la ayuda también de un puñado de francos. Por fin, el dueño volvió a meterse en su habitación y yo me atreví a asomar la cabeza de nuevo por la puerta.

Finn había sentado a Eve, no en su cama, sino en el rincón opuesto, el que tenía una visión más clara de la puerta y la ventana. Había apartado una silla para que ella pudiese acurrucarse contra la pared y le había echado una manta por encima de los hombros. Él se había agachado junto a ella y le hablaba suavemente, moviéndose despacio para dejarle en el regazo la petaca de whisky.

Ella murmuró algo, un nombre. Sonó algo así como «René» y se me puso la piel de gallina.

—René no está aquí —la calmó Finn.

—La bestia soy yo —susurró ella.

—Lo sé. —Finn le ofreció la culata de la Luger.

—¿Está usted loco? —susurré, pero él me mandó callar con un gesto sin mirarme. Eve no levantó la vista. Ya se había calmado, pero seguía mirando a la nada, con los ojos saltando a un lado y a otro, desde la ventana hasta la puerta. Envolvió con sus dedos torcidos la pistola y Finn la soltó.

Se incorporó y se acercó descalzo hacia mí. Yo salí al pasillo y él me siguió, cerrando con suavidad la puerta y soltando un largo suspiro.

—¿Por qué le ha devuelto la pistola? —susurré—. ¡Si hubiese estado cargada, uno de los dos podría haber muerto!

—¿Quién cree que había sacado las balas antes? —Me miró—. Lo hago todas las noches. Ella me insulta sin parar, pero teniendo en cuenta que casi me arranca la oreja de un disparo la primera noche que trabajé para ella, no tiene mucho que objetar.

—¿Que casi le arrancó la oreja?

Finn miró a la puerta.

—Va a estar bien hasta la mañana.

—¿Con qué frecuencia hace estas cosas?

—De vez en cuando. Hay algo que lo activa. Si se ve en medio de una multitud le da pánico, y si oye que un andamio se cae, piensa que es una explosión. No se puede predecir.

Me di cuenta de que aún seguía con los brazos envueltos sobre mi vientre. Apenas podía pensar que mi Pequeño Problema no fuese otra cosa que... eso, un problema. Pero mis brazos lo habían protegido de inmediato nada más ver la pistola de Eve. Dejé caer las manos y sentí una vibración en todo el cuerpo. No me había sentido tan viva —en cada tembloroso músculo, en cada hormigueante centímetro de mi piel— desde hacía mucho tiempo.

—Necesito una copa.

—Yo también.

Seguí a Finn a su habitación, lo cual no era del todo apropiado, pues yo estaba medio desnuda con la combinación de nailon que había estado usando como camisón. Pero bloqueé la molesta e insistente voz de mi cabeza y cerré la puerta a la vez que Finn encendía una lámpara y buscaba en el interior de su bolso de viaje. Me ofreció una petaca mucho más pequeña que la de Eve.

—No hay vasos, lo siento.

Por supuesto, se había acabado lo de «señorita». Me encogí de hombros, pues no esperaba otra cosa. Sabía perfectamente qué tipo de ecuación se estaba formando allí.

—¿Quién necesita vasos? —Di un trago al whisky y saboreé aquel fuego—. Muy bien, hablemos. René. Eve sí que conoce ese nombre. Si es el mismo que aparece en el informe, la persona para la que trabajó Rose...

—No lo sé. Solo sé que ella repite mucho ese nombre cuando se encuentra así.

—¿Por qué no me lo había dicho?

—Porque trabajo para ella. —Dio un trago a la petaca—. No para usted.

—Forman una pareja extraña —comenté—. Los dos con una alambrada hecha de secretos.

—Y por buenos motivos.

Recordé el susurro de Eve cuando había citado aquello de que a los enemigos de Alemania les esperaba la muerte. Había algo en ella que me hacía pensar que había sido combatiente. Había visto a mi hermano regresar de la guerra y noté los cambios en él con ojos preocupados y llenos de cariño, y James no había sido el único exsoldado que había observado. Me había codeado con ellos en cócteles, había hablado con ellos en fiestas, y observarlos se había convertido en una costumbre porque esperaba ver algo que me sirviera para ayudar a James. Fracasé. Nada de lo que hubiese hecho podría haber ayudado a James e incluso ahora me seguía odiando por ello. Pero, aun así, sabía cómo eran los combatientes y Eve tenía todos los síntomas.

—¿Estará bien mañana? —James ni siquiera salía de su habitación tras episodios así.

—Es probable. —Finn se apoyó en el alféizar de la ventana abierta y miró la fila de farolas a la vez que daba otro trago al whisky—. Normalmente aparece al día siguiente como si no hubiese pasado nada.

Yo quería seguir averiguando cosas, pero todo ese espinoso asunto de Eve y sus secretos me produjeron dolor de cabeza. Lo dejé de momento y me acerqué a Finn junto al alféizar. Al fin y al cabo, era lo que venía después en la ecuación: una chica más un chico multiplicado por whisky. Ahora se sumaba la proximidad.

—Entonces, mañana llegaremos a Roubaix si el coche no vuelve a estropearse. —Mi hombro rozó el suyo.

Él me pasó la petaca.

—Puedo conseguir que siga funcionando.

—Es usted bastante mañoso con esa caja de herramientas. ¿Dónde aprendió? —«¿En la cárcel?». La curiosidad me estaba consumiendo.

—He trabajado en talleres desde muy pequeño. Jugaba con llaves inglesas en la cuna.

Di otro sorbo.

—¿Puedo llevar yo el Lagonda mañana? ¿O es un coche para un solo hombre?

—¿Conduce? —Me miró con el mismo asombro que había mostrado cuando le dije que había trabajado—. Había supuesto que su familia tendría chófer.

—No somos los Vanderbilt, Finn. Por supuesto que sé conducir. Mi hermano me enseñó. —Un dulce y doloroso recuerdo: James se había escapado de una gran barbacoa familiar y me había arrastrado a su Packard para darme una clase de conducir—. Creo que en realidad lo hizo para huir de nuestros ruidosos parientes.

Pero fue un buen profesor. —Me había revuelto el pelo y me había dicho: «Conduce hasta casa, ahora eres tú la experta». Y después de detener yo el coche con un orgulloso sonido de neumáticos, nos habíamos quedado allí un rato antes de regresar a la algarabía familiar. Le había preguntado a James si querría ser mi pareja en el siguiente baile formal. «No voy a tener un acompañante de verdad, James, y podemos quedarnos sentados en un lateral riéndonos de todas las chicas de la hermandad». Él había sonreído y había contestado: «Eso me gustaría, hermanita». Yo había llegado a pensar que, por una vez, le había ayudado cuando estaba en una de sus depresiones.

No habían pasado tres semanas cuando se pegó un tiro.

Pestañeé dolorosamente para apartar aquel pensamiento.

—Puede que algún día la deje ponerse al volante. —Finn bajó la mirada por su delgado hombro hacia mí y la luz resplandeció entre su oscuro pelo—. Tendrá que ser paciente con ella. Al fin y al cabo, no es más que una señora maniática. Un poco excéntrica, necesita un trato especial. Pero siempre se recupera.

—No se ponga tan escocés y metafórico. —Di otro sorbo a la petaca y se la devolví. Mis dedos rozaron los suyos—. Son más de las dos de la madrugada.

Sonrió y volvió a mirar las farolas de la noche. Esperé a que se acercara. Pero él vació el whisky y se movió para sentarse en el banco de la pared.

Mi aguda voz interior seguía diciendo cosas desagradables. Antes de que se volviera más fuerte, me dispuse a poner fin a la ecuación: chico más chica, multiplicado por whisky y proximidad, igual a... Le quité a Finn la botella de la mano, me subí a su regazo y le besé. Degusté el whisky de su suave boca, sentí la aspereza de su mentón sin afeitar. Entonces, se apartó.

—¿Qué hace?

—¿Qué crees que hago? —Envolví su cuello con mis brazos—. Me estoy ofreciendo para acostarme contigo.

Recorrió mi cuerpo con una mirada llena de significado. Yo incliné un hombro, despreocupada, dejando que el tirante se deslizara por mi brazo. Sus manos rozaron mis piernas desnudas a cada lado de su cuerpo y, a continuación, las deslizó por encima del dobladillo de nailon en lugar de por debajo, subiendo hasta mi cintura y agarrándome con fuerza mientras yo trataba de inclinarme hacia delante para darle otro beso.

—Vaya —dijo—. La noche está resultando llena de sorpresas.

—¿Verdad? —Sentí sus manos a través de la fina capa sedosa de nailon, grandes y calientes a cada lado de mi cintura—. Llevo todo el día pensando en esto. —Desde que se había quedado en mangas de camisa para arreglar el Lagonda. Tenía unos brazos mucho mejores que la mayoría de los universitarios, que normalmente eran larguiruchos y fofos.

La voz de Finn sonó un poco áspera, pero muy serena.

—¿Qué está haciendo una buena chica como tú metiéndose en la cama de un exconvicto?

—Ya sabes que no soy una chica buena. Eve lo ha dejado claro. Además, no es que vayas a llevarme a una fiesta —añadí sin rodeos—. No vas a conocer a mis padres. Solo es un polvo.

Me miró sorprendido.

—Aunque sí que me pregunto qué hiciste —continué con toda franqueza mientras le pasaba un dedo por la nuca—. Para terminar en la cárcel.

—Robé un cisne del Jardín Botánico de Kew. —Seguía agarrándome con fuerza la cintura, manteniéndome apartada de él.

—Mentira.

—Mangué una tiara de diamantes de las joyas de la Corona en la Torre de Londres.

—Sigue siendo mentira.

Sus ojos parecían negros y profundos bajo la tenue luz.

—Entonces, ¿por qué me preguntas?

—Me gusta oírte mentir. —Volví a rodearle el cuello con los brazos y deslicé los dedos en su suave pelo—. ¿Por qué seguimos hablando? —La mayoría de los chicos eran todo manos nada más apagarse las luces. ¿Por qué Finn no lo hacía? En cuanto Eve dejó claro el tipo de chica que era yo en realidad, supuse que él dejaría a un lado su actitud respetuosa y trataría de llevarme a la cama. Era a eso a lo que estaba acostumbrada. Podía mandarle a paseo o consentirlo. Y ya había decidido consentirlo. Pero no estaba acostumbrada a ser yo la que se acercara. Quizá no fuera guapa, pero estaba disponible. Normalmente, eso era suficiente para que las manos de un hombre se acercaran a mi ropa sin que yo tuviera que ayudarles.

Pero Finn no se movía. Simplemente, me miraba. Bajó los ojos a mi cintura antes de hablar.

—¿No tienes un amigo? ¿Un prometido?

—¿Ves algún anillo?

—Entonces, ¿quién fue?

—Harry S. Truman —respondí.

—Mira quién miente ahora.

El ambiente estaba cargado y hacía calor. Moví la cadera y noté que él respondía. Sabía lo que él quería. ¿Por qué no lo tomaba?

—¿Por qué te importa quién me dejó embarazada? —susurré mientras me movía un poco más—. No puedes dejarme embarazada ahora y eso es lo que cuenta. Soy un polvo fiable.

—Eso es desagradable —dijo en voz baja.

—Pero es la verdad.

En ese momento, me acercó más a él, su cara muy cerca de la mía, y mi piel vibró.

—¿Exactamente por qué te estás subiendo encima de mí?

«Zorra». Aquella palabra resonó en mi cabeza con la voz de mi madre o quizá con la de mi tía. Me estremecí y convertí el temblor en un encogimiento de hombros.

—Soy una golfa —contesté con frivolidad—. Todos saben que las golfas se acuestan con todo el mundo. Y tú eres un bombón. Así que ¿por qué no?

Sonrió. Una sonrisa real y no un pequeño movimiento de la comisura de su boca, como estaba acostumbrada a ver.

—Pequeña Charlie —dijo y me dio tiempo a pensar en lo mucho que me gustaba oír mi nombre con su suave acento escocés—. Vas a necesitar una razón mejor que esa.

Me levantó de su regazo como si fuese una muñeca y me dejó de pie. Él se levantó y fue a la puerta, la abrió de par en par y yo sentí una lenta oleada de rubor que me bajaba por el cuello.

—Buenas noches, señorita. Que duerma bien.

10

Eve

Junio de 1915

Eve se estrenó dos noches después, como espía y como empleada en Le Lethe. De las dos cosas, la segunda fue la más agotadora: René Bordelon exigía que nada se alejara de la perfección y una formación de dos días no era suficiente tiempo para lograr esa excelencia. Eve sí lo hizo. Al fin y al cabo, el fracaso no era una opción. Interiorizaba hasta los huesos las normas de su nuevo jefe mientras él las repetía con su voz metálica justo antes de que sus dos camareras recién contratadas empezaran su primer turno.

Un vestido oscuro, pelo recogido.

—No se debe notar que estáis. Sois una sombra. —Pies ligeros, pequeños pasos—. Quiero que os deslicéis cuando hagáis todos vuestros movimientos. Mis clientes no desean ver interrumpidas sus conversaciones. —Silencio en todo momento; nada de susurros ni de hablar con la clientela—. No se os exige que memoricéis listas de vinos ni que toméis comandas. Traéis los platos a la mesa y los retiráis. —Servir vino con el brazo formando una elegante curva—. En Le Lethe todo es elegante, incluso aquello que pasa desapercibido.

Y la última norma, la más importante:

—Incumplid las normas y seréis despedidas. Hay muchas chicas hambrientas en Lille deseosas de ocupar vuestro lugar.

Le Lethe revivía por la noche, un artificial parche de luz, calor y música en medio de una ciudad que quedaba a oscuras al caer el sol. Eve, con su vestido oscuro en el rincón que le habían asignado, recordó la leyenda de los vampiros. En Lille, los franceses se acostaban al anochecer porque, aunque no hubiese toque de queda, había poca parafina y carbón para mantener las habitaciones iluminadas. Solo los alemanes salían de noche, como los muertos vivientes, para celebrar su indiscutible dominio. Iban a Le Lethe, sus uniformes relucientes, sus medallas pulidas, sus voces altas, y René Bordelon los recibía vestido con su chaqueta exquisitamente confeccionada y una sonrisa nada forzada. Como Renfield, pensó Eve, del relato de Bram Stoker: un humano que se volvía vil y cobarde y se ponía al servicio de las criaturas de la noche.

«Estás fantaseando», se dijo a sí misma. «Enciende los oídos y apaga la mente».

Se movía durante la cena como una elegante autómata, sin hacer ruido al retirar los platos, recoger las migas y rellenar las copas vacías. Nadie podría pensar que hubiese una guerra en marcha: había velas siempre encendidas, cada mesa tenía panecillos blancos y mantequilla de verdad, cada copa rebosaba. La mitad de la comida del mercado negro de Lille debía de terminar aquí, pues estaba claro que a los alemanes les gustaba comer bien.

—La comida —susurró la otra camarera, una joven viuda de caderas anchas con dos bebés en casa—. ¡Es una tortura solo mirarla! —Su garganta se movía mientras llevaba un plato de vuelta a las cocinas. Había un resto de comida en él, en una ciudad donde los franceses arañaban sus platos para no dejar ninguna migaja. Un poco de salsa de bechamel, una docena de tajadas de ternera... A Eve también le rugía el estómago, pero lanzó a la otra muchacha una mirada de advertencia.

—Ni un mordisquito. —Miró a monsieur Bordelon, que estaba detrás de ellas rodeando la sala como un tiburón bien vestido—. Ni un bocado hasta que termine el turno, lo s-s-sabes.

—Al final de la noche, todas las sobras de las cocinas se juntaban y se distribuían entre el personal. Allí todos estarían encantados de acusar a cualquier compañero que cogiera comida antes de que se hiciera la división equitativa, pues todos estaban hambrientos. Eve admiraba con cinismo un sistema así: monsieur Bordelon había conseguido inventar una recompensa que, por un lado, hacía que sus empleados fueran honestos y, por otro, les animaba a espiar a los demás.

Pero si los miembros del personal se sentían tensos y poco amigables, la clientela era peor. Qué fácil resultaba odiar a los alemanes cuando se veía de cerca lo mucho que desperdiciaban. El *Kommandant* Hoffman y el general Von Heinrich fueron a cenar tres veces durante la primera semana de Eve y pidieron champán y codornices asadas para celebrar las últimas victorias alemanas, soltando grandes carcajadas en medio de un grupo de subordinados. A monsieur Bordelon siempre le invitaban a unirse a ellos para el brandy de la sobremesa y se sentaba indolente con las piernas cruzadas mientras pasaba puros que sacaba de una caja de plata con sus iniciales. Eve se esforzaba por escucharlos, pero no podía quedarse mucho rato ni mostrarse con mucha obviedad mientras rellenaba los vasos de agua. De todos modos, no hablaban de planes de batalla ni de colocación de artillería, sino de las chicas a las que tenían de amantes, haciendo comparaciones de sus mejores atributos físicos y discutiendo sobre si la chica del general era rubia natural o no.

Entonces, la cuarta noche, el *Kommandant* Hoffman pidió brandy y Eve apareció con un decantador.

—... bombardeado —estaba diciendo él en alemán a sus subordinados—, pero la nueva batería de artillería estará en su posición dentro de cuatro días. En cuanto al emplazamiento...

A Eve se le paró el corazón con un resplandeciente rayo de emoción. Cogió la copa del *Kommandant* y la llenó con toda la lentitud a la que se atrevió, dejando que el licor saliera mientras él hablaba del nuevo emplazamiento de la artillería. Se dio cuenta de que las manos no le temblaban en absoluto. Volvió a colocar la copa, suplicando en silencio tener una excusa para seguir allí. Uno de los asistentes respondió a su plegaria con un chasqueo de dedos para pedirle brandy mientras planteaba una pregunta sobre el potencial de las nuevas armas. Eve se giró para coger la copa y vio que monsieur Bordelon tenía los ojos puestos en ella desde la mesa de al lado, donde estaba ocupándose de un capitán alemán y un par de tenientes. Su mano apretó la copa con fuerza y se preguntó con repentino pánico si se le había notado en la cara que estaba entendiendo lo que decía el *Kommandant*. Si él sospechaba que Marguerite Le François hablaba alemán...

«No lo sospecha», se dijo a sí misma a la vez que endurecía sus rasgos para mostrar una perfecta inexpresividad y recordaba que tenía que curvar el brazo con un elegante arco mientras servía. Su jefe asintió con aprobación, el *Kommandant* le hizo una señal para que se fuera y Eve volvió deslizándose a su rincón con una expresión tan tranquila como la superficie de un lago y una información de oro: la localización exacta de la nueva artillería alemana en los alrededores de Lille.

Pasó el resto de su turno recitando con frenesí la información en su memoria, los números, los nombres, el potencial, rogando que no se le olvidara nada. Tras volver corriendo a casa, tomó nota de todo en un trozo de fino papel de arroz con la letra diminuta que había aprendido en Folkestone, enrolló el papel en una horquilla, deslizó la horquilla en el interior de su moño y se sintió aliviada. Lili llegó la noche siguiente a su habitual parada en Lille y, con cierta ceremonia —como si fuera la entrega de un laurel de victoria—, Eve inclinó la cabeza, se sacó la horquilla del pelo y se la ofreció a la jefa de la red de Alice.

Lili leyó el mensaje y soltó un fuerte grito antes de pasar un brazo alrededor del cuello de Eve y darle un sonoro beso en ambas mejillas.

—*Mon Dieu,* sabía que lo harías bien.

Si la seria Violette hubiese estado allí con sus gafas redondas y su arisca expresión de desaprobación, Eve habría tratado de ocultar su vértigo, pero, al ver la alegría de Lili, dejó escapar la carcajada que llevaba aguantando desde la noche anterior.

Lili miró con los ojos entrecerrados el diminuto rollo de papel.

—¡Transcribir esto para mi informe general me va a dejar sin ojos! La próxima vez, limítate a escribírmelo en clave rápidamente.

—He pasado c-cuatro horas haciéndolo —respondió Eve cabizbaja.

—Las nuevas siempre empleáis un esfuerzo seis veces mayor al debido en el primer mensaje —contestó Lili riendo a la vez que le daba una palmada en la mejilla—. No te pongas tan alicaída. ¡Lo has hecho bien! Se lo pasaré al tío Edward y esa nueva batería será bombardeada antes del próximo jueves.

—¿El jueves? ¿Se puede b-b-b-bombardear una posición con tanta rapidez?

—*Bien sûr.* Mi red de Francia es la más rápida. —Lili volvió a envolver el mensaje en la horquilla y se la deslizó en su pompadour rubio—. Y tú vas a ser una estupenda herramienta, pequeña margarita. Lo noto.

Su rostro expresivo brilló con un júbilo tan fulgurante que iluminó la pequeña y gris habitación como el foco de un cruce de frontera y Eve se dio cuenta de que estaba sonriendo. Lo había conseguido. Había puesto en práctica su formación. Había cumplido con su deber. Era una espía.

Lili pareció notar la sensación interior de triunfo de Eve, pues volvió a reírse mientras se dejaba caer en la única silla de la habitación.

—Es de lo más placentero, ¿verdad? —dijo como si confesara un obsceno secreto—. Quizá no debería serlo. Se trata de un asunto muy serio, servir a *la belle France* en contra de sus enemigos, pero también resulta divertido. No hay ningún trabajo que dé más satisfacciones que el espionaje. Las madres dirán que los hijos son la más gratificante de las vocaciones pero, *merde* —continuó Lili con franqueza—, están demasiado aburridas con su eterna rutina como para saberlo. Yo prefiero el peligro de las balas antes que la seguridad de los pañales sucios.

—¿Sabes lo que me ha encantado? —confesó Eve—. Alejarme de esa mesa de bestias uniformadas, dejarles con su brandy y sus puros sin que ninguno de ellos se diera cuenta. —Estaba tan contenta que no tartamudeó y, cuando se detuvo a pensarlo más tarde, se sorprendió.

—Que les den a los alemanes —dijo Lili antes de empezar a desenrollar un retal de enagua vieja sobre la mesa—. Ven, deja que te enseñe mi método para transcribir posiciones en el mapa. Se trata de un dibujo sencillo, mucho más eficaz para comunicar una ubicación...

La pequeña y oscura habitación se volvió más dorada que Le Lethe cuando se iluminaba con cien velas. Se quedaron levantadas hasta muy tarde después de terminar con la transcripción del mapa, con Lili compartiendo un poco de brandy robado y contando anécdotas.

—Una vez conseguí pasar por delante de un entrometido guardia unos mensajes robados colocándolos en el fondo de la caja de una tarta. ¡Deberías haber visto la cara del tío Edward cuando le entregué un documento cubierto de glaseado!

—Presume de mí cuando le entregues mi informe —le suplicó Eve—. Quiero que se sienta orgulloso.

Lili inclinó la cabeza con expresión traviesa.

—Pequeña margarita, ¿estás enamorada?

—Un poco —admitió Eve—. Tiene una voz bonita... —Y él había visto que ella tenía potencial para estar ahí, para hacer aquello. Sí, le habría costado mucho no enamorarse un poco del capitán Cameron.

—*Merde* —exclamó Lili riendo—. Yo misma podría encariñarme de él. No te preocupes, te pondré por las nubes. Puede que le veas en algún momento, ¿sabes? A veces, cruza el territorio ocupado por los alemanes para hacer algo de lo más secreto. Si lo hace, prométeme que harás lo posible por arrancarle todo ese *tweed.*

—¡Lili! —Eve no pudo evitar reírse a carcajadas. No podía recordar cuándo había sido la última vez que se había reído tanto—. ¡Está casado!

—¿Y por qué iba eso a detenerte? Su mujer es una bruja que nunca fue a visitarlo a la prisión.

Así que Lili sabía lo de su encarcelamiento.

—Creía que teníamos que mantener en secreto nuestro pasado a menos que fuese necesario...

—Todos conocen ya el pasado del tío Edward. Apareció en todos los periódicos, así que es difícil mantenerlo en secreto. Asumió el castigo que le correspondía a su esposa y, por lo que sé, ella nunca fue a verlo. —Eve no pudo ocultar un pequeño resoplido de indignación y Lili sonrió—. Tírale los tejos. Si tienes problemas de conciencia con una cosa tan tonta como el adulterio, dedícale diez minutos en el confesionario y unos cuantos padrenuestros.

—S-sabes que los protestantes creemos en sentir nuestra culpa y no simplemente compensarla con unas cuantas oraciones rutinarias.

—Por eso los ingleses se sienten demasiado culpables y no son buenos amantes —dijo Lili—. Salvo en tiempos de guerra, pues esta proporciona incluso a los ingleses una buena excusa para disfrutar. En una época en la que es posible perder la vida en cualquier momento con la punta de una bayoneta alemana, no hay que permitir que la moralidad de la clase media se interponga en un buen revolcón con un exconvicto casado vestido con un traje de *tweed.*

—No puedo escuchar estas cosas —contestó Eve riendo a la vez que se colocaba las manos sobre las orejas. El resto de la noche lo pasaron entre risas y triunfos. Eve seguía sonriendo cuando despertó al día siguiente y descubrió que Lili se había ido ya llevándose el pequeño mensaje en el papel de arroz y dejando atrás el trozo de enagua, donde había escrito: «Vuelve al trabajo y recuerda... ¡No te lo creas demasiado! Nos vemos dentro de cinco días».

«Cinco días», pensó Eve mientras se ponía su vestido oscuro y salía en dirección a Le Lethe. «Conseguiré más información para ella». Sentía una seguridad serena. Lo había hecho una vez y lo volvería a hacer.

Quizá sí sintió cierto engreimiento al pensar en la aprobación de Lili y en una sonrisa dibujada en los ojos de un inglés vestido de *tweed* cuando entró en Le Lethe por la puerta de servicio. Allí la recibió la figura recostada de René Bordelon y el sonido de su voz inexpresiva:

—Dígame, mademoiselle Le François, ¿de dónde es usted de verdad?

Eve se quedó helada. No en apariencia. Externamente, se apresuró a quitarse el sombrero, cruzar las manos y mostrar en su rostro una expresión de perplejidad. Las reacciones naturales de inocencia aparecieron rápidamente. Pero, en su interior, pasó de la ligereza efervescente a un bloque de hielo en un abrir y cerrar de ojos.

—¿Monsieur? —preguntó.

René Bordelon se giró hacia las escaleras que conducían a sus aposentos privados.

—Venga.

De nuevo en aquella obscenidad de estudio, con las ventanas cubiertas con cortinas para no dejar ver la funesta realidad de Lille durante la guerra y las lámparas encendidas con tan suntuoso desperdicio de parafina durante el día que resultaba como una bofetada en la cara. Eve se quedó delante del sillón de suave piel donde había conseguido su empleo apenas una semana antes y se mantuvo tan inmóvil como un animal entre la maleza a la espera de que el cazador pase de largo. «¿Qué es lo que sabe? ¿Qué es lo que puede saber?».

«No sabe nada», se dijo a sí misma. «Porque Marguerite Le François no sabe nada».

Él se sentó, juntó sus larguísimos dedos y la miró, sin pestañear. Eve mantuvo su expresión de perpleja inocencia.

—¿Hay algún p-p-problema con mi trabajo, m-m-mon sieur? —preguntó por fin cuando quedó claro que él estaba esperando a que ella rompiera el silencio.

—Al contrario —respondió—. Su trabajo es excelente. No hay que decirle dos veces cómo hacer las cosas y tiene cierta elegancia natural. La otra muchacha es un zoquete. He decidido sustituirla.

«Entonces, ¿por qué soy yo quien está siendo examinada?», se preguntó Eve pese a sentir desazón por la Amélie de anchas caderas y dos hijos en casa.

—Me ha gustado usted mucho salvo en una cosa. —Seguía sin pestañear—. Creo que quizá me haya mentido usted en cuanto a su lugar de procedencia.

«No», pensó Eve. Era imposible que sospechara que era medio inglesa. Su francés era perfecto.

—¿De dónde dijo que era?

«Lo sabe».

«No sabe nada».

—De Roubaix —respondió Eve—. Tengo aquí mis documentos. —Le ofreció su documentación, agradecida por dar algo que hacer a sus manos y sus ojos aparte de aguantar aquella mirada inmóvil.

—Sé lo que pone en sus documentos. —No los miró—. Dicen que Marguerite Duval Le François es de Roubaix. Pero no lo es.

Eve controló su expresión.

—Sí que lo soy.

—Mentira.

Aquello la estremeció. Hacía mucho tiempo que no pillaban a Eve en una mentira. Quizá él se estuviera dando cuenta de su sorpresa, por mucho que la tratara de ocultar, pues la miró con una sonrisa completamente carente de calidez.

—Ya le dije que se me da bien esto, mademoiselle. ¿Quiere saber cómo la he descubierto? Usted no habla el francés de esta región. Su francés es propio de Lorena, si no me equivoco. Viajo allí con frecuencia para comprar vinos para la bodega de mi restaurante y conozco el acento igual de bien que las cosechas de la zona. Y bien..., ¿por qué pone en sus documentos que es de Roubaix cuando su boca dice que es, probablemente, de Tomblaine?

Qué buen oído tenía. Tomblaine estaba justo al otro lado del río de Nancy, donde Eve se había criado. Vaciló y la voz del capitán Cameron acudió a su mente, susurrante y calmada, con su leve acento escocés. «Cuando se vea obligada a mentir, lo mejor es contar toda la verdad que sea posible». Palabras de su formación, de una de esas tardes en las que él la había llevado a la solitaria playa para practicar el tiro con botellas.

René Bordelon estaba allí sentado esperando la verdad.

—Nancy —susurró Eve—. Allí es d-donde n-n-n...

—¿Nació?

—Sí, m-m-m...

Él la interrumpió con un movimiento de la mano.

—¿Y por qué miente?

Una respuesta verdadera respaldada por un motivo falso. Eve esperó que resultara convincente, pues no se le ocurrió nada más.

—Nancy está cerca de A-A-Alemania —se apresuró a responder, como si estuviese avergonzada—. En Francia todos nos consideran traidores, que apoyamos a los alemanes. Al venir a L-L-Lille supe que me odiarían si... Sabía que no encontraría trabajo. No tendría para comer. Así que y-y-yo... mentí.

—¿Dónde consiguió los documentos falsos?

—No l-l-lo hice. Simplemente, p-p-pagué al funcionario para que pusiera otra ciudad. Se apiadó de mí.

Su jefe se apoyó en el respaldo mientras golpeteaba las yemas de los dedos.

—Hábleme de Nancy.

Eve se alegró de no haber intentado mentir de nuevo diciéndole otra ciudad distinta. Conocía Nancy como la palma de su mano, de forma mucho más detallada que los datos que había memorizado sobre Roubaix. Citó nombres de calles, monumentos, iglesias; cada uno de esos lugares constituía un recuerdo de su infancia. Se le atascaba tanto la lengua que las mejillas le ardían con un color escarlata, pero continuó tartamudeando, suavizando su voz y con los ojos bien abiertos.

Sus palabras debieron de parecer sinceras, pues él la interrumpió cuando estaba en medio de una frase.

—Es obvio que conoce bien Nancy.

Eve no tuvo tiempo de soltar el aire de los pulmones antes de que él continuara, ladeando su estrecha cabeza.

—Al estar tan cerca de la frontera alemana, existe entre la población de esa región una mezcla considerable. Dígame, mademoiselle, ¿habla alemán? Miéntame de nuevo y le aseguro que la despediré.

Eve volvió a quedarse helada hasta los huesos. Él se había negado a considerar siquiera contratar a ninguna muchacha que tuviese un alemán fluido. La promesa de que Le Lethe era un oasis de intimidad para la clientela alemana garantizaba probablemente la mayor parte de sus beneficios. Sus ojos la miraban afilados como bisturís, devorándola por completo: cada movimiento, cada sacudida de músculo, cada pequeño cambio de expresión.

«Miente, Eve», pensó ella con dureza. «Miente mejor de lo que lo has hecho jamás».

Miró directamente a los ojos de su jefe, con expresión de franqueza e ingenuidad, y habló sin trabarse lo más mínimo:

—No, monsieur. Mi padre los odiaba. No habría permitido que su idioma se hablase en su casa.

Otro largo silencio mientras el reloj dorado marcaba su tictac, y Eve se sintió morir. Pero mantuvo la mirada fija.

—¿Usted los odia? —preguntó él—. ¿A los alemanes?

No se atrevió a correr el peligro de mentir de nuevo, ahora que estaba tan cerca del fin. En lugar de ello, respondió con evasivas, mirándose el regazo y dejando que sus labios temblaran.

—Cuando devuelven su *b-b-boeuf en croûte* a medio comer, sí —dijo con voz cansada—. M-me resulta difícil no odiarlos. P-pero estoy muy cansada de tanto odio, monsieur. Tengo que arreglármelas en medio de este mundo, o n-n-no viviré para ver el final de esta guerra.

Él se rio con suavidad.

—No es una forma de ver las cosas muy popular, ¿verdad? Yo miro esos asuntos de la misma forma, mademoiselle. Solo que no solo aspiro a arreglármelas. —Extendió sus elegantes manos para señalar su hermoso estudio—. Yo quiero prosperar.

A Eve no le cabía la menor duda de que lo conseguiría. Ponía su beneficio por encima de todo lo demás —país, familia,

Dios— y no quedaba mucho más que pudiese detenerle para conseguirlo.

—Dígame, Marguerite Le François —René Bordelon parecía emplear un tono casi juguetón. Eve no se relajó ni un segundo—. ¿No desea usted prosperar? ¿Hacer algo más que simplemente sobrevivir?

—Yo solo soy una muchacha cualquiera, monsieur. Mis ambiciones son muy modestas. —Levantó los ojos y los fijó en los de él, grandes y desesperados—. Por favor, ¿le va a contar a alguien que soy de N-N-Nancy? Si averiguan que soy de esa región...

—Me lo puedo imaginar. La gente de Lille es... —entrecerró los ojos con expresión cómplice— de un patriotismo apasionado. Pueden resultar desagradables. Su secreto está a salvo conmigo.

Eve se dio cuenta de que era un hombre al que le gustaban los secretos. Cuando era él quien los debía guardar.

—G-G-Gracias, monsieur. —Eve le estrechó la mano con un breve y torpe apretón, bajando la cabeza y mordiéndose el interior de la mejilla hasta que se le saltaron las lágrimas. Aquel era un hombre que apreciaba la gratitud humillada tanto como los secretos—. Gracias.

Dejó caer las manos antes de que él pudiera molestarse por que una empleada le hubiese tocado y, a continuación, dio un paso atrás y se alisó la falda. El comentario de él se oyó de forma repentina y en alemán.

—Qué elegante es usted, incluso estando asustada.

Ella se enderezó para mirarle a los ojos y él examinó su expresión, buscando el más mínimo atisbo de comprensión. Ella lo miró con un pestañeo lento de no haber entendido.

—¿Monsieur?

—Nada. —Sonrió por fin y, de algún modo, Eve tuvo la impresión como si hubiese retirado un dedo del gatillo—. Puede retirarse.

Cuando hubo bajado a la planta del restaurante, las uñas le habían creado unas profundas marcas en las palmas de las manos, pero abrió los dedos de manera consciente antes de hacerse sangre. Porque René Bordelon se habría dado cuenta. Desde luego que sí.

«Has esquivado una bala», pensó cuando empezaba su turno y esperando sentirse mareada ahora que el peligro había pasado. Pero sus entrañas permanecieron frías como una roca. Porque el peligro no había pasado. Mientras tuviese que trabajar y espiar bajo la mirada de su observador jefe, estaría en peligro. Eve siempre había sido buena mintiendo. Por primera vez en su vida se preguntó si era lo suficientemente buena.

«No hay tiempo para el miedo», se dijo. «Es un lujo. Enciende los oídos y apaga la mente».

Y se puso a trabajar.

11

Charlie

Mayo de 1947

Vaya, vaya. —Eve levantó las cejas cuando entré en el asiento de atrás del Lagonda en lugar de en el de delante, junto a Finn—. ¿De repente no quieres compartir el aire con el convicto?

—No quiero tenerla a usted sentada detrás de mí —respondí—. Ya intentó pegarme un tiro anoche.

Eve la miró de reojo, con sus ojos inyectados en sangre bajo la luz de la primera hora de la mañana.

—Está claro que fallé el disparo. Salgamos de esta ciudad y vayamos a la maldita Roubaix.

Finn había tenido razón en su predicción: Eve estaba ojerosa y gris y se movía con la rigidez de una anciana al montarse en el coche, pero no dijo nada sobre el episodio de la noche anterior con la Luger. Finn hurgó bajo el capó, murmurando algo con un acento escocés que se volvió más marcado cuanto más obstinadas se mostraban las tripas del Lagonda.

—Maldito cacharro, deja de calarte.

Por fin, subió al coche y ajustó los distintos marcadores para ponerlo en marcha.

—Iremos despacio —dijo a la vez que salíamos del hotel en medio del zumbido de los engranajes. Giré la cabeza y miré por la ventanilla. «Iremos despacio». Desde luego, eso no era muy propio de Charlie St. Clair. Mejor olvidarse de lo de ir despacio. Simplemente, da un trago al whisky, súbete encima de un escocés de treinta años y pídele que te eche un polvo.

«No me importa lo que piense de mí», me dije. «No me importa». Pero la humillación aún seguía agarrada en mi garganta.

«Zorra», dijo el susurro de mi molesta voz interior. Me encogí. Quizá no necesitara a Finn ni a Eve para el resto de este viaje. Eve conocía a alguien en Roubaix que quizá podría hablarnos del restaurante de Limoges donde Rose había trabajado. Después, ¿iba a querer Eve quedarse conmigo? No parecía que yo le gustara. Podría pagarle lo que le debía y enviarla a casa tambaleándose con su Luger y su chófer exconvicto y yo podría subir a un tren, como una persona civilizada, e ir sola a Limoges para buscar a Rose. Restar un escocés y una inglesa armada y peligrosa de esta ecuación y así podría realizar mi insensata búsqueda con mi única e insensata compañía, libre de mis compañeros de viaje, que habían demostrado ser aún más insensatos.

—Hoy —dije en voz alta. Finn me miró por encima de su hombro—. Tenemos que llegar hoy a Roubaix. —Cuanto antes mejor.

Por supuesto, el día en que yo no podía soportar seguir en ese coche ni con esa compañía se había convertido en un día precioso para viajar: todo inundado por la brillante luz del sol de mayo y unas nubes que se movían con rapidez. Había poca distancia hasta Roubaix y nadie protestó cuando Finn quitó la capota del Lagonda. Incluso el Pequeño Problema había decidido que no le importaba tanto el movimiento del coche, así que por una vez no pasé el viaje vomitando. Apoyé el mentón en mis brazos, divisando los campos al pasar y preguntándome por qué me resultaba familiar ese paisaje, hasta que lo entendí de repente. Otro viaje en coche. La familia de Rose y la mía, un par de años después de aquella vez que nos dejaron atrás en aquella cafetería de la Provenza. Habíamos pasado por Lille y nos habíamos adentrado en el campo, y, tras un solemne día visitando iglesias y antiguos monumentos, Rose había apartado la alfombra de nuestra habitación del hotel y me había enseñado a bailar el Lindy Hop.

«Vamos, Charlie, libera los pies...». Se movía tan rápido que los rizos le rebotaban; alta y de pechos grandes a los trece años, me confesó después que ya había dado su primer beso. «Georges, el hijo del jardinero. Fue terrible. ¡Lengua, lengua y más lengua!».

Debí de sonreír al recordarlo, a juzgar por lo que dijo Eve:

—Me alegra que a alguien le guste esta zona.

—¿A usted no? —Incliné la cabeza hacia atrás en dirección al sol—. ¿Quién no iba a preferir estar aquí antes que mirando los escombros de Londres o El Havre?

—«Preferiría, en vida, invitar a los cuervos a que rebañen la sangre de mi esqueleto inmundo» —respondió Eve. Cuando me vio pestañear, continuó—: Es una cita, yanqui ignorante. Baudelaire. Un poema que se llama *Le m-mort joyeux.*

—¿El muerto alegre? —traduje, arrugando la nariz—. Puf.

—Un poco repulsivo —convino Finn desde su asiento al volante.

—Bastante —admitió Eve—. Por supuesto, eso hacía que fuera uno de sus favoritos.

—¿De quién? —pregunté aunque, naturalmente, no me respondió. ¿Tenía que mostrarse enigmática cuando no era soez? Era como viajar con una esfinge aficionada al whisky. Finn me vio poner los ojos en blanco y sonrió. Yo volví a mirar hacia los ondulantes campos de nuevo.

Poco después, Roubaix apareció en el horizonte. Un lugar más pequeño que Lille, más polvoriento, más tranquilo. Un elegante ayuntamiento; los chapiteles de una iglesia que parecía gótica quedaron atrás a medida que avanzábamos por las calles. Eve le dio a Finn una dirección escrita en un papel y, por fin, nos detuvimos en un estrecho bordillo de adoquines ante lo que parecía una tienda de antigüedades.

—¿La mujer con la que tiene que hablar está aquí? —pregunté, desconcertada—. ¿Quién es?

Eve salió del coche y lanzó su cigarrillo a la alcantarilla con un experto chasquido de sus dedos desfigurados.

—Alguien que me detesta.

—Todo el mundo la detesta —no pude evitar contestar.

—Esta aún más de lo habitual. V-ven o quédate. Como prefieras.

Entró en la tienda sin mirar atrás. Yo salí tras ella mientras Finn sacaba un codo por la ventanilla bajada y empezaba a hojear de nuevo su revista de coches. Con el corazón latiendo con fuerza, seguí a Eve al interior de la oscura y fría tienda.

Se trataba de un lugar estrecho y acogedor. A lo largo de la pared se alineaban altos armarios de caoba y un largo mostrador hacía de barrera por la parte de atrás. Allá donde mirara solo veía el resplandor de la porcelana. Cajas de Meissen, juegos de té de Spode, pastorcillas de Sevres y quién sabía qué más. Tras el mostrador, una mujer vestida de negro escribía en un libro de contabilidad con el cabo de un lápiz y levantó la vista al oírnos entrar.

Era una mujer robusta que rondaba la edad de Eve, con gafas perfectamente redondas y el pelo oscuro recogido en un pulcro moño. Como Eve, tenía las arrugas esculpidas de alguien que ha vivido con dificultades.

—¿En qué puedo ayudarlas, mesdames?

—Eso depende —contestó Eve—. Tienes buen aspecto, Violette Lameron.

Era un nombre nuevo para mí. Miré a la mujer que estaba detrás del mostrador y su expresión no cambió. Inclinó lentamente la cabeza hasta que los cristales de sus gafas redondas reflejaron la luz.

Eve soltó una carcajada.

—¡Ese viejo truco tuyo de ocultar los ojos! Dios mío, ya lo había olvidado.

Violette o quienquiera que fuese habló sin alterarse.

—Hacía mucho tiempo que no oía ese nombre. ¿Quién es usted?

—Soy un despojo lleno de canas y el tiempo no me ha tratado bien, pero piensa. —Eve hizo un gesto alrededor de su cara—. ¿Ojitos de cordero? Nunca te gusté, pero, por otra parte, no te gustaba nadie más que ella.

—¿Quién? —susurré yo, cada vez más perpleja. Pero esta vez vi cómo el rostro de la otra mujer reaccionaba. Se inclinó por encima del mostrador sin poder evitarlo, no para mirar la cara de Eve, sino a través de ella, como si las arrugas del tiempo no fuesen más que una máscara. Vi cómo la otra mujer palidecía, su piel completamente blanca en contraste con su cuello alto negro.

—Fuera —dijo—. Fuera de mi tienda.

«Dios mío», pensé. «¿Dónde nos hemos metido ahora?».

—¿Coleccionas tazas de té, Violette? —Eve echó un vistazo a las estanterías llenas de objetos de porcelana—. Parece un poco soso para ti. Coleccionar las cabezas de tus enemigos, quizá..., pero, en ese caso, tendrías que venir a por mí.

—Ahora estás aquí, así que debe de ser que quieres que te mate. —Los labios de Violette apenas se movían—. Zorra cobarde y débil.

Me encogí como si me hubiesen dado una bofetada. Pero esas dos arpías se limitaron a quedarse allí, con el mostrador entre las dos, con la misma calma que si estuviesen hablando de cucharas de porcelana. Dos mujeres muy diferentes. Una alta, delgada y achacosa; la otra fuerte, aseada y con aspecto de persona respetable. Pero se miraban la una a la otra erectas y férreas como columnas mientras el odio emanaba de ellas en oleadas negras como humo. Yo permanecía con la boca seca, e intoxicada por su presencia.

«¿Quiénes sois?», pensé. «¿Quiénes sois cada una de vosotras?».

—Una pregunta. —El tono cínico y divertido de Eve había desaparecido. Nunca la había visto antes tan seria—. Una pregunta y me iré. Te la habría hecho por teléfono, pero me colgaste.

—No vas a sacarme nada. —La mujer lanzó sus palabras como esquirlas de cristal—. Porque, al contrario que tú, yo no soy una zorra cobarde con la boca suelta.

Yo esperaba que Eve se lanzara sobre ella. Me había puesto una Luger en la cabeza simplemente por llamarla vieja loca. Pero se quedó allí, recibiendo los insultos como si estuviese delante de un tiro al blanco recibiendo disparos, preparada para el impacto, con la mandíbula apretada.

—Una pregunta.

Violette le escupió en la cara.

Ahogué un grito y di medio paso adelante, pero lo mismo habría dado que no me encontrara allí, pues ninguna de las dos mujeres me prestó la menor atención. Eve se quedó un momento inmóvil, con el escupitajo deslizándose por su mejilla, y a continuación se quitó el guante y se secó la cara con lentitud. Violette la miraba, con sus gafas resplandeciendo, y yo di otro paso. No era esa la forma en que había visto siempre pelearse a las mujeres: clavándose uñas rabiosas, difundiendo cotilleos descarnados por la residencia de chicas. Este era el tipo de peleas que precedían a unos disparos de pistolas al amanecer.

«¿Por qué no puede haber nada sencillo?», pensé aterrada.

Eve dejó caer el guante al suelo y golpeó el mostrador con la mano desnuda, con un sonido como el disparo de un rifle. Vi cómo los ojos de Violette se fijaban en los dedos deformados de la otra mujer.

—¿Murió René Bordelon en 1917? —preguntó Eve en voz baja—. Sí o no. Cualquiera que sea la respuesta, me iré.

El vello del cuello se me erizó. «René». No dejábamos de volver a ese nombre. En el informe sobre Rose. En las pesadillas de Eve. Ahora, aquí. «¿Quién es? ¿Quién es?».

Violette seguía mirando la mano de Eve.

—Me había olvidado de esos dedos tuyos.

—En su momento, me dijiste que me lo merecía.

Un desprecio frío apareció en el rostro de Violette.

—Tu tartamudeo ha mejorado mucho. ¿Ha sido gracias al whisky? Hueles a alcohol.

—Tanto el whisky como la rabia son una buena cura para la tartamudez y yo acumulo buenas dosis de los dos —gruñó Eve—. René Bordelon, puta amargada. ¿Qué le pasó?

—¿Cómo lo voy a saber? —respondió Violette encogiéndose de hombros—. Tú y yo salimos de Francia a la vez y él seguía enriqueciéndose en esa época. Aún dirigía Le Lethe.

Le Lethe, el restaurante donde Rose había trabajado. Pero eso había sido en Limoges, no en Lille, pensé confundida. Y yo buscaba información de 1944, no de la primera guerra. Abrí la boca para decirlo pero, después, la volví a cerrar. No quería interponerme entre esas dos mujeres y sus ojos batiéndose en duelo.

La mirada de águila de Eve no se movió.

—Después de la guerra, tú regresaste a Lille un tiempo. Me lo contó Cameron.

¿Y ahora mencionaba a un tal Cameron? ¿Cuántos personajes habían intervenido en el escenario de aquella obra? Tuve deseos de gritar, pero permanecí en silencio, mirando fijamente a Eve como si pudiese arrancarle las respuestas con un anzuelo. «¡Deja de hacer preguntas y empieza a desembuchar respuestas, maldita sea!».

—... y Cameron me contó también que René Bordelon había muerto en 1917, bajo los disparos de los ciudadanos de Lille por haber sido un asqueroso colaboracionista.

—Sí que fue un asqueroso colaboracionista —afirmó Violette—. Pero nadie le pegó un tiro. Me habría enterado si hubiese sido así. Habría habido bailes en las calles si hubiese muerto de la forma que merecía. No. Me dijeron que ese cabrón hizo las maletas y huyó en cuanto los alemanes se retiraron porque sabía que lo único que podía esperar era una bala en la espalda. Nadie volvió a verle por Lille, eso es seguro. Pero estaba vivo, al menos, en 1918. Ese hombre siempre fue un superviviente. —Violette la miró con una sonrisa desagradable—. Así que, si Cameron te dijo otra cosa, te mintió. Y tú siempre te enorgullecías de saber oler una mentira.

Nada de aquello tenía sentido para mí, pero vi cómo la espalda orgullosa de Eve se hundía. Sus manos deformadas se agarraron al borde del mostrador. Antes de ser consciente de mis movimientos, le pasé un brazo por la cintura, pues temía que se desmayara. Casi esperé que me apartara con un empujón y algún comentario soez, pero mantuvo los ojos apretados.

—Ese mentiroso —susurró a la vez que unos mechones de su pelo canoso caían al menear la cabeza—. Ese maldito mentiroso vestido de *tweed.*

—Y ahora puedes salir de mi tienda —dijo Violette a la vez que se quitaba las gafas para limpiárselas.

—Concédale un momento —intervine yo furiosa. Eve podía irritarme a veces hasta casi volverme loca, pero no iba a permitir que ninguna dependienta miope la hiciera pedazos cuando parecía tan conmocionada y frágil.

—No voy a concederle ni diez segundos más, así que mucho menos un momento —dijo la mujer mirándome por primera vez. Metió la mano bajo el mostrador y sacó una Luger igual que la de Eve—. Sé cómo usarla, jovencita. Saca a esa zorra de aquí aunque tengas que hacerlo arrastrándola de los pies.

—¿Qué les pasa con sus pistolas, viejas locas? —grité. Pero Eve se enderezó, con el rostro cadavérico.

—Ya hemos terminado aquí —murmuró antes de dirigirse hacia la puerta. Yo recogí su guante del suelo con el corazón latiéndome con fuerza.

Oí la voz de Violette detrás de mí.

—¿Sueñas, Eve?

Eve se detuvo, sin girarse. Tenía los hombros erguidos y rígidos.

—Todas las noches.

—Espero que ella te asfixie —añadió Violette—. Cada noche, espero que ella te asfixie hasta matarte.

Pero más parecía que era Violette la que se ahogaba cuando nos íbamos. La puerta se cerró al salir dejando atrás el sonido ahogado de un sollozo antes de que yo pudiese preguntar quién era esa «ella».

—Lo siento —dijo Eve de repente.

Yo me quedé tan sorprendida que casi se me derramó el café. Ella estaba sentada, con las manos dobladas como garras alrededor de su taza y con una espantosa palidez. Al salir de la tienda, Eve había subido al Lagonda y se había quedado con la mirada perdida.

«Busca un hotel», le había susurrado yo a Finn.

Él había encontrado un *auberge* al otro lado del pequeño ayuntamiento de Roubaix y después, había ido a aparcar el Lagonda mientras Eve y yo nos sentábamos en una de las mesitas del vestíbulo del hotel. Ella pidió café con su perfecto francés sin hacer caso después a la mirada de desaprobación del camarero cuando vació su petaca plateada en la taza.

Entonces, levantó los ojos y yo casi me estremecí al ver su mirada perdida.

—No debería haberte traído aquí. Es un desperdicio de tu dinero. No buscaba a tu prima. Buscaba a otra persona.

—¿A esa mujer?

—No. —Eve dio un trago a su café con alcohol—. A un hombre al que he creído muerto durante treinta años... Supongo que Cameron me dijo que estaba muerto para dejarme tranquila. —Negó con la cabeza—. Cameron era demasiado noble como para comprender a una bruja despiadada como yo. Lo que me habría dejado tranquila era ver la cabeza de René clavada en una estaca.

Escupió sus palabras a la vez que miraba el ajetreo de los recepcionistas del hotel y los botones moviéndose alrededor de las macetas de helechos.

—René... Bordelon, dijo usted en la tienda. —Por fin teníamos un apellido para el misterioso monsieur René.

—Era el dueño de Le Lethe. El de Lille.

—¿Cómo lo conoció?

—Trabajé para él durante la primera guerra.

Yo vacilé. Esta última guerra había eclipsado por completo la primera. Sabía muy poco de cómo habían sido las cosas durante la primera invasión de los alemanes.

—¿Fue muy espantoso, Eve?

—Bueno, ya sabes. Botas alemanas golpeando los cuellos de la gente, tiroteos en callejones. Mal.

Así que era eso lo que provocaba sus pesadillas. Miré sus manos deformes y me encogí.

—Entonces, ¿había dos Le Lethes?

—Eso parece, pues tu prima trabajó en uno en Limoges.

El eco de aquello provocaba olas de frío en mi sangre.

—¿Y un segundo hombre llamado René? ¿O es posible que René Bordelon fuese dueño también del restaurante de Limoges?

Volvió a dar un golpe con la mano en la mesa.

—No —dijo—. No.

—Eve, yo no creo que haya tantas coincidencias. Ni tampoco usted. Esa mujer de la tienda ha dicho que él sobrevivió a la primera guerra al huir de Lille. Fácilmente podría haber vivido hasta 1944, cuando Rose llegó a Limoges. Podría seguir vivo ahora. —La excitación me recorría ahora junto con el miedo. El jefe de Rose, una persona que la había conocido, aunque fuese una bestia, tenía un nombre. Ese nombre implicaba que se trataba de alguien a quien yo podría rastrear.

Eve negó tercamente con la cabeza.

—Tendría más de setenta años. Él... —Su cabeza seguía negando con un movimiento mecánico—. Puede que sobreviviera a la primera guerra. Pero no puede seguir vivo ahora, no un hombre así, no después de treinta años. Cualquiera le podría haber metido una bala en su negro y podrido cerebro.

Yo bajé la mirada a mi café frío. No estaba dispuesta a perder la esperanza.

—En cualquier caso, puede que siga allí su restaurante de Limoges. Ahí es adonde voy a ir.

—Diviértete, yanqui. —Su voz sonó dura—. Aquí es donde nuestros caminos se separan.

Pestañeé con sorpresa.

—Hace un momento ha dicho que quería ver su cabeza clavada en una estaca. ¿Cómo es que ahora no está deseando encontrar a ese viejo enemigo suyo?

—¿Qué t-t-te importa eso a ti? ¿No estás deseando librarte de mí?

Antes sí. Pero no después de haber sabido que tenía tanto interés en esa búsqueda como yo. Tenía que buscar a alguien, igual que yo. No podía impedir a nadie que hiciese algo así de importante. Ya había desechado el plan de continuar sin Eve, había asumido que ella estaría impaciente por seguir la búsqueda. Pero ahora ¿estaba rindiéndose?

—Tú haz lo que quieras. Yo no voy a seguir buscando una aguja en un pajar. —Su voz sonaba brusca y su mirada seguía estando perdida—. René tiene que estar muerto. Tu prima también.

Esta vez fue mi mano la que dio un golpe en la mesa.

—No —gruñí—. No se atreva. Puede meter la cabeza bajo la arena para huir de sus propios demonios si quiere, pero yo voy a ir en busca de los míos.

—¿Meter la cabeza en la arena? Han pasado dos años desde que acabó la guerra y eres tú la que mantienes la fe en un cuento de hadas en el que tu prima puede seguir estando viva.

—Sé cuáles son las posibilidades —respondí—. Aunque solo sea un rayo de esperanza, lo prefiero a la desesperación.

—Ni siquiera tienes ese rayo. —Eve se inclinó sobre la mesa, con sus ojos grises resplandeciendo—. Los buenos nunca sobreviven. Mueren en zanjas y ante pelotones de fusilamiento o en diminutos catres de prisión por pecados que nunca cometieron. Siempre mueren. Son los malos los que siguen adelante tan felices.

Levanté el mentón.

—Entonces, ¿por qué está tan convencida de que su René Bordelon está muerto? ¿Por qué habría de estar muerto si los malos siempre salen adelante?

—Porque, si estuviese vivo, yo lo notaría —respondió en voz baja—. Igual que tú lo sentirías si tu prima estuviese muerta. Lo cual implica probablemente que las dos estamos locas pero, en cualquier caso, significa que hemos terminado.

La miré y contesté pronunciando con precisión:

—Cobarde.

Pensé que estallaría. Pero simplemente se quedó sentada, como si estuviese preparada para recibir un golpe, y vi el pánico ciego en su mirada. No quería que su viejo enemigo siguiese vivo. Así que no lo estaba. Era así de sencillo.

—Muy bien. No me importa. —Metí la mano en mi billetera y conté el dinero que le debía, restando lo que acababa de pagar por su habitación del hotel—. Pago al completo. Procure no bebérselo todo en un sitio solo.

Ella se levantó a la vez que recogía los billetes. Sin una palabra de despedida, cogió la llave de su habitación y se dirigió a las escaleras.

No sé qué me esperaba. Quizá que me hablara más de Lille y de la gran guerra. Por qué tenía las manos..., no sé. Me quedé sentada junto a la mesita como una tonta sin remedio, sintiéndome abandonada, deseando no haberle rodeado la cintura con mi brazo en la tienda de porcelanas ni permitido que se apoyara en mí. Porque aun después de que ella dedujera la presencia de mi Pequeño Problema y tuviera el poco tacto de decirlo, una parte de mí aún quería respetarla. No se parecía a ninguna mujer que hubiese conocido nunca; me hablaba como si yo fuese una adulta, no una niña. Pero ahora me tiraba como si fuese la colilla de un cigarrillo. «No me importa», le había dicho. Bueno, pues sí que me importaba.

«No la necesitas», me reprendí a mí misma. «No necesitas a nadie».

Apareció Finn cargado con mi maleta.

—¿Dónde está Gardiner?

Me puse de pie.

—Dice que hemos terminado.

Su sonrisa desapareció.

—Entonces, ¿te vas?

—Ya he pagado las habitaciones, así que Eve y tú podéis pasar aquí la noche. Pero no me sorprendería que ella quisiera volver a Londres mañana.

—¿Adónde vas tú?

—A Limoges. Puede que mi prima esté allí. O alguien que la conociera. —Dirigí a Finn una sonrisa amplia y luminosa y esquivé su mirada.

—¿Ahora?

—Mañana. —Me sentía demasiado agotada como para ir a ningún sitio esa tarde y ya había pagado mi habitación igual que la de ellos.

—Pues muy bien. —Se apartó el pelo de los ojos y me pasó la maleta. Yo me pregunté si lamentaba que me fuera o si se sentía aliviado. Probablemente lo segundo. «Lo siento», quise decir. «Siento haberte hecho pensar que soy una golfa. Siento no haberme acostado contigo. Así que, sí, soy una golfa. Lo siento». Pero, en lugar de eso, dejé escapar lo único en lo que podía pensar que no fuera subirme a su regazo y pegar mis labios a los suyos.

—¿Cómo es que terminaste en prisión?

—Robé la *Mona Lisa* del Museo Británico —contestó imperturbable.

—La *Mona Lisa* ni siquiera está en el Museo Británico —le rebatí.

—Cierto, ya no.

No pude evitar reírme. Incluso conseguí mirarle a los ojos durante una décima de segundo.

—Buena suerte, señor Kilgore.

—Buena suerte, señorita. —Y mi corazón se expandió un poco al oír lo de «señorita».

Pero después de que Finn se fuera, no fui capaz de subir todavía a mi habitación. Otra oleada de absoluto agotamiento me golpeó y, además, estar sentada sola en una habitación de hotel me parecía más triste que estar sentada en el vestíbulo concurrido de un hotel. Pedí otro café y me quedé mirándolo.

«Será más fácil hacerlo sola», me dije. «Sin más viejas locas apuntándome con una pistola. Sin más insultos ni retrasos por las resacas de Eve y el que no pueda viajar si no es en un coche destartalado. Sin más convictos escoceses que me hagan actuar como la clase de chica que se mete en líos como en el que ya estoy metida. Sin que me sigan llamando "yanqui". Puedes ir a buscar a Rose tú sola, libre de cargas».

Sola. No debería parecerme tan extraño. Estaba acostumbrada a estar sola. En realidad, ya lo estaba desde que me separé de Rose antes de la guerra. Sola en medio de una familia bulliciosa que apenas era consciente de que yo estaba allí. Sola en medio de las risas del dormitorio con unas compañeras de residencia que tampoco sabían que yo estaba allí.

«Anímate», me dije. «Anímate y ya está. No sientas pena de ti misma, Charlie St. Clair, porque eso es jodidamente aburrido».

Eve me había contagiado. Ahora estaba soltando palabrotas a todas horas, igual que ella. Aunque solo fuese dentro de mi cabeza.

«Eres una mala influencia para mí», dijo mi Pequeño Problema.

Calla, le dije a mi vientre. No eres real. No pienso escucharte.

«¿Y eso quién lo dice?».

Maravilloso. Ahora resultaba que el Pequeño Problema hablaba. Primero, alucinaciones, y ahora, voces.

Entonces, oí detrás de mí un grito divinamente modulado.

—¡Charlotte! Oh, *ma p'tite,* ¿cómo has podido...? —Me giré sintiendo un sudor frío en la frente y vi que mi madre me había encontrado.

12

Eve

Julio de 1915

Fue un robo muy bien organizado y limpio. Llegaron a mediodía: el oficial alemán, con una carpeta bajo el brazo y flanqueado por dos soldados. El golpe en la puerta sonó tan brutal como impertinente, igual que el tono del oficial cuando habló:

—¡Inspección de cobre!

Aquello no era más que una excusa. Claramente, aquella habitación no contenía nada chapado en cobre ni tuberías que pudiesen llevarse para la reserva de metal de los alemanes.

Eve sabía qué hacer, pues había sido bien informada por Lili y Violette. Presentó sus documentos y se colocó junto a la pared mientras ellos lo saqueaban todo, aunque tampoco había mucho que buscar ni que llevarse. Salvo, por supuesto, la Luger de Eve que estaba en el doble fondo de su decrépito bolso de viaje. También su último informe para Lili, con los detalles de la siguiente remesa de aviones que se iban a enviar para proteger el espacio aéreo de

Lille y la fecha de llegada de los pilotos que los harían volar. Información escuchada mientras Eve llevaba *crème brûlée* y *kirschtorte* a una pareja de capitanes alemanes que hacían negocios durante el postre. Información plasmada sobre el habitual trozo de papel de arroz que llevaba oculto en el pelo.

¡Cómo les habría encantado al oficial y a sus hombres encontrar esas cosas!

Así que Eve bajó la mirada a los dedos de sus pies con aparente turbación mientras revolvían su ropa y le agujereaban el colchón. El corazón se le paralizó durante un momento cuando levantaron en el aire el bolso de viaje y lo agitaron, pero la pistola estaba bien acolchada y el bolso pasó la prueba.

Uno de los soldados arrancó la barra de cortina de Eve para inspeccionarla. «Nada», dijo a la vez que la lanzaba a un lado, pero no antes de arrancar las cortinas y meterlas en un saco mirando de reojo, como si le preguntara a Eve si iba a protestar. Ella no dijo nada. Se limitó a tragarse la rabia y soltarla de nuevo expulsando el aire. Las pequeñas cosas que veía cada día la llevaban más al abismo que las grandes. A Eve no le importaba que los alemanes tuviesen derecho a pegarle un tiro tanto como le importaba que pudiesen entrar en su habitación para robarle las cortinas.

—¿Esconde algo, *fräulein*? —preguntó el soldado pasando una mano por la nuca de Eve—. ¿Comida? ¿Carne, quizá?

Sus dedos la rozaron a apenas unos centímetros del mensaje cifrado que estaba oculto en el pelo de Eve. Ella le miró con ojos grandes e inocentes, sin importarle que él la toqueteara, siempre que no encontrara el pequeño papel enrollado.

—No, monsieur.

Se fueron con su saco de artículos hurtados mientras Eve recordaba hacer una reverencia y murmurar su agradecimiento cuando el oficial tomó nota de todo en su carpeta y le entregaba un *bon* —un vale— por sus cortinas. Los *bons* no valían nada, pero las formas había que guardarlas. Esa fue la lección que los invasores habían enseñado a los franceses.

Eve llevaba ya casi un mes alternando sus dos empleos en Lille. Se convertía en Marguerite Le François cada mañana en el momento en que salía de las sábanas para vestirse con su nueva identidad con tanta facilidad que, a veces, olvidaba que no era Marguerite. Marguerite se quedaba en su habitación, a menos que saliese a comprar comida, llamando la atención lo menos posible. Marguerite murmuraba su saludo a la familia que vivía al otro lado de la calle, una madre ojerosa con varios hijos delgaduchos, y sonreía tímida al panadero siempre que él se disculpaba por lo duro que estaba el pan. Su silencio hacía que no sobresaliese. La mayoría de los habitantes de Lille se mostraban igual de introvertidos, confundidos entre la apatía por el hambre y el aburrimiento, la monotonía y el miedo.

Así eran los días, pero las noches de Eve hacían que todo ese tono gris mereciera la pena. Seis noches a la semana trabajaba en Le Lethe, y al menos una vez a la semana oía algo valioso sobre lo que informar a Lili.

—Ojalá supiera de q-qué sirve algo de esto —le confesó a la cabecilla de la red de Alice una larga noche de julio. Las fugaces visitas de Lili eran como destellos de champán en una existencia de té aguado, momentos en los que se quitaba de encima a Marguerite como un vestido de color apagado y volvía a convertirse en Eve—. ¿Cómo sabemos de qué s-s-s..., de qué sirve todo esto?

—No lo sabemos. —Lili metió el último informe de Eve por una costura abierta de su bolso—. Damos parte de lo que creemos que va a servir y, después, nos encomendamos a Dios para que así sea.

—¿Alguna vez has informado de algo que s-s-sabías que era realmente importante? —insistió Eve.

—Unas cuantas. ¡Qué sensación! —Se besó la yema de los dedos—. Pero no te preocupes. El tío Edward me ha pedido que te diga que estás haciendo un trabajo de primera clase. ¿Por qué los británicos tienen esa costumbre de clasificarlo todo en clases? Es como no librarse nunca de haber ido a un colegio privado. —Lili miró a Eve con una sonrisa pícara—. ¡Ya está! ¡He hecho que te ruborices!

«Trabajo de primera clase». Eve se abrazaba a aquellas palabras por la noche en la cama. El colchón era duro y fino; las noches calurosas e interrumpidas por el lejano estruendo del fuego de artillería. Pero en Lille, pese al peligro que la rodeaba, Eve dormía como un bebé. Nunca comía lo suficiente a pesar del reparto nocturno de las sobras del restaurante. Estaba consumida y vivía con constante miedo. Había perdido peso y el brillo de sus mejillas y, a veces, pensaba que podría matar a alguien por una buena taza de café, pero se dormía con una sonrisa y se despertaba cada mañana con el único pensamiento que se permitía antes de convertirse de nuevo en Marguerite.

«Este es mi lugar».

Eve no era la única que se sentía así.

—*Putain de merde* —susurró Lili una noche mientras revolvía su puñado de tarjetas de identidad tratando de decidir si convertirse en Marie, la costurera, o Rosalie, la lavandera, cuando se fuera al día siguiente—. ¿Cómo voy a conseguir volver a ser una sola cuando acabe la guerra? Qué aburrido va a ser.

—T-tú no eres aburrida —dijo Eve sonriendo al techo mientras estaba tumbada boca arriba sobre el delgado colchón—. Yo soy aburrida. Archivaba c-c-cartas y v-vivía en una pensión compartiendo las sobras de mi cena con un gato. —No podía creer que hubiese conseguido vivir de esa forma.

—Eso no quiere decir que fueras aburrida, *ma p'tite.* Solo que te aburrías. La mayoría de las mujeres se aburren porque ser mujer es aburrido. Solo nos casamos porque es una tarea que podemos hacer y, después, tenemos hijos y descubrimos que los bebés son lo único más aburrido que el resto de las mujeres.

—¿Nos vamos a morir de aburrimiento cuando esta g-guerra termine y también nuestro trabajo? —se preguntó Eve distraídamente. La guerra lo ocupaba todo de una forma tan absoluta que no podía imaginarse que pudiera acabar nunca. El agosto anterior todos juraban que habría terminado para Navidad, pero estar allí, a solo unos kilómetros de las trincheras, con el estruendo de las armas de fondo y los relojes permanentemente cambiados a la hora alemana, demostraba otra cosa muy distinta.

—Tendremos trabajos distintos cuando acabe la guerra. —Lili movía su puñado de tarjetas de identidad como un abanico—. A mí me gustaría hacer algo espléndido. ¿A ti no? Algo extraordinario.

Lili era ya extraordinaria, pensó Eve. «No como yo». Aquel pensamiento no llevaba nada de envidia. Eso era lo que hacía que las dos fuesen buenas en su trabajo de ese momento. La labor de Lili era ser cualquiera, cambiar con unos cuantos trucos de actitud o gramática de una persona a otra, ya fuera una costurera, una lavandera o una vendedora de queso. Y si la tarea de Lili consistía en ser cualquier persona, la de Eve consistía en no ser nadie, pasar inadvertida en todo momento.

Y, a medida que pasaban las semanas, eso se fue volviendo motivo de preocupación. Porque había alguien que sí se había fijado en ella.

René Bordelon se quedó en el restaurante esa noche después de que se fuera el último cliente. A veces lo hacía. Se encendía un puro y disfrutaba de él a solas mientras sus trabajadores limpiaban en silencio a su alrededor. Hacía de anfitrión *bon vivant* entre los alemanes, pero cuando estaba a sus anchas parecía nadar con la soledad de un tiburón. Vivía solo y, algunas veces, dejaba el restaurante a cargo del jefe de camareros para asistir a obras de teatro o conciertos o salía a tomar el aire de la tarde con un inmaculado abrigo de cachemir balanceando su bastón de puño de plata. Eve se preguntaba en qué podría estar pensando esas noches cuando dejaba que el restaurante cerrara con él dentro, sonriendo mientras miraba las ventanas negras. Quizá sonriera simplemente por los márgenes de beneficio. Eve le esquivaba. Desde que había notado su acento y la había obligado a desvelar su lugar de nacimiento, se había mantenido apartada de él.

Pero él no siempre se lo permitía.

—Quita ese disco —dijo cuando Eve salió para limpiar las mesas. El gramófono del rincón, que en ocasiones proporcionaba una música de fondo para algún cliente alemán aficionado a la música de su país, siseaba con el final de un disco—. Uno llega a cansarse de Schubert.

Eve se acercó al gramófono mientras él la miraba de reojo. Era pasada la medianoche; su jefe estaba sentado en medio de la luz de las velas de la mesa de la esquina con una copa de coñac. Todas las demás mesas estaban vacías, con sus inmaculados manteles manchados de vino, migajas de tartas y unas cuantas copas. El bullicio de los cocineros que ordenaban las cocinas se filtraba interrumpiendo apenas el silencio.

—¿Quiere que ponga otro disco, monsieur? —murmuró Eve. Lo único que deseaba era terminar su turno, volver a casa y escribir los horarios de trenes para las tropas de heridos que llegaban del frente, una perla que acababa de oír esa misma noche.

Él apartó a un lado su coñac.

—En lugar de eso, ¿por qué no me encargo yo de la música?

—¿Monsieur?

Había un piano en el rincón, un instrumento de media cola cubierto con un mantón con extraordinarios bordados y adornado con velas, lo que daba la impresión de que Le Lethe no era un restaurante, sino simplemente una casa privada con el mejor de los chefs. El jefe de Eve se acercó lentamente a él, se sentó y pasó sus dedos increíblemente largos por las teclas. Empezó a tocar una delicada melodía que se elevaba y caía como el sonido de la lluvia.

—Satie —dijo—. Una de las Gimnopedias. ¿Las conoce?

Eve las conocía. Marguerite no.

—No, monsieur —contestó mientras recogía servilletas sueltas y tenedores sin utilizar y los posaba en su bandeja—. No sé nada de m-m-música.

—¿Quiere que yo la instruya? —Siguió tocando aquella melodía suave y arrulladora—. Satie es un impresionista, pero menos indulgente que Debussy. Siempre he pensado que tiene una pureza y una elegancia que son características de Francia. Evoca melancolía sin florituras innecesarias. Como una mujer hermosa con un vestido absolutamente sencillo, que sabe que no debe recargarlo con demasiados pañuelos. —Sus ojos se movieron brevemente hacia Eve—. Supongo que nunca habrá tenido usted un vestido elegante.

—No, monsieur.

Eve colocó en su bandeja un par de copas de vino, una vacía, la otra con unos cuantos tragos de perfecto vino dorado en su interior. Mantuvo la mirada fija en ese vino, pues cualquier cosa era mejor que mirar a su jefe. En un restaurante normal, los cocineros se beberían la copa de un trago en cuanto Eve la llevara, pero no en este. Ellos decantaban ese vino de nuevo en el interior de la botella, porque ni siquiera en un restaurante atestado de los frutos del mercado negro podía desperdiciarse el alcohol. Al contrario que la comida, el vino que sobraba no se repartía entre el personal al final de la noche. Todos, desde el chef más arisco hasta el camarero más arrogante, sabían que René Bordelon era perfectamente capaz de despedirlos por tres sorbos de vino blanco a escondidas.

El jefe de Eve seguía meditando en voz alta por encima de los vaivenes del piano demandando de nuevo su atención:

—Si la metáfora de un vestido elegante sin florituras no le sirve, quizá se pueda comparar la música de Satie con un perfecto Vouvray seco. Elegante, pero sobrio. —Inclinó la cabeza hacia la copa que había sobre la bandeja de Eve—. Pruébelo y dígame si está de acuerdo.

Sonreía ligeramente, ¿quizá permitiéndole un pequeño capricho? Eve esperaba que fuera así. Esperaba fervientemente que no fuese otra cosa. Cualquiera que fuese su motivo, ella no podía negarse, así que levantó la copa y dio un sorbo como si fuese una niña insegura. Pensó en atragantarse, pero eso quizá habría sido exagerado, así que simplemente le miró con una sonrisa nerviosa mientras volvía a dejar la copa vacía.

—Gracias, monsieur.

Él le hizo una señal con la cabeza para que se fuera sin pronunciar una palabra más, para alivio de Eve. «No se fije en mí», quiso suplicar, mirando de nuevo de reojo a la figura solitaria que estaba en el piano. Él había anulado el anonimato que tan cuidadosamente había elaborado el día en que decidió que su forma de pronunciar las vocales no se correspondía con su documento de identidad y, al parecer, seguía mirándola. Preguntándose, quizá, si Marguerite Le François tenía algún otro secreto que desvelar.

Dos noches después, el dueño de Le Lethe se retiró al final de la velada. Pero el camarero jefe mandó a Eve arriba con la recaudación de la noche y volvió a ver esa leve sonrisa cuando entró en aquel estudio tan suntuoso.

—Mademoiselle —la saludó él, dejando su libro y marcando la página—. ¿La recaudación de la noche?

Eve asintió en silencio y le pasó el libro de contabilidad. Él pasó las páginas y vio una mancha aquí y una inusual entrada allí. Tras hacer una anotación, dijo sin venir a cuento:

—Baudelaire.

—¿Perdón, monsieur?

—El busto de mármol que está mirando. Es una réplica de un busto de Charles Baudelaire.

Eve simplemente lo estaba mirando porque prefería mirar cualquier cosa de la habitación antes que a su jefe. Vio el pequeño busto del estante y pestañeó.

—Sí, monsieur.

—¿Sabe quién es Baudelaire?

Eve pensó que Marguerite no sería creíble si fuese una completa ignorante. Monsieur Bordelon había descartado ya, por desgracia, la idea de que fuese una estúpida.

—He o-oído hablar de él.

—*Las flores del mal* es uno de los mejores libros de poemas jamás escritos. —Hizo una marca de verificación en el libro de contabilidad—. La poesía es como la pasión. No solo debe ser bonita. Tiene que abrumar y herir. Baudelaire lo entendió. Mezcla lo dulce con lo obsceno, pero lo hace con elegancia. —Una sonrisa—. Eso es muy francés, hacer que la obscenidad sea elegante. Los alemanes lo intentan, pero son simplemente vulgares.

Eve se preguntó si su obsesión con todas las cosas elegantes podría ser tan fuerte como su preferencia por todo lo francés.

—Sí, monsieur.

Él parecía divertirse.

—Está usted desconcertada, mademoiselle.

—¿Yo?

—Porque sirvo a los alemanes pero los considero vulgares. —Se encogió de hombros—. Son vulgares. Hay poco que hacer con una gente tan vulgar aparte de sacarles el dinero. Más personas deberían entender esto. La mayoría de los habitantes de Lille prefiere el rencor y el hambre antes que el sentido práctico y el dinero. Se acogen a la consigna de que, citando a Baudelaire, «preferiría, en vida, invitar a los cuervos a que rebañen la sangre de mi esqueleto inmundo» antes que servir a un alemán. Pero ese tipo de orgullo no va a dar la victoria en el campo de batalla. —Acarició el lomo de su libro de cuentas con aquel dedo largo—. Lo único que se consigue así es convertirte en el esqueleto que se cenarán los cuervos.

Eve asintió con la cabeza. ¿Qué más podía hacer? La sangre le palpitaba fría y lenta en los oídos.

—Los franceses podemos ser prácticos, no me malinterprete —continuó—. Históricamente, nos ha ido mejor siendo prácticos que orgullosos, cuando podemos permitírnoslo. El sentido práctico nos llevó a que nuestro rey perdiera la cabeza. El orgullo nos llevó a Napoleón. ¿Qué era mejor a largo plazo? —La miró pensativo—. Yo creo que usted es una muchacha práctica. Se arriesga a mentir con su documento de identidad para conseguir un mayor beneficio potencial. Eso es sentido práctico sumado con audacia.

No quería que él ponderara si se le daba bien mentir.

—¿Ha terminado con el libro de cuentas, monsieur? —preguntó tratando de desviar el tema.

Él no hizo caso a la pregunta.

—Su segundo nombre es Duval, creo recordar. Baudelaire tenía a su mademoiselle Duval, aunque ella se llamaba Jeanne, no Marguerite. Una muchacha criolla que sacó de una alcantarilla para convertirla en una belleza. La llamaba su Venus Negra y ella le inspiró una gran parte de la obscenidad y la pasión que hay en estas páginas. —Golpeteó el libro que había dejado a un lado cuando ella había entrado—. Perfeccionar la belleza es más interesante, quizá, que hacerse con una belleza que ya está pulida. «Más de una joya yace oculta en las tinieblas y el olvido, muy lejos de azadones y de sondas...».

Otra mirada directa y sin pestañear.

—Me pregunto qué podrían sacar de usted los azadones y las sondas.

«Lo sabe», pensó Eve en un momento de absoluto y helador pánico.

«No sabe nada».

Expulsó el aire de sus pulmones. Bajó la mirada.

—Monsieur Baudelaire parece m-muy interesante —dijo—. Intentaré leer un poco de él. ¿Eso es todo, m-m-m-m...?

—Sí. —Le devolvió el libro de contabilidad. Eve cerró la puerta y se hundió en el momento en que quedó fuera de su vista. Sudaba de la cabeza a los pies y, por primera vez desde que llegara a Lille, quiso sentir pánico. Sentir el pánico, encogerse de miedo y salir corriendo. Lo que fuera. Simplemente, huir.

Violette estaba en el apartamento cuando Eve volvió por fin del trabajo, guardando su Luger junto a la de Eve en el doble fondo del bolso de viaje. Con una sola mirada a la cara pálida de Eve, habló con cierta resignación.

—¿Nervios?

—N-no. —Eve esperó a que terminaran el ritual de comprobar la ventana y la puerta en busca de merodeadores, cualquiera que pudiera oírlas hablar en la habitación, por muy aislada que estuviese por los edificios abandonados y los muros de piedra que la rodeaban por todos lados—. Mi jefe sospecha de mí —dijo en voz baja.

Violette levantó los ojos rápidamente.

—¿Te ha hecho preguntas?

—No. Pero entabla conversación. Conmigo, con alguien que debería estar muy p-p-por debajo de él. S-sabe que algo no encaja.

—Mantén la compostura. No puede leerte la mente.

«Yo creo que sí puede». Eve sabía que esa idea era ridícula, pero no podía apartarla.

—Le proporcionas a Lili buena información, así que no te acobardes ahora. —Violette se subió a su catre improvisado y se quitó sus gafas redondas. Eve se mordió un labio para no suplicar que la reubicaran en otro puesto, en cualquier lugar de Lille donde no tuviese que estar bajo la mirada fija de René Bordelon... Pero no podía enfrentarse al desprecio de Violette y tampoco podía decepcionar a Lili. La necesitaba en Le Lethe, y también el capitán Cameron.

«Trabajo de primera clase».

«Mantén la compostura», se ordenó a sí misma. «¿Qué ha pasado con lo de "yo soy Evelyn Gardiner y este es mi sitio"? Le mentiste a René Bordelon ya una vez y puedes seguir haciéndolo».

—Puede que no te esté vigilando porque sospeche de ti. —La voz de Violette se elevó en medio de la oscuridad que ya se había inundado de bostezos—. Puede que sea deseo.

—No. —Eve soltó una carcajada a la vez que se doblaba para desabrocharse los zapatos—. No soy lo s-s-suficientemente elegante. Marguerite Le François es una rata de campo. Demasiado torpe para él.

A pesar del bufido escéptico de Violette, estaba completamente segura de ello.

13

Charlie

Mayo de 1947

Ahí estaba. Mi madre: con perfume de lavanda y tan hermosa como siempre..., solo que sus ojos tras el velo de su elegante sombrero azul estaban llenos de lágrimas. Solo eso me dejó sin palabras mientras me envolvía en su abrazo.

—¡*Ma chère*, cómo has podido! ¡Salir corriendo en un país extraño! —Me estaba reprendiendo, pero también me abrazaba y su mano enguantada me frotaba la espalda como si fuese un bebé. Se apartó y me dio una sacudida—. ¡Causarme semejante preocupación y sin ningún motivo!

—Sí que había un motivo —conseguí decir, pero ella volvió a abrazarme. Dos abrazos en dos minutos. Hasta donde alcanzaba mi memoria, mi madre no me había abrazado, al menos no desde antes del Pequeño Problema. Incluso mucho antes. Yo no esperaba que ocurriera, pero mis brazos envolvieron su enfajada cintura.

—Oh, *chérie*... —Se apartó y empezó a darse toques en los ojos mientras yo recuperaba la voz.

—¿Cómo me has encontrado?

—Tu llamada desde Londres. Decías que estabas buscando a Rose. ¿Qué otra cosa podía significar más que te ibas a Ruan a ver a tu *tante* Jeanne? Subí a bordo del barco y la telefoneé cuando llegué a Calais. Me dijo que ya te habías marchado, a Roubaix.

—¿Y cómo sabía ella...? —Pero se lo había dicho yo misma, ¿verdad? «No, *tante,* no me puedo quedar. Tengo que ir a Roubaix». Me había esforzado tanto en no gritarle por haber echado a Rose que me había delatado a mí misma.

—Roubaix no es una ciudad muy grande. —Mi madre movió las manos señalando el vestíbulo del hotel—. Este no es más que el cuarto hotel donde busco.

«Qué mala suerte», pensé, pero una parte de mí decía en voz baja: «Me ha abrazado».

—Té —dijo mi madre con resolución tal y como había dicho en el hotel Dolphin de Southampton apenas una semana antes. Unos cuantos días que parecían demasiado poco tiempo para dar cabida a Eve, a Finn y todo lo que había averiguado de Rose.

Mi madre pidió té y, a continuación, me examinó con inquietud a la vez que meneaba la cabeza.

—¡Estás hecha un desastre! ¿Has pasado penurias? *Mon Dieu*...

—No. Tengo dinero. Yo... empeñé las perlas de *grandmaman.* —La vergüenza me atravesó de repente. Lo único que tenía de la madre de mi madre y lo había vendido por una misión imposible—. Puedo recuperarlas, lo prometo. Tengo el resguardo del empeño. Lo pagaré de mis propios ahorros.

—Solo estoy feliz por saber que no has estado durmiendo en una cuneta —dijo mi madre, sin dar la menor importancia a las perlas de su madre. Aquello volvió a dejarme completamente sorprendida. ¿Que a mi madre no le importaban las perlas que siempre había sostenido que deberían haber sido para ella?—. ¡Atravesar el Canal sola! *¡Chérie,* es peligroso!

«Sola no», estuve a punto de decir, pero pensé que *maman* no se tranquilizaría al saber que había viajado con un exconvicto y una borracha cargada con una pistola. Sentí un momento de verdadera gratitud por el hecho de que Eve y Finn ya hubiesen subido.

—Siento haberte preocupado. No era mi intención...

—Tu pelo —comentó preocupada, antes de apartar un mechón suelto para recogérmelo tras la oreja. ¿Cómo era que de repente me sentía tan pequeña y desamparada cuando había pasado los últimos días echando abajo la puerta de Eve, aguantando una Luger apuntada a mi cara, atravesando el Canal...?

Me incorporé en mi asiento y me armé de valor. *Maman* no iba a escucharme a menos que yo hablara como una mujer adulta con un plan, no una niña malhumorada con una pataleta.

—No es que no estuviera agradecida por lo de la Cita. Es que...

—Lo sé. —Mi madre levantó su taza de té—. Nos precipitamos contigo. Tu padre y yo...

—No, no es eso. Es por Rose.

—... con esto de Suiza. La Cita. —De nuevo, esa letra mayúscula—. Te asustaste cuando nos bajamos del barco en Southampton.

Me encogí de hombros. Era bastante cierto, pero...

—Solo queremos lo mejor para ti, tu padre y yo. —Acercó la mano para acariciar la mía—. Como todos los padres. Y te empujamos a subir a ese barco antes de que tú fueses consciente de lo que estaba pasando.

—¿Lo he echado todo a perder? —conseguí preguntar mirándola a los ojos—. ¿Es ya demasiado tarde para...? —No sabía cuándo era demasiado tarde para que la intervención fuese segura. No sabía nada.

—Podemos pedir otra cita, *ma chère.* No es demasiado tarde para eso.

Sentí en mi pecho un pinchazo, en parte por decepción y, en parte, por alivio. Sentí el Pequeño Problema dentro de mí como si vibrara, aunque mi estómago estaba absolutamente tranquilo.

Mi madre cubrió mi mano con la suya, cálida y suave.

—Sé que da miedo. Pero, en estos casos, cuanto antes, mejor. Una vez que haya acabado, volveremos a casa para que puedas descansar un tiempo y reflexiones...

—Yo no quiero descansar. —Levanté los ojos y un familiar destello de rabia fue apareciendo en medio de mi confusión—. No quiero volver a casa. Quiero tratar de encontrar a Rose, si es que sigue viva. Escúchame.

Mi madre suspiró.

—Sigues aún aferrándote a esa esperanza por Rose.

—Sí —contesté—. Hasta que sepa de verdad que está muerta. Porque, después de lo de James, no puedo darla por perdida. No sin intentarlo todo.

Ella enrolló el borde de su servilleta con la expresión tensa que siempre ponía al oír el nombre de mi hermano.

—Hay esperanzas, *maman* —dije tratando de llegar a ella—. Es demasiado tarde para James, pero puede que aún podamos salvar a Rose. Se fue de su casa y *tante* Jeanne me dijo el porqué.

Un parpadeo. Sí, mi madre lo sabía. Una ola de rabia se desató al pensar que no había considerado apropiado contármelo, pero me obligué a contenerme.

—Rose no querría regresar con su familia después de algo así. Puede que siga todavía en Limoges. Si está allí, tendremos que buscarla.

—¿Y tú? —Mi madre me miró—. No puedes hacer que tu futuro dependa de ella. Charlotte St. Clair es igual de importante que Rose Fournier. Hasta la misma Rose lo diría.

Miré hacia el vestíbulo del hotel, preguntándome si vería la cabeza rubia de Rose, su silueta. Nada.

—La Cita. —La voz de *maman* sonaba tierna—. Deja que te lleve a la clínica, *ma chère.*

—¿Y si no quiero ninguna Cita? —Aquellas palabras surgieron de la nada. Me sorprendieron a mí tanto como a mi madre.

Ella me miró un momento y, a continuación, suspiró.

—Si tuvieses un anillo en el dedo sería otra cosa. Organizaríamos la boda, serías una novia preciosa y, seis meses después, una preciosa madre. Esas cosas pasan.

Era verdad. Se trataba de una operación matemática que todas las mujeres entendían: cómo un anillo de boda más un niño prematuro seguía siendo por arte de magia igual a ser respetable.

—Pero tu situación es diferente, Charlotte. Sin un prometido...

Se interrumpió y yo me estremecí. Sabía lo que les ocurría a las chicas solteras que tenían bebés. Nadie hablaba de ellas, pero estaban ahí. Nadie quería casarse con chicas malas ni darles trabajo, sus familias se avergonzaban de ellas, sus amigos dejaban de hablarles. Sus vidas quedaban destrozadas.

—No hay otra opción —insistió *maman*—. Un pequeño trámite y podrás recuperar tu vida.

No podía decir que no estuviese deseando volver a la normalidad. Pasé un dedo por el borde de mi taza.

—Por favor, *chérie.* —Mamá dejó su té enfriándose y extendió las dos manos por encima de la mesita para agarrar las mías—. Emprenderemos la búsqueda de Rose de nuevo, si es lo que de verdad deseas. Pero ¿no quieres hacer primero lo que es más adecuado para tu futuro?

—Iré a la clínica —dije con un nudo en la garganta—. Después, buscaremos a Rose. Prométemelo, *maman.* Por favor.

Sus manos apretaron las mías.

—Lo prometo.

No pude dormir.

El Pequeño Problema me había provocado otra oleada de agotamiento, así que debería haber dormido como un tronco. Mi madre había cambiado la habitación que yo tenía reservada por una más bonita al lado de la suya y yo había tomado una buena cena que me habían traído en una bandeja de plata en lugar del habitual paquete de sándwiches secos. Pude cambiar mi combinación de nailon tantas veces enjuagada por un camisón que le pedí a mi madre. Ya no tenía que preocuparme de los gritos que daba en mitad de la noche ninguna inglesa loca ni de lo que pasaría cuando me quedara sin dinero, porque *maman* estaba ahí para ocuparse de todo.

Pero incluso después de que se retirara a su habitación dándome un beso en la frente, me estuve agitando y removiendo en mis frías sábanas de hotel. Por fin, me levanté, me puse un albornoz y unas zapatillas, cogí mis cigarrillos y salí a tomar el aire.

Lo único que deseaba era un balcón, pero las puertas francesas del fondo del pasillo del hotel estaban cerradas con llave. Terminé yéndome a la oscuridad de la planta principal, demasiado enfadada como para que me importara la mirada de sorpresa que me lanzó el recepcionista de noche cuando pasé por su lado para salir a la calle.

Una luna en cuarto y unas cuantas farolas no conseguían acabar del todo con la oscuridad. Pasaban las dos de la madrugada, según el reloj que había visto al cruzar el vestíbulo del hotel. La pequeña y dormida Roubaix estaba muerta. Saqué un Gauloise, me toqueteé la bata en busca de cerillas y vi algo a unos tres metros y medio en el bordillo. Un resplandor de metal azul oscuro.

—Hola —le dije al Lagonda mientras me acercaba al brillante guardabarros—. Debo admitir que te voy a echar de menos.

—Se siente halagado. —Un grave acento escocés salió del interior del asiento trasero y casi me muero del susto.

—¿Qué haces aquí fuera? —Esperaba que Finn no pudiera distinguir bien en la oscuridad mi aspecto desaliñado. ¿Por qué? ¿Por qué no le había pedido a mi madre que nos fuéramos a otro hotel? Resultaba embarazoso seguir en el mismo hotel que Eve y Finn como si aún estuviese esperando algo de ellos. Éramos como actores que no se han dado cuenta de que su escena ha terminado. La vida debería parecerse más a las obras de teatro. Las entradas y los mutis deberían ser mucho más claras.

La cabeza oscura y enmarañada de Finn se asomó por la ventanilla y vi el resplandor ámbar de su cigarrillo.

—No podía dormir.

Me metí las manos en los bolsillos, con el cigarrillo sin encender, para no empezar a arreglarme el pelo. ¿Existe un conjunto menos glamuroso y atractivo en todo el mundo que un albornoz y unas pantuflas?

—¿Siempre te subes al coche cuando no puedes dormir? —conseguí decir con brusquedad.

Finn apoyó su codo desnudo en la ventanilla bajada del Lagonda.

—Me relaja. Es una buena cura para las pesadillas.

—Creía que era Eve la que tenía pesadillas.

—Yo también tengo las mías.

Me pregunté sobre qué serían. No lo dije en voz alta y me limité a tocar de nuevo el guardabarros. Resultaba extraño pensar que no viajaría en ese coche a la mañana siguiente. Sería un tren a Vevey lo que me esperaría, y después... ¿qué había en Suiza para las chicas de ferri que se dirigían a su Cita? ¿Taxis con relojes de cuco? ¿Chóferes con zuecos de madera? Sentí un escalofrío en medio de aquella noche de verano.

Finn abrió la puerta del Lagonda y se deslizó hacia el otro extremo del asiento.

—Entra si tienes frío.

No lo tenía, pero entré de todos modos.

—¿Me das fuego?

Encendió una cerilla. La pequeña llama me proporcionó una imagen de su perfil y, después, me dejó cegada en la noche, envuelta en sombras. Inhalé una calada de humo y lo dejé salir despacio.

—¿Cómo has terminado teniendo un coche como este? —pregunté solo por decir algo. Si no estás en el asiento de atrás de un coche para besarte con alguien, me pareció que lo adecuado era mantener una conversación educada.

—Heredé un poco de dinero de un tío mío —contestó para mi sorpresa. Rara vez respondía de forma directa a las preguntas o, al menos, no con la verdad—. Quería que estudiara, que hiciera algo con mi vida. Pero a un chico con grasa de motor bajo las uñas se le ocurren otras ideas cuando consigue algo de dinero.

—Quieres decir que sale a gastarse hasta el último céntimo en el coche de sus sueños. —Casi pude oír la sonrisa de Finn.

—Sí. No podía optar a un Bentley, pero encontré a este pequeño, que antes había estado bajo los malos cuidados de un idiota cabezón. Lo compré, lo arreglé y se encariñó de mí enseguida. —Finn acarició el asiento con cariño—. Durante la guerra, la mayoría de los soldados a los que conocía tenían fotos de sus chicas. Puede que de sus madres, si estaban recién salidos de la escuela. Yo no tenía novia, así que me llevé una foto de mi coche.

Me imaginé a Finn con uniforme y casco, mirando una foto del Lagonda en la cubierta de un buque de carga militar. Aquel pensamiento me hizo sonreír.

Tiró la colilla de su cigarrillo y se encendió otro con un destello de la cerilla en la oscuridad.

—Entonces, ¿te vas mañana?

—Sí —respondí—. Mi madre me ha encontrado. Salimos para Vevey por la mañana.

—¿No a Limoges? Creía que estabas dispuesta a quemar Limoges con tal de encontrar a tu prima.

—A Limoges después. Esto... —señalé al Pequeño Problema, aunque probablemente él no pudo ver el gesto— no puede esperar mucho tiempo más, según dice *maman.* ¿Qué sé yo? No soy más que una chica metida en un lío.

—¿Y a Vevey es adonde vais para... el problema?

—¿Nunca has oído hablar de las vacaciones en Suiza? —Esbocé una sonrisa—. Es adonde van las chicas como yo.

—Creía que las llevaban a la iglesia con un vestido blanco.

—Solo si tienen a un chico que sea el responsable.

Finn tenía en su voz ese tono escocés divertido pero triste.

—A menos que seas la Santa Virgen, algún chico habrá sido el responsable.

Yo solté una pequeña carcajada estridente.

—Finn, media residencia de estudiantes lo es. Y no puedo casarme con todos ellos.

Me pregunté si mostraría su desaprobación. Si se apartaría. Pero se limitó a quedarse sentado en el otro extremo del mullido asiento tapizado, mirándome en la oscuridad.

—¿Qué pasó?

Si hubiésemos estado a plena luz del día, no habría podido decirlo. Era todo de lo más vulgar y corriente, de lo más estúpido. Pero las sombras que nos envolvían resultaban agradables y giré la cabeza para que solo pudiese ver mi perfil y el resplandor de la punta de mi cigarrillo. Mi voz salió apagada, despreocupada.

—Cuando eres una chica, se te divide en tres partes diferenciadas. —Las fracciones de las citas, tal y como yo las veía, e incluso las chicas más tontas de mi residencia sabían exactamente cómo sumar esos quebrados—. Están las partes que los chicos pueden tocar —continué—, las partes que los chicos pueden tocar si estáis comprometidos o, al menos, saliendo juntos, y las partes que no pueden tocar hasta que os casáis. Todo el mundo conoce ese esquema. Pero, aun así, los chicos lo intentan, porque eso es lo que hacen siempre, porque nosotras decimos que no. Los chicos lo intentan, las chicas se niegan. Así es el ritual.

Me detuve y sacudí mi cigarrillo por la ventana. El aire parecía más fresco. Se acercaba una lluvia de verano, pensé. Finn seguía en silencio.

—Mi hermano fue uno de esos soldados que no se adaptó demasiado bien a su vuelta a casa. Y con eso me refiero a que se metió una escopeta en la boca. —«Sesos y sangre salpicados por todas partes», había dicho un vecino incauto, sin saber que yo estaba oyendo los escabrosos detalles que mis padres me habían ocultado. Eché a correr al interior de mi casa y vomité, incapaz de quitarme aquella horrible imagen de los ojos—. Mis padres estaban..., yo volví a casa desde Bennington ese semestre antes de tiempo, para poder cuidarlos. —Para llevarle flores a mi madre, hacerle el nudo de la corbata a mi padre, preparar pastel de carne quemado cuando quedaba claro que nadie más podía encargarse del almuerzo del domingo... Intentar cualquier cosa que pudiera ayudarles a recuperarse de lo destrozados que se habían quedado—. Tras las vacaciones de invierno, tuve que regresar por fin a la escuela y, como me quedé sin nadie a quien tener que cuidar, yo... me paré sin más, como un reloj roto. No podía sentir nada. Estaba muerta por dentro. Ni siquiera podía levantarme de la cama por las mañanas. Me limitaba a quedarme allí tumbada, pensando en James, en Rose y en mis padres, y, después, de nuevo en James. Llorando sin parar.

»Fue más o menos entonces cuando empecé a ver a Rose por todas partes. Niñas pequeñas con trenzas en movimiento convertidas en una Rose más joven, chicas altas de la residencia que se van a clase convertidas en la Rose mayor. La veía por todas partes, superpuesta a los rostros de verdaderas desconocidas. La imaginaba tan a menudo que empecé a pensar que me estaba volviendo loca... O quizá, solo quizá, es que no estaba muerta.

»Perdí a mi hermano —dije con la voz ronca—. Le fallé. Si hubiese sido capaz de ayudarle cuando él estaba hecho pedazos, quizá no hubiese muerto de esa forma. No iba a perder también a mi prima, si es que había alguna posibilidad de que estuviese viva. Había empezado a faltar ya a todas mis clases. No podía salir de la cama para ir a álgebra, pero sí podía hacerlo por Rose. Escribí cartas, hice llamadas de teléfono, hablé con centros de refugiados. Había trabajado tantos veranos en el bufete de mi padre que sabía qué tipo de llamadas al extranjero tenía que hacer, qué clase de documentos pedir. Averigüé todo lo que se podía averiguar. —Aquel aburrido funcionario inglés me dijo que la última información sobre Rose Fournier había sido entregada por una tal Evelyn Gardiner, que actualmente residía en el número 10 de Hampson Street. Llegué hasta la pista de Le Lethe.

Finn permanecía en silencio. Mi cigarrillo casi se había acabado. Di una última y larga calada y tiré la resplandeciente colilla por la ventana.

—Era de esperar que alguien se pondría en contacto con mis padres para contarles que me estaba saltando tantas clases, pero a nadie le importaba. Todos saben que las chicas como yo no van a la facultad para entrar en el cuadro de honor académico. Vamos allí para conocer a chicos de las mejores universidades y encontrar un marido. No salí con muchos. Sobre todo, fui la acompañante en citas dobles cuando el novio de alguna tenía un compañero de habitación al que no podían dejar solo. Pero, sobre esa época, me organizaron una cita a ciegas. Carl, creo que se llamaba. Cena y película en un autocine. Metió la mano por debajo de mi jersey antes de que empezara la película. Sé cómo funciona la cosa: nos besamos un poco y, después, yo le aparto cuando se sobrepasa. Solo que, esta vez, yo no le veía el sentido. Estaba demasiado aturdida como para pasar por todo el ritual. Me pregunté qué ocurriría si simplemente... seguía adelante. No me gustaba mucho Carl, pero pensé que quizá él me haría... sentir algo. —Algo que no fuese culpa o dolor, al menos. No resultó ser así. Simplemente, seguí más aturdida, vacía—. Carl no paraba de mirarme con perplejidad después. No podía creerse que no le hubiera parado. Las chicas buenas no hacían esas cosas y yo era una buena chica.

Ni una palabra de Finn. Me pregunté si le había molestado.

—Me pidió que saliéramos a la semana siguiente. Dije que sí. No había sido nada especial la primera vez, pero todo el mundo sabe que la primera vez es terrible. Esperaba que quizá iría a mejor. —Siguió sin decir una palabra—. Probablemente habló con los demás chicos de su residencia, porque empecé de repente a tener peticiones de citas. Acepté y me acosté también con ellos. Seguía sin sentir gran cosa, pero lo seguí haciendo porque... —Me detuve, me tragué la vergüenza y me obligué a continuar—. Porque estaba sola. —Respira. Respira—. Estaba..., estaba cansada de sentirme entumecida y sola, y revolcarme por un asiento trasero con Tom, Dick o Harry me resultaba mejor que quedarme en mi habitación llorando y diciéndome a mí misma que podría haber evitado que mi hermano se suicidara. —Di otra bocanada entrecortada de aire—. Poco después, había ya unos cuantos Toms, Dicks y Harrys. Se extendió el rumor de que Charlie St. Clair era una cita barata. No hacía falta invitarla a un batido ni llevarla al cine. Lo único que había que hacer era aparecer con un coche.

Sentía en la garganta un nudo de sollozos atascados. Saqué la mano por la ventanilla y dejé que la brisa de la noche soplara entre mis dedos, evitando aún mirar a Finn a los ojos.

—Y así estuve, pasando todo el tiempo acurrucada en la cama, llamando a centros de refugiados o acostándome con chicos que, en realidad, no me gustaban. En primavera, tuve que volver a casa para contarles a mis padres que estaba embarazada, sin anillo, y que probablemente me expulsarían de Bennington. En medio de los gritos de mi madre, mi padre me preguntó quién era el chico. Fue casi lo único que dijo en todo el proceso. Tuve que contárselo: «Hay seis o siete posibilidades, papá». Desde entonces, la verdad es que no me habla.

Tendría que hacerlo después de que yo regresara a casa tras haber restado el Pequeño Problema, ¿no?

Finn se aclaró levemente la garganta. Yo esperaba apenada su condena, quizá un involuntario: «Gracias a Dios que yo no te he tocado».

—¿Eres tú la que quiere ir a Vevey? ¿O son tus padres?

No pude quedarme más sorprendida, tanto que me giré para mirarlo por primera vez.

—¿Te parece que estoy en condiciones de ser la madre de nadie?

—No estoy hablando de eso. Solo pregunto si todos estos planes son lo que quieres tú o lo que quieren ellos.

«Yo no sé qué quiero». Nadie me lo había preguntado de verdad. Era menor de edad. Mis padres habían tomado las decisiones por mí y habían dado por sentado que yo haría lo que me dijeran. Con esa molesta vocecita en mi cabeza diciéndome que era un completo fracaso, que no había conseguido ayudar a James ni a Rose ni ahora a mí misma, ni siquiera había intentado averiguar si yo quería otra cosa. ¿Qué importaba lo que yo quisiera cuando no iba a conseguir nada más que fracasar de nuevo si trataba de lograrlo? Quería recuperar a Rose, quería recuperar mi futuro, quería, por una vez, salvar a alguien a quien yo quisiera en lugar de verle desaparecer por culpa de la pena, la guerra o la muerte, y no sabía cómo conseguir que ninguna de esas cosas se hicieran realidad.

De repente, estaba revolviéndome. Las suaves palabras de Finn habían encendido una llama de rabia dentro de mí porque habían logrado meterse bajo el frágil caparazón protector que me había construido. Podía hacer que rebotaran a todas horas sobre ese caparazón los insultos —golfa, zorra, puta, los había oído todos—, y podía yo misma dirigirlos contra mí para evitarles a los demás la molestia. Podía fingir todo el día que no me importaba, porque que las cosas me importaran me había dejado destrozada y vulnerable.

—¿Por qué eres tan bueno conmigo, Finn? ¿No crees que soy una asesina por querer deshacerme de él?

—Yo soy un expresidiario —respondió él en voz baja—. No tengo derecho a llamar nada a nadie.

—Eres muy extraño —contesté, a punto de llorar, y Finn extendió un brazo para atraerme sobre su hombro. Oculté mis ojos llorosos sobre su camisa, respirando con dificultad. Antes del Pequeño Problema, yo no hacía más que llorar. Desde el día en que se lo había contado a mis padres, no había derramado una lágrima. No podía empezar de nuevo ahora o, de lo contrario, no sería capaz de parar. Finn olía a humo, a grasa de motor y a viento fuerte. Me quedé con la mejilla apoyada en su pecho y los hombros moviéndose arriba y abajo y él fumó su cigarrillo hasta el final.

A lo lejos, oí que unas campanas daban la hora. Las tres de la madrugada. Finn tiró la colilla por la ventana y yo me incorporé, apretándome los ojos con la base de las manos. No se habían desbordado, pero habían estado a punto.

Levantó el brazo, yo me deslicé por el asiento de atrás del Lagonda hacia la puerta.

—Pequeña Charlie —dijo, y su voz suave y profunda hizo que me parara y girara la cabeza hacia él. Me estaba mirando de arriba abajo y tal vez mis ojos ya se hubiesen acostumbrado a la oscuridad, porque pude ver claramente los suyos bajo sus cejas negras y rectas—. Haz lo que quieras tú. Es tu vida y es tu hijo. Puede que seas menor de edad pero, aun así, se trata de tu vida. No es la de tus padres.

—Sus intenciones son buenas. Aunque esté furiosa con ellos, sé que sus intenciones son buenas. —¿Por qué le hablaba con tanta franqueza? Yo no había hablado con nadie del Pequeño Problema. No de esta forma—. Finn... —Me disponía a despedirme, pero ya lo habíamos hecho en el vestíbulo del hotel. Todo este interludio a altas horas de la noche no había ocurrido de verdad.

Él seguía esperando.

—Gracias —dije por fin con voz entrecortada. Y salí del coche para dirigirme al hotel. Finn no dijo nada que yo pudiese oír. Pero sí oí su voz de todos modos.

«Haz lo que quieras tú».

14

Eve

Julio de 1915

El mayor secreto de Lille llegó a oídos de Eve como un diamante. El *Kommandant* Hoffman y el general Von Heinrich estaban en su mesa de siempre y Eve se acercó discreta para llevarse los restos de la *mousse* de chocolate cuando lo oyó: «... inspección privada en el frente», dijo el general con tono de inquietud. «El káiser pasará por Lille dentro de dos semanas».

Eve continuó recogiendo los platos del postre sin parpadear.

—Debería prepararse un recibimiento adecuado, aunque la inspección sea clandestina. No debemos hacer que nuestras atenciones le parezcan insuficientes. Una pequeña delegación para recibir su tren. ¿En qué línea va a viajar?

«Por favor», suplicó Eve en silencio. «¡El tren y la fecha!».

El general dio ambas informaciones tras consultar escrupulosamente un cuaderno para comprobar que lo tenía todo correcto. Muy alemana esa atención a los pequeños detalles y Eve dio gracias a Dios por ello. Se retiró antes de que pareciera que se estaba entreteniendo, sus pies apenas sin tocar el suelo. Sabía cuándo iba a venir al frente el káiser —¡el káiser!—. Lili se pondría a dar saltos como una loca. «*¡Parbleu,* pequeña margarita! ¡Bien hecho! ¡Haremos estallar a ese cabrón de mierda por los aires y esta guerra habrá terminado!».

—¿Por qué sonríes? —susurró la otra camarera. Una rubia de pocas luces llamada Christine que había sustituido hacía tiempo a la lenta de Amélie—. ¿Hay algo por lo que podamos sonreír?

—Nada. —Eve ocupó su lugar apoyada en la pared a la vez que hacía desaparecer toda emoción de su rostro, aunque su corazón palpitaba como si se hubiese enamorado a primera vista. Esta guerra podía terminar. Las trincheras llenas de hombres agonizantes y barro pegajoso; el hambre y la humillación de la pobre y maltratada Lille; el zumbido de los aviones y las explosiones amortiguadas de la artillería en el horizonte. Todo terminaría. Eve se imaginó arrancando el cartel de su calle clavado encima del francés y pateándolo hasta hacerlo pedazos mientras las campanas de la victoria repicaban.

El reloj no había sido nunca tan lento.

—¿Puedes subirle tú los libros a monsieur René? —le pidió Eve a Christine cuando terminaron de barrer—. Tengo que ir a c-c-casa.

Christine se estremeció.

—Me da miedo.

—Tú limítate a mirar al s-suelo y di sí y no hasta que te diga que te retires.

—No puedo. ¡Me da miedo!

Eve deseó poner los ojos en blanco. ¿Qué demonios importaba que algo te asustara si, de todos modos, había que hacerlo? ¿Por qué había tantas mujeres tan tontas y tímidas? Pensó en el contoneo valiente de Lili, en el severo y feroz aguante de Violette. Eso sí que eran mujeres.

Le pasó el libro de cuentas a la jefa de camareras y salió por la puerta. La medianoche hacía rato que había quedado atrás, la luna estaba bien alta y casi llena: una mala noche para cruzar las fronteras sin ser vista. Lili volvería pronto a Lille...

—*¡Fräulein!* —El ladrido de una voz alemana, botas alemanas detrás de ella—. Hay toque de queda.

—Tengo dispensa. —Eve buscó en su bolso los documentos de identidad y los demás papeles—. Trabajo en Le Lethe. El turno acaba de terminar.

El alemán era joven, entrometido, con marcas de acné en la cara.

—Veamos esa dispensa, *fräulein*.

Eve maldijo en silencio, rebuscando en su bolso. No estaba ahí. Había tenido que vaciarlo todo esa mañana para descoser el forro del bolso y dejar más espacio para sus mensajes cifrados. El documento con su dispensa para el toque de queda debía de haberse quedado sobre la colcha.

—Lo siento. No lo tengo. El restaurante está ahí mismo. Pueden c-c-confirmar que yo...

—¿Sabe cuál es el castigo por incumplir el toque de queda? —espetó el alemán, encantado por tener algo que escribir en su informe, pero una voz metálica y calmada se oyó desde la oscuridad detrás de Eve.

—Yo le garantizo que esta muchacha trabaja para mí. Sus documentos están en regla.

René Bordelon apareció junto a Eve, con su bastón de puño de plata resplandeciendo bajo la luz de la luna. Se dio un toque en el sombrero con el ángulo perfecto de cortesía y despreocupación. Debía de haber renunciado esa noche a la inspección del libro de contabilidad a cambio de un paseo bajo la luz de la luna.

—Herr Bordelon...

René sonrió con educado desdén a la vez que agarraba a Eve del brazo.

—Puede consultarlo con el *Kommandant* Hoffman si lo desea. Buenas noches.

Se llevó con él a Eve y ella soltó por fin la respiración que había estado reteniendo en su garganta.

—G-gracias, monsieur.

—No hay de qué. No pongo objeción alguna a servir a los alemanes cuando son civilizados, pero disfruto cuando pongo en su sitio a los que son maleducados.

Eve apartó el brazo de la mano de él.

—No quisiera r-retrasarle más, s-señor.

—En absoluto. —Volvió a agarrarla del codo—. No tiene sus documentos. La llevaré hasta su puerta.

Actuaba como un caballero. Pero no lo era. Entonces, ¿qué quería? Habían pasado dos noches desde aquella última conversación que tanto había inquietado a Eve. El pulso se le aceleró, pero, por mucho que deseara deshacerse de su jefe, sabía que no podía negarse. Se dispuso a caminar a su lado, preparada para aumentar su tartamudeo. Si quería seguir poniéndola a prueba, esta iba a ser la conversación más lenta de la historia.

—Ha tenido estrellas en los ojos toda la noche —observó él—. ¿Puede ser que esté enamorada, mademoiselle Le François?

—No, m-m-m-monsieur. No tengo t-t-tiempo para esas cosas. —«Tengo que matar a un káiser».

—Aun así, algo le ha iluminado la mirada.

«Un regicidio incipiente. No, no pienses en eso».

—Me s-s-s-siento agradecida por todo lo que tengo, monsieur. —Giraron desde el río. Solo unas cuantas manzanas más...

—Es usted muy silenciosa —dijo él—. He conocido a pocas mujeres calladas. Hace que me pregunte qué está usted pensando. Me despierta curiosidad. Normalmente, no me importa lo que pase por la cabeza de una mujer, porque suele ser una banalidad. ¿Es usted banal, mademoiselle?

—Soy muy normal, m-m-m-monsieur.

—Lo dudo.

«Eso no debe dudarlo». Tendría que hablar igual que hacía la inconsciente e ignorante Christine. Aburrirle con estupideces.

—¿Por qué le puso el nombre de L-L-Le Lethe, monsieur? —Eve preguntó lo primero que le vino a la mente.

—Más Baudelaire —respondió él—. «Nada puede compararse al abismo de tu boca, el poderoso olvido habita en tus labios y Leteo fluye en tus besos».

Había ahí mucha más sensualidad de la que pudiera hacer sentir cómoda a Eve a la hora de seguir ese rumbo en la conversación.

—Q-Q-Qué bonito —murmuró a la vez que aceleraba sus pasos. Solo una manzana más...

—¿Bonito? No. Pero sí poderoso. —La mano sobre su codo impedía que aumentara la velocidad, con sus largos dedos rodeándole por completo el brazo—. El Leteo es el río del olvido que fluye en el inframundo, según nos dicen los clásicos, y no hay nada más poderoso que el olvido. Eso es lo que un restaurante como el mío ofrece en tiempos de guerra, un oasis de civilización donde uno pueda olvidarse de los horrores de la calle durante unas horas. No hay horror que no pueda ser olvidado, mademoiselle, cuando se administra a los sentidos la medicina adecuada. La comida es una de ellas. La bebida es otra. El ímpetu entre las piernas de una mujer es otro.

Dijo aquello con un tono tan despreocupado, la vulgaridad en su voz perfectamente inexpresiva, que Eve se ruborizó. «Bueno», consiguió pensar. «Marguerite se sonrojaría. ¡Dios mío, llévame a casa!».

—¿Se ha ruborizado? —Inclinó la cabeza para mirarla, con los mechones plateados de sus sienes reluciendo bajo la luz de la luna—. Me preguntaba si lo haría. Sus ojos no dan mucha información. ¿Las ventanas del alma? No tanto en su caso. «Mi niña tiene ojos oscuros, profundos y enormes» —citó ante la creciente inquietud de Eve—. «Los fuegos son estos pensamientos de amor, mezclados con fe, que titilan en el fondo, lujuriosos o castos». —Sus ojos la miraban sin pestañear—. He estado pensando en esta última parte, mademoiselle Le François. ¿Lujuriosa o casta? —Tocó su mejilla caliente con la punta de su dedo—. A juzgar por el rubor, yo diría que casta.

—Una señora n-n-no habla de esas cosas —consiguió decir Eve.

—No sea tan burguesa. No le va.

Gracias a Dios, habían llegado a la puerta de Eve. Entró en el saledizo y buscó su llave, sintiendo cómo una gota de sudor le recorría la espalda por debajo del vestido.

—B-buenas noches, monsieur —dijo con tono alegre, pero él entró bajo la sombra del saledizo con ella, empujándola tranquilamente contra la puerta. Ella no podía verle la cara, pero olía su colonia cara y el aceite del pelo mientras él inclinaba la cabeza. Su boca estrecha la acarició ligeramente, no en los labios, sino en el hueco de la base de la garganta. La lengua de él era fría cuando saboreó la piel de ella.

Eve se quedó clavada a la puerta por aquella caricia tan fina. Demasiado sorprendida como para poder moverse.

—Me preguntaba a qué sabría —dijo él finalmente, a la vez que se apartaba—. Jabón barato y un sabor dulce por debajo. El jabón de lirio de los valles le iría mejor. Algo ligero, dulce, fragante, joven.

No había nada en la formación de Eve en Folkestone, en los muchos consejos de Lili, en sus anteriores vidas en Londres o Nancy que le sugirieran alguna clase de respuesta. Así que no dijo nada y se quedó inmóvil, como un animal cazado a la luz del día. «Se irá. Se irá y podrás sentarte en la cama y redactar tu informe para Lili. El káiser viene a Lille». Pero la alegría de aquella información tan preciada la había abandonado por ahora. No se atrevió siquiera a recordarla del todo con la mirada incisiva de René Bordelon tan cerca de sus ojos.

Él se enganchó el puño de plata de su bastón del brazo y se quitó el sombrero mientras la miraba. La despedida de un perfecto caballero.

—Me gustaría poseerla —dijo con despreocupación—. Una extraña elección por mi parte. Normalmente, no me gustan las vírgenes ni el jabón barato, pero usted tiene cierta elegancia natural. Piénselo.

«Oh, Dios mío», pensó Eve. Y no se movió hasta que él volvió a colocarse el sombrero y reemprendió su elegante paseo calle abajo.

Uno de sus vecinos debía de estar despierto, porque se oyó el crujido de una ventana al abrirse dos casas más allá. Eve tuvo un momento para alegrarse de las sombras del saledizo. Nadie podía haber visto cómo su garganta era lamida por un hombre que era conocido por compartir su brandy con el *Kommandant.* Eve sintió cómo le subía la bilis y levantó la mano para frotarse el hueco húmedo entre sus clavículas.

Oculto entre la oscuridad, el vecino de Eve gritó hacia la figura que se alejaba de René Bordelon: «¡Colaboracionista!», antes de que un escupitajo cayera a la calle.

Él se giró y levantó su sombrero hacia el oculto atacante.

—*Bon soir* —dijo con una pequeña inclinación, y su suave risa sonó en medio de la noche.

—¡*Parbleu,* pequeña margarita! ¡Bien hecho! —sonrió Lili ante el informe de Eve—. ¡Dos semanas más y un afortunado ataque aéreo, y esta guerra habrá terminado!

Eve sonrió, pero su triunfo de esa noche había quedado apagado.

—Los consejeros del káiser, sus empresarios industriales, cualquiera que se esté beneficiando de la guerra hará presión para que continúe. —Una máquina como la guerra era una cosa muy grande y no resultaba fácil de detener una vez que se ponía en marcha. Eve lo sabía.

—Si ese cabrón muere, será el comienzo del fin. Yo me iré por la mañana, en cuanto se levante el toque de queda. —Lili guardó el mensaje en el forro de su bolso de costura (pues esa noche era Marie, la costurera, con los documentos de Marie, sus trastos y sus maneras) y empezó a desabrocharse los botines—. Este no se lo voy a pasar a ningún mensajero. Lo llevaré a Folkestone yo misma. Quizá me compre un sombrero moralmente cuestionable mientras estoy en un país donde pueda llevarlo. Aunque cabría preguntarse si los ingleses podéis hacer nada moralmente cuestionable, incluso los sombreros...

—¿Puedes llegar a Inglaterra? —Aquello sorprendió a Eve. Ya le costaba creer la rapidez y facilidad con la que Lili pasaba de la Francia ocupada por los alemanes a Bélgica, y al revés. La distancia podía ser pequeña pero el territorio estaba lleno de peligros. Sin embargo, Lili parecía atravesar sigilosamente esos peligros. ¿Podía atravesar incluso el canal de la Mancha con el mismo sigilo?

—*Bien sûr.* —La voz de Lili sonó amortiguada mientras se cambiaba con apresurada eficacia bajo la protección de un voluminoso camisón viejo—. He estado allí tres o cuatro veces este año.

Eve trató de controlar una repentina oleada de nostalgia por Folkestone, sus arenosas playas inglesas y sus muelles ingleses de madera, los trajes ingleses de *tweed* del capitán Cameron y sus ojos cálidos. Unos ojos que sí pestañeaban de vez en cuando y no le hacían sentir escalofríos como los afilados ojos franceses... Eve meneó la cabeza para hacer desaparecer una punzada de celos por el hecho de que Lili hubiese visto a Cameron más recientemente que ella.

—Si vas a viajar mañana a Inglaterra, acuéstate tú en la cama. —Habían acordado una tapadera cuando Lili tenía que quedarse en

Lille a pasar la noche: era amiga de Eve, una costurera que venía de visita y se quedaba a pasar la noche en lugar de incumplir el toque de queda. Habían interpretado ese papel al pasar dos inspecciones alemanas y ver cómo Lili se convertía en una Marie que era aún más tonta que la rubia Christine resultaba verdaderamente fascinante.

—No pienso protestar. —Lili dejó caer su blusa y su falda en un montón y se acostó mientras contaba una anécdota de cómo había entrado en Lille esa mañana—. Tenía un informe de una fuente de Lens escondido en las páginas de una revista. ¿Te puedes creer que se me cayó cuando estaba bajándome del tren? —Una carcajada decididamente maliciosa mientras se soltaba su cabello rubio—. Un soldado alemán lo recogió del suelo para dármelo, bendito sea.

Eve sonrió mientras se fabricaba un camastro de mantas al lado de la estrecha cama, pero aquella sonrisa le suponía un esfuerzo. No había sonreído mucho desde la noche anterior y Lili, que estaba en mitad de otra anécdota, pareció darse cuenta.

—Muy bien, ¿qué te pasa?

Eve miró a la cabecilla de la red de Alice. Con su viejo camisón y su espeso pelo rubio despeinado, como el de una niña que hubiese estado todo el día jugando, Lili parecía tener muchos menos que sus treinta y cinco años. Pero sus ojos eran de alguien adulto y con experiencia y sus pómulos afilados se apretaban contra su fina piel. «No la agobies», pensó Eve con una punzada que la golpeó justo por debajo del pecho. De repente, comprendió la triste actitud protectora de Violette, pues ahora Eve la sentía también. Lili acarreaba mucho peso y hacía que su carga pareciera ligera, pero la estaba desgastando y dejándola cada vez más delgada.

—*Merde* —dijo Lili exasperada—. ¡Suéltalo!

—No es importante...

—Deja que sea yo quien lo decida. No me sirves de nada si estás nerviosa.

Eve se hundió en su improvisado camastro bajo el borde de la cama, mirándose sus manos entrelazadas.

—René B-Bordelon quiere seducirme.

Aquellas palabras cayeron como pesas.

Lili inclinó la cabeza.

—¿Estás segura? No me pareces muy dotada para los juegos de seducción, perdona que te lo diga.

—Me ha dado un lametón en la g-garganta. Después, me ha dicho que desea poseerme. Sí, estoy segura.

—*Quelle bête* —dijo Lili en voz baja. Sacó su pequeña pitillera plateada y encendió dos cigarrillos—. Normalmente hay que hablar de los hombres malos delante de una copa cargada, pero tendremos que aguantarnos con un pitillo. ¡Cógelo! Aclara la mente y hace callar a un estómago vacío.

Eve imitó la forma de Lili de coger el cigarrillo con dos dedos y, después, vaciló y citó a su madre:

—El tabaco es un vicio de c-caballeros, no de una dama.

—*Tais-toi.* Nosotras somos soldados con falda, no damas. Y necesitamos un maldito pitillo.

Eve se llevó el cigarrillo a los labios e inhaló. Tosió, pero le gustó el sabor de inmediato. Amargo. Y ya había probado el amargor en su boca desde el momento en que René se le había acercado la noche anterior.

—Bueno —continuó Lili, con tono despreocupado—. Bordelon te desea. La cuestión es qué pasa si él insiste. ¿Cuántos problemas te puede buscar si te niegas? ¿Te denunciará a los alemanes?

Claramente, buscaba un juicio de valor profesional por parte de Eve. Esta se detuvo, dio otra calada y tosió menos. El estómago se le revolvió, pero más por pensar en René que por el cigarrillo.

—No va a m-molestar a los alemanes por un resentimiento personal. Se guarda sus favores hasta que los n-necesita. Pero es probable que me despida. No está acostumbrado a que le n-nieguen nada.

—Podríamos buscarte un nuevo puesto —dijo Lili, pero Eve negó con la cabeza.

—¿Existe otro lugar como Le Lethe, donde pueda conseguir información dos veces por semana, donde pueda enterarme de que el k-k-k... —se golpeó la rodilla con el puño hasta que le salió la palabra— el káiser va a venir y en q-qué tren? No. —Eve dio esta vez una larga calada hasta los pulmones, tosiendo con tanta fuerza que se le saltaron las lágrimas—. N-N-N-Necesitas a alguien en Le Lethe.

—Sí —admitió Lili—. ¿Te despedirá si le rechazas?

—Tengo que suponer que sí.

—Entonces, hay solo una opción. —Lili miró al techo mientras expulsaba un anillo de humo—. ¿Te acostarías con René Bordelon?

Eve se quedó mirando el extremo resplandeciente de su cigarrillo.

—Sí, si tengo que hacerlo.

Casi sintió alivio al dejar salir aquellas palabras. Le había estado dando vueltas desde la noche anterior, mirándolo desde todos los ángulos. La idea la ponía enferma y le daba miedo, pero ¿y qué? ¿Qué importaba que algo te asustara si, de todos modos, había que hacerlo?

—Un hombre de su edad que escoge a una chica que cree que tiene diecisiete años supondrá que está eligiendo a una virgen. —El tono de Lili era despreocupado—. ¿Lo eres?

Eve no podía mostrarse tan indiferente, por mucho que deseara serlo, así que se limitó a asentir con la cabeza, sin despegar la mirada del suelo.

—*Putain de merde* —maldijo Lili a la vez que apagaba su cigarrillo—. Si de verdad vas a hacerlo, deberás complacerle en la cama para poder seguir sacándole cosas. De lo contrario, solo vas a lograr un aplazamiento temporal del despido a un precio muy alto.

Eve no tenía ni idea de lo que quería decir complacer a un hombre en la cama. Sinceramente, su imaginación se detuvo en el momento en que pensó en René Bordelon desabrochándose su camisa confeccionada perfectamente a medida. Sintió que se ponía pálida y Lili se dio cuenta.

—¿Vas a hacerlo de verdad?

Eve volvió a asentir.

—Yo m-m-m... —La palabra no le salía, aun después de dar una patada en el suelo. Dejó escapar un suspiro y, a continuación, dijo—: Mierda. —La primera vez que Eve decía una palabrota en toda su vida, y con ello se soltaron los fuertes nudos que sentía en la garganta.

Esta vez fue Lili quien asintió.

—Coge otro cigarrillo y hablemos de las cuestiones prácticas. Un hombre que toma por amante a una virgen, o bien desea formarla según sus gustos, o quiere que se muestre pasiva e inocente mientras él hace el trabajo. Tendrás que prestar mucha atención y seguirle la corriente. Pero hay cosas que se pueden hacer para complacer a todo tipo de hombres... —Le enumeró unas cuantas y Eve se quedó con toda la información que pudo a la vez que las mejillas le ardían. «¿Voy a tener que hacer eso? ¿Y eso?».

Para mantener su puesto en Le Lethe, sí. Lo haría todo.

Al ver la intranquilidad de Eve, Lili le acarició la mano.

—Estate atenta a lo que le gusta y sigue haciéndolo. En realidad, en eso consiste todo. Por lo demás, ¿tienes idea de cómo evitar quedarte *enceinte*?

—Sí. —Eve tenía un claro recuerdo de encontrarse una vez a los doce años a su madre en el baño a altas horas de la noche enjuagándose entre las piernas. Había un tubo, una bolsa de goma. «No quiero más hijos de ese cabrón», masculló mientras movía su mentón hacia el dormitorio donde el padre de Eve roncaba.

Eve siguió siendo hija única. Los lavados de su madre debieron de funcionar.

—No hay nada que funcione a la perfección —dijo Lili como si estuviese leyendo la mente de Eve—. Así que ten cuidado. Nadie quiere a una espía embarazada. Eso te llevaría de vuelta a tu casa de Inglaterra, y rápido, pues en Lille nadie te trataría bien por quedarte embarazada de un colaboracionista.

Cuántos lúgubres pensamientos. Eve los apartó para centrarse en una pregunta práctica que se le ocurrió:

—¿Alguna vez has tenido que... hacer esto?

—Hubo un centinela alemán o dos que quisieron verme de rodillas antes de pasar por el puesto de control.

Eve no habría estado muy segura de qué significaba eso diez minutos antes. Ahora, gracias a la lección sin ambages de Lili, se había hecho una idea mucho más clara. Miró a Lili, incapaz de imaginársela arrodillándose, desabrochando los botones de un hombre y...

—¿Cómo... fue?

—Salado —contestó Lili. A continuación, sonrió al rostro inexpresivo de Eve—. No te preocupes, *chérie.* —Su sonrisa desapareció y se quedaron mirándose la una a la otra con rostros serios.

Eve volvió a inclinar la cabeza hacia el techo mientras daba otra calada profunda a su cigarrillo. Decidió que le gustaba fumar. Si terminaba con otra casera severa con normas que prohibieran fumar en la pensión, bueno, que se fuera al infierno.

—Lili, ¿por qué no nos avisan de que puede s-ser así? Tanta formación en Folkestone y no dicen n-n-n-ni una palabra de que nos podemos enfrentar a algo así.

—Porque no lo saben. Y, si eres lista, no les dirás nada. —Lili parecía muy seria—. Cumple con tu deber, pero no se lo cuentes al capitán Cameron ni al comandante Allenton ni a ninguno de los otros a los que tenemos que informar.

La idea de contarle al capitán Cameron que había terminado en la cama de un colaboracionista para conseguir información hizo que Eve se encogiera.

—¡No se lo contaría a ninguno de ellos!

—Bien. Porque no se fiarán de ti si lo averiguan.

De todas las cosas de las que habían hablado esa noche, esa fue la que más sorprendió a Eve.

—¿Por qué no?

—Los hombres son criaturas extrañas. —La sonrisa de Lili no reflejó diversión—. Si una mujer entrega su virtud a un enemigo, piensan que hará poco después lo mismo con su patriotismo. Tienen muy poca fe en la capacidad de las mujeres para resistirse a enamorarse de un hombre con el que se acuestan. Además, la *horizontale* no es respetable. Y la labor de una espía ya es de por sí bastante deshonrosa. No podemos traer la vergüenza a nuestro país manchando nuestra reputación. Si nos comprometemos con el espionaje, debemos hacerlo como damas.

—Tonterías —dijo Eve con rotundidad. Lili sonrió.

—Desde luego que lo son, pequeña margarita. Pero ¿quieres que te echen de Lille porque creen que tu tierna cabecita se ha visto confundida por un colaboracionista atractivo?

Eve sacudió la ceniza de su cigarrillo mientras notaba que el estómago volvía a revolvérsele.

—¿De verdad pensaría eso de mí el capitán Cameron?

—Puede que no. Él es un «buen tipo», como os gusta decir a los ingleses. Pero sí he oído decir esas cosas a otros oficiales con respecto a mujeres como nosotras.

—Mierda —repitió Eve. Decir palabrotas, como el fumar, le estaba resultando cada vez más fácil. Levantó la vista hacia Lili, que la miró con una sonrisa que Eve no supo interpretar. ¿Sentido práctico, pena, orgullo?

—*C'est ainsi* —dijo con tristeza—. Qué feo es este trabajo, ¿verdad?

«Sí», reconoció Eve. Pero también le gustaba. Le hacía sentirse más viva que ninguna otra cosa, así que disimuló el miedo con un encogimiento de hombros desafiante.

—Alguien tiene que hacerlo. A nosotras se nos da bien. ¿Por qué no habríamos de encargarnos?

Lili se inclinó y besó a Eve en la frente. Eve apoyó la cabeza en la rodilla de Lili y la cabecilla de la red de Alice le pasó una mano por el pelo.

—No te apresures a lanzarte a la cama de ese aprovechado —dijo en voz baja—. Te conozco. Estás pensando en apretar los dientes y tirar para adelante. Pero retrásalo un poco si puedes. Porque si logramos bombardear al káiser hasta reducirlo a polvo en dos semanas, estaremos ante un escenario completamente nuevo. Quizá puedas llegar hasta el final sin tener que ver desnudo a Bordelon.

Eve rezó por ambas cosas mientras Lili seguía acariciándole el pelo de una forma que la madre de Eve no había hecho nunca. Rezó con más fuerzas que nunca antes en su vida, porque tal vez ahora podía mostrarse valiente, pero, si cerraba los ojos y recordaba cómo la boca de René había degustado su carne, lo único que sentía era asco.

15

Charlie

Mayo de 1947

Mi madre actuaba con cautela, como si yo fuera un gato con el pelaje de la espalda todo erizado, listo para salir huyendo si me asustaba. No dejaba de acercar su mano para acariciar la mía o mi hombro, como para comprobar que seguía estando a su alcance. Mantuvo un ligero fluir de parloteo por la mañana mientras mordisqueábamos nuestra tostada seca y nos tomábamos el café que ella había pedido que llevaran a la habitación y metíamos mi ropa en las maletas.

—Compraremos algunas cosas nuevas para ti en París, después de la Cita. Este traje rosa no será nunca lo mismo...

Yo mordí mi tostada, irascible. No me gustaba estar de charla a primera hora de la mañana, sobre todo después de no haber dormido, y ya me había desacostumbrado a tener que hablar de tonterías durante el desayuno. Eve estaba siempre demasiado resacosa como para hacer otra cosa que no fuese lanzar miradas de odio hasta que el reloj marcaba las doce, y Finn no hablaba a ninguna hora del día. Salvo, al parecer, a las tres de la madrugada. «Pequeña Charlie...».

—No te encorves, *ma chère* —dijo mi madre.

Me enderecé. Ella sonreía distraída mientras volvía a aplicarse su lápiz de labios. El día anterior, con los ojos llenos de lágrimas y sus abrazos impulsivos, había parecido una madre más tierna de lo que me tenía acostumbrada. Esa mañana, más segura y aliviada, parecía colocarse de nuevo la armadura con cada capa de pintalabios para recuperar su habitual personalidad envuelta en un brillante caparazón. Extendí la mano y toqué la suya mientras ella guardaba su neceser.

—¿Podemos quedarnos más tiempo? ¿Pedir más desayuno?

Por una vez, el Pequeño Problema me estaba haciendo sentir un hambre voraz en lugar de náuseas. No de tostadas. Lo que quería era el desayuno en sartén de Finn: beicon, pan y huevos con la yema sin cuajar. Beicon...

—¿No queremos mantener la silueta? —*Maman* se acarició su cintura con una sonrisa burlona—. Al fin y al cabo, hay que sufrir para estar hermosa.

—Yo no voy a estar hermosa por mucho que te empeñes —protesté—. Así que quiero un maldito *croissant.*

Parecía verdaderamente pasmada.

—¿Dónde has aprendido ese tipo de lenguaje?

«Con una vieja loca inglesa que intentó pegarme un tiro». Resultaba extraño, pero echaba de menos a Eve.

—Pediremos *croissants* en el tren —contestó *maman* mientras cerraba su maleta—. No sea que lleguemos tarde.

Había ya un botones en la puerta. Le di el último mordisco a mi tostada, me puse de pie y mi madre me quitó una miga de la comisura de la boca y me puso bien el cuello. ¿Por qué me sentía como una niña estando en su presencia?

«Eres una niña», susurró la molesta voz de mi cabeza. «Por eso es por lo que no sirves para tener un hijo. No sabes nada».

«¿Eso quién lo dice?», respondió el Pequeño Problema.

«Deja de hablar conmigo», le dije yo a mi vientre. «Deja de hacerme sentir culpable. No puedo hacer nada por ti. No estoy preparada para tenerte. Todo el mundo lo dice».

«¿Y qué piensas tú?», respondió el P. P. Yo no podía responderle. Solo sentía un enorme nudo en la garganta.

—¿Charlotte?

—Voy. —La seguí al pasillo, en dirección a los ascensores—. ¿No deberíamos llamar a papá antes de subir al tren? —conseguí decir.

Mi madre se encogió de hombros.

—¿No está preocupado? —Yo me preguntaba si me hablaría siquiera cuando regresara a casa. ¿Y si después de acudir a mi Cita él seguía odiándome y seguía pensando que era una puta? El nudo de mi garganta dobló su tamaño.

—Si deseas saberlo, no le he contado que te habías ido a Londres como una salvaje. —Me miró a los ojos—. ¿Por qué iba a hacerlo? No quería preocuparle.

—Bueno, ahora ya se lo has dicho, ¿no? —Entramos en el ascensor—. Llevamos varios días de retraso. No llegaremos a casa la fecha prevista.

Mi madre esperó a que el botones entrara con nuestras maletas y apretó el botón.

—Simplemente, pasaremos después en París una semana menos de lo que yo había planeado. Llegaremos a casa a tiempo y tu padre no tendrá que preocuparse por nada.

—¿Llegar a casa a tiempo? Me habías prometido que después de lo de Vevey hablaríamos de Rose. De ir a Limoges...

—Lo hablaremos cuando lleguemos a casa. —Sonrió cuando el ascensor empezó a bajar—. Cuando sea el momento adecuado.

Me quedé mirándola.

—¿Cuando sea el momento adecuado? Es ahora. Ya estamos aquí.

—*Ma chère*... —Una mirada al botones, que escuchaba nuestro parloteo con curiosidad y sin entender nuestro idioma.

No le hice caso.

—No podemos volver a casa sin más. No después de todo lo que he averiguado.

—No somos nosotras quienes debemos encargarnos, Charlotte. Es cosa de tu padre.

—¿Por qué? Yo me he estado encargando sola, mejor que...

—No es conveniente —zanjó mi madre—. Tienes que ir a casa, no salir de nuevo a buscar una aguja en un pajar. Tu padre se encargará de todo. Se lo pediré, después. Cuando lleguemos a casa.

Después. Siempre era después. La rabia me invadió el estómago.

—Lo habías prometido.

—Lo sé, pero...

—*Maman*, esto es importante para mí. —Le toqué el brazo, tratando de hacer que me entendiera—. No nos rindamos hasta que...

—No me estoy rindiendo, *chérie*.

—Pues es lo que parece. ¿Lo vas a considerar urgente cuando estemos de nuevo al otro lado del Atlántico? —Elevé la voz—. ¿Cuando deje de ser una promesa fácil de hacer para después incumplirla con el único fin de que me mueva?

Sonó el timbre del ascensor y las puertas se abrieron. *Maman* fulminó con la mirada al curioso botones y él recogió nuestro equipaje y se dirigió a toda prisa a la recepción del hotel.

—¿Y bien? —la desafié.

—Este no es el lugar adecuado para mantener esta conversación. Vámonos sin armar más alboroto, por favor —dijo saliendo al ajetreado vestíbulo del hotel.

—¿Alboroto? ¿De eso se trata? —protesté a sus espaldas.

Ella se giró con una sonrisa forzada.

—Por favor, Charlotte. Ya tienes bastantes problemas con tu padre. Yo también los tendré si hay más retrasos, así que, por favor, deja de portarte mal y vámonos.

Me quedé mirándola. Simplemente mirándola. Mi hermosa y confiada madre, royéndose los labios perfectamente pintados, preocupada por tener algún problema con mi padre. No se había atrevido a contarle que me había escapado a Francia. No se había atrevido a contarle que nos retrasábamos una semana. Mi madre habría dicho lo que fuera con tal de subirme a ese tren en dirección a Vevey, como una niña que se libra de unos azotes con mentiras. Si no me llevaba a casa a tiempo y con el vientre plano, iba a tener problemas.

Maman siempre me hacía sentir como una niña. Ahora, la miraba y me sentía como una adulta.

—No vais a buscar a Rose, ¿verdad? —No era una pregunta.

—¡Porque Rose está muerta! —estalló por fin—. ¡Lo sabes, Charlotte!

—Es posible. Puede que incluso sea muy probable. —Yo intentaba ser justa, a pesar de mi rabia—. Pero eso no me basta y tú me habías prometido que podría llegar hasta el fin. Para tranquilizar la conciencia, al menos. —Una pausa—. Si papá no emprende de nuevo la búsqueda, ¿puedes decirme con sinceridad si vas a insistirle en que lo haga por mí?

Ella resopló con fuerza.

—Voy a pagar nuestras habitaciones. Intenta recuperar la compostura.

Se alejó con pasitos furiosos entre el repiqueteo de sus tacones. Yo me quedé con el equipaje, sintiéndome extraña y tan frágil como un cristal y, cuando miré al otro lado del vestíbulo del hotel, vi a Rose. No era real, por supuesto. Solo se trataba de una chica taciturna llena de espinillas que estaba apoyada contra la gran ventana mientras esperaba a que sus padres se registraran en el hotel, pero la luz del sol de Francia formaba una aureola en su cabeza rubia ensombreciéndole la cara y, por un momento, me permití creer que era Rose. Una Rose que me miraba directamente, meneando un poco la cabeza.

«No eres una niña, Charlie», imaginé que decía. «Ni una cobarde».

Ella siempre había sido valiente. Aun cuando tenía miedo de quedarse sola, de que la abandonaran, como el día en el café de la Provenza, seguía siendo valiente. Debía de haberse sentido aterrorizada cuando descubrió que estaba en la situación en la que me encontraba yo ahora y, aun así, no se había rendido cuando sus padres trataron de «arreglarlo todo». Había tenido a su bebé y, después, se había marchado para mantenerlo ella sola, por mucho que eso la debiera de asustar.

Sonó el eco de la voz de Finn la noche anterior. «¿Qué quieres tú?».

«Ser valiente», pensé.

«¿Sabes lo que es eso?», preguntó el Pequeño Problema. «Resuélvelo como una ecuación. Despeja la *X*. *X* = valiente».

Vi cómo mi madre cerraba su billetera y volvía hacia mí. Me sentí desgraciada. No sabía absolutamente nada de bebés. Eran pequeños e indefensos, glotones y frágiles. Y me aterrorizaban. Este me aterrorizaba. No estaba preparada para ello. Ni lo más mínimo.

Respiré hondo cuando mi madre llegó hasta mí.

—No voy a ir a Vevey.

—¿Qué? —Arqueó las cejas. Por detrás de ella, la chica llena de granos a la que por un momento había convertido en Rose caminaba con desgana tras sus padres, rompiendo en pedazos la ilusión.

—No voy a ir a la Cita —respondí.

—Charlotte, ya basta de hablar de esto. Basta. Habías aceptado ir...

—No. —Oí mis palabras como si salieran de la boca de otra persona—. No voy a deshacerme de él. Voy a tenerlo.

Cualquiera habría pensado que una decisión tan trascendental habría venido acompañada de una sensación de alivio o catarsis. Ni hablar. Me sentí muy mal y muy asustada. Pero también estaba hambrienta. Famélica, más bien. Y le dije al Pequeño Problema, con tono bastante vacilante: «Voy a darte de comer».

Al parecer, le gustó la idea. «Beicon», respondió.

Probablemente, debía ir pensando en un nombre para él mejor que el de Pequeño Problema.

—Charlotte, las dos sabemos que esta es la única opción, así que...

—No es la única opción. —Jamás había interrumpido a mi madre, pero en ese momento sí lo hice—: Es la opción que os causa menos problemas a vosotros. Os ocupáis de mí y eso significa que papá no tendrá que contarles a sus socios nada embarazoso y tú no tendrás que mencionarlo en el club de bridge. Sé que vuestra intención es buena, pero no es la única opción. No tengo por qué aceptarla.

Su rostro se tensó por la furia y bajó la voz hasta convertirla en un susurro venenoso.

—¿Y cómo vas a vivir, golfa desagradecida? Ningún hombre respetable se casará nunca con una muchacha que tiene un bastardo. ¿Cómo crees que te las vas a arreglar?

—Tengo dinero, *maman.* Dinero que me he ganado yo. No solo mi fondo fiduciario. Puedo trabajar. Puedo cuidar de mí misma. No soy ninguna incapacitada. —Lo repetí con terquedad porque era cierto, maldita sea. Por mucho que en mi cabeza sonara el murmullo de «fracaso, fracaso, fracaso». Sabía hacer el balance de mi cuenta bancaria mejor que mi madre y podía emprender la búsqueda de Rose mejor que mi padre. Quizá le había fallado a James, pero eso no significaba que fuera a fracasar en todo—. No lo soy. No soy una incapacitada.

—¡Sí que lo eres! ¿Cómo crees que vas a cuidar de un bebé?

—Supongo que tendré que aprender. —Había una enorme montaña de cosas que se iban acumulando y que iba a tener que aprender, pero solo porque estuviese aterrada no significaba que no fuera a poder con ello—. No sé mucho de bebés, pero tengo seis meses para prepararme. Y sé otra cosa más. Sé que en este mismo lugar, en este mismo momento, voy a seguir buscando a Rose.

Cogí mi maleta. *Maman* movió rápidamente una mano para agarrarme la muñeca.

—Si te vas ahora, no se te ocurra volver a casa.

Aquello me golpeó como una patada. Pero levanté la mirada hacia ella y respondí:

—Tú nunca me hacías caso cuando estaba en casa. No creo que vaya a ser muy distinto.

Traté de soltarme de su mano, pero ella apretó los dedos.

—Charlotte St. Clair, no vas a ir a ninguna otra parte que no sea la estación del tren. Eres menor de edad, puedo obligarte. —Estaba gritando. Mi correctísima madre, tan preocupada por lo que la gente pudiera pensar, estaba gritando como una verdulera. Toda la gente del vestíbulo del hotel nos miraba. Yo le respondí gritándole también.

—Me acabas de echar de casa, *maman.* No voy a ir a ninguna parte contigo. —Di un tirón, pero ella siguió agarrándome.

—¡No emplees ese tono conmigo!

Una voz suave e irritada sonó detrás de mí. La voz suave e irritada de un escocés.

—¿Tiene algún problema, señorita?

—Ninguno en absoluto, Finn. —Volví a tirar de mi brazo y, esta vez, me solté. Levanté los ojos hacia él. Tenía el bolso de Eve colgado del hombro y las llaves del descapotable en la mano. Él y Eve debían de estar tramitando la salida del hotel—. ¿Hay sitio en el Lagonda para mí?

Sonrió y cogió mi maleta.

Mi madre se quedó mirándolo, observando su camisa arrugada con las mangas enrolladas y la barba incipiente de su mandíbula.

—¿Quién...? —empezó a decir, pero fue entonces cuando apareció Eve.

—Por Dios, Finn —exclamó con su gruñido áspero de antes del mediodía—. Ya veo que has encontrado a la yanqui.

—Ella viene. ¿Usted? —preguntó Finn.

—¡Tú trabajas para mí!

—Es mi coche.

Algo cálido vibró en mi vientre. Había llegado a pensar en ir a Limoges en tren, pero la idea de poder volver a montar en ese maravilloso coche... Me encantaba ese coche. Me sentía más cómoda en él que en la casa de la que me acababan de echar. Miré a Finn y sentí un nudo en la garganta antes de hablar.

—Gracias.

—En cualquier caso, yo no creía que no volveríamos a verte. —Sorprendentemente, Eve parecía más conforme que irritada—. Es más difícil deshacerse de los americanos que de las lapas.

—¿Quién es esta? —Esta vez, mi madre consiguió formular toda la pregunta.

Eve la miró. Menuda pareja formaban. Mi elegante madre de cintura de avispa con su exquisito sombrero y sus inmaculados guantes; la harapienta Eve con su viejo vestido y sus manos deformadas. Eve lanzó aquella mirada de águila imperial por encima de su nariz hasta que los ojos de mi madre pestañearon.

—Usted debe de ser la madre —dijo por fin—. No veo ningún parecido.

—¿Cómo se atreve...?

—Eve —intervine yo—. Voy a buscar a mi prima y en algún lugar de todo ese embrollo está el hombre del que usted tiene miedo. Creo que debería averiguar si está vivo o muerto. Creo que debería venir conmigo.

No sé por qué lo dije. Eve, sus enfados y su pistola lo complicaban todo. Me movería más rápido sin ella. Pero ese día me había vuelto valiente, por mucho que eso me aterrara, y quería que Eve también lo fuera, que fuese la mujer resuelta y protestona que había contado mil mentiras a un prestamista para que yo pudiera empeñar mis perlas y que había exigido respuestas a una dependienta de una tienda de objetos de porcelana que la odiaba a muerte. No quería que Eve regresara corriendo a Inglaterra para esconderse en el número 10 de Hampson Street. En cierto modo, no me parecía propio de ella.

Y también quería algo para mí. Quería saber qué le había pasado a Eve durante la ocupación de Lille, no solo a sus manos, sino a su alma.

Traté de pensar en una forma elocuente de expresar todo eso, pero no se me ocurría.

—Quiero escuchar el resto de su historia —fue lo único que pude decir.

—No es una historia agradable —contestó—. Y carece de final.

—Pues escriba ese final ahora. —Me puse las manos en la cintura, desafiante—. No está usted preparada del todo, pero no es una cobarde. Así que ¿qué me dice? ¿Viene o se queda?

—¿Quiénes son estas personas? ¡Charlotte!

No hice caso a mi madre. Había pasado de dirigir mi vida a estar completamente fuera de ella. Pero Eve la miró.

—No pienso ir si va la mami. He pasado treinta segundos en su compañía y es el doble de irritante que tú, maldita sea. Un día de viaje con ella y probablemente le pegaré un tiro.

—Ella no viene. —Miré a mi madre y una última punzada de rabia y amor mezclados me atravesó. El último deseo agonizante de hacer lo que ella quería. Después, desapareció—. Adiós. —Probablemente, debería haberle dicho algo más. Pero ¿qué quedaba por decir?

Sus ojos pasaban a toda velocidad de Finn a Eve y, de nuevo, a Finn.

—No puedes irte con..., con...

—Finn Kilgore —se presentó Finn de forma inesperada. Extendió una mano y mi madre la estrechó automáticamente—. Recién salido de la prisión de su Majestad en Pentonville.

Ella dejó caer la mano como si le hubiesen salido espinas, boquiabierta.

—Y antes de que lo pregunte... —continuó Finn con tono educado—. Por agresión. Por tirar a americanos irritantes al Támesis. Buen día, señora.

Cogió mi equipaje y se dirigió hacia las puertas. Eve se encendió un cigarrillo y se giró para seguirle, mirando hacia atrás por encima del hombro.

—¿Quieres escuchar esa historia mía o no, yanqui?

Una última mirada a mi madre. Ella se limitó a mirarme fijamente, como si no me conociera.

—Te quiero —susurré. A continuación, salí del hotel a las ajetreadas calles de Roubaix. Estaba exaltada. Mareada. Eufórica. Abrumada. Las manos me sudaban y mi mente era un torbellino de ruido. Pero una cosa estaba clara—. Desayuno —dije cuando Finn trajo el Lagonda con la capota bajada. Acaricié el salpicadero al subir—. Vamos a Limoges pero, antes, vamos a tomar el mayor desayuno que podamos encontrar en Roubaix. Esta pequeña me está diciendo que quiere comer.

—¿Es una niña? —preguntó Eve.

—Eso es lo que me dice.

Cuántas cosas estaba aprendiendo ese día. Y cuántas me quedaban aún.

16

Eve

Julio de 1915

Dentro de diez días, el káiser habría muerto. Eso era lo que Eve se decía.

—¡Rápido! —la instó Lili, acelerando el paso colina arriba. El pelo de Eve se le pegaba al cuello, pero Lili parecía insensible al calor del verano, dando zancadas con la falda de cuadros subida y el sombrero colgándole por detrás—. ¡Vas a paso de tortuga!

Eve se subió la manta que llevaba doblada bajo el brazo a la vez que alargaba los pasos. Lili se conocía los campos que rodeaban Lille como la palma de la mano.

—¡*Mon Dieu*, pero es agradable caminar por estas colinas a la luz del día por una vez y no a oscuras bajo la maldita luz de la luna con pilotos zarrapastrosos detrás! Allí, una colina más...

Empezó a correr subiendo la pendiente en línea recta. Eve la fulminó con la mirada, bañada en sudor y consciente de cómo las últimas seis semanas con escasez de comida habían disminuido su resistencia, pero se animó cuando llegó a la cumbre de la colina. El día estaba claro, la pendiente de hierba era de un verde dorado bajo la luz del sol. Solo estaban a unos cuantos kilómetros de Lille, pero era como haber salido de debajo de una nube oscura para huir de los letreros y los soldados alemanes. No es que todo fueran rosas en el campo. Cada una de las pequeñas granjas por las que Eve y Lili habían pasado tenían también su ración de hambre y desesperación después de que las brigadas de decomisos les hubiesen confiscado los cerdos, la mantequilla y los huevos. Pero en esta pequeña colina resultaba posible, por un momento, fingir que los merodeadores invasores se habían ido.

Y quizá pronto se irían. Si el Real Cuerpo Aéreo hacía su trabajo.

Las dos mujeres se quedaron en la cima de la colina con los brazos cruzados, mirando cómo las vías del tren se extendían hacia Alemania. Diez días hasta que el káiser recorriera traqueteando esas vías. Diez días y el mundo sería un lugar diferente.

—Allí. —Lili señaló con la cabeza hacia las vías—. He estado explorando la zona y también Violette y Antoine. —Antoine era un librero de la ciudad de engañoso aspecto tímido que falsificaba documentos de identidad y permisos de forma clandestina para Lili. Aparte de Violette, era el único miembro de la red de Alice que Eve había conocido. Una presentación necesaria por si alguna vez precisaba documentación nueva en caso de emergencia—. Todos estamos de acuerdo en que esta parte es la mejor para el ataque. —Lili se levantó la falda y empezó a desatarse la enagua—. Dios sabe si los jefes aceptarán la sugerencia.

—Hay que extender la m-manta —le recordó Eve—. Hemos venido de merienda, ¿recuerdas? —Su tapadera, en caso de que algún explorador alemán las encontrara allí: Marguerite Le François y su amiga la costurera comiendo sus frugales bocadillos mientras disfrutaban del buen tiempo. Pero cuando Eve extendió la deshilachada manta, Lili no se molestó en colocar los bocadillos. Sacó un carboncillo y empezó a trazar un esquema del terreno que las rodeaba con rápidas anotaciones sobre la enagua—. Cada vez es más difícil hacer pasar papeles escritos —dijo con un toque de su habitual vivacidad a través de la extrema concentración—. Pero esos guardias no tienen ni idea de cuánta información se puede escribir en la enagua de una mujer.

—¿Por qué he venido yo? Violette conoce mejor esta región. ¿No debería estar ayudando a hacer el informe?

—Ya lo ha hecho. Pero tú fuiste la primera que supo lo de la visita del káiser, pequeña margarita. Mereces estar informada. —La mano de Lili se movía con la rapidez de un colibrí, anotando las características del terreno, sus irregularidades, las vías, los árboles—. Cuando le entregué el informe al tío Edward me pidió que te llevara.

—¿A m-mí?

—Quiere entrevistarte, ver si hay alguna información más que puedas recordar. Para algo así de importante no corren ningún riesgo. Nos iremos en dos días.

Ver al capitán Cameron dentro de dos días. Aquella idea debería haber actuado como un bálsamo, pero lo único que consiguió fue que Eve se sintiera rara. Él parecía estar tan lejos que muy bien podría encontrarse en un mundo diferente. Y la logística de esa visita hacía que el estómago se le encogiera más que la idea de ver su cálida mirada.

—Yo no puedo ir a Folkestone. No me atrevo a faltar a mi trabajo.

—No tenemos que viajar hasta Folkestone. —Lili terminó tranquilamente sus pequeñas anotaciones—. El tío Edward ha acordado vernos al otro lado de la frontera, en Bruselas. Estaremos de vuelta en un día.

—Mi f-f-forma de hablar... Llamaré mucho la atención en el puesto de control. Te pillarán. —Si arrestaban a Lili por culpa del tartamudeo de Eve, ella se cortaría la lengua con una cuchilla.

—*Je m'en fou!* —Lili le alborotó el pelo—. ¡Deja que hable yo! Estoy acostumbrada a salir y entrar de estaciones de tren. Tú solo pon esos ojos grandes de absoluta inocencia. Todo va a salir de perlas. Por cierto, ¿qué tienen que ver las perlas con esto? En tu país usáis expresiones muy peculiares.

Lili hablaba con despreocupación de forma deliberada, Eve lo sabía. Todo ese parloteo mientras volvía a ponerse la enagua con el esquema a carboncillo era intencionado.

—Deberías ser más cuidadosa —dijo Eve recogiendo las cosas de la merienda—. No te lo t-tomes tan a broma o terminarás riéndote delante de un pelotón de f-f-fusilamiento.

—Bah. —Lili hizo un gesto de indiferencia con la mano, una mano tan delgada que casi era transparente bajo la luz del sol—. Sé que algún día me arrestarán, pero ¿a quién le importa? Al menos, habré prestado mi servicio. Así que démonos prisa. Hagamos cosas importantes mientras aún tenemos tiempo.

—No queda m-mucho tiempo —gruñó Eve siguiendo a Lili colina abajo—. En dos d-días salimos para Bruselas. ¿Cómo se supone que voy a poder faltar un día?

—Piensa a ver si puedes poner alguna excusa en Le Lethe. —Lili le dirigió una mirada de soslayo mientras volvían a bajar por la pendiente en dirección a la ciudad—. ¿Cómo está tu terrible pretendiente?

Eve no quería pensar en René Bordelon. Había estado tratando de evitarle desde la noche en que él la había acompañado a casa. En Le Lethe, ella retiraba con rapidez los platos, servía *schnapps* y escuchaba. Incluso logró elaborar un informe sobre el as de la aviación Max Immelmann mientras trataba de esconderse de su jefe. Pero él se encargaba de hacerle saber que la seguía vigilando, esperando una respuesta. A veces, era una mirada silenciosa a su garganta, donde ella aún podía sentir su lengua saboreándole la piel. Otras veces, era el sorbo de vino que le ofrecía de una copa con huellas de labios a la hora del cierre. Qué mundo era ese en el que unos cuantos sorbos de vino de la copa de un desconocido podían considerarse como un gesto de cortesía para una muchacha que supuestamente estaba medio hambrienta y desesperada.

—Sigue insistiendo —dijo Eve por fin.

Lili se apartó un mechón de pelo tras la oreja.

—¿Has podido rechazarlo?

—P-por ahora.

En realidad, ¿en la vida que llevaba había algo más aparte del «ahora»? Ver al capitán Cameron dentro de dos días, la llegada del káiser dentro de diez..., todo permanecía en la misma zona gris. Estaba el pasado y el presente. Lo demás no era seguro. Lo demás no era real.

Esa noche, en Le Lethe, las conversaciones parecían más alegres de lo habitual, el bullicio de los oficiales más fuerte, la risa de las mujeres que estaban en sus brazos más alborozadas.

—Putas —susurró Christine cuando ella y Eve estaban apoyadas contra la pared, esperando a que las llamaran con un dedo levantado—. Esa de ahí es Françoise Ponceau, pavoneándose con un vestido nuevo de seda y apretujándose contra ese capitán. ¿Sabes que el panadero hace un pan especial para putas como esa? Se mea en la masa antes de enrollarla...

—Se lo m-merecen —comentó Eve, aunque sintió que el estómago se le revolvía. Esa chica tenía una mirada angustiada por encima de sus sonrisas y toda la noche se había estado metiendo panecillos en el bolso cuando su capitán se daba la vuelta. Estaba dándole de comer a alguien en su casa, probablemente a varias personas, y, a cambio, ella recibía pan meado y apelativos. Pero era más seguro estar de acuerdo con la opinión susurrada de Christine pues lo cierto era que en Lille casi todos la compartían.

René levantó entonces la vista hacia sus camareras y la luz de las velas hizo que sus ojos resplandecieran. «Mira a Christine», suplicó en silencio Eve. «Guapa, rubia y tonta; ¿por qué no miras a Christine?». Pero señaló con su dedo a Eve y ella se acercó para servir las copas de después de la cena. Los labios de René se curvaron apreciando su tranquilo silencio, el arco exacto de su brazo.

—¿Puede subir otra el libro de contabilidad? —preguntó Eve a las demás camareras al final de la noche, pero se limitaron a reírse.

—¡Eso es ahora tu obligación, Marguerite! Siempre está de mejor humor cuando tú lo subes y a nosotras nos gusta que monsieur René esté de buen humor.

Se rieron y Eve notó que las miradas de René hacia ella no habían pasado desapercibidas.

—Sois todas unas c-cerdas —gruñó, antes de subir las escaleras de atrás con fuertes pisotones. Una reverencia y los dedos de él susurraron una árida caricia sobre los suyos cuando le entregó las cuentas de la noche.

—¿Tiene prisa, mademoiselle Le Françoise? —preguntó mientras hojeaba las pulcras anotaciones.

—No, monsieur.

Se tomó su tiempo, pasando las páginas con un crujido. Con el calor de la noche de verano, se había quitado la chaqueta y se había sentado con su camisa blanca como la nieve, el pelo tan lustroso como sus zapatos de piel con brillantina. Los gemelos de sus puños eran unos inesperados puntos de color, de un rojo rubí con toques dorados.

—Cristal *art nouveau* —dijo al ver la dirección de la mirada de ella. ¿Se daba cuenta de todo?— Al estilo de Klimt. ¿Ha oído hablar de Klimt? Yo tuve la inmensa suerte de ver algunos de sus cuadros en Viena, antes de la guerra. Una obra extraordinaria. Había uno llamado *Dánae,* la mujer de la mitología griega que recibió la visita de Zeus bajo una lluvia de oro... Klimt muestra que ella se siente excitada por el oro cuando va cayendo entre sus piernas.

Eve no tenía deseo alguno de hablar de excitación en aquella habitación, ya fuera artístico o no.

—No, n-no he oído hablar de él.

—Es abandono. —Se desabrochó los puños y dejó caer los gemelos en la mano de ella para que los examinara. Se dispuso a levantarse las mangas dejando a la vista sus esbeltos antebrazos de piel pálida y suave y Eve evitó mirarlo mientras acercaba aquellos pequeños objetos de cristal moldeado a la luz y observaba el juego de colores—. Un abandono de bordes dorados. La gente lo consideraba obsceno, pero ¿qué más da? También pensaban que Baudelaire era obsceno.

Eve dejó los gemelos con cuidado junto al busto del poeta mientras observaba el brutal perfil de mármol y se preguntaba si la amante de Baudelaire le había despreciado igual que Eve despreciaba a René.

—¿Puedo pedirle un favor, m-monsieur?

—¿Un favor? Me intriga.

—¿Puedo faltar al trabajo una noche, dentro de dos días? Le he prometido a una amiga que la acompañaría a visitar a su tío que vive algo lejos. —Una completa verdad. Con René, Eve siempre hacía lo posible por limitar las mentiras a lo que no se decía.

—Desea faltar al trabajo. —Medía sus palabras—. Hay muchas que estarían dispuestas a sustituirla y que prometerían no faltar al trabajo.

—Lo sé, monsieur. —Eve lo miró con ojos suplicantes de cervatillo—. Esperaba que estuviese c-contento con mi trabajo, lo suficiente como para...

Él dejó que se quedara en silencio mientras apartaba el libro de cuentas a un lado.

—Muy bien —dijo por fin, y Eve casi se desmayó del alivio—. Puede tomarse el día.

—Gracias...

La interrumpió.

—Es bastante tarde. ¿Se ha acordado de traer su dispensa para el toque de queda o voy a tener que acompañarla de nuevo a casa? —Se desanudó la corbata—. Quizá la acompañe de todos modos. Me gustaría conocerla más, Marguerite.

Tomó posesión de su nombre, o del que creía que era su nombre, desechando con tono despreocupado el trato de «mademoiselle». Y mientras él se quitaba del todo la corbata, Eve no pensó que su intención fuera salir a ningún sitio esa noche. Lo de conocerla más sucedería allí mismo.

«Porque yo le he pedido un favor».

Quería tragarse el nudo que se le había formado en la garganta, y así hizo, para que él viera que la garganta se le movía. La inquietud sería de su agrado.

Él dejó caer la corbata sobre el brazo de piel de su sillón.

—¿Ha pensado en mi ofrecimiento de la otra noche?

Eve no fingió haberle entendido mal.

—Su ofrecimiento me s-s-sorprendió, monsieur.

—¿Sí?

—No soy la c-compañía adecuada para un hombre de buen gusto. Soy una camarera. No tengo belleza ni buenas maneras ni conocimiento del mundo. Así que, sí, su ofrecimiento me sorprendió enormemente.

Él se levantó de su sillón, sin prisas, y se acercó a la mesita de madera satinada con los decantadores de cristal. Destapó uno y sirvió dos dedos de un líquido claro y burbujeante en un vaso. Resplandecía como un diamante y se lo entregó a Eve.

—Pruébelo.

Ella dio un sorbo, al ver que no tenía otra opción. Le quemó en la garganta: de un dulce intenso, ligeramente floral, muy potente.

—Licor de flor de saúco. —Apoyó el codo en la repisa de ébano de la chimenea—. Lo compro personalmente a un viticultor de Grasse. Una zona preciosa, la de Grasse. El aire huele a ese licor, un embriagador aroma a flores. Es único, así que no lo sirvo en mi restaurante. Brandy, *schnapps*, champán..., eso sí se lo doy a los alemanes. Lo único me lo guardo para mí. ¿Le ha gustado?

—Sí. —No tenía sentido mentir a René en algo sobre lo que no tenía por qué mentir—. ¿Por qué lo comparte c-conmigo, si n-n-no comparte lo que es único?

—Porque usted también es única. Usted posee buen gusto, Marguerite. Muy buen gusto, diría yo. Pero en absoluto instruido. Como Eva en su jardín del Edén.

Eve no supo cómo logró no dar un respingo al oír su verdadero nombre. Pero lo consiguió y dio otro sorbo a aquel fuego de flor de saúco.

—Yo siempre he apreciado el buen gusto y la elegancia entre mis acompañantes —continuó él—. Antes, prefería un producto terminado a un material en bruto, pero Lille no tiene hoy en día mucho que ofrecer en cuanto a mujeres elegantes. El hambre y el patriotismo han hecho estragos entre todas las que conozco. Si deseo una buena compañía, me temo que tendré que interpretar al Pigmalión de la mitología griega y esculpirme una yo mismo. —Acercó un dedo extendido y le apartó un mechón de pelo de la frente—. Lo cierto es que no había imaginado que disfrutaría durante el proceso. Así que, como ve, usted también ha conseguido sorprenderme.

A Eve no se le ocurría ninguna respuesta. Él no parecía estar esperándola y se limitó a señalar el vaso.

—¿Más?

—Sí.

Él le sirvió otro trago generoso. «Está intentando emborracharme», pensó Eve. La Marguerite de diecisiete años no aguantaría mucho el alcohol fuerte. Unos cuantos vasos de aquello la volverían dócil y dispuesta.

Eve miró su vaso y vio las vías del tren que llevarían al káiser hasta Lille. Vio las relajadas figuras del *Kommandant* y sus oficiales agrupados en torno a sus *schnapps,* compartiendo secretos distraídamente. Vio la cara iluminada de Lili el día en que Eve consiguió pasar su primera información. Incluso oyó la voz de Lili: «Qué feo es este trabajo».

«Puede ser», pensaba Eve ahora, igual que había contestado entonces. «Pero alguien tiene que hacerlo. A mí se me da bien. ¿Por qué no habríamos de encargarnos?».

Vació su vaso. Cuando lo bajó, René estaba mucho más cerca. Olía a colonia de París, algo sutil y refinado. Se preguntó si ese era el momento en que él la besaría. Pensó brevemente en el capitán Cameron, mirándola en la playa mientras le enseñaba a cargar una pistola. Hizo desaparecer ese pensamiento cuando René inclinó la cabeza.

«No retrocedas».

Él se acercó, inhaló a lo largo de su cuello y, después, se incorporó con un ligero mohín.

—Quizá un baño. Puede hacer uso del mío.

Ella sintió un cosquilleo en sus labios sin tocar y, por un momento, no entendió nada. Después, bajó los ojos a sus manos, sus puños con pequeñas salpicaduras de *beurre blanc* y vino tinto por mucho cuidado que hubiese tenido durante todo su turno, y se dio cuenta de que tenía una ligera capa de sudor seco bajo el vestido por el rápido paseo por el campo con Lili. «Huelo», pensó Eve, y fue tan humillante que le dieron ganas de llorar. «Huelo a sudor y a jabón barato y antes de poder ser desflorada debo estar debidamente limpia».

—Hay jabón. —René se dio la vuelta y se desabrochó el cuello con un rápido tirón—. Lo he elegido para usted.

Esperaba un agradecimiento.

—Gracias —consiguió decir Eve mientras él le señalaba la puerta que tenía detrás. El baño mostraba el mismo lujo obsceno que el estudio: azulejos blancos y negros, una enorme bañera de mármol, un espejo con marco dorado. Había preparada una pastilla de jabón sin usar, lirio del valle, claramente requisada en el baño de una mujer durante alguna redada, y Eve recordó que René había dicho que ese aroma le iría bien. «Ligero, dulce, fragante, joven».

Cada consejo que Lili le había dado sobre las cosas que les complacía a los hombres fue pasando por la mente de Eve y, por un momento, pensó que iba a vomitar, pero consiguió contenerse. «Estate atenta a lo que le gusta», había dicho Lili. Al mirar el jabón, Eve lo supo. «Ligera, dulce, fragante, joven». Así era como él quería que fuera, no solo que oliera. Un detalle por su parte haberle proporcionado un guion al que atenerse.

Llenó la bañera, que se inundó de agua caliente con un derroche vengativo, y se sumergió en el calor con un escalofrío. Durante más de dos meses, había tenido que lavarse en una palangana con una toalla de mano deshilachada. El calor y los dos vasos de licor de flor de saúco le hicieron sentir que su cabeza flotaba. Habría podido quedarse toda la vida en esa agua caliente y aromática, pero tenía un trabajo que hacer.

Más valía ponerse a ello.

Eve dejó su ropa interior y su vestido desgastado en el suelo en lugar de volver a ponérselo sobre su cuerpo limpio y se envolvió en unas toallas blancas. Se miró en el espejo y no reconoció a la chica que veía. Los pómulos le sobresalían, un recuerdo de las escasas raciones de las que ahora vivía, pero era algo más que eso. Sin duda, la Evelyn Gardiner de rostro suave jamás había tenido un aspecto tan duro. Marguerite Le François no era dura en absoluto, así que Eve ensayó en el espejo —labios separados, pestañas temblorosas— hasta que estuvo perfecta.

—Ah. —René la recibió con una sonrisa, examinando desde sus pies descalzos hasta su cabello castaño y suelto—. Mucho mejor.

—Gracias —respondió ella—. No me había dado un b-baño así desde hacía meses. —Gratitud. Sabía que era necesaria.

Él hundió la mano en el pelo mojado de Eve y se llevó un mechón a la nariz.

—Encantadora.

No resultaba tan poco atractivo, esbelto y elegante, tras haberse cambiado el traje por una bata de seda azul ahumado. Su mano fría subió por el pelo de Eve y le envolvió la garganta, con sus dedos tan largos que casi podía rodearla por completo. Entonces, la besó, despacio, con la boca abierta, con destreza. Sus ojos permanecieron abiertos en todo momento.

—Quédate a pasar la noche —murmuró a la vez que le acariciaba el contorno de la cadera a través de las toallas—. Me reúno con el *Kommandant* Hoffman mañana por la mañana, bastante temprano. Quiere hablar de una fiesta en el restaurante para ese as de la aviación que tienen, Max Immelmann, ahora que va a estar al cargo de la defensa aérea de Lille. Pero no me importa ir a ver al *Kommandant* sin haber descansado bien.

Ahí estaba: la razón por la que Eve se encontraba allí. René había bajado la guardia lo suficiente como para revelar aquella pequeña información que seguramente sería de interés para el Real Cuerpo Aéreo. Eve lo memorizó mientras los latidos de su corazón reducían su velocidad hasta un ritmo de terror y resolución.

René la miró sonriendo.

—Bien —dijo agarrándole la toalla que le envolvía los pechos—. Muéstrame.

«Sigue adelante», pensó Eve con todas sus fuerzas. «Porque puedes usar esto. Sí que puedes».

Dejó caer las toallas e inclinó la cabeza hacia arriba para su siguiente beso. ¿Qué importaba que algo te asustara si, de todos modos, había que hacerlo?

Tercera parte

17

Charlie

Mayo de 1947

Estábamos a medio camino de París y me sorprendió que no hubiésemos terminado en una cuneta. Era mayo y el paisaje francés florecía a nuestro alrededor, pero ni Finn ni yo prestábamos atención porque Eve iba sentada en el asiento de atrás contándonos toda su experiencia como espía.

Una espía. Eve. ¿Una espía? Yo estaba girada en mi asiento, mirándola boquiabierta mientras ella hablaba e incluso Finn volvía la cabeza para mirarla.

—Vas a estrellar el maldito coche —le dijo con brusquedad—. Y tú, yanqui, vas a terminar con una mosca dentro de la boca.

—Continúe —la animé. Lo único que yo sabía sobre los espías era por las películas y nunca había creído que nada de eso fuera cierto, pero ahí estaba Eve. Quizá no encajaba con la idea hollywoodiense de lo que era un espía, pero había algo en su voz áspera y despreocupada al hablar de Folkestone, los mensajes cifrados y el tío Edward que hacía que me creyera cada una de sus palabras. El Lagonda recorría los kilómetros de carreteras francesas mientras ella seguía hablando. Un restaurante llamado Le Lethe. Su elegante propietario. Un verso tras otro de Baudelaire. Otra espía con gafas redondas y el alias de Violette.

—¡La mujer de la tienda de porcelana! —exclamé ganándome una mirada fulminante.

—No hay quien te la dé con queso, ¿eh?

Sonreí, inmune a su sarcasmo. Yo seguía atolondrada y sin poder creerme que me había librado de mi madre en aquel hotel. De mi madre, de la Cita y de mi vida completamente planeada. Pero había tomado un desayuno enorme y, con el estómago lleno, los nervios se habían convertido en una sensación de aventura. Estaba en un coche con un expresidiario y una antigua espía, avanzando hacia un destino desconocido. Si eso no era un conjunto de variables matemáticas que daban como resultado la aventura, no sabía qué podía ser.

Eve hablaba de forma interrumpida. La guerra en Lille, la escasez y las confiscaciones. René Bordelon, ese nombre aparecía de vez en cuando. Su jefe. Pero, por el odio que había en su voz, supe que había sido más que eso.

—René —dijo Finn con el brazo apoyado en el respaldo del asiento mientras giraba la cabeza hacia Eve—. ¿Cree que sigue vivo?

Ella no respondió. Se limitó a gruñir y empezó a dar sorbos de su petaca. Finn preguntó algo sobre las personas para las que trabajaba, si había alguien más en su red además de Violette. Ella se quedó en silencio un rato antes de hablar.

—Una o dos.

Yo quería hacerle más preguntas, estaba ansiosa por preguntar más, pero miré a Finn a los ojos y los dos nos quedamos en silencio. Aquello era un triunvirato nuevo y provisional que estaba surgiendo entre nosotros tres. Eve no estaba allí porque yo le estuviese pagando; estaba allí porque lo había decidido y ya no tenía derecho a seguir fisgoneando. Además, sentía aún más respeto por ella ahora que conocía algo sobre su verdadero pasado, así que tapé el tarro de mis preguntas. Eve dio otro trago a su petaca, manipulándola torpemente con las pinzas de langosta que tenía por manos, y mi sentido de la aventura se suavizó. Lo que fuera que hizo que sus manos tuvieran ese aspecto había ocurrido en el transcurso de su trabajo durante la contienda; era una herida de guerra como la cojera que había traído mi hermano a casa desde Tarawa. Le habían condecorado con un Corazón Púrpura en una caja que había estado a su lado cuando se voló la cabeza. ¿Qué tipo de heridas internas tendría Eve?

Se iba ofuscando bajo el sol de la tarde, hablando de vez en cuando. A mitad de una frase empezó a roncar.

—Déjala dormir —dijo Finn—. De todos modos, yo tengo que parar a echar gasolina.

—¿A cuánto estamos de París? —Habíamos acordado pasar una noche en París de camino a Limoges.

—A unas horas.

—Ya llevamos varias horas de camino. No está tan lejos.

Finn sonrió.

—Me equivoqué en un desvío cuando la escuchaba contar cómo descifraba los mensajes y casi llegamos a Reims.

Bajo un atardecer de color rosa nacarado paramos en un hotel gris a las afueras de la ciudad. Nada de esplendorosos bulevares con ese reducido monedero. Pero por muy reducido que fuese, había algo que sí tenía que comprar en cuanto Eve y Finn se estuviesen registrando en aquel hotel que olía a bullabesa del día anterior. Tras un corto paseo por la hilera de tiendas, encontré una casa de empeños. Tardé apenas unos minutos en encontrar lo que necesitaba y ya estaba volviendo al hotel cuando pasé por otra tienda. Ropa de segunda mano. Estaba cansada de alternar los mismos tres conjuntos de ropa y dormir con la combinación.

Una dependienta levantó la vista desde el mostrador: una de esas francesas menudas y de labios fruncidos con dobladillos perfectamente cosidos, como una monita elegante.

—Mademoiselle...

—Es madame. —Coloqué mi bolso de forma que pudiera ver la alianza de casada en mi mano izquierda—. Necesito unos vestidos.

Le dije mi presupuesto mientras ella estudiaba mi tamaño con un barrido de sus pestañas y yo intentaba no girar el anillo de oro que había comprado en la tienda de empeños. Me estaba un poco grande, igual que el tratamiento de «madame». Pero habían pasado dos años desde el final de una guerra y era normal ver a viudas jóvenes. Quizá había decidido quedarme con el Pequeño Problema, pero no tenía intención de que me despreciaran por ser madre soltera. Sabía cómo funcionaban las cosas: te comprabas un anillo de bodas, inventabas una historia sobre un muchacho que había muerto en la guerra (en mi caso, después) y lo adornabas con algunos detalles convincentes. Quizá la gente se mostrara escéptica, pero no dirían nada porque llevabas el atrezo adecuado: una alianza de segunda mano y un esposo muerto.

Donald, decidí mientras entraba en el cubículo para cambiarme. Donald... McGowan era mi inexistente marido muerto. Medio escocés y medio americano, de pelo moreno. Del cuerpo de tanques. Había luchado con Patton. Donald era el gran amor de mi vida, muerto en un reciente accidente de tráfico. Siempre conducía demasiado rápido. Yo se lo había advertido una y otra vez. Si era niño, le pondría su nombre...

Me imaginé a Rose arrugando la nariz al mirarme.

«No querrás que tu hijo se llame Donald, Charlie. ¡En serio!».

«Tienes razón —le dije—. Pero, de todos modos, creo que es una niña. Así que Donald me sirve».

«¡Me parece aburrido!».

«¡No insultes a mi Donald!».

—¿Madame? —La dependienta se acercó, parecía indecisa. Yo me aguanté una carcajada y seguí probándome una prenda de segunda mano tras otra. Bajo todas esas ligeras imaginaciones estaba haciendo planes, aunque aún vagos. Pensaba que si daba con Rose, podríamos encontrar un lugar para las dos juntas. Quizá ahí, en Francia, ¿quién podía saberlo? Tenía dinero, ahorros. ¿Por qué no podríamos comprarnos un nuevo comienzo donde dos falsas madames con dos alianzas falsas pudieran llevar una vida honrada? Pensé en el café de la Provenza donde había pasado el día más feliz de mi infancia junto a Rose. ¿Había algún refugio así para nosotras ahora que éramos adultas?

«Un café», pensé mientras recordaba lo mucho que había disfrutado no solo aquella tarde en la Provenza, sino con mi breve trabajo en la cafetería de Bennington. El servicio a los clientes, la oleada de olores deliciosos, el ligero placer de compaginar pedidos y calcular los cambios mentalmente. ¿Un café, en algún lugar de Francia? Me imaginé un lugar con postales para vender y bocadillos de tierno queso de cabra y jamón con vetas de grasa donde Edith Piaf sonara por las noches y se arrinconaran las mesas para poder bailar. Donde dos jóvenes viudas llevaran la caja y flirtearan con franceses, aunque nunca sin lanzar miradas de tristeza a las fotografías de nuestros maridos. Tendría que hacerme con alguna buena fotografía falsa.

—*Bien...* —dijo la dependienta cuando salí con un asentimiento de aprobación al ver los estrechos pantalones negros y el jersey corto de rayas de cuello alto pero que casi me dejaba al aire el vientre—. El *New Look* no es para usted —me dijo con brusquedad, rebuscando entre el montón de ropa que me había probado y quedándose con las faldas más estrechas, los jerséis más ajustados y los pantalones más finos—. Usted viste como Dior, pero está hecha para Chanel. Yo la conozco. Es bajita, oscura y también poco atractiva.

—Vaya, gracias. —Eché un vistazo alrededor de la oscura tienda, molesta—. Y dudo que conozca de verdad a Chanel.

—¡Trabajé en su *atelier* antes de la guerra! Si regresa a París, trabajaré para ella de nuevo, pero hasta entonces me las arreglo. Todos nos vamos defendiendo, pero no con vestidos horribles. —La dependienta me fulminó con la mirada levantando una uña esmaltada—. ¡No más fruncidos! Cuando vaya de compras debe pensar en ropa entallada, de rayas y discreta. Deje de torturar ese cabello con ondas y córteselo por el mentón...

Me miré en el espejo. Los pantalones y el jersey podían ser de segunda mano, pero tenía un aspecto bastante elegante. Un poco masculino. Y cómodo, sin ajustes en la cintura ni miriñaques. La dependienta me colocó un sombrerito de paja sobre los ojos con cierta inclinación y sonreí. Nunca antes había elegido mi propia ropa. *Maman* siempre me dictaba lo que tenía que ponerme. Pero ahora yo era madame, una mujer adulta, no una muchacha indefensa, y había llegado el momento de parecerlo.

—¿Cuánto es?

Regateamos. Los francos que tenía de reserva eran limitados, pero había visto la avidez con que la dependienta había mirado mi traje de viaje pese a haber menospreciado cómo me quedaba el *New Look*.

—Sacado directamente de la colección de Dior. Y tengo otro en mi hotel. Lo traeré mañana si me regala los pantalones, las dos faldas, los jerséis y ese vestido negro.

—Solo podrá ponerse el vestido negro si promete llevarlo con perlas y un lápiz de labios muy rojo.

—Ahora mismo no tengo las perlas, pero puedo cumplir lo del lápiz de labios.

—Hecho.

Volví al hotel con mi paquete de ropa y un balanceo de caderas y tuve el placer de ver cómo Finn arqueaba las cejas al unirme a él y a Eve en la cafetería del hotel, donde estaban tomando una copa.

—Encantada de conocerles —dije a la vez que enseñaba mi mano con su nueva alianza—. Soy la señora de Donald McGowan.

—¡Demonios! —exclamó Eve antes de dar un trago a un Martini que parecía más una ginebra sola.

Me acaricié el Pequeño Problema.

—Me ha parecido práctico tener una identidad falsa.

—¿Donald McGowan? —preguntó Finn—. ¿Quién es?

—Pelo oscuro, cara alargada, licenciado en Derecho en Yale; sirvió en el cuerpo de tanques. —Me di pequeños toques en los ojos con un imaginario pañuelo de ribetes negros—. El amor de mi vida.

—No está mal para empezar —observó Eve—. ¿Le gustaban los calcetines doblados o enrollados?

—Pues... doblados.

—Nada de «pues». ¿Café solo o con leche? ¿Tenía hermanos? ¿Jugaba al fútbol en la universidad? Detalles, yanqui. —Eve levantó un dedo severo—. Son los pequeños detalles los que hacen creíble una historia falsa. Invéntate una biografía para tu Donald y estúdiatela hasta que puedas recitarla de un tirón sin ninguna metedura de pata. Y lleva esa alianza a todas horas hasta que te salga en el dedo esa pequeña marca que tienen las m-mujeres que llevan casadas mucho tiempo. La gente busca esa marca cuando ve a jovencitas con carros de bebé que se hacen llamar señoras.

Sonreí.

—Sí, señora. ¿Vamos a cenar?

—Sí. Yo p-pagaré esta. Hasta ahora nos has invitado tú.

Un pequeño reconocimiento de que ya no estaba allí por mi dinero. Eso me conmovió, aunque sabía muy bien que no debía decirlo.

—Siempre que me permita comprobar la cuenta —respondí—. Usted firmaría cualquier cifra que le pusieran delante.

—Lo que digas. —Cogió la cuenta que el camarero acababa de dejar por las bebidas y me la dio—. Tú eres la banquera.

—Sí, ¿verdad? —De algún modo, a lo largo de esa semana, los asuntos económicos habían pasado a ser como si nada cosa mía, pese a ser la más joven. Finn y Eve acudían de forma automática a mí para regatear los precios de las habitaciones con los recepcionistas; los recibos pasaban de inmediato a mis manos para realizar los cálculos; las monedas y billetes que sobraban me los daban a mí para que yo los organizara, pues, de lo contrario, mis compañeros de viaje los irían acumulando en los bolsillos en un lío de monedas y cabos de lápices—. De verdad, vaya dos —los reprendí mientras yo escribía en la cuenta de las bebidas—. Eve hasta el cuello de destrezas de espionaje y tú, Finn, capaz de hacer que ese coche ande entre chisporroteos y alambres, y ninguno de los dos sabéis calcular la propina sin pasar diez minutos haciendo cuentas en un cuaderno.

—Es más fácil si directamente dejamos que lo hagas tú —contestó Finn—. Eres nuestra pequeña máquina de sumar.

Volví a sonreír al recordar al empleado del banco de Londres que me había considerado demasiado joven y tonta como para manejar mi propio dinero. Y aquí estaba yo, manejando el dinero de tres personas. Eso hizo que me preguntara qué más cosas podría hacer.

Di vueltas a mi falsa alianza en el dedo mientras me imaginaba sentada tras una caja registradora bien organizada, con un paño de cocina remetido en mis estrechos pantalones y el pelo cortado a la altura del mentón. Imaginé a Rose con sus rizos rubios y un elegante vestido negro, presidiendo conmigo mientras sonaba jazz francés y oíamos los grititos de dos bebés. No solo Pequeños Problemas, sino Problemas Crecidos con piececitos gordos, chapurreando palabras en francés y en inglés...

Me imaginé a la señora de Donald McGowan y a madame Étienne Fournier, las dos arreglándoselas bien. Muy bien.

18

Eve

Julio de 1915

Eve no había visto nunca a Lili tan exasperada.

—¡Concéntrate, pequeña margarita! Tienes la cabeza a mil kilómetros de distancia.

—Ya me concentro —aseguró Eve, pero en lo único que podía pensar era: «Me duele».

No mucho. René Bordelon había tenido algo de cuidado para no hacerle daño. No un cuidado abrumador —solo lo suficiente para no interferir en su propio placer—, pero cuidado, sí. Había habido un poco de sangre, pero no demasiado dolor. «Eso será todo», había pensado Eve cuando obtuvo el permiso para vestirse y volver a casa. Una noche más trabajando y, después, el tren de la mañana con Lili hacia Bruselas y hacia el capitán Cameron, con el informe sobre la visita del káiser a Lille. No tendría que pensar en René hasta después.

Pero él la había entretenido también a la noche siguiente, después de que acabara su turno, lo cual la sorprendió.

«Sé que debería dejarte más tiempo para cicatrizar —había dicho con una leve sonrisa—. Pero eres muy tentadora. ¿Te importa?».

«No», había contestado Eve, pues ¿qué más podía decir? Así que había habido una segunda vez y se había levantado después de la cama y se había vestido mientras René la observaba.

«Estaré esperando tu regreso», había comentado él. Se había sentado en la cama, plegando con sus dedos extraordinariamente largos la sábana alrededor de una de sus rodillas.

«Y y-y-y... Y yo también —había respondido Eve sin dejar de mirar el reloj de pared, que se acercaba hacia las cuatro de la madrugada. Había quedado en reunirse con Lili en la estación de Lille en menos de cuatro horas—. Pero me temo que d-debo irme. Gracias —no olvidar nunca ser agradecida— por el día libre, monsieur».

Él no le había pedido que le llamara René, aunque sí que había tomado posesión absoluta del nombre de ella. Se limitó a sonreír mientras ella se ponía el abrigo.

«Qué poco hablas siempre, Marguerite. La mayoría de las mujeres son unas gallinas que no paran de cacarear. "Taciturna, te amo tanto más cuanto más huyes de mí..."».

Eve no había tenido que preguntar por el poeta. «Baudelaire», había pensado. «Siempre es el maldito Baudelaire». Y apenas cuatro horas después ya había ido a reunirse con Lili, sin haberse recompuesto ni mostrarse cautelosa ni centrada en la tarea que la esperaba, sino con falta de sueño y oliendo a René Bordelon.

Y dolorida.

Eve cuidó que no se le notara en la forma de andar mientras avanzaban rápidas hacia la estación de trenes. Lili tendría que saberlo en algún momento, pero no ahora cuando estaba concentrada en conseguir que las dos cruzaran la frontera. Y el capitán Cameron no debía saberlo. Eve Gardiner no estaba intercambiando su virginidad por un viaje de vuelta a Inglaterra, lejos de la guerra. Iba a volver a la cama de René porque, aunque solo habían pasado juntos dos noches, ella ya sabía que a él le gustaba charlar apoyado en la almohada. Ya se le había escapado la información del piloto alemán, Max Immelmann; había habido también algunos detalles más sobre la próxima visita del káiser. Sí, René hablaba en la cama y Eve tenía la intención de escucharle. Y en cuanto al resto... En fin, se acostumbraría a ello, sin más.

—Esto no es bueno —murmuró Lili. Eve se dio cuenta de que había vuelto a despistarse. «Concéntrate», se reprendió tras ver lo que preocupaba a Lili. El andén de la estación estaba plagado de oficiales alemanes, soldados alemanes, funcionarios alemanes. Las manos de Eve empezaron a sudar dentro de los guantes.

—¿Han arrestado a alguien? —murmuró sin que se le pudiera oír apenas. El mayor miedo en el seno de la red de Alice era que arrestaran a una de las fuentes de Lili y la obligaran a contar lo que sabía. Todos cuidaban de saber lo menos posible, pero...

—No —respondió Lili en voz baja, estirando el cuello discretamente por encima del trasiego de uniformes—. Es algún general pomposo recibiendo una gran bienvenida. Justo hoy...

Se abrieron paso hacia el guardia que comprobaba los billetes y los documentos de identificación, pero había demasiada gente y el tren ya estaba allí, resoplando como un caballo impaciente por salir corriendo, y los guardias se mostraban meticulosos al haber tantos altos mandos en el andén.

—Deja que hable yo —susurró Lili. Ese día era Vivienne, la vendedora de queso, con un canotier de paja, una blusa de cuello alto de encajes deshilachados y una historia preparada: ella hablaría con los guardias mientras Eve cargaba con una brazada de paquetes lista para fingir que se le caían, de modo que, impacientes, les hicieran una señal para que pasaran. Pero se fijaban atentamente en cualquiera que no fuese vestido con uniforme alemán y las colas avanzaban muy despacio. «No podemos perder ese tren», pensó Eve mordiéndose el labio hasta que Lili llegó al principio de la cola. Acababa de sacar sus documentos de identidad cuando una voz de acento alemán gritó en francés:

—¡Mademoiselle De Bettignies! ¿Es usted?

Eve fue la primera que vio al alemán por detrás de Lili: con bigote, de unos cuarenta y cinco años, con el pelo peinado hacia la frente. Relucía con sus condecoraciones doradas: charreteras y una doble hilera de medallas. Eve lo reconoció: Rupprecht, príncipe heredero de Baviera, *Generalloberst* del Sexto Ejército y uno de los mejores generales que tenían los alemanes. Había estado de visita en Lille tres semanas antes, según recordaba Eve con pasmosa claridad, y había cenado en Le Lethe donde halagó tanto la *tarte Alsacienne* de René Bordelon como el nuevo avión Fokker Eindecker de la aviación alemana. Eve, que le había servido el brandy, había memorizado sus comentarios sobre el Fokker.

Y ahora estaba ahí, cerniéndose sobre las dos entre una multitud de edecanes alemanes.

—¡Louise de Bettignies, es usted! —exclamó colocando la mano sobre el hombro de Lili.

Por un instante, Lili mantuvo aún la cara apartada de él, con la mano a medio sacar del bolso con la identificación de Vivienne, la vendedora de queso. Eve vio que ponía los ojos en blanco. Una milésima de segundo después, Lili volvió a meter la documentación de Vivienne en el bolso como un jugador que da un capirotazo cuando tiene una mala mano. Tensó los hombros al girarse y su expresión pasó de la sonrisa de una Vivienne ansiosa por agradar a algo más luminoso. Hizo una reverencia que Eve se apresuró a imitar.

—¡Alteza Real! ¡Usted sí que sabe halagar a una dama, reconociéndola de espaldas bajo un sombrero de lo menos atractivo!

El general besó la mano de Lili entre los destellos de sus condecoraciones y medallas.

—Usted no necesita ningún montón de rosas de seda para deslumbrar, mademoiselle.

Lili (¿Louise?) le sonrió con hoyuelos en las mejillas e, incluso en medio de aquella conmoción tan vertiginosa, Eve se maravilló al ver cómo la cabecilla de la red de Alice cambiaba por completo. Su sonrisa era ahora un destello de seguridad, su mentón había adoptado un ángulo orgulloso y con la simple ayuda de la punta de un dedo su triste canotier se había deslizado hacia un ojo para tomar una elegante inclinación como si fuera cualquiera de esos sombreros con gasa del tamaño de una rueda de carro que Lili había ido dejando en compartimentos de tren por toda Francia. Su voz tenía un claro acento de aristócrata francesa, quizá de una aristócrata venida a menos, pero el tono de la corte era inconfundible cuando habló:

—Esta ha sido siempre mi suerte. ¡Encontrarme con el príncipe heredero de Baviera vestida con encajes del año pasado! —exclamó mirándose su vieja blusa—. La princesa Elvira jamás me dejaría olvidarlo.

—Mi prima siempre le ha tenido mucho cariño. Recuerde aquella partida de ajedrez en su sala de estar de Holleschau, la noche de...

—¡Sí! Y usted ganó. Rodeó mis caballos por detrás y sacó a mi rey de su castillo. No me sorprende que dirija ahora el Sexto Ejército, Alteza Real...

Más parloteo. Nadie había dedicado ni una mirada a Eve. Ni el general, ni sus edecanes ni Lili. Eve sujetaba su montón de paquetes y se removía detrás de Lili como una criada. Con su sombrero gris, sin la chispa de Lili, parecía sin duda alguna una sirvienta. Con un estremecimiento, vio que el tren se marchaba.

—¿Qué está haciendo en Lille, mademoiselle De Bettignies? —preguntó el general, ajeno al tren y a sus ayudantes. Unas arrugas de expresión aparecieron en los extremos de sus ojos y su sonrisa se volvió paternal. De no haber sido uno de los más importantes hombres del káiser, probablemente a Eve le habría gustado—. ¡Es una ciudad de lo más inhóspita!

«Ustedes la han convertido en inhóspita», pensó Eve mientras desaparecía cualquier posibilidad de que le gustara.

—De camino a Bélgica a ver a mi hermano. Si es que consigo cruzar la frontera ahora. *Mon Dieu,* mi tren ha salido... —Lili puso una cómica expresión de desesperación, como una trágica Colombina, y el general chasqueó de inmediato a uno de los edecanes que tenía cerca.

—Un coche para mademoiselle De Bettignies y su sirvienta. La acompañará mi propio chófer.

—Si mademoiselle tiene su documentación —dijo el ayudante, y Eve se quedó helada. Los únicos documentos que Lili tenía eran de una vendedora de quesos imaginaria llamada Vivienne y si la descubrían con ellos mientras decía ser otra persona...

Pero Lili empezó a reírse, perfectamente calmada mientras rebuscaba en su bolso.

—La tengo por aquí... —Sacó un pañuelo, unas llaves, varias horquillas—. Marguerite, ¿tienes tú mi documentación?

Eve supo entonces lo que tenía que hacer: empezar a abrir laboriosamente cada paquete que llevaba en sus brazos, meneando la cabeza como una torpe campesina, mientras el general miraba divertido y sus ayudantes pasaban el peso de sus cuerpos de un pie a otro.

—Alteza Real, el *Kommandant* le espera... —murmuró uno de ellos.

—No es necesaria ninguna documentación. Conozco a mademoiselle De Bettignies perfectamente. —El general parecía triste mientras le besaba la mano—. De una época más pacífica.

—Una época más feliz —convino Lili. Cuando el coche se detuvo delante de la estación, el mismo general la ayudó a subir. Eve, sin saber bien qué pensar, subió tras ella, aún sujetando los paquetes. Los asientos del coche estaban bien mullidos; el olor a cuero caro tapaba el del aceite del motor. Lili sacudió su pañuelo por la ventanilla despidiéndose del general y, a continuación, las puertas se cerraron y se marcharon. Con muchos más lujos que los de un apretado vagón de tren.

Lili no habló. Sus ojos miraron al conductor y, a continuación, hizo uno o dos comentarios quisquillosos sobre el calor como cualquier dama de la aristocracia que viajara en verano. Las preguntas que se amontonaban en la garganta de Eve la estaban ahogando, pero se quedó mirándose el regazo como haría cualquier criada de una dama. El coche siguió en silencio mientras cruzaban a Bélgica. Tratándose del vehículo de un general —un príncipe heredero nada menos—, les hicieron señas en los puestos de control para que pasaran directamente. Aunque el chófer se ofreció a llevarlas a su destino, Lili se negó con una encantadora sonrisa y pidió que las dejara en la estación de tren más cercana. Un lugar mucho más pequeño que la estación de Lille, con solo un andén y unos cuantos bancos.

—*Merde* —dijo mientras veían cómo el reluciente coche desaparecía por la carretera—. No me habría importado haber ido hasta Bruselas. ¡*Mon Dieu,* estoy harta de tanto tren! Pero llevar a un edecán alemán hasta la puerta del tío Edward probablemente no habría estado muy bien visto, ¿no?

Eve guardaba silencio. No sabía siquiera por dónde empezar. En el andén hacía calor y estaba sucio. Estaban solas aparte de una anciana que dormía al otro lado, donde no podía oírlas.

Lili se dejó caer en el banco más cercano y colocó su maleta a su lado.

—Y bien, pequeña margarita —dijo con tono despreocupado—. ¿Vas a acusarme de ser espía alemana solo porque resulta que el general del Sexto Ejército me conoce?

—No. —Le avergonzaba admitir que sí que se le había pasado brevemente por la mente ante la primera sonrisa del general, pero ahora negaba con la cabeza. Aunque no sabía nada más, sí sabía que Lili no era una agente doble.

—Bueno, ahora conoces mi verdadero nombre —dijo Lili con una sonrisa a la vez que se quitaba los guantes—. En la red son muy pocos los que lo saben. Solo Violette y el tío Edward.

Violette, leal como era, mataría a Eve lentamente si alguna vez ponía en peligro a su jefa revelando su identidad. Eve aceptó el secreto y pasó al siguiente asunto.

—Louise de Bettignies. ¿Quién es?

—La hija de unos nobles franceses de segunda que, en realidad, debería haber sido actriz, en vista de lo mucho que le gusta adoptar nuevas identidades. —Lili sacó un pañuelo y se secó la frente bajo el calor de la mañana—. Pero las hijas de la nobleza francesa de segunda no se convierten en actrices, querida.

—Entonces, ¿qué es lo q-que hacen?

—¿Cuando proceden de familias tan pobres como ratones de sacristía? Se hacen institutrices de los hijos de libidinosos señores italianos, condes polacos y princesas austriacas. —Louise se encogió de hombros—. Permite que te diga que las balas siempre son preferibles a tratar de enseñar los verbos franceses a un montón de pequeños y elitistas herederos de castillos que se vienen abajo y caducos escudos de armas.

Eve siguió tanteando, con cautela pero comida por la curiosidad.

—¿Y cómo llegó Louise de Bettignies a conocer al príncipe heredero de Baviera? ¿Le daba clases a sus hijos?

—A los de su prima, la princesa Elvira. Una zorra. Con cara de patata y el carácter de una guarda de prisiones. Sus estirados hijos eran tontos de capirote y se creían los dueños del mundo. Pero aprendí cosas que luego me han resultado útiles; las institutrices adquieren mucha práctica merodeando y escuchando a escondidas. Pero aun así... —Un suspiro—. Me aburría mucho. Me decía a mí misma que, al menos, no estaba sacando carbón de una mina ni trabajando dieciocho horas en una lavandería destrozándome los dedos con los rodillos. Pero estaba tan cansada de todo aquello que tenía que tomar una decisión: tirarme bajo un tren como Anna Karénina o hacerme monja. Pensé seriamente lo de meterme a monja pero, en realidad, soy demasiado frívola.

El zumbido de los insectos del verano creció a su alrededor. El calor aumentó y la anciana del otro lado de las vías roncaba en su banco.

—En fin —concluyó Lili—. Esa es Louise de Bettignies. Pero, en realidad, esa ya no soy yo. Me he convertido en Lili y me gusta mucho más.

—Entiendo el porqué. —Louise de Bettignies parecía bastante distinguida y un poco estúpida, una mujer con cuellos de encaje y sin más destrezas que escribir con una letra bonita. No se correspondía con la pequeña Lili en absoluto, con sus ojos penetrantes y su bolso de doble fondo lleno con la mitad de los secretos del ejército alemán—. Nunca lo diré, Lili. A nadie.

Una sonrisa.

—Confío en ti, pequeña margarita.

Eve le devolvió la sonrisa y aquella confianza le llegó hasta lo más hondo.

—*Merde* —volvió a suspirar Lili—. ¿Este maldito tren no va a llegar nunca? —Y nunca más volvieron a hablar de ello.

El viaje en tren fue pésimo pero corto. La excitación del encuentro con el general fue lentamente desapareciendo, dejando a Eve con sus taciturnos pensamientos sobre René y la noche anterior. Eve no se molestó en mirar los nombres de las calles mientras se dirigían al punto de encuentro. No tenía deseo alguno de poder identificar esa casa con la descolorida puerta azul por la que las hicieron pasar rápidamente.

Lili había sido la primera en entrar en el estudio del tío Edward. Eve esperó en la sala de estar de fuera, vigilada por un enclenque y joven teniente. Lili salió y le guiñó un ojo.

—Ahora entra tú. Yo voy a por brandy. —Se inclinó para hablar a Eve al oído y que el teniente no la pudiera oír—. Nuestro querido tío parece bastante ansioso por verte. Quizá sea algo más que un deseo de carácter profesional...

—¡Lili! —protestó Eve mirando al teniente.

—Si pillas al bueno del capitán con los pantalones bajados o en un descuido, pregúntale por qué aceptó esa sentencia de cárcel por su triste esposa —susurró Lili antes de separarse—. ¡Me muero por saberlo!

Eve entró a su interrogatorio con las orejas en llamas.

—Señorita Gardiner —dijo el capitán Cameron levantándose. Eve se detuvo en seco. No sabía si fue el sonido de su propio nombre, que no había oído en lo que le parecía una eternidad, o si fue por verle a él. «Me había olvidado de tu aspecto». Creía que lo recordaba bien: el fino rostro inglés, el pelo rubio, las manos afiladas. Pero había olvidado algunos detalles, como su forma de cruzar las piernas sin mucha rigidez a la altura de la rodilla al volver a sentarse, la forma de entrelazar sus delgadas manos y la sonrisa que aparecía en los extremos de sus ojos—. Siéntese —la animó. Eve se dio cuenta de que aún seguía de pie junto a la puerta. Se sentó en la silla de respaldo recto enfrente de él, al otro lado de la mesa, y se tomó su tiempo para alisarse la falda—. Me alegro de verla, señorita Gardiner. —Volvió a sonreír y Eve tuvo un destello de su primera conversación en el salón de la pensión. ¿De verdad habían pasado tan solo dos meses? Qué gran cantidad de cosas podían pasar en dos meses. Como que un par de frías manos francesas exploraran los laterales de tu tórax la noche anterior, los tiernos huecos de tus codos y muñecas, el interior de tus muslos. «No». No iba a pensar en eso. Aquí no.

Cameron la miró por encima de las yemas de sus dedos juntas y apareció una arruga entre sus cejas.

—¿Está bien? Parece...

—¿Más delgada? N-no comemos mucho en Lille.

—Más que eso. —Cierto acento escocés en su voz. Eso también lo había olvidado—. ¿Cómo le va, señorita Gardiner?

«Dedos de araña que le recorren despacio los lóbulos de sus orejas».

—Muy bien.

—¿Seguro?

«Unos finos labios que recorren el hueco de su ombligo, los espacios entre sus dedos».

—Hago l-l-lo que hay que hacer.

—Parte de mi trabajo consiste en evaluar a nuestros agentes, no solo tomar su información. —La arruga entre los ojos del capitán Cameron no había desaparecido—. Su labor ha sido magnífica. Alice Dubois... ¿Qué?

—Nada, capitán. Yo la llamo Lili. El día en que nos conocimos me dijo que «Alice Dubois» le sonaba a maestra de escuela delgaducha con cara de cubo de la basura.

Él se rio.

—Sí, seguro que lo dijo. No ha escatimado elogios al hablar de usted. Ahora mismo. Ha hecho un trabajo de primera, pero... —sus ojos la penetraban— el peaje puede ser alto.

—No para mí. —«Besos con los ojos abiertos que no dejan de mirar y mirar y mirar». Eve miró a los ojos del capitán Cameron asegurándose de que no contraía las manos en su regazo—. Estoy hecha p-para esto.

El capitán Cameron seguía mirándola fijamente, atendiendo a cada detalle del rostro de Eve. No llevaba uniforme, solo un viejo traje con la chaqueta echada sobre la silla y las mangas de la camisa subidas dejando al aire sus esbeltas muñecas. Pero por mucho que pareciera un profesor de universidad, resultaría peligroso olvidar que la estaba interrogando. Podía sonsacarle información sin que ella se diera cuenta siquiera de que salía de su boca.

Así que Eve lo miró con una sonrisa alegre, la chica de buen perder que mantenía el tipo en todo momento.

—Creía que habíamos venido para hablar del k-k-k... —un puñetazo en la rodilla para soltar la palabra— del káiser y su visita, capitán.

—Los suyos han sido los primeros oídos en saberlo. Cuénteme, desde el principio.

Eve volvió a dar la información, clara y concisa. Él escuchaba y tomaba notas. Pestañeó de vez en cuando. Resultaba muy agradable ver a un hombre que podía pestañear.

El capitán apoyó la espalda en su asiento mientras supervisaba sus notas.

—¿Algo más?

—La hora de la llegada del káiser acaba de cambiar. Llegará una hora después de lo planeado.

—Eso es nuevo. ¿Dónde lo ha oído?

—S-sirviendo mesas. —«A René, después de que terminara, pero antes de que saliera de mí. Le gusta quedarse ahí un rato, hasta que el sudor se le enfría, así que empieza a... charlar».

El capitán Cameron notó algo en sus ojos.

—¿Qué ocurre, señorita Gardiner?

Cómo le gustaba a Eve volver a escuchar su nombre, sobre todo en los labios de él. Le gustaba tanto que sabía que no era una buena idea.

—Más vale que siga llamándome M-Marguerite Le François —dijo—. Es más seguro.

—Muy bien. —Las preguntas sobre la visita del káiser continuaron. El capitán la examinó desde todos los ángulos, aislando cada detalle que Eve pudiera ofrecerle. Consiguió extraer una o dos cosas más que a ella le habían pasado inadvertidas y pareció encantado—. Parece que esto es todo —dijo mientras se ponía de pie—. Ha sido de una gran ayuda.

—Gracias. —Eve se puso de pie—. Dígales a los del Real Cuerpo Aéreo que no fallen, que b-bombardeen ese tren hasta hacerlo pedazos.

Su intensidad se reflejó en la mirada de él cuando respondió:

—De acuerdo.

Cuando ella se giraba hacia la puerta, volvió a oír su voz con su leve acento escocés:

—Tenga cuidado.

—Lo tengo. —Puso la mano sobre el picaporte de la puerta.

—¿De verdad? Lili está preocupada. Se preocupa por todos sus contactos, pues ella es un poco como la mamá gallina. Pero dice que usted está caminando por un alambre demasiado tensado.

«El cuerpo esbelto de René deslizándose sobre mí en la oscuridad».

—Como usted dice, ella es como la mamá gallina.

Su voz se acercó.

—Eve...

—No me llame así. —Se dio la vuelta y avanzó hasta que sus narices quedaron frente a frente—. Ese no es ya mi nombre. Soy Marguerite Le François. No volveré a ser Eve hasta que esta guerra haya terminado o hasta que esté muerta. ¿Me oye?

—No es necesario que muera nadie. Tenga cuidado...

—Pare. —Deseaba inclinarse hacia delante y clavar su boca contra la de él. Así, él dejaría de hablar, y ella sabía que sus labios serían cálidos. «No puedes. Te gustará demasiado». Como oír su nombre con su voz tierna. Era malo para Marguerite y malo para su trabajo.

Empezó a apartarse pero la mano del capitán Cameron la agarró de la cintura.

—Es muy duro —dijo él con suavidad—. Lo que hacemos. No pasa nada si nos parece que es duro. Si quiere hablar conmigo...

—No quiero hablar —contestó ella con voz áspera.

—Quizá le siente bien, Eve.

No podía oírle pronunciar su nombre de nuevo. No podía. Por supuesto, ese era el motivo por el que él lo utilizaba. Ella había mostrado un punto débil y él se estaba aprovechando, el manipulador que ve si su ataque provoca el resquebrajamiento. Parte de su labor era evaluarla. Eve levantó el mentón y cambió a ciegas la conversación para que él se apartara.

—Déjeme salir de esta habitación, Cameron, o lléveme a algún l-lugar donde no tengamos que hablar.

Eve no tenía ni idea de dónde procedían aquellas palabras. «¡Estúpida! ¡Estúpida!». Cameron se quedó mirándola, absolutamente sorprendido, pero su cálida mano seguía posada en el lateral de su cintura. Eve sabía que debía apartarse, pero una hambrienta parte de ella quería acercarse y mandar las consecuencias al carajo. Quería acostarse con ese hombre, cuyas palabras y reacciones no tendría que examinar con cuidado, medir ni sopesar.

Pero Cameron dio un paso atrás y, en silencio, se ajustó la alianza de oro que llevaba en la mano izquierda.

—Su mujer le envió a la cárcel —dijo ella sin rodeos—. Por lo que tengo entendido. —Lo que no dijo fue: «¿Qué le debe a una mujer como esa?».

Él se apartó.

—¿Quién le ha contado...?

—El comandante Allenton, cuando estábamos en Folkestone. ¿Por qué conf-f-f... confesó usted ser culpable cuando fue su mujer la que había c-c-cometido la estafa? —Por una vez, Eve había puesto a Cameron a la defensiva y siguió atacando.

—Supongo que no es ningún secreto. —Se dio la vuelta y colocó las manos en el respaldo de la silla—. Yo creía que podría librarme de la cárcel. Mi mujer..., ella siempre había sido infeliz. Quería un hijo, con desesperación, y no podía tenerlo. No dejaba de pensar cada pocas semanas que había llegado el momento. Entonces, la decepción de cada mes la empujó a actuar de forma extraña. Robaba cosas y, luego, montaba un escándalo cuando no aparecían. Despedía a criadas por escuchar detrás de la puerta cuando estaban en el otro extremo de la casa. Se obsesionó con el dinero, pensando en el futuro de un hijo que ni siquiera teníamos. Dijo que le habían robado las perlas para poder reclamar el seguro... —Se frotó la frente—. Cuando todo se descubrió, me suplicó que cumpliera la sentencia por ella. Alguien tenía que ir a la cárcel y ella decía que tenía demasiado miedo. Quise librarla de aquello. Era muy frágil.

«Es una mentirosa que aceptó que usted cargara con el castigo del delito que ella había cometido», pensó Eve. «Aunque eso destruyera su carrera y su vida». Pero le pareció demasiado duro y cruel y no lo dijo.

—Va a tener un hijo en primavera. —Se giró—. Está mucho más calmada ahora que por fin ha pasado. Es... más feliz.

—Usted no.

Él negó con la cabeza, una tímida negación, pero Eve podía leer su mente como si se tratara de un libro. Estaba agotado y con el corazón roto. Los dos lo estaban. Y puede que pronto estuvieran muertos en ese lugar infernal de guerra y sangre. Eve se acercó, consciente de que era una muy mala idea, pero incapaz de detenerse, deseando desesperadamente borrar los recuerdos de las manos de araña de René y su voz monótona. «Estoy aquí», pensó. «Tómeme».

Cameron levantó la mano de ella y se la acercó a los labios. Un gesto triste de caballero andante que jamás podría aprovecharse de una dama. Eve estuvo a punto de decirle que ya no era inocente, que no iba a tomar nada que René Bordelon no hubiese tenido antes. Pero no podía decirle eso. Él podría sacarla de Lille. Podría hacerlo de todos modos si se acostaba con él, que era lo que ella quería. «Tonta», susurró la voz de Marguerite dentro de la cabeza de Eve. «Niña estúpida, ¿qué te dijo Lili? Todos piensan que no hay que fiarse de una *horizontale*, ¿y tú vas y te lanzas a él como una puta?».

«Él no va a pensar eso de mí», pensó Eve. «No es tan estrecho de mente».

Pero Marguerite era más recelosa. «No te arriesgues».

Eve dio un paso atrás. No había dicho nada demasiado evidente, no del todo... Ella podría negar haberse referido a nada íntimo, aunque ambos sabían la verdad.

—Perdone, tío Edward, ¿hemos terminado ya?

—Hemos acabado, mademoiselle. Tenga cuidado en Lille.

—Lili me cuida. Ella y Violette.

—Marguerite, Lili y Violette —sonrió, y la preocupación de su mirada casi parecía angustia—. Mis flores.

—*Fleurs du mal* —se oyó Eve decir. Se estremeció.

—¿Qué?

—Baudelaire. No somos flores que haya que arrancar y proteger, capitán. Somos flores que florecen con el mal.

19

Charlie

Mayo de 1947

Cuatro martinis con ginebra mandaron a Eve directamente de la cena a la cama, pero yo seguía inquieta. Me sentía demasiado cansada para salir a pasear: el Pequeño Problema se bebía toda mi energía como si fuese un chocolate caliente. Esperaba que esa parte del embarazo pasara pronto. Pero, cansada o no, no estaba lista para subir a mi habitación. Entonces, Finn apartó su silla de la mesa y se metió en el bolsillo las balas de la Luger que Eve le había dado.

—Tengo cosas que hacer en el coche. ¿Vienes a sujetarme la linterna?

Había llovido mientras comíamos, así que la noche era cálida y olía a humedad. La acera relucía bajo las farolas y los coches pasaban con un siseo de neumáticos mojados. Finn rebuscó en el maletero del coche y sacó una linterna y una caja de herramientas.

—Mantenla en alto —dijo a la vez que me pasaba la linterna y abría el capó.

—¿Qué le pasa ahora a este jovencito? —pregunté.

Finn metió la mano en las entrañas del Lagonda.

—Tiene una fuga en algún sitio. Le aprieto todo cada pocos días para asegurarme de que no va a peor.

Yo estaba de puntillas, apuntando el haz de luz de la linterna cuando un grupo de risueñas muchachas francesas pasó junto a nosotros.

—¿No sería más fácil buscar la fuga y arreglarla?

—¿Quieres que dedique el tiempo necesario para desarmar el condenado motor y volver a montarlo?

—La verdad es que no. —Por muy agradable que hubiera sido el viaje de ese día, con la cálida luz del sol y la nueva camaradería que se estaba formando entre los tres, yo estaba deseando llegar a Limoges. A Rose. Cuanto más me acercaba al último lugar donde ella había estado, más crecía la esperanza dentro de mí de que podría estar viva de verdad y aguardándome. Y en cuanto Rose y yo volviésemos a estar juntas, cogidas del brazo para enfrentarnos al mundo, yo sería capaz de todo.

—Vamos —murmuró Finn a una terca tuerca o tornillo o lo que quiera que fuese. Su acento escocés se volvió más marcado, como siempre le pasaba cuando trataba de convencer al coche de que colaborara—. Maldito perro oxidado... —Movía una llave inglesa a uno y otro lado—. Levanta un poco más esa linterna, señorita...

—Finn, si me llamas señorita ahora, me vas a desenmascarar, como diría una espía como Eve. Soy la señora de Donald McGowan, ¿recuerdas? —dije tocándome el anillo.

Él consiguió que el tornillo se aflojara o se apretara o lo que fuera.

—Una idea estupenda lo de ese anillo.

—Necesito una fotografía de mi Donald —medité—. Algo que yo pueda mirar con tristeza cuando diga que mi corazón está enterrado en su tumba.

—Donald querría que siguieras con tu vida —replicó Finn—. Eres joven. Él te diría que te volvieras a casar.

—No quiero casarme. Quiero encontrar a Rose y, después, quizá abrir una cafetería.

—¿Una cafetería? —Finn levantó la vista de las entrañas del Lagonda con un mechón de pelo cayéndole por encima de los ojos—. ¿Por qué?

—El día más feliz de mi vida lo pasé con Rose en un café francés. Pensé que, quizá, si la encontraba... En fin, solo es una idea. Tengo que hacer algo con mi futuro. —Ahora que tenía que pensar en el Pequeño Problema, necesitaba un plan nuevo distinto al de mi madre de: «Consigue tu licenciatura en Bennington hasta que puedas enganchar a un joven y guapo abogado». Resultaba curioso ver que mi futuro sin formación no me parecía tan aterrador como era de esperar. Podría hacer algo que me gustara. Conseguir un trabajo. ¿Qué hacían los estudiantes de matemáticas en el mundo real? Yo no quería ser profesora ni podía ser contable, pero...—. Podría dirigir un pequeño negocio como un café —dije vacilante mientras imaginaba una fila de libros de contabilidad bien colocados y llenos de mis ordenadas columnas de números.

—A Donald no le gustaría eso. —Finn tenía una leve sonrisa mientras manipulaba la pequeña llave—. ¿Su viuda sirviendo mesas y delante de una caja registradora?

—Donald podía ser un poco mojigato —admití.

—Que Dios le tenga en su gloria —dijo Finn con tono serio.

Cómo había cambiado en pocos días. Antes él hablaba como si le cobraran un dólar por cada palabra que salía de su boca y ahora hacía chistes.

—¿Qué quieres hacer tú?

—¿A qué se refiere, señora McGowan?

—Bueno, desde luego no vas a estar siempre trabajando para Eve, preparándole desayunos en la sartén para curarle sus resacas y desarmándola cada noche antes de acostarse. —Inhalé la húmeda brisa de la noche. Olía como si fuese a llover más. Un par de ancianos con sombreros arrugados caminaban deprisa por la calle en dirección a sus casas, lanzando miradas de preocupación al cielo—. ¿A qué te dedicas, si es que te dedicas a algo?

—Antes de la guerra trabajé en un taller. Siempre creí que quizá abriría uno propio algún día. Arreglar los coches de otras personas, hacer trabajos de restauración. —Finn terminó lo que estaba haciendo en el interior del Lagonda y bajó suavemente el capó—. No creo que eso vaya a pasar ya.

—¿Por qué no?

—No se me daría muy bien el aspecto empresarial. Además, hay muchos veteranos de guerra que buscan trabajo y son aún más los que buscan préstamos bancarios. ¿Quién va a dar un buen trabajo en un taller ni un préstamo para poner en marcha un negocio a un antiguo soldado con una estancia en la prisión de Pentonville en su currículum? —dijo con total naturalidad.

—¿Es por eso por lo que has salido disparado hacia Limoges con Eve y conmigo? —Apagué la linterna y se la devolví. Había una tenue luz de las farolas sobre nuestras cabezas, pero parecía muy oscuro sin el luminoso haz de la linterna—. Yo sé por qué voy y sé por qué va Eve. Pero ¿y tú?

—No tengo mucho más que hacer. —Su suave voz tenía una sonrisa—. Además, me gustáis las dos.

Vacilé.

—¿Por qué fuiste a la cárcel? Y no digas que fue porque robaste un cisne del Jardín Botánico de Kew ni porque te llevaste las joyas de la Corona —insistí a la vez que daba vueltas a mi falsa alianza—. En serio, ¿qué pasó?

Se restregó lentamente las manos manchadas de grasa con un trapo.

—Eve nos ha contado que fue espía en la Gran Guerra. Yo te he contado que me acosté con media residencia de estudiantes. Conoces nuestros secretos.

Guardó la caja de herramientas en el maletero. Dio la vuelta al trapo por el lado limpio y empezó a restregar las marcas de la lluvia en el guardabarros azul marino del Lagonda. Por el amplio ventanal de la fachada del hotel, el portero de noche nos miraba distraído.

—Vi algunas cosas malas durante el último año de la guerra —dijo Finn.

Se detuvo durante tanto rato que pensé que no iba a decir nada más.

—Tengo mal carácter —añadió por fin.

Sonreí.

—No. No es verdad. Eres el hombre más sereno que conozco...

Dio un repentino golpe en el guardabarros con la mano abierta. Yo me sobresalté y dejé de hablar.

—Sí que tengo mal carácter —repitió con tono calmado—. Los meses posteriores a mi salida del regimiento no fueron buenos. Salía, me emborrachaba, me metía en peleas... Al final, me arrestaron por una de ellas. Me gané una temporada en Pentonville por agresión.

«Agresión». Una fea palabra. Miré a Finn y no podía imaginármelo.

—¿Con quién te peleaste? —pregunté en voz baja.

—No lo sé. No volví a verlo después de esa noche.

—¿Por qué le atacaste?

—No lo recuerdo. Yo estaba como una cuba, iba por ahí furioso. —Finn apoyó la espalda en el Lagonda y cruzó los brazos con fuerza sobre su pecho—. Me diría algo, ¿quién sabe? Le golpeé. Y seguí golpeándole. Seis personas me sujetaron cuando empecé a dar con su cabeza contra una jamba. Gracias a Dios, me apartaron de él antes de romperle el cráneo.

Me quedé en silencio. La niebla había empezado a cernirse muy lentamente.

—Se recuperó —continuó Finn—. Al final, terminé en Pentonville.

—¿Te has peleado con alguien desde entonces? —pregunté, pues tenía que decir algo.

Él mantuvo la mirada al frente, sin mirar a nada en concreto.

—No.

—Puede que el problema no sea tu mal carácter.

Él se rio brevemente.

—Hago puré a un hombre..., le rompo la nariz, el mentón, la cuenca del ojo y cuatro dedos..., ¿y mi mal carácter no es el problema?

—¿Te metías en peleas así antes de la guerra?

—No.

—Entonces, puede que ese mal carácter no sea de verdad tuyo. Es por la guerra. —O más bien, por lo que allí viera. Me pregunté qué sería, pero no dije nada.

—Esa es una excusa muy mala, Charlie. De ser así, cada soldado que volviera a casa terminaría encerrado.

—Algunos van a la cárcel. Otros vuelven al trabajo. Otros se suicidan. —Pensé en mi hermano, con dolor—. Cada uno es diferente.

—Deberías entrar —dijo él de repente—. Antes de que termines hecha una sopa.

—Soy yanqui. No sé qué significa eso.

—Antes de que acabes empapada. No es bueno para el bebé, señora McGowan.

No le hice caso y me apoyé en el Lagonda a su lado.

—¿Lo sabe Eve?

—Sí.

—¿Qué dijo?

—«Siento debilidad por los hombres guapos con acento escocés y un pasado en la prisión, así que te daré una oportunidad». Y nunca más volvió a mencionarlo. —Negó con la cabeza y el pelo volvió a caerle por encima de los ojos—. No es de las que juzga a la gente.

—Yo tampoco.

—Aun así, no deberías andar por ahí con una manzana podrida como yo.

—Finn, yo antes era una niña buena y ahora soy una futura madre soltera. Eve era espía y ahora una borracha. Tú eres un exconvicto y ahora un mecánico, chófer y cocinero de desayunos ingleses. ¿Sabes por qué ninguno de nosotros juzga a nadie? —Choqué mi hombro contra el suyo hasta que por fin me miró—. Porque ninguno de nosotros tiene derecho alguno a mirar por encima del hombro los pecados de los demás.

Me miró con una sonrisa invisible que empezaba y terminaba en los extremos de sus ojos.

Apoyé las manos detrás de mí y me elevé para sentarme en el largo capó del Lagonda. Quedé casi al mismo nivel que Finn cuando se giró para mirarme, mientras yo me inclinaba hacia delante para unir mi boca con cuidado y lentamente a la suya. Sus labios eran suaves y su mandíbula áspera, como la primera vez que había intentado besarle. Y, como la primera vez, sus manos se levantaron hacia mi cintura. Pero esta vez yo interrumpí el beso antes de que él pudiera apartarse. No creía que pudiera soportar que me volviera a rechazar.

Pero no lo hizo. Volvió a bajar la cabeza hacia la mía y llegó hasta mis labios para quedarse allí. Sus manos eran grandes y cálidas a cada lado de mi cintura y me atraían hacia él sobre el borde del capó del Lagonda. Dejé que las mías se deslizaran entre su pelo revuelto, donde tanto deseaba meterlas, y las suyas se introdujeron por el borde de mi nuevo jersey de rayas. No siguió subiendo desde allí, simplemente pasó la parte posterior de sus dedos muy despacio hacia arriba y hacia abajo sobre el lateral desnudo de mi cintura mientras nos besábamos. Todo el cuerpo me temblaba cuando nos separamos.

—Te he manchado de grasa de motor —dijo mirando sus manos sucias de aceite—. Lo siento, pequeña.

—Ya se irá —conseguí responder. No quería que él se fuera de mí. Ni su olor, ni su sabor ni su grasa de motor. Quería seguir besándole, pero era una calle ancha y la llovizna se convertiría enseguida en lluvia, así que me bajé del coche, nos giramos y volvimos al interior del hotel. «Ven a mi habitación», quise decirle, «ven conmigo», pero el portero de noche nos estaba lanzando una de esas miradas tan francesas, una expresión impasible alrededor de unos ojos cómplices.

—*Bon soir, monsieur Kilgore* —saludó a Finn echando un vistazo al registro del hotel en el que nos habíamos inscrito—. *Madame McGowan.*

—Maravilloso —murmuré mientras entraba de nuevo en mi solitaria habitación—. No solo he arruinado la reputación de la señorita Charlie St. Clair, sino que he destrozado oficialmente la de la señora de Donald McGowan. —Mi Donald se iba a quedar estupefacto.

20

Eve

Julio de 1915

El regalo de René, ofrecido con una floritura poco después de que Eve regresara de su viaje, era una bata de seda. Rojo rosado, lo bastante fina como para poder deslizarse por dentro de un anillo, pero no nueva. Olía levemente a perfume de mujer, de alguna mujer que sin duda habría sido arrestada en una redada, y ahora había terminado sobre la espalda de Eve.

Se imaginó el tren del káiser volando por los aires, dejó que eso la deleitara, que el placer se notara en su rostro mientras acariciaba su mejilla contra la seda.

—Gracias, m-monsieur.

—Te queda bien. —Se echó hacia atrás, claramente encantado de que ahora ella estuviera bien ataviada para combinar con lo que la rodeaba. Eve sintió un oscuro regocijo al ver el alivio estético de él. Estaban en su lujoso estudio. Él llevaba una de sus preciosas batas, como siempre hacía mientras esperaba a que Eve terminara de bañarse para hacer desaparecer cualquier posible olor a comida tras su largo turno de noche. Ahora que había salido con una bata de seda en lugar de con una toalla o con su vestido negro de trabajo, ella no era ya ningún engendro—. He pensado llevarte a algún sitio. —Quitó el tapón de su decantador de licor de flor de saúco y sirvió la habitual medida modesta para él y otra más generosa que haría que la cabeza de Marguerite diera vueltas—. No me gustan los apresurados encuentros amorosos nocturnos. Tenía planeado hacer pronto un corto viaje a Limoges. Quizá te lleve conmigo.

Eve dio un sorbo.

—¿Por qué a Limoges?

—Lille es deprimente. —Hizo una mueca—. Será agradable pasear por una calle que no tenga nombre alemán. Y estoy pensando abrir un segundo restaurante. Limoges puede resultar el lugar ideal. Iré un fin de semana para buscar posibles ubicaciones.

Un fin de semana con René Bordelon. No era la idea de las noches lo que hizo que Eve se estremeciera, sino los días. Largas cenas, tazas de té, paseos por la tarde a su lado, tener que examinar con cuidado cada palabra y vigilar cada reacción. Quedaría agotada mucho antes de llegar a las sábanas de lino y lo que pasaría entre ellas.

Después de media partida de ajedrez y dos vasos de oloroso fuego de flor de saúco, se retiraron al dormitorio. Tras un pertinente intervalo después de que todo concluyera ahí, Eve volvió de nuevo a ponerse su vestido de trabajo y a prepararse para volver a casa. Al ver su vestido, René soltó un pequeño chasquido con la lengua.

—Esto de salir corriendo antes de que las sábanas se enfríen —dijo—. Es de lo más grosero.

—No q-quiero despertar habladurías, monsieur. —Por no mencionar el hecho de que Eve no se atrevía a quedarse dormida en su presencia. ¿Y si murmuraba alguna palabra en alemán o inglés entre sueños o alguna otra cosa que no pudiese explicar? No se atrevía a imaginárselo. «Si pasas la noche en Limoges con él, tendrás que pensar en ello»—. Habrá rumores en la ciudad si no vuelvo a casa por la noche —dijo a la vez que se ponía las medias—. El panadero hace pis en la masa que usa para hacer el pan de las mujeres que... van con alemanes.

René la miró divertido.

—Yo no soy alemán, querida.

«Usted es peor». Un judas francés que traiciona a los suyos para beneficiarse. En Lille se odiaba a los alemanes, pero a los hombres como René Bordelon se los detestaba con más pasión. «Cuando los alemanes pierdan la guerra, será usted el primero en ser colgado de una farola».

—Aun así, me despreciarán —dijo Eve, eludiendo la cuestión—. Me amenazarán.

Él se encogió de hombros.

—Si alguien te amenaza dime sus nombres. Los denunciaré a los alemanes y se encontrarán con una sanción ruinosa o con una temporada en la cárcel, quizá algo peor. El *Kommandant* me haría el favor, está ansioso por disminuir las desavenencias entre los civiles.

La idea de que alguien pudiese ser encerrado en una celda o multado hasta matarle de hambre por su chivatazo no parecía suponer ningún problema para René. Eve le había oído varias veces pasando nombres a los oficiales alemanes mientras tomaban un brandy tras la cena: personas que le desagradaban, que se guardaban provisiones requisadas, que hablaban mal de los invasores. Pero escuchar en voz alta la sugerencia de esa forma tan indiferente... Observó perpleja la expresión de él. No le provocaba ningún problema de conciencia en absoluto.

—¿De verdad sigues siendo tan tímida, querida? —Inclinó la cabeza—. ¿Demasiado tímida como para no dejar que la gente sepa que eres mía?

—Es que no quiero p-pan con pis dentro —susurró Eve, como si la vergüenza la inquietara. En realidad, era porque estaba aterrorizada.

René la miraba como si se debatiera entre reír o ponerse serio ante su sinceridad. Para alivio de Eve, se decidió por reír.

—Con el tiempo, Marguerite, te enseñaré a ser indiferente a lo que la gente piense. Es muy liberador el que no te importe la opinión de nadie salvo la tuya. —Tenía un aspecto sofisticado incluso cuando estaba desnudo, con su piel pálida y suave sobre las sábanas—. Iré pronto a Limoges. Te llevaré conmigo. Puedes inventarte alguna historia ante el personal sobre alguna tía tuya que se haya puesto enferma, si quieres. Yo me mostraré descontento contigo en público.

—Gracias, monsieur. —Pero Eve no tenía intención alguna de ir con él a Limoges. Dentro de dos días, si todo iba bien, el káiser estaría muerto y el mundo se transformaría.

«No será tan fácil», se dijo a sí misma. Las guerras eran unas máquinas enormes. No se acababan en un instante cuando un hombre moría, aunque ese hombre fuese un rey. Pero aunque la guerra no se acabara, el mundo sí que sería de todos modos un lugar completamente distinto. En ese mundo, René Bordelon tendría que evaluar rápidamente quiénes eran sus aliados y quiénes sus enemigos y no se iría a pasar fines de semana de ocio a Limoges.

Los días anteriores a la llegada del káiser pasaron a la velocidad de un glaciar y las noches en la cama inmaculada de René avanzaban aún más despacio, aunque sí que se enteró de algunos datos y cifras curiosos sobre los campos de aviación locales que al tío Edward le parecerían interesantes. Por fin llegó el día, caluroso y húmedo incluso a primera hora, y las *fleurs du mal* se reunieron en silencio. Eve vio la misma expresión en la mirada esquiva de Lili y en la recelosa de Violette: una esperanza tan intensa que tenía que ser contenida como si fuese una hidra. Se apresuraron a salir de la ciudad sin hablar en dirección a las colinas de hierba.

—No deberíamos ir a ver ese tren —dijo Violette.

—*Tais-toi* —la reprendió Lili—. Me volveré loca si tengo que quedarme sentada en casa mientras oigo los aviones en el cielo. Además, no podré informar al tío Edward hasta que tenga resultados, así que no tiene sentido volver a hacer mis habituales rondas.

—Es una mala idea —murmuró Violette, pero ninguna de ellas volvió. Pasaron por las granjas de la zona, pequeñas y asoladas, y las tres mujeres ocuparon su lugar en una pequeña colina desde la que se divisaban las vías del tren a lo lejos. La misma colina donde Lili y Eve habían explorado el terreno para el atentado. Violette mordía una brizna de hierba en absoluto silencio. Eve flexionaba y estiraba los dedos. Lili parloteaba como si estuviese en una fiesta:

—Me he comprado un sombrero de lo más espantoso en mi último viaje por Tournai, con rosas de satén azul y una redecilla con motas. Lo dejé en el tren y probablemente siga allí. Ninguna zorra que se precie robaría ese montón de satén azul de...

—Lili, cierra el pico —la interrumpió Eve.

—Gracias —dijo Violette, hablando por primera vez en dos horas. Miraron las vías del tren como si solo con la concentración fueran a conseguir que se prendieran fuego. El sol fue elevándose.

Los ojos de Lili demostraron ser los más agudos.

—¿Es eso...?

Una diminuta mancha de humo. Un tren.

Fue apareciendo lentamente ante sus ojos, demasiado lejos como para oír su traqueteo ni los resoplidos de vapor de su locomotora. Demasiado lejos como para distinguir más detalles... Pero, según la información de Eve, ese era. El tren que llevaba al káiser Guillermo a escondidas hacia el frente.

Eve levantó los ojos. El cielo azul se extendía vacío.

La pequeña mano de Lili cubrió la de ella entre la hierba y la agarró con fuerza.

—*Nique ta mère* —dijo siguiendo con sus ojos los de Eve hacia el cielo—. Maldito Real Cuerpo Aéreo...

El tren se acercaba lentamente. El apretón de mano de Lili era como un torno de banco. Eve extendió la otra mano hacia la de Violette y la apretó igual de fuerte. Violette respondió haciendo lo mismo.

Cuando Eve oyó el leve zumbido de los aviones, creyó que el corazón se le iba a parar. Por un momento, no fue más que un zumbido, como abejas que se acercan por el aire, y entonces los vio, dos aviones en formación como águilas. No sabía si eran monoplanos o biplanos. No sabía nada de aviones, solo las palabras técnicas sin sentido que memorizaba cuando los oficiales alemanes charlaban durante el postre. Pero estos aviones eran bonitos y ella dejó escapar un jadeo. Lili murmuró obscenidades que sonaban como oraciones y Violette se quedó inmóvil.

—¿Sabéis? —se oyó decir Eve con voz tensa—. Ni siquiera sé cómo bombardean los aviones a sus objetivos. ¿Lanzan sin más sus explosivos por un lateral?

—Cierra el pico. —Esta vez fue Lili quien lo dijo.

El tren seguía avanzando. Los aviones atravesaron el cielo azul. Las tres pensaron lo mismo. «Por favor, que dé en el objetivo». Que todo acabara, en ese día de verano con el olor de la cálida hierba y el sonido de los pájaros.

Estaban demasiado lejos como para poder ver si caían explosivos, balas o lo que quiera que fuera. Solo verían la explosión, el fuego, el humo. Los aviones volaron como si fuesen pájaros lentos por encima del tren. «Ahora», pensó Eve.

Pero no hubo ninguna explosión.

Ni humo. Ni fuego. Ni descarrilamiento que sacara al tren de sus vías.

El káiser avanzaba plácidamente en dirección a Lille.

—Han fallado —dijo Eve aturdida—. Han f-fallado.

Violette habló con una rabia sin fuerza.

—O los explosivos eran defectuosos.

«Pasad de nuevo», bramó Eve en su interior. «¡Intentadlo otra vez!». Pero los aviones desaparecieron, no como águilas orgullosas, sino como gorriones fracasados y con la cola sucia. «¿Por qué?».

¿A quién le importaba el motivo? El káiser estaba vivo. Recorrería el frente. Vería a sus soldados en las trincheras. Quizá atravesaría Lille y haría un gesto de aprobación al ver los relojes con la hora cambiada a la de Berlín, los bulevares con nuevos nombres y señales alemanas. A menos que fuese a comer a Le Lethe y diese a Eve la oportunidad de enterrar un cuchillo de carne en su nuca o aderezar su *mousse* de chocolate con veneno para ratas, regresaría a Alemania sano y salvo, pilotando la maquinaria de la guerra con la misma facilidad que viajaba en el intacto tren a través del campo.

—Es mejor así. —Violette se puso de pie y su voz sonó como si su garganta estuviese llena de grava—. La muerte del káiser en Lille habría centrado toda la atención de los alemanes aquí. Probablemente nos habrían pillado.

—Y la guerra n-no habría terminado sin más —se oyó decir Eve con tono inexpresivo—. No habría cambiado m-m-m-m... —No podía pronunciar la palabra y tampoco le importaba tanto como para forzarla. Simplemente, se interrumpió, se puso de pie y se sacudió la falda con movimientos mecánicos.

Lili no se había movido. Se quedó mirando al lejano tren y su rostro envejeció.

Violette la miró y sus gafas reflejaron destellos.

—Levántate, Lili.

—Los muy malditos... —Lili negaba con la cabeza—. Qué cabrones.

—*Ma p'tite,* por favor. Levántate.

Lili se puso de pie. Miró al suelo un momento y dio una patada sobre la hierba; cuando levantó el mentón, sonreía. Una sonrisa triste y débil, pero sonrisa.

—No sé vosotras, *mes anges,* pero a mí me apetece emborracharme esta noche.

Pero Eve no estaría compartiendo con ella el brandy o el whisky de matarratas que Lili pudiera conseguir. «Esta noche estoy con René», pensó. «Y mañana por la noche. Y pronto, si me lleva a Limoges, estaré con él dos días enteros con sus noches».

Todas las noches seguían un patrón. El baño. Los diez minutos posteriores, más o menos, con la bata de seda rozando su piel mojada, los sorbos de un vaso muy grande de licor de flor de saúco. Mientras Eve bebía, René ponía un disco y le hablaba, quizá, de la pieza de Debussy que estaban escuchando, de cómo se expresaba el impresionismo en la partitura y de quiénes eran los otros impresionistas del arte y la literatura así como de la música. Esa era la parte fácil. Lo único que Eve tenía que hacer era escuchar con admiración.

Después, llegaba el momento en que René cogía el vaso de su mano y la arrastraba al dormitorio de al lado. Entonces, todo se volvía difícil.

Sus besos eran largos y lentos y dejaba los ojos abiertos. Los mantenía abiertos todo el rato, sin pestañear, examinándola, buscando el más mínimo jadeo o cambio en la respiración. Le quitaba a Eve la seda de color rosa roja cuando le parecía oportuno, la tumbaba despacio sobre sus inmaculadas sábanas, se quitaba su propia bata y, después, se tumbaba sobre ella y se tomaba su tiempo.

Cuánto habría deseado Eve que él se hubiera limitado a encontrar el placer rápidamente y apartarse de inmediato. Eso habría sido muy fácil.

—Nunca antes había enseñado a una virgen —había comentado la primera vez—. Normalmente, valoro la experiencia por encima de la inocencia. Tendremos que ver si aprendes rápido. No espero complacerte las primeras veces. Es lo que suele pasar con las mujeres y siempre he pensado que es bastante injusto.

A René le gustaba explorar cada parte de Eve, recorriendo cada fisura y rincón de su cuerpo, deteniendo su lengua en los espacios por detrás de las orejas y en los hoyuelos de sus rodillas el mismo rato que en los lugares más esperados. La movía sin cesar, encantado de jugar así durante horas, tomando su mano y usándola para que explorara la piel pálida y sin marcas de él. La giraba y la hacía posar, colocándola y explorándola, observando y aprendiendo todo su cuerpo.

—Tus ojos se abren un poco más cuando te sorprendo —observó René una noche—. Como los de una cierva... —Y se volvió hacia su pecho y usó sus dientes con una repentina y experta aspereza—. Así —dijo a la vez que acariciaba sus pestañas con el pulgar. Eve no había pensado nunca en ello, en cómo la intimidad de la piel contra la piel desnuda hacía que desapareciera otra capa de las personas aparte de la de la ropa; en que era esa otra forma por la que una persona podía conocer a otra. «Yo no quiero que me conozca», pensó desesperada. Su trabajo dependía de que él no la conociera, pero cada noche él la conocía más.

«Es muy difícil mentir a aquellos que mejor nos conocen», había dicho el capitán Cameron en Folkestone. Eve apartó de su mente la imagen de él, pues no quería tenerlo presente durante las noches en la cama de René, pero el miedo persistía. Si René la llegaba a conocer lo suficientemente bien, ¿podría ser ella capaz de seguir engañándolo?

«Sí», pensó con rabia. «Eso implicará tener que mentir más y mejor, pero puedes hacerlo. Y recuerda: tú también le estás conociendo a él».

Noche tras noche, Eve conoció el movimiento de cada músculo de René, cada destello de su mirada. El hombre que se acorazaba bajo sus preciosos trajes era más fácil de conocer ahora que ella sabía cómo se movían sus músculos desnudos.

Cuando René terminó de juguetear con ella, la unión fue rápida. Él prefería colocarse detrás o encima, enredando la mano en el pelo de ella para tirar de su cabeza hacia atrás, sujetándola para poder ver cada reacción. Le gustaba que ella le mirara. «Mantén los ojos abiertos, querida», le ordenaba con frecuencia, sin dejar de acariciarla. Y cuando por fin se permitía entregarse a su propio placer para terminar, se hundía despacio sobre ella y dejaba que el cuerpo de Eve amortiguara el suyo mientras el sudor de ambos se enfriaba para, después, retomar cualquiera que fuera la conversación que estaban teniendo en su estudio, sobre Debussy, Klimt o el vino de la Provenza.

Esa noche era sobre el káiser.

—Me han dicho que estaba encantado con esta visita. El campo de aviación ha sido de su aprobación, aunque habría que preguntarse qué le han parecido las trincheras. Unos sitios espantosos, según he oído.

—¿Le ha c-c-conocido usted? —Eve permanecía quieta, con sus dedos enredados en los de René encima de la almohada y sus piernas entre los muslos delgados de él. En esos momentos, él era muy incauto—. Espero que v-venga a Le Lethe.

René notó ahí un atisbo de emoción, por mucho que ella enmascarara su rostro con una expresión de inocencia.

—¿Para que puedas escupir en su *vichyssoise*?

Eve le quitó importancia, sin mentirle. Jamás le mentía cuando estaban tumbados juntos, piel contra piel, no si podía evitarlo. Los pensamientos viajaban más rápido cuando estaban piel contra piel.

—Yo no escupiría en su sopa —respondió ella con franqueza—. Pero sí lo p-p-pensaría.

René se rio a la vez que se daba la vuelta. Su carne se separó de ella y Eve contuvo el habitual estremecimiento.

—Se dice que es un hombre vulgar, por muy káiser que sea. Aun así, yo esperaba que viniera al restaurante. Habría sido todo un logro ser anfitrión de un emperador.

Eve se cubrió con la sábana.

—¿Ha ordenado algún c-cambio tras haber visto Lille?

—Sí, algo bastante interesante...

Y René se lo contó.

—Qué buena información estás consiguiendo —dijo Lili en su siguiente visita, unos días después de la marcha del káiser. Pasó a verla cuando Eve estaba preparándose para su turno de noche. Eve se sentó a cepillarse el pelo mientras Lili copiaba su último informe. Levantó en el aire el papel de arroz y movió la cabeza con expresión entre desdeñosa y divertida—. ¿De verdad habla el *Kommandant* alemán en público sobre las nuevas mejoras en artillería mientras se toma una tarta de cerezas y un brandy?

—No. —Eve mantenía la mirada fija en el tambaleante espejo del lavamanos—. El que lo hace es René Bordelon en privado, sobre una almohada.

Pudo sentir los ojos de Lili en su espalda.

Eve habló con la mayor formalidad y aridez posible pero, aun así, tropezó ante el primer obstáculo.

—Justo antes de nuestra entrevista con el tío Edward, yo me convertí en la... —¿Qué? ¿Querida de René? Quizá fuera su jefe, pero no la mantenía. ¿Su puta? No le pagaba nada aparte de su salario, salvo con licor de flor de saúco y una bata que no tenía permiso para ponerse si no era en su estudio. ¿Su amante? Ahí no había amor.

Pero Lili no necesitó que terminara la frase.

—*Pauvre petite* —dijo a la vez que se acercaba para coger el cepillo de la mano de Eve—. Lo siento. ¿Te hace daño?

—No. —Apretó los ojos con fuerza—. Peor.

—¿En qué sentido?

—Yo... —Eve sintió un nudo en la garganta—. Lili, estoy m-muy avergonzada.

El cepillo crepitó en el pelo de Eve.

—Sé que no eres de las que cambian de parecer con facilidad y por eso mismo pensé que podrías dar un paso así sin comprometerte. Pero estas cosas pueden ser más complicadas de lo que nos imaginamos en principio. ¿Te estás encariñando con él?

—No. —Una brusca negación con la cabeza—. Jamás en la vida.

—Bien. Si viera que tienes sentimientos encontrados, tendría que informar de ello. Y lo haría —dijo Lili con tono neutral mientras seguía cepillando el pelo de Eve—. Te tengo muchísimo cariño, pero este trabajo es demasiado importante como para ponerlo en peligro. Así que, si no es que te has encariñado, ¿qué es lo que te avergüenza?

Eve se obligó a mantener los ojos abiertos a pesar del escozor y miró a los de Lili a través del espejo.

—Las p-primeras veces que me acosté con él no se me exigía que sintiera... p-p-placer. —Ni tan siquiera se esperaba que lo sintiera—. Pero ahora...

Ahora, sin embargo, Eve había tenido tiempo de acostumbrarse a lo que pasaba en aquella cama limpia e inmaculada. Y René Bordelon exigía un nivel elevado en sus compañeras de cama, como hacía en todo lo demás. Esperaba placer. Darlo y recibirlo.

Eso los había llevado a una situación del todo inimaginable.

—Cuéntame. —Lili hablaba con despreocupación—. Pocas cosas me sorprenden, de eso puedes estar segura.

—Estoy empezando a disfrutarlo —contestó Eve a la vez que volvía a cerrar los ojos con fuerza.

Las largas pasadas del cepillo no cesaron.

—Le detesto. —Eve consiguió mantener la voz firme—. Entonces, ¿cómo es posible que sienta placer con lo que él m-m-m..., con lo que él me ha-ha-ha... —La palabra no salía. La dejó ahí.

—Debe de dársele bien —dijo Lili.

—Es el enemigo. —Eve se dio cuenta de que todo el cuerpo le temblaba. Por rabia, vergüenza o asco, no lo sabía—. Hay colaboracionistas en esta ciudad a los que se puede compadecer. Mujeres que se acuestan con oficiales para poder dar de comer a sus familias; hombres que trabajan para los alemanes para poder mantener calientes a sus hijos. Pero René Bordelon no es más que un especulador. Casi tan malo como los alemanes.

—Puede ser —admitió Lili—. Pero la de hacer el amor es una destreza como cualquier otra, ¿sabes? Un hombre malo puede ser buen carpintero, buen sombrerero o buen amante. La destreza no tiene nada que ver con el alma.

—Ay, Lili. —Eve se frotaba las sienes—. Eres muy francesa.

—Sí, y las francesas son precisamente las mujeres que hablan de esas cosas. —Lili levantó la cabeza de Eve hacia el espejo—. Así que a monsieur Especulador se le da bien lo que hace entre las sábanas y tú te sientes culpable por estar disfrutándolo.

Eve pensó en René decantando un buen vino e inhalando el buqué, René vaciando una ostra por su garganta con un movimiento lento.

—Es un hombre sofisticado. Ya esté disfrutando de una copa de burdeos, de un buen puro o..., o de mí, se toma su t-tiempo para hacerlo bien.

—Una reacción física ante la destreza no es indicativo de lo que esté ocurriendo en la cabeza o el corazón —dijo Lili con bastante cautela.

—Una reacción física que no tiene relación con la cabeza o el corazón es lo que distingue a una puta —repuso Eve con brusquedad.

—Venga ya. Eso suena a lo que diría una tía solterona de provincias. No hay que escuchar a la gente así, pequeña margarita. No son solamente tristes cotorras, normalmente llevan vestidos de cretona y piensan que dedicarse a los quehaceres domésticos es una virtud.

—Aun así, me siento como una puta —susurró Eve.

Lili dejó de cepillarla y apoyó el mentón sobre la cabeza de Eve.

—Imagino que fue tu madre la que te dijo que una mujer que disfruta de un hombre que no es su marido es una zorra.

—Alg-g-o así. —A Eve le costaba trabajo no estar de acuerdo con esa declaración. Miraba a René con desagrado. ¿Cómo era posible que sus manos pacientes, innovadoras y frías pudieran provocar algo que fuese mínimamente placentero?—. Las mujeres normales no sienten esto —empezó a decir, pero Lili movió una mano en el aire.

—Si fuésemos normales, estaríamos en casa reutilizando nuestras hojas de té y fabricando vendajes para ayudar a la causa de la guerra, no llevando Lugers en el bolso ni pasando mensajes codificados escondidos en nuestras horquillas. Las mujeres de acero como tú y yo no nos regimos por los estándares de las mujeres normales. —Lili levantó el mentón de la cabeza de Eve—. Escúchame. Soy mayor que tú y bastante más sabia. Créeme cuando te digo que es completamente posible despreciar a un hombre y, aun así, disfrutar de él entre las sábanas. *Merde,* a veces es incluso mejor así. El asco le da cierta intensidad. «Los arrebatos de amor y los arrebatos de odio son todos iguales». Desde luego, Puccini tenía razón en *Tosca.*

Marguerite Le François no conocería *Tosca,* pero Eve sí.

—Tosca mata al hombre antes de que él se imponga sobre ella.

—Puede que tú termines matando también a Bordelon algún día. Piénsalo cuando esté encima de ti. Eso te provocará un buen arrebato de placer.

Eve se sorprendió soltando una leve carcajada. Lili hablaba con un tono ligero, pero su presencia cálida y tranquilizadora era un escudo en la espalda de Eve.

—Y bien. —La jefa de la red de Alice se apartó, sirvió para las dos unas tazas de las terribles hojas de nogal hervidas con regaliz que no conseguían sustituir al té y, a continuación, tomó asiento enfrente de Eve—. Fuiste a la cama de monsieur Especulador con la intención de darle placer para poder seguir espiándole.

—Sí.

—La información que consigues de él es buena, mucho mejor que la que consigues simplemente sirviendo mesas —dijo Lili—. Y ahora has descubierto que parte de lo que da placer a tu jefe es dejarle que él te dé placer a ti. Pues tendrás que permitírselo si quieres seguir en su cama y continuar recopilando esa valiosa información.

—Yo preferiría f-fingir el placer —se oyó decir Eve. Aquella era una conversación extraña para mantenerla en una pequeña habitación vacía delante de unas tazas de improvisado y terrible té, con la misma trivialidad con que unas damas inglesas tratan de asuntos de la iglesia entre platillos de porcelana—. Pero no soy una mentirosa lo suficientemente buena, Lili. Se me da muy bien mentir, pero no puedo reprimir el p-p..., reprimir el placer y fingirlo al mismo tiempo. Y él ahora puede leerme como un libro abierto.

—¿Y está encantado con lo que lee en ti?

—Sí. Está un poco encariñado conmigo, creo. Me va a llevar pronto a pasar un fin de semana en Limoges.

—Entonces, ve. Y disfruta de todo lo que él te puede dar. —Lili la miraba con intensidad—. Cada copa de vino antes de acostarte, cada *petite mort* en la cama, cada pequeña información que te dé después de haberos acostado. Este trabajo ya aporta bastantes pocos placeres. La comida es terrible, el alcohol casi inexistente, los cigarrillos cada vez más escasos y la ropa es espantosa. Tenemos pesadillas y nuestra tez es como la de un cenicero. Vivimos con el miedo constante a ser arrestadas. Así que no te sientas culpable por el poco placer que puedas sacar, venga de donde venga. Tómalo.

Eve dio otro sorbo a su líquido amargo.

—¿No vas a decir ni una p-palabra sobre el pecado? —Resultaba curioso que Lili fuera devota a pesar de su aparente frivolidad. Llevaba con ella un rosario cada vez que cruzaba la frontera y hablaba con cariño de su confesor y de las monjas de Anderlecht.

—Somos mortales. Pecamos. —Lili se encogió de hombros—. Es nuestro deber en la vida. *Le Grand Seigneur* nos perdona. Así es Él.

—¿Y cuál es tu deber? ¿Ponernos en pie cuando estemos revolcándonos en el barro? —Incluso la impasible Violette tenía sus momentos oscuros. Eve la había visto desalentada y temblorosa una noche tras perder a un piloto abatido por un guardia alemán a medio camino de la frontera y había sido Lili la que había sacado a Violette de la oscuridad, igual que estaba haciendo esa noche por Eve—. ¿Alguna vez te sientes asustada y desanimada?

Lili levantó un hombro, casi con frivolidad.

—El peligro no me asusta, pero no me gusta verlo. Bueno, ¿no tienes nada que hacer? Porque, desde luego, yo sí.

Se marchó diez minutos después, con el informe en papel de arroz enrollado en la vara de su paraguas. Eve salió en la otra dirección, hacia Le Lethe. Cuando entró en el restaurante, donde ya estaban colocando los manteles y los cubiertos, pasó junto a Christine, que se sacudió la falda.

—Puta —susurró con voz apenas audible. Eve se detuvo y miró hacia atrás. Levantó las cejas con el devastador arco que pondría Lili.

—No sé a qué te refieres.

—Te vi. —El tono de Christine era malicioso, aunque mantenía la vista fija en las velas que estaba encendiendo—. Subiendo las escaleras a las habitaciones de monsieur Bordelon después de acabar el turno. Él es un especulador de guerra y tú no eres más que una...

Eve dio rápidamente un paso adelante y agarró a Christine de la muñeca.

—Di una palabra y haré que te despidan. Un chismorreo y te quedarás sin este trabajo donde te dan las sobras de *tartiflette* y *bisque* de langosta al cerrar. ¿Me has oído? —Clavó las uñas en la muñeca de Christine y se movió para que las camareras que pasaban con bandejas de copas no se dieran cuenta—. Puedo hacer que te despidan —repitió Eve sin tartamudear una sola vez—. Que te pongan en la lista negra. Nunca conseguirás otro trabajo en esta ciudad y, luego, te morirás de hambre.

Christine se soltó con un tirón.

—Puta —volvió a susurrar.

Eve se encogió de hombros y se marchó. Ya llevaba varios días fustigándose con esa palabra. Pero, en ese momento, descubrió que no estaba dispuesta a que nadie más la llamara «puta», mucho menos una mujer más estúpida que un cuenco de *bisque* de langosta.

21

Charlie

Mayo de 1947

Recuerdo esto. —Eve señaló al puente de arcos de piedra que atravesaba el lento río azul que recorría Limoges. Un puente romano, pensé yo, de aspecto derruido y romántico, con los pequeños coches franceses tocando el claxon y corriendo por él con su incongruente apariencia moderna—. Fue al anochecer, no por la tarde —continuó Eve—. René Bordelon se detuvo allí, junto al río, y dijo que siempre había pensado que sentarse fuera era una abominación para cualquier restaurante que no fuese un café corriente, pero que, si pudiera tener esas vistas, se lo pensaría.

Se giró, metió las manos en los bolsillos de su deshilachado jersey y miró hacia la pendiente de hierba, los árboles, los edificios que se extendían por la ribera.

—Ese hijo de puta consiguió su deseo. Abrió su segundo restaurante en la orilla, con estas vistas.

Continuó caminando por la calle adoquinada. Yo miré a Finn y los dos nos encogimos a la vez de hombros antes de seguir detrás de ella. Eve se había despertado temprano y habíamos cumplido con el horario previsto desde París hasta Limoges. Eve incluso había vuelto a estar parlanchina, de modo que con cada kilómetro fuimos escuchando más historias de la guerra, aunque algunas de ellas me costaba creerlas (¿un fallido atentado contra el káiser?). Nos había dirigido a un hotel cerca de la catedral medieval de Limoges y envió a Finn a que fuera a aparcar el Lagonda mientras ella entraba e interrogaba al *concierge* con un rápido francés, moviendo en el aire la dirección que yo le había dado: la dirección del segundo Le Lethe, donde Rose había trabajado. En cuanto Finn volvió, Eve salió a recorrer la ciudad a pie, llevándonos por las sinuosas calles adoquinadas. Limoges era una ciudad bonita: sauces llorones que se cernían sobre la superficie del río, chapiteles de iglesias góticas despuntando en el horizonte, macetas de geranios colgadas en los balcones. Y no tenía el aspecto casi ruinoso del norte de Francia, que había sido más asolado por los nazis.

—Esto es más tranquilo que París —dijo Finn, dando voz a mis pensamientos. Caminaba en mangas de camisa, provocando miradas de desaprobación de hombres franceses vestidos con sus limpios trajes de verano, aunque a las mujeres no parecía importarles su apariencia arrugada, a juzgar por las miradas. Finn observaba a su vez todos los rostros que pasaban: las afanosas madres jóvenes con sus sombreros de paja, los hombres que leían con ceño fruncido sus periódicos en las mesas de los cafés...—. Mejillas sonrosadas —observó—. No tan esqueléticas y blancas como las de la gente que hemos visto en el norte.

—Esta era la zona franca —contesté, por fin en condiciones de seguir el ritmo de los largos pasos de Finn ahora que llevaba sandalias planas y pantalones tobilleros en lugar de los inestables tacones—. De la gente de Vichy no hay nada digno de contar, pero a la gente de aquí le fue mejor que a la del norte.

—¡Ja! —Eve resopló por delante de nosotros—. No estés tan segura. Tuvieron que enfrentarse a la Milicia y la Milicia estaba compuesta por unos tipos repugnantes.

—¿La Milicia? —preguntó Finn.

—La Milicia Francesa reclutaba a gente para que capturara a los suyos y los entregara a los alemanes. Siempre odié a esos c-cabrones.

—Pero la Milicia no operó durante su guerra, Eve. —Incliné la cabeza, curiosa—. Usted no formó parte de la última guerra.

—Eso lo dirás tú, yanqui.

—Espere. ¿También trabajó en la segunda guerra? ¿Qué fue lo que...?

—No es relevante. —Eve se detuvo de repente e inclinó la cabeza mientras un sonido de campanas se acercaba a través del apacible aire del verano—. Esas campanas. Recuerdo esas c-campanas. —Retomó su paso con la espalda recta por la orilla del río y yo la seguí, meneando la cabeza.

—¿Cuándo fue la última vez que estuvo en Limoges, Gardiner? —preguntó Finn.

—Agosto de 1915 —respondió Eve sin mirar atrás—. René Bordelon me trajo para pasar un fin de semana.

Solo unas cuantas palabras, pero la sospecha que yo había estado incubando se convirtió en certeza, una sospecha relativa al elegante propietario de Le Lethe. Sabía por el gran volumen de desprecio en la voz de Eve que él había sido alguien especial para ella. No se odia tanto a nadie sin haber una implicación personal. Ahora lo sabía: él había sido su amante. Eve se había metido en la cama con el enemigo para espiarlo.

La miré, con su rostro orgulloso y consumido y su caminar marcial por la calle de adoquines. En esa época no había sido mucho mayor de lo que yo era. «¿Podrías meterte en la cama con un alemán solo para espiarle, Charlie?». ¿Fingir que me gustaba, sonreír ante sus bromas, dejar que me desabrochara la blusa, y todo para poder hurgar en su escritorio y su conversación en busca de información útil? ¿Saber que podrían meterme un tiro en el momento en que me descubrieran?

Miré a Eve y la admiré mucho. No solo quería que tuviera un buen concepto de mí. Quería parecerme más a ella. Quería presentarle a Rose: «Esta es la vieja loca que me ha ayudado a encontrarte cuando todos los demás se rindieron». Imaginé a Eve mirando a Rose fijamente y a esta devolviéndole la mirada. Nos imaginé a las tres bebiendo copas y hablando entre nosotras, el más extraño trío de mujeres convertidas en amigas.

Me pregunté si alguna vez había tenido Eve una amiga que significara para ella lo que significaba Rose para mí. En todas sus anécdotas de la guerra, la única mujer a la que mencionaba siempre era Violette, la que en Roubaix le había escupido en la cara.

—De repente, te has puesto seria —dijo Finn mirándome.

—Solo estaba pensando. —No podía estar triste. Sentía el calor del sol en la cabeza y mi brazo iba rozando el de Finn al caminar, produciéndome una ridícula sensación de estremecimiento—. Cada paso es un paso más cerca de Rose.

Levantó una ceja.

—¿Qué te hace pensar que está esperando a que la encuentren?

—No lo sé. —Traté de expresarlo con palabras—. La esperanza se hace más fuerte a medida que nos acercamos.

—Pese a que ella no te haya escrito durante... ¿cuánto? ¿Tres años? ¿Cuatro?

—Puede que sí me haya escrito. Se perdieron muchas cartas por el camino durante la guerra. Además, yo solo tenía once años la última vez que me vio. Puede que todavía creyera que yo era demasiado joven como para enterarme de algo tan vergonzoso como... —Me di una palmada en el vientre en silencio—. Cada vez siento con más fuerza que ella está aquí. Eve se ríe de mí cuando digo que puedo sentirla, pero...

Eve se detuvo tan de repente que casi tropecé con ella.

—Le Lethe —dijo en voz baja.

Debía de haber sido un restaurante encantador unos años atrás. Pude ver las preciosas líneas del edificio, sus viejas vigas de entramado, una valla de hierro forjado alrededor de una terraza desde la que se disfrutaba de las vistas. Pero el cartel con las letras doradas grabadas donde ponía «Le Lethe» tenía burdas manchas de pintura roja y los ventanales de la fachada estaban tapados con tablones. Había pasado mucho tiempo sin que ninguna camarera sirviera allí *vichyssoise* y *millefeuilles.*

—¿Qué pasó? —pregunté, pero Eve ya se estaba acercando hacia las puertas medievales, cerradas con candados y barras de hierro. Señaló hacia las letras que habían grabado rudamente sobre la madera, medio cubiertas por manchas de pintura: «*Collabor...*».

—*Collaborateur* —dijo ella en voz baja—. ¿De vuelta a las andadas, René? Deberías haberlo aprendido la primera vez. Los alemanes siempre pierden, joder.

—Es fácil decirlo *a posteriori* —observó con suavidad Finn—. No estaba tan claro en aquel momento.

Pero Eve estaba ya acercándose al edificio de al lado; extendió la mano y llamó dando golpes contra la puerta. Nadie respondió y pasamos a la siguiente casa. Hicieron falta cuatro intentos más y una fallida entrevista con un ama de casa que no sabía nada sobre el viejo restaurante hasta que, por fin, encontramos a una anciana francesa con un cigarrillo colgando de sus dos primeros dedos y una mirada de lo más fría.

—¿Le Lethe? —respondió a la pregunta de Eve—. Cerró a finales del 44, y bien cerrado está.

—¿Por qué dice eso?

La mujer frunció los labios.

—Ese lugar era un avispero de alemanes. Cada oficial de las SS con una puta francesa del brazo iba ahí en sus noches libres.

—¿El dueño permitía eso? —La actitud de Eve había cambiado; se había suavizado, sus hombros estaban relajados y su tono resultaba más amistoso. Se había convertido en otra persona, igual que en la tienda de empeños de Londres. Yo me mantuve detrás con Finn, dejando que desplegara su magia—. ¿Cuál era el nombre del propietario?

—René du Malassis —contestó la anciana y, después, escupió—. Un especulador de guerra. Había gente que decía que le pagaba la Milicia. No me sorprendería.

«Du Malassis». Memoricé ese nombre.

—¿Qué le pasó a monsieur Du Malassis? —preguntó Eve.

—Desapareció una noche. En la Navidad del 44. Comprendió hacia dónde iba a soplar el viento. Quién sabe adónde fue. Pero no ha aparecido por aquí desde entonces. —La anciana esbozó una lenta y desagradable sonrisa—. Si lo hiciera, terminaría colgando de una farola con una soga al cuello.

—¿Por colaboracionista?

—Están los colaboracionistas, madame, y luego los hombres como ese. En el 43, ¿sabe lo que hizo Du Malassis? Hizo que sacaran a un joven *sous-chef* a rastras por esas puertas al acabar el turno de noche y dijo que era un ladrón. Le registraron allí mismo, en la calle, mientras todos miraban: todo el personal del restaurante, la gente que pasaba por la acera, vecinos como yo, que acudimos corriendo al oír el ruido.

Pude verlo: la niebla de la noche elevándose desde el río, los mirones, un muchacho tembloroso con un delantal de *sous-chef*. Eve no dijo nada. Escuchaba con tanta atención que se quedó inmóvil. La anciana continuó:

—Du Malassis sacó un puñado de monedas de los bolsillos del muchacho y dijo que iba a llamar a la policía. Prometió que haría que arrestaran al muchacho y lo enviaran al este. Quién sabe si podría haberlo logrado, pero todos estaban al tanto de que los nazis debían favores a Du Malassis. El chico trató de huir. Du

Malassis tenía una pistola en esa elegante chaqueta suya y disparó al muchacho por la espalda antes de que hubiese recorrido diez pasos.

—¿De verdad? —preguntó Eve en voz baja. Yo me estremecí.

—Sí —contestó la anciana con brusquedad—. Y Du Malassis se limitó a quedarse allí, limpiándose las manos con un pañuelo y con una mueca por el olor del humo de la pistola. Le dijo a su *maître* que llamara a las autoridades para que solucionaran todo aquello. Después, le dio la espalda al cuerpo del muchacho y volvió a entrar, fresco como una lechuga. Así era ese hombre. No solo un colaboracionista. Era un asesino elegante.

—¿Manifestaron los nazis alguna queja? —preguntó Finn.

—No, que yo sepa. Debió de cobrarse favores hechos para evitar que le arrestaran o le censuraran, porque su restaurante siguió prosperando. Mucha gente de Limoges habría estado encantada de colocar una soga alrededor del cuello de ese hombre. Y él lo sabía. Por eso salió huyendo, una vez que quedó claro que los alemanes iban a perder. —La anciana dio una calada a su cigarrillo y nos miró fijamente—. ¿Por qué tienen tanta curiosidad? ¿Du Malassis tiene algún parentesco con ustedes?

—Con el diablo, quizá —dijo Eve con cierta malicia y las dos mujeres intercambiaron tensas sonrisas ácidas—. Gracias por atendernos. —Eve se dio la vuelta. Pero yo di un paso adelante y me dirigí a la anciana con mi francés americano de andar por casa.

—*Pardonnez-moi,* madame. Estoy buscando a una pariente, una persona que pudo haber trabajado en Le Lethe. No una colaboracionista —aclaré apresuradamente mientras la mujer fruncía el ceño—. Quizá la viera usted. La gente solía fijarse en Rose. Joven, rubia, con una risa cantarina. —Saqué la desgastada fotografía que Rosie me había enviado en una de sus cartas del año 43. Una foto de ella mirando hacia atrás, como una chica de revista a lo Betty Grable, sonriendo. Antes de que la anciana dijera nada, supe que la había reconocido.

—Sí —contestó—. Una chica guapa. Esos cabrones de las SS le pellizcaban la cadera cuando ella les servía sus copas. Y no pestañeaba como algunas de esas golfas a las que contrataba Du Malassis. Buscaba la forma de derramar una copa sobre ellos y, después, se deshacía en disculpas tan dulces como un pastel. Se la veía hacerlo por toda la terraza.

Aquello hizo que casi me desmayara. Un recuerdo nuevo de Rose que no venía de mí. Rose, derramando cerveza sobre soldados alemanes. Sentí un picor en los ojos. Aquello parecía muy propio de ella.

—¿Cuándo fue la última vez que la vio? —Mi voz salió ronca y me di cuenta, por primera vez, de que Finn me había agarrado la mano y la apretaba con fuerza.

—Antes de que el restaurante cerrara. Debió de dejar de trabajar allí. —La mujer volvió a escupir en el suelo—. No era sitio para muchachas decentes.

Me vine abajo. Había esperado que Rose estuviera viva y aquí, en Limoges. Pero miré a la anciana y forcé una sonrisa.

—Gracias por su ayuda, madame.

Aún no se me habían acabado las ideas.

Eve tuvo otra de sus crisis esa noche. Esta vez no empezó a gritar, simplemente me despertó con una serie de golpes sordos contra la pared que separaba nuestros dormitorios. Asomé la cabeza al pasillo del hotel. No estaba Finn. Solo yo.

Me puse un jersey sobre mi combinación y toqué en la puerta de Eve a la vez que apoyaba la oreja sobre ella. Seguían sonando esos porrazos sordos, como si estuviese golpeando la pared con algo. «Espero que no sea con su cabeza», pensé. Llamé a la puerta.

—¿Eve?

Los golpes continuaron.

—No me apunte con la pistola. Voy a entrar.

Eve estaba sentada en el suelo, en el otro rincón, pero esta vez tenía los ojos bien abiertos y no balbuceaba presa de pesadillas. Miraba fijamente al techo, con la Luger en la mano, y golpeaba metódicamente su empuñadura contra la pared. *Pum. Pum. Pum.*

Me puse las manos en la cadera y la fulminé con la mirada.

—¿Es necesario que haga eso?

—Me ayuda a pensar. —*Pum. Pum.*

—Es medianoche. ¿No puede dormir en lugar de pensar?

—Ni siquiera lo he intentado. Las pesadillas estarán aguardándome. Esperaré hasta el amanecer. —*Pum. Pum.*

—Pues intente golpear con menos ruido. —Me di la vuelta para marcharme, bostezando. La voz de Eve me hizo detenerme.

—Quédate. Puedo usar tus manos.

Me volví.

—¿Para qué?

—¿Sabes desmontar una Luger?

—Eso no lo enseñaban en Bennington. No.

—Y yo que pensaba que todos los americanos erais unos fanáticos de las armas. Deja que te enseñe.

Me senté con las piernas cruzadas enfrente de Eve mientras ella desglosaba las distintas partes de la pistola y yo la desmontaba con torpeza.

—El cañón..., la placa lateral..., el percutor...

—¿Por qué me está enseñando esto? —pregunté, y solté un aullido cuando ella me golpeó en los nudillos por poner al revés el eje receptor.

—Desmontar una Luger. Eso es lo que de verdad me ayuda a pensar. Mis manos están demasiado jodidas para poder seguir haciéndolo, así que te pido prestadas las tuyas. Saca el aceite de mi bolso.

Empecé a desplegar las partes desarmadas de la pistola.

—¿En qué está pensando? —Sus ojos tenían un destello reflexivo que no era del whisky, aunque vi el habitual vaso con su media medida de fluido ámbar junto a su rodilla.

—En René du Malassis —contestó—. O, más bien, en René Bordelon. Y adónde fue.

—Entonces, supone que sigue vivo. —En Roubaix lo había negado con obstinación.

—Ahora tendría setenta y dos años —respondió Eve en voz baja—. Pero sí, apuesto a que sigue vivo.

No pudo ocultar la reacción que le atravesó el rostro, una expresión de odio y autodesprecio juntos. Qué raro era ver que no podía ocultar una emoción. Parecía casi frágil y sentí en el pecho una extraña sensación de protección.

—¿Qué le hace estar segura de que Du Malassis es su Bordelon? —pregunté con suavidad.

Una medio sonrisa.

—Malassis es el apellido del editor que publicó *Les fleurs du mal* de Baudelaire.

—La verdad es que empiezo a detestar a Baudelaire. Y ni siquiera lo he leído nunca. —En ese momento, ya no lo necesitaba.

—Tienes suerte. —Su voz sonaba árida—. Yo tuve que escuchar a René citar toda su maldita *oeuvre* de cabo a rabo.

Me detuve, con el cañón de la Luger en una mano y el trapo con aceite en la otra.

—Entonces, él y usted eran...

Levantó una ceja.

—¿Te sorprende?

—No. Yo no soy ninguna santa. —Me di una palmada en el Pequeño Problema, que durante esos días parecía más contento. Seguía sintiéndome cansada, pero las náuseas habían mejorado y ya no recibía más pensamientos extrañamente articulados procedentes de mi vientre.

—René me trajo a este hotel. —Eve miró hacia la habitación, como si no pudiese verla—. No a esta habitación. Él no se habría metido en un sitio tan pequeño. La mejor habitación del hotel: cuarta planta, grandes ventanas, cortinas de terciopelo azul. Una cama enorme...

No pregunté qué había pasado en esa cama. Había un motivo por el que ella había decidido permanecer despierta toda la noche aparte del peligro de soñar.

—¿Cómo va esto? —murmuré cogiendo en la mano varias partes de la pistola, y ella me enseñó a frotar las distintas partes con el paño con aceite—. Así que, cuando René Bordelon tuvo que huir de Lille, se convirtió en René du Malassis —dije por fin—. Y, cuando tuvo que huir de Limoges, volvió a desaparecer. ¿Cómo pudo resultarle tan fácil cuando apresaron a tantos colaboracionistas? —Pensé en las imágenes que había visto en los periódicos de gente así, hombres y mujeres, humillados o mucho peor. La anciana francesa no había mencionado sin motivo los ahorcamientos de personas en las farolas.

—René no era ningún tonto. —Eve apartó el aceite de la pistola con sus torpes manos—. Daba de comer a los que estaban en el poder, pero siempre supo que podrían perder. Y, cuando fue consciente de que iba a ser así, debió de tener preparado algún plan para escapar con su dinero y un nombre nuevo y empezar otra vez. Después de Lille y después de Limoges. —Hizo una pausa para pensar—. Creo que estaba planeando la primera de esas fugas cuando me trajo aquí en 1915. Yo no fui consciente entonces. Dijo que quería localizar sitios para un segundo restaurante. Yo supuse que quería expandir su negocio, pero puede que nunca pensara en expandirlo. Puede que estuviese buscando un lugar para una vida nueva, en caso de que la necesitara. Y así fue.

—Ah. —Dejé la última de las partes de la pistola, todas engrasadas. Mis manos estaban llenas de aceite, pero me había interesado todo el proceso. Si me hubiesen enseñado a desmontar pistolas en lugar de a hacer galletas en las clases de hogar, quizá hubiera prestado más atención—. ¿Sabe? Hay otra cosa que diferencia a René Bordelon de René du Malassis aparte del apellido.

—¿El qué, yanqui?

—Su disposición a apretar un gatillo. —Bajé la mirada al gatillo de la Luger, que yacía inocente entre las demás piezas desarmadas—. Por la forma en que usted lo describe durante la primera guerra, era demasiado escrupuloso como para hacer su trabajo sucio. Cuando atrapó a una ladrona en su restaurante, a su predecesora, avisó a los alemanes y fueron ellos los que la fusilaron. La segunda vez, por lo que ha dicho la anciana, no vaciló en apretar el gatillo él mismo.

—No es una l-línea fácil de cruzar —admitió Eve. Parecía como si ya hubiese reflexionado sobre ello.

—¿Y qué le hizo cambiar? —pregunté—. Al final de la primera guerra, ¿qué hizo que pasara de ser un esteta especulador a... —recordé las palabras de la anciana— un asesino elegante?

Eve esbozó una sonrisa sarcástica.

—Imagino que fui yo.

Había una parte de aquella ecuación que aún no había descifrado, pero, antes de poder preguntarle, Eve me hizo una señal para que volviera a montar la Luger con los labios cerrados. Cambié de dirección.

—¿Y cómo vamos a encontrarlo ahora? No seguirá siendo Du Malassis. Ha debido de cambiar de nombre otra vez. —Deslicé el perno en el cañón—. ¿Adónde huiría desde Limoges? —Me daba escalofríos saber que no estábamos buscando simplemente a un viejo especulador, a un viejo enemigo..., sino a un asesino.

—Hay un oficial inglés con quien puedo ponerme en contacto —respondió Eve siguiendo mi cambio de dirección—. Alguien de aquella época. Dirigía redes de espías como yo y siguió haciéndolo durante la siguiente guerra. Actualmente, está destinado en Burdeos. Le llamé desde Londres pero había salido a cazar patos. Ya habrá regresado. Si alguien puede averiguar algo sobre un antiguo colaboracionista, es él.

Me pregunté si sería el capitán Cameron del que había hablado antes. No parecía muy malo en las historias que ella había estado contando. Quería echarle un vistazo, saber si se correspondía con la imagen que me había estado haciendo, pero tenía que seguir con mi propia búsqueda.

—Póngase en contacto con su amigo de Burdeos —dije—. Yo voy a llevarme a Finn y al coche a buscar a mi prima.

Eve levantó una ceja, pese a que estaba enseñándome a meter el cañón de la Luger para quitarle la presión al resorte.

—¿Dónde vas a buscar a tu prima? Si sigue viva, puede estar en cualquier sitio.

—Mi tía me dijo que, al principio, la habían enviado a un pueblo a las afueras de Limoges para que tuviera su bebé. El tipo de sitio alejado adonde envían a chicas deshonradas. —Empezaba ahora a pillarle el tranquillo a la pistola; sus partes se deslizaban fácilmente entre mis dedos aceitosos—. Rose se quedó allí para dar a luz. Luego, cuatro meses después, vino a trabajar a Limoges. Puede que dejara a su hijo en el pueblo para que se criara con una familia. Puede que volviera allí cuando dejó de trabajar en Le Lethe. ¿Quién sabe? Pero este es un pueblo pequeño y todos se conocen en los pueblos pequeños. Alguien reconocerá la fotografía de Rose. —Me encogí de hombros—. Al menos, es un sitio por el que empezar.

—Un buen p-plan —asintió Eve. Yo me sonrojé orgullosa por su aprobación—. Desmonta otra vez la pistola. —Volví a desarmar la Luger y Eve empezó otra historia: el fin de semana que ella y René Bordelon habían pasado aquí en el verano de 1915—. Vinimos en el tren y él me llevó a comprarme un vestido nuevo. Una cosa era que yo entrara en sus habitaciones con un vestido del trabajo, y otra que fuera a dejar que lo vieran en el paseo o en el teatro conmigo vestida con una blusa vieja. Era un

Poiret, de cordón de seda verde almendra ribeteado con terciopelo negro, cuarenta y tres botones forrados de terciopelo por la espalda. Él los contó mientras los desabrochaba...

Volví a montar el percutor mientras me preguntaba qué había pensado hacer Eve cuando encontrara a su viejo enemigo. ¿Haría que lo arrestaran? Todo el mundo sabía que los franceses trataban con severidad a los colaboracionistas. ¿O simplemente confiaría en que la Luger acabara con aquello? Yo no descartaba esa posibilidad.

«¿Qué es lo que te hizo, Eve? ¿Y qué le hiciste tú?».

Me estaba contando que el río de Limoges parecía gris la última vez que había estado, que no tenía el azul luminoso que presentaba ahora. Que las hojas se agitaban alrededor de los zapatos de charol nuevos, comprados para que se los pusiera con el vestido verde almendra.

—Lo recuerda con mucha claridad —dije a la vez que le enseñaba la pistola limpia y engrasada.

—Así debe ser. —Eve se tomó el resto de su whisky—. Ese fue el fin de semana que eché en falta el periodo y empecé a temer que René me había dejado embarazada.

22

Eve

Septiembre de 1915

El otoño apenas acababa de empezar y el frío ya había llegado de lleno. Lille era una ciudad de dos mundos que vivían uno junto al otro y la caída de las temperaturas era una demarcación más clara que ninguna otra línea. A un lado, los alemanes, que tenían todo el carbón, las velas y el café caliente que necesitaban. Al otro lado, los franceses, que no tenían casi ninguna de esas cosas. Los dos mundos eran descritos como el francés y el alemán o los conquistados y los conquistadores, pero ahora eran simplemente el frío y el no frío.

Eve no se dio cuenta. Estaba embarazada y aquel pensamiento había apartado cualquier otro de su mente.

No había pasado mucho tiempo, pero no resultaba difícil ver los síntomas. Dos faltas. Algunas mujeres de Lille decían que sus periodos les llegaban ahora de forma irregular por la semihambruna, pero Eve no creía ser tan afortunada. Se había quedado delgada como una oblea, pero aún conseguía suficientes sobras del mercado negro de Le Lethe como para no pasar hambre. Además, pronto aparecieron otros síntomas: había empezado a sentir los pechos más sensibles; se notaba, de repente, más cansada a todas horas, y había comenzado a experimentar náuseas inesperadas cuando salía de las cocinas un jugoso asado o cuando tenía que llevar un acre trozo de Morbier a la hora de sacar los quesos.

Eve estaba segura. René Bordelon la había dejado embarazada.

Era una certeza que debería haberla llevado a un estado de absoluta desesperación, pero no tenía tiempo para eso. La red de Alice estaba ocupada. Las líneas francesas de Champaña habían estado realizando un ataque continuado. El *Kommandant* alemán y sus generales habían tenido una lacónica conversación durante el café. Conversación que Eve transcribió. Pasaba horas atendiendo mesas y, después, más horas en la cama de René; entre unas cosas y otras, por lo menos diecinueve horas cada día. Pasó información sobre emplazamientos de la artillería, listas de bajas, horarios de trenes y almacenes de suministros. Estaba tan acostumbrada a caminar por aquel filo de la navaja que casi le parecía normal. Mantenía el rostro y la voz tan inmovilizados continuamente que, a veces, se preguntaba si le quedaría alguna expresión espontánea. No podía sentir pánico ni caer en la desesperación simplemente porque su cuerpo hubiese decidido traicionarla. No podía.

Eve abrió su puerta ese sábado para que entrara Violette, que había venido en su habitual ronda por Lille, y casi dio un grito de alivio. Había tenido pesadillas toda la semana con que hubiesen detenido a Violette, precisamente ahora. A Eve nunca le había gustado mucho Violette, pero la necesitaba.

Violette debió de ver un destello de su alivio, porque una expresión de sorpresa apareció tras sus gafas redondas.

—Parece que te alegras de verme —observó a la vez que se quitaba el barro de sus viejas botas. Frunció el ceño y añadió—: ¿Hay alguna noticia?

—Ninguna —respondió Eve—. Pero necesito ayuda y tú eres la única a la que se la puedo pedir.

Violette se quitó los guantes y se frotó las manos frías mientras miraba a Eve con curiosidad.

—¿Por qué yo?

Eve respiró hondo.

—Lili m-m-m..., me contó que fuiste enfermera.

—En la Cruz Roja, sí. Aunque no mucho tiempo. La guerra acababa de empezar.

Eve controló un repentino ataque de duda, pero siguió adelante de todos modos, pues ¿qué otra opción tenía?

—Estoy embarazada —dijo sin rodeos tras obligarse a mirar a Violette a los ojos—. ¿Puedes ayudarme a ocuparme de ello?

Violette se quedó contemplándola un momento y, después, soltó un fuerte resoplido.

—*Merde*, ¿has sido tan tonta como para mezclar una aventura amorosa con tu trabajo? No me digas que te has enamorado de Antoine o...

—No soy una colegiala estúpida —la interrumpió Eve—. Tengo que acostarme con mi jefe para sacarle información, Violette. ¿No te lo ha contado Lili?

—Claro que no. —Violette se subió las gafas—. ¿No se te ha ocurrido tomar precauciones?

—Lo intenté, pero no funcionaron. —Salir de puntillas de su cama por las noches para enjuagarse en su lujoso baño le había parecido más sórdido que lo que ocurría en la cama, pero Eve no había dejado de hacerlo. Ojalá hubiese funcionado—. Y antes de que me lo preguntes, tampoco ha funcionado nada más. Bajar los escalones dando saltos, baños calientes, ch-chupitos de brandy. Nada.

Violette volvió a suspirar, con menos fuerza, y se apoyó en el borde de la cama.

—¿De cuánto tiempo?

—De dos meses, creo. —Según suponía Eve, debió de ocurrir muy al principio. Quizá la segunda o la tercera vez.

—No es mucho, entonces. Bien.

—¿Puedes ayudarme o no? —Eve sentía el corazón en la garganta y la voz lo rodeaba y salía rasposa.

—Vi más heridas de guerra que mujeres embarazadas. —Violette se cruzó los brazos con fuerza alrededor del pecho—. ¿Por qué no se lo dices a Bordelon? Un hombre rico como él podría pagar un médico de verdad.

Eve ya lo había considerado.

—¿Y si lo quiere? —No estaba segura de que fuera a ser así. René no era un hombre familiar, pero Eve sospechaba que había en él algo dinástico. ¿Y si pensaba que Eve podía tener un varón y esa idea le parecía... interesante?

—Si es así, aún podrías deshacerte de él a escondidas. Decirle que has sufrido un aborto.

Eve negó con la cabeza. Conocía a René. Odiaba las complicaciones y los gastos. Para él, una amante era algo bonito que nunca le causaba problemas. Si Eve perdía al niño que él deseaba o si tenía que pagar por deshacerse de él, ella sería un problema. Podría perder fácilmente su empleo en Le Lethe. No, la mejor opción para seguir trabajando para Lili era que las cosas siguieran como estaban.

—Pues... —Violette no sugirió que se lo contaran al capitán Cameron ni a los demás oficiales que supervisaban la red de Alice—. Sabes que la operación puede ser peligrosa. ¿Estás segura de que es eso lo que quieres?

Eve asintió con un único y fuerte movimiento de cabeza.

—Sí.

—Puedes morir desangrada si lo haces así. Aún estás al principio. Si esperas, aún puedes sufrir un aborto o...

—Hazlo.

Su voz salió con un gruñido desesperado. Había algo más que su determinación por quedarse, por continuar con su trabajo. Era el hecho de que, tras su calma superficial, Eve se enfrentaba a un tipo de pánico que bordeaba la locura. Había renunciado a muchas cosas desde su llegada a Lille —un hogar, la seguridad, la virginidad e incluso su nombre— y lo había hecho con tanta disposición porque era por un futuro incierto, un claro soleado en algún lugar a salvo de la guerra y los invasores. Y, ahora, el invasor estaba dentro de ella, reclamándola de la misma forma absoluta que los alemanes reclamaban la posesión de Francia, y ya no había más futuro. De golpe, había pasado de ser una espía y soldado, una persona que se enfrentaba a los enemigos y salvaba vidas, a otra mujer embarazada más a la que mandar a casa con brusquedad y a la que tratar como a una puta. Eve sabía exactamente qué tipo de futuro podía esperar tras siete meses a contar desde ese momento si no hacía nada: soltera, sin nadie que la quisiera, sin trabajo, sin un penique, despreciada, encadenada de por vida a un invasor cuya semilla había sido plantada por un enemigo en el frío infierno asolado por el hambre de una zona de guerra. Su cuerpo la había traicionado por completo: dejando paso al placer en los brazos de un especulador y, después, quedándose una parte de él cuando tanto se esforzaba cada noche por lavar y hacer desaparecer todo rastro. No iba a permitir que siguiera traicionándola.

Eve había pasado varias semanas acurrucada en su fría cama, enfrentándose a las salvajes oleadas de pánico ciego y terror helador, y sabía que se arriesgaría felizmente a morir desangrada si había una posibilidad de quitarle al invasor su futuro.

Violette asintió lacónica.

—Hay un cirujano en la red que se ocupa de nuestra gente —dijo mientras Eve trataba de contener sus propias emociones—. No se encargaría de una cosa así. Va a misa todos los días. Pero sí puedo pedirle prestados algunos instrumentos con algún pretexto mañana.

—Mañana —repitió Eve con la boca seca—. Sí.

Domingo. Día sagrado, día bendito, día irónico, pues era el día en que Eve había decidido hacer algo por lo que la mayoría de los hombres la llamarían puta asesina tan solo por pensarlo. Solo podía ser en domingo, porque Le Lethe cerraba los domingos. Eso quería decir que tenía todo un día libre para sangrar y recuperarse.

—¿Qué pasa si me muero? —consiguió preguntar Eve cuando Violette llegó con su bolsa llena de instrumentos prestados—. Durante la operación o... después.

—Te dejo aquí y no vuelvo nunca más. —Violette hablaba con pragmatismo—. No tengo otra opción. Si trato de hacer que te entierren, me arrestarán. Probablemente, tu vecino te encontrará dentro de uno o dos días y, luego, tendrás un entierro pobre mientras Lili se lo notifica al tío Edward.

La realidad sórdida de tales planes se clavó en Eve como una puñalada.

—Bueno, habrá que ponerse a ello, entonces. —E intentar no morir.

«Quédate quieta», dijo Violette una y otra vez esa tarde. Eve no sabía por qué. Estaba tumbada e inmóvil como una figura de mármol sobre una tumba. Quizá lo hacía para reconfortarla. En la cama habían colocado sábanas limpias. Violette se había puesto un delantal con el delantero cruzado, probablemente de su época en la Cruz Roja, y su voz tenía la nitidez de la de las enfermeras. Los instrumentos relucían sobre un trapo doblado, pero Eve no los miró con mucha atención. Se quitó la combinación, la ropa interior y las medias, todo de cintura para abajo, y se tumbó. Frío. Tenía mucho frío.

—Láudano —señaló Violette mientras destapaba un pequeño frasco, y Eve abrió los labios obediente para tragarse las gotas—. Vas a sentir dolor, te aviso. —Su voz sonaba brusca, oficiosa, y Eve pensó en Lili cuando dijo: «Te garantizo que esa costumbre de incordiar es propia de una enfermera, sea lo que sea lo que esté haciendo». En ese momento, a Eve le pareció consolador.

Violette limpió sus instrumentos con algo astringente. Se limpió los dedos con el mismo producto de fuerte olor y calentó el metal entre sus manos durante un rato.

—Los médicos nunca calientan sus instrumentos —comentó—. No se dan cuenta de lo frío que resulta el metal en las partes íntimas de una mujer.

El láudano estaba haciendo ya que la cabeza de Eve flotara. La habitación se volvió borrosa. Sentía su cuerpo débil y pesado.

—¿Has hecho esto antes? —se oyó preguntar desde la distancia.

—Una vez —contestó Violette con brusquedad—. Este mismo año. A la hermana de Antoine, Aurélie. Trabaja para nosotras, acompañando a los correos para que los locales no sospechen. La atraparon una noche unos soldados alemanes que buscaban diversión. Solo diecinueve años, la pobrecita. Su familia acudió a mí cuando descubrieron que esos cabrones la habían dejado *enceinte.*

—¿Sobrevivió a... esto? —Eve miró los instrumentos en las manos de Violette.

—Sí, y después se fue directamente a trabajar para la red como la chica valiente que es.

«Si ella lo hizo, yo también puedo», pensó Eve. Pero no pudo evitar encogerse al sentir que las manos de Violette le separaban las piernas desnudas mientras la oía decir: «Ahora, prepárate».

A pesar de los intentos de Violette por calentar el instrumento, atravesó a Eve como un carámbano. El dolor, cuando llegó, fue agudo. «Quédate quieta», oyó que le ordenaba, pese a que Eve no se movía. Violette hizo algo, Eve no supo qué era. Todo parecía muy lejano. El dolor apareció y, después, volvió a desvanecerse, aparecía y desaparecía. Frío. Eve cerró los ojos, deseando que todo se alejase más y más de ella. «Quédate quieta».

Los instrumentos desaparecieron. Habían terminado, pero no había acabado. Violette decía algo:

—... sangrarás un poco ahora. No te asustas por ver sangre, ¿no?

—Yo no me asusto con nada —contestó Eve con sus labios dormidos, y Violette sonrió de mala gana.

—No, eso ya lo sé. La primera vez que te vi, pensé que en una semana saldrías corriendo con tu madre entre gritos.

—Duele —se oyó decir Eve—. Duele.

—Lo sé —repuso Violette antes de darle más gotas de láudano. Amargo. ¿Por qué en Lille todo sabía amargo excepto lo que le daba René? Él era la fuente de comida rica, vino delicioso y tazas de *chocolat* caliente, mientras que todo lo que compartía con Lili y Violette era amargo y repugnante. En Lille todo era al revés: lo malo estaba delicioso y lo bueno sabía a hiel.

Violette estaba retirando los trapos ensangrentados y sustituía las almohadillas bajo la cadera de Eve y entre sus piernas.

—Lo estás haciendo bien —dijo—. Quédate quieta.

Las campanas de la iglesia sonaron en la calle llamando a la misa de la tarde. ¿Acudía alguien? ¿Quién pensaba que rezar serviría de algo en este lugar?

—Lille —susurró Eve. Y se oyó citando a Baudelaire—: «Sus negros encantos, su cortejo infernal de clamores, sus frascos de veneno y sus lágrimas, su estrépito de cadenas y de osamentas...».

—Estás divagando —comentó Violette—. Intenta quedarte quieta.

—Sé que estoy divagando —contestó Eve—. Y estoy quieta, zorra mandona.

—Qué agradecida eres —replicó Violette mientras colocaba más mantas sobre Eve.

—Tengo frío.

—Lo sé.

Eve dio un fuerte grito. No de dolor ni de tristeza. De alivio. René Bordelon ya no dominaba su futuro y ese alivio hizo que derramara lágrimas como una tormenta.

Por la mañana, había terminado.

Violette tenía una lista de instrucciones.

—Puede que sangres más. Ten bastantes trapos a mano, trapos limpios. Y toma esto para el dolor. —Apretó contra la mano de Eve el frasquito de láudano—. Me quedaría para cuidarte, pero tengo que volver hoy a Roubaix. Hay que pasar por la frontera unos informes urgentes.

—Sí. —Al fin y al cabo, tenían una labor que hacer—. Ten cuidado, Violette. Dijiste que los alemanes habían vigilado muy de cerca tu último viaje.

—Iré por una ruta distinta, si es necesario. —Si Violette tenía miedo, y en la red nadie podía evitar ahora sentir miedo, pues los alemanes sabían que había espías en la región y los puestos de control habían sido un infierno, nunca mostraría su temor. Algo que Eve y ella tenían en común—. ¿Puedes buscar el modo de mantenerte alejada de la cama de ese especulador una temporada? Necesitas tiempo para cicatrizar.

—Le diré que tengo un periodo malo. Todas esas cosas le parecen desagradables. —Eso le daría, al menos, una semana.

Violette frunció los labios.

—¿Cómo vas a evitar que esto vuelva a ocurrir?

Eve se estremeció.

—N-no lo sé. Está claro que lo que hacía no ha funcionado. —Era imposible que volviese a pasar por esto otra vez. Nunca.

—Hay aparatos, pero los tienen que colocar los médicos y, en su mayoría, no los ponen a mujeres que no están casadas. Coge una esponja, mójala en vinagre y métetela dentro. —Violette hizo el gesto sin hablar—. No es infalible, pero es mejor que nada.

Eve asintió.

—Gracias, Violette.

Una rápida caricia para expresar el agradecimiento.

—No hablaremos de esto nunca. Ya sabes lo que los hombres les hacen a las mujeres que lo practican. No solo a ti, sino a mí por ayudar.

—Ni una palabra.

Se quedaron mirándose un momento y Eve pensó que si fueran amigas se estarían abrazando ahora. Se limitaron a intercambiarse gestos con la cabeza y Violette se levantó la bufanda y se dirigió a la calle. Puede que, de todos modos, fuesen amigas. Puede que fuesen amigas del mismo modo que los hombres se suelen hacer amigos: con aspereza y sin conversaciones banales, solo con una complicidad compartida en silencio.

—Buena suerte en Roubaix —exclamó Eve a la espalda de la figura que se alejaba y Violette levantó una mano sin girarse.

Más tarde, Eve deseó haber abrazado a Violette. Lo deseó con todas sus fuerzas.

Incluso levantarse hasta la puerta había dejado a Eve agotada y mareada. Se metió en la cama y se quedó allí, tirando para arriba de sus finas mantas, con el vientre aún lleno de calambres largos y lentos. Un dolor sordo venía y se iba por oleadas. No había nada que hacer más que aguantar y, a ratos, llorar. Las lágrimas venían también por oleadas, apareciendo y desapareciendo como el dolor.

Cuando llegó la noche, ya no vio más sangre, pero seguía sintiéndose débil como un cachorrito. Envió un mensaje a Le Lethe quejándose de una molesta gripe. René no estaría muy contento, pero no podía hacer nada al respecto. Eve no habría podido soportar una noche entera de pie metiendo y sacando platos de la cocina. Se quedó quieta, sudando todo el rato, entreteniéndose desmontando su Luger. Eso la calmaba, el olor del aceite y la frialdad del cañón en sus manos, y la apuntó hacia la nada a la vez que se imaginaba que metía una bala entre los ojos de René. Al tercer día, la Luger era la pistola más limpia de Francia y Eve se quedó convencida de que no iba a morir. Volvió al trabajo y evitó a la enojada Christine, que claramente pensaba que iban a despedir a Eve por haber faltado tres días, pero ella sabía que no sería así. Eve se disculpó en privado ante René, consciente de que tenía un aspecto tan demacrado y enfermo que su historia de la gripe y del periodo resultaría bastante creíble, y él no la invitó a que subiera al final de la noche. Pequeños favores, pensó Eve, mientras volvía tambaleante a casa deseando llegar a su habitación y a su cama vacía, a pesar de que no estuviera equipada con las almohadas de plumón de la de René.

Pero la habitación, cuando Eve entró, ya estaba ocupada.

—No te preocupes por mí —dijo Lili moviendo una mano lánguida—. Solo voy a sentarme aquí a tiritar.

—Creía que ibas a cruzar a Bélgica. —Eve cerró la puerta con cerrojo—. Para acompañar a ese piloto caído.

—Lo hice. —Lili estaba sentada en el suelo en el rincón de enfrente, con las rodillas recogidas contra el pecho y las desgastadas cuentas de su rosario de marfil enrolladas entre sus dedos apretados—. El piloto ha volado por los aires a causa de una mina. Recogí los mensajes de Bruselas y volví directamente.

La habitación estaba helada y Lili temblaba con su blusa blanca y su falda gris. Eve cogió una manta de la cama y la dejó caer sobre sus hombros.

—Tienes sangre en el dobladillo.

—Será del piloto. —Los ojos de Lili estaban vidriosos, como si fuese ella la que había tomado láudano—. O quizá de la mujer que caminaba delante de él o de su marido... Los pilló a los tres.

Eve se sentó y atrajo la cabeza rubia hacia su hombro. Parecía que había noches peores que las que estaban llenas de instrumentos fríos, fuertes dolores de vientre y pesadillas envueltas en láudano.

—Los focos de la frontera lo iluminan todo como si fuese de día. —Lili pasaba el dedo pulgar por las cuentas del rosario—. Una vez que pasas la frontera y los francotiradores, llega la zona arbolada. Los alemanes la tienen llena de minas, ¿sabes? Mi piloto no se quedó detrás de mí, fue corriendo hacia una pareja que caminaba delante de nosotros. Creo que pensó que la mujer era guapa... A los tres los debió de alcanzar una mina, porque saltaron en pedazos a menos de una docena de pasos delante de mí.

Eve cerró los ojos. Pudo ver la explosión, las fuertes luces.

—Y, luego, recogí los nuevos pases que me dio Antoine. —La voz de Lili sonaba monótona, pero sus delgados hombros se movían bajo el brazo de Eve—. Ha informado de...

—Calla. —Eve apoyó su mejilla sobre aquel pelo rubio que olía a sangre—. No tienes que hablar. Cierra los ojos.

—No puedo. —Lili miraba al frente, con las lágrimas cayéndole despacio por las mejillas—. La veo.

—¿A la mujer que pisó la mina?

—No. A Violette. —Lili enterró la cara en sus brazos plegados y empezó a sollozar—. Antoine me ha dado la noticia, pequeña margarita. Han arrestado a Violette. Los alemanes la han capturado.

23

Charlie

Mayo de 1947

No estáis invitados a cenar —nos dijo Eve a Finn y a mí—. Ninguno de los dos.

La llamada que había hecho a su oficial inglés había dado sus frutos: él iba a venir desde Burdeos esa noche para cenar en el café del hotel. Eve había adoptado su expresión feroz desde que se había confirmado la reunión, pero para entonces yo ya podía ver un poco lo que había tras esa máscara. La había estado mirando con perplejidad desde que me había contado que se había quedado embarazada. «Embarazada». Había sido cuando tenía más o menos mi edad y había pasado por el mismo aprieto que yo. Solo que ella estaba casi muerta de hambre en una ciudad llena de enemigos que la habrían llevado ante un pelotón de fusilamiento si hubiesen averiguado para quién trabajaba en realidad. De repente, mi Pequeño Problema parecía mucho menor en comparación. Recordaba lo que me habían enseñado cuando era más joven, que lo que ella había hecho estaba mal, pero no podía condenar a Eve. Estaba inmersa en una guerra. Hizo lo que tenía que hacer. En realidad, yo la admiraba por haber salido adelante después de algo así.

Pero sabía que ella habría rechazado mi admiración, así que me limité a sonreír.

—Dígame solo una cosa. ¿Es con el capitán Cameron con quien se reúne esta noche?

Eve se encogió de hombros, tan enigmática como siempre.

—¿No vas a ir a ese pueblo al que se fue tu prima?

—Sí. —Ya llevábamos tres días en Limoges. Yo habría salido antes hacia el pueblo de Rose, pero Finn tenía que hacer más remiendos en las tripas del Lagonda antes de lanzarse a las carreteras comarcales. Ese día había anunciado que ya estábamos listos y que dejaríamos a Eve esperando a su misterioso acompañante para la cena.

—¿Qué crees tú? —le pregunté a Finn a la vez que me metía en el asiento delantero—. ¿Es al capitán Cameron al que va a ver?

—No me sorprendería.

—¿Crees que volveremos a tiempo para verle?

—Eso depende, ¿no? —Fijó la mezcla de carburante y aire del motor y ajustó la ignición—. Depende de si averiguamos algo o no sobre tu prima.

Me estremecí, en parte por la expectativa y en parte por el miedo, mientras empezábamos a avanzar por la calle.

—Puede que hoy sea el día.

Finn respondió con una sonrisa y condujo el coche hacia las afueras de Limoges sin prisas, con un brazo sobre el volante. Llevaba su habitual camisa vieja con las mangas enrolladas, pero se había afeitado; por una vez su mentón estaba suave, sin la barba incipiente, y yo quise acercar la mano y acariciarle la mejilla. Lo deseaba tanto que tuve que mantener las manos bien dobladas sobre mi regazo. ¿Cómo era posible que el Lagonda pareciera más lleno cuando no llevábamos a Eve con nosotros?

—Llegaremos pronto —dije, solo por decir algo. Según el mapa arrugado de Finn, nuestro destino se encontraba a tan solo unos veinticinco kilómetros al oeste de Limoges.

—Eso creo. —Finn condujo el Lagonda junto a un prado vallado donde unas vacas masticaban hierba y se veía una granja de piedra gris a lo lejos. Las afueras de Limoges habían dado lugar rápidamente a tranquilas carreteras comarcales y carriles llenos de baches. No podía ser más pintoresco. Yo permanecí sentada allí, rígida como una tabla. No sabía por qué estaba nerviosa, pero lo estaba. Finn me había devuelto el beso cuando yo le había besado unas cuantas noches atrás, pero no había hecho referencia a ello desde entonces. Yo quería avanzar en el juego, pero no sabía cómo. Podía ser un as con los números, pero era pésima en el flirteo.

—¿Cómo has dicho que se llamaba el pueblo? —preguntó Finn interrumpiendo el complicado torbellino de mis pensamientos.

—Oradour-sur-Glane. —En el viejo mapa de carreteras parecía un lugar diminuto. Resultaba difícil imaginar a Rose en una aldea demasiado pequeña como para merecer siquiera el título de ciudad. Ella siempre había soñado con bulevares de París y luces de Hollywood. «Nueva York, si no hay más remedio», recuerdo que dijo. «Nueva York es bastante sofisticado para mí». Y en lugar de ello, había acabado en Oradour-sur-Glane, una aldea en medio de la nada.

El Lagonda giró siguiendo una cerca de piedra sembrada de alhelíes silvestres y vi a una niña francesa que caminaba descalza por encima de ella con los brazos extendidos para mantener el equilibrio. Tenía el pelo negro, pero al instante se convirtió en Rose ante mis ojos, con sus rizos rubios moviéndose por encima de un vestido azul de verano que recordé que mi prima llevaba mucho tiempo atrás. Sentí una premonición tan fuerte que casi se convirtió en certeza. «Estás en Oradour-sur-Glane, Rosie», pensé. «Sé que estás aquí. Muéstrame el camino y te encontraré».

—No llegaremos antes por mucho que aprietes —comentó Finn. Bajé la mirada y me di cuenta de que estaba empujando las sandalias de mis pies contra el suelo como si fuese un acelerador—. ¿Por qué estás sentada como si estuvieses en la iglesia?

—¿A qué te refieres?

El Lagonda llegó a un puente de piedra. Una bicicleta lo atravesaba en dirección contraria. Finn frenó para dejar que la bicicleta pasara, y después se agachó, me agarró los tobillos y me subió los pies al asiento.

—Normalmente te sientas con los pies recogidos.

Yo estaba ruborizada cuando puso de nuevo el coche en movimiento. Sus dedos podían rodear casi por completo mis tobillos. Deseé que mis piernas no fuesen tan delgadas. Llevaba una falda estrecha y roja que había comprado en París y una camisa de botones blanca y holgada como de hombre que me había remangado por encima de los codos y atado en la cintura en lugar de metérmela por dentro. Sabía que me sentaba bien, pero, aun así, deseé no tener unas piernas tan delgadas. Rose tenía unas piernas bonitas, incluso cuando solo tenía trece años. Lo primero que haría si la encontraba sería abrazarla hasta cortarle la respiración y, después, preguntarle si podría darme sus piernas.

—Hemos tomado un desvío equivocado en algún punto —dijo Finn unos minutos después—. Esto es el sur, no el oeste. Todas estas carreteras sin señalizar... A ver, espera un momento.

Se detuvo en la puerta de una tienda en medio del camino con un expositor de postales y un gato que dormitaba en el escalón. El gato bostezó cuando Finn pasó por encima para dirigirse al propietario con su francés de marcado acento escocés. «Rose y yo podríamos tener un gato», musité mientras el gato se limpiaba la cola. Mi querido y fallecido Donald (que Dios lo tuviera en su gloria) nunca me había dejado tener un gato porque le hacía estornudar. «He decidido que odio a Donald», dijo Rose en mi imaginación. «¿No podrías al menos haberte inventado un marido muerto agradable?».

—Estás sonriendo —dijo Finn, dejándose caer de nuevo en el Lagonda aún en marcha.

—Solo me preguntaba qué te parecerá mi prima cuando la conozcas. Bueno, en realidad no me lo preguntaba. Rose le gusta a todo el mundo.

—¿Se parece mucho a ti?

—Para nada. Más divertida, más valiente. Guapa.

Finn iba a girar el coche de nuevo hacia la carretera, pero se detuvo y se quedó mirándome un rato a través de sus oscuros ojos. Por fin, apagó el motor, acercó sus manos y tiró de mí por encima del asiento para acercarme a él. Pasó la mano por mi pelo y colocó sus labios sobre mi oído.

—Pequeña Charlie. —Su aliento era cálido y lanzó una chispa de electricidad por toda la superficie de mi piel cuando besó la vena que latía por debajo de mi oreja—. Tú. —Besó la punta de mi mentón—. Eres. —Besó la comisura de mi boca—. Valiente. —Besó mis labios muy suavemente—. Aparte de guapa. Bonita como un día de primavera.

—¿Sabes lo que dicen de los escoceses? —conseguí preguntar—. Que son todos unos mentirosos.

—Eso son los irlandeses. No cuentes milongas sobre los escoceses.

Volvió a buscar mi boca con la suya y me besó durante un buen rato. Alguien al pasar nos tocó el timbre de su bicicleta, pero yo tenía los brazos apretados alrededor del cuello de Finn y el corazón latiendo con fuerza contra el duro pecho de él.

Al final se apartó, aunque seguía sujetándome con fuerza a su lado.

—Podría quedarme aquí toda la tarde —dijo—. Pero ¿por qué no vamos a buscar a tu prima?

—De acuerdo —contesté sin más. No me había sentido tan feliz desde hacía mucho tiempo.

—¿Quieres ponerte al volante?

Me quedé mirándole y sonreí.

—¿Te atreves a poner en mis manos a este viejo muchacho?

—Pásate aquí.

Cambiamos de sitio. Extendí los pies hasta los pedales, aún sonriendo. Finn me dio instrucciones sobre la puesta en marcha —«Si empieza a enfriarse, mueve ligeramente la mezcla de carburante y aire, pero puedes acercarlo más al centro»— y por fin volví a poner el Lagonda en dirección oeste. Sentía su zumbido en mis manos.

—Qué curioso —comentó Finn—. El viejo de la tienda que me ha dado las indicaciones me ha mirado raro cuando le he dicho que buscaba Oradour-sur-Glane.

—¿Cómo te ha mirado?

—Simplemente raro.

—Ah. —Pasé la mano por el volante del Lagonda, sintiendo el suave tejido de la manga de Finn apretado contra mi brazo. El sol brillaba cálido sobre mi cabeza y, mientras conducía el descapotable por aquella carretera llena de baches, empecé a tararear *La vie en rose.* No quería bajarme nunca de aquel coche.

—Mira —dijo Finn apuntando, pero yo ya lo había visto. La forma de la torre de una iglesia apareciendo a lo lejos—. Ahí debe de ser.

La sangre me burbujeaba como si se hubiese convertido en champán. Volvimos a cambiarnos de sitio otra vez cuando nos acercamos más a Oradour-sur-Glane, pues yo estaba demasiado nerviosa como para concentrarme en la conducción. La carretera serpenteaba por delante hacia el extremo sur del pueblo, por encima del río Glane. Podía ver la torre de una iglesia, unos cuantos edificios achaparrados de piedra a su alrededor y postes de teléfono. Me pregunté por qué los tejados se inclinaban con ángulos extraños.

—Qué silencio —comentó Finn. Ningún perro ladrando, ningún tranvía, ningún timbre de bicicleta mientras nos adentrábamos por las afueras del pueblo. Finn aminoró la velocidad, pero no vimos niños jugando en las calles. Yo estaba, sobre todo, perpleja, pero entonces vi que la casa más cercana tenía unas marcas de humo negro que manchaban las paredes de piedra. Y el tejado caído por dentro.

—Debe de haber habido un incendio —dije, pero las marcas parecían antiguas, lavadas por la lluvia.

Finn redujo aún más la marcha, dejando el coche casi detenido. El motor del Lagonda chirriaba como si estuviese intranquilo. Miré a un lado y a otro de la calle. Seguía sin ver gente. Más manchas de humo, de fuego. Vi un reloj de pared sobre una acera, como si lo hubiesen tirado o abandonado. Tenía la esfera casi derretida, pero pude ver que las manillas se habían detenido a las cuatro.

—Ni una sola de estas casas tiene tejado —observó Finn, y yo vi más vigas ennegrecidas, más tejas destruidas. Con razón su silueta parecía extraña desde lejos. Había sufrido un incendio, pero eran edificios de piedra, fuertes y bien espaciados. ¿Cómo podía haber pasado el fuego de un edificio a otro?

Mi sangre burbujeante se había vuelto muy pesada en el interior de mis venas.

La iglesia se elevaba amenazante a nuestra izquierda, enorme, hecha también con la pesada piedra de la zona. Tampoco tenía tejado.

—¿Por qué nadie lo ha reconstruido? —susurré—. Aunque hubiera un incendio, ¿por qué no ha regresado nadie?

La idea me golpeó como un tren chirriante: «Puede que no quede nadie».

—No —dije en voz alta como si estuviese discutiendo conmigo misma—. Un pueblo entero no desaparece por un incendio. —La gente habría huido. Y estaba claro que tras el incendio se habían realizado obras en Oradour-sur-Glane, cuando quiera que ocurriera, pues no había escombros ni desechos. Había ido gente a limpiar los edificios y las calles.

«Entonces, ¿por qué no se quedaron? ¿Por qué no lo reconstruyeron?».

El Lagonda avanzó por el centro del pueblo y pasó junto a la oficina de correos y una estación de tranvía. Las vías parecían nuevas, como si por la curva fuera a aparecer un tranvía traqueteando en cualquier momento. Pero todo estaba tan silencioso que no se oía por ningún sitio ninguna pisada ni maullido de gatos. ¿Por qué no había pájaros cantando?

—Para —dije vacilante—. Tengo que salir..., tengo que...

Finn detuvo el Lagonda en medio de la calle adoquinada. ¿Quién iba a tocarle el claxon allí para que se moviera? No había tráfico. Salí tambaleante, casi a punto de caerme, y Finn me sostuvo por el brazo con una mano.

—No me extraña que el hombre de la tienda me mirara raro.

—¿Qué ha pasado aquí? —Era como un barco fantasma abandonado en el mar con la comida aún servida en la mesa. Era como un pueblo de juguete sin muñecas. «Rose, ¿dónde estás?».

Caminamos de nuevo por donde habíamos venido. Me asomé a la ventana de un hotel carbonizado y vi los muebles del interior —pequeñas mesas con una gruesa capa de polvo, sillones para los huéspedes, mostradores abandonados donde debió de haber recepcionistas. Si entraba, probablemente encontraría en el mostrador una campanilla casi derretida, esperando a llamar a los botones que ya no estaban.

—¿Quieres entrar? —preguntó Finn. Negué con fuerza con la cabeza.

A nuestra izquierda se alzaba una plaza de mercado vacía o una feria. Había un coche abandonado con óxido en las puertas. Finn pasó una mano por el parachoques descamado.

—Un Peugeot —dijo—. Modelo 202. El orgullo y la alegría de alguien.

—Entonces, ¿por qué lo dejó aquí?

Ninguno de los dos teníamos respuesta alguna. Pero el miedo que sentía en mi interior aumentó con el eco de cada paso que dábamos.

De nuevo, la iglesia, elevándose tras el muro de piedra en la carretera y, más allá, una empinada pendiente de hierba. Un trío de ventanas en arco se elevaba amenazante, como cuencas de ojos vacías que nos miraran fijamente. Finn pasó una mano por el muro más bajo y se quedó inmóvil.

—Charlie —dijo—. Agujeros de bala.

—¿Agujeros de bala?

Pasó la mano por encima de las marcas.

—No son disparos de rifles de caza. Mira la uniformidad con la que están espaciados. Estas balas las dispararon soldados.

—Pero este pueblo está en medio de la nada. ¿Quién iba a...?

—Vámonos de aquí. —Finn miró a su alrededor con la cara pálida—. Preguntaremos en el pueblo de al lado. Alguien podrá contarnos qué pasó...

—No. —Me aparté—. Rose estaba aquí.

—No está ahora, pequeña Charlie. —Sus ojos miraban a un lado y a otro de la calle—. No hay nadie. Vámonos de aquí.

—No... —Pero sentía un cosquilleo por toda mi piel y el silencio me estaba volviendo loca. Ya había empezado a dar un paso en dirección al Lagonda. No deseaba quedarme allí más que él.

Fue entonces cuando vi un destello de movimiento por el rabillo del ojo.

—¡Rose! —exclamé con un grito. No pude verle la cara, pero se trataba sin lugar a dudas de una figura femenina, encorvada y envuelta en un viejo abrigo a pesar del calor, acurrucada en la pendiente de hierba, bajo el muro de la iglesia. Me aparté de Finn y rodeé corriendo el muro bajo, subí la pendiente y rodeé otro muro, sin apartar ni un momento la vista de la figura—. ¡Rose! —volví a gritar mientras oía cómo Finn salía detrás de mí, pero la figura del muro de la iglesia no se giró—. Rose —grité por tercera vez como si fuese un mantra, como una oración, y mi desesperada mano suplicante cayó sobre su hombro.

Se giró.

No era Rose.

«¿Eve?», estuve a punto de preguntar, pero aquella mujer no se parecía a Eve. Era rechoncha, con aspecto de abuela, con el pelo gris peinado en un moño. ¿Por qué me recordó a la alta y demacrada Eve? Entonces, dirigió hacia mí su mirada perdida y vi el parecido. Tenía la misma mirada devastada de una mujer que había sido torturada y desgarrada hasta lo más hondo. Como Eve, podría tener cualquier edad entre los cincuenta y los setenta años. Todo le daba igual. Como el reloj derretido, ella se había detenido para siempre a las cuatro de la tarde. Cuando ese pueblo había muerto..., cualquiera que fuese la causa.

—¿Quién es usted? —susurré—. ¿Qué ha pasado aquí?

—Soy madame Rouffanche. —Su voz sonó clara, no a los balbuceos de una señora mayor—. Y todos están muertos menos yo.

La luz del sol dándome en la cabeza. El susurro de la hierba. Las pequeñas cosas cotidianas eran el telón de fondo para el callado terror de la voz de madame Rouffanche.

Ni siquiera mostraba curiosidad por saber quiénes éramos Finn y yo ni parecía sorprendida de vernos. Era como el coro de una obra de Shakespeare: el telón subía sobre una escena tan extraña y terrible que el público no podía comprenderla, al menos hasta que salía ella y, con voz calmada y sin vida, explicaba la escena. Lo que había pasado. Cuándo había pasado. Cómo había pasado.

No el porqué.

No sabía el porqué. Supongo que nadie podría saberlo.

—Fue en el 44 —dijo mientras estábamos bajo las ventanas como cuencas vacías de la iglesia a medio quemar—. El 10 de junio. Ese fue el día que vinieron.

—¿Quiénes? —susurré.

—Los alemanes. Desde febrero, la división Panzer de las SS había estado situada al norte de Toulouse. Después de que los aliados llegaran en junio, la división se dirigió al norte. El 10 de junio llegaron aquí. —Pausa—. Después, supimos que alguien había denunciado que Oradour-sur-Glane era un refugio para combatientes de la Resistencia... O era Oradour-sur-Vayres. No lo sé. Nunca quedó claro.

Finn me agarró la mano, sus dedos fríos como el hielo.

—Continúe —conseguí decir a través de mis labios apretados.

Madame Rouffanche no necesitaba que se lo dijera. La historia ya estaba empezada; la contaría hasta el final y, después, volvería a abandonar la escena. Sus ojos veían más allá de mí, atravesándome, hasta el día 10 de junio de 1944.

—Era alrededor de las dos de la tarde. Los soldados alemanes entraron en mi casa y nos ordenaron a mi marido, a mi hijo, a mis dos hijas y a mi nieta que fuésemos al ferial. —Señaló hacia la plaza donde habíamos visto el Peugeot abandonado—. Ya estaban allí reunidas varias personas del pueblo. Hombres y mujeres que llegaban desde todas las direcciones. Metieron a todas las mujeres y a los niños en el interior de la iglesia. —Acarició una piedra manchada de humo, como si fuese la frente de un cadáver—. Las madres llevaban a sus bebés en los brazos o empujaban sus cochecitos. Éramos varios cientos.

«Rose no», pensé mareada. Rose no podía estar entre ellos. No era una mujer del pueblo: vivía y trabajaba en Limoges. Había estado segura de que la iba a encontrar aquí, pero no así. Ella no podía haber estado aquí el 10 de junio.

—Esperamos varias horas —continuó madame Rouffanche con voz calmada—. Especulando, susurrando, cada vez más asustadas. Sobre las cuatro de la tarde...

«Las cuatro». Pensé en el reloj derretido.

—... entraron varios soldados. Apenas unos muchachos, en realidad. Llevaban una caja entre todos, con cuerdas que colgaban de ella y se arrastraban por el suelo. Colocaron la caja en la nave, cerca del coro, y encendieron las cuerdas. Se marcharon y la caja explotó. La iglesia se llenó de humo negro. Las mujeres y niños corrían por todas partes, empujándose, gritando, ahogándose.

Su voz sonaba plana como el papel. Quise taparme las orejas con las manos para no oír aquellas palabras, pero me quedé inmóvil y horrorizada. Finn, a mi lado, ni siquiera respiraba.

—Echamos abajo la puerta de la sacristía y entramos. Yo me senté en un escalón. Intentaba mantenerme agachada, respirando el aire bueno. Mi hija corrió hacia mí, y fue entonces cuando los alemanes abrieron fuego desde las puertas y las ventanas. Andrée murió allí mismo. —Pausa. Parpadeo—. Tenía dieciocho años. —Pausa. Parpadeo—. Cayó encima de mí y yo cerré los ojos y fingí estar muerta.

—Dios mío —dijo Finn en voz baja.

—Hubo más disparos y, después, los alemanes echaron brazadas de paja, leña y sillas rotas amontonándolos por encima de los cuerpos que yacían sobre las losas. Salió aún más humo. Me escurrí de debajo de mi hija y me escondí detrás del altar. Había tres ventanas altas en la pared de atrás. Fui hasta la de en medio, la más grande, y puse la banqueta que el sacerdote usaba para encender las velas. Me subí lo mejor que pude.

Esa mujer encorvada y con aspecto de anciana había conseguido subir por una escarpada pared de piedra, por encima de un suelo lleno de cadáveres y un miasma de humo y balas. No sé qué vería madame Rouffanche en mi cara, pero se encogió de hombros.

—No sé cómo. Mis fuerzas se multiplicaron.

—Eso suele pasar. —La voz de Finn era casi inaudible.

—La ventana ya se había hecho añicos. Tiré de mi cuerpo hacia arriba y me descolgué por fuera. Caí unos tres metros. —Levantó la vista justo por encima de nuestras cabezas, hacia la oscura y hueca ventana de en medio de la pared de la iglesia—. Por aquí.

Sentí un nudo en la garganta con un grito aún sin formar. «Por aquí», decía el eco de su voz. «Aquí». Esa mujer, tres años atrás, se había descolgado por esa ventana sobre esta misma hierba donde ahora estábamos nosotros bajo la fragante luz del sol. «Aquí».

—Una mujer trató de seguirme. Los alemanes abrieron fuego en cuanto nos vieron. —Madame Rouffanche empezó a caminar con pasos lentos y dificultosos—. Recibí cinco disparos. Me arrastré por aquí. —La seguimos en silencio, rodeando el muro de la iglesia—. Conseguí llegar al huerto de la sacristía. Las plantas no estaban muertas entonces. Eran espesas. —Nos colocamos entre las hierbas aplastadas, mirando el árido huerto—. Me escondí entre las hileras de guisantes. Oí más disparos, más gritos, más aullidos... Fue entonces cuando los hombres y los muchachos murieron, la mayoría. Fusilados. Y, después, llegó el incendio, y todos los tejados empezaron a arder. Cayó la noche, y entonces llegó el sonido de botellas de champán descorchándose... Los alemanes se quedaron a pasar la noche y bebieron champán.

Separé los labios pero no salió ninguna palabra de ellos. Finn se giró de espaldas de repente, pero no me soltó la mano. La apretaba con tanta fuerza que sentía como si me fuese a romper los dedos. Yo también apreté la suya. Madame Rouffanche miraba más allá de nosotros con serenidad, moviendo los dedos como si estuviese toqueteando un rosario inexistente.

—Los alemanes se quedaron varios días... Hicieron algún intento de cavar zanjas para esconder los cadáveres. Nunca supe el porqué. Nadie podría ocultar lo que habían hecho. Ese olor a carne quemada. Había perros asustados corriendo por todas partes, buscando a sus amos... Los alemanes nos mataron a la mayoría de nosotros, pero fueron clementes con los perros. No dispararon a ninguno. Cavaron una zanja aquí para los muertos del huerto de la casa parroquial y era tan poco honda que seguía sobresaliendo la mano de un hombre por la tierra después de haberla rellenado.

Miré a Finn. Seguía de espaldas y sus hombros se movían arriba y abajo. Yo no sabía por qué no podía moverme ni hacer ningún sonido. Estaba congelada.

—Cuando los alemanes abandonaron las tareas de limpieza y se retiraron, fui rescatada. Por dos hombres que habían vuelto a escondidas al pueblo para ver si sus hijos habían sobrevivido... Les supliqué que me llevaran al río y me ahogaran, pero me trasportaron hasta un médico. Estuve un año en el hospital. Cuando salí, la guerra había terminado y los alemanes se habían ido. Pero el pueblo seguía...

Pausa. Parpadeo.

—... así.

Pausa. Parpadeo.

—Sobreviví —continuó con tono neutro—. Otros también. Hombres que salieron arrastrándose de las cuadras en llamas después de que les hubieran disparado, hombres que estaban en los campos o que habían ido ese día a los pueblos vecinos, unos cuantos niños que se escondieron entre las ruinas o que escaparon de los disparos. —Había algo que trataba de salir a la superficie de sus ojos. Parecía como si estuviese regresando lentamente al presente desde aquella isla del tiempo que era el 10 de junio de 1944. Me miró por primera vez como si de verdad me estuviese viendo. Vio a Charlie St. Clair con su falda roja y sus sandalias de corcho, sobre los restos de todos los fantasmas.

Finn se giró de nuevo.

—¿Por qué viene aquí? —Señaló hacia los edificios vacíos y manchados de humo que nos rodeaban—. ¿Por qué se ha quedado?

—Es mi casa —respondió madame Rouffanche—. Sigue siendo mi hogar y yo soy su testigo viviente. Ustedes no son las primeras personas que vienen aquí en busca de... Es más fácil encontrarme a mí que no encontrar nada. Así que díganme a quiénes buscan. Yo les diré si sobrevivieron. —Sus ojos mostraban una compasión infinita—. Y les diré si murieron.

Durante un largo rato, nadie habló. Nos quedamos como una trinidad en aquel lugar terrible, con una suave brisa revolviendo el pelo de Finn y ondeando el bajo del abrigo de madame Rouffanche. Después, cogí mi bolso y saqué la fotografía desgastada de Rose. La puse en las manos arrugadas de madame Rouffanche.

Entonces, recé. Recé con todas mis fuerzas.

Ella miró la fotografía, acercándosela más a sus ancianos ojos.

—Ah... —dijo en voz baja, cuando el reconocimiento asomó en su mirada—. Hélène.

—¿Hélène? —preguntó Finn con brusquedad antes de que yo pudiese hacerlo.

—Hélène Joubert, así dijo que se llamaba cuando llegó aquí para tener a su bebé. Una viuda muy joven. Creo que todos lo sabíamos, pero... —Se encogió de hombros—. Una muchacha encantadora. A nadie le importó. Dejaba a su bebé con la familia Hyvernaud mientras ella iba a trabajar a Limoges. Volvía cada fin de semana en el tranvía, contaba madame Hyvernaud. —Una sonrisa—. Hélène. Un bonito nombre, pero nunca la llamamos así. Decía que de niña había sido Rose, por sus mejillas rosadas, así que la llamábamos así. *La belle Rose.*

Algo en mi interior comenzó a aullar.

—Por favor —supliqué, y la voz se me quebró—. Dígame que ella no estaba aquí. Dígame que estaba en Limoges. Dígame que no estaba aquí.

Un largo silencio de madame Rouffanche. Miró la fotografía, el rostro sonriente de Rose, y vi que volvía a hundirse, de nuevo en el bucle infinito del diezdejuniodiezdejuniodiezdejunio.

—Dentro de la iglesia —dijo— había tres ventanas en lo alto del muro. Fui hasta la de en medio, la más grande, y acerqué una banqueta que el sacerdote usaba para encender las velas. Me subí y me descolgué por fuera. Caí unos tres metros.

Casi exactamente las mismas palabras que había pronunciado al contarlo la primera vez. Me di cuenta entre mi nebulosa de horror. ¿Cuántas veces había contado esa historia a personas como yo, a personas que buscaban a sus seres queridos, de tal forma que su relato se había convertido en una secuencia tan rígida, con las mismas palabras en el mismo orden? ¿Era así como mantenía la cordura mientras removía sus recuerdos todos los días para ayudar a los demás?

—Madame, por favor...

Empezó a caminar de nuevo, recorriendo de vuelta el camino que habíamos hecho, sus pasos inseguros y mecánicos. Yo corrí para alcanzarla.

—Una mujer trató de seguirme por fuera de la ventana. —Pausa. Parpadeo. Entonces, el relato cambió cuando llegamos a la oscura ventana rota por donde madame Rouffanche había saltado tres años atrás—. Cuando miré hacia arriba... —Miró hacia arriba entonces y mi mirada siguió la suya. Vi lo que describía. Vi lo que había visto—. Me había seguido una mujer que sacaba a su bebé por la ventana para dármelo.

Vi una cabeza rubia, unos brazos pálidos saliendo de esa ventana. «Por aquí».

—Yo cogí al bebé. Gritaba asustado.

Vi el bulto que gemía, las manos moviéndose en el aire.

—La mujer saltó y cayó a mi lado. Cogió a su bebé de mis manos y se giró para echar a correr.

Vi saltar la esbelta figura, elegante aun en medio del terror. Vi su vestido blanco resaltando sobre la hierba mientras se levantaba, con manchas de hierba y de sangre, agarrando el bulto que lloraba entre sus brazos y echando a correr para ponerse a salvo...

—Pero los alemanes nos dispararon. Docenas de disparos. Caímos.

Vi la descarga de balas, la humareda de las armas. Las esquirlas de piedra volando cuando alcanzaban el muro de la iglesia. Las gotas de sangre sobre su pelo rubio.

—A mí me alcanzaron cinco veces. Pude salir arrastrándome. —Madame Rouffanche volvió a dejar suavemente la fotografía en mi mano temblorosa—. Pero tu amiga, *la belle Rose,* y la pequeña Charlotte, murieron.

Oí entonces un susurro y cerré los ojos. Era el susurro de un vestido de verano ondeando bajo el viento cálido. Rose estaba justo detrás de mí. Si me giraba, la vería. Podría ver su vestido blanco manchado de rojo, vería las balas que le habían atravesado su suave cuello y sus centelleantes ojos. La vería desplomada, retorciendo las piernas mientras aún trataba de huir con toda la fuerza de su valiente corazón. Vería a su hija en sus brazos, al bebé que yo nunca conocería, el bebé que nunca crecería para convertirse en la hermana del mío. El bebé al que había llamado Charlotte.

Rose estaba detrás de mí, respirando. Pero no respiraba. Llevaba tres años muerta. Se había ido y todas mis esperanzas habían sido una mentira.

24

Eve

Octubre de 1915

Murió entre una lluvia de balas. Los detalles aparecían en periódicos de contrabando y todos los leían, asqueados y fascinados. Fue ejecutada por un pelotón de fusilamiento en Bélgica: una enfermera de la Cruz Roja y espía inglesa, famosa al instante, heroína y mártir para todos. Su nombre aparecía por todas partes.

Edith Cavell.

No Violette Lameron. Edith Cavell había muerto, pero Violette, por lo que pudieron averiguar en la red de Alice, seguía viva.

—Cavell se parece a Violette —dijo Eve devorando en privado el periódico prohibido. Cavell había sido arrestada en agosto, pero solo ahora la ejecución había sellado su cruel final—. Son los ojos. —La mayoría de los retratos de Edith Cavell eran idealizados. Se la dibujaba desvanecida ante la hilera de fusiles y sus fotografías eran retocadas para hacerla parecer frágil y femenina.

Pero Eve pensaba que sus ojos eran de todo menos frágiles. Edith Cavell había ayudado a traer clandestinamente a cientos de soldados desde Bélgica. No era una tarea propia de personas frágiles. Tenía una mirada dura y pragmática como Violette, como Lili, como la misma Eve. «Otra *fleur du mal*», pensó Eve.

—Esto es bueno. No pretendo ser cruel, pero la muerte de Cavell solo puede significar algo bueno para Violette. —Lili caminaba a un lado y otro de la habitación. Desde el arresto de Violette casi tres semanas atrás había mantenido un perfil bajo y se había escondido con Eve. Lo de esconderse no era propio de ella. Caminaba a un lado y otro como una tigresa enjaulada, con su pequeño rostro en tensión—. Los alemanes están siendo tan condenados por la ejecución de Cavell que no se atreverán a llevar a otra mujer ante un pelotón de fusilamiento.

«Entonces, ¿qué le van a hacer?», se preguntó Eve, asustada. La tortura no era corriente entre los alemanes y sus prisioneros, ni siquiera para los espías. Interrogatorios, palizas, prisión, sí. Y, por supuesto, estaba el acechante miedo de la ejecución. Pero, aunque podían matarte, no ordenarían que antes te arrancaran las uñas de los dedos. En la red, todos lo sabían.

Aun así, ¿y si hacían una excepción con Violette?

Eve no pronunció en voz alta ese pensamiento, pues sabía que Lili ya estaba muy preocupada. También lo estaba Eve cada vez que recordaba las manos de Violette atendiéndola con tanta dulzura, tratando de calentar los instrumentos de acero. De no ser por Violette, Eve habría estado en ese momento aún con la semilla de René consumiéndola por dentro. O estaría muerta, pues, sin la pericia de Violette, ella habría sido lo suficientemente loca como para probar cualquier poción, cualquier veneno que hiciese ese trabajo. Eve le debía mucho a Violette.

—La estarán interrogando. —Los hombros de Lili se hundieron mientras caminaba—. Antoine dice que no tienen nada concreto. No la arrestaron con documentos. Su nombre salió cuando cogieron a un chico de Bruselas de la red. Lo único que él sabía era su nombre. Así que los alemanes la interrogarán, pero, si buscan un punto débil de Violette, lo único que van a encontrar es roca firme.

Eve se imaginó a Violette sentada al otro lado de la mesa tambaleante de una sala de interrogatorios alemana, girando la cabeza para que la luz se reflejara, impenetrable, en sus gafas. No, Violette no sería un sujeto fácil de interrogar. «Siempre y cuando no la torturen».

—Ojalá pudiera yo hacer algo —dijo Lili enfurecida—. Salir a recabar información nueva. Y aún habrá informes que recoger. —Su voz sonaba firme—. No voy a perder a nadie más a manos de los alemanes. Prefiero verme ante un muro y que me fusilen antes que perder a otro más.

—No seas tonta. —Eve se descubrió adoptando la severidad autoritaria de Violette, haciéndose cargo de su obstinada jefa en vista de que su lugarteniente con gafas no estaba allí para hacerlo—. Déjame ver si averiguo algo en Le Lethe.

«Puede que no sigas mucho tiempo más en Le Lethe», susurró su mente. Con la red en peligro, era fácil que a Eve y Lili las sacaran de Lille. Sería el paso lógico, pero Eve no podía dejar de fantasear ahora con salir de Lille y no volver a ver a René Bordelon. «Por ahora, sigues aquí, así que continúa poniendo el oído».

Sin embargo, no había nada que oír sobre Violette en medio del mar de chismorreos. Nadie podía hablar de otra cosa que no fuese la ejecución de Cavell. Los oficiales alemanes mostraban rostros serios o frenéticos mientras tomaban sus *schnapps*. «¡Maldita sea, esa mujer era una espía!», oyó Eve que farfullaba un capitán. «¿Es que tenemos que llenar nuestros pañuelos de lágrimas solo porque fuera una mujer?».

—La guerra no es lo que era —respondió un coronel—. Espías con falda...

—Poner a una mujer delante de un pelotón de fusilamiento es una vergüenza para nuestra patria. No es así como se debe hacer la guerra...

—El espionaje es un asunto vergonzoso. Debe de haber espías en Lille, toda esta región está maldita. Unas semanas antes de la ejecución de Cavell descubrieron a otra en Bruselas que también era mujer.

Eve aguzó el oído, pero no se dijo nada más de Violette. «Por favor, que no termine como Cavell».

Todo aquello hizo que René se riera esa misma noche cuando estaba desnudo junto al aparador ante una garrafa de un líquido tan verde como un peridoto. Recientemente había introducido a Eve en la absenta.

—Qué románticos son los alemanes, que van por ahí como si existiese una forma honorable de dirigir la guerra. La guerra sencillamente sucede. Lo único que importa cuando termina es quién sigue vivo y quién ha muerto.

—No solo eso —contestó Eve con las piernas cruzadas en la suave cama con una sábana cubriéndole los hombros—. Tam-m-bién importa quién sale p-pobre y quién sale rico. —Con eso se ganó una sonrisa de aprobación, tal y como Eve había planeado. Marguerite había tenido que evolucionar desde la muchacha campesina con ojos muy abiertos de la que él se había encaprichado al principio. Ya no farfullaba cuando bebía champán. Había desarrollado una elegante apreciación de las cosas buenas de la vida que a su amante tanto le gustaba enseñarle. Se mostraba ágil y entusiasta en la cama y adoptó parte del cinismo de René, lo cual hacía que él sonriera al ver que ella le imitaba con tanta seriedad. Sí, Eve había hecho que Marguerite creciera en fases calculadas con mucha precisión y René parecía encantado con lo que consideraba su creación—. No entiendo por qué es tan t-terrible querer prosperar en tiempos de guerra —continuó Eve con cierto tono desafiante, como si tratara de poner a prueba los aires de especulador de René y tratara de justificarlos—. ¿Quién q-q-q..., quién querría pasar hambre? ¿Quién querría vestir con harapos?

René acercaba una cuchara de absenta y un terrón de azúcar hacia cada copa.

—Eres una chica lista, Marguerite. Si los alemanes creen que las mujeres no son lo suficientemente inteligentes o astutas como para ser espías, es que son unos inocentes y unos tontos.

Eve alejó la conversación del tema de su inteligencia.

—Dicen que los ingleses están f-furiosos por la ejecución de Cavell.

—Puede que estén furiosos. —René echó agua fría por encima del azúcar para que los terrones se disolvieran lentamente en la absenta—. Pero imagino que aún más están agradecidos.

—¿Por qué? —Eve cogió su copa. *La fée verte* no le hacía alucinar ni parlotear, como ella temía (René decía que no tenía sentido que los viticultores franceses sintieran preocupación por perder negocio), pero, aun así, se aseguró de dar sorbos con moderación.

—No has visto las listas de bajas a las que se enfrentan los ingleses, querida. Todos esos hombres que mueren cada mes en las trincheras... Su magnífica guerrita entra ahora en su segundo año y la gente se está cansando de tanta sangre. Pero cuando los alemanes matan a tiros a una mujer de buena cuna y reputación impoluta..., porque ¿puede haber algo más íntegro que una enfermera?, eso supone un revulsivo que puede dar nuevas energías a la opinión pública. —René dio un sorbo a su absenta y volvió a meterse entre las sábanas.

—¿Van a ejecutar los alemanes a esa otra esp-pía? —se atrevió a preguntar Eve—. La mujer que han arrestado en Bruselas.

—No si son listos. No querrán alimentar la mala prensa. Me pregunto si esta será joven y guapa —caviló René mientras miraba cómo la luz se filtraba por la joya verde de su copa—. Si lo es, a los ingleses les convendría que los alemanes la fusilen. Si hay algo mejor que una mártir de mediana edad como Cavell es una mártir guapa. No existe nada más eficaz para provocar la rabia de la gente que una muchacha joven, encantadora y muerta. Trágate eso y ven aquí, Marguerite... Nunca has probado el opio, ¿verdad? Deberíamos probarlo alguna vez. Copular entre sueños de opio puede ser bastante revelador...

Pero el fantasma de Edith Cavell aún no había terminado con ellos. Cuando Eve volvió a su habitación esa noche, Lili estaba despierta y sentada en la tambaleante mesa con enormes sombras púrpuras bajo los ojos.

—Han llegado noticias interesantes del tío Edward, pequeña margarita.

—¿Nos ha convocado? —La cabeza de Eve seguía aún ligeramente alborotada por la absenta, aunque había conseguido esquivar la perspectiva del opio. No iba a tomar ninguna sustancia que pudiese hacerle parlotear delante de René—. ¿Nos sacan de Lille? —La cabeza de Eve se alborotó aún más por la esperanza, ahora que había llegado el momento.

—No. —Lili vaciló y el ánimo de Eve se vino abajo—. Y al mismo tiempo... puede que sí.

Exasperada, Eve se desabotonó el abrigo.

—Aclárate.

—Antoine ha traído el mensaje directamente desde el tío Edward. Se ha considerado la opción de sacarnos de aquí, pero su superior bigotudo... —ese debía de ser el campechano y chismoso comandante Allenton al que Eve recordaba de su época en Folkestone— ha optado por hacer que continuemos.

—¿Aunque los alemanes vayan a tratar de desmontar la red ahora que tienen a una de las nuestras?

—Aun así. —Lili sacó una colilla de cigarrillo de un pañuelo mientras buscaba una cerilla—. La opinión del Bigotes es que nuestro magnífico emplazamiento aquí hace que valga la pena correr el riesgo. Así que se nos ordena que mantengamos la cabeza agachada y continuemos con nuestro trabajo, al menos, unas cuantas semanas más.

—Sí que es peligroso —admitió Eve. Incluso temerario. Pero las guerras se ganaban corriendo peligros y los soldados eran los que los corrían. En cuanto aceptó ese trabajo, Eve había puesto su vida en manos de la Corona. ¿De qué servía quejarse ahora, por mucho que deseara salir de Lille y dejar atrás a René? Se sentó en el borde de la cama y se frotó los ojos—. Así que continuamos —añadió con cierta amargura.

Lili encendió su colilla.

—Puede que no.

—Aclárate, Lili.

—El tío Edward jamás va a contradecir abiertamente a un superior, pero tiene... formas de expresar su desacuerdo. Está claro que se ha opuesto a la decisión de mantenernos en este lugar. Y lo ha hecho con vehemencia. Sin expresarlo con palabras, ha dejado clara su opinión de que es demasiado peligroso que sigamos operando aquí. Teme que a Violette la ejecuten como a Cavell y que nos arresten y suframos el mismo destino.

—Podría ocurrirnos. —Eve llevaba tanto tiempo viviendo con ese miedo que le parecía normal—. Los alemanes están aplicando mano dura. No es como si no se hubiesen dado cuenta de que tienen aquí decenas de kilómetros de frente en donde no pueden mantener en funcionamiento la artillería más de dos semanas.

Lili dejó escapar una larga bocanada de humo.

—El tío Edward cree que el Bigotes es un estúpido, pero no puede contradecir sus órdenes directas. Sin embargo, ha hecho saber de forma indirecta que, si solicitáramos que nos sacaran de Lille alegando agotamiento o nerviosismo, él podría hacer que se cumpliera.

Eve se quedó mirándola.

—Como si los soldados pudiesen suplicar librarse de sus órdenes...

—Los soldados normales, no. Los que tienen nuestro tipo de trabajo son distintos. Un espía al borde de una crisis emocional no es fiable. Solo provocaríamos algún daño. Es mucho más seguro alejarnos. Así que...

—Así que... —Por un momento, Eve se dejó inundar por aquella estimulante visión. Se acabó la casi hambruna, los relojes alemanes y las manos de piel fría sobre su cuerpo. Se acabaron las pesadillas de disparos por la espalda. Se acabó el peligro. Pero eso tenía también un lado malo—. Si pedimos que nos saquen de aquí, ¿nos reasignarían otro lugar para que trabajáramos? Como Bélgica o...

—Probablemente no. —Lili sacudió la ceniza de su cigarrillo—. Seríamos dos muchachas derrumbadas por la presión. Nadie vuelve a poner en la mesa una taza rota confiando en que siga estando de una pieza.

Si volvía a casa ahora la lucha habría terminado. Por mucho tiempo que siguiera esta guerra, las posibilidades de que Eve contribuyera se habrían acabado.

—Quizá deberíamos hacerlo. —El tono de Lili era objetivo—. Suplicar que nos saquen. Confío más en el instinto del tío Edward que en el del Bigotes. Si cree que el peligro es demasiado grande, probablemente tenga razón.

—Sí —admitió Eve—. Pero, de todos modos, tenemos una orden directa de quedarnos. Una orden. Y es solo durante unas semanas más. Si mantenemos la cabeza agachada, cuando nos llamen nos enviarán a trabajar a algún destino nuevo.

—Y hasta ahora hemos sido afortunadas. —Lili encogió sus delgados hombros—. Más que afortunadas, hemos sido buenas.

Eve emitió un largo suspiro a la vez que dejaba ir la estimulante visión de volver a casa.

—En ese caso, yo digo que aguantemos. Al menos, un poco m-más.

—Yo ya lo había decidido, pero no quería influir injustamente en ti. ¿Estás segura?

—Sí.

—Entonces, decidido. —Lili miró la colilla de su pitillo—. Vaya. Había estado guardando esto durante dos semanas y lo único que he sacado de él son dos buenas caladas. No sabes cuánto me gusta esta vida primitiva...

Eve acercó la mano y agarró la que Lili tenía libre.

—Prométeme que serás más cuidadosa. Estoy preocupada por ti.

—¿Y de qué sirve preocuparse? —Lili arrugó la nariz—. ¿Sabes? En septiembre me dejé llevar por la preocupación. Tuve una especie de premonición, tan fuerte que fui a visitar a mi familia. Estaba convencida de que tenía que verlos mientras pudiera, una última vez... Cuando me fui, no paraba de pensar: «Ya ha acabado todo. Me van a arrestar y me van a fusilar». Y no pasó nada, nada en absoluto. Preocuparse es una pérdida de tiempo, pequeña margarita.

Eve hizo una pausa mientras elegía sus palabras.

—¿Y si obligan a Violette a decir tu nombre?

—Aunque la obligaran a hablar de mí, no pueden encontrarme. Soy como agua en la mano, me escapo por todos lados —contestó Lili con una sonrisa—. El Bigotes tiene razón en una cosa: esto no va a durar mucho tiempo más, estoy segura. Ha habido un gran avance por Champaña. Están seguros de que podrán abrirse camino para Año Nuevo. Solo tenemos que aguantar un poco más. —Y continuó en voz baja—: Entonces, soltarán a Violette. Si solo la sentencian a prisión, podrá sobrevivir.

—¿Y si no son solo unos m-meses? —Eve había estado en Lille solamente unos meses, pero muy bien podría haber sido una eternidad—. ¿Y si esta guerra dura varios años?

—Pues será cuestión de años —repuso Lili—. ¿Y qué?

Pues sí. ¿Y qué? Ninguna de las dos siguió pensando en pedir que las enviaran a casa.

La noticia llegó a oídos de Eve solo unos días después por medio del *Kommandant* Hoffman y un par de coroneles, cuando ya llevaban un rato con sus copas de brandy. No era una perla como la noticia de la visita del káiser, pero sí lo bastante importante como para llamar la atención de Eve.

—¿Estás segura? —Lili había vuelto a sus rondas tras conseguir nuevos documentos de identidad por si se habían desvelado sus viejos nombres.

Eve asintió a la vez que se apoyaba en el borde de la tambaleante mesa.

—Los alemanes tienen intención de lanzar un ataque masivo en enero o febrero del año nuevo. Confirmado.

—¿Objetivo?

—Verdún. —Eve sintió un ligero escalofrío. Había algo en el nombre de ese lugar que no había visto nunca. Una rotundidad. «Suena a campo de exterminio». Pero no lo sería si los generales eran avisados con antelación. Quizá Verdún marcaría el final de la matanza.

—Es arriesgado para ti pasar este mensaje —observó Lili. No toda la información de Eve podía pasarse, no si al hacerlo revelaba que era una filtración de Le Lethe.

—Esto es importante —respondió Eve—. Es por información como esta por la que no suplicamos que nos llevaran de vuelta a casa.

Lili lo sopesó y finalmente asintió.

—Ya me han convocado para una reunión con el tío Edward en Tournai dentro de dos días. Tendrás que venir conmigo. Para una cosa así nos interrogarán a las dos, igual que hicieron con el informe sobre el káiser.

Eve asintió. Sería un domingo. No faltaría al trabajo.

—¿Podrás conseguir otro salvoconducto a t-tiempo?

—Mi contacto no me ha fallado todavía, por suerte.

Eve se mordía el dedo pulgar, que ya tenía la uña comida. Quizá fuese por el arresto de Violette o por el frío de octubre, pero llevaba toda la semana luchando contra un ataque de miedo supersticioso. ¿La miraba Christine con suspicacia en el trabajo, no solo con desprecio? Ese teniente alemán que había dejado de hablar de forma tan repentina cuando Eve llegó con su café, ¿se había dado cuenta de que ella le estaba escuchando? René, que tan solícito había estado últimamente, ¿se había olido alguna de sus mentiras y había decidido arrullarla en una falsa sensación de seguridad antes de abalanzarse sobre ella?

«Tranquilízate».

Esa noche acabó tarde con René. Él encendió el fuego en su habitación para combatir el frío y leyó en voz alta para Eve *A contrapelo*, dejando a un lado de vez en cuando el libro para recrearse en alguno de los pasajes más perversos de Huysmans. Eve se sintió más aburrida que excitada por esa perversión, pero Marguerite se mostró debidamente asombrada e incómoda y René pareció encantado.

—Vas progresando, querida —murmuró él pasándole la punta del dedo por el lóbulo de la oreja—. Quizá deberíamos retirarnos al campo una temporada, como el héroe de Huysmans, ¿eh? A algún lugar más cálido que Limoges donde podamos disfrutarnos sin toda esta monotonía teutónica. Grasse es muy agradable en esta época del año. El viento trae el olor de las flores desde todas las direcciones. Siempre he pensado que me retiraré a Grasse cuando me harte del negocio del restaurante. Tengo una pequeña propiedad ruinosa deseando ser reconstruida para convertirse en una encantadora villa algún día... ¿Te gustaría ir a Grasse, Marguerite?

—A cualquier sitio que sea c-c-c-cálido —respondió Eve con un estremecimiento.

—Últimamente, siempre tienes frío. —La mano de René se movió más lenta, recorriendo su piel—. No estarás embarazada, ¿verdad?

Eso, más que ninguna otra cosa desde hacía mucho tiempo, sorprendió tanto a Eve que casi estuvo a punto de reaccionar de forma imprudente. Apenas se las arregló para no inmutarse ante el absoluto asco que sintió.

—No —contestó, y rio nerviosamente a continuación.

—Bueno. Si lo estuvieras, no sería ninguna tragedia, querida. —Abrió la mano sobre el vientre de ella y sus largos dedos la abarcaron desde una cadera hasta la otra—. Nunca me he considerado especialmente paternal, pero, cuando un hombre alcanza cierta edad, empieza a pensar en su legado. O quizá simplemente me haya vuelto más reflexivo con este tiempo tan deprimente. Gírate, ¿quieres?

«Hice bien en no contárselo», pensó Eve mientras empezaba a moverse bajo su mano. Habría podido despedirla como a cualquier yegua de cría consentida, y ¿dónde estaría ahora?

Era casi el amanecer cuando Eve se marchó. No tendría tiempo de dormir. Rápidamente, envolvió un paquete falso para disimular en el puesto de control y salió para la estación. Lili se estaba retrasando y Eve estaba conteniendo el pánico cuando vio la familiar silueta bajándose de un carro. Era una mañana fría y nublada y las gotas de humedad parecían colgar del sombrero de paja de Lili, de su abrigo azul grisáceo. Parecía increíblemente pequeña mientras atravesaba la niebla.

—Tenemos un problema —dijo bajando la voz hasta un murmullo para que ningún peatón la pudiera oír—. Solo he conseguido un salvoconducto. Da permiso para viajar a Tournai, pero es solo para una.

—Quédatelo t-tú. Yo no tengo por qué ir.

—Sí que tienes que ir para un informe así. Van a insistir en interrogar a la fuente.

—Entonces, iré sola.

—Nunca antes has pasado sola por un puesto de control. Los guardias están últimamente muy nerviosos y no están acostumbrados a verte ir y venir como lo están conmigo. Ese tartamudeo puede hacer que se fijen en ti. Si tienes algún problema, yo quiero estar ahí para convencerlos de que no te hagan nada. —Lili vaciló y se mordió el labio—. No podemos esperar a las rondas de la semana que viene. No con algo tan importante como esto. Si conseguimos engañarlos para pasar con un único salvoconducto aquí, podremos fácilmente conseguir otro en Tournai para volver a casa.

Eve miró a los guardias alemanes de la estación al otro lado de la calle. Parecían mojados y taciturnos. Propensos a mostrarse maliciosos, quizá, pero también lo suficientemente ateridos y desgraciados como para que todo les diera igual.

—Yo digo que lo hagamos.

—Yo también. Coge el salvoconducto, pequeña margarita, y ponte en la cola. Colócate tres personas por delante y no mires atrás.

Unas cuantas instrucciones rápidas y, a continuación, Eve cruzó la calle, abriéndose paso entre un grupo de niños que jugaban al pilla-pilla por la plaza a pesar de la fría niebla. Hizo malabares con su paquete para mirar disimuladamente cuando Lili agarró el extremo de una bufanda verde que pasaba revoloteando por su lado y tiró de uno de los niños que corrían. Un susurro al oído del niño —también una moneda en su mano, aunque Lili lo disimuló con destreza— y el niño salió corriendo de nuevo. Lili fue a ponerse en la cola y, de repente, Eve se sintió tan nerviosa que casi no pudo estarse quieta. Controló el miedo con todas sus fuerzas.

El guardia se sonó la nariz con un enorme pañuelo, claramente tratando de combatir un resfriado. Eve se mostró con perfil bajo y respetuoso a la vez que enseñaba su salvoconducto sin decir nada. Él lo examinó y le hizo una señal para que pasara. Con la sangre corriendo de nuevo por sus venas, Eve le dio la espalda a los guardias y fingió que volvía a guardar el papel en el bolso, pero lo conservó sujeto con fuerza y doblado entre sus dedos enguantados. Al cabo de un momento, el niño de la bufanda verde pasó corriendo junto a los alemanes —ellos apenas se fijaban en los niños, salvo para apartarlos del camino— y se chocó contra Eve, cayéndose al suelo y, con él, el paquete de los brazos de ella.

—¡Arriba! —Eve volvió a ponerlo de pie mientras le limpiaba el barro de la manga y le colocaba sin que nadie la viera el salvoconducto en el interior del puño—. Ten más c-cuidado —le reprendió con una voz que sonó para sus propios oídos demasiado teatral, a la vez que recogía su paquete y el niño volvía a salir corriendo. Un círculo a toda velocidad alrededor de la plaza, pues Lili debía de haberle advertido que no fuera directamente hacia su objetivo, y después chocó contra Lili, que le agarró de la muñeca para darle un azote. Eve miraba de reojo y, pese a la atención que prestó, no consiguió ver que Lili sacara el pase de la manga del niño. Pero lo tenía cinco minutos después, cuando llegó al primer puesto de la cola.

El corazón de Eve volvió a latir con fuerza como un tambor mientras el guardia alemán revisaba el salvoconducto. No tenía ninguna fotografía identificativa, solo era un papel que permitía el paso. Todos eran iguales. Seguramente, no se daría cuenta de que había visto el mismo dos veces... Un fuerte alivio la atravesó cuando él se sonó la nariz e hizo una señal a Lili para que pasara.

—¿Ves? —susurró Lili bajo el atronador sonido del silbido del tren cuando llegó hasta Eve—. Son muy tontos. ¡Siempre que les pongas un trozo de papel bajo las narices, podrás pasar!

Llevada por el alivio, Eve rio con tal vez demasiado alborozo.

—¿Haces b-bromas absolutamente con todo?

—Hasta ahora, sí —contestó Lili con despreocupación—. ¿Crees que tendremos tiempo para comprarnos unos estúpidos sombreros en Tournai? Estoy deseando tener uno de satén rosa...

Eve seguía riéndose cuando ocurrió. Más tarde, se preguntaría si había sido su risa lo que atrajo sus miradas, si se había mostrado demasiado libre y desenvuelta. Más tarde, se preguntaría: «¿Qué podría haber hecho?». Más tarde, pensaría: «Si tan solo...».

Oyeron una voz alemana detrás de ellas que cortó la risa de Eve como un cuchillo.

—Sus documentos, *fräuleins*.

Lili se dio la vuelta con sus cejas rubias levantadas. No era el guardia que se sonaba la nariz, sino un capitán joven con un uniforme bien planchado. Unas gotas de la llovizna colgaban del borde de su gorro y su expresión era dura y suspicaz. Eve vio el corte en el mentón que se había hecho al afeitarse, sus muy claras pestañas, y la lengua se le convirtió en piedra. De intentar hablar, no habría logrado pronunciar ni una sola palabra antes de empezar a tartamudear como una de esas ametralladoras Chauchat que se amontonaban sobre los soldados muertos en las trincheras...

Pero Lili sí habló y su voz sonó natural e impaciente.

—¿Documentos? —Apuntó con irritación al guardia—. Ya los hemos enseñado ahí.

El capitán extendió la mano.

—Enséñemelos a mí, de todos modos.

Lili se erizó como una pequeña ama de casa francesa ofendida.

—¿Quién es usted?

—Si tienen pasaportes, quiero verlos —respondió él frunciendo el ceño.

«Ya está», pensó Eve tan invadida por el terror que casi actuó en ella como un calmante. No había mentira que sirviera ante el hecho de que no tenía ningún pase. «Van a arrestarme. Van a arrestarme...».

Alzó los ojos cuando Lili pasó su salvoconducto al capitán. Mientras él inclinaba la cabeza para examinarlo, las miradas de Lili y Eve se cruzaron. «Cuando me arresten, vete», se esforzó Eve por hacerle entender. «Vete».

Y Lili sonrió con ese destello luminoso de sonrisa traviesa.

—Este es el pase de ella —dijo—. Yo se lo he pedido ilegalmente, estúpido alemán.

25

Charlie

Mayo de 1947

Estaba muerta.

Mi mejor amiga en todo el mundo, muerta.

No era suficiente que aquella guerra voraz hubiese extendido sus avariciosos dedos para robarme a mi hermano. Esa misma bestia había engullido también a Rose, llevándose a la muchacha a la que yo quería como una hermana acribillada a balazos.

Creo que habría podido quedarme paralizada por el horror sobre aquel trozo de hierba mancillada para siempre, inmovilizada entre el muro de la iglesia agujereado por las balas y la silueta de madame Rouffanche. Bien podría haber sido ella una estatua de sal como la esposa de Lot, convertida en un monstruo inmóvil por lo que jamás debió haber visto. Pude sentir cómo por mi garganta raspaba hacia arriba un grito como una espada oxidada, pero, antes de que pudiera soltarlo, Finn me agitó con fuerza. Yo me quedé mirándolo, aturdida. «Charlie», pude ver que me decía.

«Pequeña Charlie», pero no podía oírle. Sentía los oídos como si los hubiesen bombardeado. Lo único que oía era un zumbido atronador.

Madame Rouffanche seguía mirándome con expresión tranquila. Merecía mi gratitud por su testimonio. Merecía un bálsamo para su dolor y un premio por su valentía. Pero yo no podía mirarla. Había estado con Rose al final, había visto a Rose caer. ¿Por qué ella y no yo? ¿Por qué no había estado yo ahí, enfrentándome a los nazis con Rose? ¿Por qué no había estado tampoco al lado de James, escuchando su rabia, diciéndole que le quería, ahogando la terrible cacofonía de sus recuerdos? Los quería mucho a los dos y les había fallado por completo. Dejé que mi hermano saliera solo una noche fría. No iba a por una cerveza, como me había farfullado, sino a por una bala. Yo había creído que podría redimir aquel error si encontraba a Rose cuando los demás habían abandonado toda esperanza, pero no había redimido nada. En un café de la Provenza le había dicho a Rose que no la dejaría, pero sí lo había hecho. Había permitido que un océano y una guerra se interpusieran entre nosotras y, ahora, ella estaba muerta también. Los había perdido a todos.

«Les he fallado», decía la dura voz en mi cabeza una y otra vez. La letanía que había regido mi vida. «Les he fallado».

Coloqué mi mano sobre el brazo de madame Rouffanche y lo apreté en silencio. Ese fue todo el agradecimiento que fui capaz de expresar. Después, me aparté y me dirigí hacia la calle, dando tropiezos al correr. Caí sobre un macetero abandonado, una vasija de loza rota que probablemente había albergado unos geranios escarlatas en la puerta de un ama de casa francesa que había sido tiroteada aquel 10 de junio. Me arañé las manos, pero me puse de pie y seguí avanzando a trompicones. Vi la silueta de un coche a través de mis ojos llenos de lágrimas y giré hacia él, pero me di cuenta de que no era el Lagonda, sino el Peugeot abandonado que se oxidaba desde el día en que su dueño había sido rodeado en el campo y le habían matado. Me aparté dando traspiés de aquel inocente y horrible coche y miré a mi alrededor desesperada en busca del Lagonda y fue entonces cuando Finn me alcanzó y me atrajo hacia sus brazos. Enterré la cara en su basta camisa y apreté los ojos con fuerza.

—Sácame de aquí —dije. O traté de decir. Lo que salió de mí fue un embrollo de sonidos estridentes y sollozantes, apenas palabras, pero, al parecer, Finn me entendió. Me cogió en brazos y me llevó al Lagonda, dejándome en el asiento sin abrir la puerta, y, después, saltó él para ponerse tras el volante. Yo cerré los ojos con fuerza e inhalé el olor reconfortante del cuero y el aceite del motor antes de acurrucarme en el asiento mientras Finn ponía en marcha el coche. Condujo como si una horda de fantasmas viniera tras nosotros. Y así era. Dios mío, así era. En primer plano en mi imaginación había un bebé apenas con edad de dar sus primeros pasos. Levantaba los brazos hacia mí, queriendo que su *tante* Charlotte la recogiera, pero tenía volada la tapa de los sesos. Rose le había puesto mi nombre y, ahora, estaba muerta.

Llevaba muerta casi tres años. Solté otro sonido inarticulado mientras cruzábamos el río entre baches y traqueteos. Todo lo que me había llevado hasta allí había sido una mentira.

Una vez que hubimos dejado atrás Oradour-sur-Glane, Finn aparcó en el *auberge* más cercano a los pies de la carretera y pidió una habitación para pasar la noche. Puede que el propietario viera la alianza de mi mano (señora de Donald McGowan, Rose no iba a reírse jamás de mi Donald) o puede que no le importara. Entré dando traspiés en una habitación andrajosa y me detuve, balanceándome y con la mirada borrosa por las lágrimas, al ver la cama.

—Voy a tener pesadillas —susurré cuando Finn apareció detrás de mí—. En cuanto me duerma voy a tener pesadillas. Soñaré con ella como... —Me quedé callada, apretando los ojos, tratando de aferrarme a mi anterior aturdimiento tan reconfortante, pero se había hecho añicos. Las lágrimas me doblaron en dos en enormes oleadas. No podía respirar. No podía ver—. No me dejes soñar —supliqué, y Finn agarró mi cara entre sus grandes manos.

—Esta noche no vas a soñar —dijo, y vi que también tenía lágrimas en sus ojos—. Te lo prometo.

Encontró una botella de whisky en algún lugar y la trajo a la habitación. No nos molestamos en cenar. Simplemente, nos quitamos los zapatos, nos subimos a la cama y apoyamos las espaldas en la pared. Empezamos a beber meticulosamente la botella. A veces me ponía a llorar y, otras, simplemente miraba por la ventana, que pasó de la luz del día al azul del atardecer y, después, al negro de la noche llena de estrellas. A veces hablaba, contando recuerdos de Rose como si fuesen cuentas de un rosario y, después, recuerdos de James, y enseguida me ponía a llorar de nuevo por los dos. Finn me dejó hablar y llorar un poco más, deslizando mi cuerpo débil hasta que mi cabeza quedó apoyada en su regazo. Levanté la vista en algún momento alrededor de la medianoche y vi que unas lágrimas silenciosas caían por su cara inmóvil.

—Ese lugar —dijo en voz baja—. Dios mío, ese lugar...

Levanté la mano y acaricié su mejilla mojada.

—¿Has visto alguna vez algo peor?

Se quedó en silencio tanto rato que creí que no iba a responder. Entonces, se bebió el resto de su whisky con un movimiento brusco y contestó:

—Sí.

No estaba segura de querer saber qué podría ser peor que Oradour-sur-Glane, pero él ya había empezado a hablar.

—Artillería Real, 63 Regimiento Antitanques. —Su mano grande me acarició el pelo—. Abril del 45. Estábamos en el norte de Alemania, cerca de Celle. ¿Has oído hablar de los campos de exterminio?

—Sí.

—Nosotros liberamos uno. El de Belsen.

Me incorporé y me abracé las rodillas contra el pecho. Él hizo una pausa. Parpadeó.

—Los de la tropa C fuimos los primeros soldados que atravesamos las puertas después de las ambulancias. Vimos una ciudad fantasma, como la que tú y yo hemos visto hoy. Pero había fantasmas vivientes en Belsen. —Hablaba con la misma monotonía que madame Rouffanche esa tarde, con la repetitiva cadencia forjada por el horror—. Miles de personas, esqueletos animados vestidos con uniformes de rayas grises que se movían entre los montones de cadáveres. Cuerpos apilados por todas partes, como montones de trapos y huesos. Incluso los que aún caminaban parecían estar muertos. Simplemente... se arrastraban. Todo estaba en silencio. —Pausa. Parpadeo—. El sol brillaba. Como hoy...

Las lágrimas volvieron a derramarse por mis ojos. Lágrimas inútiles. ¿De qué iban a servir esas lágrimas para todos esos muertos? Los de Oradour-sur-Glane y los de Belsen. James, Rose. Maldita guerra.

—Había una muchacha gitana en el suelo —continuó Finn—. No supe hasta después que era gitana, porque alguien me dijo lo que significaba su placa de prisionera. Para las mujeres gitanas era un triángulo negro con una Z, por *Zigeuner*..., aunque, en realidad, no es una mujer. Solo una niña. Quizá de quince años. Pero parece como si tuviera cien, solo un pequeño saco de huesos, un cráneo sin pelo y unos ojos enormes. Me mira, con ojos como piedras desde el fondo de un pozo, y su mano se apoya en mi bota como una araña blanca. Y muere, allí mismo. Su vida se aleja mientras nos miramos. Yo he venido a rescatarla, mi regimiento y yo..., y entonces muere. Tanto sufrimiento y muere precisamente ahora.

Supuse que siempre era «ahora» cada vez que pensaba en la muchacha gitana. Cada vez que pensaba en esos ojos hundidos y en la mano como una araña blanca sobre su bota. Ella moría en el presente, en su imaginación, una y otra vez.

—He borrado de mi mente muchas de aquellas cosas. —Su voz se había enronquecido, con su acento escocés marcado y borroso—. No es que yo lo intentara. Simplemente..., los detalles se volvieron confusos. Cavar tumbas, sacar los cadáveres de las barracas. Despiojar a gente y tratar de darles de comer. Pero la chica gitana... la recuerdo. Sobresale por encima de lo demás.

Yo no tenía palabras para consolarle. Puede que no las hubiese. Puede que el único bálsamo fuese el tacto, el calor que decía: «Estoy aquí». Acerqué la mano y cogí la suya con fuerza.

—El olor... —Un escalofrío recorrió todo su cuerpo tan alto y delgado—. A tifus, a muerte, a podredumbre y a mierda líquida formando charcos por todos lados. —Me miró con unos ojos oscuros y sin fondo—. Alégrate de haber llegado tres años después a Oradour-sur-Glane, pequeña Charlie. Has visto la luz del sol, el silencio y los fantasmas, pero no has notado el olor.

Eso parecía ser el final de lo que tuviera que decir. Le serví más whisky y a continuación me serví yo. Lo bebimos de un trago, tratando de olvidar lo más deprisa posible. «*Salut!*», dijo Rose, pero no. No decía nada. Estaba muerta, igual que la niña gitana de Finn. Volví a apoyar la cabeza en su regazo cuando la habitación me empezó a dar vueltas y él se quedó sentado acariciándome el pelo.

La luna se deslizaba por encima de la ventana, volviéndose cada vez más brillante hasta que me di cuenta de que era el sol, que ya había subido casi del todo, entrando por la ventana con luminosos rayos que se clavaban en mis ojos como espadas.

Pestañeé mientras trataba de recordar dónde me encontraba. Estaba tumbada enredada en Finn sobre las sábanas, los dos aún completamente vestidos, su brazo sin vida sobre mi cintura y mi cara sobre sus costillas, que se movían arriba y abajo entre sueños. Tenía un terrible dolor de cabeza. El estómago se me revolvió cuando me desenredé y apenas me dio tiempo a salir de la cama y acercarme al lavabo del otro rincón.

Vomité y, después, volví a vomitar, atragantándome con el sabor amargo del whisky a medio digerir. Enseguida, Finn se incorporó.

—Parece que estás un poco mal —comentó.

Yo conseguí fulminarlo con la mirada entre arcadas.

Se levantó de la cama y vino hacia mí, con la camisa casi desabotonada y los pies descalzos, y me sujetó el pelo mientras yo volvía a doblarme sobre el lavabo.

—¿Alguna pesadilla? —preguntó en voz baja.

—No. —Me incorporé, me sequé la boca y cogí el vaso de agua sin mirarle a los ojos—. ¿Y tú?

Negó con la cabeza. Ninguno de los dos podíamos mirar al otro mientras nos disponíamos a asearnos. Éramos como una pareja de muñones sin curar que trataban de no rozarse, en carne viva y lacerados. Y yo no podía girar la cabeza sin sentir un golpe de dolor. «Rose», pensé. Y ahí apareció otra sacudida de desolación, apagada y profundamente traumática. No había sido una pesadilla. Había dormido, me había despertado, y era real. No había sido ninguna pesadilla, solo un horror real. Los ojos me escocían, pero ya no me quedaban lágrimas.

Solo una pregunta enorme y acechante.

Nos lavamos y vestimos y Finn trajo unas tazas de café solo que pidió al propietario. Mi estómago revuelto lo aceptó a regañadientes y enseguida estuvimos de vuelta en el coche y Finn puso dirección a Limoges en silencio. Yo iba sentada, con mi ropa arrugada del día anterior, frotándome las doloridas sienes y pensando en la pregunta que ahora me miraba cara a cara.

¿Y ahora qué, Charlie St. Clair?

¿Y ahora qué?

Fue un viaje en silencio. Yo me vi contemplando el encanto veraniego de la ciudad como si se tratase de un decorado: los sauces llorones sobre el río, las casas con muros de entramado de madera y el precioso puente romano que Rose habría visto cuando servía copas en Le Lethe. No tenía más motivos para seguir en aquella ciudad, pero tampoco ningún destino que me obligara a dejarla.

—Me pregunto si habrá vuelto Gardiner —dijo Finn. Las primeras palabras que pronunciaba desde que me había preguntado si había tenido pesadillas.

Le miré sin comprender.

—¿Vuelto de dónde?

—De su reunión con ese oficial inglés de Burdeos —contestó Finn—. ¿Recuerdas?

Lo había olvidado.

—¿No era ayer?

—Puede que sí. —No habíamos planeado exactamente pasar la noche en el campo. «¿Y ahora qué?». La pregunta seguía resonando. «¿Y ahora qué?».

Finn aparcó el Lagonda y entramos. La puerta del *auberge* estaba recién pulida. Olía a cera de abejas más que a las flores frescas que había sobre la mesa. Rosas, rosas rosadas, del color de las mejillas de Rose, y la cabeza seguía palpitándome. Una recepcionista irascible estaba sentada tras la mesa y, delante de ella, uno de esos ingleses que piensan que, si hablan lo suficientemente alto, los extranjeros los entenderán automáticamente.

—¿EVELYN... GARDINER? ¿Está... *ICI? Ici,* aquí, *comprenez?* GARDINER...

—*Oui, monsieur* —contestó la recepcionista con tono de haber dicho antes lo mismo—. *Elle est ici, mais elle ne veut pas vous voir.*

—¿Inglés? *Anglais?* ¿Alguien? —El hombre miraba a su alrededor: alto, con un bigote canoso, de unos cincuenta años quizá, con una barriga por delante como si fuese una medalla al honor. Un traje de civil, pero el porte del hombre que lo llevaba revelaba la hostilidad de un militar.

Finn y yo nos miramos y, a continuación, Finn se acercó.

—Soy el chófer de la señorita Gardiner.

—Bien, bien. —El hombre miró de arriba abajo el aspecto desaliñado de Finn con desaprobación, pero su tono era bastante cordial—. Dígale a la señorita Gardiner que estoy aquí, por favor. Tiene que verme.

—No le va a ver—contestó Finn.

El hombre se quedó mirándolo con el bigote erizado.

—¡Por supuesto que sí! Estuve cenando con ella anoche mismo, maldita sea, y el encuentro fue perfectamente cordial...

Finn se encogió de hombros.

—Es evidente que ahora no quiere verle.

—Vamos a ver...

—Usted no paga mi sueldo. Ella sí.

La recepcionista francesa puso los ojos en blanco a espaldas del inglés. Yo di un paso adelante y la curiosidad se abrió camino a través de la niebla de mi tristeza.

—Señor..., por casualidad, ¿no será usted el capitán Cameron? —No se correspondía con la imagen que yo me había hecho de Cameron, pero ¿qué otro oficial inglés vendría corriendo desde Burdeos tras la llamada de Eve?

—¿Cameron? ¿Ese viejo y triste impostor? —El visitante soltó un resoplido de desdén—. Soy el comandante George Allenton y estoy desperdiciando aquí un tiempo muy valioso, así que suba corriendo esas escaleras, muchacha, y dígale a la señorita Gardiner que estoy aquí.

—No. —Mi tono parecía de insolencia, pero no era más que agotamiento. Sinceramente, no veía por qué tenía que mover un dedo por nadie tan grosero. Me alegré de que no fuera el capitán Cameron. Me gustaban las historias que Eve contaba de él.

El comandante me miró mientras su rostro enrojecía y abrió la boca como si fuese a protestar pero, de repente, se desinfló.

—Bien —dijo a la vez que rebuscaba en su bolsillo—. Dígale a esa vieja amargada que el Ministerio de Guerra no le debe más favores, por mucho que ella haya hecho por nosotros en el pasado. —Colocó una cajita negra y plana en mi mano—. Y que puede tirar esto por el retrete si quiere, pero ya no voy a seguir guardándoselo.

—¿Cuándo la conoció usted? —preguntó Finn cuando el comandante se colocó el sombrero en la cabeza.

—En las dos guerras. Trabajaba para mí. Y ojalá que nunca la hubiesen reclutado para la primera, a esa zorra mentirosa y tartamuda.

Finn y yo nos miramos mientras el comandante se marchaba. Por fin, abrí la caja, esperando ver... ¿qué? ¿Joyas, documentos, una bomba haciendo tictac? Con Eve nunca se sabía. Pero eran medallas: cuatro prendidas cuidadosamente en una tarjeta.

—La Medaille de Guerre, la Croix de Guerre con palma, la Croix de la Legion d'Honneur... —Finn soltó un silbido bajo—. Y esa es la Orden del Imperio Británico.

Solté un lento resoplido. Eve no era simplemente una vieja espía. Era una heroína condecorada, una leyenda del pasado a cuya llamada seguían acudiendo los oficiales de alto rango del ejército, por mucho que la detestaran. Acaricié la Orden del Imperio Británico con la yema del dedo.

—Si le dieron estas condecoraciones hace años, ¿por qué no las aceptó?

—No lo sé.

26

Eve

Octubre de 1915

Lili consiguió murmurar una orden mientras ella y Eve eran llevadas por la fuerza al interior de la estación. Los alemanes gritaban, las alarmas retumbaban y, bajo todo aquel furor, Lili murmuró sin mover los labios: «Finge que no me conoces. Te voy a sacar de aquí».

Eve hizo un minúsculo gesto de negación con la cabeza sin atreverse a mirar a Lili. Las llevaban una pareja de imponentes soldados que tenían a Lili casi elevada del suelo y apretaban los brazos de Eve con tanta fuerza que las manos se le estaban durmiendo. El terror aún no la había invadido del todo. Los pensamientos de Eve corrían como ratones bajo una luz repentina. Pero su negativa fue un acto reflejo. No podía marcharse y dejar a Lili en manos de los alemanes. Jamás.

Pero se oyó otro estallido de gritos y los labios de Lili dibujaron una palabra.

Verdún.

Eve se quedó inmóvil. El ataque masivo planeado contra Verdún para el año siguiente. El capitán Cameron en Tournai esperando el informe. El papel escondido con todos los detalles del ataque envuelto en el interior de un anillo de la mano derecha de Lili. Dios mío, si los alemanes lo encontraban...

Pero no había más tiempo para pensar, para intercambiar nada más que una mirada de desesperación. Las metieron a toda prisa en la estación, pasaron junto a un teléfono y un grupo de soldados alemanes y el capitán alemán dio sus órdenes:

—Separadlas. Voy a dar el aviso...

Eve vio cómo la metían en una habitación estrecha que daba a la calle. En ella había media docena de soldados alemanes a medio vestir que cumplían bostezando su rutina de la mañana. Un sargento joven y rubio en camiseta miró boquiabierto a Eve y otro se estaba afeitando ante un cubo de agua. Eve les devolvió la mirada buscando una forma de huir. No la había. Se lanzarían sobre ella como una manada de lobos si se movía un centímetro hacia la ventana. A su izquierda había otra puerta con un panel de cristal que daba a una habitación aún más pequeña y la garganta de Eve se cerró cuando vio que a Lili la empujaban a su interior. Su sombrero había desaparecido y su pelo rubio le caía enmarañado. Parecía una niña jugando a ponerse la falda y la blusa de su madre. Pero se apoyó en el largo mostrador de la habitación con los ojos relucientes y la boca curvada con una sonrisa y se quitó los guantes, como si se estuviese preparando para sentarse a tomar el té.

—¡Que nadie me t-t-toque! —gritó de repente Eve mirando a todos los soldados alemanes que la rodeaban. Ninguno de ellos se había movido. Estaban demasiado sorprendidos, pero, aun así, ella soltó un grito agudo. Quería que la miraran a ella y no por la ventana hacia Lili, que rápidamente se estaba quitando el anillo de la mano derecha para coger el papel que estaba envuelto en su interior—. ¡No me toquen! —gritó Eve, y el soldado más joven se acercó como si fuera a tranquilizarla. Eve miró por detrás de él a Lili, que seguía con su media sonrisa. Vio cómo su compañera se metía el papel en la boca y se lo tragaba.

El capitán alemán se lanzó gritando a la puerta de la celda de Lili antes de que Eve pudiese sentir alivio alguno... «La ha visto, la ha visto...». Cogiendo a Lili del cuello, el capitán le trató de meter los dedos en la boca. Ella apretó los dientes, mostrándoselos como una loba, y él la empujó con desprecio. Se oyeron pasos rápidos de botas por el pasillo de fuera y Eve se dejó caer en el suelo y empezó a llorar. No solo porque hubiesen descubierto a Lili deshaciéndose de un mensaje, sino porque Marguerite lloraría. Marguerite se mostraría aterrada e inocente y no tendría ni idea de quién podría ser esa mujer de la otra habitación. Eve quería lanzarse contra esos cerdos alemanes y cortarles el cuello, pero tenía que hacer su trabajo.

«Verdún».

Así que se acurrucó en el suelo llorando mientras las botas alemanas se movían inquietas a su alrededor. Los soldados la miraban y murmuraban y Eve no les hizo caso porque, por supuesto, Marguerite no entendía ni una palabra de alemán aparte de *ja* y *nein*. Todos sus nervios se concentraron en la habitación de al lado, donde no se oía sonido alguno por parte de la cabecilla de la red de Alice.

«No saben que es la cabecilla», pensó Eve. «No saben lo que vale su presa». Pero vio la terrible imagen de Lili empujada contra una pared como Edith Cavell. Con los ojos vendados, las manos atadas y una *X* marcada en el pecho para que las escopetas apuntaran ahí. Lili desplomándose en el suelo, probablemente aún con la sonrisa.

«No», gritó Eve en su interior, pero sabía cómo hacer uso de su terror, cómo dejar que esa imagen le provocara otra oleada de lágrimas. Lágrimas y desdichada desesperación que la ayudarían más que ninguna muestra de valentía. Nadie temía a una muchacha desamparada y llorosa.

No pasó mucho tiempo hasta que llegó un policía y, con él, una mujer de aspecto sombrío vestida con sarga verde a la que Eve reconoció. Con frecuencia, ayudaba en los puestos de control alemanes, una zorra despiadada a la que Lili llamaba con el apodo de la Rana por su uniforme verde y sus ávidos dedos almohadillados cuando registraba las pertenencias de la gente. Ahora miraba a Eve, con gesto serio, y espetó una palabra en francés:

—¡Desnúdate!

—¿Aq-q-quí? —Eve se levantó con los ojos hinchados y cubriéndose el cuerpo con los brazos, apartándose de las miradas curiosas de los hombres—. Yo no p-p-p...

—¡Desnúdate! —aulló la Rana, pero el policía parecía ligeramente avergonzado y ordenó a los soldados que salieran. Eve se quedó a solas con la Rana, que empezó a tirarle de los botones—. Si llevas algún mensaje como esa otra zorra lo encontraré y te mandaré al pelotón de fusilamiento —le advirtió. Le quitó la blusa, dejando a la vista la raída camisola de debajo y Eve se quitó la falda con dedos torpes. «Esto no puede estar pasando». Se acababa de poner esa falda hacía apenas unas horas ante el fuego agonizante de la habitación de René mientras él arrugaba la nariz al ver su ropa y decía: «Pareces una niña desgraciada de una institución benéfica, querida. Voy a comprarte una camisola buena, algo con encaje de Valenciennes...». Eve sintió un mareo y se dejó llevar por él, cayendo al suelo como si se hubiese desmayado. Se encogió y gimió débilmente mientras la Rana le quitaba el resto de la ropa y realizaba un registro exhaustivo y humillante. «Verdún», pensó Eve con los ojos apretados mientras los duros dedos de la mujer la rastreaban por debajo de los pechos y entre los dedos y el pelo. «Verdún», pensó mientras le arrancaba las horquillas una a una. Gracias a Dios, esta vez no llevaba información enrollada en ninguna de ellas...

No duró mucho tiempo. Quizá unos diez minutos, mientras la Rana registraba primero el cuerpo de Eve y, después, su ropa: el dobladillo de la falda por si veía algún bulto y los tacones de los zapatos por si había introducido algún papel. Por fin, una fuerte bofetada hizo arder la mejilla de Eve y esta abrió los ojos, aún derramando lágrimas.

—Vístete —le ordenó la Rana con expresión de decepción.

Eve se incorporó y abrazó su cuerpo desnudo.

—¿Me puede dar un vaso de a-a-a...?

La Rana se burló de su tartamudez.

—¿Un vaso de qué, m-m-m-muchacha?

—De agua —gritó Eve gimoteando. Podría haber besado a esa zorra por burlarse. «Que piensen que soy una idiota. Una niña tonta que deja que una extraña le robe el salvoconducto».

—¿Quieres agua? —La Rana apuntó hacia el vaso de líquido espumoso donde claramente los soldados que se estaban vistiendo habían enjuagado sus cepillos de dientes—. Sírvete tú misma. —Se marchó riéndose de su propia gracia.

Eve se vistió con el cuerpo en tensión. Por fuera, Marguerite Le François temblaba y se estremecía, apenas sin saber moverse, mientras que, por dentro, la mente de Evelyn Gardiner se movía a la velocidad de un tren. Miró a la otra habitación, donde la Rana se lanzaba contra Lili, y temió saber lo que Lili planeaba hacer.

La Rana ladró a Lili que se desvistiera.

«Te vas a resistir», pensó Eve.

Lili se quedó quieta como una columna, negándose a moverse. La Rana agarró a la mujer, mucho más pequeña que ella, y le arrancó la falda.

«Vas a seguir resistiéndote», pensó Eve.

Lili forcejeó, pero la Rana era robusta y de manos fuertes y le arrancó la ropa prenda a prenda. Lili dejó de revolverse, pero no se acobardó ante su desnudez como había hecho Eve. Se mantuvo erguida y estoica mientras la Rana la cacheaba. Se le veía cada costilla y los huesos del esternón le sobresalían como una escalerilla. Qué pequeña. La Rana se acercó al montón de ropa que había caído sobre el bolso y empujó a la mujer más pequeña con tanta fuerza para que se apartara que Lili se tambaleó, pero su sonrisa desdeñosa no desapareció siquiera mientras veía cómo le registraba el bolso.

«Que no encuentre nada», rezó Eve, pero los gritos aumentaron cuando en el bolso aparecieron los documentos de identificación de Lili, cinco o seis, preparados para cruzar rápidamente. La Rana movió las tarjetas ante la cara de Lili, dando chillidos, pero Lili se limitó a devolverle la mirada, impasible.

Al final, dejaron que Lili se vistiera y, mientras se abrochaba los últimos botones hasta el cuello, entró un hombre con una taza en la mano. Eve se había colocado para poder mirar a través de la cortina de su pelo suelto pese a estar acurrucada llorando y reconoció al recién llegado: herr Rotselaer, jefe de policía de la cercana Tournai. Eve le había visto solo desde lejos en Lille, pero había redactado un informe sobre él por los comentarios que habían hecho otros oficiales. Un hombre pequeño y oscuro, bien vestido con una chaqueta de corte perfecto. Su mirada era penetrante y devoraba con ella a Lili.

—Mademoiselle —dijo—, ¿tiene sed?

Le ofreció la taza que llevaba en la mano. Incluso a través del cristal, Eve vio que tenía un tinte amarillo. Algo para que Lili vomitara el mensaje que se había tragado.

—Gracias, monsieur —contestó Lili con tono cortés—. No tengo sed, al menos no de leche. ¿Tiene brandy? He tenido un día malísimo. —Tal y como había dicho cuando conoció a Eve en El Havre. Eve pudo ver a las dos en aquella cafetería tan cargada, con la lluvia cayendo fuera, Lili con su estrafalario sombrero del tamaño de la rueda de un carro. Aquel recuerdo la atravesó como un cuchillo. «Bienvenida a la red de Alice».

—¡Vamos, sin rechistar! —Herr Rotselaer trataba de parecer jocoso e insistió en ofrecerle la taza—. ¡Trágueselo o diga por qué no lo hace!

La Rana agitó el codo de Lili pero esta se limitó a sonreír y negar con la cabeza.

Herr Rotselaer se abalanzó sobre ella y trató de meterle la taza entre los labios mientras la Rana le echaba la cabeza hacia atrás, pero Lili tiró la taza de un golpe. La leche amarillenta se derramó por el suelo. La Rana le dio una bofetada a Lili, pero herr Rotselaer levantó una mano.

—Vamos a llevarla a que la interroguen —dijo, y el corazón de Eve se sacudió—. A esta y a la otra.

—¿A ella? —preguntó Lili con un resoplido—. Esa es una estúpida dependienta, no una espía. ¡Me puse a hablar con ella porque era la única de la cola que parecía lo suficientemente tonta como para darme su salvoconducto!

Herr Rotselaer miró a través del cristal hacia donde Eve seguía acurrucada y llorando.

—Tráigala aquí.

La Rana pasó por la puerta que comunicaba ambas habitaciones y cogió a Eve del codo para empujarla a la celda de Lili. Eve cayó de rodillas ante el jefe de la policía, convirtiendo sus sollozos en un rotundo lamento. Le resultó sorprendentemente fácil fingir histeria. Por dentro, era una roca de hielo que observaba los lloriqueos del exterior. A través de sus ojos hinchados podía ver los pequeños pies descalzos de Lili a menos de veinte centímetros.

—Mademoiselle. —Herr Rotselaer trataba de atraer la atención de Eve, pero ella no paraba de encogerse—. Mademoiselle Le François, si es que ese es su verdadero nombre...

—Yo la conozco, señor —se oyó otra voz en alemán. El joven capitán había entrado, el que las había retenido al principio. ¿Fue por eso por lo que había querido comprobar con más atención sus documentos? ¿Porque había reconocido a Eve? «Es culpa mía, culpa mía...»—. Vive en la rue Saint-Cloux. La recuerdo de las inspecciones. Una muchacha respetable.

—Marguerite Le François. —Herr Rotselaer apuntó con un dedo el documento de identificación de Eve y movió el mentón en dirección a Lili—. ¿Conoce a esta mujer?

—N..., n... —Sentía como una traición la palabra que se formaba en sus labios—. N... —Lo sentía como un beso traicionero en la mejilla de Lili, como treinta monedas de plata pasando por su garganta, con su sabor amargo y metálico—. No —susurró.

—Claro que no me conoce. —Lili hablaba con brusquedad, con tono de aburrimiento—. Nunca la había visto hasta hoy. ¿Creen que iba a intentar cruzar un puesto de control con una estúpida tartamuda?

Herr Rotselaer miró a Eve. El pelo se le había pegado a sus mejillas húmedas y las manos le temblaban tanto que parecía que le estuviese atravesando una corriente eléctrica.

—¿Adónde iba, muchacha?

—A T-T-T...

—Por el amor de Dios, ¿no puede hablar bien? ¿Adónde iba?

—A T-T-T... —No estaba fingiendo. La lengua de Eve no se había bloqueado tanto en toda su vida—. A la c-comunión de m-m-mi sobrina. A Tour-tour...

—¿A Tournai?

—Sí, h-h-h... Sí, herr R-R...

—¿Tiene familia allí?

Eve tardó varios minutos en contestar. Herr Rotselaer cambiaba el peso de su cuerpo de un pie a otro. Lili parecía impávida, pero Eve podía notar la tensión que desprendía tirante como un cable. Estaba a unos angustiosos centímetros de ella, pero veía sus pensamientos claros como el cristal.

«Sigue lloriqueando, pequeña margarita. Sigue lloriqueando».

Herr Rotselaer trató de hacerle más preguntas, pero Eve empezó a soltar sollozos histéricos y cayó al suelo. Los tablones desprendían un fuerte olor aséptico. Gimoteó como un cachorro al que hubiesen dado una patada. Su pulso era lento y frío.

—Por el amor de Dios... —Herr Rotselaer hizo un gesto de desagrado al joven capitán—. Hágale a la chica un salvoconducto nuevo para Tournai y suéltela. —Miró a Lili con los ojos centelleantes—. Usted, *mademoiselle l'Espionne,* va a responder a algunas preguntas. Tenemos otras amigas suyas...

«Violette», pensó Eve mientras el capitán alemán la ayudaba a levantarse.

—... y las cosas van a empeorar para ellas si usted se niega a hablar.

Lili se quedó mirando al jefe de policía.

—Miente —dijo ella por fin—. Porque tiene miedo. Eso es bueno, herr Rotselaer. No voy a decir nada más.

Su mirada pasó por encima de la de Eve y había en ella una despedida. Después, miró a la pared y selló su boca como una roca.

Herr Rotselaer la agarró de los brazos y empezó a sacudirla con tanta fuerza que la cabeza de ella se balanceó adelante y atrás.

—Es usted una espía, una asquerosa espía, y va a hablar...

Pero Lili no dijo nada. Y, entonces, sacaron a Eve de la habitación, sollozando con tanta fuerza que no podía hablar. Esta vez, los sollozos eran muy reales.

El capitán le dio una dura reprimenda sobre los peligros de prestar documentos oficiales y, después, pareció ablandarse al ver sus incesantes lágrimas.

—Este no es lugar para una muchacha joven —dijo, en parte por exasperación, en parte por pena, y chasqueó los dedos a los funcionarios para que le emitieran un nuevo salvoconducto—. Ha sido usted muy insensata, mademoiselle, pero siento todos los inconvenientes.

Eve no podía parar de llorar. «Lili», pensaba desconsolada. «¡Ay, Lili!». Quería apartar su brazo, darse la vuelta y volver corriendo a aquella habitación donde aún podía oír las voces de Rotselaer. Quería cortarle el cuello con los dientes, pero se quedó donde estaba, llorando con las manos en la cara mientras el capitán alemán se agitaba preocupado.

—Váyase a casa —repitió poniéndole el nuevo salvoconducto en la mano, con el claro deseo de perderla de vista lo más rápido posible—. Vaya a Tournai, con sus padres. Váyase a casa.

Y Eve, sujetando su nuevo pase y sintiéndose como Judas, le dio la espalda a su amiga y se alejó del cautiverio alemán.

La casa de Tournai para la reunión era pequeña, lóbrega, imposible de distinguir de las casas que se alineaban a cada lado. Eve subió agotada los escalones y llamó dando los toques que habían acordado previamente. Apenas había apartado los nudillos cuando la puerta se abrió. El capitán Cameron la miró con sorpresa durante una milésima de segundo y, después, tiró de ella hacia el interior de la casa para abrazarla.

—Gracias a Dios que ha tenido la sensatez de venir —murmuró—. Desde que arrestaron a Violette, he pensado que sería demasiado testaruda como para marcharse.

Eve inhaló los olores a *tweed*, a humo de pipa y a té. Su olor era muy inglés. Ella estaba acostumbrada a que el abrazo de un hombre oliera a colonia de París, a cigarrillos Gauloises y a absenta.

Cameron se apartó, recobrando la compostura. No llevaba corbata y tenía el cuello desabotonado; unas grandes sombras de agotamiento aparecían por debajo de sus ojos.

—¿Han tenido un buen viaje? ¿Sin problemas al pasar?

Eve tragó saliva respirando agitada.

—Cameron, a Lili...

—¿Dónde está? ¿Se ha retrasado intentando saber algo de Violette? Se arriesga demasiado...

Eve casi gritó:

—Han arrestado a Lili. —Sintió de nuevo el golpe de la agonía en las tripas—. No va a venir. La tienen los alemanes.

—Dios mío —dijo Cameron en voz muy baja, como si fuese una oración. Con un solo aliento, su rostro había envejecido varios años. Eve empezó a dar explicaciones, pero él la hizo callar—. Aquí no. Hay que hacerlo oficial.

Por supuesto. Todo tenía que ser oficial, incluso el absoluto desastre. Eve siguió aturdida a Cameron a una sala estrecha, con sus mesitas recargadas empujadas contra la pared para dejar espacio a los funcionales archivadores atestados de papeles. Había dos hombres sentados revisando expedientes, uno de ellos un empleado larguirucho en mangas de camisa y el otro una especie de soldado hostil con bigote encerado que miró a Eve de arriba abajo cuando entró. El comandante George Allenton, alias Bigotes. Él era quien se había asegurado de que Eve lo supiese todo sobre el pasado de Cameron en prisión.

—Esta no puede ser la famosa Louise de B. —dijo con gran caballerosidad, claramente sin recordar a Eve de Folkestone—. Demasiado joven y hermosa...

—Ahora no, comandante —le interrumpió Cameron a la vez que acercaba una silla para Eve y hacía salir al empleado—. La red de Alice está en peligro. —Se dio la vuelta cuando la puerta se cerró al salir el empleado y se sentó en la mesa, enfrente de Eve, moviéndose como un anciano—. Cuénteme.

Eve se lo contó con frases cortas y monótonas. Cuando terminó, la cara de Cameron era cenicienta. Pero su mirada rebosaba una tensa rabia. Miró a Allenton.

—Ya dije que era demasiado arriesgado mantener a las mujeres en aquel lugar —dijo en voz baja.

Allenton se encogió de hombros.

—En tiempos de guerra hay que correr riesgos.

Eve casi se lanzó sobre la mesa para darle una bofetada, pero se contuvo al ver que Cameron se aguantaba lo que claramente iban a ser unas palabras encendidas. Allenton se mordió la uña del dedo pulgar, distraído, y Cameron se pasó las manos por su arrugado rostro.

—Lili —dijo, meneando la cabeza—. No sé por qué me sorprende. Siempre se arriesgaba demasiado. Pero salía airosa... Supongo que pensé que siempre saldría adelante.

—Esta vez no lo ha conseguido. —Eve se sentía tan cansada que no sabía cómo iba a poder levantarse nunca de esa silla—. Ahora la tienen. A ella y a Violette. Espero que los alemanes las junten. Pueden aguantarlo todo si están juntas.

El comandante Allenton negó con la cabeza.

—Esos alemanes..., dejándola marchar a usted...

—Pensaron que soy medio tonta. —Todos esos lloros teatrales. Eve no era por dentro más que un largo aullido de pena, pero no se veía capaz de derramar ni una sola lágrima más. Quería acurrucarse y hacerse un ovillo, como un animal agonizante, pero tenía que terminar su trabajo, así que contó el informe completo sobre Verdún mientras veía cómo los ojos de Cameron pasaban del agotamiento a la alerta. Empezó a tomar nota, dejando patente que había apartado su pena. El comandante Allenton no cesaba de interrumpir a Eve con preguntas, para irritación de esta. Cameron siempre permitía que contara lo que sabía de una parrafada y, después, volvía atrás para pedir que se extendiera en los detalles, pero Allenton la interrumpía cada dos frases.

—¿Ha dicho Verdún?

—Verdún. —Eve se imaginó arrancándole el bigote encerado—. Confirmado.

Allenton lanzó a Cameron una mirada de superioridad.

—Por esto es por lo que dije que había que dejarla allí.

—Por supuesto —contestó Cameron con un suspiro—. Sin embargo, creo que estará de acuerdo en que la señorita Gardiner debería ir ahora a Folkestone. No hay más alternativa que disolver la red de Alice.

—¿Por qué? —Allenton miró a Eve—. Yo opino quc hay que enviarla de vuelta a Lille.

Eve se vino abajo, pero asintió agotada. Cameron parecía sorprendido, con las cejas levantadas hacia su pelo rubio.

—No estará hablando en serio.

Nadie se había dirigido a Eve, pero ella respondió de todos modos.

—Iré adonde se me ordene. Tengo una tarea que cumplir.

—Su labor ya ha terminado. —Cameron la miró—. Ha hecho un trabajo de primera, pero la región de Lille es demasiado peligrosa como para seguir teniendo confidentes. Sin Lili, toda la red se romperá.

—Puede dirigirla otra persona —intervino Allenton encogiéndose de hombros—. Esta muchacha está a la altura.

La voz de Cameron sonó desinflada.

—Permítame alegar que estoy en completo desacuerdo, comandante.

—Bueno, no será por mucho tiempo. Unas cuantas semanas más.

—Todo el tiempo que se me necesite. —Eve apartó a un lado su miedo. No iba a echarse atrás cuando había vidas en peligro, por mucho que lo deseara—. Tomaré el tren de vuelta esta noche.

Cameron se puso de pie. Su mandíbula estaba apretada por la furia y su mano al levantar a Eve de su silla no fue delicada.

—Comandante, me gustaría hablar con la señorita Gardiner en privado. Vamos a discutir esto arriba, si no le importa.

Eve dejó que la sacara del salón mientras oía cómo Allenton se reía entre dientes. Subieron un tramo de las escaleras hasta un dormitorio improvisado, sin nada más que una estrecha cama de armazón de hierro llena de mantas. Cameron entró en la habitación con ella y cerró la puerta de golpe.

—¿E-entra en la habitación de una dama sin ser invitado? —preguntó Eve—. Sí que está enfadado.

—¿Enfadado? —Casi susurraba y su voz vibraba por la tensión—. Sí, estoy enfadado. Usted se niega a pedir que se la libere de una orden que claramente es una verdadera estupidez. A la única conclusión que puedo llegar es que está usted deseando que la fusilen.

—Soy una espía. —Eve dejó su bolso—. Podría decirse que mi trabajo consiste en que me fusilen. Desde luego, sí que es mi trabajo cumplir órdenes.

—Le digo que esa orden es absurda. ¿Cree que no hay idiotas en los servicios de inteligencia, que sus superiores son todos hombres brillantes que entienden en qué consiste este juego? —Levantó una mano furiosa en dirección al comandante Allenton—. En este negocio abundan los idiotas. Juegan con vidas y juegan mal. Y cuando de resultas muere alguien como usted, se encogen de hombros y dicen: «En tiempos de guerra hay que correr riesgos». ¿De verdad va a terminar usted ante un pelotón de fusilamiento por estúpidos como ese?

—Yo deseo que me saquen de allí, créame. —Eve le acarició la manga para calmar su estallido de furia—. Pero no voy a decir que estoy ac-cabada cuando no es verdad. Si me sacan de Lille por una crisis nerviosa o por agotamiento, jamás me darán más misiones de guerra en ningún sitio. —Hizo una pausa. Cameron se pasó una mano por el pelo, pero no la contradijo—. Solo serán unas semanas más —continuó Eve—. Puedo sobrevivir unas cuantas semanas más y, después...

—¿Sabe lo que dijo él cuando ejecutaron a Edith Cavell? —Cameron bajó la voz e hizo otro gesto de rabia en dirección a Allenton—. Que era lo mejor que podía pasar, porque eso había enfurecido a todos los del frente interno en el momento oportuno. No me gusta hablar mal de mis compañeros oficiales, pero debe usted entenderme: a él no le va a importar si a usted la arrestan como a Violette o a Lili, porque las chicas muertas significan más ventas de periódicos y más apoyo para los muchachos que están en las trincheras. Sin embargo, yo no acostumbro a poner en peligro a mi gente sin necesidad.

—Yo no estoy haciendo esto innecesariamente...

—Usted quiere vengarse por Violette y Lili, porque las quiere. Quiere venganza y, si no la puede conseguir, simplemente deseará morir en el intento. Créame, conozco muy bien esa sensación.

—Si yo fuese un hombre, usted me estaría llamando patriota por desear seguir cumpliendo con mi deber hacia mi país. —Eve se cruzó de brazos—. Una mujer desea lo mismo y es una suicida.

—Un activo comprometido emocionalmente no es de utilidad para su país. Y sus emociones están mucho más desatadas de lo que usted cree. A cualquiera le pasaría lo mismo en una situación así. Su expresión es calmada, pero yo la conozco.

—Entonces, sabrá que puedo dejar de lado mis emociones para cumplir con mi deber, como cualquier otro soldado que tiene que acatar unas órdenes. Como cualquier hombre que presta juramento.

—Eve, no. Se lo prohíbo.

Llamarla Eve..., eso había sido un desliz. Ella sonrió fríamente por dentro. Cameron debería haber sabido más que nadie que no debía delatarse de esa forma.

—Va a convencer a Allenton de que no está preparada para regresar a Lille —le ordenó Cameron a la vez que se arreglaba los puños—. Y luego la mandaré a Folkestone. No me gusta sortear a un superior, pero no veo otra salida. Asunto zanjado.

Se estaba girando para dirigirse hacia la puerta. Bajaría y le diría a Allenton que ella estaba alegando sufrir una crisis nerviosa y eso no podía ocurrir. Eve le agarró de la mano, deteniéndole.

—Quédese conmigo —susurró.

Él se apartó y su rabia pasó a convertirse en algo hermético, receloso.

—Señorita Gardiner...

Eve extendió los brazos y enredó las manos en el cuello de su camisa sin abrochar, apretando sus labios contra el hueco de su garganta. Olía a jabón Lifebuoy. «Eve».

—Yo no debería estar aquí, señorita Gardiner. —Sus manos cubrieron las de ella. Eve se puso de puntillas para susurrar en su oído con voz entrecortada.

—No me deje sola.

Aquello fue un golpe bajo y ella lo sabía. Cameron se detuvo, sus manos cálidas sobre las de ella. Eve insistió, consciente de lo que debía decir.

—He visto esta mañana cómo los alemanes arrastraban a Lili. Yo... Por favor, no me deje sola ahora. No puedo s-soportarlo.

Era una sucia estratagema. Solo iba a funcionar porque Cameron era un caballero, un hombre que no podía soportar ver a una mujer en apuros. No le habría funcionado con René ni en mil años.

La voz de Cameron se volvió más espesa.

—Yo también he perdido a amigos, Eve. Sé lo que siente...

—Quiero sentir calor —contestó ella con un murmullo, deslizando las manos por el pelo de él. ¿Cuánto tiempo había deseado aquello?—. Quiero acostarme, sentir calor, olvidar.

—Eve... —Él se dispuso a apartarse de nuevo, con su mano sobre el cuello desnudo de ella. La alianza de oro de su dedo anular se notaba cálida sobre la piel de ella—. No puedo...

—Por favor. —La pena la atravesó como algo vivo. Aunque solo fuera por unos minutos, quería olvidar. Levantó la cabeza y le besó y la cama quedó detrás de sus piernas.

—No voy a aprovecharme de usted —dijo él, pero murmurándolo sobre sus labios.

—Hágame olvidar —susurró Eve—. Hágame olvidar, Cameron. —Y él se rompió. Se rompió como un muro que se viniera abajo. Atrajo a Eve hacia él con un gruñido ahogado y, a continuación, los dos bebieron del otro, con las bocas abiertas, con desesperación. Eve lo atrajo hacia la cama antes de que él se diera cuenta y le bajó la camisa por los hombros. Era algo deshonesto y estaba mal, ella lo sabía. No había empezado aquello por la pasión, sino porque quería evitar que impidiera su regreso a Lille. Pero eso no significaba que no hubiese pasión junto a su plan calculado, pues la verdad era lo que hacía reales las mejores mentiras. Y la verdad era que Eve había deseado a Cameron durante mucho tiempo, desde que él miró a aquella archivera tartamuda y vio en ella a una espía.

—Por Dios, Eve —dijo él con agonía en su mirada al quitarle la blusa y la camisola y ver las magulladuras que tenía en sus brazos desnudos por donde los guardias alemanes la habían agarrado—. Esos brutos asquerosos... —Le besó cada moretón y colocó sus manos abiertas sobre sus costillas—. Está demasiado delgada —susurró entre besos—. Pobre niña valiente...

Eve se apretó contra él, enredando las piernas con las suyas, atrayéndolo con fuerza. Probablemente podría hacerle pensar que era el primero. Probablemente podría engañarlo, actuar con timidez y torpeza. Habría sido lo más sensato, pero no podía soportar mentir otra vez. Ahí no. No fingía con René cuando era su cuerpo de mármol y piel fría el que se movía encima de ella y no iba a fingir ahora cuando el hombre que estaba en sus brazos era una persona larguirucha con los hombros llenos de pecas y una voz como la niebla de Escocia, un hombre que sí cerraba los ojos al besarla. Envolvió su cuerpo alrededor de él, cerró los ojos y se entregó y, cuando todo terminó, se descubrió llorando en sus brazos.

—Lo sé —dijo él en voz baja, deslizando sus dedos por el pelo suelto de ella—. Créeme, Eve. Lo sé. Yo también he visto cómo capturaban a gente a la que quiero.

Ella levantó los ojos hacia él y dejó que las lágrimas le cayeran.

—¿A quién?

—A un muchacho llamado Léon Trulin, uno de mis reclutas. No tiene ni diecinueve años... Arrestado hace unas semanas. Y ha habido más. —Cameron se pasó una mano despacio por su pelo grisáceo—. Nunca me acostumbro. Este trabajo es asqueroso.

Sí que era un trabajo asqueroso, y Eve iba a regresar a él, pero esperaba poder distraerle de ello durante unas horas más. Se dio la vuelta entre sus brazos, tan cerca que sus pestañas mojadas le acariciaron la mejilla.

—¿Hay té? —preguntó con tono serio—. Lo único que he tomado durante meses son hojas de nogal hervidas.

Él sonrió y de su rostro desaparecieron varios años. Eve sabía que Cameron se sentiría enseguida roto por la culpa y con cargo de conciencia, que se fustigaría por haberse aprovechado de la inocencia de su subordinada y la ausencia de su esposa, pero, por ahora, estaba contento.

—Sí —respondió con otra sonrisa—. Té y azúcar de verdad para añadirle.

Ella soltó un gemido y casi le sacó de la cama de un empujón.

—¡Pues prepárame uno!

Él se puso los pantalones y se levantó, recorriendo los tablones del suelo con los pies descalzos. Muy distinto a lo que normalmente veía Eve después de la cama: los cigarrillos de René, su bata de brocado, su conversación de almohada que ella se ocupaba de analizar y memorizar... No quería pensar en René ahora, así que cogió la taza de té que Cameron le ofreció al volver y le dio un sorbo, dejando escapar después un gemido.

—Podría m-m-morirme ahora mismo.

Una parte de ella deseaba que así fuera. Morir en ese instante, sentada en la cama, con la espalda apoyada en el pecho de Cameron, y no tendría que pensar en Lille ni en el trabajo que aún le esperaba, agazapado implacable como un duende bajo un puente. Apartó aquel pensamiento de su mente, pero Cameron pareció darse cuenta.

—¿En qué piensas? —Le recogió un mechón de pelo tras la oreja.

—En nada. —Eve volvió a dar otro sorbo.

Cameron vaciló, dejando quieta la mano sobre el cuello de ella.

—Eve... ¿Quién es él?

Eve no fingió no entenderle. Había sido una chica muy inocente cuando él la había enviado a Lille, pero no era la misma que se había enroscado con tanta fuerza alrededor de su cuerpo bajo esas sábanas.

—No es nadie —contestó con tono despreocupado—. Solo alguien que revela información útil en la c-cama.

—¿Bordelon? —preguntó Cameron de forma casi inaudible.

Asintió. No se atrevía a mirarle, pero el corazón se le subió hasta la garganta. Él habría leído los informes sobre René, sobre quién era y qué era. Si Cameron la rechazaba...

En fin, eso importaba poco. Ella seguía teniendo que cumplir con su labor.

—Ya no tienes por qué volver con él. —Cameron dejó su taza de té y apretó sus brazos con fuerza alrededor de ella—. Te llevaré a Folkestone mañana por la mañana. No tendrás que volver a verle.

Estaba claro que él asumía que, como ella había dejado de protestar, había aceptado no cumplir las órdenes de regresar a Lille. Por un momento, se rindió a la tentación. Volver a casa, a la seguridad, a Inglaterra. Volver a tomar té.

Después, suspiró y cambió de idea. Apartó su taza y se giró para apoyar la mejilla en el hombro de Cameron. Él farfulló algo sobre que tenía que levantarse, pero ella le volvió a empujar contra las sábanas. Hicieron el amor una vez más, con ternura y despacio, Eve ahogando sus gritos sobre el hombro de él, y después Cameron se dejó caer en un sueño de agotamiento. Eve esperó a que su respiración alcanzara un ritmo profundo y, a continuación, se levantó de la cama sin hacer ruido y se vistió. Se quedó mirándole un momento y se preguntó con dolor si alguna vez él la perdonaría por todo aquello. «Quizá no debería», pensó. «No puede permitirse quererme». Aunque, sin duda, ella sí le amaba. Le apartó el pelo rubio de la frente, que seguía arrugada pese a estar dormido, como si se preocupara en sueños, y, a continuación, bajó las escaleras.

El comandante Allenton sonrió con gesto de superioridad cuando ella entró en la improvisada sala de archivos. No cabía duda de que él sospechaba lo que había pasado arriba. A Eve no le importó. Él ya se había comprometido a enviarla de vuelta, fuera una zorra o no.

—Voy a necesitar un pase —dijo sin más preámbulos—. Estoy lista para tomar el tren de vuelta a Lille.

Eso le sorprendió.

—Creía que Cameron intentaría convencerla de que desobedeciera la orden. Puede ser muy pícaro. ¿Sabe?, esas cosas pasan cuando los militares se involucran demasiado tiempo en asuntos como el del espionaje. Se vuelven turbios.

Un verdadero desagrado apareció en el rostro del comandante. Después de haber tenido que analizar las minúsculas expresiones faciales de René, ver cómo los pensamientos del comandante se abrían paso entre sus facciones resultaba como observar a un perro caminando alrededor de una manzana de bloques desde el otro extremo de una correa. Eve dio a la correa el tirón justo que necesitaba, dejando caer sus pestañas con ojitos de chica obediente.

—Usted es de rango superior al capitán Cameron, señor. Por supuesto que voy a obedecer sus órdenes. Quiere que regrese y lo v-v-voy a hacer.

—Sí que vale usted para esto, ¿eh? —Complacido, el comandante cogió un bolígrafo. El empleado larguirucho se había ido a casa; casi había anochecido. Unas lámparas baratas iluminaban todos los rincones por donde el papel de la pared se había desgastado—. Ya veo por qué Cameron se ha... encariñado con usted. —Sus ojos volvieron a recorrerla—. Ha estado subiéndose por las paredes preocupado por las chicas de la red, pero lo cierto es que es con usted con quien está obsesionado.

Eso provocó en Eve una punzada de placer, mezclado con culpa por estar a punto de volver a sumirle en la preocupación.

—¿Mi salvoconducto, señor? —insistió, consciente del paso del tiempo. Cameron podría tener el sueño ligero. Si se despertaba de su siesta y bajaba ahora, habría otra discusión. Era mucho mejor que se despertara y viera que ella ya se había ido.

El comandante empezó a redactar el salvoconducto.

—Apuesto a que Cameron nunca le ha dicho cuál es su nombre en clave. —Eve contuvo el deseo de poner los ojos en blanco al notar su tono de confidente. Gracias a Dios, Allenton no estaba en el campo, porque sacarle información sería como quitarle un caramelo a un niño. «Es usted un verdadero estúpido», deseó decir Eve, pero dio la respuesta que él quería:

—No. ¿Cuál es el nombre en clave de Cameron?

Allenton sonrió con superioridad a la vez que le pasaba el salvoconducto.

—Evelyn.

27

Charlie

Mayo de 1947

Otra noche que caía, la segunda desde que había averiguado que Rose estaba muerta. Seguía teniendo miedo de lo que vería en mis sueños, pero no quería volver a beber para olvidar. La cabeza apenas acababa de dejar de palpitarme.

Ya debería haber bajado para cenar con Eve y Finn, pero estaba buscando algo limpio entre mi ropa. No había lavado nada después de Oradour-sur-Glane y lo único que me quedaba era el vestido negro que había regateado a aquella dependienta parisina. Era recto, serio, geométrico, de cuello alto y de corte muy bajo por la espalda, adhiriéndose a todas mis líneas rectas en lugar de tratar de disimularlas. «*Très chic*», pude oír que decía Rose entre risas, y apreté los ojos con fuerza porque había dicho lo mismo a los siete años cuando entramos en el vestidor de mi madre y empezamos a probarnos sus vestidos de noche. Rose con lentejuelas de Schiaparelli cayéndole por los hombros de su blusa marinera, arrastrando varios metros de tafetán negro y riéndose al decir: «*Très chic!*», mientras yo me tambaleaba con un par de zapatos de noche demasiado grandes para mí.

Aparté aquel recuerdo y me miré en el espejo ondulante de mi habitación del hotel. A Rose le habría gustado el vestido negro, pensé. Y bajé.

Eve, Finn y yo habíamos tomado nuestras comidas en la cafetería de al lado: pequeña, acogedora, muy francesa, con toldos rojos y mesas con manteles de rayas. Alguien había encendido la radio y sonaba Edith Piaf. Por supuesto que sí. *Les trois cloches,* «Las tres campanas», y me pregunté si las campanas de la iglesia habían sonado en Oradour-sur-Glane cuando metieron dentro a las mujeres...

Vi la mano retorcida de Eve moviéndose en el aire desde la mesa del extremo y me abrí paso entre la multitud de camareros que llevaban bandejas.

—Hola, yanqui —me saludó—. Finn me ha contado que habéis conocido al comandante Allenton. ¿No es una joya?

—Con su estúpido bigote.

—Una vez casi se lo arranco de raíz. —Eve meneó la cabeza mientras daba vueltas entre los dedos a una corteza de *baguette* sin comer—. Ojalá lo hubiese hecho.

Finn estaba sentado enfrente de Eve, con el codo apoyado en el respaldo de su silla. No dijo ni una sola palabra, pero vi que me miraba el vestido negro. Recordé cómo nos habíamos despertado esa mañana, enredados y apestando a whisky, y quise cruzar mi mirada con la suya, pero él apartó los ojos.

—Finn me ha contado lo de Oradour-sur-Glane. —Eve me miraba directamente a los ojos—. Y lo de tu prima.

Edith Piaf cantaba detrás de mí. «El pueblo en el centro del valle, como si estuviese perdido...». Esperé que Eve me dijera que ya me lo había advertido. Esperé que dijera que había sabido desde el principio que era una misión imposible.

—Lo siento —dijo—. Si es que sirve de algo. Aunque no sirve cuando m-muere un amigo. Lamentarlo no sirve de nada pero, aun así, lo siento.

Dejé de apretar los dientes.

—Rose está muerta. Yo... Yo no sé... —Me detuve y volví a empezar—. ¿Qué va a pasar ahora?

—Bueno, yo sigo buscando a René Bordelon —contestó Eve.

—Ojalá tenga suerte. —Arranqué un trozo de *baguette.* Finn daba vueltas a su vaso de agua entre sus largos dedos, en silencio.

Eve me miró sorprendida.

—Creía que tú también querías encontrarlo.

—Solo porque pensaba que podría llevarme hasta Rose.

Eve soltó un suspiro. La copa que estaba junto a su codo solo estaba por la mitad y sus ojos tenían un resplandor contemplativo.

—Puede que te siga interesando encontrarle. Allenton, por muy estúpido que sea, me ha contado algunas cosas fascinantes.

—¿Por qué quiere usted encontrar a René? —contesté—. Nos ha dicho que era un especulador, que usted le espiaba. —Que se había acostado con él para conseguir información, que la había dejado embarazada y que ella se había tenido que deshacer del niño, pero no iba a mencionar esas cosas en la mesa de un café con camareros pasando por todos lados—. ¿Qué otra cosa puede haber tan mala como para tener que rastrear a un anciano de setenta y tres años como si fuese un perro?

Sus ojos resplandecieron.

—¿Es que tiene que haber más motivos?

—Sí. ¿Tiene algo que ver con sus condecoraciones? ¿Con todas esas Croix de Guerre y la Orden del Imperio Británico? —pregunté mirándola fijamente—. Ya va siendo hora de que nos lo cuente todo, Eve. Déjese de insinuaciones.

Finn se puso de pie de repente y se acercó a la barra.

—Está de mal humor —comentó Eve mientras veía cómo su chófer se movía entre la multitud—. Debe de haberle removido algunas cosas ver Oradour-sur-Glane. —A continuación, volvió a girarse hacia mí con mirada calculadora—. ¿Tienes agallas, yanqui?

—¿Qué?

—Necesito saberlo. Tu p-prima está muerta. ¿Vas a volverte a casa ahora para hacer patucos de bebé? ¿O estás dispuesta a vivir algo más desafiante?

Aquello se acercaba mucho a la pregunta que yo me había estado haciendo. «¿Y ahora qué, Charlie St. Clair?».

—¿Cómo voy a saber si estoy dispuesta si usted no me dice de qué se trata?

—Se trata de una amiga —dijo sin más—. Una mujer rubia de risa alegre y con el valor de prender fuego a todo el mundo.

«¿Rose?», pensé.

—Lili —continuó Eve con una sonrisa—. Louise de Bettignies, Alice Dubois. ¿Quién sabe qué otros nombres tendría? Siempre será Lili para mí. La mejor amiga que haya podido tener nadie.

«Lili». Así que Eve tenía a Lili y yo tenía a Rose.

—Cuántas flores.

—Hay dos tipos de flores en lo que respecta a las mujeres —dijo Eve—. La que se queda a salvo en un bonito jarrón o la que sobrevive en cualquier circunstancia..., incluso en la más malvada. Lili era de estas últimas. ¿De qué tipo eres tú?

Me habría gustado pensar que también era de las del segundo tipo. Pero la maldad (qué melodramático sonaba esto) nunca me había puesto a prueba como había hecho con Eve, con Rose o con esa desconocida Lili. Nunca en mi vida me había cruzado con la maldad, solo con la tristeza, el fracaso y las malas decisiones. Murmuré algo de esto y continué con una pregunta:

—Usted nunca ha hablado de ninguna amiga de los años de la guerra. Ni una sola. Así que, si Lili fue la mejor amiga que ha tenido jamás, ¿qué más era ella? ¿Por qué es tan importante?

Me quedé sentada mientras Eve me contaba, hablándome de cómo había conocido a Lili en El Havre. De su ironía y su voz cálida. «Bienvenida a la red de Alice». Sus manos apretadas y llenas de esperanza mientras veían el malogrado ataque contra el káiser. Las lágrimas derramadas, el consejo calmado, el arresto. Casi podía ver a la amiga de Eve ante mis ojos, pues sus palabras la describían de una forma muy vívida. Para mí, era como Rose, si Rose hubiese vivido hasta los treinta y cinco años.

—Su amiga era alguien especial —dijo Finn cuando la voz de Eve se fue apagando. Se había unido a nosotras al poco de empezar el relato, sentándose con su cerveza sin tocar delante de él. Y, por la expresión de sorpresa que había en su rostro, estuve segura de que aquellas historias eran tan nuevas para él como para mí—. Parece que era toda una soldado.

Eve terminó su copa con un largo trago.

—Desde luego que sí. Más tarde, la gente la llamó la reina de los espías. Había otras redes de espionaje durante la primera guerra. Después, supe de las mujeres que habían trabajado en ellas. Pero ninguna tan rápida ni precisa como la de Lili. Dirigía casi cien fuentes que cubrían docenas de kilómetros del frente... Una mujer sola. Todos los altos mandos lamentaron su arresto. Sabían que no iban a conseguir la misma calidad de información si caía en manos alemanas. —Una sonrisa triste—. Y así fue.

Rose y yo, Finn y su niña gitana, Eve y Lili. Los tres perseguíamos fantasmas del pasado, mujeres perdidas en el torbellino de una guerra. Yo había perdido a Rose en Oradour-sur-Glane y Finn había perdido a su niña en Belsen, pero puede que Lili siguiera estando viva. ¿El volver a verla acabaría con el sufrimiento de Eve, con su culpa y su pena? Abrí la boca para preguntar cuál había sido el destino de Lili, pero Eve ya había empezado a hablar de nuevo, sus ojos fijos en mí.

—He pasado más de t-t-treinta años reponiéndome después de lo que ocurrió en Lille. Y por eso mismo no deberías dedicar mucho tiempo a llorar a tu prima, yanqui. Porque te sorprendería saber cómo las semanas se convierten en años. Vive tu luto. Destroza una habitación, bébete una pinta, acuéstate con un marinero, lo que necesites hacer, pero supéralo. Te guste o no, ella está muerta y tú estás viva. —Eve empezó a levantarse—. Avísame si decides ser al final una *fleur du mal* y te diré por qué deberías venir conmigo a buscar a René Bordelon.

«¿Es que siempre tiene que ser tan enigmática, maldita sea?», pensé enfadada, pero Eve ya se había puesto de pie y se estaba yendo tras dejar su copa vacía. Me quedé mirándola, con la frustración y la pena hirviendo dentro de mí como ríos que confluyen. «¿Y ahora qué, Charlie St. Clair?».

—Louise de Bettignies —dijo Finn con el ceno fruncido—. La reina de los espías. Ahora que lo pienso, he oído hablar de ella. Probablemente en algún titular sobre heroínas de la guerra...

Se quedó en silencio, dando vueltas a su cerveza entre los dedos. Pude ver cómo retornaba al tenso nerviosismo que había mostrado antes de que las anécdotas de Eve le distrajeran. Su habitual soltura relajada convertida en una fuerte rigidez.

—¿Qué te pasa, Finn?

—Nada. —No me miró. Dirigía los ojos hacia las mesas que habían sido apartadas para el baile y las parejas que se deslizaban con la música—. Para mí, esto es lo normal.

—No lo es.

—Tras regresar del 63 Regimiento, estaba así siempre.

Mi hermano solía ponerse tenso y de mal humor cuando la gente le preguntaba cómo había sido de verdad estar en Tarawa. Ponía esa misma expresión retraída y, si insistían mucho, estallaba soltando obscenidades y se marchaba. Yo siempre había temido ir detrás de él, que me rechazara también a mí, pero ahora deseaba haberle seguido una sola vez y haberle cogido de la mano. Solo... agarrarle la mano para que supiera que estaba con él, que le quería, que comprendía su sufrimiento. Pero lo cierto es que no entendí nada hasta que se hubo ido. Y ya era demasiado tarde.

Miré el rostro de Finn y quise decir: «No es demasiado tarde para ti». Pero sabía que no escucharía mis palabras estando así, como tampoco me habría escuchado James, así que me limité a extender una mano y acariciar la suya.

Él se apartó.

—Lo superaré.

«¿Es que alguien puede superarlo?». Miré la silla donde había estado sentada Eve. Los tres en busca de dolorosos recuerdos entre las ruinas de dos guerras. Ninguno parecía haber superado nada. Pensé en lo que Eve había dicho. Puede que no fuera tan necesario superarlo como sí intentarlo. De lo contrario, las semanas se convertían en meses y, después, levantabas la vista, como había hecho Eve, y veías que habías desperdiciado treinta años.

Por la radio sonaba más Edith Piaf. Me puse de pie.

—¿Quieres bailar, Finn?

—No.

Yo tampoco quería. Sentía mis pies pesados como el plomo. Pero a Rose le encantaba bailar. También a mi hermano. Recordé bailar un torpe *boogie-woogie* con él la noche anterior a que se fuera con los marines. Rose y mi hermano ya estarían en la pista. Por ellos, yo podría arrastrar hasta ahí mis pesados pies.

Me acerqué a la multitud de bailarines y un francés me atrajo hacia él entre carcajadas. Yo seguía el ritmo con su brazo en mi cintura y, después, me agarré al brazo de su amigo para la siguiente canción. No escuché ninguna de sus galanterías susurradas en francés. Me limité a cerrar las ojos, mover los pies y tratar de... Bueno, no de olvidar la nube de pena que me acompañaba, pero al menos sí bailar bajo ella. Tal vez mis pies se sintieran entonces pesados, pero quizá algún día podría salir bailando de debajo de esa nube.

Así que seguí moviéndome con la música, una canción tras otra, y Finn bebía de su única cerveza mientras me observaba. Probablemente, todo habría ido bien de no haber sido por aquella mujer gitana.

Me aparté de la pista para volver a abrocharme la sandalia. Finn se levantó para tirar su cerveza a medio beber y los dos vimos a la anciana tras una carretilla, vestida con mantones descoloridos. Puede que no fuese una gitana. Tenía la tez morena y faldas llamativas, pero ¿cómo iba a saber yo si ese era de verdad el aspecto de una gitana? Ella farfulló algo mientras el propietario de la cafetería salía corriendo. La mujer extendió la palma de la mano, suplicando, y él movió en el aire las suyas como si una rata se hubiese colado en la cocina.

—¡Aquí no se admite la mendicidad! —dijo empujando a la anciana—. ¡Fuera!

Ella se alejó caminando fatigosamente. Era evidente que estaba acostumbrada a aquello. El propietario del café se dio la vuelta mientras se frotaba las manos en el delantal.

—Puta gitana —murmuró—. Qué pena que no se las llevaran y las dejaran encerradas.

Vi la oleada de fuerte rabia que caía sobre el rostro de Finn.

Me dispuse a ir hacia él pero ya había dejado caer su botella de cerveza, que se hizo añicos con gran estruendo. Cruzó el café en tres pasos, enterró una mano en el cuello del sorprendido dueño, lo atrajo hacia él y le dio un brutal puñetazo.

—¡Finn!

Mi grito se perdió en medio del ruido de porcelana rompiéndose cuando el propietario cayó llevándose una mesa con él. Finn lo puso boca arriba empujándolo con una bota, con la rabia aún ardiendo en sus ojos, y a continuación colocó una rodilla sobre el pecho del hombre.

—Pedazo de mierda asqueroso —dijo con lenta precisión, marcando cada palabra con un puñetazo. Cada golpe corto y eficaz sonó como el mazo de un carnicero.

—¡Finn!

El corazón me latía con fuerza. Me abrí paso entre el revuelo de mujeres y hombres que se levantaban con sus servilletas atadas al cuello, todos boquiabiertos y aturdidos, pero un camarero llegó antes y agarró a Finn por el brazo. Finn le golpeó también a él, con una rápida explosión de su puño sobre la nariz, y vi el chorro de sangre, perfectamente nítida sobre un mantel que había caído al suelo. El camarero se echó hacia atrás y Finn volvió a golpear al propietario, que gritaba mientras trataba de cubrirse la cara.

«Seis personas me sujetaron cuando empecé a dar con su cabeza contra una jamba», había dicho Finn al hablar de la pelea que le llevó a la cárcel. «Gracias a Dios, me apartaron de él antes de romperle el cráneo».

Quizá yo no fuera seis personas, pero nadie iba a romper ningún cráneo esa noche. Agarré el hombro tenso como una roca de Finn y tiré con todas mis fuerzas.

—¡Para, Finn!

Él se giró, arremetiendo contra quienquiera que estuviese tratando de detenerle. Sus ojos brillaron en el instante en que me reconoció y aplacó la fuerza que había tras su golpe, pero era demasiado tarde para detener el impulso. Sus nudillos me dieron en la comisura de la boca con la fuerza suficiente como para sentir el dolor. Retrocedí un paso echándome una mano a la cara.

Él se quedó pálido y dejó caer el puño.

—Dios mío... —Se puso de pie, sin hacer caso a los gemidos y a la nariz ensangrentada del hombre que estaba en el suelo—. Dios mío, Charlie...

Me toqué los labios conmocionada.

—No pasa nada. —Para ser sincera, me sentí más aliviada al ver que se había apartado del dueño del café y que ya no tenía aquella expresión de furia. El corazón me latía en el pecho como si acabara de correr en una carrera. Di un paso al frente y extendí las manos hacia él—. No pasa nada...

Se encogió. Su mirada era de horror.

—Dios mío —repitió, y se alejó de mí arrastrando los pies, alejándose a toda velocidad del café y de los murmullos de los comensales.

El dueño del café se estaba levantando ya con la ayuda de varios camareros, atontado y enfadado, pero yo ni le miré. Salí corriendo todo lo rápido que pude en la misma dirección que había tomado Finn. Ya había pasado por delante del *auberge* y se había metido entre los edificios. Vi cómo desaparecía en el interior del garaje de detrás. Le seguí, pasé junto a las filas de coches Peugeot y Citroën hasta la larga silueta del Lagonda. Finn estaba en el asiento de atrás, igual que la noche de Roubaix, cuando estuvimos hablando a las tres de la madrugada. Estaba sentado con la cabeza agachada y agitando los hombros arriba y abajo, sin verme hasta que abrí la puerta y me senté a su lado.

Su voz sonaba amortiguada.

—Vete.

Le agarré la mano.

—Te has hecho daño. —Tenía los dedos magullados y rajas en la piel de los nudillos. Yo no llevaba pañuelo, así que me limité a acariciar la piel desollada con suavidad.

Él apartó la mano y se pasó los dedos por el pelo.

—Ojalá hubiese hecho papilla el cráneo de ese mierda desgraciado.

—Entonces, te habrían arrestado y te habrían metido de nuevo en la cárcel.

—La cárcel es el lugar donde debo estar. —Seguía acurrucado, con los puños apretados entre el pelo—. Te he golpeado, Charlie.

Me toqué el labio y vi que no me lo había rajado.

—No sabías que era yo, Finn. En cuanto me viste dejaste de...

—Pero te he golpeado. —Entonces, me miró y sus ojos eran unos agujeros llenos de culpa y rabia—. Tú solo querías evitar que le matara y te he golpeado. ¿Por qué has venido, Charlie? ¿Por qué te sientas a oscuras con un mal hombre como yo?

—Tú no eres un mal hombre, Finn. Eres un maldito despojo, pero no eres malo.

—¿Qué sabrás tú?

—Sé que mi hermano no era malo cuando daba puñetazos a las paredes, gritaba maldiciones y entraba en pánico cuando estaba entre mucha gente. No era malo. Estaba destrozado. Como tú. Como Eve. Como lo estaba yo cuando me pasé la época de estudiante llorando en la cama o acostándome con chicos que no me gustaban. —Me quedé mirando a Finn deseando con todas mis fuerzas que me entendiera—. Lo que está destrozado no tiene por qué seguir estándolo siempre.

Estaba deseando ayudarle. Cogerle entre mis manos y arreglar sus grietas, como no había hecho con James. Como no había hecho con mis padres cuando ellos lloraban por él.

—Este no es sitio para ti. —La voz de Finn sonaba áspera, entrecortada. Pude ver la rabiosa tensión que volvía a enroscarse en sus hombros—. Deberías volver a casa. Tener a tu hijo, recuperar tu vida. No vas a poder sacar nada bueno si te quedas con un par de almas destrozadas como Gardiner y yo.

—No voy a ir a ninguna parte. —Volví a acercar mi mano. Él apartó la suya.

—No.

—¿Por qué? —Habíamos estado sentados uno junto al otro la noche anterior mientras nos bebíamos el whisky. Yo había apoyado la cabeza en su regazo y él me había acariciado el pelo, y nada de eso había resultado incómodo. Pero ahora Finn se erizaba y el espacio entre los dos estaba lleno de tensión.

—Sal del coche, Charlie.

—¿Por qué? —volví a protestar. No iba a retroceder ahora.

—Porque, cuando me pongo así, solo hay alcohol, pelea o sexo. —Miraba fijamente a las sombras, pronunciando sus palabras con rabia calmada—. Ya hice lo primero anoche y lo segundo hace veinte minutos. Lo único que quiero ahora mismo es arrancarte ese vestido negro. —Me miró y su mirada me abrasó—. De verdad que deberías salir del coche.

Si le dejaba ahora, él se quedaría allí sentado toda la noche con su culpa, su rabia y su niña gitana muerta.

—Te guste o no, ella está muerta y tú estás vivo —dije repitiendo las palabras de Eve—. Los dos estamos vivos. —Levanté las manos, las enredé en su pelo y atraje su cabeza hacia la mía.

Nuestras bocas chocaron con fuerza, sin separarse siquiera cuando él me levantó para montarme a horcajadas en su regazo. Sus mejillas estaban mojadas, también las mías. Me bajó el vestido por los hombros y yo le arranqué los botones de la camisa, apartando de en medio todas las capas de ropa para quedar piel contra piel, sin que a ninguno de los dos nos importara que alguien pudiera pasar junto a las ventanillas del Lagonda y nos viera. Durante el camino a Oradour-sur-Glane él me había besado con exquisita ternura, pero ahora sentía su boca áspera devorando la suave piel entre mis pechos y sus pestañas rozándome el esternón. Apreté mi mejilla contra su pelo, bajando las manos por su esbelto pecho hasta su cinturón y, por un momento, él se detuvo, respirando a bocanadas, a la vez que sus manos se apretaban contra mi espalda desnuda.

—Dios mío, Charlie —balbuceó—. No era así como esperaba hacer esto.

Puede que no hubiera rosas, luz de velas ni romanticismo. Pero eso, ahí, en ese momento, era lo que los dos necesitábamos. La noche anterior había sido de entumecimiento, dolor y deseo de olvidar. Yo no podía seguir así o me ahogaría. No iba a dejar que Finn se ahogara tampoco. No iba a dejar solo a Finn, como a los otros a los que había fallado y perdido.

—Quédate conmigo —murmuré sobre sus labios, con la respiración tan entrecortada como la suya—. Quédate conmigo. —Y caímos enredados sobre el asiento de piel, con las partes importantes de mi vestido negro apartadas y la camisa y el cinturón de Finn en el suelo.

Normalmente, ese era el momento en que mi mente se alejaba de lo que estaba ocurriendo. Era entonces cuando yo dejaba de tratar de sentir algo y me volvía más distante, decepcionada por no sentir nada. Era la ecuación más sencilla del mundo: hombre más mujer siempre daba igual a cero. Esta vez no. El agitado revuelto de piernas y brazos sobre el asiento y los sonidos del cuero chirriando y de respiraciones pesadas era igual que en las demás ocasiones, pero ahora yo no me distanciaba. Me estaba fundiendo, quemando y agitando por el deseo. Finn también temblaba, colocado sobre mí, una sombra contra otras sombras, sus manos enredadas en mi pelo con tanta fuerza que sentía destellos de dolor en el cuero cabelludo y su boca bebiendo la piel de mi cuello, mis orejas y mis pechos como si pudiera devorarme. Cerré los brazos y las piernas alrededor de él y me aferré como si estuviera intentando subirme dentro de él, hincando las uñas en su espalda. Forcejeamos, piel sudada contra piel sudada, y seguía sin ser lo bastante cerca. Le arañé, atrayéndolo más adentro, a la vez que oía los sonidos apagados que yo emitía mientras nos chocábamos con un ritmo desesperado y furioso. Fue rápido, brusco y bueno, desordenado, sudoroso y vivo. Apretó su cara contra la mía con el último estremecimiento que nos atravesó y sentí cómo una lágrima se deslizaba por nuestras mejillas juntas.

No sabía de quién de los dos venía. Pero no me importaba. No era de tristeza. Y eso ya era suficiente.

28

Eve

Octubre de 1915

Si había un día de la semana en el que ser arrestada, era el domingo. La única noche de siete en la que Eve no trabajaba, pues incluso el decadente Le Lethe cerraba el día del Señor. Eve estaba de vuelta en Lille a última hora del domingo por la noche sin haber perdido ningún turno. «Pequeños favores», dijo en voz alta. La habitación estaba extremadamente fría y, aunque nada había cambiado —ni la estrecha cama, ni el bolso de viaje de doble fondo en el rincón donde escondía la Luger—, tenía un aire descuidado. Violette no iba a aparecer dando zancadas con sus pesadas botas ni refunfuñando sobre pilotos ingleses demasiado temerarios como para esconderse bien. Lili no iba a llegar con andares despreocupados y una anécdota de cómo había pasado por un puesto de control con una salchicha de contrabando. Eve miró alrededor de la triste y pequeña habitación recordando las noches que habían pasado allí fumando y riendo y la invadió una oleada de desesperación tan fuerte que casi la dejó sin respiración. Tenía una labor que hacer y la iba a cumplir, pero no habría más momentos de alegría en ella. Habría días en Le Lethe y noches en la cama de René. Eso era todo. Nadie usaría ya esta habitación salvo Eve.

«Antoine sí», pensó. «Podemos trazar un nuevo plan». El silencioso y firme Antoine sabía casi todo sobre las fuentes de Lili, pues él había hecho los documentos falsos de muchas de ellas bajo el mostrador de su librería. Quizá podría rehacer las rondas de Lili para que otra persona se encargara. Había que hacerlo como fuera. Se entregó a un ataque de cansancio y se tumbó sin siquiera quitarse el abrigo. Debería haber sentido hambre pero, sin saber cómo, se puso a pensar en el olor de la colonia cara de René —temiendo, sin duda, el momento en que tendría que volver con él al día siguiente— y la idea de ese olorcillo le revolvió el estómago. Enterró la nariz en su fina almohada, evocando el olor a té y al *tweed* inglés. «Cameron», susurró, y sintió el destello de un tierno y agradable recuerdo de su pelo bajo la mano de ella y sus labios detrás de su oreja. Se preguntó si él se arrepentía del tiempo que habían pasado juntos esa tarde. Se preguntó si la odiaba por haberle seducido y, después, haberse ido a escondidas. Se preguntó...

Pero estaba agotada de tanto terror y arresto, de tanta angustia y amor y el sueño la invadió como una ola negra.

El día siguiente amaneció luminoso y frío y Eve se dirigió hacia Le Lethe tapada hasta la nariz. Normalmente, a media tarde, el restaurante estaba animado: camareras colocando los cubiertos y los manteles para los primeros comensales y las cocineras maldiciendo mientras preparaban sus puestos. Ese día Le Lethe estaba a oscuras y las cocinas cerradas. Eve se detuvo, perpleja, y se desabrochó el abrigo. No había ningún cartel en la puerta ni en la barra que dijera que el restaurante estaba cerrado esa noche y René le tenía demasiado apego a su propio beneficio como para cerrar nunca sus puertas si no se veía obligado a ello.

Una voz bajó por la escalera desde las habitaciones de René.

—Marguerite, ¿eres tú?

Eve vaciló, tentada de fingir que no había oído nada y volver a salir al frío. Tenía los nervios en tensión por la inquietud, pero irse habría provocado más sospechas.

—Sí, soy yo —gritó.

—Sube.

El estudio de René resplandecía lleno de luz, aunque las cortinas estaban corridas. La chimenea desprendía calor al otro lado de la alfombra estampada de Aubusson y la lámpara Tiffany multicolor proyectaba dibujos de zafiro y amatista en la pared de seda verde. René estaba sentado leyendo en su sillón de siempre, con una copa de burdeos en la mano.

—Ah. Ya estás aquí, querida.

Eve se permitió parecer perpleja.

—¿No está abierto el restaurante?

—Hoy no. —Marcó su libro con una tira de seda bordada y lo dejó a un lado. Eve sintió un escalofrío, aunque la sonrisa de él era agradable—. Quería que fuera una sorpresa para ti.

«Corre», susurró una voz en la cabeza de Eve.

—¿Una sorpresa? —Entrelazó las manos detrás de la espalda y tocó el picaporte. Lo giró en silencio—. ¿Otro viaje de f-fin de semana? Dijo que quería ir a G-Grasse...

—No, otro tipo de sorpresa. —René dio un sorbo a su burdeos, sin prisa—. Una sorpresa que me vas a dar tú.

Eve apretó los dedos alrededor del pomo. Un tirón y podría irse.

—¿Yo?

—Sí. —René metió la mano bajo el cojín del brazo de su sillón y sacó una pistola. La apuntó hacia Eve: una Luger de nueve milímetros P08, igual que la suya. A esa distancia, Eve sabía que la atravesaría entre los ojos mucho antes de poder abrir la puerta.

—Siéntate, querida. —René señaló hacia la silla que tenía enfrente y, cuando Eve se sentó, vio el diminuto arañazo del cañón. Conocía ese arañazo. Lo abrillantaba cada vez que desmontaba el arma. La que René sostenía no era una simple Luger. Era su Luger. De repente, Eve recordó ese ligero olor de la colonia de René que había percibido en su habitación la noche anterior y el miedo la invadió como un chirriante tren de carga.

René Bordelon había registrado su habitación. Tenía su pistola. ¿Qué más podía saber?

—Marguerite Le François —dijo René como si estuviese a punto de comenzar uno de sus discursos sobre las artes—. Dime quién eres de verdad.

—¿Por qué resulta tan difícil de c-creer? —Eve estaba exagerando la tartamudez, dejando que sus manos temblaran y revolotearan, enarbolando cada bandera de inocencia y confusión que podía mostrar—. Es la pistola de mi padre. La guardaba porque tenía miedo, por el modo en que se pavonean los oficiales alemanes al mirar a las ch-chicas...

Los ojos recelosos de René se clavaron en ella.

—Fuiste arrestada en compañía de una mujer que tenía seis documentos de identificación distintos. Sin duda, se trataba de una espía. ¿Qué estabas haciendo con ella?

—¡Yo n-no la conocía! Empezamos a hablar en la estación y ella se había olvidado de su p-p-p..., de su permiso. Yo le ofrecí que pasara con el m-mío. —La mente de Eve corría por delante de su lengua, tratando de construir una defensa, la que fuera, que él pudiera tragarse. No había imaginado en ningún momento que él podría enterarse de su arresto. Había sido todo por puro azar: algún amigo alemán de René, entusiasmado por el arresto de Lili, habría mencionado a la muchacha tartamuda que había sido arrestada con ella. Una chica llamada Marguerite algo, liberada porque cualquiera podía darse cuenta de que era inocente.

Si tan solo no hubiesen mencionado su nombre. René nunca se habría enterado. Pero sí que lo habían hecho y las implicaciones debían de haberle azotado como un maremoto, pues había ido de inmediato a su habitación. Lo único que había encontrado fue la Luger. Eve no guardaba ningún código ni mensaje en clave. Pero, para él, resultaba suficientemente sospechoso, así que ahí estaban, sentados en sillas enfrentadas.

—Tú no serías tan estúpida como para dejar que una desconocida usara tu salvoconducto, querida —dijo él.

—¡No vi q-que tuviera nada de malo! —Eve intentaba que los ojos se le llenaran de lágrimas, pero las había vaciado todas. Había llorado hasta la histeria delante de herr Rotselaer la mañana anterior; había llorado después por Lili. Tenía en ese momento los ojos tan secos como una piedra, justo cuando más necesitaba mostrarse ingenua y dar pena. Bajó los ojos. «Puedes salir de esta», se dijo. «Puedes hacerlo».

Pero René todavía no había desviado ni una vez la pistola ni su atención.

—¿Dónde estuviste ayer? ¿Por qué montaste en un tren?

—Fui a la c-c-c-comunión de mi s-sobrina en T-Tournai.

—Jamás has mencionado a ningún familiar de Tournai.

—¡Usted n-nunca me ha preguntado!

—¿Es real tu tartamudez? ¿O la finges para que la gente piense que eres una ingenua? Eso sería muy inteligente por tu parte.

—¡Pues c-claro que es real! ¿Cree que me gusta hablar así? —gritó Eve—. ¡Yo n-no soy ninguna espía! ¿Ha encontrado en m-mi habitación algo sospechoso?

—Esto. —Golpeteó el cañón de la Luger contra el brazo tallado de su sillón—. ¿Por qué no entregaste esta arma cuando los alemanes prohibieron a los civiles tener ninguna?

—No p-podía separarme de ella. Era de mi p-p-p...

—¡Deja de tartamudear! —gritó tan repentinamente que el estremecimiento de ella fue real—. ¿Crees que soy tonto?

Ahí estaba su verdadero miedo, pensó Eve. Que se hubiesen reído de él. ¿Estaba acordándose de todas las cosas que había dicho en la cama, de todos los chismes que le había contado al oído? ¿O se preguntaba qué pasaría con su estatus de favor si los alemanes averiguaban que su amante había estado pasando mensajes secretos a Inglaterra?

Lo primero más que lo segundo, pensó Eve. No era la confianza ni los favores de los alemanes lo que más temía perder, sino su orgullo. René Bordelon tenía que ser siempre el más listo de la sala. Debía de resultar insoportable pensar en la posibilidad de que una muchacha ignorante con la mitad de su edad hubiese podido ser mucho más lista.

Por desgracia, Eve no se sentía nada lista en ese momento. Lo único que se sentía era aterrorizada.

«Puedes salir de esta», pensó, pues pensar en la otra opción resultaba insoportable. «Pero ¿cómo?». Aunque convenciera a René de que era inocente, su trabajo en Le Lethe habría terminado. Habría terminado con Lille, a pesar de las órdenes de Allenton, y ese fracaso era como una puñalada. Pero si conseguía salir de esa, quizá podrían enviarla a otro lugar.

Y la idea más agradable gravitaba por su cabeza: «Nunca más tendré que compartir la cama con René Bordelon».

Quizá hubiese un destello en sus ojos, porque él se echó de pronto hacia delante en su sillón.

—¿Qué estás pensando? ¿Por qué estás...?

Estaba lo suficientemente cerca. Eve no lo había planeado, pero sacudió su pie como un látigo y golpeó el cañón de la Luger. Solo un golpe de refilón, pero la pistola salió volando de la mano de René hacia la chimenea. No había tiempo para ir a por ella. Eve se lanzó hacia el otro lado, hacia la puerta. Si la atravesaba mientras él buscaba la pistola y llegaba a las escaleras, tendría oportunidad de escapar a las calles de Lille. No se arriesgaría a tomar ningún tren. Cruzaría la frontera a pie hasta Bélgica. Todo aquello pasó por su mente como una esquirla de hielo mientras recorría la lujosa alfombra. Puso una mano en el picaporte, su plata brillante como un diamante, y pensó: «Puedo conseguirlo».

Pero René no fue a buscar la pistola. Fue directamente tras ella y, cuando los dedos de Eve agarraron el pomo de la puerta del estudio, el brazo de él descendió dibujando un corto y brutal arco. El busto en miniatura de Baudelaire golpeó la mano de Eve.

El impacto se extendió por su brazo derecho con un rayo de ardiente dolor. Oyó el claro crujido de tres nudillos de sus dos primeros dedos haciéndose añicos, aplastados entre el busto y el picaporte. Cayó de rodillas delante de la puerta, ahogando un grito a medida que una oleada tras otra de agudo dolor la invadía. Vio los lustrosos zapatos de René acercándose, vio el pequeño busto de mármol balanceándose como si nada en su mano mientras se detenía, respirando con fuerza, entre ella y la puerta.

—Bien —consiguió decir entre sus dientes apretados por el dolor mientras se agarraba su mano temblorosa—. Maldita sea.

Lo dijo sin pensar en inglés, no en francés, y oyó que René tomaba aire bruscamente. Se agachó al lado de ella para que sus ojos quedaran a la misma altura y su mirada ardía de... ¿qué? Miedo, duda... Sobre todo, de furia.

—Eres una espía —susurró, y en su voz no había ya duda alguna.

Ahí estaba. Eve se había delatado. Tras tanto tiempo temiendo ese momento, había sucedido de una forma curiosamente anodina. Quizá porque sabía que no había nada que pudiera haber dicho para convencerle de su inocencia. ¿Por qué no admitir la culpa?

Él puso su mano libre alrededor del cuello de ella, con sus dedos increíblemente largos apretando casi hasta la nuca. No soltó en ningún momento el busto de su otra mano y ella comprendió con qué facilidad podría moverlo para golpearlo contra su sien.

—¿Quién eres?

La mano le dolía tanto que Eve apenas podía respirar. Hundió los dientes en el grito que le subía por la garganta hasta que lo sofocó sin soltarlo. Consiguió mirarlo con una sonrisa torcida, sin tratar de soltarse de la mano de él, simplemente clavando sus ojos en los de él. Mirándole por una vez con sus verdaderos ojos, no con los de su pequeña y recatada mascota.

Podía morir en aquella habitación caldeada y lujosa. Pero, por una vez, quiso echarle en cara cuánto le había engañado. Probablemente se maldeciría por aquel impulso tan temerario y lleno de orgullo, pero no tuvo fuerzas para resistirse.

—Me llamo Eve —susurró, cada palabra tan suave como la seda—. Eve. No la jodida Marguerite. Y sí: soy una espía.

Él se quedó mirándola, paralizado. Eve empezó a hablar en alemán.

—Hablo un perfecto alemán, cobarde especulador, y he estado escuchando durante meses lo que decían tus preciados clientes.

Ella vio el horror, la incredulidad, la rabia que inundaba sus ojos. Consiguió mirarlo con otra sonrisa y añadió algo más en francés, solo para asegurarse.

—No voy a darte una sola información sobre mi trabajo, sobre mis amigos ni sobre la mujer con la que me arrestaron. Pero sí voy a decirte una cosa, René Bordelon. Eres un tonto ingenuo. Eres un amante espantoso. Y odio a Baudelaire.

29

Charlie

Mayo de 1947

Vuelve al hotel, Charlie. Duerme un poco. —Finn estaba sentado medio envuelto en las sombras del coche abotonándose la camisa. Sin mirarme a los ojos. Todo mi cuerpo seguía vibrando por lo que acababa de ocurrir y yo me quedé sentada un momento mientras trataba de encontrar las palabras para decirle lo diferente que había sido esto de todo lo que había tenido hasta ahora. Pero Finn me miró y pude verle de nuevo encerrado tras sus muros, imposible de alcanzar—. Vete a la cama, pequeña.

—No voy a dejarte aquí rumiando —respondí en voz baja. Nunca más iba a volver a hacerlo, dejar a nadie a quien quería enfrentándose a solas con sus demonios.

—No voy a hacerlo —dijo él—. Voy a ir al lado, a la cafetería. Tengo que disculparme.

Parecía un comienzo, algo que le haría sentir de nuevo él mismo, así que asentí. Salimos del coche por lados opuestos, nos quedamos mirándonos un momento por encima del capó del Lagonda. Por un instante, pensé que Finn iba a decir algo y, entonces, bajó la mirada a mi boca amoratada e hizo una mueca de dolor.

—Buenas noches.

—Buenas noches.

Y ahora estaba sola, en mi habitación de hotel vacía, tumbada en la cama e incapaz de dormir. La luz amarilla de las farolas se filtraba por las persianas con los sonidos apagados del tráfico nocturno. Una y otra vez me pasé los dedos arriba y abajo por mi vientre. El Pequeño Problema había estado calmado desde que decidí no ir a Vevey. Probablemente, pensaba que podía tranquilizarse y limitarse a crecer, crecer y crecer hasta que llegara el momento de su nacimiento. Solo que, entonces, se daría cuenta de que el mundo era un lugar frío y que su madre tenía poca idea de cómo darle una buena vida. Antes de Oradour-sur-Glane, yo tenía, al menos, una fantasía, la ecuación mágica en la que Charlie más Rose aseguraban por arte de magia un futuro feliz para todos. Ahora, ni siquiera me quedaba eso.

—Lo siento —dije en voz baja a mi vientre que aún seguía plano bajo mis dedos exploradores—. Tu mamá está casi tan indefensa como tú, pequeña. —No sé por qué pensaba que era una niña, pero así era. «Pequeña Rose», pensé. Y, así, tuvo su nombre. Claro que sí. Otra Rose. Una Rose mía.

Sonó una campanada de iglesia a medianoche. Mi estómago se movió, el Pequeño Problema recién bautizado se quejaba de que no había cenado. Resulta extraño cómo los cuerpos se empeñan en seguir funcionando en medio de la pena, la culpa o la conmoción.

—En eso sí que te siento, capullito de rosa —le dije a mi vientre—. Puede que aún no te hagas notar, pero ya necesito ir al baño el doble que antes.

Salí de la cama, me eché por encima un jersey, fui al baño y, a continuación, me descubrí recorriendo el pasillo. No había luz bajo la puerta de Finn. Esperaba que hubiese conseguido ir al lado a disculparse y volver para dormir sin pesadillas. Me pregunté si se arrepentía de lo que habíamos hecho en el asiento de atrás. Yo no. Vacilé ante su puerta y, después, pasé de puntillas por la de Eve. Se veía una banda de luz amarilla. Estaba despierta. Abrí la puerta sin llamar y entré.

Eve estaba sentada en el alféizar de la ventana mirando a la calle oscura. La tenue luz ocultaba el deterioro de su rostro. Podría tener cualquier edad, alta y delgada, con un perfil definido y unos largos pies descalzos escondidos debajo de ella. Podría haber sido la muchacha que fue a Lille en 1915..., de no ser por esas manos lisiadas y terribles que apoyaba en su regazo. Todo volvía siempre a esas manos. Todo había empezado con esas manos. Recordé el nudo que se me había formado en la garganta cuando las vi por primera vez, aquella noche en Londres.

—¿Es que las yanquis no sabéis llamar a la puerta? —El cigarrillo de Eve se iluminó por la punta cuando lo levantó para darle una larga calada.

Yo me crucé de brazos.

—La cuestión es... —empecé a decir, como si fuese la continuación de una conversación que ya estaba empezada— que no sé qué viene ahora.

Eve me miró por fin. Levantó las cejas.

—Yo tenía un plan, todo desglosado como si fuese un sencillo problema de geometría. Encontrar a Rose si seguía viva, tener a mi bebé, aprender a salir adelante. Ahora, no tengo ningún plan. Pero no estoy preparada para volver a casa. No estoy preparada para volver con mi madre y empezar a discutir de nuevo sobre cómo voy a vivir mi vida. No estoy preparada para sentarme en un sofá a tejer patucos.

Y, sobre todo, no estaba preparada para perder a esa triple alianza que se había formado en torno a Eve, a Finn y a mí en el interior de un coche azul oscuro. Una parte de mí ya había sufrido suficiente para toda la vida y esa parte quería levantar el campamento y volver corriendo a casa en lugar de arriesgarme a que Finn me rechazara a la mañana siguiente. Sin embargo, otra parte de mí, pequeña, pero cada vez más exigente, igual que el capullito de rosa, quería llegar hasta el final de aquello. No sabía exactamente qué era lo que nos había unido a los tres ni por qué había resultado que estábamos siguiendo diferentes variantes de lo mismo: los legados dejados por unas mujeres que habían desaparecido en guerras pasadas. Yo ya no tenía ningún destino, ni un objetivo al final de ese camino, pero nos dirigíamos a algún lugar y no estaba dispuesta a abandonar ese viaje.

—Sé lo que quiero, Eve. Quiero tiempo para averiguar qué hacer después. —Avancé a tientas por la oscuridad mientras Eve seguía sentada sin darme ninguna pista de si estaba escuchando mis palabras. Miré sus manos y respiré hondo—. Y quiero escuchar el resto de su historia.

Eve dejó escapar el humo. Oí el claxon de un coche en la calle, algún conductor nocturno.

—Esta noche en el café me ha preguntado si tengo agallas. —Oí los fuertes latidos de mi corazón—. No sé si tengo o no. Más o menos con mi edad usted acumulaba medallas en una zona de guerra. Yo no he hecho nada remotamente parecido. Pero sí tengo agallas para no regresar arrastrándome a casa. Tengo agallas para escuchar lo que le ocurrió a usted, por muy malo que fuera. —Me senté enfrente de aquellos ojos fijos que estaban encendidos con el dolor recordado y un enorme odio hacia sí misma—. Termine su historia. Deme una razón para quedarme.

—¿Quieres una razón? —Me pasó sus cigarrillos—. Venganza.

El paquete se me resbalaba entre las manos.

—¿Venganza por quién?

—Por el arresto de Lili. —La voz de Eve sonaba grave en la oscuridad, áspera, feroz—. Y por lo que me pasó a mí la noche en que me apresaron.

Y mientras la oscuridad daba paso al amanecer, Eve me contó el resto.

30

Eve

Octubre de 1915

No importó lo que ella dijera o no. Si Eve insultó a René, si le respondió cortésmente o si se negó a responder nada, él bajó el busto de Baudelaire con un movimiento fuerte y preciso y le rompió otra articulación del dedo. Aun en medio de la agonía y el dolor, Eve pudo mirar sus manos y contar.

Tenía veintiocho articulaciones en los dedos en total.

Hasta ese momento, René se había encargado de nueve de ellas.

—Voy a entregarte a los alemanes. —Su voz metálica sonó calmada, pero ella notaba las emociones que corrían tensas bajo la superficie—. Sin embargo, antes vas a hablar conmigo. Vas a contarme todo lo que quiero saber.

Se sentó frente a ella, con un dedo golpeteando la cabeza de Baudelaire. El antes inmaculado mármol estaba ahora salpicado de sangre. Le había roto las dos primeras articulaciones sin destreza, torpemente, encogiéndose ante el ruido del hueso al destrozarse. Ahora se le estaba dando mejor, aunque la sangre seguía haciendo que sus fosas nasales se dilataran por el desagrado. «Eres tan novato en este asunto de la tortura como yo», pensó Eve. No tenía ni idea de cuánto tiempo podía haber pasado. El tiempo se volvió elástico y se moldeaba alrededor del latido de su dolor. El fuego parpadeaba y los dos estaban sentados en sillones de cuero con la mesa entre ellos, como solían hacer cuando jugaban al ajedrez antes de retirarse a dormir. Solo que, en ese momento, las manos de Eve estaban atadas a la superficie de la mesa con el cordón de seda de una de las batas de René. Atadas con tanta fuerza que le dolía, con tanta fuerza que no esperaba poder soltarse.

Ni lo intentó. Escapar no era ya una opción. Lo única posibilidad era permanecer en silencio y no mostrar miedo. Así que mantuvo la espalda recta, por mucho que deseara acurrucarse sobre sus manos y gritar, y consiguió mirar a René con una sonrisa. Él nunca sabría cuánto le costaba a ella esa sonrisa.

—¿No prefieres que juguemos al ajedrez? —sugirió ella—. Te dejé que me enseñaras a jugar porque Marguerite era d-demasiado ignorante como para saber jugar al ajedrez, pero lo cierto es que soy bastante buena. Me encantaría jugar una partida de verdad en lugar de perder siempre a p-propósito para que tú te sintieras superior.

La rabia hizo que la expresión de él se tensara. Eve apenas tuvo tiempo de prepararse antes de que el busto cayera y, con él, el ya familiar sonido de un hueso al aplastarse.

Ella gritó a través de los dientes apretados, haciendo que el mentón de René se estremeciera. Al principio, se había dicho a sí misma que no iba a gritar, pero al quinto nudillo se había venido abajo. Este era el décimo. No podía fingir que no le dolía. Tampoco podía ya mirarse directamente la mano. Por el rabillo del ojo vio un revoltijo de sangre, magulladuras negras y articulaciones retorcidas de forma grotesca. Hasta ese momento, todo el daño había sido sobre su mano derecha. La izquierda estaba a su lado, indemne, cerrada en un puño.

—¿Quién es la mujer con la que te arrestaron? —La voz de René era firme—. No puede ser la cabecilla de la red local, pero probablemente sepa quién es el hombre que la dirige.

En su interior, Eve sonrió. Incluso entonces, René y los alemanes habían subestimado a Lili. Subestimaban todo lo que tuviera que ver con las mujeres.

—Se llama Alice Dubois y no es nadie.

—No te creo.

Él no había creído nada de lo que había salido de su boca hasta entonces. Después de que el sexto nudillo estallara ensangrentado, Eve había intentado darle información falsa, cualquier cosa que su imaginación pudiese inventar, con la esperanza de que eso le detuviera. Pero él no se había detenido, ni siquiera cuando ella había fingido asentir y había empezado a hablar. Puede que él fuese nuevo en la tortura, pero era sagaz.

—¿Cuál es el verdadero nombre de esa mujer? ¡Dímelo!

—¿Para qué? —consiguió contestar ella con furia—. No vas a creer nada de lo que te diga. Entrégame a l-los alemanes y deja que ellos hagan las preguntas. —En ese momento, Eve deseaba estar en una celda alemana. Los alemanes podrían interrogarla, podrían darle patadas por el suelo, pero no le tenían un odio personal como le tenía el traicionado y burlado René. «Entrégame a ellos», suplicó Eve mentalmente, mientras se mordía hasta sangrar el interior del labio para sofocar un gemido.

—No voy a entregarte hasta que te haya sacado toda la información —contestó René como si le leyera la mente—. Si quiero vencer la desconfianza que sentirán los alemanes cuando sepan que he tenido a una espía como amante, debo darles algo valioso. Si no puedo, prefiero ahorrarme ese recelo y dispararte yo mismo. —Una pausa—. Nadie va a investigar la desaparición de una camarera.

—No me puedes matar. Nunca te librarías. —Por supuesto que podía pero, aun así, Eve empezó a hacerle dudar. Ella ya lo había pensado, desde el momento en que él le había apuntado con la pistola—. ¿Crees que puedes sacarme de este estudio a pie y llevarme a algún lugar solitario donde me puedas pegar un tiro y dejar que me pudra entre los arbustos? Gritaré y forcejearé durante todo el camino. Alguien nos vería.

—Podría matarte en esta habitación...

—Y después tendrías que llevarme a algún sitio, tú solo. Puede que tus amigos alemanes te deban favores, pero no van a deshacerse de un cadáver por ti. ¿Crees que puedes sacar un cuerpo de tu restaurante y deshacerte de él sin que nadie te vea? Esta ciudad está llena de espías, René, tanto alemanes como franceses o ingleses. Todos lo ven todo. Nunca te librarías...

Sí que podía. El dinero, la suerte y un buen plan siempre podrían hacer posible un asesinato. Pero Eve siguió planteándole objeciones de todos modos y vio cómo la duda asomaba en los ojos de René. No tenía ningún plan seguro y se estaba quedando sin opciones, a pesar de su firme control. «Eres capaz de trazar planes brillantes», pensó Eve, «pero, al contrario que yo, no puedes improvisar nada que sea de verdad bueno». René se dejaba sorprender en muy pocas ocasiones por los demás. Cuando alguien le hacía perder el equilibrio, no tenía ni idea de cómo actuar. Eve tomó nota de ello. Solo Dios sabía si alguna vez sería capaz de usarlo en su contra pero, aun así, tomó nota.

—Podría matarte —dijo él por fin—. Pero prefiero sacarte información. Si puedo darles a los alemanes la red de agentes que tanto daño han hecho en esta zona, me estarán enormemente agradecidos. Tal y como están las cosas, no tienen las pruebas para sentenciar a muerte a las dos mujeres que han capturado.

Eve también tomó nota de aquello.

René sonrió mientras sus dedos seguían tamborileando sobre la cabeza de mármol de Baudelaire y ella no pudo evitar sentir un estremecimiento helador que le recorrió todo el cuerpo, excepto la mano machacada.

—Así que... ¿quién era esa mujer, Eve?

—No es nadie.

—Mentira.

—Sí —replicó Eve—. Soy una mentirosa y lo s-sabes y no vas a fiarte de nada que salga de mi boca. No tienes ni idea de c-cómo hacer este interrogatorio. No se trata de sacarme información. Se trata de mostrarte más listo que yo. Me estás destrozando porque yo he sido más inteligente que tú.

Se quedó mirándola, con la boca apretada y dos manchas de color reluciendo en lo alto de sus mejillas.

—No eres más que una puta mentirosa.

—Hay una cosa que sí puedes creer. —Eve se inclinó hacia delante por encima de su mano machacada—. Cada gemido que solté en tu cama fue fingido.

Él bajó el busto. El primer nudillo de su pulgar derecho se hizo añicos y, esta vez, Eve no pudo contener el grito entre sus dientes. Incluso mientras gritaba se preguntó si los vecinos podrían oírla a través de las ventanas, de las mullidas cortinas de brocado y los anchos muros. «Nadie podrá ayudarte, aunque te oigan». La ciudad a oscuras que estaba fuera bien podría estar al otro lado del mundo. «Quiero desmayarme», rezaba Eve. «Quiero desmayarme». Pero René cogió el vaso de agua que estaba junto a su codo y se lo lanzó a la cara, y todo se aclaró de golpe.

—¿Tenías intención de seducirme desde el principio? —Su voz sonaba tensa.

—Tú mismo te metiste en esa trampa, marica francés cobarde. —Eve consiguió soltar una carcajada mientras el agua se deslizaba por su mentón—. Pero me alegré de que lo hicieras. Con todo lo que desembuchabas sobre la almohada, merecían la pena los cuatro minutos de jadeos y gemidos de antes.

Solo le quedaban tres nudillos enteros en su mano derecha y René los rompió con una ráfaga de golpes que ya sí eran de experto. Eve chilló. Un fuerte hedor invadió el aire del lujoso estudio. Atolondrada, en medio de la agonía, se dio cuenta de que se lo había hecho encima. La orina y algo aún peor bajaba por la suave piel del caro sillón de René para caer sobre la alfombra de Aubusson que había debajo y, a pesar de la tortura que sufría su mano, se sintió invadida por una oleada de vergüenza que le caló hasta los huesos.

—Eres una zorra sucia —dijo él—. No me extraña que tuviera que insistir en que te bañaras antes de follarte.

Otra oleada de vergüenza, pero el miedo era mayor. Estaba más aterrada de lo que nunca había creído posible. «Atrapada». Esa palabra no paraba de moverse por su cerebro como un ratón que se escabulle ante un gato que lo acosa. «Atrapada..., atrapada». Nadie iba a venir a ayudarla. Era muy posible que fuese a morir ahí, en el momento en que él se cansara de infligirle dolor y decidiera que era menos molesto pegarle un tiro que entregarla. Tenía la boca tan seca por el terror que la sentía como si fuese gravilla.

—Ya hemos acabado con una mano —dijo René con tono despreocupado y apoyando el busto sobre la mesa. Los ojos le resplandecían, quizá por la excitación, quizá por su propia vergüenza, la de haberle convertido en víctima de un engaño. En cualquier caso, ya no mostraba más estremecimientos ni fosas nasales dilatadas por el revoltijo de la escena, la sangre, los sonidos y el olor—. Aún te queda la mano izquierda, que es suficiente para seguir adelante. Te perdonaré el resto de los dedos si empiezas a hablar. Dime quién es la mujer a la que arrestaron en la estación. Dime quién dirigía la red. Dime por qué has vuelto a Lille cuando ya habías escapado a Tournai.

«Verdún», pensó Eve. Al menos, el mensaje lo había podido dar. Tenía que mantener la esperanza de que había merecido la pena, de que el mensaje por el que las habían arrestado a ella y a Lili salvaría vidas.

—Dime esas cosas y te vendaré la mano, te daré láudano para el dolor y te entregaré a los alemanes. Incluso pediré que un cirujano te arregle los dedos. —René extendió la mano para acariciarle el lateral de la cara. El rastro de sus yemas llevaba su propio dolor, un escalofrío de repugnancia tan profunda que hizo que Eve se estremeciera—. Dímelo.

—No me vas a creer aunque...

—Te creeré, querida. Te creeré. Porque creo que te he destrozado. Creo que por fin estás dispuesta a decir la verdad.

Los ojos de Eve se nublaron. Quería decírselo, eso era lo terrible. Tenía las palabras en la punta de la lengua: «Yo trabajaba para Louise de Bettignies, alias Alice Dubois, y ella dirigía toda la red». Lili, cuyo nombre no conocería Eve de no haberse encontrado con aquel general alemán en el andén del tren. Ojalá no hubiese ocurrido nunca.

«Trabajaba para Louise de Bettignies y ella dirigía la red. Una mujer que no llega al metro y medio de altura y que es más valiente que una leona. Y si ella estuviese en mi lugar, no diría una palabra por muchos dedos que perdiera».

¿O sí? ¿Cómo podía saberse lo que alguien haría si le machacaran catorce articulaciones una a una?

Pero Lili no estaba en esa silla con las manos atadas delante de ella. Eve sí. ¿Quién podía saber lo que Lili haría? Lo único de lo que Eve estaba segura era de lo que Eve Gardiner haría.

—¿Quién es esa mujer? —susurró René—. ¿Quién?

Eve deseó poder sonreír burlona. Ya no le quedaban más sonrisas. Deseó que se le pudiera ocurrir alguna frase hiriente. No le quedaban insultos. Así que simplemente le escupió sangre en la cara, manchándole su mejilla inmaculadamente afeitada.

—Vete al infierno, cerdo colaboracionista.

Los ojos de él se incendiaron.

—Oh, querida. Gracias —susurró.

Agarró con ternura la mano izquierda de Eve. Ella cerró los dedos en un puño, resistiéndose, pero él tiró de ellos para abrirlos y colocar la mano plana sobre la mesa, sosteniéndola como una prensa mientras cogía el busto de mármol. «Puto Baudelaire», pensó Eve mientras mostraba a René sus dientes manchados de sangre. El terror era abrumador.

—¿Quién es la mujer? —preguntó René, ahora disfrutando y con el busto colocado por encima del dedo meñique de la mano izquierda de ella.

—Aunque me creyeras, no pienso decírtelo.

—Tienes catorce oportunidades para cambiar de idea —contestó René antes de dejar caer el busto.

Después de eso, el tiempo se hizo astillas. Había dolor manchado de escarlata y, después, una inconsciencia de terciopelo negro. La voz metálica de René se deslizaba entre ambos estados como una aguja de acero que cosía la pesadilla de estar despierta con el alivio del desmayo. Cuando un vaso de agua lanzado sobre su cara ya no la hizo despertar de la inconsciencia, él apretó un pulgar a conciencia sobre uno de sus nudillos machacados hasta que Eve se despertó entre gritos. Después, se tomó su tiempo para limpiarse los dedos con un pañuelo limpio y de nuevo empezaron las preguntas. También el sonido de los huesos al romperse.

El dolor iba y venía, pero el terror era constante. A veces, ella se encogía con lágrimas cayéndole por la cara y, otras, era capaz de mantenerse sentada sobre su sillón sucio mirando a René a los ojos. Cualquiera que fuera su estado, ella había dejado de responder a sus preguntas. El dolor le había robado la capacidad de formar palabras e incluso de fingir una carcajada.

Sintió una especie de alivio cuando destrozó el último de sus nudillos. Eve bajó la mirada a la carnicería que antes habían sido sus manos y sintió que cruzaba una línea de meta. «Supongo que ahora seguirá con los dedos de los pies», pensó desde la distancia y dentro de su propio escudo tembloroso y sollozante. «O con las rodillas...». Pero el dolor era ya tan enorme que la idea de que hubiese más ya no podía asustarla. Había llegado hasta ahí. Podía continuar con su silencio.

Porque René no podría retenerla ahí toda la vida, sangrando sobre su alfombra de Aubusson mientras el restaurante permanecía cerrado y sus beneficios se reducían y mientras sus vecinos se preguntaban por el ruido que venía de su apartamento. En algún momento, tendría que abandonar la partida. O bien la entregaba a los alemanes o la mataba. A Eve ya no le importaba apenas. Cualquiera de las dos opciones significaba que el dolor cesaría.

«Resiste», dijo un susurro. Era la voz de Lili. Lili nunca la abandonaría. «Resiste, pequeña margarita». Resistirse a los alemanes, una vez que la apresaran, sería distinto. Al contrario que René, ellos tendrían el poder de comprobar sus mentiras, verificar sus verdades. Pero ella no tenía ninguna fuerza para preocuparse por la agonía que pudiera venir después, solo por la que sufría ahora.

«Resiste». En realidad, era sencillo. Ya no era necesario fingir, mantener una tapadera, caminar por el filo de una navaja. Eve se había bajado de la navaja y ahora iba entre los dientes pero, al menos, ya no había necesidad de seguir mintiendo más. Solo resistir.

Y eso hizo.

Volvió de uno de sus desmayos —se iban haciendo más frecuentes— sin un chillido de dolor, sino con un chorro de fuego que le bajaba por la garganta. René estaba detrás de ella, echándole el mentón hacia atrás mientras sostenía un vaso de brandy sobre sus labios. Eve tosió cuando cayó el chorro y, después, trató de cerrar la boca, pero él embistió con el vaso contra sus dientes.

—Bébete esto o te saco el ojo con una cuchara de absenta.

Eve había creído que había llegado a la cima de su dolor, pero siempre había nuevas cumbres, nuevos niveles de terror, y ella iba subiendo por ellos. Abrió los labios y tragó el brandy, una dosis considerable que le ardió en el estómago. René volvió a sentarse enfrente y la devoró con los ojos.

—Eve —dijo saboreando su verdadero nombre—. Un nombre acertado. Menuda tentación has sido. No fue necesario que me dieras ninguna manzana. Yo te tomé con las manos vacías y te convertí en una musa. Mírate ahora. «Veo reflejados en tu cara la locura y el pánico, fríos y taciturnos...».

—¿Más del maldito Baudelaire?

—De «La musa enferma». También acertado.

Se quedaron sentados en silencio. Eve esperaba más preguntas, pero René parecía conformarse con mirarla. Ella volvió a deslizarse en el pozo negro y, esta vez, se despertó despacio, nadando de nuevo hacia la conciencia, el dolor curiosamente adormecido. El sillón de René estaba vacío. La textura sinuosa y resbaladiza de las paredes de seda de jade verde se ondulaba mientras Eve lo buscaba. Pestañeó a la vez que las paredes se extendían y contraían como el ojo de un caleidoscopio. Agitó la cabeza para aclarar la visión y fijó la mirada sobre la pantalla de la lámpara de Tiffany. Había un pavo real en la sombra, con la cola abierta en mil tonalidades de cristal azul y verde y Eve gritó cuando el pavo giró la cabeza. Sus ojos resplandecientes la miraron y cada ojo de las plumas de su cola se giró para mirarla también. Ojos de diablo, ¿no era así como llamaban a los ojos de las plumas de los pavos reales? Se alzaron en dirección a Eve, saliendo de la pantalla de la lámpara con un sonido tintineante de cristal al moverse.

«Te lo estás imaginando», pensó Eve entre una nebulosa. Pero cuando volvió a pestañear, el pavo de cristal seguía ahí, apoyado sobre la lámpara, con la cola abierta en un abanico venenoso, con todos esos ojos acusadores mirándola. De repente, ella se puso a sudar.

El pavo real habló, con voz tan quebradiza como el cristal del que estaba hecho.

—¿Quién es la mujer con la que te arrestaron?

Ella volvió a gritar. Su mente se había roto. Se había vuelto completamente loca. «O es que René me ha dado algo», pensó. «Algo dentro del brandy». Pero ese pensamiento se escapó antes de poder aferrarse a él o convertirlo en verdad.

El pavo real volvió a hablar.

—¿Quién es la mujer, Eve?

—Yo..., no lo sé. —Ya no sabía nada. Había caído de lado en un mundo de pesadillas y ya nada era seguro. El busto de Baudelaire estaba apoyado en la mesa, con sus ojos de mármol abiertos y llenos de sangre. Unas gotas rojas se deslizaban por sus mejillas de mármol.

—¿Quién es la mujer? —preguntó, sus palabras saliendo severas de su garganta de mármol—. Sí que lo sabes.

Había lirios en un delgado jarrón estriado sobre la repisa de la chimenea, de tallos largos y elegantes. Lirios con ojos malvados, *fleurs du mal,* apresados para siempre en el cristal. Eve sintió que la boca le quemaba mientras miraba el agua fría que rodeaba sus tallos verdes.

—Sed —murmuró. La lengua se le había convertido en una piedra llena de polvo.

—Beberás agua cuando me digas quién es la mujer.

Eve seguía todavía mirando los lirios, que le devolvían la mirada con ojos ensangrentados.

«Para saciar la sed terrible que me destroza, tendré que tragarme todo el vino que sea necesario para llenar su tumba». La tumba de los lirios. La tumba de Lili. Eve gritó. El pozo se estaba abriendo a sus pies en medio de la alfombra de Aubusson, convirtiéndose en tierra negra...

—*«Le vin de l'assassin»* —dijo la estatua de mármol dando el nombre del poema—. «El vino del asesino». Muy bien, Eve. ¿Quién es la mujer?

Su risa sonaba como la de René, pero Eve no podía verle. Había desaparecido. Solo podía ver las ondulantes paredes verdes que respiraban al ritmo de su fuerte pulso, el pavo que abría su cola de cristal y el busto con sus mejillas ensangrentadas. La apertura del pozo a sus pies. Había algo ahí, en el fondo. Una enorme bestia voraz. Tiró del cordón que le rodeaba las muñecas y con ello despertó el dolor de sus manos. La bestia había salido del pozo y le estaba comiendo las manos, subiendo por sus muñecas entre mordiscos. Si abría los ojos, vería sus resplandecientes dientes devorando lentamente sus dedos rotos. Volvió a gritar y a tirar con frenesí del cordón y el dolor se convirtió en bramido. Iba a morir por ese dolor, comida viva y consciente hasta el final. Lloró, moviendo la cabeza mecánicamente adelante y atrás mientras los dientes de una bestia encorvada mordisqueaban lánguidamente acercándose a las muñecas.

—¿Quién es la mujer, Eve?

«Lili», pensó ella. «¿Te ha matado ya la bestia?». No lo sabía. No podía recordar. Unas gotas de sudor se deslizaban por su cuello desde el pelo empapado.

—¿Quién es la mujer?

Eve se esforzaba por abrir los ojos. Miraría a la bestia a los ojos mientras la mataba. Se miró las manos, esperando verlas presas de unas fauces llenas de colmillos y, a continuación, soltó un chillido. Las manos no le habían desaparecido. Habían cambiado sin saber cómo y sus dedos machacados trataban de volver a crecer por sí mismos. Tenía el doble de dedos, cada uno teñido de sangre y no con una uña en el extremo, sino con un ojo. Todos los ojos la miraban pestañeando al unísono, acusadores y ciegos.

«La bestia soy yo», pensó con absoluta agonía. «La bestia soy yo. ¿He matado yo a Lili? ¿La he matado yo?».

—¿Quién es la mujer, Eve?

«¿La he matado yo?».

Los labios de Eve se abrieron sin pensar y toda aquella locura latente se oscureció. Una oleada tras otra de oscuridad y dolor, de terror y dientes.

—Es hora de despertar, querida.

La luz se clavó en los ojos de Eve cuando los abrió, pero nada se le clavaba más que la aguja de acero de la voz de René. Se incorporó en su asiento con una sacudida de dolor que le recorrió las manos. Aún seguía atada a su sillón, con la boca seca como el algodón y el cráneo a punto de estallar. René sonrió, apoyado contra la ventana que daba a la calle. Llevaba un traje gris de día, con el pelo peinado con fijador y una taza de té en la mano. La luz entraba por la ventana con una fuerte luminosidad. Era por la mañana, aunque Eve no estaba segura de qué mañana, si habían pasado una o dos noches o las noches de todo un mes en medio de aquella tormenta de dolor y...

Dientes. Paredes que vibraban, ojos malvados, dientes. La mirada de Eve recorrió rápidamente el estudio, pero parecía tener el mismo aspecto de siempre. Las paredes de seda verde no respiraban, el pavo real de la pantalla de la lámpara de Tiffany seguía confinado en el cristal, los lirios en su jarrón fino no eran más que flores.

Lirios. Lili. Eve se vino abajo. Volvió a mirar a René. Él sonreía mientras daba un sorbo a su humeante té.

—Espero que estés más cómoda.

Eve se miró las manos por primera vez. Las tenía vendadas con un trapo limpio, unos mitones abultados y anónimos que ocultaban el horror que había debajo. Aún llevaba su ropa ensuciada, pero tenía la cara y el pelo limpio. René se había esforzado por dejarla presentable.

—Herr Rotselaer va a traer a sus hombres para arrestarte —le explicó René mientras miraba por la ventana hacia la calle de abajo—. Deben de estar al llegar. Puede que en media hora. He pensado que debías estar un poquito aseada para tus captores. Algunos de estos oficiales jóvenes son todavía aprensivos en lo referente al daño hacia las mujeres. Incluso a las espías inglesas.

El alivio apareció en el rostro de Eve como una avalancha. «Vienen a por mí». No iba a morir en esa habitación. Iba a ir a una celda alemana. Quizá solo saldría de esa celda para ponerse delante de un pelotón de fusilamiento pero, en ese momento, le parecía suficiente que en esa celda no estuviera René. Había dejado de atormentarla. Lo había dejado.

«He aguantado», pensó con una especie de asombro atolondrado. «He resistido».

En su mente, Lili sonreía. Quizá viera a Lili en la prisión. Y a Violette. Si pudieran estar juntas, podrían enfrentarse a lo que fuera que viniese. Incluso a una hilera de fusiles.

—Tu amiga —dijo René como si le leyera la mente—. Salúdala de mi parte si la ves en la celda de al lado. Parece una mujer bastante extraordinaria esa Louise de Bettignies tuya. Lamento no haberla conocido nunca.

Dio un sorbo a su té allí de pie, bajo la luz del sol. Eve se quedó mirándolo, las marcas de un peine en su pelo, el afeitado reciente de su mentón.

—Me lo has dicho. Si es que te lo estás preguntando —le explicó.

—Yo no te he dicho n-n... —Trataba de hablar a través de sus labios adormecidos—. N-N... Yo no te he dicho n... —«Nada. *Rien*». Una palabra tan corta y no le salía. La lengua se le había quedado congelada.

—Louise de Bettignies, alias Alice Dubois, y otra docena de alias más. Los dijiste todos. El *Kommandant* alemán va a alegrarse al saber a quién tiene herr Rotselaer bajo custodia. La cabecilla de la red de la ciudad. Es asombroso pensar que sea una mujer.

—Yo no te he dicho n-n... —repitió Eve. Su defectuosa lengua le estaba fallando en la palabra más importante que había tenido que pronunciar nunca, tartamudeando con un pánico que superaba tanto al terror común que apenas lo podía sentir. Su cuerpo no era tan grande como para poder contenerlo. Levitaba sobre ella como una montaña flotante, lista para aplastarla por completo. «Yo no le he dicho nada».

Pero pensó en los inexplicables sueños febriles, en el busto de Baudelaire cobrando vida...

René asintió al ver claramente las expresiones que aparecían en el rostro de ella. Durante mucho tiempo, ella había mantenido su cara clausurada ante él, como una cripta. Ahora se había abierto y él leía cada uno de sus pensamientos y emociones como si fuesen las páginas de un libro.

—Tenías razón en una cosa que señalaste ayer: yo no tenía modo de distinguir lo que era verdad o mentira en nada de lo que me decías. Pero el opio provoca extrañas visiones cuando se administra en ciertas cantidades —comentó mientras removía el té de su taza—. También reduce la resistencia. Sin duda, parece que viste algunas cosas extrañas anoche... Al final, te volviste bastante maleable.

—Yo no te he dicho n-n... —Eve solo podía repetirlo como un disco roto.

—N-N-N-No, querida mía. Parloteabas como un loro. Me diste el nombre de tu amiga Louise, por lo que te estoy enormemente agradecido. —Brindó con su taza de té—. Y también lo estarán los alemanes.

«Traicionada». Aquella palabra rugía en la cabeza de Eve. «Traicionada». No, ella nunca habría traicionado a Lili.

«Sabe su nombre. ¿Dónde ha podido oírlo si no es por ti?».

No.

«Traidora».

No...

—En serio, si llego a saber que el opio era el modo de volverte tan dispuesta, quizá tendrías todavía tus manos de una pieza y yo tendría un estudio que no oliera a pis. No sé cómo voy a quitar las manchas de mi Aubusson. —Su sonrisa se volvió más grande. Había algo en ella afilado e inquieto—. Pero puede que haya merecido la pena una alfombra echada a perder. Me lo he pasado bien destrozándote, Marguerite. Eve. ¿Sabes? No creo que ninguno de esos nombres te quede bien.

Lili delante de un muro, con los ojos vendados, mientras se levantan los rifles...

Traidora. Traidora. «Evelyn Gardiner, débil y nauseabunda cobarde».

—Yo tengo para ti un nombre mejor. —René dejó su taza y se acercó. Se inclinó para juntar su mejilla con la de Eve y ella inhaló el olor de su colonia—. Mi pequeña Judas.

Eve sacudió la cabeza como una serpiente. Estaba atada al sillón con las manos envueltas en mitones, pero apresó el labio inferior de René con sus dientes y le mordió con fuerza. Degustó el fuerte sabor a cobre de su sangre, amarga como su propio fracaso. Apretó los dientes cada vez más fuerte a pesar de que él gritaba y empezaba a tirarle del pelo. Era el último beso salvaje entre la fuente y la espía, el captor y la cautiva, el colaboracionista y la traidora, con sus bocas unidas por los dientes y la sangre. René tuvo que tirar para apartarse. El sillón de Eve cayó hacia delante y se golpeó la cabeza contra el suelo con tanta fuerza que todo se volvió borroso entre pálpitos de náuseas.

—Puta salvaje —siseó René con el cuello manchado de sangre y los ojos negros de furia, elevando por fin su voz metálica por encima de su calma átona—. Zorra espía inglesa, dependienta a medio hacer, ramera gruñona y ladrona... —Continuó con su elegante vocabulario rebajado a la jerga más vulgar y obscena que podía salir de la lengua francesa, con su boca escarlata por su propia sangre como si hubiese estado comiendo almas. Y así había sido. Había estado comiendo almas, corazones y vidas durante los últimos meses, lo que fuera con tal de sacar provecho, y René Bordelon tenía ahora el aspecto de la bestia salvaje que era, pero Eve no sintió el menor atisbo de triunfo al hacerle daño. Ella también había sufrido daño con una bofetada mucho más sonora y definitiva que el húmedo amasijo de sus nudillos destrozados. Se quedó tirada y atada al sillón, llorando sin parar, pero no había suficientes lágrimas en el mundo para llorar por su vergüenza y horror. Era una Judas. Había traicionado a la mejor amiga que tenía en el mundo ante el peor enemigo que tenía en el mundo.

«Quiero morirme», pensó Eve mientras René se recomponía, alejándose a la ventana mientras se colocaba furioso un trapo en la boca. «Quiero morirme».

Seguía pensándolo, llorando, cuando llegaron los alemanes. Cuando la desataron y se la llevaron.

31

Charlie

Mayo de 1947

Dios —dijo Finn en voz baja. Yo me había quedado tan helada por el relato de Eve que no me di cuenta de que él había entrado.

—No —contestó Eve con su voz grave y áspera—. Dios no estaba en ningún sitio cercano a aquel estudio de paredes verdes. Solo Judas. —Cogió su paquete de cigarrillos pero estaba vacío desde hacía rato—. Es con el e-e-estudio con lo que sueño, no con la cara de René ni con el sonido de mis dedos al romperse. El estudio. Esas paredes respirando, el pavo real de Tiffany y el busto de B-Baudelaire...

Se detuvo, con su duro perfil apartado. Desde algún lugar lejano oí que sonaba la campana de una iglesia y todos escuchamos el triste tañido: Finn con el hombro apoyado en la pared, los brazos cruzados sobre el pecho; yo acurrucada sobre el asiento de la ventana; Eve enfrente de mí, inmóvil como una estatua, con las manos dobladas sobre su regazo.

Esas manos. Desde el principio había querido saber qué les había pasado a sus manos y ahora lo sabía. Eran el precio que había pagado por servir a su país, las heridas de guerra que cada día le recordaban cómo la habían destrozado. Un corazón inquebrantable como el suyo no aceptaría que no era culpable por haber sucumbido. Ella solo veía cobardía y le avergonzaba lo suficiente como para rechazar las medallas que se había ganado. Me miré mis propias manos sin marcas, imaginando que un busto de mármol las golpeaba una y otra vez hasta que mis dedos quedaban como los de Eve y me recorrió un escalofrío que me llegó hasta los huesos.

—Eve —me oí decir en voz baja—. Es usted la persona más valiente que he conocido nunca.

Ella hizo un gesto de rechazo con la mano.

—Me rompí. Un poco de opio en un vaso de brandy y lo solté todo.

Había algo en eso que no me encajaba. No terminaba de salirme del todo la ecuación y abrí la boca para decir el porqué, pero Finn empezó a hablar antes con voz baja y furiosa.

—No sea tonta, Gardiner. Todo el mundo se rompe. Golpea a alguien en el sitio adecuado, averigua qué es lo que más quiere, hazle daño el tiempo suficiente... Todos nos resquebrajamos. No hay que avergonzarse por ello.

—Sí que hay que avergonzarse, bobo escocés. Lili fue condenada por eso. Y también Violette y yo.

—Pues culpe a René Bordelon por habérselo sacado mediante la tortura. Culpe a los alemanes por haber pronunciado esa sentencia.

—Hay suficiente culpa en este corazón mustio por todas nosotras. —Su voz era implacable en su condena y ella seguía sin mirarnos—. René y los alemanes interpretaron su papel y yo el mío. Violette no me perdonó nunca y yo no la culpo.

—¿Qué pasó con Lili? —pregunté—. ¿Terminó ante el pelotón de fusilamiento al final? —Podía verla ante un muro, pequeña y valiente bajo el vendaje de sus ojos, y volví a sentir la ira en mi garganta. Eve había hecho que Lili apareciera igual de real y valiosa para mí que Rose.

—No —contestó Eve—. Había pasado demasiado poco tiempo desde la ejecución de Cavell. Se alzaron demasiadas protestas como para que los alemanes fusilaran a otra mujer a b-bocajarro. Había un destino muy distinto para nosotras tres. —Eve se estremeció como si una rata le corriese por los nervios.

—Pero usted sobrevivió —dije con la boca seca—. Violette sobrevivió. ¿Y Lili...?

—Ya basta de hablar del juicio y de todo lo demás. No es un cuento para las noches oscuras y, de todos modos, ahora mismo no es importante. —Eve lo apartó de su mente de forma casi visible, lo que quiera que fuera, y fijó su mirada en la mía—. Lo importante ahora es René Bordelon. Ahora ya sabes lo que me hizo, la clase de hombre que era. Cuando la guerra terminó y yo volví a casa, tuve la absoluta intención de regresar a Lille y volarle su repugnante cabeza. He pasado años soñando con eso. El capitán Cameron echó por tierra el plan, pues me mintió a la cara el día en que llegué a Inglaterra y me dijo que René estaba muerto. —Su voz regresaba de la ronca emoción a su habitual sequedad cuanto más se alejaba del relato de su propia tortura—. Probablemente, Cameron pensó que me apaciguaría de esa forma. Ese hombre era demasiado noble como para comprender el ansia de venganza. Cómo te mantiene despierta noche tras noche temblando de odio, soñando con que solo cuando sientas el sabor de la sangre en tu boca podrás dormir sin p-p-pesadillas.

Finn asintió con un único y severo movimiento de cabeza. Él sí lo entendía. Yo también. Pensé en los alemanes que habían matado a Rose y a su hija y sentí al instante un odio feroz.

—En fin, puede que llegue casi treinta años t-t-t... —Eve se golpeó con fuerza su puño retorcido contra la rodilla y consiguió soltar la palabra—. Treinta años tarde, pero voy a saldar la cuenta. René me lo debe. —Eve no dejó de mirarme a los ojos—. También te lo debe a ti.

—¿A mí? —pregunté pestañeando.

—Dices que quieres un motivo para seguir con la búsqueda, yanqui, y yo te lo voy a dar, pero tendrás que preguntártelo. ¿De verdad quieres oírlo?

Me limité a pestañear de nuevo. Habíamos estado tan concentrados en el pasado de Eve que me sentí como un actor al que arrastran al escenario para interpretar una obra que no es la suya.

—Sí. Quiero oírlo. Pero no lo entiendo. Yo nunca conocí a René Bordelon.

—Aun así, te lo debe. Él hizo mucho más que dar trabajo a esa prima tuya. —Eve parecía sucinta, como un funcionario—. Necesitaba averiguar en qué ha estado metido René desde que llegó a Limoges como René du Malassis, así que le he preguntado al comandante Allenton. Es un idiota, así que ha ido ascendiendo de rango con el paso de los años, claro. Estuvo trabajando bastante durante la segunda guerra. Puede que yo participara en alguno de esos trabajos y eso me servía como una forma de empezar la conversación para finalmente pasar a René du Malassis. Con una dosis generosa de vino y halagos, Allenton me ha dado alguna información durante la cena, parte de ella de conocimiento público y otra parte muy privada. Gracias a Dios existen los tontos de boca suelta.

»Allenton coordinaba una serie de redes de la Resistencia francesa en la segunda guerra, organizando el reparto de suministros, recogiendo información... Era de sobra sabido que monsieur Du Malassis era un especulador de Limoges. A cambio de favores políticos, él pasaba información a los nazis y a la Milicia que trabajaba para esa escoria en Vichy. —Eve cogió su bolso y sacó algo con la punta de dos de sus deformados dedos—. Este es René en 1944. Era un sospechoso, así que Allenton tenía una fotografía suya.

La cogí, una fotografía tomada en alguna cena elegante con personajes importantes de la ciudad y oficiales nazis puestos en fila para posar. Había un círculo alrededor de un hombre del extremo izquierdo. Lo miré con más atención. Por fin el archienemigo de Eve tenía cara, pero no la del lobo elegante que yo me había imaginado a raíz de sus relatos. Un anciano con traje oscuro me devolvía la mirada; el rostro era delgado, el pelo canoso estaba peinado hacia atrás sobre una frente ancha. Los años le habían vuelto más larguirucho que fuerte, pero no era delicado. Tenía el bastón de puño de plata apoyado en un brazo como un accesorio. Examiné la leve sonrisa que había en aquel rostro anguloso, el modo en que sostenía el fuste de su copa de vino entre dos dedos, y me pregunté si simplemente estaba yo proyectando el pasado cuando pensé que su mirada fotografiada parecía de lo más fría.

Finn se asomó por encima de mi hombro para mirar y maldijo en voz baja. Yo sabía qué estaba pensando. Ese viejo había destruido a Eve en su estudio de paredes verdes. Había convertido a Eve en una arpía amargada encogida entre unas ruinas de pesadillas y whisky mientras había continuado haciendo dinero, trabando amistad con más invasores alemanes, destruyendo más vidas. Matando a un joven *sous-chef* por la espalda por ladrón. Sentándose en banquetes resplandecientes de cristalería y esvásticas y sonriendo mientras le hacían fotografías...

Miré su cara y le odié.

—Fue muy conocido en la segunda guerra como especulador —continuó Eve en voz baja—. Pero lo que no se sabe tanto es que fue responsable en parte de una m-m-m..., de una masacre. Llegó a oídos del comandante Allenton, a través de unas fuentes en la Milicia, que un confidente civil de Limoges pasaba información sobre la actividad de la Resistencia francesa en una pequeña ciudad cercana. En concreto, dio a la Milicia el nombre de una muchacha, y dijo que ella y otros integrantes de la Resistencia habían secuestrado y matado a un oficial alemán. Ese oficial era un amigo íntimo de Diekmann, un *Sturmbannführer* de las SS del regimiento del Führer, la División Das Reich. Cuando la Milicia pasó esta información y se confirmó la muerte del oficial capturado, es probable que todos esperaran que Diekmann arrestara y ahorcara a la muchacha. Pero decidió dar ejemplo no solo con ella, sino con toda la ciudad. —Eve no apartaba los ojos de mí—. La chica era conocida por el nombre de Hélène Joubert. La ciudad era Oradour-sur-Glane. René fue el confidente que los delató.

Una oleada de pavor me invadió. Recordé la voz de madame Rouffanche al decir: «Hélène Joubert, dijo que se llamaba... La llamábamos Rose».

—No está claro que tu prima perteneciese de verdad a la Resistencia —continuó Eve—. Desde luego, estaba relacionada si el hombre que era el padre de su hija estaba implicado. No aparece como miembro activo en ninguna de las redes que conocía Allenton, aunque eso no es una prueba. Puede que no siguiera con ellos después de tener a su hija o quizá pasara información desde su lugar de trabajo en Limoges. ¿Quién sabe? Espiara o no a los nazis que iban a Le Lethe, creo que René decidió que Rose era sospechosa. En ese momento, él debía de tener bastante miedo de las camareras espías. —Una sonrisa tensa y amarga—. Aunque estuviese en la Resistencia, tu prima no habría estado implicada en el secuestro y asesinato de ningún oficial alemán, pues eso sería obra de combatientes más experimentados, pero René quería que ella se fuera, así que...

—Así que se aseguró de que el nombre que se diera fuera el de ella —susurré—. ¿Por qué no la despidió sin más si quería echarla de su restaurante?

—Probablemente le pareció más seguro deshacerse de ella de forma permanente. Él mismo podría haberla matado pues, desde luego, para entonces ya no tenía escrúpulos a la hora de apretar el gatillo. Pero quizá pensó que no podía hacer algo así después del incidente con el *sous-chef* a la vista de todos. Eso podría haberle costado muchos favores nazis. Así que pasó el nombre de tu prima y de la ciudad adonde ya sabía que ella iba los fines de semana y, de ese modo, se deshizo de ella. —Eve inclinó la cabeza—. En honor a la verdad, él no podía saber que toda la ciudad iba a ser masacrada. Pero aunque los alemanes hubiesen sido piadosos con el resto de Oradour-sur-Glane, no cabe duda de que las SS habrían capturado y ejecutado a tu prima de todos modos. Por culpa de René Bordelon.

La piel se me estaba erizando. La fotografía que tenía en la mano me estaba quemando. Volví a mirar esa vieja y engreída cara.

—No puede haber venganza contra los alemanes que acabaron con la vida de tu prima —dijo Eve—. El *Sturmbannführer* Diekmann, el hombre que ordenó la masacre, murió unas semanas después en el asalto aliado. Consta en los registros militares, confirmado por Allenton. Los soldados que cumplieron sus órdenes, o bien murieron con él, o se diseminaron al volver a Alemania después de la guerra o siguen aún en campos de prisioneros de guerra. No se denunció ni se juzgó a nadie por lo que ocurrió en Oradour-sur-Glane, ni en Núremberg ni después. Y sin otro juicio masivo, es poco probable que se pueda averiguar quién fue el hombre que realizó los disparos que mataron a tu prima. Es posible que esos hombres queden fuera de tu alcance. René no lo está. Él no apretó el gatillo pero, desde luego, hizo todo lo que pudo por organizar la muerte de tu prima.

Yo no podía moverme. No podía hablar. Ni siquiera podía respirar. Me quedé sentada mirando esa cara petulante. «Ay, Rose...».

—Voy a localizar a René Bordelon, Charlie St. Clair, y le voy a hacer pagar por lo que ha hecho. —Eve flexionó sus destrozadas manos—. ¿Vas a venir conmigo?

Cuarta parte

32

Eve

Marzo de 1916
Bruselas

El juicio acabó en un solo día.

Para Eve, esas horas agotadoras en la imponente sala pasaron como una nebulosa. Violette miraba al frente cuando los hicieron entrar custodiados, y Lili recorrió con su expresiva mirada todo el alto techo de cristal, las sillas curul y los orgullosos leones belgas, pero Eve mantuvo la mirada hacia abajo, sobre sus dedos moteados y a medio curar contraídos en su regazo. Seguían doliéndole ferozmente a pesar de los meses. El dolor parecía más importante que el sonido de las palabras en alemán que se escuchaban.

Más protocolo cuando fueron entrando los demás oficiales. Los ojos de Eve iban pasando de una cara a otra. Soldados alemanes, oficiales alemanes, funcionarios alemanes... Pero no se permitió que ningún francés ni civil presenciase el espectáculo. René

Bordelon no estaba presente para dirigir la vista hacia el destrozo que le había provocado y Eve se sintió agradecida. Temía verle la cara más de lo que temía escuchar su sentencia. Sabía que, si le hubiese visto, se habría desmayado entre temblores sobre la gruesa alfombra.

«Yo antes no era tan pequeña ni temerosa», pensó cuando uno de los jueces los arengaba. Ya llevaba varios meses siendo ese objeto roto, tumbada en su celda, temblando y llorando ante cualquier provocación, y aún no se había acostumbrado a ello. Lo único que quedaba en Eve de fiero era el desprecio que sentía por sí misma.

«Traidora». Ese susurro formaba ahora parte de su sangre. Vibraba con cada latido de su corazón, venenoso y descarnado. «Traidora».

Lili conocía su traición. Apenas se les había permitido hablar durante los últimos meses que habían pasado en celdas separadas en Saint-Gilles, pero Eve había sobornado a uno de los guardias para contarle a Lili lo que había hecho. No podría haber soportado el peso de aquella traición como una mentira. El corazón de Eve latía ahora con fuerza mientras pasaba la mirada por aquella sala, obligándose a mirar más allá del perfil impasible de Violette hacia donde Lili estaba sentada. «Escúpeme», suplicaba Eve en silencio. «Me lo he ganado».

Pero lo único que hizo Lili fue sonreír. Su pequeña cara lanzó una de sus miradas traviesas, como si no estuviese rodeada por guardias hostiles, como si aún fuera una mujer libre, y se llevó dos dedos a los labios para lanzar un beso a Eve.

Eve se encogió como si aquel beso fuese un golpe.

Las interrogaron de una en una, sin permitirles oír el testimonio de las demás. Primero, Violette, cuyo verdadero nombre de Léonie van Houtte oía Eve por primera vez, aunque no podía pensar en la lugarteniente de Lili con ningún otro nombre que no fuera el de Violette. Al menos, ella sí que consideraba a Eve como la traidora que era. La mirada de la otra mujer estaba llena de odio cuando sacaron a Eve custodiada. Después, hicieron entrar a Eve para interrogarla pero ella no se molestó en defenderse. «Todos los presentes saben cuál va a ser el resultado». Guardó silencio durante la arenga en alemán, a la vez que sentía cómo le palpitaban las manos y respiraba los olores rancios de fijador para el pelo y abrillantador de zapatos, y enseguida la hicieron salir de nuevo. Era a Lili a quien más deseaban interrogar. Pudo oír los murmullos líquidos que invadieron la sala ante la expectativa, casi violentos, y se preguntó si esos murmullos se habrían oído también en los espectadores del Coliseo antes de que soltaran a los leones. Los leones de esa sala eran dorados y tallados pero, aun así, podían imponer la muerte.

Los jueces desaparecieron. Pasó media hora en el tictac de un lento reloj de pared. Y terminó. A Eve, Lili, Violette y a varios acusados de poca importancia los pusieron en formación ante el tribunal y hubo un gran silencio. Eve tenía la boca seca como el papel y pudo notar que estaba temblando. Por el rabillo del ojo vio cómo Violette movía los dedos como si quisiera agarrar la mano de Lili. Lili permanecía inmóvil como una estatua.

Las palabras fueron pronunciadas en un alemán nasal:

—Para Louise de Bettignies, muerte.

—Para Léonie van Houtte, muerte.

—Para Evelyn Gardiner, muerte.

Se oyeron murmullos en la sala y Eve sintió como si le hubiesen dado una patada en el pecho. No por miedo.

Por alivio.

Se miró sus manos destrozadas con ojos borrosos y pensó lo mismo que había pensado mientras lloraba en el suelo del estudio de paredes verdes de René: «Quiero morirme».

No más meses de celdas y monotonía, dolor, morfina y culpa. Solo los cañones de los fusiles desplegados ante ella. Aquella visión era hermosa. Una oleada de disparos y, después..., nada.

Pero antes de que su corazón pudiese respirar aliviado, Lili dio un paso al frente. Habló en un alemán calmado y perfecto, la única vez en todo el juicio que habló en el idioma del enemigo.

—Caballeros, les pido que no fusilen a mis amigas. Son jóvenes y les imploro que tengan piedad con ellas. —Inclinó su cabeza rubia—. En cuanto a mí, quiero una buena muerte.

—Yo acepto mi sentencia. —Violette habló con tono claro y desdeñoso, interrumpiendo a su superior—. Pueden fusilarme. Pero, antes de morir, les pido una cosa y no me la pueden negar: no me separen de Lil..., de Louise de Bettignies.

—Ni de mí —se oyó decir Eve.

Una fila de rostros alemanes las miraron y Eve vio la absoluta confusión que había en ellas. Había visto la misma expresión entre sus guardias de Saint-Gilles: perplejidad al mirar a la diminuta Lili, a la tartamuda Eve y a Violette con sus gafas de maestra de escuela, preguntándose cómo era posible que cualquiera de ellas pudiese ser espía.

«Los alemanes nos han tenido retenidas varios meses y aún no saben qué pensar de las *fleurs du mal*», pensó Eve. Esa idea le provocó un destello de enorme orgullo por un momento, algo que le hizo cuadrar la espalda antes de que la culpa volviese a encorvarla.

A las tres mujeres de la red de Alice se les permitió permanecer de pie mientras los oficiales alemanes conversaban entre susurros. Pasó otra hora. Las manos de Eve palpitaban. Otro anuncio. Otra patada que resonó débilmente en su pecho, solo que esta vez no fue de alivio. Fue de desesperación.

El juicio había terminado.

—Así pues —dijo Lili—, no nos van a fusilar.

Violette seguía temblando mientras esperaban en el patio entre sus guardias. Eve permanecía paralizada y recta, pero la noticia parecía haber destrozado a Violette, que antes se había mostrado dispuesta a recibir una bala en ese mismo instante cuando estaban en la sala de juicios.

—Nos van a enviar a Alemania... —murmuró.

Habían cambiado la sentencia: todas iban a sufrir quince años de trabajos forzados en la prisión de Siegburg.

—¿Quince años? —Lili arrugó la nariz—. No. Lo haremos hasta que llegue la victoria de Francia, eso es todo.

—O-O-Ojalá hubiese sido el pelotón de fusilamiento —se oyó decir Eve.

Los ojos enrojecidos de Violette se clavaron en ella, amargos y acusadores.

—Tú mereces que te fusilen —replicó antes de escupir de lleno en la cara de Eve—. Judas.

Los guardias intervinieron y alejaron a Violette arrastrándola unos pasos. Eve permaneció inmóvil, dejando que la baba caliente le bajara por la mejilla, y los demás guardias dejaron que Lili se acercara apartándose un poco hacia atrás. Solo un diminuto oasis de privacidad, pero eso era lo máximo que podía esperar un prisionero.

—Lo siento, pequeña margarita. —La caricia de un guante raído sobre la mejilla de Eve para limpiarla. Ella casi se encogió al sentirlo. Hacía mucho tiempo que no la tocaban con ese cariño—. Violette lo está llevando mal.

—Me odia —dijo Eve sin encono—. Por haberte t-t-traicionado.

—Bah, ¿quién sabe cómo han conseguido mi nombre estos alemanes ni cómo han averiguado que yo dirigía la red? Tú no recuerdas haberme delatado, con opio o sin él. —Lili se encogió de hombros con absoluta indiferencia—. Me han identificado. El cómo haya podido ocurrir no importa.

—Sí que importa —rebatió Eve.

Una sonrisa.

—A mí no.

Eve casi se echó a llorar. «No me perdones», quiso gritar. «¡Por favor, no me perdones!». El perdón dolía mucho más que el odio.

Dejaron que Violette volviera a unirse a ellas, lanzando miradas de odio pero en silencio, y Eve agradeció su muda aversión. Permanecieron de pie taciturnas, esperando al coche que las devolvería a sus celdas. Desde allí, probablemente, sería cuestión de días hasta que las trasladaran a la prisión de Siegburg.

Siegburg. Eve había oído terribles historias de ese lugar. Miró hacia el este, en dirección a Alemania, y vio que las demás mujeres hacían lo mismo, como si los muros fríos y húmedos de la prisión estuviesen ya a la vista.

—No penséis en eso, *mes anges.* —Lili se colocó entre Eve y Violette, rodeando a cada una con un brazo y dándoles un fuerte apretón—. Disfrutad del presente. Las dos estáis aquí. Yo estoy a vuestro lado.

Eve apoyó la cabeza en el hombro de Lili y se quedaron allí, bajo el pálido sol de marzo, esperando a que se las llevaran.

33

Charlie

Junio de 1947

Pasé el resto de la noche mirando la fotografía de un monstruo y traté de ver la lógica de lo que había hecho. «Hiciste que mataran a Rose», pensé una y otra vez. «Hiciste que mataran a Rose». Un oficial de las SS había dado la orden de disparar y un soldado alemán había apretado el gatillo, pero mi prima no habría sido nunca el objetivo si no hubiese sido por ese hombre con su elegante traje y su bastón de puño de plata.

Yo no había sido capaz de responder a la pregunta de Eve. Estaba demasiado conmocionada. Cogí la fotografía y volví tambaleándome a mi habitación en absoluto silencio. Me sentía como si me hubiese golpeado una roca, tumbada sobre la cama y aplastada bajo su peso.

«René Bordelon». El nombre no paraba de sonar. «Tú hiciste que mataran a Rose».

Él siempre había sido el vínculo entre Eve y yo. Rose había trabajado para él. Eve había trabajado para él. Dos mujeres de entre probablemente miles que habían sido sus empleadas a lo largo de las décadas. Y debido a ese dato tan poco importante, su nombre escrito en un papel me había conducido hasta Eve y, después, hasta aquí. Pero nunca había considerado que ese vínculo fuese más que un papel.

Cuando amaneció, yo ya estaba vestida, con el equipaje preparado, y salí a los escalones de la entrada del *auberge.* No me sorprendió ver que Eve ya estaba allí con su bolso a sus pies, erguida y seria y fumando el primer cigarrillo del día. Se giró y vi que sus ojos estaban tan enrojecidos y veteados como los míos.

—Voy a hacerlo —dije—. La voy a ayudar a encontrarle.

—Bien —contestó Eve con la misma despreocupación que si yo hubiese aceptado ayudarla a pedir una taza de café—. Finn ha ido a por el coche.

Nos quedamos allí esperando bajo la luz rosada de la mañana.

—¿Y para qué quiere mi ayuda? —No pude evitar preguntarlo. Otra pregunta a la que le había dado vueltas la noche anterior—. Usted lleva más de treinta años queriendo llevar a ese hombre ante la justicia. ¿No sería más fácil hacerlo sin cargar con una universitaria embarazada? Usted no me necesita. —Aunque una buena parte de mí deseaba que sí. Yo quería cuidarla, aunque fuese un cardo con más espinas que un puñado de agujas.

—No, no te necesito —respondió enérgica—. Pero ese cabrón nos ha destrozado a las dos, no solo a mí. Y eso quiere decir que tienes derecho a vengarte si quieres. Yo creo en la venganza. —Eve me miró, hermética—. He perdido la fe en muchas cosas con el paso de los años, pero no en eso.

Permaneció allí, alta y pétrea como un obelisco, y me pregunté qué tipo de venganza iba a llevar a cabo. Eso me hizo sentir una punzada de inquietud. En ese momento, el Lagonda apareció por la esquina.

—Además, puede que no te necesite a ti, pero sí que le necesito a él —añadió Eve en voz baja mientras Finn metía las maletas en el maletero—. Y creo que hay un cincuenta por ciento de probabilidades de que adonde vayas tú irá él.

Pestañeé.

—¿Qué le hace pensar eso?

Me tocó una marca roja en el cuello que yo me había visto en el espejo esa mañana y había tratado de tapar soltándome el pelo, una marca que la boca de Finn me había dejado esa noche.

—Conozco la diferencia entre una picadura de mosquito y un mordisco de amor, yanqui.

—¿Han acabado su cháchara, señoras? —Finn rodeó el lado del conductor—. Hace una mañana estupenda para conducir.

—Sí —balbuceé con las orejas coloradas. Eve sonreía mientras se montaba en el asiento de atrás. Finn no vio la sonrisa, pero sí mi rubor y se detuvo después de colocarse detrás del volante.

—¿Todo bien, pequeña? —preguntó en voz baja.

No existía una palabra que expresara lo que sentía después de haber pasado el día y la noche anteriores juntos. Llorando y manteniendo la esperanza, profundamente conmocionada y rabiosa, más rabiosa cada vez que veía la fotografía del viejo al que todos habíamos acordado localizar. Y si miraba a Finn, toda la piel se me erizaba con un destello de lo que había pasado entre nosotros apenas doce horas antes.

—Todo bien —dije por fin. Él asintió y no supe bien cómo estaban las cosas entre nosotros, si él lamentaba o no lo que había ocurrido. Así que dejé que metiera la marcha y miré a Eve en el asiento trasero—. Una cosa que no nos ha contado: ¿cómo vamos a encontrar a René Bordelon? Él ya no seguirá usando ese nombre, ni el de René du Malassis. Y no sabemos adónde fue cuando huyó de Limoges. ¿Cómo vamos a seguir su rastro desde aquí?

Eve dio la última calada a su cigarrillo y tiró a la calle la colilla.

—Tengo una idea al r-r..., al respecto. Él me dijo más de una vez que tenía la intención de retirarse a Grasse, que incluso tenía allí una propiedad ruinosa, una vieja villa que quizá restauraría algún día. Ahora tiene setenta y tres años. No va a poner en marcha otro restaurante. Me suena más bien a que se ha retirado. Apuesto a que se fue a reconstruir esa villa, a leer sus libros, a poner su música y a disfrutar del sol del sur. Opino que debemos ir a G-G-Grasse.

—¿Y hacer qué? —La miré con las cejas levantadas—. ¿Recorrerla con el coche mirando por la ventanilla?

—Fíate de mí, yanqui. René nunca me dijo en qué parte de Grasse estaba su casa, pero tengo alguna idea de cómo encontrarla.

—Pero ¿y si no está allí? —Finn parecía dudar—. Lo único que tenemos son unos cuantos comentarios casuales de hace más de treinta años.

—¿Alguien aq-q-quí tiene una idea mejor de por dónde empezar?

La verdad era que yo no. Me encogí de hombros. Finn cogió los mapas arrugados que estaban a mis pies.

—A un ritmo tranquilo, llegaremos a Grasse dentro de dos días. Si paramos en Grenoble esta noche...

—Pues a Grenoble vamos. —Eve inclinó la cabeza hacia atrás y cerró los ojos al mirar al cielo—. Pisa el acelerador, escocés.

El Lagonda salió en dirección sudeste con los tres ocupantes perdidos en nuestros propios pensamientos. Me descubrí mirando de nuevo la fotografía de René. Me pregunté cómo habría sido el aspecto de aquel oficial de las SS, el que había dado la orden de masacrar el pueblo. Me pregunté cómo sería el aspecto de los soldados alemanes, los que podían ver cómo una muchacha huía de una iglesia en llamas con un bebé en brazos y estar dispuestos a apretar un gatillo. La rabia me recorrió el cuerpo, lenta y ardiente, y pensé en lo que Eve había dicho sobre esos hombres, que probablemente yo nunca averiguaría quiénes habían sido los soldados que mataron a Rose.

Quizá sí, algún día. Tenía que haber nombres, registros. Tal vez los soldados alemanes que sobrevivieron pudieran ser llevados ante la justicia, no solo por Rose, sino por madame Rouffanche y su pueblo asesinado. Oradour-sur-Glane merecía justicia por sus muertes tanto como cualquiera de las atrocidades investigadas en Núremberg.

No obstante, de ese asunto habría que ocuparse otro día. Ahí, en ese momento, dirigiéndome hacia Grasse, los nazis que habían participado en la muerte de Rose quedaban fuera de mi alcance. Pero puede que René Bordelon no.

A medida que el coche atravesaba colinas ondulantes y hermosas extensiones de lagos y prados, consideré una nueva ecuación: Rose más Lili, dividido entre Eve más yo, igual a René Bordelon. Cuatro mujeres con un hombre en medio de nosotras. Me quedé mirando su cara en aquella fotografía granulosa, buscando algún remordimiento, culpa, crueldad. Pero no podían verse esas cosas en una fotografía. No era más que un anciano que había salido a cenar.

Traté de volver a dejar la fotografía en el bolso de Eve, pero su mano deformada salió como un látigo y apartó la mía.

—Quédatela.

La fotografía terminó en mi bolso y pude notar que los ojos vacíos de ese hombre me miraban a través del cuero, así que me di la vuelta y miré de nuevo a Eve. Parecía más firme, más ligera que la figura encorvada y consumida por la culpa que estaba en el alféizar de la ventana la noche anterior contando su historia de tortura y desprecio por sí misma. Extendí la mano y acaricié con dulzura la suya.

—No nos habló anoche de su juicio —dije—. Ni tampoco de lo que les ocurrió a usted, a Lili y a Violette, después.

—No es un cuento para noches oscuras.

Incliné la cabeza hacia arriba, hacia el sol del cielo.

—Ahora no hay sombras.

Ella soltó un largo resoplido.

—Supongo que no.

Finn y yo escuchábamos mientras ella nos hablaba del juicio: los leones belgas, las insistentes preguntas en alemán, la reducción de las sentencias. Violette escupiéndole en la cara. Recordé a la Violette más mayor que en Roubaix había hecho lo mismo y me estremecí al recordarlo. Violette... Sentí entonces el pinchazo de una idea, un pensamiento insistente que también había tenido la noche anterior —una ecuación sin resultado—, pero lo aparté de momento mientras Eve hablaba:

—Entonces, llegamos a Siegburg.

34

Eve

Marzo de 1916

Después de que terminara la guerra, Eve se sorprendió por la pequeña impresión que los interminables días de Siegburg le habían dejado en la memoria. Su época de espía en Lille no había durado siquiera seis meses, pero la recordaba con absoluta claridad. Dos años y medio en Siegburg pasaron como un sucio sueño gris, cada día idéntico al anterior.

—Llévenla a su celda.

Esa fue su bienvenida a Siegburg en la primavera de 1916, una orden brusca y, después, una pesada mano en el centro de su espalda que la empujaba por un oscuro pasillo por detrás de Lili y Violette. Ninguna de ellas había echado un vistazo al exterior de la prisión. Estaba demasiado oscuro cuando la traqueteante furgoneta había entrado en el patio.

—Da igual —susurró Lili—. Sí que podremos verla bien el día que nos suelten.

Pero costaba pensar en la liberación cuando las empujaban por un pasillo que olía a pis, a sudor y a desesperación. Eve se puso a temblar, apretando los dientes para que no castañetearan. El chirrido de una llave al girar, el sonido de los goznes y, después, la enorme puerta abriéndose.

—Gardiner —ladró el guardia, y la misma mano brusca empujó a Eve para que avanzara.

—Espere. —Eve se giró, deseando atisbar a Lili y a Violette, pero la puerta ya se había cerrado. La oscuridad era absoluta, un charco de sofocante y heladora oscuridad.

«Todas se vienen abajo la primera noche». Eve oiría más tarde eso de boca de sus compañeras de prisión. Pero cuando Eve llegó a Siegburg ya estaba destrozada. La oscuridad no era tan terrible como el interior de su propia mente, así que se limitó a dejar de apretar sus dientes rechinantes y se abrió paso por la celda tocando con sus dedos deformados. Paredes de piedra, dimensiones más pequeñas que en su celda de Saint-Gilles. Una cama nauseabunda, dura como la madera y apestando a sudor viejo, a vómito viejo, a terror viejo. Eve se preguntó cuántas mujeres habían dormido, llorado y sofocado sus gritos en aquella cama. Oyó gritos apagados a través de la puerta, un estallido de risas estridentes. Pero ningún guardia respondió a las llamadas. Eve supo enseguida que, cuando las celdas se cerraban durante la noche en Siegburg, no se abrían hasta la mañana. Una mujer podía estar muriendo lentamente por la fiebre o por septicemia, gritando de dolor por un hueso roto, revolviéndose agónica mientras daba a luz..., pero la puerta no se abriría hasta el amanecer. Muchas de ellas habían muerto así. De eso precisamente se trataba, supuso Eve con desaliento.

No podía tumbarse en esa cama repugnante. Se acurrucó en el rincón sobre la piedra, temblando de frío, esperando a que llegase la mañana. El amanecer llegó junto con un guardia de gesto serio que entró con un montón de ropa —medias azules y ásperas y un vestido blanco sucio con una gran cruz de prisionero en el pecho— y así empezó la infinita cadena de días de cautiverio.

Hambre. Frío. Piojos. Bofetadas de los guardias. El trabajo diario: coser con dedos pinchados, pulir cerrojos con limpiadores abrasivos, juntar pequeños tapones metálicos. Conversaciones con otras mujeres entre susurros: ¿Era verdad que había habido una batalla en Mont Sorrel? ¿En el Somme? ¿Era verdad que los británicos habían llegado a La Boisselle? ¿A Contalmaison? Aún más que comida, lo que las prisioneras ansiaban eran noticias. Lo único que sabían por los guardias era que los alemanes estaban ganando.

—Mentiras —comentó Lili con un resoplido—. ¡Son unos mentirosos! Están perdiendo y lo saben. Lo único que tenemos que hacer es resistir.

«Resistir», pensó Eve. Pasó un año: más días grises, más bofetadas, más piojos, más gritos por la noche. La serena seguridad de Lili, que brillaba aún más a medida que su cuerpo se reducía a puro hueso. Noches negras y sin sueños en aquel catre de olor fétido. Ver a mujeres que morían entre sudores por fiebres amarillas, consumidas bajo las dos piedras gemelas de molino que eran el frío y el hambre. Verlas tambalearse en la enfermería, esa enorme sala con sus feas cortinas verdes que apestaban a mierda y sangre. Algunas la llamaban el Lazareto y otras, simplemente lo llamaban el infierno. A la enfermería no se iba para ser tratada. Se iba allí para morir. Los alemanes no tenían por qué desperdiciar balas en matar a sus prisioneras cuando el abandono y la enfermedad lo hacían gratis. Una estrategia sensata, pensó Eve después. Las mujeres que morían en camas de hospital provocaban muchas menos protestas internacionales que las que morían ante pelotones de fusilamiento.

Y qué mujeres eran esas. Esqueletos idénticos que llevaban la misma cruz de prisioneras, todas unas flores del mal con el pelo sucio y los ojos hundidos: la fuerte Louise Thuliez, que había pasado a soldados por la frontera para Edith Cavell; madame Ramet, belga de nacimiento, cuyo hijo había sido fusilado y cuyas dos hijas la habían acompañado a la prisión; la estoica *princesse* de Croy, que había organizado una red de espías en Bélgica... Antes de Siegburg, Eve no había sabido cuántas mujeres lo habían arriesgado todo por la guerra. Incluso ahora, a su modo, continuaban luchando.

—Madame Blankaert dice que esos taponcitos de metal que nos han dado para que los juntemos son cabezas de granada —susurró Lili—. ¿Deberíamos hacer algo al respecto?

—Lili, no los provoques —respondió Violette con tono cansado.

—*Ta gueule.* Es inconcebible que nos pongan a trabajar con munición que se va a usar contra nuestros compatriotas. —Y al día siguiente, se gritaron las palabras: «En el nombre de Inglaterra, de Francia, de Bélgica y de todos los países aliados, imploro a mis compañeras que se nieguen a trabajar con municiones. Alemania no tiene derecho a exigirnos este trabajo de muerte contra nuestras patrias, a obligarnos a que nosotras mismas fabriquemos las máquinas que, en la batalla, cargarán contra nuestros padres, nuestros hermanos, nuestros esposos, nuestros hijos. Aquí todas seguimos luchando y sufriendo con valentía por nuestros reinos, nuestras banderas, nuestras patrias...».

Y por todo Siegburg, los esqueletos de mujeres de rostros grises se iluminaron de repente, gritando como valquirias, por mucho que los guardias fuesen corriendo de un lado a otro dando empujones, bofetadas y gritos. Eve gritó hasta que la garganta le escoció, incluso cuando recibió un puñetazo en el pómulo que le lanzó la cabeza hacia atrás como un látigo. Por un momento, todo se iluminó, tiñéndose de color en lugar del gris moribundo. Eve gritó hasta que la volvieron a meter en su celda y Lili se rio pese a que los guardias la encerraron a ella y a madame Blankaert en celdas solitarias.

—Ha merecido la pena —dijo cuando por fin la dejaron salir un mes después.

Eve no estaba tan segura. Lili no era más que un puñado de huesos, tan frágil como una sombra. Eve dejó caer su manta sobre los hombros de su amiga. «Resiste. Lo único que tenemos que hacer es resistir».

Otro año gris y eterno. Una primavera fría que llegó tarde en 1918 y, con ella, la cauta esperanza que se abría paso entre las prisioneras. «Los alemanes están perdiendo», se murmuraba a medida que el año avanzaba. «Están siendo vencidos; están emprendiendo la retirada a lo largo de todo el frente...». No fueron solo los rumores susurrados lo que se abrió paso por el interior de los muros de la prisión, rumores de victorias inglesas e invasiones francesas sobre territorio alemán. Todas podían ver el desplome de los hombros de los guardias, oír la cada vez mayor estridencia de las afirmaciones sobre victorias alemanas. Flotaba en el aire: el sangriento sufrimiento de la guerra podría estar llegando a su fin.

Si tan solo hubiese terminado antes, pensaba Eve más tarde durante las largas noches que pasó mirando fijamente el cañón de una Luger. Si tan solo hubiese terminado unos meses antes.

Septiembre de 1918

—Gracias por venir, pequeña margarita.

Lili estaba en la fría enfermería, con su cuerpo apenas adivinándose bajo las mugrientas mantas. Eve se sentó en el borde del catre, temblando bajo su ropa de la prisión. Debería haber estado trabajando con las demás mujeres, pero había habido una epidemia de tifus poco antes y, cuando Eve informó de que tenía fiebre y dolor de cabeza, la enviaron rápidamente a la enfermería. Después, resultó fácil escabullirse desde su catre al de Lili.

—¿Cómo te encuentras? —consiguió preguntar.

—No estoy tan mal. —Lili se dio unas palmadas en el costado: llevaba un tiempo sufriendo un absceso pulmonar entre dos costillas, pero ella no le daba importancia—: El cirujano lo va a abrir y acabará con él. —La operación estaba programada para las cuatro de la tarde. Ya no quedaba mucho.

—¿Traen un cirujano desde Bonn? —Eve trataba de contener su aprensión. Abrir un absceso era una operación de poca importancia, desde luego. Pero en ese antro tan corto de personal y con una mujer medio muerta de hambre...

«Lili no tiene miedo», se recordó Eve. «No lo tengas tú tampoco».

Pero quizá Lili sí tenía miedo, pues miraba a Eve con ojos inusualmente serios. Su animada mirada se había hundido en una cara que era poco más que una calavera.

—Cuida de Violette por mí si... —Un expresivo encogimiento de hombros.

—Te vas a poner bien —la interrumpió Eve antes de que pudiera decir más—. Tienes que ponerte bien.

A eso era a lo que ella se había estado aferrando durante más de dos años. Evelyn Gardiner había traicionado a sus amigas, las había destrozado y las había llevado a ese sitio tan repugnante. Si conseguía volver a sacarlas sanas y salvas, una parte de esa traición podría ser olvidada, aunque nunca perdonada. Era en eso en lo que pensaba cada día cuando ponía en las manos de Lili la mitad de su ración de pan, cuando trataba de darle sus mantas a Violette pese a que esta siguiese mirándola con frialdad. «Sácalas sanas y salvas y habrás expiado tus pecados».

Y casi lo había conseguido. Estaba claro que la guerra no podía durar mucho tiempo más. «Casi hemos llegado. Casi estamos en casa».

Quizá Lili viera parte de esa desesperación en los ojos de Eve, porque extendió la mano y colocó sus dedos raquíticos en los dedos deformados de Eve.

—Cuídate, pequeña margarita. Si no estoy aquí para sacarte de apuros...

—No digas eso. —Eve apretó la mano de Lili y el pánico se le aferró a la garganta. No iba a perder a Lili, no por un absceso. No ahora. No después de más de dos años de encarcelamiento, no tan cerca del final—. No es más que una operación para abrir y drenar. ¡Claro que vas a sobrevivir!

La voz de Lili era calmada.

—Pero los alemanes no tienen interés alguno en mi supervivencia, *ma petite.*

Los ojos de Eve se llenaron de lágrimas, pues no podía negarlo: los oficiales de Siegburg odiaban cada hueso del cuerpo alborotador de Lili y no lo ocultaban.

—No deberías haber encabezado esa huelga ni...

¿Ni qué? ¿Ni haber provocado conflictos desde el día en que había atravesado las puertas de Siegburg? ¿Ni haber planeado complicadas huidas, haber mantenido los ánimos en alto con bromas y chistes? Si Lili hubiese sido de las que mantienen la cabeza agachada, no habría dirigido la red de espías más eficaz de Francia.

—Vas a ponerte bien —repitió Eve obstinada. Y habría dicho más cosas de no ser porque aparecieron dos ordenanzas.

—Vamos, Bettignies. Ha llegado el cirujano.

Lili apenas podía ponerse en pie. Eve deslizó un brazo alrededor de su hombro y la levantó. Llevaba un vestido de paño, descolorido y amorfo, e hizo una mueca al mirárselo.

—*Quelle horreur.* ¡Lo que daría por algo de muaré rosa!

—¿Y por un sombrero moralmente cuestionable? —consiguió decir Eve.

—Me conformaría con un jabón moralmente cuestionable. Tengo el pelo asqueroso.

Eve sintió un nudo en la garganta.

—Lili...

—¿Vas a rezar por mí cuando entre ahí? —Hizo un gesto con su afilado y pequeño mentón en dirección al quirófano—. Necesito gente que rece por mí. Le he escrito una carta a mi antigua madre priora de Anderlecht, pero tus oraciones me vienen bien siempre, Evelyn Gardiner.

Era la primera vez que Lili usaba el verdadero nombre de Eve. Incluso después del juicio, habían seguido usando sus antiguos alias. Los nombres que consideraban verdaderos.

—Yo no puedo rezar por ti —susurró Eve—. Ya no creo en Dios.

—Pero yo sí. —Lili besó el rosario que tenía enredado entre sus dedos mientras los ordenanzas la agarraban de los codos.

Eve logró asentir con la cabeza.

—Entonces, rezaré —dijo—. Y te veré dentro de unas horas. Ya verás.

Sacaron a Lili de la enfermería mientras Eve los seguía detrás. Salió una enfermera del quirófano al fondo del pasillo y, por un momento, Eve pudo entrever al cirujano de Bonn fumando un cigarrillo. Por lo que Eve vio, no había ningún ajetreo. Nadie estaba esterilizando instrumentos, nadie estaba haciendo preparativos con éter ni cloroformo...

«Lili», pensó con una oleada de pánico. «Lili, no entres ahí...».

Por delante, oyó la clara voz de Lili rezando su rosario. «Ruega por nosotros, pecadores, ahora y en la hora de nuestra muerte...».

El pasillo de fuera estaba lleno de mujeres. Louise Thuliez, la *princesse* de Croy, Violette..., todas las *fleurs du mal* que habían podido escaparse de su turno de trabajo, todas con miradas de inquietud y oraciones murmuradas por la reina de las espías. Los dos ordenanzas aceleraron el paso y el de Lili con ellos y la voz de ella titubeó entre su calmado rezo. Por un momento, Eve pensó que Lili se iba a romper por fin, que se derrumbaría y lloraría y que tendrían que llevarla en brazos hasta la mesa de operaciones.

No. Se irguió entre los dos ordenanzas, levantó el mentón con su antiguo gesto pícaro y clavó los ojos en la fila de sus amigas. La luz tenue caía sobre su pelo, recogido alrededor de su cabeza con apelmazadas trenzas rubias, dándole el aspecto de una corona.

—*Mes amies* —dijo con voz suave y, al pasar junto a Violette, extendió la mano y le puso el rosario en sus manos temblorosas—. *Je vous aime...*

Y las dejó atrás, tan diminuta como una niña entre los dos ordenanzas, casi flotando al avanzar con pies ligeros y paso alegre por el largo pasillo hacia la sala de operaciones. Eve sintió que el corazón le latía a toda velocidad, lúgubre como un tambor. «Lili...».

Justo antes de desaparecer, Lili giró la cabeza hacia atrás una última vez y puso su mirada traviesa. Lanzó un beso en el aire a las *fleurs du mal* y Eve lo sintió como un golpe físico. A continuación, Lili desapareció en el interior del quirófano, pero su voz seguía flotando en el exterior, alegre y serena.

—Usted debe de ser el cirujano. Me pregunto si me podrían dar un poco de cloroformo. Es que he tenido un día malísimo.

Fue entonces cuando las rodillas de Eve se doblaron. Fue entonces cuando lo supo.

—Se pondrá bien —estaba diciendo Louise Thuliez—. Hace falta algo más que un absceso en el pulmón para acabar con nuestra Lili...

—Nada va a poder con ella...

Más murmullos de asentimiento, declaraciones de confianza pronunciadas entre miradas llenas de preocupación. Violette apretaba el rosario con tanta fuerza que sus cuentas enrolladas se le clavaban en los dedos.

—Se levantará de la cama en una semana. Menos de una semana...

Pero Violette no estuvo en la enfermería durante las siguientes cuatro horas como estuvo Eve. Los guardias ahuyentaron a las prisioneras, pero Eve seguía estando en observación por los síntomas de tifus. Se encontraba tan solo al otro lado de un pasillo y una puerta cerrada cuando empezaron los gemidos, los quejidos y los gritos sofocados. Los sonidos de una mujer a la que estaban operando sin éter, sin cloroformo, sin morfina. Eve estaba sentada acurrucada en su catre mientras toda su obstinada esperanza desaparecía, llorando con tanta fuerza que casi ahogaba el ruido de la agonía de Lili, pero no por completo. Eve lo oyó todo, desde el principio hasta el final. Por la mañana, sus sollozos eran silenciosos. Su voz se había apagado.

También Lili.

Extracto de *La Guerre des Femmes,* memorias de la labor durante la guerra de Louise de Bettignies escritas por Antoine Redier, tal y como se lo contó su esposa, Léonie van Houtte, alias Violette Lameron:

> Terminó tal y como vivió, como una soldado.

35

Charlie

Junio de 1947

Me dolía el corazón.

Había tenido la esperanza de que la reina de las espías siguiera viva, que pudiéramos conocerla en este viaje lo mismo que habíamos conocido a Violette. Una mujer de pelo blanco ya, pero aún pequeña, valiente y alegre. Ansiaba conocerla, pero nunca tuvo la oportunidad de envejecer.

«Eve», quise decirle a la figura que estaba encorvada en el asiento de atrás, «lo siento mucho». Pero las palabras no eran más que aire, inútiles tras un relato así. Finn había detenido el Lagonda en un lateral de la carretera veinte minutos antes mientras escuchábamos y ahora estábamos sentados en el silencio del verano, completamente inmóviles.

Me disponía a coger las desfiguradas manos de Eve cuando se las apartó de la cara, pero ella habló de nuevo, con la cara pálida y marchita bajo la despiadada luz del sol.

—Ya está. Ya lo sabéis todo. Lili tuvo la peor muerte que una mujer v-valiente haya sufrido nunca. Y fue todo gracias a mí. Yo la envié al interior de esos muros y no conseguí sacarla de nuevo.

Un sentimiento de negación bullía con fuerza dentro de mí. «No. Usted no tuvo la culpa. No puede pensar eso». Pero sí que lo pensaba y todo lo que yo le pudiera decir no lograría cambiar el desprecio que sentía por sí misma. Eso sí lo sabía sobre Evelyn Gardiner. Por mucho que yo siempre ansiara arreglar lo que estaba roto, no podía hacer nada por arreglar a Eve.

¿O sí?

Se pasó una retorcida mano por la boca. Las dos le temblaban.

—Pon este coche en marcha, escocés —dijo con voz áspera—. No vamos a llegar a Grenoble si nos quedamos sentados en la cuneta.

Finn volvió a incorporar el Lagonda a la carretera y concluimos el largo trayecto en silencio, exhaustos tras el desagradable y cruel final de la confesión de Eve. Ella seguía sentada detrás, con los ojos cerrados. Finn conducía como un chófer, mirando hacia delante, al centro de la carretera, hablando tan solo para pedir un mapa. En cuanto a mí, me quedé dándole vueltas a una idea.

Grenoble, una encantadora ciudad: casas compactas y pequeñas y preciosas iglesias, el lento deambular de los ríos Drac e Isère, todo coronado por los lejanos Alpes envueltos en nubes. Otro *auberge,* y Finn ayudó a Eve a subir las escaleras con el equipaje, lanzando una mirada hacia atrás, hacia mí.

—Tengo que hacer una llamada de teléfono —dije, y probablemente él creyó que me refería a mi familia. Pero la llamada que pedí en la recepción del hotel, tras una larga discusión con la operadora francesa, no era a Estados Unidos. Era a una tienda de porcelanas de Roubaix cuyo nombre, por suerte, recordaba.

—*Allo?* —Yo solo la había visto una vez, pero reconocí su voz de inmediato. Me la imaginé girando la cabeza, con sus gafas reflejando la luz.

—¿Violette Lameron? —la saludé.

Una larga pausa.

—¿Quién es?

—Charlotte St. Clair, madame. Me ha visto no hace mucho. Entré en su tienda con Eve Gardiner... Marguerite Le François, como la conoce usted. Por favor, no cuelgue. —Porque estaba a punto. Lo supe por el controlado resoplido que oí al otro lado de la línea.

—¿Qué quiere? —Su voz se volvió claramente más fría—. Yo no ayudaría a sacar de una casa en llamas a esa puta Judas, así que, si se trata de un favor para ella...

Conseguí contener un ataque de rabia, las ganas de gritarle que Eve no había tenido la culpa de nada. Las ganas de preguntarle si ella habría logrado soportar un vaso de opio y diez dedos rotos. Pero Violette estaba tan convencida de la culpabilidad de Eve como la misma Eve y nada de lo que yo pudiera decir haría cambiar de parecer a ninguna de las dos. Solo los datos reales podrían hacerlo y, para esos datos, necesitaba a Violette.

—Es preciso que alguien consulte los archivos del juicio en el que usted, Eve y Lili fueron condenadas. —Bajé la voz y me puse de espaldas al curioso recepcionista del hotel—. Creo que hay en ellos una mentira oculta.

Lo había pensado desde el principio, al saber del intercambio de información que había condenado a Lili. Algo no cuadraba en esa ecuación. «Hay que despejar la *X*».

Violette parecía bastante despectiva.

—No es usted más que una jovencita americana. ¿Qué puede saber de archivos de un juicio europeo después de treinta años?

Yo podía conjeturar muchas más cosas de las que ella creía. Todos esos veranos que había trabajado en el bufete de mi padre especializado en derecho internacional: había indexado y hecho anotaciones en libros de derecho francés y alemán, había rellenado formularios sobre litigios, había oído a mi padre hablar durante la cena sobre las diferencias entre el derecho europeo y el estadounidense...

—El juicio de tres mujeres espías en medio de una guerra debió de estar bien documentado —le dije a Violette—. Ustedes tres eran unas heroínas, famosas. Oficiales alemanes, periódicos franceses, funcionarios belgas, diplomáticos ingleses..., todos ellos prestaron atención ese día. Todo lo referente a su juicio debió de ser recogido, aunque solo sirviera como prueba posteriormente de que no había habido infracciones. Si hay alguna mentira en ello, se puede encontrar. Solo es cuestión de echar un vistazo a la documentación. ¿Me va a ayudar?

—¿Qué mentira? —preguntó Violette, sin poder evitar que la curiosidad se reflejara en su voz.

«Ya te tengo», pensé. Y le respondí.

Hubo un silencio aún más largo.

—¿Por qué me lo pide a mí? No me conoce, mademoiselle.

—Sé de lo que es capaz porque Eve me lo ha contado todo sobre usted. Usted no parará hasta que encuentre la verdad. No sé si los registros del juicio son públicos o si siguen clasificados después de todo este tiempo, pero, si es así, imagino que usted podría acceder a ellos con más facilidad que yo. Porque usted fue juzgada ese día y puede argumentar su derecho a conocer la historia al completo. Y no tiene toda la historia, ni usted ni Eve, porque no oyeron todas las deliberaciones. —Apliqué algo de miel sabiendo que no vendría mal—. Es usted una heroína de guerra, Violette. Seguramente hay personas poderosas que aún la respetan, que le deben favores, que moverán hilos por usted. Encontrará el modo de conseguir alguna información, si es que la hay.

—¿Y si es así?

—Cuéntemelo, nada más. Dígame si tengo razón. Por favor.

Se quedó en silencio tanto rato que temí que se había perdido la conexión. Permanecí junto al mostrador de la recepción, con la boca seca. «Por favor», supliqué en silencio.

Violette parecía desconcertada cuando habló. Pero también alerta, como si la espía que vivía en el interior de la respetable dueña de una tienda hubiera abierto los ojos por primera vez desde hacía años. Yo no creía que esa parte llegara a morir nunca, no en mujeres como Eve y Violette.

—¿Cómo puedo ponerme en contacto con usted, mademoiselle St. Clair, si encuentro algo?

Prometí llamarla desde Grasse al día siguiente para darle el nombre de nuestro hotel y colgué con una sensación temblorosa. Había lanzado el hilo de la caña de pescar al agua. Ahora, lo único que podía hacer era esperar a ver si aparecía algo al otro lado. Mientras subía, me pregunté si debía contarle a Eve lo que había hecho, pero me respondí con un retumbante «No». Tenía un aspecto tan frágil en el coche, tan débil, que podría venirse abajo con el más mínimo golpe. No iba a darle esperanzas de nada hasta no tener una garantía en la mano.

Tras entrar en el silencio de mi pequeña y bonita habitación, abrí las contraventanas y miré hacia el atardecer que caía rápidamente. Abajo, había parejas paseando, cogidas del brazo, y me acordé de Rose y yo riéndonos de que algún día seríamos lo bastante mayores como para tener una doble cita. Vi a una rubia alta cogida de la mano de un chico que se reía, pero mi recuerdo no trató de empeñarse en ponerle el rostro de Rose. No era más que una chica, nadie que yo conociera. Mis alucinaciones en las que veía a Rose allá donde mirara parecían haberse acabado desde Oradour-sur-Glane. «Vuelve», pensé mirando a la gente. «Vuelve, Rosie». Pero, por supuesto, no iba a volver. Como mi hermano, estaba muerta.

Oí que llamaban a la puerta. Pensé que sería Eve, que vendría a decirme lo que había planeado para cuando llegáramos a

Grasse, pero era Finn. Parecía distinto y tardé un momento en darme cuenta. Se había afeitado, se había puesto una chaqueta (desgastada por los codos, pero de un bonito azul oscuro) y sus zapatos relucían.

—Ven a cenar conmigo —dijo sin más preámbulos.

—No creo que Eve vaya a bajar a cenar esta noche. Parecía preferir una cena de whisky. —Lo que fuera que le hiciera olvidar más rápido. Ahora que sabía cómo había muerto Lili y cómo eso la obsesionaba, lo entendía mejor.

—Gardiner no va a hacer nada esta noche. —Finn se palpó el bolsillo y sonó el montón de balas de Eve de cada noche—. Solo estaremos nosotros. Ven a cenar conmigo, Charlie.

Algo en su tono me hizo cambiar de actitud. Por el modo en que se había vestido, no pensé que se refiriera a una de nuestras habituales y rápidas paradas para repostar en el café más cercano.

—¿Es..., es una cita? —pregunté, obligando a mi mano a que se mantuviera alejada de mi pelo revuelto.

—Sí. —Mantenía la mirada fija—. Es lo que hace un hombre cuando le gusta una chica. Se pone una chaqueta. Saca brillo a sus zapatos. Le pide salir a cenar.

—No conozco a ningún hombre que haga eso. No después de que ya hayamos... —Tuve un destello de lo que habíamos hecho la noche anterior en el coche, con las ventanas empañadas y nuestra respiración irregular.

—Tu problema es que tu experiencia ha sido siempre con chicos. No con hombres.

Le miré sorprendida.

—¿Es esa la voz de la sabiduría de los viejos proveniente de un hombre que no llega a los treinta?

—A lo que me refiero es a que no es una cuestión de edad. Hay muchachos de cincuenta años y hombres de quince. Todo depende de lo que hagan, no de la edad que tengan. —Hizo una pausa—. Un chico mete la pata con una chica y se va sin arreglar nada. Un hombre comete un error y lo arregla. Se disculpa.

—Entonces, es que lamentas lo que ocurrió. —Le recordé la noche anterior, con las manos abarcando mi espalda desnuda mientras decía, sin que se le oyera muy bien: «No era así como esperaba hacer esto». El corazón se me encogió. Yo no lo lamentaba en absoluto.

—No me arrepiento lo más mínimo. —Su voz sonaba tranquila—. Solo lamento que no fuese... más lento. Que no lo hiciéramos después de cenar, en una cita, y no tras una pelea a puñetazos y un labio herido. No es así como se empiezan las cosas con una chica que te gusta. Y a mí me gustas, Charlie. Eres más inteligente que ninguna mujer que conozco, una pequeña máquina de sumar con un vestido negro, y eso me gusta. Tienes una lengua afilada, y eso me gusta también. Intentas salvar a todos los que conoces, desde tu prima a tu hermano o a fracasados inútiles como Gardiner y yo. Y eso es lo que más me gusta. Así que he venido a disculparme. He venido a llevarte a cenar. He venido vestido con una chaqueta. —Pausa—. Odio las chaquetas.

Quise contener una sonrisa que se me dibujaba en la cara, pero no lo conseguí. Él respondió con otra sonrisa que apareció en las arrugas de sus ojos y eso hizo que las rodillas me temblaran. Me aclaré la garganta a la vez que me tiraba del jersey de rayas.

—Dame diez minutos para cambiarme —dije.

—Hecho. —Tiró de la puerta para cerrarla. Un instante después, su voz la atravesó.

—¿Puedes volver a ponerte ese vestido negro?

—No dije que fuera a ser una gran cena —comentó. Estábamos en la balaustrada de piedra de un viejo puente sobre el río Isère con un paquete de sándwiches entre los dos. Finn los había comprado en un café cerca de la place Saint-André y nos los estábamos comiendo directamente del envoltorio de papel—. Estoy un poco pelado.

—No tendríamos una vista mejor en un restaurante de lujo.

—Una noche oscura llena de estrellas, el fluir del agua salpicada con rotos destellos de la luz de la luna y el murmullo de la ciudad que nos rodeaba.

—Tu comida favorita —dijo Finn de repente—. ¿Cuál es?

Me reí.

—¿Por qué?

—Es algo que no sé de ti. Hay muchas cosas que no sé de ti, señorita St. Clair. —Acercó la mano y me quitó una miga del labio—. Para eso están las primeras citas. Así que ¿tu comida favorita?

—Antes eran las hamburguesas. Cebolla, lechuga, una pizca de mostaza, sin queso. Pero desde que apareció este capullito de rosa, es el beicon —dije palpándome el vientre—. Crujiente, un poco quemado. Con lo que como, no va a quedar un cerdo en Francia para cuando nazca el bebé. ¿Cuál es tu comida favorita, señor Kilgore?

—El pescado con patatas de una buena freiduría, con mucho vinagre de malta. ¿Color favorito?

Miré su chaqueta, que hacía que su pelo pareciera más oscuro y su espalda más ancha.

—El azul.

—El mío también. ¿El último libro que has leído?

Seguimos intercambiando información, los dos diciendo tonterías y disfrutándolo. Finn me preguntó por la universidad y yo le hablé de Bennington y de las clases de álgebra. Yo le pregunté cómo era que se le daban tan bien los coches y él me contó que había trabajado en el taller de su tío a los once años. Los pequeños detalles, los detalles que sirven para conocerse. Normalmente, esas conversaciones tenían lugar previamente, antes de que nadie se quedara medio desnudo en el asiento trasero de un descapotable, pero nosotros lo habíamos hecho al revés.

—¿Lo primero que comprarías si tuvieras diez mil libras esterlinas?

—Recuperaría las perlas de mi abuela. Adoro esas perlas. ¿Y tú?

—Un Bentley Mark VI del 46 —respondió Finn de inmediato—. El primer coche fabricado por Bentley y Rolls. Es una belleza. Aunque si lo que tengo son diez mil libras esterlinas, puede que vaya directamente a por el Ferrari 125 D. Lo acaban de sacar. Ha necesitado trece carreras en el circuito de Piacenza para...

Empezó a hablarme del motor V12 y resultó de lo más adorable. No podría decir por qué me parecía adorable. Cuando Trevor Preston-Greene me invitó a un batido después de la clase de Literatura Inglesa y estuvo una hora hablando sin parar de su Chevrolet Stylemaster, deseé tirarle por la cabeza mi batido de chocolate. Pero ahora estaba absolutamente encantada mientras Finn me lo contaba todo sobre la suspensión trasera del De Dion.

—No dejo de parlotear —se interrumpió por fin al verme sonreír.

—Sí —respondí—. Es de lo más aburrido. Háblame de la caja de cambios de cinco marchas.

—Hace que el coche vuele —contestó serio—. Te toca a ti parlotear de algo aburrido.

—El teorema de Pitágoras —respondí escogiendo un tema fácil—. *A* al cuadrado más *B* al cuadrado es igual a *C* al cuadrado. Eso significa que, en todos los triángulos rectángulos, el cuadrado de la hipotenusa es igual a la suma de los cuadrados de los dos catetos... —Finn simuló tirarse del pelo—. En serio. ¡La geometría euclidiana sencilla no es motivo de desesperación!

Los dos nos reímos a la vez que lanzábamos las cortezas de nuestros sándwiches a los gansos, que emitían ruidosos graznidos debajo de nosotros. Después, nos limitamos a apoyarnos en las piedras y mirar al agua en un cómodo silencio. Yo no estaba acostumbrada al silencio en las citas. Se suponía que las chicas no debíamos dejar que hubiese silencios. Teníamos que mantener viva la conversación para que él no pensara que eras un pelmazo. «¡Sé interesante! ¡Sé brillante! ¡O no te volverá a pedir que salgáis!». Pero el silencio resultaba ahora tan agradable como la conversación.

Fue él quien lo rompió con tono pensativo.

—¿Crees que Gardiner tiene razón en lo de que Bordelon está en algún lugar de Grasse, jubilado y esperando a que lo encuentren? ¿O está medio chiflada?

Vacilé, pues no quería perturbar esa dulce paz con la realidad.

—Me parece una posibilidad muy remota, pero han sido más las veces en las que ha estado acertada que equivocada. —Una pregunta apareció en mi mente—: ¿Qué pasa si lo encontramos? ¿Qué va a hacer Eve?

—Si puede demostrar que es el René du Malassis de Limoges que colaboró con los nazis, fue informante de la Milicia y mató a un empleado por la espalda simplemente por un hurto menor, puede entregarlo a la justicia. —Finn se sacudió las migas del último sándwich de las manos—. De Gaulle no es muy amable con los especuladores asesinos, por muy ancianos que sean. Bordelon se enfrentaría a la cárcel, sobre todo si se puede demostrar que su labor de colaboracionista tuvo como consecuencia lo que..., lo que ocurrió en Oradour-sur-Glane. Perdería su reputación, su libertad...

—¿Será eso suficiente para Eve?

Finn me miró. Yo le miré.

—No —dijimos a la vez, y su mano cubrió la mía en el pretil de piedra del puente.

—Tenemos que evitar que haga algo irreparable, Finn. —La vida real no era como en las películas. En el mundo real la venganza tenía consecuencias. Consecuencias como la cárcel. Y Eve podría haber aguantado en Siegburg de joven, pero no creí que fuera a sobrevivir ahora si iba a prisión por agresión o comoquiera que lo llamaran en Francia—. No voy a permitir que eche a perder el resto de su vida solo por liquidar a ese viejo cabrón.

—Pero se trata de su vida, ¿no? —Finn deslizó sus dedos entre los míos de manera que, poco a poco, nuestras manos quedaron entrelazadas—. Llevo ya un tiempo con Gardiner. Puedo entender su deseo de arriesgarlo todo por hacer algo bien.

—¿Matar a un viejo es hacer las cosas bien? Yo no puedo formar parte de eso, aunque se trate de un asesino que mata por la espalda. —Sentí un escalofrío, en parte por la terrible idea y, en parte, porque el pulgar de Finn se movía de un lado a otro por el dorso de mi mano, provocándome un hormigueo—. Tenemos que asegurarnos de que no opta por el mal camino. —Eso sí que iba a ser tarea difícil.

—Ya tenemos algo que hacer mañana. —Finn me apartó de la balaustrada—. Prométeme una cosa, Charlie.

—¿Qué?

—No mires esa fotografía mañana. Limítate a disfrutar del viaje.

Callejeamos de vuelta al hotel cogidos de la mano, callados casi todo el tiempo. Finn abrió la puerta para que yo pasara, con sus dedos apoyados en mi espalda desnuda por encima del escote en V del vestido negro, y la piel se me erizó. Avanzó por el pasillo hacia mi habitación, con actitud formal, como si yo tuviese un padre que se preocupara por mi hora de llegar lanzando miradas exasperadas al reloj.

—Lo he pasado muy bien —dijo, con voz muy solemne—. Te llamaré mañana.

—Los chicos nunca llaman.

—Los hombres sí.

Nos quedamos en el interior de nuestra frágil burbuja de felicidad, el tipo de felicidad que se extiende sobre la melancolía con la misma facilidad que el glaseado sobre una tarta. Yo no quería salir de allí.

—No se me dan bien estas cosas, Finn —dije por fin. Una yanqui con un vestido negro más un escocés con chaqueta, multiplicado por una noche de verano y un paquete de sándwiches, dividido por un silencio incómodo y el hecho de que la yanqui tiene un vientre de embarazo... No sabía cómo terminaba esa ecuación, cuál era el resultado—. ¿Qué pasa ahora?

Su voz sonó ronca.

—Lo que pase ahora depende por completo de ti.

—Ah.

Me quedé allí un momento mirándole y, después, me puse de puntillas. Nuestros labios se juntaron, suaves como plumas en el aire, y yo me fundí en él mientras sus brazos me rodeaban la cintura. Nos besamos, lentamente y sin fin, mientras él me apretaba con suavidad y abandono entre la dura puerta y su duro pecho, y yo busqué el picaporte a ciegas por detrás de mí. La puerta se abrió de pronto y entramos, besándonos y tambaleándonos, con mis zapatos aterrizando encima de su chaqueta en el suelo. Finn apartó una mano de mi pelo y cerró la puerta con un golpe. Entonces, me alzó y me sostuvo en el aire para darme otro beso y, a continuación, me hizo soltar un chillido al dejarme caer sobre la cama desde lo que parecía una gran altura. Se quedó mirándome un momento y yo no podía creer que me sintiera tan nerviosa. Ya habíamos hecho esto, pero no en una cama, no con las luces encendidas...

Se dejó caer con un gemido, estirándose, largo y lujurioso, sobre mí.

—Las camas son mucho mejor que los asientos traseros —dijo mientras me besaba lentamente por el cuello y con su acento escocés más marcado.

—Yo me encuentro muy bien en los dos —contesté mientras le tiraba de la camisa.

—Porque eres una enana. —Se rindió a mis tirones y dejó que le sacara la camisa por encima de la cabeza para, después, darme la vuelta, sonriendo—. ¡Deja de ir con tanta prisa! Se supone que esto no es una carrera...

—Creía que te gustaba ir rápido —conseguí decir. Bajo la luz, se le veía esbelto, con piel morena, hermoso—. A ti y a tu caja de cambios de cinco velocidades.

—Los coches tienen que ser rápidos. Las camas deben ser lentas.

Enredé mis manos en su pelo, sintiendo cómo mi espalda se arqueaba mientras él me bajaba la cremallera del vestido centímetro a centímetro.

—¿Cómo de lentas?

—Muy..., muy... lentas —murmuró con sus labios sobre los míos—. Vamos a tardar toda la noche en llegar adonde vamos.

—¿Toda la noche? —Le rodeé con mis piernas y miré sus oscuros ojos, tan cerca de los míos que nuestras pestañas se rozaban. «Me estoy enamorando de ti», pensé desconcertada. «Me estoy enamorando perdidamente»—. Mañana tienes que conducir hasta Grasse —susurré—. ¿No vas a dormir?

—¿Dormir? —Sus manos se retorcían entre mi pelo con tanta fuerza que me dolía, mientras gruñía sobre mi oído—: Deja de parlotear.

36

Eve

Marzo de 1919

Fue la primera etapa de su vuelta a Inglaterra desde que comenzó su carrera como espía. Folkestone, donde Cameron la había despedido con la mano mientras Eve partía en barco hacia El Havre. Donde estaba ahora, con el abrigo aleteando alrededor de sus rodillas, esperándola en el muelle.

—Señorita Gardiner —dijo cuando ella bajó del ferri. Habían pasado algunos meses desde su liberación. Durante ese tiempo había estado metida en una bañera, frotándose de forma compulsiva mientras se hacían los preparativos para llevarla de vuelta a Inglaterra desde su alojamiento temporal en Lovaina.

—Capitán Cameron —respondió ella—. No, ahora es comandante Cameron, ¿no? —preguntó viendo su nueva insignia. Además de su nuevo rango, estaba el lazo azul y rojo de su medalla al mérito en la pechera izquierda del abrigo de su uniforme—. Me he perdido alg-g-unas cosas en mi ausencia.

—Esperaba poder traerla a Inglaterra antes.

Eve se encogió de hombros. Las mujeres de Siegburg habían sido liberadas antes siquiera de que se firmara el Armisticio, cuando las sacaron de sus celdas unos oficiales de prisiones con aspecto de derrota y salieron en estampida en una marea llorosa y alegre hacia los trenes que las llevarían a casa. Eve también habría llorado de alegría si Lili hubiese estado agarrada de su brazo para tomar ese tren. Después de que Lili muriera, no le había importado lo más mínimo lo rápido que pudiera salir de Siegburg.

Los ojos de Cameron la recorrían ahora, notando los cambios. Eve sabía que seguía estando en los huesos, con su pelo seco como la paja por los tratamientos para los piojos y con rostro cadavérico. Mantenía las manos metidas en los bolsillos para que él no pudiera ver los nudillos deformados, pero no podía hacer nada por ocultar sus ojos, que ya nunca paraban quietos. Eve ahora contemplaba el mundo con constantes miradas rápidas, buscando el peligro por todas partes. Incluso allí, en el muelle, apoyó la espalda contra el pilar más cercano en busca de protección. Eve se dio cuenta de la conmoción en los ojos serenos de Cameron mientras él veía las profundas marcas que los últimos años le habían dejado.

Tampoco se habían portado bien con él. Unas profundas arrugas se hundían alrededor de su boca, tenía venas rotas en la frente y mechones grises en las sienes. «Yo te amaba», pensó Eve, pero fue un pensamiento vacío, casi sin significado. Sentía muchas cosas antes de que Lili muriera. Ahora, lo que sentía principalmente era pena, rabia y culpa, que se devoraban entre sí como serpientes que se muerden la cola. Y el susurro constante de su sangre, que decía: «Traidora».

—Pensé que habría algún c-c-circo de tres pistas —dijo por fin Eve señalando con el mentón hacia el muelle. Había sido casi la única persona en desembarcar pues Folkestone, ahora que la guerra había terminado, se había convertido en un lugar mucho más tranquilo, y no había a la vista ningún edecán ni agregado militar—. El comandante Allenton se puso en contacto conmigo y me habló de una ceremonia de bienvenida.

Al parecer, Evelyn Gardiner era ahora una heroína. Igual que muchas otras de las prisioneras: según había oído Eve, Violette fue agasajada por todo Roubaix cuando regresó a casa. Eve también lo habría sido, si lo hubiese permitido. Cosa que no hizo.

—Le quité a Allenton de la mente la idea de una bienvenida pública —dijo Cameron—. Querían que la recibieran unos cuantos generales, algunos periodistas y demás. Una banda de música.

—Menos mal que le animó a no hacerlo. Aunque me habría gustado darle en la cabeza con una maldita tuba. —Eve se subió el bolso por encima del hombro y empezó a caminar por el muelle.

—Creía que la vería en Francia. —Cameron empezó a caminar a su lado—. En el funeral de Louise de Bettignies.

—Tenía la intención de ir. —Eve había llegado hasta Colonia, donde se iba a abrir la tumba original de Lili para que pudieran repatriar su cuerpo, pero no consiguió salir de la habitación del hotel. En lugar de ello, terminó emborrachándose y casi metiéndole un tiro a la camarera que vino con su cena. Era una chica bajita de cara cuadrada y, durante un terrible momento, Eve creyó que se trataba de la Rana, la horrible mujer de Lille que había registrado a Eve y a Lili. Aquel recuerdo hizo que Eve sintiera un mareo e inhaló con fuerza el aire del mar.

Cameron habló en voz baja.

—¿Por qué no vino?

—No p-p-podía enfrentarme a ello. —Se había despedido de Lili en un pasillo que apestaba a tifus y sangre. No necesitaba estar a los pies de una tumba rodeada del ruido de aplausos y de generales franceses. Pero no se lo dijo a Cameron. Se limitó a acelerar el paso con una repentina necesidad de alejarse de él.

Las piernas largas de Cameron la alcanzaron.

—¿Hay alguien a quien vaya a ver? ¿Tiene algún lugar donde quedarse?

—Buscaré algo.

La mano de él la agarró del codo.

—Eve. Detente. Deja que te ayude, por el amor de Dios.

Ella se soltó. Él no tenía intención de hacerle daño, pero ella no soportaba que la tocaran. Había muchas cosas que veía que no soportaba, ahora que había salido de prisión. Ventanas abiertas. Multitudes. Espacios grandes sin rincones en los que apoyar la espalda. Dormir...

—Llámeme señorita Gardiner, Cameron. Es mucho mejor así. —Miró hacia el mar en lugar de mirarle a él a los ojos. Sus tiernos ojos podrían tragársela entera y Eve no podía mostrarse tierna. Ahora no—. Dígame una cosa. No r-r-recibíamos muchas noticias sobre la guerra dentro de la cárcel y ahora nadie quiere recordar las viejas batallas. El último mensaje de Lili, el del ataque a Verdún. —Eve se había preguntado una y otra vez cómo habría ido aquel asalto, qué habían conseguido cambiar al pasar aquel mensaje—. ¿Cómo fue?

—El comandante francés recibió su información. —Parecía que Cameron quería parar ahí, pero Eve clavó los ojos en él y continuó a regañadientes—. Se dio el informe sobre el ataque que se avecinaba, pero nadie lo creyó. Las bajas fueron..., en fin, fue terrible.

Eve cerró los ojos con fuerza y sintió como si algo se elevara por su garganta. Podía ser una carcajada o un grito.

—Entonces, nada valió la pena. —Que Lili perdiera su libertad para que el informe llegara. Que Eve dejara los brazos de Cameron dormido y volviera al peligro mortal porque merecía la pena arriesgar la vida por esos informes. Todo resultó ser inútil. Nada de lo que habían hecho Eve, Lili ni Violette había evitado el baño de sangre—. Nada de lo que hice en Francia sirvió nunca para nada.

La voz de él sonó con fuerza.

—No. Yo no pienso así. —La habría agarrado de los hombros, pero notó que ella retrocedía—. La red de Alice salvó cientos de vidas, Eve. Puede que miles. Fue la mejor red de la guerra. Ninguna de las otras de Francia ni Bélgica la igualó.

Eve sonrió, sin alegría. ¿A quién importaban los elogios cuando los fracasos eran mucho mayores que las victorias? Esa posibilidad milagrosa de matar al káiser en 1915... fracasó. Detener el ataque a Verdún... fracasó. Mantener unida la red tras el arresto de Lili... fracasó.

—No sé si leyó las cartas del comandante Allenton —continuó Cameron—. Dice que usted nunca respondió. Pero le han sido concedidas estas condecoraciones. Tenía la intención de ofrecérselas en el funeral de Louise. Ella recibió las mismas a título póstumo.

Eve se negó a coger la caja, así que, tras una pausa incómoda, Cameron la abrió por ella. Cuatro medallas resplandecieron ante la mirada borrosa de Eve.

—La Medaille de Guerre. La Croix de Guerre, con palma. La Croix de la Legion d'Honneur. Y la Orden del Imperio Británico. Como recompensa por su labor durante la guerra.

Juguetes de metal. Eve se sacó una mano del bolsillo y las tiró al suelo, temblando.

—No quiero ninguna medalla.

—Entonces, se las guardará el comandante Allenton...

—¡Que se las meta por el culo!

Cameron recogió las medallas de Eve y las volvió a meter en la caja.

—Yo tampoco quería las mías, créame.

—Pero usted tenía que aceptarlas, porque sigue en el ejército. —Eve soltó una breve carcajada—. A mí el ejército ya no me quiere. Hice mi labor y la guerra ya ha terminado, así que me clavan unos trozos de hojalata y me dicen que vuelva a la sala de archivos. Muy bien, pues que se queden con su maldita chatarra.

Cameron se encogió esta vez al oír su forma de hablar. Bajó la mirada y Eve se dio cuenta de que no había vuelto a meterse la mano en el bolsillo. Los ojos de él pasaron de sus dedos a su cara y, de nuevo, a sus dedos, como si estuviese viendo a la muchacha tímida y silenciosa que había enviado a Francia con su bolso de viaje, sus suaves manos y su inocencia. Ahora habían tenido lugar la guerra, la tortura, la cárcel y René Bordelon y ya no se parecía a esa muchacha. Era el despojo de una mujer destrozada con una boca sucia y unas manos destruidas y sin inocencia alguna. «No es culpa suya», quiso decir Eve al ver en sus ojos la tristeza y el remordimiento, pero él no la iba a creer. Suspiró y flexionó sus destrozados dedos.

—Usted debía tener c-c-c... conocimiento de esto —dijo ella—. Hubo un informe.

—Saberlo no es lo mismo que verlo. —Quiso coger la mano lisiada, pero se detuvo. Ella se alegró. No quería seguir apartándose de él. No se lo merecía. Él también suspiró—. Vamos a tomar una copa.

Era un bar terrible de los muelles, el tipo de lugar donde mujeres de voz áspera derramaban ginebra en copas sucias para dárselas a hombres que ya estaban borrachos a las diez de la mañana, pero era justo eso lo que Eve necesitaba: un lugar anónimo, barato y sin ventanas para no tener que preocuparse de que apareciera nadie por detrás de ella. Dos chupitos de ginebra seguidos de una pinta de cerveza le calmaron su sobresaltado pulso. Antes se enorgullecía de cómo conservaba el pulso lento cuando estaba en peligro, pero hacía mucho tiempo que no mantenía esa frialdad bajo presión. Puede que la última vez hubiese sido en el estudio de paredes verdes de René Bordelon.

René. Dio otro trago a la cerveza y saboreó el odio que la acompañaba. En Siegburg, su odio tenía un sabor más amargo.

Ahora era algo dulce. Porque ahora podía hacer algo al respecto. En el bolso a sus pies guardaba una Luger. No era su vieja Luger con el arañazo en el cañón, la que René le había quitado, pero serviría.

Cameron, a pesar de su aire de caballero, se tomó la ginebra con la misma rapidez que Eve tras murmurar un pequeño brindis: «Por Gabrielle». Cuando Eve lo miró sorprendida, él se explicó:

—Otra de mis reclutas. La fusilaron en abril de 1916. Brindo por todos los que he perdido. —Levantó su cerveza y dijo: «Por Léon», antes de bebérsela de un trago.

—¿Yo he formado parte de sus brindis?

—No. Solo aquellos cuya muerte me han confirmado. —Los ojos de Cameron volvían a tener esa terrible ternura ahogada—. Cada semana, después de su juicio, esperaba recibir la noticia de que había muerto en Siegburg.

—Casi fue así después de lo de Lili.

Se quedaron mirándose durante un largo rato y, a continuación, pidieron otra ronda de ginebra. «Por Lili».

Los dos guardaron silencio hasta que, de repente, Cameron empezó a decir algo sobre una pensión para Eve.

—Le será de más utilidad que las medallas. Yo sabía que no tenía familia, así que insistí en el Ministerio de la Guerra para que le dieran una pensión. No es mucho, pero la mantendrá a flote. Quizá le sirva para comprarse una casa en algún lugar de Londres.

—Gracias. —Eve no quería las medallas, pero aceptaría la pensión. Era impensable retomar la escritura a máquina con unas manos como las suyas. Necesitaba vivir de algo.

Cameron la observó.

—Su tartamudez va mejor.

—Vaya a la cárcel y descubrirá que hay cosas peores que una lengua titubeante. —Dio otro trago a su cerveza—. Y esto ayuda.

Él dejó apoyado su vaso.

—Eve, si puedo...

—¿Y qué va a hacer ahora? —le interrumpió ella antes de que dijera nada de lo que pudiera arrepentirse.

—Me enviaron a Rusia un tiempo, durante sus revueltas. A Siberia. Las cosas que vi... —Se quedó con la mirada perdida un momento y Eve se preguntó qué estaba viendo a través de la cortina de nieves rusas de su memoria. No se lo preguntó—. Lo siguiente que me espera es Irlanda —continuó—. Para dirigir una escuela de formación.

—¿Escuela de qué?

—De personas como usted.

—¿Quién n-necesita ya gente como yo? La guerra ha terminado.

Él se rio con amargura.

—Siempre habrá otra guerra, Eve.

Eve no quería pensar siquiera en la siguiente guerra ni en la generación de espías nuevos y sin experiencia que engulliría por su enorme boca. Al menos, tendrían un buen profesor.

—¿Cuándo se marcha?

—Pronto.

—¿Va a ir su esposa?

—Sí. Y nuestra hija.

—Me alegro de que haya..., es decir, sé que su esposa quería t-tener hijos. —Qué agotadores eran esos cumplidos. Eve se sentía como si estuviera tratando de quitarse una piedra de encima—. ¿Cómo decidió llamar a...?

—Evelyn —contestó él en voz baja.

Eve bajó la mirada a la pegajosa mesa.

—¿Por qué no Lili? —se oyó a sí misma preguntar—. ¿Por qué no Gabrielle o cualquiera de los demás nombres? ¿Por qué el mío, Cameron?

—Si pudiera verse, no lo preguntaría.

—Puedo verme. Soy una r-ruina.

—Nada podría arruinarla, Eve. Usted tiene un corazón de acero.

Eve respiró entrecortadamente.

—Siento haberle engañado. Me escapé cuando dormía y volví a Lille cuando usted no quería que lo hiciera. —Su voz estaba cargada de emoción—. Lo siento mucho.

—Lo sé.

Eve miró a la mesa, donde la mano de él yacía junto a su mano deforme. Cameron movió la suya un poco de modo que el pulgar rozó la punta del dedo que ella tenía más cerca.

—Ojalá... —empezó a decir Eve, pero se detuvo. ¿Ojalá qué? ¿Ojalá no estuviese casado? Eve estaba demasiado destrozada como para ocupar un puesto a su lado, aunque ese puesto estuviese vacío. ¿Ojalá pudieran encontrar una cama para acurrucarse juntos de todos modos? Eve no podía soportar compartir una habitación con nadie. Las pesadillas eran demasiado malas. ¿Ojalá pudiesen volver unos años atrás, a lo que eran antes? ¿Antes de qué? ¿De Siegburg? ¿De Lili? ¿De la guerra?—. Ojalá sea usted feliz —dijo por fin.

Cameron no llevó la mano de ella hasta sus labios con su antiguo gesto. Bajó la cabeza hacia la mesa y apretó su boca arrugada contra los maltratados nudillos de ella.

—Soy un oficial del ejército destrozado con muchos reclutas muertos en mis manos, Eve. No es posible que pueda ser feliz.

—Podría abandonar el ejército.

—No puedo, de verdad. Porque, por muchos muertos que tenga a mis espaldas, hay más por delante, esperando a que los forme en Irlanda... Y sé que les irá mejor conmigo que con idiotas como Allenton.

Eve se dio cuenta de que estaba bastante borracho. Jamás había insultado antes a un superior.

—Sigo siendo útil —dijo Cameron, pronunciando sus palabras con cuidado—. Puedo ir a Irlanda a formar a la siguiente generación de carne de cañón y eso es lo que voy a hacer. Seguiré trabajando hasta que no pueda más. Después, supongo que me moriré.

—O se jubilará.

—La jubilación acaba con personas como nosotros, Eve. Es nuestra forma de morir si es que las balas no acaban antes con nosotros. —La miró con una sonrisa fría—. Por las balas, el aburrimiento o el brandy. Así es como termina la gente como nosotros, porque Dios sabe que no estamos hechos para la paz.

—No. Es verdad. —Eve se inclinó hacia delante y apretó sus labios contra la mano de él. Y, a continuación, bebieron hasta que llegó la hora de que Cameron tomara su tren. Resistía al alcohol como un inglés, con los ojos vidriosos, pero aún derecho como un palo mientras se dirigían hacia el muelle.

—Me voy a Irlanda dentro de una semana. —Su voz era lúgubre, como si fuese a ir al infierno—. ¿Adónde va usted?

—Vuelvo a Francia. Tan pronto como sea posible.

—¿Qué hay en Francia?

—Un enemigo. —Eve levantó la mirada y se apartó los mechones de pelo seco de los ojos mientras sentía el peso de la pistola en su bolso—. Es René Bordelon, Cameron. Voy a matarle, aunque eso sea lo último que haga en esta vida.

Esa era la «misión» de Eve ahora que la guerra había terminado.

Los ojos de Cameron la desconcertaron, mirándola con dolor e indecisión. Más tarde, Eve recordaría esa mirada con atención y se daría cuenta de lo bien que él había sabido engañarla.

—Eve —dijo por fin—. ¿No lo sabía? René Bordelon está muerto.

37

Charlie

Junio de 1947

Me preparé al día siguiente para el sarcasmo de Eve, pues absolutamente nadie podría vernos a Finn y a mí sin darse cuenta exactamente de qué había pasado. Los dos teníamos los ojos hinchados por la falta de sueño, yo no podía disimular la sonrisa que tenía en mi cara y Finn me miraba tantas veces de reojo que me sorprendió que no metiera el coche en una cuneta antes de siquiera salir de Grenoble.

Pero Eve se mantuvo en silencio desde el momento en que se metió en el Lagonda. Cuando me giré para verla, tenía la mirada perdida por encima de las colinas y eso me gustó más que tenerla haciendo comentarios mordaces sobre el modo en que Finn y yo nos agarrábamos las manos a escondidas en el asiento delantero.

—¿Qué va a pasar cuando lleguemos a Grasse? —intenté preguntarle.

Una sonrisa enigmática.

—Es usted muy exasperante, ¿lo sabe? —protesté. Pero no podía seguir enfadada. Los dedos de Finn entrelazados con los míos eran ásperos y cálidos y yo estaba tan feliz que casi me sentía atónita. Llevaba mucho tiempo sin sentir otra cosa que no fuese aturdimiento y, luego, ese aturdimiento se hizo añicos debido a la pena, la culpa y la rabia. Esas cosas seguían ahí, pero ahora las cubría este resplandor tan intenso y sereno. No era solo la noche en vela que habíamos compartido. Era el hecho de que Finn había bajado a por café mientras yo me peinaba y había vuelto no solo con café sino con un plato de beicon crujiente que le había sacado al cocinero del hotel, y todo porque sabía que yo lo estaba ansiando. Era el modo en que al mirarme en el espejo no había visto a la chica enfadada que colocaba el mentón en cierto ángulo para decirles a todos: «No me importa», sino a una joven feliz con un bronceado francés y pecas esparcidas por la cara. Era el rostro de alguien a quien sí le importaba alguien y que, a su vez, también le importaba a ese alguien.

Agité ligeramente la cabeza para interrumpir mis pensamientos. No quería analizar con demasiada atención esa felicidad. Me daba mucho miedo que se desmoronara. Me contentaba con dejarlo estar, sin soltar la mano de Finn, pero girándome de nuevo en mi asiento cuando nos acercábamos a Grasse para volver a intentarlo con Eve.

—Díganos. ¿Cómo vamos a encontrar a Bordelon?

—Sigo repasando mi plan en busca de los puntos débiles, yanqui —respondió—. Sé muy bien que no me muestro serena del todo en lo que respecta a René...

—Querrá decir que no se muestra del todo cuerda —murmuró Finn.

—Te he oído, escocés. —No parecía enfadada—. No estoy del todo bien, eso lo sabemos todos, así que me voy a asegurar de que este plan no tiene agujeros. Porque esto podría irse al garete muy fácilmente y no tengo intención de que eso ocurra.

—¿Cómo puedo servirle de ayuda en este plan suyo? —pregunté, pero Finn murmuró algo cuando Eve empezó a responder—. ¿Qué pasa?

—Es esa pérdida de aceite. —Soltó mi mano y señaló un marcador—. Tengo que apretar algunas cosas...

—Solo estamos a una hora de Grasse. —Di un golpetazo al salpicadero del descapotable—. ¡Viejo cacharro!

—Vigila tu tono, señorita. Este coche es una persona mayor y merece descansar si es lo que quiere.

—Este coche no está vivo de verdad, Finn.

—Eso lo dirás tú, pequeña. —Finn metió el coche en una carretera secundaria mientras discutíamos. ¿Quién iba a decir que una discusión podría resultar tan divertida? A lo lejos se levantaban colinas verdes por todos lados y el aire tenía una intensa fragancia que yo no reconocía. Al sur, no muy lejos, estaba el mar, pensé. La lenta influencia del Mediterráneo iba notándose cada vez más en el aire.

Entonces, ahogué un jadeo cuando el Lagonda terminó de girar en el camino y se detuvo. Por un momento, los tres nos quedamos mirando. La pendiente hacia abajo era una deslumbrante alfombra de espigas azul violáceas y el olor se elevaba en el aire con un dulzor embriagador. Jacintos. Miles y miles de jacintos.

Me eché tanto sobre la puerta que casi me caí mientras inhalaba profundamente.

—Debemos de haber entrado en alguna plantación de flores. —Grasse era la capital de los fabricantes de perfumes, eso ya lo sabía, pero nunca había visto los campos de flores de la zona que servían de suministro para ese negocio. Salí del coche dejando la puerta abierta y me incliné hacia delante para enterrar la nariz en la hilera de flores que tenía más cerca. El aroma me mareó. Más abajo en la pendiente pude ver oleadas de color rosa, masas bamboleantes de rosas. Desde más lejos llegaban intensas bocanadas de jazmín. Miré hacia atrás y vi a Eve sentada muy quieta, oliendo los aromas, vi a Finn sonriendo mientras sacaba su caja de herramientas. No pude resistirme a zambullirme en esas olas azules, pasando los dedos por las espigas de los jacintos. Era como entrar en un lago oloroso de color azul zafiro.

Finn estaba cerrando el capó cuando volví corriendo.

—¡Eve! —grité y, acercándome, deposité un montón de jacintos en su regazo—. Para usted.

Eve miró el montón de flores, sus manos torturadas moviéndose con delicadeza entre los suaves pétalos, y sentí que los ojos me escocían. «Maldita vieja malhumorada y testaruda, cómo te quiero», pensé.

Ella levantó los ojos hacia mí con una sonrisa bastante oxidada y me pregunté si estaba a punto de decir algo igual de cariñoso.

—Este es el plan para c-cuando lleguemos a Grasse —dijo.

Me reí. A esas alturas, ya debería haber sabido que no podía esperar un comentario sensiblero por parte de Eve. Finn apareció a mi lado y ella le hizo una señal con la cabeza.

—Vas a necesitar un buen traje, escocés, y tarjetas de visita. Tú, yanqui, tendrás que interpretar a mi querida nieta. Y todos vamos a necesitar paciencia, porque esto va a llevarnos tiempo.

Describió el resto en unas cuantas frases. Nosotros dos la escuchábamos y asentíamos.

—Puede funcionar —dijo Finn—. Siempre que Bordelon esté en Grasse.

—¿Y si lo encontramos? —pregunté.

Eve sonrió débilmente.

—¿Por qué lo preguntas?

—Respóndame. —Yo estaba pensando en la conversación de la noche anterior en el puente, en mi persistente temor de que Eve quisiera sangre. Yo no iba a formar parte de un asesinato—. ¿Qué va a hacer cuando lo encuentre?

Eve recitó en francés:

—«Volveré a tu alcoba y me deslizaré hacia ti en silencio entre las sombras de la noche... te daré besos fríos como la luna y caricias de una serpiente que repta alrededor de una fosa».

Solté un gruñido.

—Deje que adivine. ¿Baudelaire?

—Mi poema f-favorito. «*Le Revenant*», «El espectro», pero suena mejor en francés. *Revenant* viene del verbo *revenir.*

Regresar.

—Él nunca pensó que yo regresaría. Va a estar muy equivocado. —Finn y yo intercambiamos miradas y Eve volvió a adoptar un tono enérgico—. Volved al coche, niños. No podemos estar todo el día mirando las flores embobados.

Entramos en Grasse al anochecer: un lugar de torres cuadradas, estrechas y serpenteantes calles, tejados en tonos damasco y colores mediterráneos, y, por encima de todo, el olor a los campos de flores. Eve se acercó al recepcionista del hotel y abrió la boca, pero yo me adelanté.

—Dos habitaciones —dije mirando a Finn—. Una para *grandmaman* y otra para nosotros, ¿no crees, querido?

Lo dije sin vacilar, colocando una mano despreocupada en el brazo de él para que el recepcionista viese mi alianza. Como Eve había dicho, las historias resultan creíbles cuando se dan pequeños detalles sin meter la pata.

—Dos habitaciones —confirmó Finn con cierto nerviosismo. El conserje no pestañeó. Más tarde, hice una llamada a Violette, a Roubaix, para decirle dónde podía encontrarme. Estábamos en Grasse y la caza había empezado.

Las nuevas tarjetas de Finn estaban hechas en relieve y tenían apariencia de ser caras.

—Entrégalas con actitud condescendiente —le ordenó Eve—. Y por el amor de Dios, ¿podéis dejar de reíros los dos?

Pero Finn y yo continuamos riendo sin parar. En las tarjetas aparecía impreso con imponente tipografía:

Donald McGowan, Letrado

—¡Mi Donald! —pude decir por fin—. Bueno, mi madre siempre quiso que me casara con un abogado.

—Letrado —me corrigió Eve—. Los ingleses tienen letrados y son también muy arrogantes. Tendrás que ensayar un buen gesto serio, Finn.

Desde luego, puso un impresionante ceño fruncido cuando entregó su tarjeta al *maître* unos cuatro días después. Para entonces, ya le había dado tiempo a ensayar.

—Estoy haciendo indagaciones para una señora —murmuró—. Es un asunto de cierta delicadeza.

El *maître* lo examinó con una mirada. A Finn Kilgore, con su camisa arrugada y su pelo revuelto, ni le habrían dado la hora en Les Trois Cloches, uno de los restaurantes más lujosos de Grasse, pero Donald McGowan, con su traje gris oscuro y su corbata estrecha de rayas, mereció un sutil enderezamiento de la postura.

—¿En qué puedo ayudarle, monsieur?

Fue durante las lentas horas entre el almuerzo y la cena en las que hay pocos comensales. Eve siempre programaba nuestra llegada con cuidado de modo que el personal tuviese tiempo de charlar. O responder preguntas.

—Mi clienta, la señora Knight. —Finn miró hacia donde estaba Eve, con un vestido de seda negro y un sombrero de ala ancha, con las manos escondidas en guantes de piel, apoyada sobre mi brazo y con un aspecto frágil mientras se daba golpecitos en los ojos con un pañuelo de encaje negro—. Emigró a Nueva York hace unos años, pero buena parte de su familia permaneció en Francia —explicó Finn—. Y con tantas muertes durante la guerra...

El *maître* se santiguó.

—Muchas.

—He encontrado los certificados de defunción de su padre, de su tía y de dos tíos. Pero un primo sigue desaparecido.

«Si tú puedes deambular por toda Francia en busca de tu prima desaparecida, yo también», había dicho Eve cuando nos contó de dónde había sacado su idea. «¿Quién no tiene hoy en día en Europa uno o dos primos desaparecidos?».

—Hemos descubierto que huyó de Limoges para venir a Grasse en el 44, justo antes que la Gestapo... —Finn bajó la voz y dejó caer algunas vagas menciones sobre actividades para la Resistencia y enemigos en Vichy. Describió al compañero de la infancia de Eve (un valiente patriota que evitó por poco ser arrestado) que ahora ansiaba encontrar Eve (la única superviviente de una familia masacrada).

«¿Alguien se lo va a creer? —Había preguntado yo en el campo de jacintos—. Es muy hollywoodiense».

«Se lo creerán porque es hollywoodiense. Después de una guerra como esta, todos q-quieren un final feliz, aunque no sea el suyo propio».

Desde luego, este *maître,* como los que le precedieron, asentía con clara empatía.

—René du Malassis —dijo Finn para acabar—. Pero puede que adoptara otro nombre. La Milicia le buscaba. —Un intercambio de muecas. Incluso dos años después de la guerra, todos se erizaban al oír hablar de la Milicia—. Y esto ha hecho que las indagaciones de la señora Knight se vuelvan muy complicadas. Pero tenemos una fotografía...

La fotografía de René, doblada de forma que todos sus compañeros de cena que llevaban la esvástica no se vieran, fue empujada con discreción desde el otro lado de la mesa. El *maître* la miró con atención. Eve dejó que sus hombros se agitaran y yo le di golpecitos en la espalda mirándola con preocupación.

—*Grandmaman,* no te disgustes. —Mi papel: aumentar el factor de la empatía. Froté la mano enguantada entre las mías mientras el corazón se me aceleraba al ver que el *maître* dudaba.

—No —dijo negando con la cabeza, y mi corazón volvió a acelerarse, esta vez con tristeza—. No, me temo que no conozco a este caballero.

Taché Les Trois Cloches de la lista mientras Finn deslizaba un discreto billete por encima de la mesa y murmuraba:

—Si lo ve, póngase en contacto conmigo...

Solo quedaban unos cuantos cientos de lugares más adonde ir.

—No estéis tan alicaídos —dijo Eve cuando estuvimos fuera—. Ya os advertí que esto requeriría trabajos preliminares y suerte, ¿n-no? Esta es la parte que no vemos en las películas de Hollywood. No es que uno se ponga a buscar a alguien y este aparezca sin más como un conejo que sale de la chistera de un mago.

—¿Está segura de que esta es la mejor forma de localizarle? —preguntó Finn colocándose el sombrero. Se acabó eso de ir por la calle sin sombrero. Donald McGowan (letrado) era mucho más formal.

—En uno de estos lugares le conocerán. —Eve dio un golpe a la lista arrugada de su bolso.

Su argumento era sencillo: a René Bordelon le gustaban las cosas más exquisitas de la vida. Si en lo demás había cambiado, en eso no. Seguiría frecuentando los mejores clubes, bebiendo en los mejores cafés, asistiendo a los mejores teatros, y era el tipo de cliente en el que se fijaban los trabajadores, porque daba buenas propinas y vestía bien y podía hablar de vino con el *sommelier* y de Klimt con el guía del museo. Teníamos una fotografía relativamente reciente. Si sondeábamos los mejores locales culturales de Grasse, decía Eve, alguien reconocería ese rostro. Entonces, tendríamos un nombre.

Aquel día bajo el sol y entre las flores, yo no había podido por menos que preguntar: «¿Cuánto tiempo va a durar esto?».

«Si estuviéramos en París, toda la vida. Pero Grasse no es tan enorme».

A Finn le había preocupado algo más siniestro.

«¿Y si averigua que una mujer le está buscando? ¿Una mujer con las manos deformadas, de una edad cercana a la que ahora tendría su pequeña Marguerite?».

Eve lo había fulminado con la mirada.

«Soy una profesional, Finn. Fíate de mí. ¿Crees que voy a pasearme por todo Grasse con una trompa anunciando mi presencia?». De ahí lo de señora Knight y señor McGowan y los guantes que le ocultaban las manos.

«Con una condición, Gardiner —había contestado Finn—. Deje esa Luger en la habitación del hotel».

«¿Crees que si viera a René Bordelon por las calles de Grasse me abalanzaría sobre él para meterle una bala en los sesos?».

«No soy ningún zoquete. No pienso arriesgarme».

Ya llevábamos cuatro días dedicados a aquello. Apenas habíamos deshecho las maletas del hotel y Eve ya estaba reuniendo información, elaborando listas. Y en cuanto Finn tuvo sus tarjetas de visita y su traje y Eve un buen par de guantes y un sombrero de viuda que le ocultaba la cara sin que pareciera que trataba de ocultar su rostro, salimos a la calle.

Yo estaba demasiado nerviosa como para hablar la primera vez que entramos en un café lujoso con la historia que habíamos preparado. Ahora, tras seis restaurantes, tres museos, un teatro, cinco clubes y cuatro días, casi resultaba aburrido. Salvo el momento de expectación siempre que un nuevo conserje o camarero se inclinaba sobre la fotografía de René y yo pensaba que quizá esa vez...

—Bienvenidos al mundo real del espionaje —dijo Eve al salir de Les Trois Cloches mientras se transformaba ante mis ojos y se erguía dejando atrás su andar renqueante de vieja dama—. La mayor parte del tiempo es tedioso y, solo en ocasiones, excitante.

Sus ojos brillaron y pensé en cuánto había mejorado su aspecto comparado con el día en que la conocí. En aquel entonces aparentaba sesenta o setenta años; una expresión atormentada dominaba su rostro lleno de arrugas y pálido. Ahora, se había desprendido del manto de dolor e inactividad que le había hecho parecer vieja y frágil y yo estaba pasmada ante el cambio. Su cara había recuperado un color sano pese a que aún tenía unas profundas arrugas alrededor de los ojos y la boca. Se movía con una eficacia enérgica, libre de ese encorvamiento que denotaba una actitud a la defensiva. Su pelo grisáceo tenía el mismo resplandor que sus ojos penetrantes. Volvía a aparentar su edad, cincuenta y cuatro años, aún con mucho vigor en su haber.

—No ha tenido ninguna de sus pesadillas con gritos desde que hemos llegado aquí —le comenté a Finn tras la cena de esa noche al ver que Eve subía las escaleras—. Y no está bebiendo tanto whisky.

—La búsqueda le está sentando bien. —Finn terminó su café de después de la cena—. Es una cazadora por naturaleza. Los últimos treinta años ha estado paralizada. Muriendo lentamente sin nada que perseguir. Puede que no resulte malo que esta búsqueda dure un tiempo.

—Bueno, lo cierto es que a mí no me importaría —dije.

Me miró con esa sonrisa invisible que me derretía las rodillas.

—Estoy completamente agotado de tanto andar. ¿Y tú?

—Exhausta. Deberíamos irnos pronto a la cama.

Pero no dormíamos mucho en nuestra pequeña habitación con sus contraventanas azules y su cama ancha y mullida. Ni Finn ni yo protestamos cuando la búsqueda de Eve se extendió a una semana y a diez días. Las mañanas eran para los tres: *croissants* de hojaldre y tazas de café expreso oscuro como la tinta en una mesa tan pequeña que nuestras rodillas se tocaban. Después, la búsqueda, la repetición de nuestra ya fluida representación, deteniéndonos en una tienda de zapatos hechos a medida cerca de la place aux Aires y, luego, en un taller de colonia cara. Paseando por las calles estrechas y serpenteantes de la *vieille ville* de camino a clubes de alta sociedad y teatros donde podrían reconocer a uno de sus clientes preferidos y, finalmente, durante la soporífera hora antes de la cena, visitando restaurantes llenos de lámparas y pesada cubertería de plata. Y, por fin, de vuelta al hotel para cenar mientras nos pasábamos una botella de *rosé* provenzal sobre platos colmados de *frites.* Así eran los días, y Finn y yo estábamos encantados de dejar que Eve los dirigiera, pues las noches eran nuestras.

—¿Te he dicho que tienes un aspecto de lo más impresionante cuando vas con traje de tres piezas? —le pregunté una noche a Finn apoyando la cabeza sobre su brazo.

—Sí, me lo has dicho.

—Me ha parecido que merecía la pena repetirlo. —Me incliné para servirme lo último que quedaba del vino que nos habíamos subido a la cama. Estaba completamente desnuda, ya sin sentir la más mínima vergüenza delante de él, que estaba tumbado con las manos recogidas por detrás de su cabeza, admirándome—. ¿Cuándo nos devuelven el Lagonda?

—Puede que dentro de una semana. —Al saber que íbamos a pasar un tiempo en Grasse, Finn lo organizó todo para que le repararan ese goteo esquivo. Llamaba cada dos días para preguntar por el estado de su preciado coche como una madre preocupada.

—Necesitas un coche nuevo, Finn.

—¿Sabes lo que cuesta hoy en día un coche nuevo, con el precio que ha adquirido el metal tras la guerra?

—Pues brindemos entonces por la salud del Lagonda. —Le pasé la taza que estábamos usando como copa de vino—. No me importaría que nos moviéramos en coche por Grasse en lugar de ir caminando a todas partes. Me duelen los pies y yo contaba con que aún faltaban meses antes de ponerme tan enorme como para que mis pies se resientan. —Nada más llegar a Grasse, me habían desaparecido los mareos matutinos, así como el continuo agotamiento. No sabía si era la brisa con olor a flores, tanto hacer el amor o simplemente que mi capullito de rosa entraba en su cuarto mes dispuesto a todo, incluso a las interminables caminatas por todo Grasse. Pero seguía echando de menos el coche.

Finn se bebió lo que quedaba de *rosé* y, a continuación, se movió hasta quedar sentado con la espalda apoyada en los pies de la cama. Empezó a masajearme los dedos de los pies bajo la sábana y yo me retorcía del placer. La noche era cálida y teníamos la ventana abierta, y el olor a jazmín y rosas se filtraba al interior. La luz de la lámpara rodeaba la cama, convirtiéndola en un barco a la deriva en medio de un mar oscuro. Habíamos acordado no hablar allí de René, de la guerra ni de ninguna de las cosas terribles que habían pasado por culpa de ambos. Las horas de la noche eran para conversaciones más alegres.

—Espera a estar de ocho meses —predijo Finn mientras me masajeaba los puentes—. Ahí es cuando de verdad empiezan a doler los pies.

—¿Qué sabe usted de estar de ocho meses, señor Kilgore?

—Lo que he visto en las mujeres de todos mis amigos. Soy casi el único que no se casó. Lo primero que hicieron la mayoría de mis compañeros del 63 Regimiento cuando llegaron a casa fue ir a por alguna chica y casarse con ella. Yo soy padrino de, al menos, tres de sus hijos.

—¡Puedo imaginarte delante de una pila con un montón de encaje lloriqueando en los brazos!

—¿Lloriqueando? Nunca. Les gusto a los bebés. Se quedan dormidos en cuanto los cojo en brazos. —Una pausa—. Me gustan los niños. Siempre he querido tener unos cuantos.

Dejamos esa conversación en el aire un momento antes de pasar de puntillas a otro tema.

—¿Qué más te gusta? —pregunté mientras le daba mi otro pie—. Además de los Bentley. —La noche anterior él había estado leyendo en voz alta en su revista de vehículos a motor un informe detallado sobre la mecánica del Bentley Mark VI, imitando exageradamente mi acento americano a la vez que yo le aporreaba con una almohada.

—Un hombre con un Bentley tiene todo lo que necesita, pequeña. Excepto quizá un buen taller para tenerlo bien cuidado. En el que está ahora el Lagonda es bueno.

Le acaricié el pecho con los dedos de los pies.

—Tú podrías llevar un sitio así, ¿sabes?

—Hay que entender de más cosas aparte de coches para dirigir un taller. —Puso una expresión triste—. Ya me conoces. La libreta de ahorros terminaría bajo una lata de aceite y no podrían leerse los talones de cheques por la grasa del motor. Enseguida los bancos se quedarían con todo.

«No si fuese yo la que llevara la contabilidad...». No terminé de elaborar ese pensamiento, aunque no lo dijera en voz alta. Lo dejé pasar y, en lugar de ello, le hablé del café de la Provenza que tan bien recordaba, de cómo ese día tan lejano había hecho que los toldos de rayas, Edith Piaf y los bocadillos de queso de cabra se convirtieran en mi idea del paraíso en la tierra.

—Aunque habría que ofrecer un desayuno inglés. En el café ideal, quiero decir.

—Bueno, yo preparo una estupenda fritura en sartén...

Los dos sabíamos qué era lo que estábamos haciendo durante aquellas apacibles conversaciones nocturnas. Estábamos diseñando un futuro y, vacilantes, casi temerosos, empezábamos a incluirnos el uno al otro en ese boceto para, después, dejar cosas sin decir con media sonrisa. A veces, la noche nos provocaba pesadillas a uno de los dos, pero esas pesadillas eran más fáciles de soportar cuando había unos brazos cálidos en la oscuridad en los que sumergirse. Cuando la pena nos invadía a alguno de los dos, se abría paso a través de la noche y pasaba a formar parte de la dulzura.

«No te conozco desde hace tanto tiempo como para estar tan loca por ti», pensé mientras veía el perfil de Finn bajo la tenue luz. «Pero lo estoy».

Una tarde, cuando llevábamos allí dos semanas y media, Eve habló mientras tomaba su café expreso después del almuerzo.

—Puede que René no esté aquí.

Finn y yo intercambiamos miradas, los dos claramente pensando en todas las cabezas que habían hecho un movimiento de negación al ver la fotografía desde que habíamos llegado. Tres encargados de restaurantes y un sastre de trajes caros habían creído reconocer su rostro, pero no recordaban su nombre. Los demás, nada.

—Quizá debería r-rendirme. Dejar que Charlie vuelva a su casa a tejer patucos y que tú —continuó Eve mirando a Finn— me lleves de vuelta al país del pescado frito con patatas.

—Yo no estoy preparada todavía para regresar a casa. —Mantuve un tono ligero, pero Finn me apretó la mano y yo respondí haciendo lo mismo.

—Intentémoslo una o dos semanas más —propuso Finn. Eve asintió—. Pero tomémonos la tarde libre. Quiero acercarme al taller para ver cómo está el Lagonda.

—Va a arengar a esos pobres mecánicos —dijo Eve entre risas mientras él se alejaba.

—O a disculparse ante el coche por no ir a visitarle más a menudo —añadí yo.

Nos quedamos sentadas un rato, terminando nuestros cafés, y, entonces, Eve me miró.

—A mí no se me da bien lo de no hacer nada por las tardes. Vamos a ir a algunos restaurantes. Sé que las dos podremos abordar a los camareros sin llevar al letrado a remolque.

La miré y sus ojos grises resplandecían en su rostro bronceado mientras se colocaba su gran sombrero sobre la frente con un ángulo de desenfado.

—Quizá esta vez debería usted presentarme como su hija. Ya no resulta tan creíble en el papel de mi anciana abuelita.

—¡Bah!

—¡Lo digo en serio! Es este aire con olor a flores de Grasse. Es como el elixir de la juventud. —Mientras paseábamos por la parte antigua de la ciudad, donde los edificios se arqueaban por arriba, apoyándose unos sobre otros como buenos amigos, me di cuenta de que me encantaba Grasse. Todas las demás ciudades por las que habíamos pasado, Lille, Roubaix, Limoges, habían pasado borrosas ante mis ojos porque buscaba a Rose. Pero en Grasse nos habíamos detenido por fin a respirar y la ciudad se desplegaba ante mí como los jazmines de los campos. «No quiero irme nunca de este lugar», pensé antes de volver a centrar mi atención en la búsqueda que teníamos entre manos.

Tras parar sin éxito en otros dos restaurantes, Eve sacó su mapa para buscar un tercero. Yo me metí en la boca una flor de calabacín frita, un manjar al que el capullito de rosa se había vuelto casi tan adicto como al beicon, mientras miraba un escaparate que había cerca. Exhibía ropa de niños: trajes de marinero, faldas de volantes y, extendido sobre un cochecito, un diminuto vestido para bebé con encaje rosa. Miré ese vestido y sentí un ataque de verdadero deseo. Podía ver al capullito de rosa vestido con él en su bautizo. Ahora podía sentirla. En cuestión de días, había pasado de estar completamente plana por delante a tener una pequeña redondez. No se me notaba por encima de la ropa, pero estaba ahí, ese diminuto bulto. Finn no decía nada, pero siempre pasaba las puntas de los dedos por encima de mi abdomen por la noche, con caricias de mariposa como si fuesen besos.

—Cómpralo —dijo Eve al ver mi mirada—. Todo ese montón de encaje por el que estás babeando. C-cómpralo.

—Dudo que pueda permitírmelo. —Deseosa, me tragué lo que quedaba de flor frita—. Apuesto a que cuesta más que toda mi ropa de segunda mano junta.

Eve metió el mapa en el interior de su bolso y entró en la tienda; salió minutos después con un paquete de papel marrón que me lanzó sin ninguna ceremonia.

—Quizá ahora puedas seguir andando.

—No tenía por qué...

—Odio que me den las gracias. ¡Andando, yanqui!

Y me puse a andar.

—Últimamente, está gastando mucho dinero, Eve. —El dinero de las perlas empeñadas se había agotado y Eve se encargaba ahora de todos nuestros gastos, aunque yo había prometido devolvérselo en cuanto pudiese acceder a mi cuenta en Londres.

—¿Y en qué lo voy a gastar? En whisky, en venganza y en vestidos de bebé.

Sonreí y me abracé al paquete.

—¿Quiere ser la madrina de la niña?

—Sigue diciendo que es una niña y saldrá un niño solo por fastidiarte.

—Pues del niño, entonces. —Me detuve y mi tono se volvió serio, aunque lo había dicho con frivolidad—. En serio, Eve..., ¿le gustaría?

—No me comporto bien en las iglesias.

—Ya cuento con ello.

—De acuerdo. —Me miró con una sonrisa oxidada y, a continuación, continuó como una garza por el agua profunda—. Si insistes.

—Insisto —contesté, y mi voz salió cargada de emoción.

El restaurante quedaba junto a la place du Petit Puy con su catedral de fachada blanca. Había pasado mucho rato desde la hora del almuerzo. Los comensales acudirían pronto para las primeras copas de la tarde. Pestañeé al entrar en la penumbra del interior después de haber estado bajo la deslumbrante luz del sol y cambié mentalmente a mi papel de familiar devota mientras Eve se apoyaba en mí como si fuese demasiado frágil para caminar sin ayuda.

Me acerqué al *maître* y le solté la perorata de Finn, que ya me sabía de memoria. Eve se daba golpecitos en los ojos y, rápidamente, pasé la fotografía por encima de la mesa. Yo tenía la mente en el vestido del bebé. No estaba concentrada de verdad en nuestra presa.

Pero eso cambió enseguida, porque nuestro *maître* asintió al reconocerlo. Ese gesto de asentimiento me golpeó como un martillo.

—*Bien sûr*, mademoiselle. Conozco bien a ese caballero, uno de nuestros clientes preferidos. Monsieur René Gautier.

Por un instante, me quedé inmóvil. «René Gautier». Aquel nombre resonó en mi cabeza como una bala rebotando en el interior de mi cráneo. «René Gautier...».

Eve, sentada a mi lado, intervino. No sé cómo consiguió mantener su fragilidad temblorosa, pero había ganado cuatro medallas como espía. La razón me quedó clara al oírla exclamar, sin tartamudear ni pestañear:

—¡Ay, monsieur, qué feliz me hace usted! ¡Mi René! ¿Cuántos años han pasado sin verlo! ¿René Gautier? ¿Ese es el nombre que usa?

—Sí, madame. —El *maître* sonrió, claramente disfrutando de su oportunidad de ser el portador de buenas noticias. Eve tenía razón. Después de una guerra, todo el mundo desea un final feliz—. Tiene una pequeña y preciosa villa a las afueras de Grasse, pero viene aquí con frecuencia. Por las *rillettes de canard.* Aquí servimos las mejores *rillettes* de toda la Riviera, si se me permite decirlo...

A mí no me importaban las malditas *rillettes.* Me acerqué más a él mientras el pulso se me aceleraba.

—¿Tiene la dirección de su villa?

—Justo después de los campos de mimosa al salir de la rue des Papillons, mademoiselle. A veces, le enviamos una caja de vinos, un Vouvray que no se consigue ahora en ningún otro sitio de Grasse.

Eve se estaba ya colocando el sombrero.

—Gracias, monsieur. Nos ha hecho usted muy felices —balbuceé mientras sujetaba el brazo de Eve, pero el *maître* pareció mirar por detrás de nosotras y se le iluminó la cara.

—¡Qué suerte! Aquí está monsieur.

38

Eve

Mientras se giraba para ver a su enemigo, el tiempo se desdobló. Era 1915 y 1947. Ella, con veintidós años, estaba ensangrentada y destrozada, y con cincuenta y cuatro, temblaba y seguía destrozada. René Bordelon era un cortés *bon vivant* de pelo oscuro, y era también ese anciano de hombros rígidos con cabello canoso y un elegante traje a medida. En ese instante en el que ambas épocas colisionaban, las dos versiones eran reales.

Entonces, el pasado y el presente se fusionaron con un chasquido y fue tan solo 1947, una preciosa tarde de verano en Grasse, y a una vieja espía la separaban de su viejo enemigo apenas unos metros de suelo embaldosado. Mientras Eve lo miraba, alto y delgado, con el mismo bastón de puño de plata enganchado en un brazo, el terror se abrió como una trampilla en su estómago y todo el coraje que había reunido se rompió con un largo y silencioso aullido.

Él no la reconoció. Daba vueltas entre las manos a su sombrero de fieltro negro a la vez que levantaba una ceja hacia el *maître* con expresión impaciente.

—Ya veo que me estaban esperando.

Un estremecimiento invadió a Eve al oír la voz átona de sus pesadillas. Las manos le dolían en el interior de sus guantes mientras miraba, atolondrada e incrédula, al hombre que se las había roto. Nunca se había imaginado que podría encontrárselo sin estar lista. Había pensado que podría organizar su primer encuentro según sus propias condiciones, sorprenderle cuando ella estuviera bien preparada. Pero el destino la había sorprendido y no estaba en absoluto preparada.

Él no había cambiado. El pelo plateado, las arrugas en la frente..., eso no era más que fachada. Los dedos delgados, la voz serena, el alma barata de un torturador asomando por detrás del traje caro de un hombre sofisticado, eso seguía igual.

Salvo por la cicatriz de su labio. La marca de Eve, pensó ella, que le había dejado al morderle en su último beso venenoso.

El *maître* empezó a dar explicaciones y Eve sintió vagamente que Charlie le tocaba el codo y le murmuraba algo que no podía oír por encima del zumbido de sus oídos. Sabía que debía decir algo, hacer algo, pero no podía más que seguir allí inmóvil.

Los ojos oscuros de René volvieron a su rostro y él dio un paso adelante.

—¿Señora Knight? No reconozco ese apellido, madame...

Eve no supo cómo lo había hecho, pero consiguió dar un paso hacia él y extendió la mano. Él la agarró y la vieja repugnancia la invadió al sentir el familiar tacto de sus largos dedos. Sintió deseos de apartar la mano de él de un manotazo y huir como una cobarde al sentir su viejo terror y su angustia.

Demasiado tarde. Él estaba ahí. Y ella también. Y Evelyn Gardiner había dejado de huir.

Apretó la mano de él con fuerza y vio cómo su expresión cambiaba al notar las deformidades ocultas por su guante. Ella se inclinó hacia delante para que solamente él pudiera oír su voz. Las palabras llegaron en voz baja, calmadas, con perfecta serenidad.

—Quizá sí reconozcas el nombre de Marguerite Le François, René Bordelon. ¿O debería decir el de Evelyn Gardiner?

De repente, había un gran alboroto en el restaurante. Bajo su techo estaba ocurriendo un feliz reencuentro. Los camareros sonreían y el *maître* les ofreció la mejor mesa de la casa. Y en medio de todo el alboroto, Eve y René mantenían la mirada fija el uno en el otro como un intercambio de espadas.

Por fin, el cabrón soltó su mano e hizo un gesto hacia la mesa que estaban preparando los camareros con tanta alegría.

—¿Nos sentamos?

Eve consiguió inclinar la cabeza. Se giró y se preguntó cómo iba a ser capaz de caminar sin dar un traspiés. Charlie fue a su lado, como el escudero de un caballero, con la cara pálida mientras agarraba a Eve del codo. Esa pequeña mano era un maravilloso apoyo.

—Eve —murmuró echando ojeadas al hombre que tenían detrás de ellas—. ¿Qué hago?

—Mantente a un lado —consiguió responder Eve entre murmullos. Ese duelo no era lugar para Charlie St. Clair. René la aplastaría con la misma tranquilidad con que había aplastado y mutilado a tantos otros en el pasado. Eve le haría pedazos antes de permitir que hiciera daño a alguien a quien quería.

«¿Hacerle pedazos?», se burló su mente. «Apenas puedes mirarle a los ojos». Apartó ese pensamiento junto con su terror y se sentó delante de él, con un mantel blanco extendido entre los dos. Charlie se sentó en una silla al lado de Eve, sorprendentemente muda. Los camareros estaban bien entrenados y se mantenían fuera del alcance de sus voces para dar privacidad a aquel feliz reencuentro.

René se echó hacia atrás y juntó las manos por las puntas de los dedos. Eve tuvo un breve mareo al evocar esos dedos alrededor de un busto de Baudelaire manchado de sangre, al verlos recorrer los pechos desnudos de ella en la cama.

—Bien —dijo él con suave tono francés—. Marguerite.

El pulso de ella casi se detuvo al oír ese nombre en los labios de él. Pero recuperó su antigua frialdad a la vez que su vieja identidad la invadía como una ola. La sangre le circuló lenta y fría y, por primera vez desde que se había girado para verle en la puerta del restaurante, miró a aquel malvado anciano con algo parecido a la calma.

—René Gautier —contestó ella—. En honor a Théophile Gautier, supongo. El poeta al que Baudelaire dedicó *Las flores del mal.* En Limoges fuiste Du Malassis, el apellido del editor de Baudelaire, así que veo que aún no has encontrado otro poeta.

René se encogió de hombros con la misma despreocupación que si aquella fuese una conversación en medio de una cena normal y corriente.

—¿Por qué no quedarse con el mejor una vez que lo has encontrado?

—Una forma imaginativa de decir que tienes la mente estancada.

Apareció un camarero para ofrecerles una botella de champán.

—Ya que es un reencuentro digno de celebrarse, ¿qué le parece, monsieur?

—Sí que lo es —murmuró René—. ¿Por qué no?

—Me vendrá bien una copa —asintió Eve. Un whisky del tamaño de un cubo habría sido mejor, pero aceptaría el champán. Apretó los puños sobre su regazo y, cuando el corcho del champán saltó y René dio una sacudida, se dio cuenta de que él no estaba tan tranquilo por dentro como fingía. Bien.

Cogieron sus copas a la vez cuando el camarero se retiró. Ninguno sugirió hacer un brindis.

—Demasiadas arrugas en esa cara —dijo él—. ¿Qué has estado haciendo todos estos años?

—Vivir con dificultades. Yo no necesito preguntar qué has estado haciendo tú. Más o menos lo mismo que hacías la última vez que nos vimos: vivir bien, ayudando a los alemanes, haciendo que fusilaran a tus compatriotas. Aunque ahora no te niegas a pegar el tiro tú mismo. ¿Has perdido la aprensión con la vejez?

—Es gracias a ti que perdí los escrúpulos, querida.

Aquella palabra le recorrió la piel como si fuese una rata.

—Yo nunca fui tu querida.

—¿Te parece mejor Judas?

Eso fue un golpe duro, pero Eve consiguió —a duras penas— no encogerse.

—Tan bien como a ti te encaja el calificativo de inocente.

Él esbozó una tensa sonrisa. Mientras Eve le observaba reclinado con su caro traje y su larga nariz apreciando el burbujeo de su champán perfectamente enfriado, la rabia empezó a invadirla. Con tanta gente que había muerto —Lili, en su sórdida prisión, la prima de Charlie y su bebé en medio de una lluvia de balas, un joven *sous-chef* con un bolsillo lleno de monedas robadas— y este hombre había pasado esos años haciendo, ¿qué? Bebiendo champán y durmiendo sin pesadillas.

Las pesadillas de Eve no habían comenzado hasta después de Siegburg. En su celda de la cárcel, tiritando por el angustioso frío sobre un catre sucio, no había habido sueños pero, luego, llegaron las imágenes terroríficas del estudio de paredes verdes, los lirios de ojos malvados, el busto cayendo sobre ella. La habitación, nunca el hombre. Soñar con esa habitación donde él la había destrozado era lo que le había marcado las arrugas que rodeaban sus ojos y que ahora él contemplaba con tanto desprecio. René parecía haber pasado los últimos treinta años durmiendo muy bien.

Eve vio de reojo la cara de Charlie, pálida e inmóvil cuando normalmente se mostraba tan animada, y se preguntó si la yanqui estaría pensando lo mismo. Recordó que Charlie había dicho que nunca se había enfrentado a la maldad como Eve.

«Ahora te estás enfrentando a ella».

René dio otro sorbo, emitió un pequeño sonido de apreciación y se dio golpecitos en los labios con una servilleta.

—Confieso que me ha sorprendido verte, Marguerite. ¿Puedo llamarte Marguerite? La verdad es que nunca pienso en ti con otro nombre.

—A mí lo que me sorprende es que pienses en mí. Nunca fuiste de los que vuelven la vista hacia los destrozos que dejan a su paso.

—Bueno, tú eras única. Creí que podrías aparecer en Limoges para buscarme después de la primera guerra.

De no haber sido por la mentira de Cameron...

—Ocultaste bastante bien tu rastro cuando dejaste Lille para ir a Limoges.

—Unos documentos de identidad nuevos no son difíciles de conseguir cuando se cuenta con contactos en el mercado negro. —Un movimiento de su mano en el aire—. Pero, aun así, podrías haberme encontrado cuando te dejaron salir de Siegburg. Eché un vistazo a las noticias que hablaban de tu liberación. ¿Por qué te has retrasado tanto en tu búsqueda?

—¿Importa eso? —Eve bebió de un solo trago la mitad de su champán. Empezaba a ver que hablaba más rápido, con el viejo ritmo de interacción recíproca que tan bien se le daba en sus conversaciones con René—. Estoy aquí ahora.

—¿Para meterme un tiro entre ceja y ceja? Creo que ya lo habrías hecho en la puerta si tuvieras un arma.

«Que Dios castigue a Finn Kilgore con el infierno», pensó Eve. De no ser por él, habría llevado su Luger.

—Si es que ese embrollo de huesos rotos a lo que llamas mano puede aún disparar una pistola. —René llamó a un camarero levantando un dedo—. Las *rillettes de canard.* Tengo mucha hambre.

—Por supuesto, monsieur. ¿Y para madame?

—No, gracias.

—Tu tartamudez ha mejorado —dijo René cuando el camarero se retiró—. ¿Desaparece cuando estás asustada?

—Cuando estoy furiosa —contestó Eve con una sonrisa—. Cuando tú te enfadas te sale un pequeño tic en el rabillo del ojo. Puedo verlo ahora.

—Creo que eres la única mujer que me ha hecho perder los estribos, Marguerite.

—Pequeñas victorias. ¿Aún tienes ese busto de Baudelaire?

—Lo guardo como un tesoro. Por las noches, a veces, oigo el sonido de tus dedos al romperse y me voy a la cama con una sonrisa.

Un destello del estudio de paredes verdes, el olor a sangre y a miedo, pero Eve apartó de su mente ese pensamiento.

—Cuando yo necesito dormir pienso en tu cara en el momento en que te diste cuenta de que te había estado follando una espía.

No parpadeó, pero algo en la parte posterior de sus ojos se puso en tensión. El cuero cabelludo de Eve se contrajo, pero volvió a sonreír mientras se bebía el resto del champán y se servía más. «Aún sé cómo pillarte, viejo cabrón».

—Supongo que quieres vengarte —dijo René bruscamente—. La venganza es el premio de consolación del bando perdedor.

—El mío ganó.

—Pero tú perdiste. ¿Y cómo piensas llevar a cabo tu venganza, Marguerite? No creo que tengas las agallas de una asesina. Esa cosita destrozada y manchada de pis que vi la última vez llorando a lágrima viva sobre mi alfombra de Aubusson apenas podía levantar la cabeza, mucho menos una pistola.

Eve sintió que se le encogían hasta los huesos. Sí que había sido esa cosita rota y manchada de pis durante más de treinta años, en muchos aspectos. Hasta que alguien llamó a su puerta una noche de lluvia en Londres apenas un mes antes. Hasta que oyó el chasquido hoy en la fachada del restaurante, cuando el pasado y el presente se juntaron. Hasta ahora.

No volvería a ser esa cosita rota y manchada de pis. Nunca más.

René seguía hablando.

—¿Crees que puedes deshonrarme, entregarme por especulador de guerra? En Grasse me consideran un hombre respetable y tengo amigos poderosos. Tú eres una vieja bruja que se ha vuelto medio loca por la pena. ¿A quién crees que van a creer?

—Usted es el hombre que informó sobre Oradour-sur-Glane. —La voz de Charlie entró en la conversación como un trozo de hielo. Eve la miró, sorprendida. «No hables, no atraigas su atención». Charlie continuó con los ojos ardiendo como ascuas—. Es el responsable de la masacre de seiscientas personas. No me importa cuántos amigos importantes pueda tener usted, viejo cabrón. Francia no perdonará algo así.

Los ojos de René se posaron en el rostro de Charlie, pero continuó hablando con Eve.

—¿Quién es esta muñequita, Marguerite? No creo que sea tu hija ni tu nieta. Ese viejo coño arrugado que tienes jamás podría traer al mundo algo tan bonito.

Eve no respondió. En lugar de ello, miró a Charlie y sintió en su interior el nudo de una emoción que no conocía. Quizá amor.

—Llámala Mercurio, René. La mensajera alada que llamó a mi puerta. Ella es la razón por la que estoy sentada aquí. Ella es la razón por la que esta vez no te vas a escapar. Ella es tu perdición. —Eve levantó su champán para brindar—. Te presento a Charlie St. Clair.

René frunció el entrecejo.

—No conozco ese nombre.

—Conoce el de mi prima. —Charlie apretó los dedos con tanta fuerza alrededor de su copa de champán que a Eve le sorprendió que no se rompiera—. Rose Fournier, también conocida por el nombre de Hélène Joubert. Era rubia y guapa y trabajó para usted en Limoges. Y usted hizo que la mataran, hijo de puta. Dio su nombre a la Milicia porque temía que pudiera estar espiándole y murió con casi todos los demás habitantes de Oradour-sur-Glane.

El camarero eligió ese momento para llegar con las *rilletes de canard.* René seguía mirando a Charlie pensativo mientras desdoblaba su servilleta, untaba la punta de una tostada con paté de pato y se la comía con otro pequeño sonido de placer.

—La recuerdo —dijo por fin cuando el camarero se apartó—. La pequeña zorra a la que le gustaba escuchar a escondidas. No me causan buena impresión las camareras entrometidas. —Miró a Eve—. Que no se diga que no aprendo del pasado.

—¿Por qué no se limitó a despedirla? —Las palabras chirriaron como si hubiesen salido arañando la garganta de Charlie—. ¿Por qué la delató?

—Por seguridad. Y, si soy sincero, porque me apetecía. Ahora siento una enorme antipatía por las mujeres espías. —Se encogió de hombros—. Pero espero que no me culpe de la muerte de todo el pueblo. Eso sería de lo más ilógico. No se me puede culpar de que un general alemán decidiera sobrepasar el protocolo de una forma tan exagerada.

—Yo le culpo de la muerte de ella —susurró Charlie—. Usted no sabía si estaba o no en la Resistencia y, aun así, la denunció. Podría haber sido inocente, pero no le importó. Cabrón...

—Silencio, niña. Deja hablar a los adultos. —René cogió otro trozo de tostada—. ¿Más champán, Marguerite?

—Creo que ya hemos terminado aquí. —Eve vació su copa y se levantó—. Vamos, Charlie.

La joven se quedó inmóvil. Eve pudo ver cómo temblaba y sabía el tipo de rabia que la había invadido, lo mucho que deseaba lanzarse por encima de la mesa y ver ese viejo cuello abierto con un cuchillo de la mantequilla. Eve comprendía muy bien esa sensación.

«Aún no, yanqui. Aún no».

—Charlie. —La voz de Eve sonó como el chasquido de un látigo.

La joven se levantó, visiblemente agitada. Miró a René, sentado tranquilamente con el brillo de la grasa de pato en los labios.

—Aún no hemos terminado —susurró ella.

—Sí que hemos terminado —dijo él mirando por encima de ella, hacia Eve—. Si te vuelvo a ver, zorra consumida, o si me entero de que intentas buscar mi casa o manchar mi reputación, haré que te arresten por acoso. Haré que te encierren de por vida y volveré a vivir sin tener que pensar en ti.

—Piensas constantemente en mí —repuso Eve—. Mi imagen te corroe cada día. Porque soy la prueba viviente de que nunca fuiste tan listo como te creías.

La fulminó con la mirada.

—Eres una renegada que traicionó a sus compañeras con una cucharada de opio.

—Pero, aun así, te engañé. Y eso te ha estado comiendo vivo desde hace treinta años.

La máscara se le cayó por fin y Eve vio su furia desnuda. Los ojos le ardían como si pudiera matarla con la mirada allí mismo y ella le dedicó una lenta y desdeñosa sonrisa. No se movieron. Se limitaron a cruzar sus miradas batiéndose en duelo en un silencio venenoso mientras los camareros intercambiaban miradas de perplejidad. Estaba claro que aquel no era el reencuentro feliz que habían creído presenciar.

—*Au revoir.* —Eve acercó la mano al plato de él, cogió un trozo de tostada y se lo comió despacio—. «Debo acostarme donde todas las escaleras empiezan, en la sucia trapería del corazón».

—Eso no es Baudelaire —señaló él.

—Yeats. Te dije que buscaras otro poeta. —Eve cogió su sombrero—. En esa sucia trapería que llamas corazón, René, dedica un momento a admitir que tienes miedo. Porque tu *fleur du mal* ha vuelto. —Agarró el brazo de Charlie con la fuerza del acero y se dirigió hacia la puerta—. Que duermas bien.

39

Charlie

Me detuve en la puerta del restaurante y empecé a tragar bocanadas de aire, como si acabara de salir tambaleante de una nube venenosa. Aún podía oír esa voz monótona y metálica diciéndome que había denunciado a Rose para que la mataran «solo por seguridad». Que eso le había dado placer.

Eve le había descrito muchas veces. Sus ojos inquebrantables, sus largos dedos, su fachada elegante. Pero no le había hecho justicia. No era un hombre quien se había sentado al otro lado de la mesa frente a mí. Era una víbora humana.

Tuve deseos de vomitar, pero Eve me adelantó avanzando por la calle casi a la carrera y yo me obligué a ponerme en marcha.

—Eve, no tiene por qué correr —dije acelerando para alcanzarla—. Él no va a salir detrás de usted.

—No —contestó sin detenerse—. Soy yo la que va a ir tras él.

Por un instante, mi corazón mostró su conformidad con un clamor. Pensé en ese hombre y no sentí la inquietud que había experimentado la primera vez que me di cuenta de que la venganza de Eve podría ser el asesinato. Media copa de champán en compañía de René Bordelon era suficiente para convencer a cualquiera de que, a veces, incluso los ancianos merecen morir.

Pero el sentido común trataba de abrirse paso entre la maraña roja de la rabia y sentí una sacudida en el corazón.

—Eve, espere, no puede arriesgarse...

—¡Date prisa! —Continuó caminando, con los ojos en llamas, por las calles sinuosas. Un hombre francés alto vio su expresión y se apartó a un lado. Mi mente iba a toda velocidad, tirando de mí en dos direcciones: «Detenla», decía mi sentido común, mientras que la rabia gritaba: «¿Por qué?».

Giré la última esquina y vi el Lagonda delante de nuestro hotel, azul y reluciente. Mi cuerpo se dobló aliviado. Necesitaba a Finn: su calma, su lógica serena y, si todo lo demás fallaba, sus fuertes brazos para evitar que Eve se dirigiera al desastre. Pero él no estaba junto a su amado coche y, dentro, el recepcionista me pasó una nota escrita con su letra inclinada a la izquierda.

—Ha salido a tomar una copa con el mecánico del taller —dije respondiendo a la mirada de Eve de brusco interrogante—. Le han ofrecido un trabajo, algo de reparación de motores...

—Bien. —Eve empezó a subir las escaleras de dos en dos. Yo me metí la nota en el bolsillo y la seguí.

El recepcionista me llamó.

—Madame, hay un telegrama para usted desde Roubaix...

—Luego vuelvo a por él —contesté mirando hacia atrás. Cuando llegué a la habitación de Eve, ella ya había sacado la Luger del cajón de la mesita de noche. Aquella visión hizo que me quedara quieta en el sitio—. Mierda —dije por primera vez en mi vida.

Eve puso una sonrisa macabra mientras se quitaba los guantes.

—Es imposible que te sorprendas.

Me apreté los dedos contra las sienes para calmar el martilleo. Al final, la rabia estaba dando paso al miedo.

—Entonces, ¿va a ir a su casa a matarle? ¿Va a esperar a que llegue a casa después de haberse zampado sus *rillettes*, irá hasta su puerta y le meterá siete balas en la cabeza?

—Sí. —Introdujo la primera bala—. «Una pequeña y preciosa villa», ha dicho el camarero. Justo después de los campos de mimosa al salir de la rue des Papillons. No debe de resultar difícil de encontrar.

Crucé los brazos sobre el pecho.

—Deje esa pistola y escúcheme. Lo consiga o no, va a ir a la cárcel. ¿No lo entiende?

—No me importa.

—A mí sí. —La agarré del brazo—. Quiero que mi hija tenga una madrina.

Metió la última bala en su sitio.

—Y yo quiero ver muerto a ese hombre.

Una parte de mí estaba de acuerdo. Pero la vida de él no valía tanto como para intercambiarla por el futuro de Eve. René ya había destrozado bastante su pasado. Y yo no iba a poner en peligro mi propio futuro justo cuando empezaba a darle forma, ayudando a cometer un asesinato.

—Eve, párese y piense.

—Ya lo he hecho. —Eve miró el cañón de la Luger—. Si mato a René en su casa, no habrá ningún testigo. No tiene ninguna alianza, así que no habrá por medio ninguna esposa ni hijos. Tengo la intención de dejar que su cuerpo se pudra en el suelo y salir de allí libre como un pájaro.

—En el restaurante saben que usted le estaba buscando, que ha preguntado dónde vivía. Y no solamente el restaurante de hoy. Llevamos varias semanas preguntando por todo Grasse. —Quizá llegara a ver la lógica. Me dispuse a ordenar mis argumentos—: Si ahora aparece muerto...

—La policía podría buscarnos, pero ¿cómo? Todos hemos dado nombres falsos, en el hotel y en todos los sitios. Además, n-no tengo intención de seguir en Grasse el tiempo suficiente como para que la gente venga en mi busca.

—¿Y cómo piensa salir de Grasse, si Finn no está aquí para llevarla? ¿Cómo piensa siquiera llegar hasta la casa de René?

—En taxi, si es necesario. —Parecía tan calmada como si estuviésemos planeando ir a tomar el té. En el restaurante, había notado el miedo que había tras la frialdad, había visto sus manos temblar en su regazo bajo la mesa. Ahora, ella se había elevado hasta un lugar muy por encima de ese miedo, alejada e implacable, como un águila que planea en el aire. Tras meter la pistola en su bolso, Eve se quitó los zapatos de tacón que llevaba como la respetable señora Knight y metió los pies en sus viejas sandalias—. Ven conmigo a ayudarme a matarle, si quieres. Tú también tienes derecho a querer verle muerto.

—No. No voy a ayudarla a asesinar a ese hombre.

—¿No crees que merece morir?

—Sí, pero quiero para él algo peor que la muerte. Quiero verle expuesto, humillado, en la cárcel. Quiero que lo muestren ante todo el mundo para que puedan ver cómo es de verdad. Eso le mataría poco a poco, Eve. El peor castigo en el mundo para un hombre tan orgulloso como él. —Respiré hondo, deseando que ella me oyera—. Vamos a la policía. Tenemos su fotografía rodeado de nazis, tenemos su testimonio, podemos llamar a la mujer de Limoges que le vio disparar a aquel *sous-chef* a sangre fría. Puede que René Bordelon tenga amigos poderosos, pero también usted. Es una heroína de guerra. Delátelo y haga que su existencia se convierta en un infierno en vida.

Para mí eso era suficiente. Ver a ese hombre en una celda, saber que había terminado allí gracias a Eve y a mí, sufriendo el maltrato público de la Francia de De Gaulle que trataba a los colaboracionistas y especuladores de guerra con el mismo desprecio que a las alimañas. Se acabaron el champán frío y las *rillettes,* solo humillación y los días grises en prisión que Eve había sufrido.

—Él nunca entrará en una celda, yanqui. —El tono de Eve era implacable—. René Bordelon es un profesional a la hora de evitar las c-c-consecuencias. Si acusamos a un ciudadano respetable, con dinero y amigos poderosos, necesitaremos tiempo para probar esas acusaciones. Él utilizará ese tiempo para esconderse, porque siempre huye. Ha sobrevivido a las malas decisiones de dos guerras y huirá ahora porque sabe que yo siempre voy a ir a por él. Si espero a una orden de arresto, él se habrá ido antes de que lleguen a su puerta y se volverá a establecer en algún lugar donde yo nunca le encuentre. —Cogió su bolso con la Luger—. Así que prefiero confiar en una bala.

Me dieron ganas de estrangularla.

—¿No ve la cantidad de cosas que pueden salirle mal? Él podría pegarle un tiro muy fácilmente, o llamar a la policía y ver cómo se la llevan esposada...

—Me arriesgaré. —Me miró cuando me puse entre ella y la puerta—. Apártate, Charlie St. Clair.

La miré a los ojos.

—No.

Ella fue hacia mí. Yo no traté de empujarla. La rodeé con mis brazos y la sujeté con fuerza.

—¿Va a arrastrarme por las escaleras dando gritos mientras baja cada escalón? —pregunté dándome cuenta de que estaba a punto de echarme a llorar—. No la voy a soltar, Eve. No.

Había perdido a mi hermano. Había perdido a Rose. No iba a perder a ningún otro ser querido.

Eve se puso rígida entre mis brazos, como preparándose para luchar, pero se hundió. Oí el sonido gutural de un sollozo que le salía por la garganta y, a continuación, el bolso se deslizó hasta el suelo. Nos quedamos allí un largo rato mientras Eve lloraba, mientras el cielo tras la ventana abierta a su espalda se volvía púrpura con el anochecer. Yo me limité a abrazarla mientras sentía que mi pecho se estremecía aliviado.

Ella no dijo nada cuando las lágrimas se secaron. Me dejó convencerla de que se tumbara, cogió el whisky que le serví, temblando de vez en cuando bajo la manta que le había puesto por encima. Me senté junto a la cama mordisqueándome el pulgar y deseando en silencio que llegase Finn. Él sabía mucho mejor que yo cómo ocuparse de ella en esas situaciones. Oí que su respiración se volvía más profunda y bajé de puntillas a la recepción del hotel, pero no tenían ni idea de adónde había ido Finn con su amigo el mecánico.

—Su telegrama, madame —me recordó el recepcionista—. Desde Roubaix.

Me había olvidado por completo. Tenía que ser de Violette. De repente, el corazón empezó a latirme con fuerza por motivos completamente nuevos mientras cogía el papel. Su contenido era conciso, aun tratándose de un telegrama:

> Mentira confirmada. Una tal mademoiselle Tellier responsable.

Una coral estalló en mi cabeza. Sentí que me elevaba hasta tres metros. Mis sospechas eran fundadas. Tenía razón. Por una vez tenía en mis manos el poder de arreglar lo que estaba roto. Esto..., justo esto..., era lo que Eve necesitaba.

Volví corriendo a su habitación, con el corazón latiéndome con fuerza.

—Eve, mire...

La puerta estaba abierta. La cama estaba vacía. El bolso con la Luger había desaparecido.

No había estado fuera ni cinco minutos. Debía de haberse levantado y puesto en marcha en el momento en que yo salí de puntillas, tan fría y serena como agitada y llorosa había estado momentos antes. El miedo volvió a invadirme, golpeándome en las sienes como puntas de hielo. Corrí a la ventana abierta y miré a la calle, pero no vi ninguna figura alta y delgada. «Bruja escurridiza», pensé llena de furia, tanto contra ella por haberme engañado como contra mí misma por haberme dejado engañar.

Sabía adónde iba. No podía llamar a la policía ni podía esperar a Finn. El Lagonda estaba en la acera de abajo.

Me metí el telegrama de Violette en el bolsillo, cogí las llaves del coche de la mesilla de mi habitación y salí corriendo.

40

Eve

Había sido un sucio engaño, pensó Eve.

—Más rápido —le dijo al taxista mientras lanzaba un puñado de francos al asiento delantero. No le importaba gastarse todas las monedas que tenía. No iba a necesitar ninguna para el trayecto de vuelta.

El taxi aceleró mientras Eve permanecía sentada deleitándose con el reconfortante peso de la Luger en su regazo, los ojos secos. Todas esas lágrimas de cocodrilo, tan fácilmente derramadas como fácil había sido secarlas. Turbia y sin escrúpulos, pero no había visto otra opción mientras miraba a Charlie interponiéndose implacable entre ella y la puerta, con la boca apretada en una línea firme. Eve sonrió. Qué chica tan diferente de la cosita malhumorada e insegura que había encontrado en su puerta.

«Lamento no volver a verte más», pensó. «Lo lamento mucho».

—Está muy seria esta noche, madame —dijo el taxista con tono jocoso—. ¿No ha dicho que iba a visitar a un amigo?

—Sí.

—¿Una visita larga?

—Mucho. —Eterna, en realidad. Eve no tenía intención de salir de la casa de René Bordelon una vez hubiese entrado. Ese era el motivo por el que no le tenía miedo a la cárcel. No se puede meter tras los barrotes a una mujer muerta.

La Luger tenía siete balas. Seis para René, pues quizá hicieran falta seis: los hombres malvados se aferran con fuerza a la vida. El último disparo lo guardaba Eve para sí misma.

—Igual que tú, Cameron —murmuró en voz alta, sin fijarse en las calles que se iban oscureciendo a su paso. Lo que veía en su lugar era el titular borroso de un periódico: «Muere un soldado». ¿Cuándo había sido? ¿En el 22? No, en el 24. Las palabras habían atravesado a Eve entre una enorme resaca. «Sobre la muerte del comandante C. A. Cameron...».

Todo había quedado a oscuras. Finalmente, Eve había conseguido coger de nuevo el recorte de periódico, de una publicación del extranjero que le había enviado por correo un abogado, y leyó con los ojos secos y enrojecidos. Se oyó un sonido de asfixia y tardó un momento en darse cuenta de que procedía de su propia garganta.

«... muerte del comandante C. A. Cameron, de la Artillería Real, que murió en el cuartel de Sheffield como consecuencia de una herida de revólver. El veredicto del forense ha determinado que se trata de un suicidio».

Cameron muerto. Cameron con su mirada cálida y su acento escocés. Cameron besándole las magulladuras mientras murmuraba: «Pobre niña valiente...».

En 1924 llevaban ya sin verse... ¿cuánto? ¿Cinco años? Desde aquel día en Folkestone. Pero se habían llamado a veces por teléfono, normalmente durante la madrugada, cuando uno de los dos estaba borracho. Eve sabía que había vuelto de Irlanda. Le había hablado un poco de la escuela de formación y, con más emoción, de que le iban a nombrar agregado militar en Riga...

Pero se había volado la tapa de los sesos.

«Las pruebas demuestran que el fallecido estaba deprimido tras su no nombramiento como agregado militar en Riga», decía el recorte de periódico, «cancelado debido a que en el pasado había sido condenado a trabajos forzados».

El ejército le había castigado por su viejo pecado, pensó entonces Eve con amargura. No les importó que fuera un oficial de reputación manchada cuando se estaba librando una guerra, pero, después, no era más que una vergüenza.

«Seguiré trabajando hasta que no pueda más». Su voz sonó de nuevo en los oídos de ella, tan alta y clara que muy bien habría podido estar sentado en el taxi junto a ella. «Después, supongo que me moriré. Por las balas, el aburrimiento o el brandy. Así es como termina la gente como nosotros, porque Dios sabe que no estamos hechos para la paz».

—Es verdad —murmuró Eve.

No fue hasta que el abogado llegó a su puerta al día siguiente cuando ella se desmoronó por completo. El abogado que le había enviado el recorte de la muerte de Cameron y ahora le llevaba documentos legales y le garantizaba su absoluta discreción..., diciéndole que la pensión que se había estado pagando en su cuenta durante los últimos cinco años no había procedido del Ministerio de Guerra, sino de Cameron. Que él se había asegurado de que seguiría recibiéndola después de su muerte, dejándolo atado en su testamento como un legado privado sin el conocimiento de su familia y apartado de los fondos de su viuda. Que había sido bien cubierto, recitó el serio abogado, y que debía continuar así durante toda la vida de Eve.

Echó de su casa al abogado entre aullidos y, a continuación, se desmoronó por completo, arrastrándose hasta su cama como un animal herido y escondiéndose allí durante meses. «¿Cómo lo has hecho, Cameron?», se había preguntado mientras miraba su propia Luger. ¿Con el cañón en la sien? ¿Bajo el mentón? ¿O entre los dientes, con el beso del acero frío y la grasa de la pistola como tu última sensación en la vida? Eve se había recreado en esos juegos durante los años siguientes, en noches oscuras en las que la culpa no la dejaba dormir. Había hecho pasar la Luger por los distintos pasos del suicidio..., pero nunca había apretado el gatillo.

«Una zorra demasiado terca», solía pensar. Sin un rasgo fatídico de romanticismo ni nobleza en su alma, no como en la de Cameron. Pero ahora, mientras el taxi salía de Grasse y pasaba por los campos de mimosas, Eve se preguntaba si no había sido cuestión de terquedad, sino de destino. Puede que la culpa y la pena no pudieran quedar saciadas hasta que la justicia actuase primero. Puede que fuese la parte de su cerebro de fría espía la que le susurrara que, a pesar de la mentira de Cameron décadas atrás, aún había un enemigo ahí afuera del que tenía que encargarse. Y hasta que eso ocurriera, no podría disparar la bala entre sus dientes.

Bien. Pues esa noche el enemigo iba a morir. Por Lili, por Rose, por Charlie, por Eve. Esa noche la lucha de Evelyn Gardiner llegaría a su fin. Más de treinta malditos años después, pero más valía tarde que nunca.

Pensó en la última bala, consciente de que Charlie la odiaría por haberla disparado. Y también Finn. Pero, en parte, era por ellos. Más tarde lo comprenderían. Una asesina muerta junto a su víctima les dejaba por completo fuera de peligro. Nadie sería castigado por aquello, salvo la culpable. Podrían huir juntos hacia el atardecer. Benditos fueran.

—Hemos llegado, madame.

El taxi se detuvo al final de un camino de acceso que se extendía a lo largo de menos de medio kilómetro hacia la pequeña y elegante joya que era la villa. Sus muros blancos brillaban a la luz de la luna y su tejado se alzaba contra el cielo oscuro. Se veía luz en varias ventanas a través de las cortinas. Él estaba en casa. Eve se preguntó cuánto tiempo habría estado René sentado en aquel restaurante dando mordisquitos a su tostada después de que ella y Charlie se marcharan. No mucho, sospechó. Y eso le hizo saber algo: que él seguía sintiendo miedo de ella.

«Deberías sentirlo», pensó.

—¿La llevo hasta la puerta, madame?

—Iré caminando —dijo ella antes de salir del taxi.

41

Charlie

«Lo siento, Finn», pensaba cada vez que oía el chirrido de las marchas del Lagonda. No había conducido muchos coches durante el último año y ahora estaba completamente oscuro y apenas llegaba a los pedales. El coche me gruñía mientras yo avanzaba por las estrechas calles francesas. «Juro que si hay cualquier arañazo en tu pequeño cuando todo esto haya acabado te lo recompensaré». Los frenos emitieron un chirrido de resentimiento y yo hice una mueca.

No conducía especialmente bien, pero conducía rápido. Estuve fuera de Grasse enseguida y, entonces, comenzó la diversión. «Justo después de los campos de mimosas» no era exactamente una dirección precisa en una ciudad rodeada de hectáreas de flores. La media luna se elevaba mientras yo buscaba, consciente de que Eve me llevaba ventaja y el tiempo iba pasando. Pensé en ella enfrentándose a mí en el hotel, diciéndome que me apartara. Parecía un caballero agotado que se baja la visera para un último ataque, ojeroso, demacrado, tranquilo, sereno.

Me di cuenta de que mi hermano había tenido esa expresión la última vez que le vi con vida. La expresión que decía: «Estoy listo para morir».

«Eve, no», pensé. «¡Por favor, Eve, no!». Si yo fallaba, si la perdía, jamás me lo iba a perdonar.

La rue des Papillons tenía varios caminos privados que llevaban a las casas de campo de los ricos. La primera por la que probé llevaba a una casa con un enorme cartel que anunciaba su venta. La segunda, a una casa familiar donde unos seis niños marchaban al interior para cenar. Claramente, no era el domicilio de René. Me incliné hacia delante y, contra el cielo oscuro, vi el sombrío pico de otra casa. El corazón me latió con fuerza. Me aparté a un lado todo lo que pude y salí. Había un buzón y la luz de luna suficiente como para ver las rizadas letras: «Gautier».

Era la casa. No vi ningún taxi ni señal alguna de Eve. «Que no sea demasiado tarde», recé antes de empezar a correr hacia la casa. En el aire flotaba un ligero y dulce aroma a mimosa, parecido a como yo imaginaba que olería el pelo de un bebé. Me puse la mano en el diminuto bulto de mi vientre mientras corría y tuve un momento de absoluto terror no por la seguridad de Eve, sino por la mía, pues no era solo a mí a la que podían hacer daño esa noche.

«Nadie va a sufrir ningún daño esta noche». Yo me aseguraría de ello. Como fuera.

Rodeé la esquina de la casa en dirección a la puerta de atrás.

42

Eve

La mayoría de las cocinas de las casas de campo habrían estado sin cerrar con llave, al menos en tiempos de paz. La de René Bordelon no. Eve ya lo había imaginado. Dejó su bolso y se sacó dos horquillas de su pelo recogido en un moño. Había pasado mucho tiempo desde sus lecciones de apertura de cerraduras en Folkestone, pero no era difícil. Lo único que se necesitaba era una horquilla para sujetar y la otra para moverla suavemente por el seguro.

Aun así, tardó en manipular las horquillas con sus dedos destrozados largos y agonizantes minutos. Si no hubiese sido un cerrojo muy antiguo y sencillo, probablemente Eve no lo hubiese conseguido. Cuando se oyó el chasquido, se detuvo un momento más en la puerta para recomponerse, dejar que su respiración fuese más lenta. Solo tenía una oportunidad de hacer aquello y no iba a disparar con puntería con el corazón a toda velocidad y la mano temblorosa. Por fin, Eve se sintió segura para entrar a la vez que sacaba la Luger y dejaba el bolso en la puerta.

Una cocina grande de campo, vacía. Nada más que mesas de caballetes y cazuelas colgadas iluminadas por la luz de la luna. Eve caminó en silencio entre las sombras y giró el picaporte de la puerta que había al otro lado de la cocina. Un pequeño crujido y se quedó inmóvil durante otro momento de angustia, escuchando.

Nada.

Salió a un pasillo flanqueado por pinturas al óleo y candelabros. Una tira de lujosa alfombra amortiguó sus pasos. El espléndido gusto de René la ayudaba de camino a su muerte. Un ligero hilo de música se filtraba por el aire. Eve inclinó la cabeza para escuchar un momento y, después, avanzó despacio por un vestíbulo que se abría a la derecha. La música se oía más fuerte, exuberante y enrevesada. «Debussy», pensó. Y sonrió.

43

Charlie

No —susurré—. No...

La puerta de la cocina de la casa estaba abierta. El bolso de Eve estaba en el escalón de entrada. Rebusqué en él. No estaba la Luger. Era demasiado tarde.

Pero no oí disparos ni voces. La casa estaba en silencio, como una granada sin explotar.

Quise entrar corriendo gritando su nombre, pero ahora estaba en el territorio de René Bordelon y no iba a despertar a esa víbora por si acaso aún no era consciente de lo que le esperaba. Por si acaso. Quizá ya no se podía defender. ¿Lo había matado Eve ya? La sangre me gritaba por las venas, diciéndome que huyera, que me protegiera a mí y al capullito de rosa, que no siguiera acercándome a esa guarida peligrosa. Pero mi amiga estaba ahí y seguí avanzando.

Una cocina a oscuras. Una puerta abierta. Un largo pasillo, suntuoso y en silencio. El corazón se me disparó. El ligero sonido de la música. ¿Era eso el ruido de unos pasos? La penumbra pareció vibrar. Seguí la música y, cuando giré una esquina, los vi, enmarcados por el ancho arco de la puerta, como un cuadro.

La silueta de Eve, una forma oscura contra la brillante luz que salía del estudio. Parecía exactamente igual al de Lille que ella me había descrito: paredes de seda verde, un gramófono que hacía girar su música, una lámpara de Tiffany que emitía colores de pavo real. René estaba con su inmaculada camisa ante una maleta de viaje abierta, ajeno, de espaldas a la puerta. Eve estaba levantando la Luger. Demasiado tarde para que yo me atreviera a intervenir. Me quedé inmóvil. El pulso acelerado.

Ni Eve ni yo emitimos sonido alguno, pero su infalible instinto de serpiente debió de hacerle una advertencia inconscientemente, pues René se dio la vuelta. Su repentino movimiento pareció sorprender a Eve. Apretó el gatillo antes de haber levantado del todo el cañón de la pistola. El disparo rebotó en la repisa de mármol de la chimenea y mis oídos retumbaron. René estaba revolviendo su maleta. No había sorpresa en su rostro, ni temor. Solo una expresión de venenoso odio mientras levantaba algo hacia Eve y el brazo de esta volvía a enderezarse. Ocurrió tan despacio como si hubiese caído un hechizo: dos pistolas elevándose, dos gatillos apretados, dos disparos.

Un cuerpo que caía.

El de Eve.

Después de ese momento eterno, todo pasó rápidamente. La Luger de Eve cayendo al suelo y su delgado cuerpo desmoronándose sobre la alfombra. Yo corrí por el pasillo, pero no lo suficientemente rápido. René ya se había acercado y había alejado la pistola de Eve con una patada hacia el rincón del estudio. Yo quise lanzarme sobre él antes de que pudiera disparar de nuevo, pero retrocedió quedando fuera de mi alcance y me apuntó con su pistola.

—De rodillas —dijo.

Muy rápido. Todo ocurrió muy rápido. Eve emitió un leve sonido a mis pies, con sus manos lisiadas sujetándose el hombro izquierdo, y yo me arrodillé a su lado. Sentí el caliente deslizar de la sangre cuando le agarré los dedos.

—Eve, no, no... —Tenía los ojos abiertos, descoloridos, parpadeando despacio.

—Vaya —dijo en voz alta y monótona—. Maldita sea.

Se oyó el siseo del disco del gramófono al terminar. Pude oír el coro ronco de nuestras respiraciones, la mía con agudos jadeos, la de Eve entrecortada, la de René rápida y profunda mientras nos miraba desde un estudio que apestaba a humo de pistola. Una banda de sangre oscura le bajaba despacio por el inmaculado cuello de su camisa. La mitad de la oreja le colgaba de un trozo de carne y un aullido silencioso me atravesó.

«Cerca. Eve estaba muy cerca». Esa idea atravesó mi mente mientras yo miraba al interior del infinito agujero negro de la Luger que apuntaba justo entre mis cejas.

—Muévete hacia allá, muchacha. —Hizo un gesto con el cañón—. Apártate de esa vieja zorra.

—No. —Mis manos apretaban las de Eve, por encima de su herida. Yo no era ninguna enfermera, pero sabía que necesitaba un vendaje, presión. «Él no va a permitir que le ponga ninguna de las dos cosas. Antes, querrá verla muerta», pero, aun así, insistí—: No.

Hizo otro disparo haciéndome gritar a la vez que se astillaba el marco de la puerta a mi lado.

—Suéltala y deslízate por la pared hacia allá.

La voz de Eve sonó ronca pero clara.

—Hazlo, yanqui.

Mis dedos estaban tan apretados sobre los de Eve que tuve que obligarme a abrirlos. Sus manos estaban cubiertas de sangre y le caía más aún por el torso, despacio e implacable. La pistola de René me siguió mientras yo me apartaba despacio y apoyaba mi espalda sobre una estantería de libros, pero sus ojos permanecieron fijos en Eve mientras ella trataba de incorporarse para sentarse apoyada en el marco de la puerta. Los ojos de ella eran piedras planas llenas de angustia, pero no creí que fuera por el dolor de su herida. Era por el dolor de verle a él aún de pie.

«He fallado», gritaban sus ojos llenos de desprecio por sí misma. «He fallado».

—Apártate las manos de esa herida, Marguerite. —La voz de René sonaba con la serenidad átona que había mantenido en el restaurante—. Voy a ver cómo mueres y no quiero que nada lo entorpezca.

—Puede durar un buen rato. —Eve se miró el hombro—. No hay nada v-v-vital en un hombro que pueda alcanzar una bala.

—Pero v-v-vas a morir desangrada, querida. Lo prefiero así. Es más lento.

Eve se apartó las manos carmesíes de la mancha oscura que se iba haciendo más grande. Mi garganta se cerró al verla. No era más que una herida en el hombro y, aun así, iba a matarla. Íbamos a estar sentadas en ese elegante estudio, el hogar de todas las pesadillas de Eve, viendo cómo se desangraba.

René no hacía caso de la herida de Eve, hipnotizado por sus manos deformadas y llenas de sangre.

—Esta tarde llevabas guantes —comentó él—. Quería ver cómo eran. Durante todo este tiempo.

—No muy bonitas.

—Ah, pues a mí me parecen preciosas. Hice una obra de arte con ellas.

—Regodéate todo lo que quieras. —Eve hizo un gesto hacia mí—. Pero deja que la chica se vaya. No tiene nada que ver con esto. Se suponía que no debía estar aquí...

—Pero está —la interrumpió René—. Y no tengo modo de saber qué le has contado ni qué tipo de problemas podría causarme, así que morirá también aquí. Cuando hayas muerto tú. Me encargaré de ella. Piénsalo mientras te desangras, Marguerite. Veo que ella es importante para ti.

Yo estaba sentada en un pozo helado de terror con los brazos apretados con fuerza alrededor de mi vientre abultado. Ni siquiera había cumplido los veinte años e iba a morir. Y mi capullito de rosa jamás llegaría a vivir.

—No puedes permitirte dispararla, René. —La voz de Eve sonaba calmada, despreocupada. Yo no podía ni imaginar cuánto le estaría costando—. Tal vez yo sea una vieja arpía sin amigos ni f-f-familia que cuide de mí, pero ella tiene las dos cosas, y tienen dinero. Mátala y tendrás más problemas aún que si sales corriendo.

René se detuvo y el corazón casi se me paralizó.

—No —dijo por fin mientras se tocaba con una mano la oreja destrozada y hacía un gesto de dolor—. Habéis entrado en mi casa con intención de robarme, un anciano delicado que vive solo. Yo he conseguido defenderme. Por supuesto, en la oscuridad no tenía ni idea de que erais mujeres, mucho menos las mujeres que hoy me han abordado en el restaurante. He tenido que quedarme sentado con palpitaciones en el corazón después de disparar y, cuando he conseguido llamar por teléfono a la policía, las dos habíais muerto, por desgracia. La gente sencilla del campo como la de aquí no mira con buenos ojos a los intrusos.

Mis esperanzas se desvanecieron. No estaba del todo segura de que él pudiera irse de rositas tan fácilmente. El personal del restaurante podría testificar que él nos conocía..., pero podría liarlo todo el tiempo suficiente como para salir huyendo si era necesario. Estaba claro que él ya estaba preparado para huir. La maleta de viaje lo demostraba. Eve había tenido razón: René Bordelon siempre se libraba de las consecuencias. Había evitado las consecuencias de dos guerras y, con dinero y suerte —dos cosas que, al parecer, nunca le habían faltado—, podría evitar esta también.

«Por encima de mi maldito cadáver», pensé, y casi estallé en una carcajada histérica porque exactamente así era como iba a ocurrir. Eve moriría y, después, yo. Y, luego, él saldría pasando por encima de nuestros cadáveres. Probablemente, ya me habría metido un tiro si lo hubiese pensado más claramente. Yo era joven y fuerte y aún suponía una amenaza física. Pero él no pensaba con claridad. La mujer que le había humillado y engañado estaba muriendo ante sus ojos. Hasta que estuviese muerta, ella era todo su mundo y yo algo adicional. Sus ojos la estaban devorando.

—¿C-c-crees que puedes disparar entre los ojos de una muchacha que te está mirando, René? —Eve seguía argumentando, mirándolo fijamente, pero el pulso de la sangre que le salía del hombro iba más rápido—. La única vez que apretaste un gatillo fue para disparar a un hombre por la espalda...

A mí no me cabía ninguna duda de que él sería capaz de matarme a sangre fría. Ninguna. Quizá le resultara demasiado fastidioso hacer el trabajo sucio cuando Eve lo conoció, pero ahora era un hombre distinto.

—Eve, no hable. —Mi voz sonó metálica—. Ahorre fuerzas...

—¿Para qué? —René me miró con desprecio—. ¿Para que os rescaten? Os aseguro que nadie ha oído nuestros disparos. El vecino más cercano está, al menos, a cinco kilómetros de distancia.

Rescatarnos. Mis pensamientos saltaron en otra dirección, hacia Finn, a quien había dejado un apresurado mensaje en la recepción del hotel diciéndole adónde habíamos ido y por qué, por si acaso las cosas iban mal. En fin, no había duda de que todo había ido mal. Tuve una breve y delirante imagen de él saliendo en mitad de la noche para rescatarnos, pero no creía que el destino fuera a ser tan servicial.

—Te aseguro que no tengo ningún reparo en pegar un tiro a tu pequeña americana. —René cogió un pañuelo con una mano del bolsillo de su pecho y se lo colocó sobre su oreja cortada—.

Mi estudio está ya hecho una ruina. Un poquito más de sangre no me parece mucha diferencia.

«Rose», pensé con una punzada de angustia. «Rose, ¿qué hago?». No sabía si se lo estaba preguntando a mi prima o a mi hija. Mis ojos buscaban un arma por todas partes, pero la pistola de Eve estaba casi al otro lado de la habitación. Mi mirada pasó a la librería que estaba detrás de mí: un par de candelabros en lo alto, demasiado lejos. Me dispararía antes de que yo pudiera ponerme de pie. Pero más cerca, en el estante de en medio...

—Déjala vivir, René. Te lo suplico.

Apenas oía las súplicas de Eve. En el estante intermedio sobre mi cabeza había algo blanco. Un busto en miniatura que miraba con ojos vacíos al otro lado de la habitación. Nunca había visto ese busto, pero estaba bastante segura de reconocerlo.

Baudelaire.

—Confieso que no creía que encontrarías mi casa tan rápido. —René caminaba de un lado a otro con el cuerpo rígido, como si la edad se le estuviese asentando de nuevo en sus esbeltos huesos tras su sobresalto—. ¿Quién te ha dado mi dirección, Marguerite?

—Yo sé sacarle información a cualquiera, René. ¿No lo d-demostré contigo?

La corriente de rabia que le apareció en el rostro fue instantánea. Qué ridículo era, consumido por la furia por un error cometido décadas atrás. Pero su rabia resultaba útil. Podía volverse contra él. Lancé hacia el busto que estaba sobre mi cabeza una última mirada de cálculo. Una embestida, un buen golpe, y podría hacerme con él.

—«El oscuro enemigo que nos roe el corazón crece y se fortalece con la sangre que perdemos» —citó René—. Pero resulta que el enemigo oscuro no es tan peligroso como ella pensaba.

—Sí que lo es —dije yo—. Su enemigo oscuro no es Eve, viejo cabrón. El enemigo oscuro soy yo.

Sus ojos se clavaron en mí. Parecía sorprendido. Como si hubiese olvidado incluso de que yo estaba presente. Una parte de mí deseaba chillar y esconderse de su mirada, de la pistola que sacudía en mi dirección, pero coloqué mi mentón en su ángulo más despectivo de «No me importa». Nunca me había importado más.

—Cierra la boca, yanqui —gruñó Eve. Estaba sudando y el color le había desaparecido de la cara. ¿Cuánto tiempo le quedaba? No tenía ni idea.

«Que se acerque más». Eve había dicho una vez que René era brillante a la hora de planear las cosas, pero muy malo al improvisar. Yo tenía que provocarle para que hiciese algo precipitado y sabía que podía hacerlo. Quizá no había conocido a ese hombre hasta hoy, pero le conocía a través de Eve. Le conocía hasta lo más hondo.

Le lancé la mirada más desdeñosa que pude.

—Aquí el enemigo soy yo —repetí—. Yo soy la que encontró su restaurante de Limoges. Yo soy la que buscó a Eve. Yo soy la que la arrastró hasta aquí desde Londres. Yo. Se creyó muy listo comenzando una nueva vida y lo único que hizo falta para encontrarle fue que una universitaria hiciese unas cuantas llamadas.

Su voz sonó glacial.

—Cállate.

Y bien que quería hacerlo. Pero eso no me habría salvado a mí ni al capullito de rosa. O aprovechaba la oportunidad para provocarle o esperaba pasivamente a morir después de Eve.

—No acepto órdenes de un estúpido como usted —dije mientras sentía que el sudor se deslizaba por mi espalda—. Esa obsesión suya con Baudelaire no es solo de lo más aburrida, sino que hace que resulte fácil encontrarle. Usted no es listo. Es predecible. Si no le hubiese puesto nombre a su restaurante dos veces seguidas en homenaje al mismo maldito poema, estaría ahora mismo dando sorbos a su champán después de la cena, no haciendo las maletas para salir corriendo. Por tercera vez en su miserable y tópica vida.

—He dicho que te calles.

—¿Para que así pueda hablar usted? Le encanta hablar. Todas esas cosas que le contaba a Eve, solo porque ella le miraba con sus grandes ojos de cervatillo. Eres un bocazas, René. —Nunca en mi vida me había dirigido a un anciano por su nombre, no sin anteponer señor o monsieur, pero pensé que ya había llegado el momento de tutearle. Las balas más la sangre más las amenazas de una muerte inminente daban como resultado cierta intimidad—. Ni te atrevas a pensar en dispararme —añadí mientras él apretaba la boca y alzaba la pistola—. Mi marido acaba de regresar a Grasse y, si me matas, él te enterrará vivo. Le he dejado una nota y ya viene de camino. Puede que consigas dejar que Eve muera, pero no podrás asesinarme a mí a sangre fría.

Por supuesto que podía. Yo solo estaba tratando de enturbiar el agua, ponerle nervioso. Su pistola se volvió a alzar y el miedo me dejó inmóvil hasta que me di cuenta de que me estaba mirando el anillo de casada mientras me estudiaba el rostro. Trataba de ver si estaba diciendo la verdad.

—Es cierto —intervino Eve que, desangrándose o no, aún podía mentir como una bellaca—. Su marido es un escocés malhumorado, un letrado con amigos a ambos lados del Atlántico...

—Esto se te está yendo de las manos —insistí—. Mírate, ahí de pie, como si hubieses ganado la partida. Has perdido. No puedes tener el control de todo esto. Déjame ir. Deja que pueda ponerle un vendaje a Eve...

Sus ojos volvieron a deslizarse hacia ella.

—He esperado treinta años para verla morir, pequeña arpía americana. No voy a renunciar a este placer por nada del mundo. Cuando esté muerta beberé champán sobre su cadáver y dedicaré un rato a recordar cómo lloraba sobre mi alfombra después de que hubiese soltado todos sus secretos...

—Ella no contó ningún secreto, sucio mentiroso.

—¿Qué sabrás tú? —repuso René Bordelon con frialdad—. Esa zorra llorica fue una chivata cobarde.

Por el rabillo del ojo vi cómo Eve sacudía el mentón. La herida más antigua y profunda: su traición a Lili. Sentí cómo el telegrama de Violette me ardía en el bolsillo. Si hubiese llegado tan solo un día antes, quizá yo podría haber evitado todo esto.

Puede que se estuviera desangrando, pero no era demasiado tarde para que supiera la verdad.

—Le mentiste —dije—. Eve nunca te contó nada, ni siquiera con el opio. La información que condenaba a Louise de Bettignies vino de otra fuente, una tal mademoiselle Tellier. —Las pesquisas de Violette en los registros del juicio, las partes que en su momento no escucharon las acusadas, debían de haberlo destapado. Quién sería esa mademoiselle Tellier. Si sobrevivíamos a esta noche, podríamos averiguarlo—. Supiste por tus amigos alemanes que ya tenían lo que necesitaban para condenar a Louise de Bettignies, así que comprendiste que no tenía sentido seguir torturando a Eve. Pero, antes de entregarla, te aseguraste de que ella creyera que había sido la delatora. —Respiré hondo—. Admítelo, René. Eve te venció. Ganó ella. Mentiste para que ella creyera que había perdido.

Sus ojos penetrantes parpadearon. Bajo el miedo que me hacía rechinar los dientes, me atravesó un destello de triunfo de brillante color plateado. Eve estaba tratando de erguir más la espalda contra la pared. Yo no estaba segura del efecto que podrían haber provocado mis palabras. La Luger de René volvió a moverse en su dirección.

«No, no. A mí. Mírame a mí».

—¿Qué se siente? —me mofé—. Trataste de destrozarla y no funcionó. Nada te ha salido bien desde el día en que ella se burló de ti. Terminó siendo condecorada como heroína de guerra y tú acabaste empezando de nuevo tu vida dos veces porque fuiste demasiado tonto como para elegir el bando bueno en dos guerras sucesivas...

Se rompió. Demasiado rabioso como para dispararme desde una distancia segura, se acercó a mí: el hombre que había matado a Rose, alzando la Luger mientras avanzaba. Pero yo me estaba ya levantando del suelo y mi mano se movía sobre el estante que tenía encima de mí. Los segundos se alargaron angustiosamente mientras yo rebuscaba..., y rebuscaba..., y por fin agarré el busto de Baudelaire. Lo moví con un fuerte giro y aparté el brazo de René con un golpe antes de que él pudiese disparar. Se tambaleó hacia atrás, hacia el escritorio, y perdió el equilibrio. El corazón se me subió a la garganta. «Tira la pistola. Tírala». Pero, aunque cayó hacia atrás sobre un codo junto a la lámpara, su anciana mano en el borde de la mesa seguía agarrando tercamente la Luger.

—Charlie —dijo Eve con voz clara y llena de vigor. Supe lo que quería y ya me estaba lanzando hacia delante con un aullido de odio, girando el busto de mármol con un brutal arco hacia abajo. Él levantó el otro brazo para protegerse la cabeza, pero yo no apuntaba hacia la cabeza. El busto de Baudelaire cayó con un nauseabundo crujido sobre sus largos y finos dedos de araña que rodeaban la Luger. Oí cómo los huesos se hacían añicos bajo el mármol, y él gritó. Gritó como Eve había gritado cuando le aplastó los nudillos uno a uno, gritó como Lili había gritado en la mesa del quirófano de Siegburg, gritó como Rose había gritado cuando las primeras balas alemanas atravesaron el cuerpo de su bebé hasta entrar en el suyo. Yo también grité cuando volví a aporrear con el busto y oí otro crujir de huesos al aplastar esos dedos larguísimos hasta convertirlos en rojas ruinas.

Soltó la pistola.

Cayó al suelo y yo me lancé a por ella, pero René extendió su mano sana y me agarró del pelo, aún entre aullidos de dolor, tratando de tirar de mí hacia atrás. Así que, en lugar de cogerla, le di una patada a su arma y la lancé hacia Eve por el suelo deslizante.

Ella elevó las manos empapadas en sangre y levantó la Luger de René del suelo enrojecido. Apuntó con tanto esfuerzo que tuvo que apretar los labios entre los dientes mientras yo soltaba mi pelo de sus vengativas manos y me tiraba al suelo...

Al tiempo que Eve disparaba con serenidad un tiro entre los ojos de René Bordelon.

Su rostro desapareció en medio de una neblina roja. La pistola volvió a retumbar cuando Eve disparó tres veces más contra el pecho de él.

René cayó hacia atrás, deslizándose hasta el suelo con la mano destrozada extendida por la sorpresa. Sorprendido hasta lo más profundo por que hubiese un dolor del que no había podido escapar, una venganza de la que no había podido huir, consecuencias que no había podido evitar. Mujeres a las que no había podido vencer.

El aire apestaba con el acre olor del humo de la pistola y el más intenso de la sangre. El silencio cayó como una pesa de plomo. Me levanté con dificultad del suelo, aún agarrada al busto de Baudelaire. No podía apartar los ojos del cuerpo desplomado de René. Debería haber tenido un aspecto pequeño y viejo al morir, digno de compasión. Lo único que vi fue una vieja víbora con la tapa de los sesos volada, venenosa hasta el final. Sentí que el estómago se me encogía y, de repente, quise vomitar. Me di la vuelta y me puse un brazo alrededor del vientre, lanzándome de nuevo hacia Eve, que seguía teniendo aún la Luger en su mano deforme. Destrozada, cubierta de sangre, magnífica y terrible, esbozó una lenta sonrisa despiadada como una valquiria que pasa con su caballo entre aullidos de triunfo por encima de una horda de enemigos muertos.

—Queda una bala —dijo con voz bastante clara, todavía mirando el cadáver de René. Ante mis ojos repentinamente aterrorizados, levantó la Luger hacia su sien.

44

Eve

El dedo de Eve estaba apretando el gatillo cuando un dolor hizo que el mundo se rompiera en dos. No el dolor atenuado de su hombro, del que manaba sangre lentamente, sino un dolor agudo y brillante como la plata que le atravesó los dedos. Charlie St. Clair, con el mismo grito enloquecido que había salido de su garganta al lanzarse hacia René, había arrojado el busto de Baudelaire directamente hacia la mano de Eve. El disparo estalló, ensordeciendo aún más los oídos de Eve, desviado hacia la pared cuando el brazo de Eve perdió su objetivo con una sacudida. Eve lanzó un grito mientras se apretaba contra el pecho la mano y la pistola vacía.

—Zorra yanqui —consiguió decir entre sus dientes apretados mientras las lágrimas aparecían en sus ojos—. Se me ha vuelto a romper la maldita mano. Otra vez.

—Por la forma en que me engañó y salió corriendo del hotel, lo merece. —Charlie cayó de rodillas y, con rapidez y fuerza, arrancó la Luger de los dedos de Eve y la tiró a un lado—. No voy a permitir que se pegue un tiro.

—No tengo que pegarme un tiro para m-morir. —La Luger habría sido la mejor forma, justicia poética: cuando Eve había apuntado el cañón arañado a los ojos de René que, de repente, se abrieron de par en par, se había dado cuenta de que era la pistola que él le había quitado tantos años atrás. La que Cameron le había regalado. Pero Eve no necesitaba una bala para morir. Podría morir desangrada ahí mismo. Lo único que tenía que hacer era... nada—. Apártate de mí —le ordenó con brusquedad a Charlie, que estaba tratando de ver mejor el hombro de Eve. El dolor le mordisqueaba como un animal, lento y constante—. Déjalo, muchacha. Déjalo.

—No voy a dejarlo —aulló Charlie. Buscó rápidamente provisiones por la habitación, sin hacer caso alguno al cadáver del suelo. Volvió con un montón de camisas limpias que había cogido de la maleta a medio hacer de René, y un decantador de brandy—. Deje que lo limpie, lo desinfectará lo suficiente hasta que podamos conseguir un médico...

Eve la apartó con la mano rota. El dolor fue insoportable. De nuevo, la sensación de arena picante que le crujía en los nudillos. Eve quería acurrucarse y llorar, acurrucarse y morir. Estaba débil, alterada y agotada. Ya no tenía más enemigos a los que matar. El odio había sido el puntal de acero que la había mantenido en pie. Ahora se sentía como un caracol sin caparazón, tierno y desamparado. Había llegado la hora de marcharse, ¿es que no se daba cuenta esa muchacha?

Por supuesto que no. Charlie se movía como el azogue, negándose a rendirse. Ese momento en que le había soltado a René en la cara que era demasiado tonto como para escoger el bando bueno en dos guerras... Eve había querido vitorearla. Era como si Charlie se hubiese convertido en Lili delante de sus ojos, pequeña y feroz como una loba, moviéndose ingeniosa justo por delante del desastre, improvisando la forma de escapar a la muerte. Lili había sido vencida al final, pero Charlie no.

—No tiene por qué morir. —Charlie apretaba un trozo de tela alrededor del hombro de Eve que se iba manchando de sangre—. Eve, no tiene por qué morir.

¿Tener que morir? Eve quería morir. Era una lisiada empapada en whisky, tartamuda y sin futuro. La mayor parte de su vida había estado hundida por la culpa, la pena y un hombre malo. Y Eve sabía lo suficiente sobre justicia como para entender que matar a René no bastaba para que la vida volviera a ser dulce.

Debió de murmurar algo de eso, pues Charlie había empezado a protestar:

—¿No ha oído lo que le he dicho a él? Usted no traicionó a Lili. Los alemanes sacaron de otro sitio la información sobre ella. En el momento en que usted me contó que él la había drogado para contarlo todo, me pregunté si...

Eve negó con la cabeza y sintió temblar las lágrimas en sus ojos.

—No. Fui yo. —Tenía que ser así. La acusación que Charlie le había arrojado a René había pasado por sus oídos de forma desdibujada. Había vivido con esa culpa tanto tiempo que formaba parte de su alma. Unas cuantas palabras no tenían tanto poder como para cambiar aquello.

—¡El opio no es el suero de la verdad, Eve! Hizo que alucinara, pero eso no significa que hablara. Le pedí a Violette que investigara el juicio, las cosas que se habían dicho cuando las acusadas no estaban presentes, y yo tenía razón. Fue esa tal Tellier, quienquiera que fuera, otra prisionera...

Eve continuó negando con la cabeza, moviéndola de un lado a otro.

—¿No merece la pena intentar averiguar más cosas? ¿Consultar usted misma los informes del juicio? ¡Usted es una espía, tiene una Orden del Imperio Británico y hay gente como el comandante Allenton que le debe favores! Llame a Violette, que le dé más detalles...

—No. —A un lado y a otro. A un lado y a otro.

—Maldita bruja, ¿es que ni siquiera desea deshacerse de toda esa culpa? ¿Va a quedarse aferrada a ella como un burro a un arnés? —Charlie miró fijamente a Eve y gritó—: ¡Usted no lo hizo!

Las lágrimas caían por las mejillas de Eve. Esa tarde había derramado lágrimas de cocodrilo para huir de esa chica, pero estas eran lágrimas de verdad. Lloraba sin parar y, por un momento, Charlie la abrazó mientras Eve lloraba sobre el pequeño y afilado hombro de ella.

Pero, a continuación, Charlie empezó a empujarla, instando a Eve a que se pusiera de pie.

—No podemos quedarnos aquí. Apóyese en mí y manténgase bien apretado ese trapo.

Eve quería dejarlo caer, dejar que la sangre manara tras él. Dejar que la policía encontrara dos cadáveres acurrucados por la mañana: fuente y espía, captor y cautiva, colaboracionista y traidora, unidos hasta el amargo final. Pero...

«Usted no lo hizo».

La sangre goteaba por el costado de Eve mientras Charlie medio la sujetaba y medio la arrastraba por el pasillo de vuelta a la cocina en penumbra y a la cálida noche francesa. Eve seguía agitándose entre sollozos y el dolor de la mano la estaba destrozando.

—Quédese aquí mientras acerco el coche —dijo Charlie—. No puede caminar tanto...

Pero aparecieron otras luces por la carretera, junto a la silueta oscura del Lagonda. Unos faros lo suficientemente brillantes como para penetrar por la visión borrosa por el dolor y cegada por las lágrimas de Eve. ¿La policía?

—P-P-P-P... —La lengua se le había trabado por completo. No podía pronunciar una sola palabra. Torpemente, trató de arrancarse la venda de la herida. Antes se desangraría que volver a entrar en otra cárcel.

Pero Charlie gritó: «¡Finn!», y enseguida una conocida voz de acento escocés vociferó palabras de rabia. Un brazo fuerte rodeó a Eve por la cintura y aguantó su peso. Eve se iba quedando inconsciente con la esperanza de que fuera la muerte, con la esperanza de que todo acabara.

Pero seguía pensando, en alguna parte que se había vuelto a despertar en su cerebro examinador e interrogante: «Usted no lo hizo».

45

Charlie

Veinticuatro horas después, estábamos en París.

—Eve necesita un médico. —Fue lo primero que le dije a Finn al salir de la casa de René, tras las primeras explicaciones frenéticas—. Pero, si la llevamos a un hospital, la arrestarán. Buscarán a cualquiera que llegue con una herida de bala cuando encuentren... —Una mirada de nuevo a la casa.

—Creo que puedo hacerle un apaño, lo bastante como para salir de Grasse. —Finn empapó los improvisados vendajes en más brandy y envolvió con ellos fuertemente el hombro a Eve, que yacía sin fuerzas e inconsciente en el asiento de atrás del Lagonda—. No parece que la bala le haya roto nada. Ha perdido mucha sangre, pero con suficientes vendajes...

«Arrestados». Yo no dejaba de oír ese eco en mi cabeza. «Vamos a acabar arrestados». Mientras Finn se ocupaba de Eve, yo había vuelto a entrar en el estudio que apestaba a sangre y, envolviéndome la mano con el faldón de mi blusa y evitando la sangre del suelo para que nadie viera las pequeñas huellas de una mujer, volqué la lámpara de cola de pavo real y el gramófono y abrí los cajones como si alguien hubiese estado registrándolo todo en busca de una caja con dinero. Quizá parecería un robo que había acabado mal. Quizá... Haciendo aún uso del faldón de mi blusa, busqué en mi bolsillo y saqué la fotografía de René que habíamos ido enseñando por toda Grasse, doblada para mostrar solamente su cara. La desdoblé para que se viera la fila de nazis adornados con la esvástica que estaban a su lado y dejé caer la fotografía sobre el cadáver destrozado por las balas que yacía en el suelo.

Sentí entonces una oleada de mareo, pero Finn me gritaba para que fuera y ya no quedaba más tiempo, así que metí las dos Lugers y el pequeño busto de Baudelaire en el bolso de Eve, limpié rápidamente los picaportes de las puertas y cualquier otra cosa que pudiéramos haber tocado y salí corriendo. Llevé de nuevo el Lagonda hasta el hotel con Eve extendida en el asiento de atrás y Finn nos siguió en el coche que le había pedido al recepcionista del hotel para llegar hasta allí.

Aquella primera noche fue la peor. Eve volvió en sí el tiempo suficiente para entrar en el hotel con la chaqueta de Finn ocultándole el hombro ensangrentado y pasar junto al adormilado conserje nocturno, pero se desvaneció en lo alto de las escaleras. Finn la llevó a la cama, la lavó y le cubrió la herida con tiras de sábanas que había robado del armario de ropa de cama del hotel y, después, lo único que pudimos hacer fue observarla durante toda la noche mientras ella yacía con una inmovilidad inquietante. Yo la miraba a través de mis ojos borrosos y Finn me envolvía entre sus brazos.

—Me dan ganas de matarla —susurró él—. Haberte puesto en peligro...

—Fui yo la que la siguió —respondí entre susurros—. Quería detenerla. Todo salió mal. Finn, podrían arrestarla...

Apretó sus brazos alrededor de mi cuerpo.

—No permitiremos que eso ocurra.

No. No íbamos a permitirlo. Dios sabía que yo había intentado evitar que Eve matara a René, pero, ahora que había pasado, no tenía intención de dejar que la policía le pusiera las manos encima. Ya había sufrido bastante.

La miré, frágil e inconsciente en la cama, y, de repente, empecé a temblar entre sollozos.

—Finn, ha intentado matarse.

Él me besó en la cabeza.

—Tampoco vamos a permitir eso.

Pagamos la cuenta del hotel con las primeras luces, mi brazo alrededor de la cintura de Eve para mantenerla en pie. El recepcionista estaba bostezando, sin mostrar interés, y en una hora habíamos salido de Grasse, con Finn conduciendo el Lagonda a una velocidad mayor de la habitual.

—Gardiner —murmuró entre el ruido de las marchas—, me debes un coche nuevo. Nunca voy a poder quitar esas manchas de sangre de los asientos y este motor no va a ser nunca el mismo.

Durante todo el largo día de camino, Eve no habló. Se limitó a estar acurrucada en el asiento de atrás como un montón de huesos flacos. Incluso cuando entramos en París y pasamos por encima de las oscuras aguas del Sena, y vio cómo yo lanzaba el busto de Baudelaire al río por la ventanilla, siguió sin decir nada. Pero la vi tiritar de forma convulsiva.

Solo Dios sabe cómo, pero Finn encontró un médico dispuesto a echar un vistazo a la herida de Eve sin hacer preguntas.

—Siempre se pueden encontrar personas así —dijo después de que el hombre la desinfectara, la cosiera y se marchara—. Médicos inhabilitados, viejos compañeros del ejército. ¿Cómo crees que se curan los exconvictos cuando no quieren que conste que han participado en algún altercado?

Ahora que Eve tenía los dedos entablillados y el hombro vendado, que había tomado pastillas para el dolor y otras para mantener a raya la infección, decidimos pasar desapercibidos.

—Necesita tiempo para curarse —dije, pues seguía teniendo un aspecto alarmantemente apático cuando no estaba de muy mal humor—. Y París es lo bastante grande como para esconderse si alguien...

«Si alguien viene a buscarnos cuando encuentren a René», pensamos tanto Finn como yo. Pero no mencionamos a René delante de Eve, ni tampoco entre nosotros. Encontramos unas habitaciones baratas en el barrio de Montmartre y dejamos que Eve durmiera, tomara sus pastillas y nos insultara por no comprarle whisky. Pasaron cinco días enteros antes de que Finn viera la noticia en el periódico.

«Antiguo restaurador hallado muerto a las afueras de Grasse».

Cogí el periódico para examinar los detalles. La sirvienta de René Bordelon había ido para hacer su limpieza semanal y había descubierto el cadáver. El fallecido era un hombre acaudalado que vivía solo. La habitación había sido saqueada. El paso de los días hacía difícil la recopilación de pruebas...

Apoyé la cabeza sobre el periódico al sentir un repentino mareo. No mencionaban que una anciana y su abogado habían estado preguntando por él por todo Grasse. Puede que la policía lo supiera, puede que no, pero nadie decía que se estaba llevando a cabo una investigación. Nadie trataba de relacionar a una rica viuda americana y su imponente abogado con una inglesa postrada en la cama y su chófer de dudosa reputación en París.

—Han tardado cinco días en encontrarle —comentó Finn pensativo—. Si hubiese tenido familia o amigos, habría sido antes. Alguien le habría llamado, preocupado por él. Pero no tenía amigos. No le importaba nadie. No tenía una relación cercana con nadie.

—Y dejé la fotografía sobre su pecho. La que está él con sus amigos nazis. —Solté el aire lentamente mientras volvía a leer la noticia—. Pensé que, si la policía veía que había sido un colaboracionista, quizá no se esforzarían mucho en buscar quién le había matado. Robo o venganza, simplemente... lo dejarían pasar.

Finn me besó en la nuca.

—Chica astuta.

Aparté el periódico. Había una fotografía de René, elegante, sonriente. Eso hizo que el estómago se me revolviera.

—Sé que no le has conocido pero, por favor, créeme. Era un monstruo. —Ahora era yo la que soñaba con habitaciones de seda verde inundadas de gritos.

—Me alegro de no haberle conocido —respondió Finn en voz baja—. Ya he visto suficientes cosas monstruosas. Pero, aun así, desearía haber estado allí, haberos protegido a las dos.

Yo me alegraba de que no hubiese estado. Él era quien tenía antecedentes carcelarios. Habría sido él quien hubiese corrido mucho más peligro de terminar entre rejas si nos hubiesen arrestado. Al final, solo bastó con Eve y conmigo para encargarnos de René, pero no lo dije. Al fin y al cabo, Finn tenía su orgullo.

—¿Le decimos a Eve que probablemente esté a salvo? —pregunté.

—Puede que así deje de lanzarnos insultos.

Eve escuchó sin decir nada. En lugar de tranquilizarla, la noticia pareció doblar su inquietud mientras se toqueteaba las tablillas de sus nudillos rotos y se quejaba de las vendas del hombro. Yo creí que me iba a inundar de preguntas sobre su juicio de 1916, las pruebas que Violette había averiguado tras mi petición, pero no mencionó el asunto.

Y diez días después de recibir el disparo, llamé a la puerta con un *croissant* para que desayunara y no vi más que una nota en la almohada.

Finn soltó todas las maldiciones del mundo, pero yo me limité a mirar sus escuetas palabras: «He vuelto a casa. No os preocupéis».

—«No os preocupéis». —Finn se pasó una mano por el pelo—. ¿Adónde demonios ha ido esa arpía cabeza hueca? ¿Crees que a por Violette? ¿A intentar averiguar algo más sobre el juicio?

Salió corriendo escaleras abajo para hacer una llamada a Roubaix, pero yo me quedé mirando la nota de Eve mientras en mi cabeza tomaba forma otra sospecha. Registré la habitación, pero las dos Lugers habían desaparecido.

Finn estuvo de vuelta rápidamente.

—Violette jura que ni ha visto a Eve ni ha tenido noticias de ella.

—No creo que haya ido a Lille ni a Roubaix —susurré—. Creo que ha vuelto a casa para morir. Ha ido adonde no podamos evitar que apriete el gatillo.

Yo había tenido la estúpida esperanza de que, si Eve sabía que no había traicionado a Lili, eso curaría la vieja herida que había sufrido durante tanto tiempo. Había sabido que no era una traidora y su enemigo había muerto por su propia mano. Yo había esperado que todo eso fuese suficiente. Había esperado que ahora pudiera mirar al futuro, no a su mancillado pasado. Pero quizá Eve se hubiese mirado al espejo y hubiese visto que, aun así, no tenía ninguna razón para vivir, una vez que el odio y la culpa habían desaparecido. Nada aparte del cañón de una pistola.

Igual que mi hermano.

Sentí que la respiración se me entrecortaba en la garganta.

—Tenemos que ir, Finn. Tenemos que volver a Londres ya.

—Puede que no haya ido a Londres, pequeña. Si quiere matarse, puede que haya alquilado otra habitación dos calles más abajo. Nunca sabremos dónde. O puede que haya ido a la tumba de Lili o...

—En su nota dice «a casa». No ha tenido otra casa más que la de Londres durante más de treinta años. Si quiere morir allí...

«No, por favor. No».

Ese segundo viaje a través de Francia fue distinto al primero. El coche parecía vacío sin una presencia mordaz en el asiento de atrás y no hubo desvíos a Ruan ni a Lille. Solo un viaje rápido y directo en cuestión de horas desde París hasta Calais y, después, el ferri que nos llevaba de vuelta al banco de niebla inglesa. A la mañana siguiente, el Lagonda avanzaba hacia Londres. A mí se me había cerrado la garganta y, de repente, me di cuenta de que aquel día cumplía veinte años. Se me había olvidado por completo.

Veinte años.

A los diecinueve, no hacía ni dos meses, me había bajado del tren bajo la lluvia y la oscuridad con mi fotografía de Rose y mis esperanzas imposibles. «Evelyn Gardiner» no era más que un nombre sobre un trozo de papel. No conocía ni a Eve ni a Finn ni a René Bordelon. Ni siquiera me conocía a mí misma.

No hacía ni dos meses. Cuánto había cambiado en tan poco tiempo. Me acaricié el vientre que se me empezaba a redondear y me pregunté cuándo empezaría a moverse el capullito de rosa.

—El número 10 de Hampson Street —murmuró Finn conduciendo el Lagonda por las calles llenas de baches. Londres conservaba aún sus cicatrices de guerra, pero la gente que caminaba por aquellas calles llenas de agujeros ese cálido día de verano tenía más brío en sus pasos y más alegría en sus rostros que la primera vez que llegué. Solo Finn y yo teníamos expresiones sombrías—. Más te vale estar en casa, Gardiner.

«En casa y a salvo», recé, pues si atravesaba la puerta de la casa de Eve y la veía allí tirada con una pistola en su mano agarrotada, jamás me lo perdonaría. «No voy a soltarla», le había dicho en Grasse. «No puedo perderla». Si la pierdo...

Pero el número 10 de Hampson Street estaba vacío. No solo vacío. Tenía un cartel nuevo. «Se vende».

Seis semanas después

—¿Lista? —preguntó Finn.

—La verdad es que no. —Me giré para que me examinara—. ¿Parezco lo suficientemente elegante como para ir a Park Lane?

—Mi pequeña preciosidad...

—Lo de pequeña ya no. —Ahora era visible que estaba embarazada, con el vientre redondeado apretado en mi vestido negro. No me seguiría entrando mucho más tiempo, pero ese día me había embutido en él para que me diera suerte. Me daba un aspecto muy elegante y adulto y eso era lo que necesitaba esa tarde. Porque mis padres habían venido a Londres y me esperaban en el Dorchester de Park Lane.

Mi madre y yo habíamos hablado muchas veces por teléfono desde mi regreso a Londres. A pesar de lo que me hubiese dicho la última vez que habíamos estado juntas, era mi madre y yo sabía que estaba preocupada por mí.

—*Chérie,* debes tener alguna clase de plan —dijo unas semanas atrás—. Vamos a vernos y a hablar entre todos...

—Lo siento, pero no quiero volver a Nueva York.

Una muestra de lo nerviosa que estaba mi madre fue el hecho de que no protestara.

—Entonces, iremos nosotros a Londres. Tu padre tiene que ir muy pronto en cualquier caso por negocios. Iré con él y nos sentaremos todos para elaborar algún plan.

Yo ya tenía planes. Los había estado elaborando durante las últimas semanas mientras compartía el pequeño cuarto de Finn. Estábamos preocupados por Eve y casi todos los días íbamos a llamar a la puerta de su casa, pero no solamente hablamos de Eve durante nuestros desayunos de sartén. Hablábamos del capullito de rosa, para quien yo ya estaba comprando una buena canastilla. Del futuro y de cómo podríamos arreglárnoslas, con Finn lanzando ideas y yo garabateando cifras en mis extractos bancarios para ver cómo podrían convertirse esas ideas en una realidad (y los banqueros no pusieron objeción en que yo retirara mi propio dinero desde que entré con mi falsa alianza en el dedo). Pero no sabía si mis padres iban a estar interesados en mis planes. Así que me preparé para que me expusieran la forma de proceder que ellos habían decidido y para decirles que no. Fuera o no menor de edad, iban a descubrir que ya no era tan fácil de intimidar como antes. Lo de enfrentarte a un asesino que empuña una pistola suele hacer que los padres bajen varios puestos en la lista de las cosas que a una le pueden intimidar.

Aun así, temía que ese encuentro saliera mal una vez que yo me mostrara firme, y no quería que nada saliera mal. A pesar de todo, echaba de menos a mis padres. Quería decirles que lamentaba haberles creado tantos problemas, que ahora entendía mejor cómo la pérdida de James los había destrozado. Quería decirles cuánto deseaba recuperarlos.

—¿Seguro que quieres que yo vaya? —Finn llevaba el traje gris oscuro que se había puesto en Grasse para interpretar a Donald McGowan, letrado. (¡Mi Donald!)—. Tu madre no se llevó una primera impresión muy buena cuando me vio en Roubaix.

—No vas a librarte tan fácilmente, Finn Kilgore. Vamos.

Sonrió.

—Voy a llamar a un taxi. —El Lagonda estaba de nuevo en el taller, donde Finn, cuando no estaba reparando coches de otras personas, se ocupaba de reconstruir su motor. El último viaje desde París había sido demasiado para el viejo muchacho, por desgracia. Llegar al Dorchester en el Lagonda me habría proporcionado una dosis de seguridad mucho mayor. Quizá no fuese más que un trozo de metal bajo el capó, pero seguía teniendo todo el estilo.

Cogí mi sombrero, una sorprendente creación negra en la que había derrochado dinero porque recordé cómo Eve meneaba la cabeza al hablar de la pasión de la reina de las espías por los sombreros de moral cuestionable. Ese pequeño casquete de seda negra y plumas era, sin duda, moralmente cuestionable y sonreí cuando me lo incliné sobre un ojo. «Muy bonito, yanqui», imaginé que habría dicho Eve y sentí la habitual sacudida en el estómago. La empresa que había puesto su casa en venta no podía decirnos nada. Habían recibido sus instrucciones por telegrama. Lo único que pudimos hacer fue dejar una nota con la dirección de Finn en la que le suplicábamos que se pusiera en contacto con nosotros y pasarnos por la casa cuando nos era posible por si la veíamos. Pero lo único que vimos, hacía una semana, fue un anuncio en la puerta en el que decía que la casa había sido vendida.

«¿Dónde estás?». Era una pregunta que, al parecer, a Eve le gustaba que nos hiciéramos. Los días en los que no me aterraba la idea de que estuviese muerta, sentía deseos de matarla con mis propias manos por hacerme sentir tanto miedo.

—Pequeña Charlie. —La voz de Finn desde la puerta abierta me pareció extraña—. Ven a ver esto.

Cogí mi bolso y me reuní con él en la puerta. Al mirar me quedé sin palabras. Aparcado en la acera, con su baja altura y su elegancia, había una verdadera maravilla de coche. Resplandecía bajo el sol de la mañana: un descapotable de reluciente y aristócrata color plateado.

—El Bentley Mark VI del 46 —susurró Finn acercándose a él como un sonámbulo—. Motor de cuatro litros y medio..., suspensión delantera independiente con amortiguadores helicoidales..., eje de transmisión dividido... —Pasó una mano por el parachoques sin poder creérselo.

Pero, por muy bonito que fuese el coche, no fue eso lo que hizo que el corazón me empezara a latir con fuerza. Metido bajo el limpiaparabrisas había un sobre grande y blanco con nuestros nombres escritos con una letra que me era familiar. La boca se me secó cuando abrí el sobre. Había algo abultado en el fondo, pero fue la hoja de papel de su interior lo que saqué primero. La nota no empezaba con ninguna disculpa ni saludo. Por supuesto que no.

> Empezaste el proceso con Violette, yanqui, pero tenía que encontrar y ver por mí misma toda la información para poder creerlo. El nombre de Lili y su implicación en la red de Alice lo dio una

> antigua compañera de celda, mademoiselle Tellier, quien, a cambio de una sentencia más suave, pasó a los alemanes cinco cartas y una confesión mientras yo estaba siendo interrogada por René Bordelon. Confirmado con dificultades en registros del juicio, documentos clasificados y otras fuentes secretas, pero confirmado. También confirmado que Tellier se envenenó después del Armisticio.
>
> René mintió. No había sido yo.
>
> Tenías razón.

Me di cuenta de que estaba llorando desconsolada. Pero mi desconsuelo carecía de fundamento. Durante mucho tiempo una molesta voz interior me había estado acusando de haberles fallado a mi hermano, a mis padres, a Rose, a mí misma. Pero no le había fallado a Eve. Y puede que no les hubiese fallado tanto a los demás como siempre había pensado. Había hecho lo que había podido por Rose y por James. No pude salvarlos, pero tampoco fue culpa mía que murieran. Y aún podía arreglar las cosas con mis padres.

En cuanto a Charlotte St. Clair, podría ocuparme de ella. Había cogido el desesperado embrollo que la rodeaba, había quitado las variables que no tenían sentido, las *Y* y las *Z* que no importaban y había despejado la *X*. Había reducido todo a una ecuación muy sencilla. Ella más Finn más capullito de rosa. Y sabía perfectamente cuál era el resultado de esa ecuación. La nota de Eve continuaba:

> Violette me ha escrito. Voy de camino a Francia, donde las dos vamos a visitar la tumba de Lili. Después, partiré de viaje. Volveré a tiempo para el bautizo. Mientras tanto, te debo a ti unas perlas y a Finn un coche.

Finn cogió el sobre y lo volcó. Una maraña cayó sobre su gran mano: las llaves del Bentley enredadas en un collar de blancas perlas perfectas..., mis perlas. Yo había vuelto a la tienda de empeños nada más regresar a Londres, pero mi vale había expirado y habían desaparecido. Aquí estaban, sin embargo. Apenas podía verlas, pues las lágrimas brotaban sin cesar. Una última línea en la nota:

> Consideradlo un regalo de boda.
> Eve.

Hicimos que todo el que entraba y salía del Dorchester se quedara paralizado. Porteros, botones, hombres de sombreros elegantes y sus esposas de guantes blancos..., todos se giraban para ver cómo el Bentley se detenía ante la fachada del hotel. Ronroneaba como un gatito y corría de ensueño, y su tapicería de color gris perla abrazaba mi cuerpo. A Finn le costó dejarle las llaves al aparcacoches.

—Lléveselo —dijo mientras rodeaba el parachoques en dirección a la puerta del pasajero para ayudarme a bajar del coche—. La señora y yo nos quedamos a comer.

Bajo la marquesina del hotel, vi a mi madre con un vestido azul de volantes y a mi padre mirando a un lado y otro de la calle. Vi que mi madre se fijaba con bastante admiración en Finn con su bonito traje y cómo mi padre pasaba la vista por la magnífica silueta del coche. Y, después, vi cómo sus bocas se abrían sorprendidas cuando Finn me dio la mano para ayudarme a salir con mi elegante sombrero y mis perlas francesas.

—*Maman* —dije a la vez que pasaba mi brazo por el de Finn con una sonrisa—. Papá. Quiero presentaros al señor Finn Kilgore. Aún no lo hemos hecho oficial, pero lo estamos planeando para muy pronto —añadí al ver que mi madre clavaba los ojos en mi mano izquierda—. Tenemos muchos planes para el futuro y quiero que los dos forméis parte de ellos.

Mi madre empezó a aletear y mi padre también, aunque a su manera más reservada, mientras Finn les ofrecía una mano y yo continuaba con las presentaciones. Después, cuando los cuatro nos giramos hacia la puerta del Dorchester que se abrían para dar paso a su vestíbulo increíblemente elegante, miré hacia atrás y la vi por última vez. Rose estaba bajo la marquesina del hotel con un vestido blanco de verano, su pelo rubio agitándose con la brisa. Me miró con ojos traviesos, los que tan bien recordaba, y me saludó con la mano.

Yo le respondí con el mismo gesto mientras me tragaba el nudo que tenía en la garganta. Sonreí. Y seguí hacia el interior.

EPÍLOGO

Verano de 1949

Los campos a las afueras de Grasse estaban en flor, una oleada tras otra de rosas, jazmines y jacintos. El aire era embriagador y la cafetería resultaba un bonito lugar donde sentarse. Los toldos de rayas invitaban a no emprender con prisas el viaje hacia Cannes o Niza, sino a poner los pies en alto, pedir otra botella de *rosé* y esperar una hora más contemplando las colinas. La mujer esbelta con la trenza plateada llevaba allí el tiempo suficiente como para haber amontonado varias botellas vacías a lo largo de la tarde. Tenía el rostro muy bronceado, llevaba botas y pantalones caqui y un montón de pulseras de marfil de colmillo de jabalí en una muñeca. Ocupaba la silla del rincón, con la espalda pegada a la pared y la vista dominando todas las líneas de fuego posibles. Pero en ese momento no pensaba en líneas de fuego. Observaba los coches que iban y venían por la carretera de abajo.

—Tendrá que esperar bastante —la habían avisado las chicas del café cuando llegó preguntando por los dueños—. Monsieur y madame van en el coche a los campos de flores todos los sábados para merendar. Tardarán unas horas.

—Esperaré —había respondido ella. Estaba acostumbrada a esperar. Al fin y al cabo, había esperado más de treinta años para matar a René Bordelon y, desde entonces, había tenido que pasar mucho tiempo esperando bajo un sol abrasador para cazar. El hecho de haber disparado a René le había enseñado a Eve lo mucho que le gustaba acechar, cazar, matar cosas peligrosas. Las tímidas gacelas o las elegantes jirafas no eran un objetivo que le interesara; eran los enormes osos salvajes de Polonia o las manadas de leones devorahombres que acechaban en un pueblo de África Oriental los que habían resultado ser buenos blancos para el par de Lugers que aguardaban engrasadas e inmaculadas en el bolso bajo su silla. Y en las partidas de caza, a nadie le importaba si soltaba demasiados tacos, si bebía mucho o si se despertaba en ocasiones entre escalofríos provocados por las pesadillas, porque no era raro entre sus compañeros de caza mostrar similares cicatrices. Quizá no en las manos, pero sí en los ojos. Ojos que habían visto cosas terribles y que ahora buscaban alivio en los rincones más remotos y peligrosos del mundo. En el último safari, había habido un coronel inglés canoso y tenso que no había dicho una palabra sobre los nudillos retorcidos de Eve, igual que ella no había preguntado por qué había dejado él su regimiento después de la batalla de El Alamein. Solía quedarse sentado hasta tarde junto a unas cuantas botellas de whisky escocés y le había preguntado a Eve si le apetecía viajar con él ese invierno para ver las pirámides. Quizá lo hiciera. Él tenía manos de dedos largos, como las de Cameron.

Pasó un coche retumbando junto al café-taller, un Bugatti con el capó bajado, lleno de escandalosos chicos italianos que se dirigían a la costa. Ese lugar era un buen negocio para los conductores de vida rápida que pasaban a toda velocidad por las carreteras de la Riviera, concluyó Eve al ver el gran taller. Ahí estaba el Bentley plateado de Finn, el que ella le había regalado, y, junto a él, un Peugeot con el capó levantado y un Aston Martin pendiente de arreglar. Podía imaginarse muy bien a la gente acudiendo al taller para que le hicieran alguna reparación y esperando en el café de al lado, mordisqueando galletas con mermelada de rosas, bebiendo demasiado vino y canturreando al compás de la radio. Ahora sonaba Edith Piaf. «Mon Legionnaire», una de sus preferidas de antaño.

Era la última hora de la tarde cuando el coche apareció subiendo por la pendiente: el Lagonda, avanzando a un ritmo solemne, con sus laterales de color azul oscuro aún lustrosos y pulidos como una moneda de centavo. Entró en el taller y Eve esperó, sonriente. Un momento después, salió Charlie con unos estrechos pantalones negros y una blusa blanca, bronceada, con el pelo cortado en media melena. Balanceaba una cesta de merienda en una mano y con la otra sujetaba con fuerza el guardapolvo sucio de una niña. Eve se preguntó qué edad tendría su ahijada y se dio cuenta de que no tenía ni idea. ¿Dieciocho meses? Eve no la había visto desde el bautizo y esa criatura rubia de facciones angulosas con el gesto de enfado era muy distinta al gorjeante bulto vestido con volantes de encaje de rosas a la que Eve había sujetado encima de la pila bautismal. Se había puesto sus medallas para la ocasión, erguida y orgullosa con ellas en el hombro, donde debían estar, y la pequeña Evelyn Rose Kilgore había estado a punto de arrancarle la Croix de Guerre con su puño de bebé.

—Finn —lo llamó Charlie mirando hacia atrás—, deja de trastear. Es domingo. No se te permite hacer reparaciones los domingos.

La voz de él se oyó flotando en el aire.

—Casi he terminado. Esa vieja fuga de aceite...

—Menos mal que solo usamos el Lagonda para salir a merendar al campo. Es prácticamente una chatarra.

—Un poco de respeto, pequeña Charlie. —Entonces, salió Finn, desaliñado y larguirucho, con el cuello de la camisa sin abotonar dejando al aire su garganta bronceada. Todas las chicas del café miraban ese triángulo de piel de su garganta como si desearan comérselo, pero él ya tenía un brazo alrededor de su mujer y el otro extendido para coger en brazos a la niña—. Uy, Evie Rose —dijo con su más marcado acento escocés—. Estás hecha una buena pieza, ¿eh, pequeñaja?

—Es terrible —contestó Charlie mientras su hija soltaba un grito que podría cortar una chapa de hierro—. Una niña gruñona menos una siesta por la tarde igual a berrinches elevados a la décima potencia. Hay que acostarla pronto esta noche...

Aún no habían visto a Eve, escondida en la mesa del fondo bajo la sombra del toldo. Movió en el aire una mano deformada. Sus manos seguían atrayendo muchas miradas y aún no servían para mucho más que apretar un gatillo, pero no pasaba nada. Cualquier *fleur du mal* que llegara a vieja tenía derecho a sufrir un poco de desgaste.

Al ver la figura que movía la mano bajo el todo, Charlie se colocó la mano por encima de los ojos y, a continuación, soltó un grito y echó a correr hacia Eve.

—No irás a abrazarme, ¿verdad? —dijo Eve a nadie en particular. Suspiró, se levantó y dejó con una sonrisa que la abrazara—. Malditos yanquis.

NOTA DE LA AUTORA

Louise de Bettignies es un personaje histórico poco conocido en la actualidad, algo que no se merece, pues el coraje, el ingenio y la iniciativa de la mujer bautizada como la reina de los espías no necesitan de ninguna exageración para convertirse en una lectura apasionante. Reclutada por el capitán Cecil Aylmer Cameron, que ya había realizado operaciones de alto secreto en Folkestone y que sabía distinguir el talento, la anteriormente institutriz Louise de Bettignies adoptó el alias de Alice Dubois (entre otros, aunque el apodo de Lili ha sido invención mía) y dedicó su facilidad para los idiomas y sus dotes organizativas al espionaje. El resultado fue una de las redes de espionaje más espectacularmente exitosas de la guerra.

La red de Alice se sirvió de muchas fuentes de Louise en la zona de Lille y daba informaciones sobre la franja del frente alemán de la ciudad con una rapidez y precisión que entusiasmó a los hombres de la inteligencia y el ejército británicos. «Los servicios prestados por Louise de Bettignies son incalculables». «Una Juana de Arco del presente». «Si algo le ocurriera, sería cuando menos una calamidad». Los alemanes quedaron igualmente impresionados por la asombrosa precisión del flujo de información soterrada, tan eficaz que, a menudo, fueron bombardeadas las nuevas ubicaciones de la artillería a los pocos días de su colocación. La red de Alice consiguió desenterrar también otras presas más importantes del espionaje: la visita del káiser donde su tren escapó por poco a un atentado y el objetivo de Verdún, que fue uno de los últimos informes de Louise (y que, por desgracia, no fue creído por los altos mandos).

La cabecilla de la red de Alice estaba en constante movimiento entre la Francia ocupada por los alemanes, Bélgica, Inglaterra y Holanda, donde pasaba informes, recopilaba información y comprobaba la situación de sus agentes, y sus métodos para traficar con información (mensajes en clave envueltos en anillos u horquillas, escondidos debajo de pasteles dentro de cajas, ocultos entre las páginas de una revista...) fueron todos tal cual se recoge en esta novela. Su valentía física era extraordinaria. Con asiduidad, cruzaba a escondidas la frontera hostil que estaba vigilada por focos y centinelas alemanes armados, con el suelo salpicado de los cadáveres de refugiados que habían sido descubiertos y fusilados, y no se dejó intimidar siquiera después de ver a una pareja de huidos saltando por los aires por una mina apenas a unos metros por delante de ella. Quizá fuera aún más extraordinaria su capacidad de improvisación: Louise de Bettignies tenía una sorprendente habilidad para conseguir pasar por puestos de control con engaños, ya fuera porque empezaba a manipular paquetes hasta que un exasperado centinela le hacía una señal para que pasara o por servirse de niños de la zona que jugaban al pilla-pilla a la vez que le pasaban un salvoconducto de contrabando (ambos casos fueron reales). También fue real la increíble ocasión en la que, de camino a una reunión, la reconoció un general alemán que la conocía de una partida de ajedrez durante su época de institutriz y que tuvo la cortesía de poner un coche a su disposición.

Eve Gardiner es un personaje de ficción, pero hay dos aspectos de ella que son muy reales. Uno de ellos es su tartamudez.

Mi marido ha estado toda la vida enfrentándose a la tartamudez y su sufrimiento es el de Eve: las ocasionales dificultades para mantener una conversación normal, los momentos de rabia o fuerte emoción que complican el habla, la frustración y la furia cuando se le interrumpe, se le pisa al hablar o se supone de forma automática que son menos inteligentes. Fue idea de mi marido que mi joven espía de la Primera Guerra Mundial fuese tartamuda y que lo convirtiera en una ventaja, para transformar esa debilidad en un arma y usarla contra aquellos que la menospreciaran. La otra influencia real en el personaje de Eve es su alias. Cuando la suerte de Louise de Bettignies llegó por fin a su final en el otoño de 1915, una joven llamada Marguerite Le François fue arrestada con ella. En el posterior interrogatorio durante las siguientes horas, los alemanes llegaron rápidamente a la conclusión de que la aterrorizada Marguerite no era una espía, sino simplemente una chica de la zona que había cometido la estupidez de prestar a una simpática desconocida su salvoconducto en un puesto de control. Fue liberada tras recibir una reprimenda y la mandaron a casa mientras que a Louise la arrestaron y la llevaron a prisión. Es probable que la verdadera Marguerite Le François no fuese más que una inocente y una ingenua..., pero ¿y si no hubiese sido así? Cuando leí el relato histórico del arresto donde desnudaron a las dos mujeres, las registraron y las aterrorizaron, donde finalmente la joven Marguerite despertó la compasión de los alemanes por sus lloros y sus desmayos, y Louise los enfureció tras comerse un mensaje en clave y pedirles, después, un brandy, no pude evitar preguntarme si las dos mujeres arrestadas llevaron a cabo su último y mejor engaño estando en manos de los alemanes. Así es como nació Eve Gardiner y la incluí como un tercer personaje ficticio en medio de la verdadera existencia de la pareja formada por Louise y su lugarteniente.

Léonie van Houtte, el personaje de las gafas, fue muy real y trabajó bajo el alias de Charlotte Lameron (cambiado a Violette Lameron, pues ya tenía a otra Charlotte). Léonie empezó a participar en la campaña bélica como enfermera de la Cruz Roja y, poco después, fue reclutada para pasar a ser la asistente acérrima y fiel amiga de Louise de Bettignies. «Yo estaba dispuesta a seguirla adonde fuera», escribió más tarde Léonie, «pues tuve la intuición de que era una chica capaz de hacer grandes cosas». Aunque a Léonie la arrestaron poco antes que a Louise, a las dos se las juzgó juntas, se las condenó juntas y pasaron juntas su tiempo de prisión en la cárcel de Siegburg. Louise murió en Siegburg debido a un absceso pulmonar, pero Léonie sobrevivió, fue condecorada como espía veterana, se casó con un periodista después de la guerra y abrió una tienda de objetos de porcelana en Roubaix. Su marido escribiría después *La Guerre des Femmes,* unas memorias sobre la labor de Louise de Bettignies durante la guerra tal y como se lo relató su esposa. Los relatos precisos y de primera mano de Léonie son inestimables y, entre ellos, se incluyen descripciones detalladas de las operaciones de la red, el arresto de Louise, el juicio y los años pasados en Siegburg entre continuos y horrendos abusos y ocasionales momentos de triunfo, como la vez en la que Louise animó a que sus compañeras de cárcel emprendieran una huelga y se negaran a fabricar munición. Muchas de las brillantes *bon mots* de Louise son citas literales de *La Guerre des Femmes.*

Otro personaje histórico de la plantilla de la red es Antoine, al que se le cita brevemente en este libro como el falsificador de documentos de Lili. El verdadero Antoine Le Four era un librero con alma de poeta, un experto en falsificaciones —y, tal y como están empezando a saber sus descendientes en la actualidad por sus cartas guardadas, es muy posible que dedicara su destreza en la detección de falsificaciones en otra dirección y que fabricara documentaciones falsas para la red de Alice—. Puede que varios miembros de su familia estuvieran también implicados en la red, incluida su joven hermana Aurélie Le Four, que actuó como acompañante de mensajeros y fue violada por soldados alemanes que la dejaron embarazada, tal y como cuenta Violette en el capítulo 22. Su posterior aborto, también confirmado por los archivos familiares, lo realizó una enfermera amiga de Louise de Bettignies, aunque no se sabe con seguridad si esa enfermera fue Violette/Léonie. Parece ser que tanto Aurélie como Antoine continuaron con su labor en la Resistencia incluso después del encarcelamiento de Louise y, por suerte, consiguieron eludir el arresto. Sus cartas (una de las cuales se cita en la sección de Anexos con permiso de los descendientes de la familia) proporcionan un conmovedor y poderoso reflejo del profundo sufrimiento de los franceses, de la fuerza del patriotismo francés.

La fuerza del patriotismo inglés no está menos representada en el personaje real e histórico del capitán (más tarde comandante) Cecil Aylmer Cameron. Este hombre al que sus fuentes conocían como tío Edward no solo reclutó a Louise de Bettignies, sino también a Léon Trulin, otro espía francés que terminó convirtiéndose en mártir tras ser arrestado y fusilado por los alemanes. El inusual pasado de Cameron —su arresto por ser acusado de fraude al seguro, el encarcelamiento que supuestamente sufrió para tratar de proteger a su esposa, su reincorporación a los servicios de inteligencia durante la guerra y su suicidio al terminar esta— es del todo cierto, aunque con alguna especulación por mi parte en cuanto a lo que le motivó a cometer el fraude, la situación de su matrimonio o el personaje de su esposa, completamente ficticio para ayudar a la novela. Sin embargo, uno de los alias de Cameron durante la guerra fue el de «Evelyn» y ese fue el nombre que le puso a su única hija.

René Bordelon, como Eve, es un personaje ficticio basado en una pequeña parte en una realidad histórica. Es cierto que existieron especuladores como él y este personaje me sirvió como puente entre las dos guerras y las dos cronologías. También lo he convertido en el informante anónimo que pasó el nombre de

Oradour-sur-Glane a la Milicia y, por tanto, a los nazis durante la Segunda Guerra Mundial.

La masacre de los habitantes de Oradour-sur-Glane sigue siendo un misterio, así como una tragedia. Abundan informes confusos y contrarios: al parecer, un confidente denunció ante la Milicia que la actividad de la Resistencia francesa en esa zona había llevado al secuestro y la ejecución de un oficial alemán, pero no se sabe si la actividad de la Resistencia estaba centrada en Oradour-sur-Glane o en la cercana Oradour-sur-Vayres, o si de verdad existía esa actividad. Probablemente, nunca se sabrá por qué el oficial de las SS que dirigió la operación decidió masacrar a un pueblo entero como venganza (recibió posteriormente una fuerte amonestación de sus superiores alemanes) ni si su primera intención era cometer una masacre completa. Existen conjeturas de que ya se estaban almacenando explosivos de la Resistencia en la iglesia de Oradour-sur-Glane y que eso tuvo como consecuencia la explosión e incendio que mató a tantas personas. Lo único seguro entre la confusión de la guerra es que los hombres de Oradour-sur-Glane fueron en su mayoría apresados y fusilados en graneros y edificios que rodeaban el pueblo mientras que a las mujeres y niños se los congregó en la iglesia para matarlos. Algunos sobrevivieron a las ejecuciones en el exterior, pero solo una víctima sobrevivió al infierno de la iglesia: madame Rouffanche. He sacado el relato de su huida casi palabra por palabra de su testimonio en el juicio de 1953 donde se procesó a los oficiales de las SS supervivientes que participaron en la masacre y donde se los condenó por sus crímenes. Es cierto que una joven madre y su bebé trataron de salir por la ventana de la iglesia detrás de madame Rouffanche y que resultaron muertos por disparos. Sin embargo, se trató de una mujer del pueblo llamada Henriette Joyeux y su hijo, no la ficticia Rose Fournier. El pueblo de Oradour-sur-Glane permanece vacío a día de hoy como monumento en forma de sobrecogedora ciudad fantasma: edificios sin techo y atravesados por las balas, relojes quemados y detenidos para siempre a las cuatro de la tarde, el Peugeot oxidado detenido junto al recinto ferial. Madame Rouffanche vivió cerca de allí durante el resto de su larga vida.

Finn Kilgore es ficticio, aunque sus experiencias en la liberación del campo de concentración de Belsen han salido directamente del testimonio de soldados del 63 Regimiento Antitanques de la Artillería Real que participó en la liberación. Charlie St. Clair y su familia son también ficticios, aunque la desoladora situación a la que se enfrentaban las muchachas solteras embarazadas era casi igual de pésima en su época como en la de Eve. Los abortos eran ilegales pero posibles para mujeres lo suficientemente ricas (como Charlie) para pagar por una operación segura, o lo suficientemente desesperadas (como Eve) para arriesgarse a morir por poner fin a su embarazo. Muchas mujeres del territorio ocupado por los alemanes se enfrentaron a estas duras decisiones durante la Primera Guerra Mundial: las cartas de Aurélie Le Four en las que suplica a Dios y a su familia que la perdonen por decidir no tener al hijo de sus violadores son desgarradoras. Eve se habría enfrentado a consecuencias aún más desastrosas que la de la maternidad sin estar casada, dado el doble rasero para las mujeres en el mundo de los servicios de inteligencia. El espionaje de esa época no tenía el brillo glamuroso que más tarde adquirió gracias a James Bond y a Hollywood. No se consideraba una profesión digna de un caballero y, mucho menos, de una dama. Si una mujer tenía que involucrarse en el espionaje, debía mantener su reputación intacta y costaba mucho sufrimiento dejar claro que las fuentes femeninas como Louise de Bettignies seguían siendo virtuosas. «Podían mostrarse coquetas, pero nunca ser prostitutas», aseguró un biógrafo de Louise sobre las mujeres de la red de Alice. «Nunca acudieron a las habituales tretas femeninas para conseguir información». Las mujeres como Eve y Louise vivían una realidad mucho más dura, pero debían saber muy bien que las mujeres espías eran consideradas como vírgenes o como putas: se las veía con la pureza impoluta como la de la mártir Edith Cavell o como sensuales rameras poco fiables como Mata Hari.

Como siempre, me he tomado ciertas libertades con los datos históricos, cambiando algunos sucesos y condensando otros para poder utilizarlos en la novela. En 1947, existían ferris de coches como el que transportó el preciado Lagonda de Finn hasta Francia, aunque no he podido verificar si existía un ferri de esas características desde Folkestone a El Havre. Louise de Bettignies y Marguerite Le François fueron llevadas en coche a Tournai para que se las interrogara antes de la liberación de Marguerite y el arresto oficial de Louise. Hubo un lapso de unos días tras el juicio en Bruselas antes de que a las mujeres se les comunicara que sus penas de muerte habían sido conmutadas a penas de prisión.

El asunto de la condena de Louise y las pruebas que los alemanes tenían contra ella sigue siendo objeto de debate. Se negó a contar nada durante los meses que pasó en prisión. Los alemanes consiguieron por fin que su compañera de celda, mademoiselle Tellier, entregara algunas cartas que Louise había escrito, pero resulta difícil decir si encontraron en esas cartas algo que la incriminara. He organizado los distintos informes existentes para conseguir un clímax más claro, pero puede ser que Louise de Bettignies fuese condenada con pruebas poco contundentes aparte de la de haber sido arrestada con múltiples documentos de identidad cuando trataba de pasar por un puesto de control con un salvoconducto que le habían prestado.

La secuencia de los sucesos en torno a la muerte de Louise es otro asunto cuya narrativa he condensado. Su operación del absceso pulmonar tuvo lugar un tiempo atrás ese mismo año. No murió inmediatamente después de la cirugía y consiguió sobrevivir durante unos meses en estado de invalidez, otro ejemplo de su extraordinaria resistencia pues, según *La Guerre des Femmes*, la operación de Louise duró cuatro angustiosas horas en una sala sin calefacción y mal desinfectada de la famosa enfermería de Siegburg que recientemente había sufrido una epidemia de tifus. Es imposible saber si los oficiales de Siegburg tenían intención de que ella resultara muerta por esa operación. La falta de higiene y de adecuados cuidados médicos en la enfermería mató a muchos pacientes aun sin que existiese una malicia adicional. Pero Louise fue, sin duda, una prisionera problemática para los alemanes, que, durante sus días de agonía, mostraron poca compasión y denegaron su última petición de que la sacaran de Siegburg para morir bajo los cuidados de su madre y, al final, decidieron enviarla a una cama solitaria en Colonia, alejada de sus leales amigas y sus compañeras de prisión. Me habría encantado haber cambiado la historia y haber proporcionado a Louise un destino mejor. Confieso que condensé su sufrimiento tras la operación. El majestuoso funeral de Louise tuvo lugar en 1920 y no en 1919, cuando por fin repatriaron su cuerpo.

Las mujeres espías de la Primera Guerra Mundial son en su gran parte víctimas del olvido hoy en día. Por mucho que sus contribuciones durante la guerra fueron apreciadas, hubo cierta inquietud en cuanto a la forma de tratarlas con posterioridad. Las mujeres que entraron en la zona activa de combate eran generalmente consideradas por el público de una de estas dos formas: como mujeres que se despojaban de toda su feminidad y se volvían más duras y masculinas debido a los peligros de la guerra; o como mujercitas valientes obligadas a acarrear cargas peligrosas pero, aun así, delicadas flores por naturaleza. Louise de Bettignies fue admirada, elogiada y condecorada, pero sus contemporáneos se centraban mucho menos en su dureza y valentía que en su diminuta estatura, su feminidad y su patriotismo. «Louise era la mujer más femenina que se pueda imaginar... No había en ella nada comparable a una amazona». Las cosas no habían cambiado después de la Segunda Guerra Mundial, cuando Charlie St. Clair habría visto las llamadas a Rosie la Remachadora para que dejara las cargas de la guerra y volviera al hogar al que pertenecía. Claramente, las mujeres de las zonas de combate activas inquietaron a sus contemporáneos pero, aun así, dejaron un legado. Hubo chicas en los años treinta y cuarenta que entraron en la Dirección de Operaciones Especiales para ser formadas como espías contra los nazis gracias a la influencia de libros e historias sobre mujeres como Louise de Bettignies. Y no fue su elegancia femenina lo que las influyó. Se vieron inspiradas por su coraje, su dureza, su determinación, tal y como yo he imaginado que Eve inspiró a Charlie. Esas mujeres eran verdaderas *fleurs du mal:* con fuerza, con resistencia y con talento, progresaron en medio de la maldad e inspiraron a otras con sus acciones.

AGRADECIMIENTOS

Debo un sentido agradecimiento a muchas personas que me han ayudado en la escritura de este libro. A mi madre, que debatió conmigo infinidad de tramas durante largos paseos y conversaciones telefónicas aún más largas. A mi marido, que ajustó la tartamudez de Eve en cada escena y que, con frecuencia, me decía: «Tú sigue escribiendo, yo preparo la cena». A mis maravillosas críticas, Stephanie Dray y Sophie Perinot, cuyos lápices rojos y opiniones han resultado ser de un valor incalculable. A mi agente, Kevan Lyon, y a mis editoras, Amanda Bergeron y Tessa Woodward, animadoras por excelencia. A mi compañera de Maryland Romance Writers, Lisa Christie, y a su marido, Eric, por responder a mis preguntas sobre coches clásicos, por comprobar la información sobre mecánica y por proporcionarme una visita a la maravillosa colección de coches de Henry Petronis. Y, por último, a Annalori Ferrell, cuyo talento bilingüe ha sido de una ayuda inestimable a la hora de traducir documentos de investigación en francés y enseñarme palabrotas pintorescas y apropiadas, y que me ha dado una visión interna sobre la ocupación del norte de Francia durante la Primera Guerra Mundial, bajo la cual vivieron anteriores generaciones de su familia. Con el permiso de Anna y su familia, se ha traducido y publicado la carta de su tío bisabuelo, Antoine Le Four, en los Anexos... y por ello el mismo Antoine y su fiel hermana Aurélie aparecen en el libro como miembros de la red de Alice.

SOBRE EL LIBRO

Voces del pasado: cartas y documentos procesales

Las cartas, los documentos procesales, los recuerdos... dan voz a los muertos y vida a la historia. Estas son unas cuantas de las voces que emergieron del pasado para servir de inspiración a *La red de Alice.*

Extracto de una carta de 1916
Louise de Bettignies a su madre priora tras el juicio

> Usted sabe, madre, lo necesitada que estoy de ayuda e intercesión ante Dios para tener su clemencia. Mi vida no ha estado carente de errores y no he sido modelo de gentileza ni sacrificio. Desde que estoy sola, he tenido tiempo de examinar mi vida. ¡Cuántas miserias he descubierto! Me avergüenzo de mí misma y de lo mal que he aprovechado mi vida y mi salud, mis facultades y mi libertad...
>
> La decisión del consejo de guerra es firme. Acepto mi condena con coraje. Durante mi operación, visualicé la muerte con

calma y sin miedo; hoy le añado una sensación de júbilo y orgullo porque he decidido no denunciar a nadie y espero que esos a los que he salvado con mi silencio me muestren su agradecimiento teniéndome presente en sus plegarias. Declaro que prefiero los rigores de mi condena al deshonor de eximirme denunciando a quienes cumplieron con su deber hacia su país.

Divago, madre, porque aún estoy bajo los efectos de la emoción del veredicto. Estoy destrozada y no tengo fuerzas. Mañana me encontraré mejor.

La cabecilla de la red de Alice cobra vida en cada relato histórico que honra con su presencia, valiente y escandalosa al mismo tiempo. En 1914, Francia debió de estar llena de mujeres como ella —damas sin recursos que aprovechaban su educación para trabajar como institutrices o cualquier otra ocupación refinada que pudieran encontrar en los márgenes de la sociedad aristocrática—, pero, al contrario que las demás, Louise de Bettignies no se contentó con trabajar de enfermera, poner vendas ni las demás labores tradicionales de las mujeres en la guerra. Quería luchar. Y menuda lucha la suya. Su valentía fue extraordinaria, pero, para mí, su humor y su conciencia de sí misma fueron aún más asombrosos. Quizá donde mejor se la resume sea en una valoración que le hizo un corresponsal de guerra treinta años después: «Era una buena soldado y tenía una forma de reírse de las cosas que resultaba sana». Louise también tenía la valiosa capacidad de reírse del peligro. De los alemanes, decía: «¡Son muy estúpidos! Con cualquier papel que les pongas bajo las narices y con la suficiente entereza, siempre podrás salirte con la tuya». Cuando se la instaba a que fuera más cautelosa, se reía: «¡Bah! Sé que algún día me arrestarán, pero habré prestado mis servicios. Así que démonos prisa y hagamos cosas importantes mientras aún tenemos tiempo». Cuando le preguntaron si alguna vez había pasado miedo, se encogió de hombros. «Sí, como cualquier otro. Pero solo después de que hubiese pasado el peligro. Antes de eso habría sido un lujo». Debió de sufrir momentos de oscuridad. Cuando la condenaron a Siegburg, confesó con inquietante clarividencia: «Tengo la sensación de que nunca voy a volver». Pero nunca permitió que el miedo le impidiera hacer su trabajo y, además, hacerlo muy bien. Puede que su muerte resultara dolorosa, pero ella se mostró inquebrantable y, si al final sintió que no había aprovechado lo suficiente su tiempo y sus facultades, no cabe duda de que otros no habrían estado de acuerdo. Un miembro del servicio de inteligencia británico dijo años después: «Es posible que durante la guerra... uno o dos agentes llegaran a igualarla. Nadie la ha superado jamás».

Extracto de una carta de 1919
Antoine Le Four a su hermana tras la liberación de Lille

> Esta es ahora una ciudad fantasmal y sus habitantes, muertos en vida. Vivimos, respiramos, hacemos nuestras rutinas diarias, pero el color ha desaparecido, quizá para siempre. Para los que hemos visto tanto, ¿cómo puede parecernos el mundo de otra forma que no sea con los tintes grises y negros del duelo? Parece como si todo lo que nos rodea no hubiese sido nunca de otra forma y, aun así, antes había música, arte y vida. La gente bailaba y cantaba. Aquí antes la vida fue hermosa, hermanita, y ese recuerdo nos ha mantenido a muchos de nosotros con vida. Creo que puede volver a ser así, siempre que aquellos que amamos este lugar nos neguemos a rendirnos. Lo creo porque debo hacerlo, porque creer que esa belleza haya desaparecido para siempre les daría una victoria que mi corazón no va a permitir. La guerra lo cambia todo, eso lo sabemos. El cambio es inevitable, pero ¿dónde dice que ese cambio debe ser eterno? Nunca podremos recuperar nuestra inocencia, pero podemos reconstruirnos. No. Se lo de-

> bemos a nuestros muertos: debemos reconstruirnos y solo podremos hacerlo quienes conocimos cómo era nuestra ciudad antes de la guerra. Por este motivo, si es que no hay otros, debo quedarme aquí. En cuanto a ti, hermana mía, te pediría que saborees cada momento y cuides la belleza que te rodea pues, aunque rezo para que nunca más vuelva a haber una guerra como esta, la nuestra es una historia convulsa.

A Antoine Le Four se le menciona brevemente en esta novela como el falsificador de documentos de Louise de Bettignies y fue un hombre muy real, un ciudadano de Lambersart, cerca de Lille. Cuando escribe a su hermana unos nueve meses después de que la guerra terminara, sus palabras convierten en conmovedora poesía el lamentable estado de la Francia ocupada durante la Primera Guerra Mundial. Fue un periodo de increíble miseria y opresión y los ciudadanos franceses vivieron durante años bajo el recuerdo diario de la bota que apretaba sus cuellos: relojes cambiados al horario alemán, calles francesas a las que se les dio nombres alemanes, la tremenda escasez de comida y combustible, la confiscación de todo, desde armas a jabón o a cortinas de las cocinas. El hambre, el encarcelamiento, los malos tratos y las violaciones constituían una constante amenaza latente. Antoine escribió con pena y rabia sobre la violación de su hermana pequeña Aurélie a manos de unos soldados alemanes y se lamentaba: «Creo que la sombra que hay tras sus ojos se quedará ahí para siempre». El legado de tal crueldad lanzó una larga sombra desde la Primera Guerra Mundial sobre la Segunda Guerra Mundial. Es muy simplista condenar a los franceses por rendirse con demasiada facilidad a los nazis cuando muchos ciudadanos franceses aún sufrían las terribles cicatrices de la primera ocupación y claramente recordaban tener que apartarse mientras los guardias alemanes les robaban todo salvo la ración de pan casi incomible porque la única alternativa era que los arrestaran, les dieran una paliza o los fusilaran. Los franceses no sobrevivieron a una sino a dos crueles ocupaciones en menos de cuarenta años y merecen que se les reconozca su fuerte resistencia más de lo que se les ha reconocido. «Los que nunca han sufrido una invasión del enemigo en su propia tierra no podrán comprender jamás lo que es la guerra de verdad», escribió otro ciudadano de Lille.

Extracto de documentos judiciales de 1953
Madame Rouffanche se dirige al tribunal

> Pido que se haga justicia con la ayuda de Dios. He salido viva del horno crematorio. Soy el testigo sagrado de la iglesia. Soy una madre que lo ha perdido todo.

La matanza de los habitantes de Oradour-sur-Glane es una tragedia bien conocida en Francia gracias a la espeluznante ciudad fantasma que ha sobrevivido con sus relojes quemados, su Peugeot abandonado y los muros salpicados de balazos, pero es menos conocido fuera de Francia, donde el destino trágico de un pequeño pueblo quedó incluido dentro del relato más amplio de las atrocidades nazis. Las palabras de madame Rouffanche al recordar su rosario de horrores constituyen una inquietante voz del pasado. Contó a menudo su historia durante el curso de su larga vida, sobre todo en Burdeos en 1953, donde fue llamada como testigo contra los soldados de las SS que sobrevivieron y que habían sido llevados ante los tribunales por su participación en la masacre. Terminó su testimonio con la súplica antes citada, provocando un fuerte impacto en el tribunal. Un testigo escribió: «Su voz, sin el menor atisbo de sentimentalismo fácil, llega hasta nosotros clara e implacable. Ella es Némesis, calmada e inexorable».

Este libro se terminó
de imprimir en el mes de
febrero de 2020